足迹

陈兵 著

中国广播影视出版社

图书在版编目（CIP）数据

足迹 / 陈兵著． -- 北京：中国广播影视出版社，2023.3

ISBN 978-7-5043-8979-4

Ⅰ．①足… Ⅱ．①陈… Ⅲ．①游记－作品集－中国－当代 Ⅳ．① I267.4

中国国家版本馆 CIP 数据核字（2023）第 014367 号

足迹

陈兵 著

责任编辑	余潜飞
封面设计	李权民
责任校对	张 哲

出版发行	中国广播影视出版社
电　　话	010-86093580　010-86093583
社　　址	北京市西城区真武庙二条9号
邮　　编	100045
网　　址	www.crtp.com.cn
电子信箱	crtp8@sina.com
经　　销	全国各地新华书店
印　　刷	北京金康利印刷有限公司
开　　本	787毫米×1092毫米　1/16
字　　数	360（千）字
印　　张	30
版　　次	2023年3月第1版　2023年3月第1次印刷
书　　号	ISBN 978-7-5043-8979-4
定　　价	180.00 元

（版权所有 翻印必究·印装有误 负责调换）

写在前面

人从蹒跚学步就开始留下足迹,随着人的成长而延续,同时记入了人生的轨迹。

广义的足迹包含了生命的成长、知识的积累、见识的丰富、视野的开拓、经历的形成。我在此借用的足迹是指狭义的旅行足迹。

从小向往五彩缤纷的大千世界,从书本里知道了祖国山河的壮美,地球的万般变化,总想有朝一日亲睹它们的风采。但几十年前这只是梦想,那时人们还在为温饱拼搏,去周游远方像是天方夜谭。想起20世纪70年代我插队的山西大山里那个小山村,有的老乡80多岁了,还没去过离村20千米远的地方,那时贫穷束缚着人们的足迹。

改革开放使国家逐渐富强,让国民开始富裕,旅游不再是奢望。从20世纪80年代起,我的旅行足迹开始留在了中华大地上。从林海苍苍的北疆漠河到风光旖旎的天涯海角,从茫茫戈壁的新疆、西藏到祖国的宝岛台湾,几十年来我的足迹踏遍了全中国的31个省、自治区、直辖市,同时还走向世界的20多个国家,实现了孩提时的梦想,完成了人生的夙愿。这本《足迹》就是这个过程的收获与总结,也是人生的升华。

生命的过程需要丰富多彩,旅游可以满足这个愿望,它不单是欣赏天下美景,还能了解当地的历史、人文、风情、习俗,使我们的生活更精彩,人生更有意义。

愿《足迹》给大家带来快乐!

作者
2022年2月

目　录

华夏第一柏 / 1

千年古堡探幽 / 3

介休后土庙 / 6

介休袄神楼 / 8

绵山奇景 / 10

榆次县衙的楹联 / 15

云丘山冰洞探奇 / 20

震撼的壶口瀑布 / 23

神秘的湘峪古堡 / 25

永济三景 / 27

登妙峰古香道 / 35

有趣的白河漂流 / 37

空中草原的野花 / 39

草原情 / 41

塞外翠云山 / 43

初次自驾游 / 46

拜祭黄帝城 / 51

祖山行 / 54

天桂山传奇 / 56

西柏坡随想 / 58

苍岩山三奇 / 60

石头村的感叹 / 62

乐亭趣游 / 64

邯郸一瞥 / 66

木兰围场的秋韵 / 71

静静的寡妇楼 / 74

游金山岭长城诗作两首 / 76

白洋淀水上游 / 78

云台山美景两则 / 81

云台山游随笔：小偷的无奈 / 83

太行天路雾中行 / 84

红旗渠的感想 / 87

郭亮村的震撼 / 90

殷墟的思索 / 92

老龙湾的泉与竹 / 95

成山头遐想 / 96

柳泉井旁的感慨 / 98

别有趣味的野生动物园 / 100

龙口度假生活 / 103

本溪水洞游 / 110

初到哈尔滨 / 112

漠河之旅 / 121

陕西地下的神秘 / 129

夭折的旅程 / 132

杭州留念 / 135

苏州感怀 / 136

美哉千岛湖 / 137

首次跟团游 / 138

黄鹤楼与唐诗 / 140

三游洞思古 / 142

伟人故居前的感悟 / 144

杜鹃山的云海 / 146

红色遗迹的联想 / 148

庐山的风云 / 151

春天的新娘 / 154

美丽的婺源村庄 / 156

滕王阁与《滕王阁序》 / 160

初次远游到黄山 / 162

雨中天游峰 / 164

走进"一线天" / 166

漂游九曲溪 / 168

永定观土楼 / 171

感受广东 / 173

桂林拾趣 / 177

巴马水真美 / 180

靖西迷人景 / 182

北海购物遇新招 / 184

海南旅游休闲记 / 188

遵义缅怀 / 193

壮哉,黄果树! / 195

蓉渝行 / 197

九寨沟的风格 / 217

云南放歌 / 219

梦幻的泸沽湖 / 225

腾冲的魅力 / 228

登临日月山 / 230

塔尔寺的"艺术三绝" / 232

拉萨一日 / 234

纳木错游的遭遇 / 238

自驾西游记 / 240

再返新疆游 / 279

游台湾 / 288

朝鲜纪行 / 301

斯里兰卡印象 / 308

马尔代夫的欢乐 / 319

蓝美岛的快乐生活 / 323

"大西洋号"邮轮上的日子 / 328

北海道的秋景 / 332

足踏大洋洲 / 336

北欧览胜 / 355

东欧掠影 / 370

漫行俄罗斯 / 388

精彩的美国之旅 / 435

后记 / 469

华夏第一柏

在战国时代的古城——山西省介休市西欢村的一处黄土高坡上，生长着一棵2600多年的古柏，被誉为"华夏第一柏"。

称它为"华夏第一柏"是因它的外型与年龄。它身高15米多，上分10个枝杈，胸围近12米，根部周长近17米，比陕西黄陵的"黄帝手植柏"还粗，是中华大地最粗的柏树了，须10个成年人手拉手才能抱拢。

我4次目睹过此柏的风采。第一次是在20世纪70年代，当年从北京插队山西后分配在介休工作，一次单位组织帮生产队收麦子，地点就在古柏附近。黄土高原上，高坡深壑纵横交错，页页梯田鳞次栉比，在苍茫的黄土地上，只见一黄土岭上有古柏耸立，郁郁葱葱，人们说那是秦柏，相传为秦始皇所植，听后叫人觉得神奇。工间歇憩，迫不及待到树下，只见四周黄土一片，只有大小两棵古柏孤零零生长在山峦，远处群山连绵，植被只是野草，没有什么树木，很难想象在这秃山荒岭上这古柏如何被植，更谈不上当年秦始皇来此种树了。两棵古柏枝叶繁茂，大的那棵树冠像把巨伞，遮出大片阴凉，据说有300平方米，几十人在树下乘凉绰绰有余。小的那棵据说也有1000多年了，算是宋柏了。当时文物意识淡薄，古柏无任何保护措施，我们中的10来人还手拉手丈量过大古柏的"腰围"呢，当时感觉就是好大好粗，留下了深刻印象。

当我再看古柏已是30多年之后了，那时已返京工作，闲暇重返故地。山河依旧，黄土高原还是苍茫无垠，连绵的群山刚刚泛绿，鲜艳的野花开遍了山坳，可古柏周围起了变化，一农民企业家投资几千万，将这里开辟成旅游区，命名为"秦柏岭"。

迫不及待奔向古柏，原来光秃的山岭修建了一片庙宇，古柏圈在了庙宇院中，虬枝盘缠，皮骨凸露，老态龙钟，耄耋沧桑。古柏比30多年前苍老了一些，但枝叶仍仰望着青天，诉说着与天地共存的奥秘。啊，又见到秦柏了，心情不知如何言表。俗话说千年的松万年的柏，曾到过陕西黄帝陵，那棵相传黄帝手植柏有5000多年了，但可不像此柏如此饱经风霜的模样，大概是生长的经历不同吧。黄陵柏得到历朝历代的呵护，而此秦柏却是2600多年风餐雨露，历经了春秋五霸、秦皇、汉武、唐宗、宋祖、元、明、清等中国大部分朝代的漫长岁月，真不知它在那荒芜的山巅上如何顽强地搏击了20多个世纪，至今还在协调着自己适应岁月的风云。这时，我情不自禁地感慨：倘若秦柏会说话，一定会把它经历过的中国历史明示世人了。

2018年春天，我第三次拜访古柏，距第二次见它又过了11个年头，古柏依然保持着顽强生命的活力，只不过越发沧桑。当地政府立碑注明为国家一级侧柏及树龄，有些枝杈已被木棍支撑，像为老人使用的拐杖，四周还拉起了彩布围着，象征着长寿老人得到的尊重。它继续与时代并存，见证着历史的变迁、社会的发展。

2021年仲春时节，我陪北京朋友第四次到介休拜访古柏，据第三次见它相隔的时间不长，但绿色的枝叶又有减少，一些枝杈变成了枯枝，留下的绿色枝杈只有三分之一多了，看来它在与天地共存的同时，也消耗着自己的能量。世间的任何事物都有从幼到老的过程，自然规律不可抗拒，但这秦柏已是长寿树中的佼佼者了。为它建造的庙宇经过几十年的风吹雨打已显陈旧，原来开辟的旅游区也关门不再接待游客，不过大门上贴有告示：想看秦柏者可打上面的电话，守庙人来开门仍可进去免费参观。

我恋恋不舍离开了秦柏，心里默默祝愿它更长寿。

介休秦柏

千年古堡探幽

　　这座全国十大最有魅力的古镇之一坐落在苍茫亘古的黄土高原，三面环绕着黄土构成的深壑，一面背靠着连绵不断的群山。它演绎了1000多年的岁月沧桑，留下了叫后人探索的众多神奇。

　　当黄土高原刚刚泛绿的季节，我随着旅游者们的脚步光顾了这神秘的地方。

　　古镇的大门是青石砌就的拱型门楼，岁月磨砺着它，显得饱经风霜，古朴的身躯护卫着它的奥密。青条石的道路把游人引向古镇的深处，导游开始娓娓而谈："公元610年，也就是1400多年前的隋末年间，这里是刘武周所建的军事据点。刘武周是突厥人所封的定杨可汗，当时为与李世民对峙，利用此地三面临沟、一面靠山的险要地形修建了这个古堡。古堡的地上建筑有亭、台、楼、阁、坛、堂、祠、宫等数十座，地下建筑就是国内唯一的千年古地道。这是集军事、民族、宗教、民居、农耕、商贾为一体的古村落，谜团重重，刺激惊险。"此番介绍，勾起游人们的心弦，探幽、猎奇的心情陡然而生。

张壁古堡

关帝庙、可汗庙、古戏台、古灯杆已经带大家走进了历史，思绪辗转在千年的回旋间，这时候导游又把我们带入了地下。黑幽幽的古地道如时间隧道，1000多年前的时光似乎近在咫尺。这条在黄土的躯体中挖出的暗道，竟分3层，纵横交错，立体交叉，上层距地面1米，底层达20多米，马匹可在里行走，有马厩、仓储、防堵、泻洪、天井、通讯、水井等设施。将军室，大概是最高指挥官的住所，为一间在地下10几米深处的窑洞，窗户开在土崖上，外面是深壑，可瞭望，可逃命。据说地道有10华里，通往各家各户。千年的岁月，有的地方已坍塌，目前刚修复的有1华里多供参观。就这段距离也是岔路、层次交错，我们跟着导游战战兢兢地在微弱灯光下摸索行走，大家都是迷迷糊糊，分不清方向了，要不是导游带领怕是回不到地面。什么叫魅力、刺激呢？大概就是如此吧。

在一处面临山崖的窑洞中，我们从地下钻出，又见到了灿烂的阳光。走在古镇中心静静的黄土街道上，接触的是远离现代的村落，轻轻的炊烟袅袅，散发着柴火的味道，明清时期的民房院落里，停歇着拉货的马车，马厩里的牲口慢条斯理地嚼着草料，鬓发斑白的老人坐在街头抽着烟袋锅子。一切都显得平和、宁静、悠闲，别有一番风味。

古地道

一处老房的山墙上，一个大大的福字引起了我们的兴趣，它左边示字部首成龙头形，右边上一横为鹤头形，鹤嘴衔住龙嘴，整字猛瞧还像个"活"字，细看才是"福"字。导游讲："龙代表皇帝，鹤代表百姓，皇帝也要求助百姓才能生活。"这个字寓意深远，发明此字的人也算是用心良苦，这是全国独一无二的龙鹤福，高两米多，宽一米多，估计存在年代也久远了。

又前行一段，在村落的一端生长着一棵粗大的槐树，枝叶繁茂，主干弯曲，像一位沧桑的老人在诉说着岁月的风云，这是几乎与古镇同龄的树，大约1400多岁了。有意思的是紧挨着它又长着一棵笔直的柳树，也70多年了，当地人管这叫千槐伴百柳，也叫槐抱柳。站在远处高崖望去，弯曲的古槐如弓，笔直的柳树如箭，弓箭屹立刺青天，倒与这曾为军事重镇的古堡配合得巧妙。

转遍古镇，千年来留给它的故事传说多多，那些庙宇中的壁画、神像，那全国现存的数百年前的两块孔雀蓝琉璃碑，那村外一片大户人家建筑精美的古墓等都令游人浮想联翩、流连往返。

这个古镇位于山西省介休市，名曰张壁古堡，它的一切都令人思古之幽幽。

张壁古堡庙宇

介休后土庙

介休后土庙是一处道教庙宇，位于山西省介休市老城西北角，为全国重点文物保护单位。据《重修后土庙碑记》记载，南朝宋孝武帝大明元年（457）及梁武帝大同二年（536）皆重修之。由此可以推测，早在1600多年前的南北朝就有了后土庙，目前看到的是明正德十一年（1516）重修的，而后不断重修扩建，形成如今的规模。

"后土"是什么意思？来历有些含混。有的把后土作为人名，有的当成神名，还有的说成官名。这也是自然神演化为人格神的必然现象。《国语·鲁语》："共工氏之伯九有也，其子曰后土，能平九土，故祀以为社。"说是共工的儿子，能平定九州，成为地神。《礼记·月令》郑注："后土亦颛顼（传说中的三皇五帝之一）之子，曰犁，兼为土官。"神话传说中甚至说他是那位追赶太阳的夸父的爷爷。但这些后土均为男性，他何以后来成了女性"后母娘娘"呢？中国古代阴阳哲学中，认为天阳地阴，所以后土由最初的男神到隋朝以后逐渐变为女神。"后土"一词本义，应以女神为是。"后"字的初义，是指女性，就是全族之尊母。在只知其母、不知其父的上古母系社会中，生育了本族全部子孙的高母，乃是理所当然的领袖和权威，而其名称就是"后"。再看"土"字，从字义来看，《释名·译天》说："土，吐也，能吐生万物也。"所以生人者称母，生万物之母，可称"土"。照古人的说法，叫"地为母"。"后土"一词，就其本源来说，正是指"大地母亲之神"——地母。这样才弄清了"后土庙"名称的来历，原来是纪念"地母"的，以前还真没听说有叫"后土庙"的，介休后土庙从名字上就让人们长了知识。

走近后土庙，立时被气势恢宏的建筑吸引，其不单单是一座庙宇，而是一个包含八座庙院的古建群，建筑风格也不拘一格。独有的庙观合体，奇特的戏园三连台，层层的飞檐走壁，辉煌夺目的琉璃瓦屋顶，都饰有色彩斑斓的精美琉璃。后土庙的各处琉璃制品工艺精湛，历久色泽不衰，碧绿、金黄、孔雀蓝交相辉映。精美的脊饰、楼阁狮瓶、吻兽鸱尾、仙人瑞禽等，件件设计精巧、造型逼真，釉质细腻牢固，历经数百年不变色。那技艺失传的"孔雀蓝"琉璃，更叫人观后叫绝，充满神奇的魅力。庙中那座八卦楼楼顶坡面，用黄绿两色琉璃瓦构成图案，金黄色的莲花脊筒、脊刹、宝瓶、宝珠、仙人、走兽等琳琅满目，光辉夺人，就连十字歇山顶两侧的博风板、悬鱼惹草，也装饰着各种琉璃件,形象逼真,色泽艳丽。装饰在影壁博风板上的紫白两色琉璃葡萄,鲜活逼真,是难得的艺术珍品。这里真是中国庙宇琉璃艺术品的宝库,唐代诗人白居易《简简吟》中说:"大都好物不坚牢,彩云易散琉璃脆。"他从一个豆蔻少女的命运,感叹美好的事物总是容易逝去,如刹那烟花,美丽但不长久。以琉璃比喻脆弱而不久,可见琉璃之保存不易,但介休后土庙古代琉璃保存之完整、内容之丰富、历史之悠久,在全国少有。所以介休后土庙因琉璃品种之多和色调之全,被誉为"中国琉璃艺术建筑博物馆"。介休有一洪山陶瓷厂,听说过去专门生产琉璃瓦,当时在全国也独此一家,而介休的古建筑很多都以琉璃装饰,恐怕与此有关吧。

庙里有一古老戏台,用抱厦和斗拱支撑而起,屋顶用彩色的琉璃筒瓦和构件加以装饰,高阁参天,宝瓶中立,对称的龙吻和走兽形象逼真,两边的八字影壁既对戏楼起到装饰作用,同时也有一种收拢视觉的作用,影壁和戏台浑然一体,整座戏楼看起来高大气派。建筑檐下提额处木刻的炉、瓶、钟鼎,挂落处的七彩风戏牡丹,虽历经四百年的风吹雨打,仍完好如初,它们虽为静态,望去仿佛凌风欲舞,十分传神。每年的三月十八,传说是后土娘娘的生日,也是后土庙传统古庙会,庙会期间人们要在后土庙酬神唱戏,给后土娘娘叩拜寿诞,祈求安康。

20世纪80年代以来,介休后土庙被我国台湾地区道教地母至尊联谊团认定为道教之祖,并多次前来朝拜。2001年,介休后土庙被定为全国重点文物保护单位,也是名副其实。游览完介休后土庙不由感叹:古老的中国蕴含着古老的文化,介休只是全国中的一点,却有着如此深厚的文化底蕴,为我们古老的中华民族感到骄傲和自豪。

介休后土庙戏台

介休祆神楼

20世纪70年代我刚到介休时，这里是个陈旧不堪的小县城，街巷都为土路，刮风满身土，下雨全脚泥。后返京工作，进入21世纪后重返介休几次，小城逐渐焕然一新了，繁华的街道、栋栋的高楼、热闹的商场展示出小城的现代气派。

介休有座祆神楼在北关顺城街，过去那条街是条破旧的街巷，如今变化了，破旧房屋拆迁了，两旁建起仿明清风格的商铺。祆神楼在街的尽头，一座奇特建筑叫人惊奇。这座祆神楼为三结义庙（旧为元神庙）前的乐楼，又是街心点缀的过街楼。明万历年间改建，清康熙、乾隆间重修，规模不大，另有殿和献亭，均为清建，是一个三重檐歇山顶转顶结构的古代建筑物。楼平面"凸"字形，总深度20米，下层为庙门，上层为乐楼，中心为神龛。楼高二层，约25米，腰间设平座色栏，上部覆盖重檐，实为四层。四根通柱直承上层梁架，山门戏台上下叠构，楼顶十字歇山式，檐下四向凸出山花，瓦件脊饰全为琉璃制品，瑰丽壮观。这座高层古建筑物，楼内深度、广度的比例都很协调，显出十分雄壮与稳定的外观格局，是我国建筑的精品。

祆神楼的祆神据说和波斯"角牛形天神，狮形天神"的祆教"胜利之神"的模样相吻合，也与祆教的教义相吻合。中国曾经在唐宋时代有祆教的传播，后来就逐渐淡出了历史舞台，被日益兴盛的佛教所取代。祆神楼也在明代嘉靖年间被介休县令王崇正视为异类，逐渐将里面的塑像改为刘、关、张，把名字也改叫"三结义庙"。不过介休当地的人还是愿意把这里称做祆神楼或者玄神楼。

中国与波斯自古就有相互交往的传统，古老的丝绸之路打开了中国和波斯等地交往的大门，但随着陆地上丝绸之路的逐渐消亡和海上丝绸之路的兴盛，这些曾经显示相互交往的具有波斯宗教风格的遗迹就随着年代的久远逐渐湮没在历史的长河之中，能保留下来的很少。尤其在中原地区的介休，既不是丝绸之路的驿站，又没有做过都城，能保留下来祆神楼这样一个遗迹，就是一个奇迹了。祆神楼虽然规模不大，却和蒲州的鹳雀楼、万荣县的飞荣楼、秋风楼被并称为三晋四大名楼。

据专家考证，祆神楼始建于北宋年间。北宋时期的宰相文潞公是介休人，原来祆神楼相连的就是文潞公家的祠堂。明代冯梦龙增补的《平妖传》对兴建祆神楼的历史有一个大致的交代。北宋仁宗时爆发了由贝洲王则、胡永儿领导的农民起义，宋仁宗派文潞公前去征讨。但王则、胡永儿颇有本事，竟然能呼风唤雨，他们的队伍不仅没有被打败，而且还把文潞公的部队围得水泄不通。眼看着就要全军覆没，忽然绝处逢生，传说是被观音菩萨派来的白猿给解了围。白猿后来又帮助文潞公屡建奇功，彻底镇压了王则、胡永儿的农民起义。文潞公为感念白猿的恩德，在故里专门为白猿修了袄神楼，并与他家的祠堂毗邻。这就是这座袄神楼的来历。当然传说有迷信的成分，也许文潞公建楼有为他自己树碑立传的想法吧。

这袄神楼建筑艺术很不一般，宏大的木楼建筑不用一钉一胶，全是木楔榫卯连接，前后左右、东南西北皆有重檐挑脊，构思巧妙，设计奇特。记得我20世纪在介休铁路部门工作时，由于工作地点在城外，很少进城，只有一次骑车路过此楼，只见它陈旧不堪，挂满蜘蛛网，四周围着破旧的民房，当时没在意，以为是城里的钟楼。后来返京工作，听说了介休袄神楼的历史，感到新奇。2018年和2021年，两次重返介休时特意去观赏袄神楼，楼四周民房已拆迁，空出了一片广场，袄神楼高耸蓝天下，雄伟身姿气势非凡，不可同日而语了。

这座古建筑展示了中华文化的深厚久远，当年一个王朝的宰相竟可以在老家修建如此辉煌的建筑，可见他的势力之大钱财之丰厚。千年过去了，这座建筑为他留了名，但财产属于了人民。岁月沧桑，历史变迁，文化遗产可以传承下来。感觉到我们每个人还是把自己有生之年的事情办好，不用考虑到以后多远，我们都是沧海中的一粟，有限的生命永远战胜不了无限的历史长河。

介休袄神楼

绵山奇景

山西省介休市是战国时代的古城，历史可追溯到近 3000 年前，它的名字由来也有历史渊源。战国时期晋文公落难外逃时，介子推和部分大臣随行，途径宋国时，宋君听信谗言，不纳重耳，重耳君臣一行饥寒交迫，介子推毅然割下自己的腿肉献给重耳充饥。重耳复国后称晋文公，大赏跟随逃难的群臣，一时忘了介子推，介子推并不争功，而是背着老母躲进绵山。重耳得知后派兵进山请介子推出山做官，介子推死不肯出。晋文公只得放火烧山，想逼子推出山，结果介子推抱老母烧死在山中，那天正好是清明节的前两天。晋文公得悉后十分悲伤，下令以后每年清明前的两天，家家户户不得举火，以纪念介子推，这就是"寒食节"的由来。介子推被烧死的山改称介山，就是现在的绵山。原名叫定阳的城改名介休，意为介子推休息之地，这个战国时代古城形成的年代可与北京有一拼。

在介休工作、生活的 20 年中，我曾上过绵山 3 次，每次都是来去匆匆。绵山最高海拔 2560 米，是太岳山的一条支脉。乍看山峰对峙，怪石嶙峋，松柏遍野，山花烂漫，泉水潺潺，但山中的寺庙已破烂不堪，只剩残垣断壁一片瓦砾。由于抗战时期这里是抗日乡、县政府所在地，日寇常来扫荡，烧毁了寺庙，破坏了文物，一直到 1990 年我离开介休返京工作时也没有改变。

20 世纪 90 年代，介休有位叫闫吉英的农民企业家投资几个亿，修复宫观殿 80 余座，道教神像 2000 余尊，形成了绵山风景名胜区。2008 年我重返介休第四次上绵山，看到的景色就大不一样了。山上仿古建筑群风格多样，成为绵山风景区中最亮丽的风景线。建筑有殿庙、宫观；园林建筑有亭、台、楼、阁、轩、廊、榭、牌楼；古留遗迹建筑有古营门、城池、营寨等，展现在游人眼前的是一个华夏现代仿古建筑群隆起的巍巍绵山。但那年只在绵山停留几小时，来不及欣赏和品味其中漫长的历史渊源和深厚的文化底蕴，留下了遗憾。2019 年和 2021 年仲春我又两次到绵山，并在山上住了一夜，更详尽地接触绵山的各景点并重点了解了绵山的历史文化，真是受益匪浅。

绵山现在已享誉海内外，登临者络绎不绝，在于它步步有景，景景有典。奇岩、险道、秀水、古柏、唐碑、宋塑、名刹、巨宫和道佛人物组成了绵山独特的自然和人文景观，使人目不暇接，思绪万千，流连忘返。早在北魏时绵山就有寺庙建筑，唐初时已具有相当规模的佛教禅林。山上文物古迹颇多，俗称"九里十八弯，二十四座诸天小庙，各处罗列"，它不仅充满了一种包容天地、吞吐万物的浩瀚之气，也滋润了春夏秋冬漫山遍野的勃勃生机，更集纳了古今中外一大批指点江山的风云人物。绵山风景名胜区有14个大景点，360余个小景点。人文景观有龙头寺、龙脊岭、李姑岩、蜂房泉、大罗宫、天桥、一斗泉、朱家凹、云峰寺、正果寺、介公岭；自然景观包括栖贤谷、古藤谷、水涛沟。我6次登绵山，陆续游览了其中的大部分景点。

先说龙头寺，原名塔岩头，因岩下黄土坡有空王塔院而得名，又因唐贞观十五年（641）太宗皇帝驾幸绵山礼佛时，有双龙显灵而改为现名。它是绵山风景区的起点，寺庙里有毓德堂、关帝庙、真武庙、南天门等名胜古迹，还有《叶剑英元帅论绵山》《左传·介子推不言禄》、屈原《九章》、宋廷魁《绵山赋》、唐太宗御制诗碑等，这些石刻是领略绵山厚重历史文化的主要景观。这里也是朝观云海、夕观日落的绝妙去处。1990年前我在介休工作时曾3次到过此地，当时是一片瓦砾，野草丛生，建筑毁于一旦，据说抗战时此处为抗日乡政府驻地，被日寇扫荡时烧毁，如今众多建筑为20世纪90年代后重建，想不到如此蔚然壮观。

紧邻龙头寺的是龙脊岭，因位居双龙交汇的背脊得名。该游览区主要展现李唐军事文化和道家养生文化，有龙抬头、龙涎泉、龙须瀑、介子推母子巨型雕像、真武殿、八卦园、仰止亭等20余处景点。附近有重修的绵山唐营，营门高大庄重，武士持剑把门，这是国内唯一的唐代古营。上面有督战台、插旗石等历史遗迹，讲述着秦王李世民当年在绵山布兵督战的故事。龙脊岭上有着特殊的地理环境，山势坐北朝南，修一石亭，据说石亭前后相隔10余米，温度相差近10度，冬天里，石亭一边寒冷刺骨，十几米开外的另一边却温暖如春，青松翠柏、奇花异草布满山岗，很稀奇。但此处我只有春季到过，没能体验过冬天温差环境的奇景，留下了遗憾。

继续前行有蜂房泉，又名圣乳泉、母奶头，是一处罕见的自然奇观，中国绝无仅有的悬泉。北宋宰相张商英曾用："水窦蜂房泉，山头鹿（粮仓）顶圆；风吹鞴袋谷，云罩簸箕天"来形容这里的山势地貌。巨大的悬崖绝壁上数十对苔藓茸结的石乳，乳汁如珍珠断线，滴落下面池中叮咚作响，宛如琴弦弹奏出的山水清音。清代康熙年间山西名士傅山曾把此泉水比作佛家最正法、乳酪最上品，即使神龙那伽也只能品尝一勺，而不许多贪。诗云："佛恩滋静者，石乳敕龙潭。菡萏琼茄引，摩尼玉线甘。惠该功德八，清彻法身三。一勺醍醐足，那伽不许贪。"每当农历十五日，在这里品茗赏月，四面群山环绕，形如天井，九霄皓月当空，酷似银盆。苍茫夜色之中，眼望满天星斗，耳听阵阵松涛，叫人若置仙境，尘虑顿消，个中感受，妙不可言。但我前3次到此时，这里是荒山野岭，高高的峭壁上有两大突出的酷似妇女奶头的山石，从那里滴下串串水滴，大家称其"奶奶泉"。如今附近修了建筑物，改变了原来的山势，当初的野景消失了，不免怅然。

紧接着来到大罗宫，它依山而建，层楼杰阁，画栋雕梁，金碧辉煌。整个建筑群面积为3万多平方米，共13层组成，总高110米，游客称赞"可以与布达拉宫相媲美"，原始的大罗宫始建年代不详，据说东汉时已有部分殿庙初具规模。唐开元十一年（723），玄宗皇帝南出雀鼠谷时，专程驾幸绵山缅怀前朝圣祖功德，感戴绵山诸神护佑李唐王朝的恩典，降旨敕修大罗宫诸殿。以后宋代元佑年间、明万历年间、清代康乾年间官方与民间屡加修葺，至1940年遭日寇焚毁，1998年在原址上重修，才成为今日胜状。大罗宫里主殿有讲经坛、混元殿、群仙殿；还有灵霄殿、三清殿、财神殿、救苦殿、元辰殿、三官殿、五老君殿、斗姆殿等诸殿；展厅内的唐、宋、元、明、清历代精品彩塑，被称为"山西的敦煌"；藏经阁是中国名胜区最大的藏书之处，里面的《道德经》木刻、石刻及英、日俄等译文，堪为《道德经》文化之大观。大罗宫岩上有一天然石洞，夏日常有白云飘出，故称为"白云洞"。洞旁建一草庵，叫白云庵。庵内的《金刚经》石刻，为唐代遗留的稀世文物。

紧靠大罗宫有处天桥景点，天桥是因修筑在悬崖绝壁上的栈道而得名，有千余年的历史。它长300余米，宽1米多，上离峰顶80余米，高入云表；下距沟底300余米，悬于危岩上。每逢雨过云涌，人在桥上过，云在脚下飞，使人有平步青云，飘飘欲仙之感。

大罗宫旁还有一斗泉，一斗泉是一处天然生成的石泉，因仅仅能盛一斗水而得名。传说很久以前绵山缺水，元始天尊云游至此，用拂尘醮东海之水，往绵山洒了几点，绵山便出现了很多泉水，最后一点滴在此处，形成一斗泉。后来这里成为元始天尊的道场，百姓有祷必应。为了感谢神恩，依山而建了洞真宫。

再前行便是朱家凹景区，上去需攀100多石阶。这里与朱明王朝兴起有关，是一处"圣迹"。据称在元代末年，明太祖朱元璋的父亲朱五四在这里修行，祈祷上苍保佑儿孙富贵，结果他的儿子朱元璋在灵宝天尊的庇佑下，统一了中国，当上了皇帝，建立了大明王朝。洪武十八年朱元璋派皇十七子朱权来绵山谢恩，大兴土木，修葺洞玄宫，便成了朱家凹的来历，真叫人思古之悠悠。

最精彩的是绵山中心抱佛岩。此处山岩上部突出，下部凹回如穹窿，犹如两手抱腹，且腹中空空。后在岩中建寺，称抱佛寺，即云峰寺。抱佛岩坐东面西，高60米，深50米，长180米，分上下两层，抱两百余间殿宇、馆舍于"腹"内，始建于三国曹魏时期，高僧迪公经营始建，容两千年历史文明于其间，为天下"绝无仅有"，后遭日寇焚毁，20世纪90年代重建。殿中有"空王佛"田志超等塑像，都深嵌在岩壁石窟中的佛龛内。寺内还保存有许多唐、宋、元、明时期的碑刻、雕塑，具有很高的文物价值。抱佛岩顶壁挂着铃铛，随风叮当作响，场面惊心动魄，令人赞叹叫绝。在此登高眺望，远处莽莽苍苍，群峰拥翠，延绵不绝，岩前面临深谷，两侧山峰相望，烟寺相依，令人浮想联翩。抱佛岩东行百米有铁索岭，铁索从崖顶垂下，可攀援而上到达山巅，上有银空洞、竹林寺、铁瓦寺、摩斯塔等景点，是天下最古老的攀崖铁索栈道。铁索岭的铁索和下方云梯悬挂于唐代之前，是唐代大诗人贺知章当年登山的一条险径。我前三次来这里时，抱佛寺只是残墙断壁，破烂不堪，印象最深的是有几尊外包粗衣里面为真人骨的塑像坐于灵台上，或许是原来寺庙的和尚或道士，圆寂后被塑于此，而且庙后还有一片墓塔林，自然是一代代寺庙人的墓地。但第四次到此已面目全非，真人骨不见了，只有一田志超的五彩塑像，说是包骨真身。塔林也不见了，不知移至何处？我第一次来这里时有一守庙老人讲当年日寇扫荡焚烧了抱佛寺，因当年这里驻扎着抗日县政府，据说日本人烧庙时还跪倒一片叫神灵饶恕，因为他们都信佛。

在抱佛岩一侧有景点栖贤谷，这是一道蜿蜒而上、九曲一线天的峡谷。两边怪石嶙峋，谷底溪流淙淙，空谷传声，须攀十余架天梯才能通过，相传当年介子推母子就是经这里到达归隐地的。2021年我第六次到绵山，从这里乘缆车到山顶。一片山坡前，寻见了介子推墓。此墓只是从山坡往里开挖，用青砖封门，墓前有历代名人凭吊介子推的诗文碑刻十余通，旁边立碑说明此墓丘称介公墓，为介子推的衣冠冢。据说当年晋文公拾介子推衣冠，依山而建此墓，按侯爵规制营造。立于墓前沉思，介子推为两千多年前的人物了，他的忠心与孝心流芳千古，为华夏百姓称道，甚至产生了一个清明节源远流长。历史上的皇帝、宰相、王公、国戚有多少,也没有他如此青史留名,他的品德代表了华夏的深厚文化,才令人们永久怀念。一块简单的墓地,松柏素素,清风穆穆,使人发思古崇贤之情怀。

  绵山秀色还有水涛仙沟。一条溪水在山涧流淌,我们沿水行走,两旁山峰高耸,苍翠如黛,景色之美,如诗如画。北魏郦道元《水经注》所称的绵山石桐水,千回百转,飞流激荡,形成大小不一、形态各异的瀑布数十处,宛若镶嵌在茂林丛中的一串串碧玉,使人置身于扑朔迷离、神奇莫测的南国水乡之中。沟中主要景观有:五龙树、五龙飞瀑、莲花峰、仙箓榜、子月峰、刀劈石、雄狮瀑、水帘洞等自然山水奇观;还有仙女坐龟、碧溪垂钓、牛角挂书、知章醉酒等雕塑小品。那五龙飞瀑,落差八十余米,跌落于五龙潭,令人叹为观止;水帘洞,为天下修性养气、辟谷成真第一洞,洞口飞流如练,洞内可容三四十人,为历代高僧、高道辟关、辟谷的修炼场所。水涛沟为拜神仙、游仙境、得仙气的游览去处,游人到此也如痴如醉了。

  绵山,山古水活,古迹众多,又有大量的古老传说,以其鲜明的个性跻身于中国名山之列。"万壑千崖增秀丽,往来人在画图中",此山、此水即使在名声显赫的三山五岳也难寻、难觅,给我留下了永恒的记忆。

绵山风光

榆次县衙的楹联

我于1968年至1990年在山西插队工作生活了二十多年,其中在榆次山村插队三年。榆次也是古城,遗留了不少古迹,那个县衙是其中之一。

有种说法是:朝堂看故宫,县衙看榆次。提起古代衙门,我们都很熟悉的是"击鼓鸣冤""三堂会审"的情景,但要找到身临其境的感觉,到山西榆次县衙逛逛确是不错的选择。

榆次县衙坐落在榆次老街上。俗话说"天下衙门朝南开",榆次县衙自然也是坐落在街北,大门面南而开。首先看到的是临街屹立的牌坊,正中主牌坊为四柱三间式,四根云纹雕饰大石柱安放在一米多高的草白玉石须弥座上,柱前后抱柱石、石鼓、石狮;门头匾额"民具尔瞻"非常醒目,左右四门眉题"正风、敦仁、崇礼、尚俭"。再看两侧各有一个简洁的两柱一门式配坊,坊顶柱头之上,均有一只向南张望的石狮。作为整个建筑组群的序幕,县衙牌坊给人一种庄严雄伟之感。

榆次县衙有"晋藩首辅"之名,始建于宋朝,建筑风格是中轴对称,六进六出,左文右武,前堂后寝。建有五堂二十六个院落,占地二万多平方米,房舍四百余间。古代县衙规置多是四径三堂,而榆次县衙有六径五堂,原因是宋初灭北汉之际(979),宋太宗赵光义认为晋阳屡出"真命天子",有"王者之气",故以火烧水淹,摧毁晋阳古城(位于今太原晋源区境内),将并州府迁到了榆次,榆次县衙也就升到了州府衙门的建制,有"三晋第一署"之称。榆次县衙经过历代修葺,集中国古典建筑艺术之大成。其间牌楼、牌坊、厅、堂、廊、轩、楼、阁,众多的建筑形式精彩纷呈、生动古朴;砖雕、木雕、石雕等古典建筑的艺术构件刻工精细、为数极多;五堂、六房、县丞院、钱税院、牢房院和土地祠、侯祠、衙神庙、狱神庙、马王庙、思凤楼等行政管理、文化生活、神庙祭祀系统功能齐全、价值很高。整个县衙建筑群是传统王权与神权、封建礼制、古建艺术、乡土特色和官制变迁的实物标本,堪称中国封建社会县级政权衙门的历史见证。

叫我最感兴趣的是衙内随处可见的各种楹联和匾额,讲述了中国古代理想的为官之道和做官操守,看后感受颇深。

走近县衙大门就见门柱楹联"居官当思尽其天职,为政尤贵合乎民心。"没进大门,就见此联,这是要求县衙官员精心干好本职工作,干事要符合民心,心想这和我们现在要求官员做到的没啥差别啊!

穿过大门,来到第二进庭院。二进庭院很宽阔,甬道中间立着一道石牌坊。额题"廉生威",两边柱上刻着:大其牖,天光入;公其心,万善出。背面题"公生明"。这道石坊称为"戒石坊",牌坊后两侧,各立有一块"戒石"碑。庭院两侧有六房,它们是明清时代州县衙门下设的六个办公机构,相当我们现在县市一级的各局。左侧三房:吏、户、礼,右侧三房:兵、刑、工。其中,吏房负责下属官吏的任免、考绩和升降;户房负责土地、户口、赋税、财政等;礼房负责典礼、科举、教育等;兵房负责军政;刑房负责司法、诉讼等;工房负责工程、营造、屯田、水利等。州县六房对应于中央的六部。有趣的是这六房门柱都有楹联,概括了本房的工作性质与操守。

刑房楹联:按律量刑昭天理;依法治罪摒私情。

吏房楹联:选官擢吏贤而举;考政核绩廉以衡。

户房楹联:造户量田唯勤唯爱;征赋理财亦谨亦公。

礼房楹联:兴学崇贤理智教化;隆礼制典仁义规绳。

兵房楹联:厉兵秣马常备不懈;枕戈待旦防患未然。

工房楹联:修路开渠造福乡梓;鸠宫选料营建明堂。

看后浮想联翩:古代封建社会对官员的要求并不错呀,处处都是秉公办事,要求也很规范。如果真按此行动,老百姓不会不拥护,可封建王朝最后总被推翻,可见有好的规定并不遵守,再好的条文也是空谈。

戒石坊正面,就是县衙的大堂——牧爱堂。大堂是榆次县衙的中心建筑,月台承载,石栏维护,面阔五楹,进深三间,前有三间抱厦,檐下挂有横匾"牧爱堂",蕴含着施爱于民的仁政主张。大堂是县官处理政务、升堂亲事以及举行各种礼仪庆典和公堂审案的地方。大堂前有两副楹联,一是:

吃百姓之饭穿百姓之衣莫道百姓可欺自己也是百姓;

得一官不荣失一官不辱勿说一官无用地方全靠一官。

二是:

为政戒贪贪利贪名亦贪勿务声华忘政事;

养廉惟俭俭己俭人非俭还须克己守廉正。

看,说得多好!古代封建官员都知道:当官是靠人民养活,就要勤俭、廉正,为人民办事,这也是给我们的深刻启示。

大堂后面县衙是二堂也叫二公堂。二堂为县官调节审理轻小案件或涉及不宜公开的民事案件和夜晚召集下属议事的地方。二堂面阔三间,规模比起大堂来,就要小得多了,但该堂虽小,但胜在精致。堂檐下的横匾题着"悬鉴涵冰",四个字雄浑苍劲,极为美观。堂前石柱上楹联:

浮躁一分到处便招尤悔;因循二字从来误尽英雄。

意在告诫官员踏实做事,不要因循守旧,应该改革创新,对当下很有借鉴意义。

二堂之后是三堂。三堂是知县日常办公,批示公文,用印划签的地方,俗称"签押房"。三堂很小,面阔三间,檐下挂"恭敬惠养"牌匾,左右各挂一盏白灯笼,上写一个"警"字。堂前楹联:

要办事莫生事要任怨莫敛怨;可兴利毋近利可急功毋喜功。

这是提醒任劳任怨办事,不要好大喜功,贪图名利。

三堂后面是一过道,过道正中有一院门,门前蹲着两只小石狮子,院门两侧的砖墙上刻有精美的砖雕,还有一副砖雕的楹联:

光前须种书中粟;裕后还耕心上田。

院门上方有一牌匾,写"雍和"两字,门前楹柱上楹联:

治赋有常经勿施小恩忘大体;驭官无别法但存公道去私情。

内宅门内也有楹联:

清心以尽心意外升沉皆定数;办事勿多事个中界限要分明。

这座小院门就是内宅门,是县衙前堂后寝的分界。在内宅门外,左右两侧有几个小院子，分别是典史院、主簿院、县丞院和钱粮院。是县衙下属官员或师爷办公的地方。各个小院不大，两三间平房，但每间房前都有楹联。

县丞院楹联：

既然穿吏服心要忧国忧民；纵使卖番薯称须足斤足两。

主簿院楹联：

举要理繁务先大体；鸿风懿采瞻彼前修。

钱税院楹联：

开源节流裕充国课；量入为出利达乡黎。

巡捕厅楹联：

成于思，毁于随，吾所惕之；约诸人，周诸己，君其勉之。

以上这些都是各下属部门官员办事的原则，标准也颇为严肃。

四堂——思补堂。进入内宅门，就到了县太爷一家生活起居的地方了，包括四堂，五堂和东西两套小院。迈进院门，是一传统的四合院，有正房和东西厢房，正房是四堂，面阔五间。四堂名"思补堂"，是知县的书房和卧室。檐下挂"思补堂"匾额，门前楹柱上楹联：

人人论功名功有实功名有实名存一点掩耳盗铃之私心终为无益；

官官称父母父必真父母必真母做几件悬羊卖狗的假事总不相干。

现在屋内有一康熙皇帝的蜡像，再现了康熙四十二年（1703）7月，康熙皇帝微服私访到榆次县衙，并下榻在四堂的历史场景。康熙还写下："剧暑悲难渡；清秋喜却回"，对联赐与县令祖良才。这联也成为榆次县衙的镇衙之宝。四堂还有楹联也耐人寻味：

清心以尽心意外升沉皆定数；办事勿多事个中界限要分明。

五堂叫"冰雪堂"，是县衙第六进院落中的主体建筑，也是衙署中最深的一处。五堂是一座一开五楹两层楼榭，木楼雕花，极为精致。这是知县家人生活起居的地方。下层门前出檐，檐下也有横匾，题曰"冰雪堂"。二楼檐下挂着横匾，题"槐月轩"。门柱上的楹联是：

堂上一官称父母莫言当官易要广施父母之恩典；

眼前百姓即儿孙应知为民难须多照儿孙以福星。

这要求知县做百姓父母官，将百姓当做自己的儿孙对待，但做好不易。以前听说"三年清知府，十万雪花银"，如果按楹联上说的去做哪能出这样的贪官污吏。

县衙里的建筑上还有些有趣的楹联，比如马神庙是祀祭马王神的神庙，楹联是：

房驷腾辉周凤驾；骅骝献瑞冀空群。

衙神庙是祀祭衙署之神皋陶的神庙。皋陶是虞舜时期的最高法官，是中国刑法的创始人，楹联：

　　刑而不虐为庙树万代人理；造狱决断于衙立千载神明。

　　牢神庙是祀祭牢神的庙堂，狱神堂中的牢神是明代人亚烬，是杂神中最年轻的神。牢神庙建在牢狱内，罪犯刚押入狱中时，或判刑后起解赴刑前，都要祭一下牢神。狱神堂上楹联：

　　触法即欺天十恶不赦；悔过是回头一体宽容。

　　心田坦坦宜种德莫负心；天网恢恢易造孽难欺天。

　　酂侯祠供奉的是西汉丞相萧何，楹联：

　　策马追贤留佳话；运智安邦著德馨。

　　酂侯祠前还有一座戏台，称为"音飞白雪"；戏台台柱有副对联：

　　人情到底好排场耀武扬威任尔放开眉眼做；

　　世事原来多假局装模作样惟吾踏实脚跟看。

　　从榆次县衙出来，一直回味着这些楹联的内容，不禁感慨万分：中国的封建社会延续了近三千年，封建王朝的官员也统治了百姓几千年。榆次县衙是封建王朝的统治机关，里面的官员代表封建阶级的利益管理国家百姓，可从楹联内容看，封建王朝也要求管理者们当官为民、勤政廉正，并铭刻在办公地点的显要处以便随时遵循照办，但终究也没能叫封建制度延续，封建王朝还是被人民推翻了。所以说任何制度制定得再好，写在纸上，刻在墙上，但如不遵守也是白搭。

　　榆次县衙里的楹联不但是中国优秀传统文化的精髓，也是我们现在行为的参考甚至标准，值得好好学习、宣传、运用。

榆次县衙

云丘山冰洞探奇

　　头次听说冰洞感到新鲜，是什么样子的？总想观看全面。听说山西有两处冰洞，晋北一处在宁武，晋南一处在云丘山。恰好自驾山西游去晋南，云丘山冰洞就是必去的景点。

　　冰洞是近些年来才开发出来的，它是什么模样？怎么形成的呢？据专家解释：夏季，冰川经常处于消融状态中。冰川的消融分为冰下消融、冰内消融和冰面消融三种。地壳经常不断向冰川底部输送热量，从而引起冰下消融。当冰面融水沿着冰川裂缝流入冰川内部，就会产生冰内消融。冰内消融的结果，孕育出许多独特的冰川岩溶现象，如冰漏斗、冰井、冰隧道和冰洞等。这个问题挺深奥，只待科学家进一步研究探索，我们只是享受冰洞的景观，以开阔视野、获得愉悦。

　　云丘山位于山西省临汾市乡宁县关王庙乡大河村、坂儿上村境内，地处吕梁山与汾渭地堑交汇处。怀着好奇的心情，2021年仲春时节我驾车驶向晋南的乡宁县云丘山，车上的导航精确指引着路线。经高速、走国道后还驶入了一段村间小道，心想：云丘山景区怎么隐藏在山乡僻壤？不过接近景区是一片开阔，大门外有很大的停车场，可没停几辆车，与国内许多景点车多人满状况成反差。不过心中暗喜，人少清静，景区宁静，环境洁净，心情安静。

　　六十五岁以上游客进景区凭身份证免票，也是全山西旅游景区的统一规定，很人性化。开车进入景区大门，里面有两处宾馆，选了一处下榻，将车停在宾馆前停车场。宾馆房间很大，条件不错，感到满意。宾馆人员告知云丘山风景区有两条旅游路线，有景区车前往。一看路线图才知景区真大，游览路线也长，还要登山，要想转遍起码三天以上时间，可我的时间、体力有限，还要去其他地方，只选择了去冰洞的那条游览线，但得等次日上午，有景区车来接。

　　黄昏时分，在宾馆前的空地上溜达，四周静悄悄，天上有飞鸟，四周山姿美，形态挺娇俏，这儿的山不像北方高山险岭的狰狞，只在天际上画了起伏的曲线。在这闲情逸致的氛围中，回想前几天游览过的介休绵山，与此地有很大不同。绵山大气磅礴、伟岸挺拔，云丘山柔和细腻、娇艳美丽。一个似男人的气魄，一个如少女的柔婉。

　　次日早晨八点，景区游览车到宾馆门前接游客。车驶向冰洞，不过也就十几分钟，停在一个停车场，之后需游人步行前往，前面路窄不能行驶大车。下车行走，一路上坡，走着走着，来到一狭窄地带，一边是山，沿山流出一股清水成小溪，溪边有路，地面立一石碑，上有"神仙峪"三字，旁有清水池，一群白鹅戏水，碧水来自小溪，溪水清澈透底，流水潺潺而下。沿路继续上行，时而有野鸭栖息水边，绿树护卫溪水，鲜花点缀其中，一派田园风光，被称为"神仙峪"名副其实。小溪上有几座小石桥，古色古香，时而水面还弥漫出阵阵雾气，飘飘洒洒穿越小桥，诗情画意令人陶醉，雾气是人造的，为给景区增色。这美丽的溪水来自云丘山的"神泉"，水质甘甜清冽，含有丰富的矿物质，是天然的优质水源。据说明代发生瘟疫，其他地方的大部人都被传染，只有饮用神泉水的人没有染病。清代山西大旱，云丘山周围泉枯井干，唯有此泉清水长流，因此被称"神泉"。

踏上一处古老的石板路右拐继续上行，进入了一村落，名称"塔尔坡"。此村已有2500多年历史，原名榻耳坡，据说因老子李耳云游天下曾下榻此地得名。古村依山傍水，林木葱茂，古老的石板路穿行在树林中，院落依山而建，建筑材料以石材为主。枝繁叶茂的大树耸立村中，最古老的有5棵，最粗的一棵是1000多年前的唐槐。大家在古村游览一阵，清风拂面，思古悠悠，仿佛穿越回到千年之前。

冰洞是上午10点才开放，离塔尔坡古村还有一段距离，且都是往上攀登，好在有电动车前往，每人单程5元，步行就要花费较长时间和体力，游人都选择了乘车。

电动车拉游客到停车场，到冰洞还需攀登几百米，好在道路宽敞好走，路旁还有一处人造滑草场，草坪斜坡从上向下装饰得五颜六色，很是迷人，只是没有开放。向上攀走，气喘吁吁，终于到了冰洞跟前，但见洞口不大，进洞收费每人120元，70岁以上游客凭身份证免费。

急迫进洞，好一探究竟。洞口有服务人员发给每人一顶头盔和一件棉大衣。穿戴之后通过一段冰隧道，前面豁然出现了冰的水晶宫，一片冰清玉洁。冰洞连着冰洞，相互贯通，蜿蜒曲折，洞壁长年结冰，冰凌多姿多样：粗大壮观的冰柱高耸屹立；惟妙惟肖的冰笋亲密簇拥；形如巨伞的冰菇沉静默默；晶莹剔透的冰花争相怒放。它们在五彩灯光的照射下，美轮美奂，犹如仙境，看着这一切，不由惊叹大自然鬼斧神工的杰作！在冰群里左拐右转近一小时，转遍了几个冰洞，幸亏带着头盔，那冰冻得结结实实，光滑如镜，但有的也棱角突出，没有头盔保护怕被碰得头破血流，洞内温度都在零下几度，不穿棉大衣很快就被冻僵。这神奇的天然冰世界像把人们带进了另一个空间，当走出了冰洞出口，感受到太阳的光辉，恍惚中回到了人间。

云丘山冰洞群，是世界三大冰洞奇观之一，也是目前国内发现规模最大的天然冰洞群。云丘山景区范围内已发现了16个冰洞群，我们参观的这个只是其中一个，叫一号冰洞群，还有 15 个没开放，而此一号冰洞群由 11 个洞腔组成，目前只开放了 5 个洞腔，总长 100 多米，最宽处有 12 米，最高有 15 米。这也是经过 16 年的探索开发，2019 年才作为旅游景点向游人开放，看来云丘山众多庞大的冰洞群还远没有开发呢。云丘山冰洞群产生于第四季冰川期，距今有 300 多万年历史，它的规模在世界上都极为罕见，是一种特别复杂的地热异常现象。中科院地质专家表示，从目前国内乃至世界来看，该冰洞堪称第一。

云丘山冰洞

震撼的壶口瀑布

阳春三月,春光明媚,跟着春的脚步我们驱车来到山西吉县壶口瀑布景区。

广阔的黄河滩与黄土高原一色,山花含苞待放,山峦开始泛绿,对面山腰有"黄河大合唱"几个大字,叫人立时兴奋不已。只听到远处巨大的轰鸣声响,振聋发聩,不禁哼起"风在吼,马在叫,黄河在咆哮,黄河在咆哮……"的歌曲。

继续走近,那涛声更加激荡人心,听得热血沸腾,仿佛是自己的血液在奔流。再到近前,立时被眼前的情景深深震撼!黄河在巨声咆哮,激流翻滚,气壮山河,震惊寰宇,溅起了层层水雾,带着黄土的气味,弥漫了两岸的河滩。此时感到人是那么渺小,渺小得意识不到自己的存在,忘记了一切,只醉心于这壮观的奔流中了。

壶口瀑布由这里的特殊地形所造就。黄河从晋陕大峡谷中曲折向南奔流,到山西吉县与陕西宜川一带,被两岸苍山挟持,河床在此像突然断裂一样,500余米宽的洪流骤然被两岸束缚,收束为50余米,约束在狭窄的石谷中。滔滔黄河水没有了去路,却不停止,从20余米高的断层石崖飞泻直下,跌入30余米宽的石槽之中,桀骜不驯,奔腾怒啸,涛声轰鸣,气吞山河,形如巨壶沸腾,令人心惊胆颤!

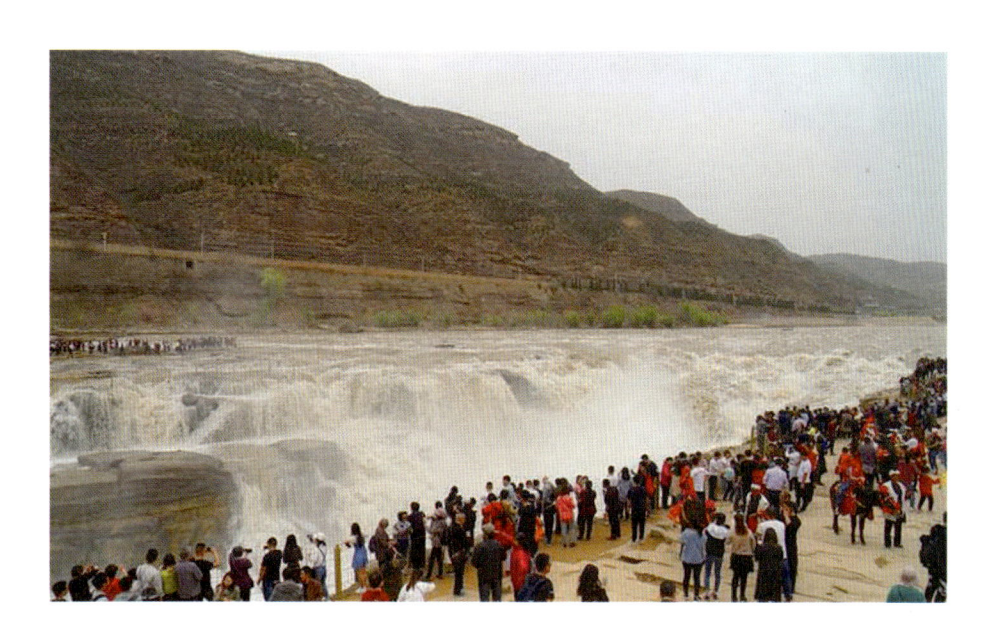

壶口瀑布是中国第二大瀑布，世界上最大的黄色瀑布。它与广西的德天瀑布、贵州的黄果树瀑布同为中国三大瀑布。黄河壶口瀑布古已闻名，《水经注》载："禹治水，壶口始。"明代有位诗人写《壶口》一诗赞道："源出昆仑衍大流，玉关九转一壶收。双腾虹浅直冲斗，三鼓鲸鳞敢负舟。"明陈维藩在《壶口秋风》诗中描写道："秋风卷起千层浪，晚日迎来万丈红。"黄河西出昆仑，源远流长，雄伟多姿的龙门，世称"九河之蹬"的孟门山（位于龙门与壶口之间）与四时迷雾的壶口瀑布最为壮观，号称黄河三绝。壶口瀑布更以它惊天地泣鬼神之势、声绝九霄之壮著称于世。

1987年9月，黄河漂流队探险队员王来安乘坐由40个汽车轮胎缠结成的密封舱，顺瀑布而下，揭开了人类在壶口体育探险的序幕，人称"黄河第一漂"。1997年6月1日，柯受良驾车飞越壶口，创下世界跨度最大的飞车世界纪录，被称为"世界第一飞"。

当晚霞布满西天，夜幕即将降临，我们依依不舍离开了壶口瀑布。黄河，中华民族的母亲河，华夏子孙在你的抚育下繁衍生活在这片古老的土地上，你给予了我们多少幸福、快乐，我们热爱这片土地，我们热爱自己的祖国！

汹涌澎湃的壶口瀑布

神秘的湘峪古堡

400年的风风雨雨,足以让一个地方的模样变幻无数次,而就在山西省沁水县的深山里,藏着一个古堡式的村落,400年了,依旧保存完好,被称为"中国北方明代第一古城堡"。

迎着和煦的春风,踏着春的脚步,我们来拜访这个神秘的古堡。站在远处仰望古城,只见高大气派的城墙和城门,城内房屋上的拱型窗孔,密密麻麻,犹如蜂窝。几座岗楼式的建筑耸立蓝天下,这是作为防御瞭望之用。古堡内最高建筑叫"看家楼",也叫"瞭望楼",是全国明代留存至今最高的一栋建筑。

古韵悠悠,湘峪古堡完成于明崇祯七年(1634),整个古堡由明朝户部尚书孙居相、御史都堂孙可相、四部首司孙鼎相三兄弟精心规划和严密组织,施工时间长达10年。湘峪原本是一个很普通的自然村,由于明代后期战乱较多,于是湘峪村的明代名宦孙氏三兄弟为防御外敌、保卫家园,带领村民们修筑了这座坚固的城堡。

走进古堡状如棋盘,城内路面石磨盘铺地,是当地一道罕见的独特景观。城中建

筑大多建于明末，民居以三到四层建筑为主，均为砖木结构。城堡内院院相通、楼楼相连，或曲径通幽，或逶迤交错，低头一看墙裙石雕异常惊艳，门柱的石础古色古香。这里的民居很大的一个特点是具有中西合璧的建筑装饰形式，窗户多采用拱券式窗孔，窗孔外墙饰以"眉檐垂柱"的砖雕。漫步在古堡之中，似乎穿越回几百年前的明代，感受着古风古韵的熏陶。

城堡外围有护城河，成为阻击外地人入侵的天堑，还有那高高的崖顶、洞洞相连的城墙，让敌军震慑，据说过去只能乘渡船进城。整个古堡地势险要，易守难攻，可谓一夫立城头，万夫莫开城。

目前这里暂没对外开放，保持着原汁原味的民居风格，平静悠闲，村民们安逸地生活着。一些慕名而来的游客散落其间，没有拥挤和喧哗，没有商业气息。在明媚的春光里我们享受着旅游的乐趣，登临怀古，思绪万千，古老的城堡为我们的生活增添了色彩。

湘峪古堡

永济三景

在山西南部有座叫永济的小城，虽然不大，但在中国古代举足轻重。这里曾建造的一座桥是中国建桥史上的辉煌；这里产生的一首诗成了千古绝唱；这里发生的一个美丽爱情故事至今还在流传。正是这些成了我向往的地方，2021年季春时节终于自驾车光顾了这座小城，留下了人生难忘的感受。

那日黄昏，驾车驶进永济，找了酒店下榻。观望这座小城，显得有些破旧，但可以看出近些年还是增加了一些现代化建筑，修筑了一些道路，城边的那条河上设置了一些水上喷泉，暮色中喷出的五彩水柱，也是绚丽多姿。问了酒店服务员，永济的那三个著名景点有多远，她笑答："不远，开车不用半小时即到。"三个景点互相离得很近，一上午就能看完，便决定第二天上午再去观光。

一、黄河铁牛的沉浮

次日早晨，定好车内导航，驾车奔向永济三景。道路平坦，人车很少，驾驶顺畅，其间路过蒲州古老的城门、城墙遗迹，正在修复。永济市位于山西省西南部，运城市所辖，秦、晋、豫三省黄河金三角交汇处，它南依中条山，西靠黄河滩，北边是台垣沟壑区，古称蒲坂，传说是舜都。中国夏朝之前传说的尧、舜、禹都是众人知晓的传奇人物，山西永济传说是舜都，离此不远的临汾传说是尧都，如真如此。山西可谓是华夏的发源地，中华民族的摇篮之一。

很快来到了"蒲津渡遗址"的大门前，对面挺大的停车场却没停一辆车，我们是唯一的一辆，可见还没有游客到来。

走进大门是一片开阔地，不远处有突出地面的高台，疾步向前拾级而上，立时被眼前的情景吸引。一片开阔地上摆放着巨大的铸铁铁牛、铁人、铁柱，走近一个个仔细观看，4尊铁牛每尊重30吨，高约1.9米，长约3米，宽约1.3米，牛尾后有横轴，直径约0.4米，长约2.3米，轴头有纹饰，各轴不同，分别铸有连珠、菱花、卷草、莲花等。铁牛头西尾东，横向两排，之间有铁山。4尊铁牛气势磅礴，威武雄健，伏卧着两眼圆睁，呈负重状，形象逼真，造形生动。每个牛侧有一铁人作牵引状，4人形态各异，造型精美，栩栩如生，分别代表着4个不同的民族。据史料称，这4尊庞大铁牛都是用来拴铁索之用，铁索又连舟组成黄河上最早、最长、最大的黄河大浮桥，是沟通山西、陕西、河南三省的重要纽带。巨型铁牛除固定浮桥外，还具象征作用。《易经》云："牛象坤，坤为土，土克水。"铁牛置于河岸，象征阻挡河水，征服水患。牛也是憨厚、实干的形象，我们常把模范人物比喻成"老黄牛"，自古以来人们对牛就有特殊的喜爱。除此之外还有七星铁柱，与铁牛融为一体充作舟桥索桩。看着这些精湛的古人杰作，不由赞叹当时人的智慧，要知道这些是千年之前的作品，那时科技和工具都很落后，制造这些真不容易，怪不得著名桥梁专家唐寰澄先生称赞铁牛、铁人说："这是一个具体的工程建设，有实际功能的艺术珍品，是技术和艺术有机结合的典型，是中国人民对世界桥梁、冶金、雕塑事业的贡献，是世界桥梁史上唯我独尊的永世无价之宝。"

高台下面为蒲津渡遗址博物馆，详细展示了蒲津渡过去的情况。蒲津渡是古代黄河的一大渡口，自古以来就是秦晋之交通要冲，历史上有很多朝代在这儿修造过浮桥。唐开元年间，随着蒲州一带经济的发展，蒲州城升为全国六大雄城之一，蒲津渡的交通地位显得更加重要。过去的竹索连舟桥已与雄城蒲州极不适应，当时的兵部尚书向唐明皇上疏，陈述蒲津桥破败不堪、难承车马重负的窘况。唐明皇听后立即降旨，决定在蒲津渡重建新桥，倾国力对蒲津桥进行了大规模的改建。历经苦战后铁牛铸成，分别伏卧于黄河两岸，将铁索拴系于其身，连接舟船，建起黄河上第一座固定铁索桥，第一次将黄河天堑变成通衢大道。从唐开元十二年到元朝初年桥被烧毁的500年间，蒲津桥一直是铁牛系铁索、铁索连舟船。金元之际，浮桥毁于战火，只剩下两岸的铁牛，直至清代因黄河逐渐向西改道，蒲津渡彻底废弃，后来因三门峡水库蓄洪而使河床淤积，河水西移，铁牛被埋入河滩。

1991年，在国家文物局的指导下，组成了联合考古发掘队，对遗址进行了全面科学地清理发掘，出土了唐开元12年铸造的铁牛4尊、铁人4尊、铁山两座、铁墩4个、七星铁柱1组、明代防护石堤70余米、明正德16年(1521)记事碑一通，还发现一座4米见方的砖屋遗址，是当时管理渡口的房屋遗迹。2001年，遗址被国务院公布为全国重点文物保护单位。

蒲津渡遗址是我国第一次发掘的大型渡口遗址，展现了我国古代桥梁交通、黄河治理、冶铸技术等各方面的科技成就，也揭示出黄河泥沙淤积、河水升高、河岸后退的变迁过程，为历史地理、水文地质、环境考古及黄河治理提供了有用资料。

观看了铁牛、铁人，参观了遗址博物馆，还没有将遗址逛完，在一侧树丛深处，还有复原当年蒲津铁索桥的模型。走过一片树丛，但见前面开挖的河道上的一座铁索桥。此桥是按当年蒲津渡的铁索桥复原而成，两头有铁人牵铁牛，铁牛尾部后轴引出铁索牵引桥上的铁索，桥下为舟船，可随黄河水涨落使桥上下调节。那时在大江大河上造桥还没有沉井打桩技术,只能造浮桥,而在黄河上使用每尊30吨的铁牛加上40吨的底座牵引铁索固定浮桥,在汹涌的黄河之上该是多么壮观,而且使用了500多年,历经了几个朝代,说它为世界建桥史上的伟大成就一点不过分。

漫步在这黄河故道上,遐想着当时的情景:千年之前,这里也是车水马龙,那时的国都在长安,离此地不太远,这儿自然成了交通要道,这座黄河铁索大浮桥,成了当时的一大奇观。如今这儿的黄河古道移到距此地南边数千米的地方,这里已是静悄悄的,只有铁牛、铁人向人们诉说着以前的辉煌。随着中国版图的变化、政治中心的北移,当年全国六大雄城的永济如今成了四线小城,社会的发展、时代的变迁是历史的必然。

黄河铁牛,中华民族的骄傲和自豪!

黄河铁牛

二、鹳雀楼的沧桑

离开了蒲津渡遗址,开车几千米便到了著名的鹳雀楼。

说起鹳雀楼,它位于永济市蒲州古城西面的黄河东岸,与武昌黄鹤楼、洞庭湖畔岳阳楼、南昌滕王阁齐名,被誉为我国古代四大名楼。这四大名楼我已游览过黄鹤楼和滕王阁,如今又到鹳雀楼,实现了人生一大愿望,以后还要找机会去岳阳楼一观,范仲淹著名的《岳阳楼记》曾背诵得滚瓜烂熟,有必要以后到实地感受一下。

车停在车场,进大门,也是大片开阔地,鹳雀楼高耸在几百米之外。有驾驶电动车的小贩过来揽客,说若走到鹳雀楼前费时费力,不如花点钱坐车前往,还说能带着绕楼一圈,便上车。也就几分钟就开到鹳雀楼前叫下车,但没绕楼,受了小贩忽悠,不过看到眼前雄伟壮观的鹳雀楼又兴奋起来。

　　这鹳雀楼是现存最大的仿唐建筑，外观四檐3层，高73.9米，有20多层楼高了，在蓝天下显得辉煌雄伟。在建筑形式上体现了唐代风格，内部分为6层。一层绘有王之涣的千古绝唱《登鹳雀楼》的诗作和大唐蒲州盛景，二层主题是悠远流长的华夏根祖文化，三层为亘古文明，四层黄土风韵，是山西黄土高原风光，五层展示旷世盛荣，六层登高远望极目千里。鹳雀楼的油漆彩画是国内失传的唐代彩画艺术，经过国家文物局的专家多方考察、抢救、重新创作设计，是国内唯一采用唐代彩画艺术恢复的唐代建筑。

　　楼内有电梯，乘电梯到了最高层，凭栏瞭望，天高地广，旷野葱葱，唯余莽莽，不远处的黄河奔流远方，近前有唐朝大诗人王之涣的塑像，他的那首《登鹳雀楼》"白日依山尽，黄河入海流。欲穷千里目，更上一层楼"千古绝唱，将鹳雀楼名扬天下。此诗前两句写的是自然景色，但开笔就有磅礴之势，夕阳落山，黄河入海，叫人心潮澎湃；后两句写意，把哲理与景物、情势融合一起，催人向上。此诗虽然只有20字，却气势宏大、意境深远，千百年来一直激励着中华民族昂扬向上。特别是后二句，常常被引用，借以表达积极探索和无限进取的人生态度。望景生情，想着王之涣的诗，感叹古人尚且都能悟出不断进取的道理，我们现代人何不将人生过得更灿烂些？

　　当然现在所登的鹳雀楼，不是原始的鹳雀楼。原始的鹳雀楼始建于南北朝的北周时期（约557—580），历经隋、唐、五代、宋、金700余年后，至元初成吉思汗的金戈铁马进攻中原，毁于战火，仅存故址。明初时故址尚存，后因黄河水泛滥，河道变动频繁，故址随之难以寻觅。永济市于1997年12月在黄河岸畔破土动工，使此楼自元初毁灭700余年后重建。2002年9月26日，新鹳雀楼落成，就是现在的鹳雀楼。这也要感谢王之涣的那首《登鹳雀楼》，让鹳雀楼名声一直流传，虽毁灭了700年还得以重建，诗成就了楼，楼由诗再生，文学的魅力起到了非同小可的作用。

　　其实鹳雀楼在北周时主要是军事设施，估计是作为瞭望防卫之用，当时也算高大建筑，以那时的情况绝不会比现在重建的雄伟高大，况且现代的鹳雀楼已装有电梯，免去了游客登高费力之苦。不过原始的鹳雀楼在唐宋时期也被誉为中州大地的登高胜地，它立晋望秦，独立于中州，前瞻中条山秀，下瞰黄河奔流，龙踞虎视，下临八州，也吸引了历代名流登临作赋。除唐代诗人王之涣登楼时有感而发作的诗外，还有唐代李益、畅当两首也很出名。李益的《登鹳雀楼》："鹳雀楼西百尺樯，汀洲云树共茫茫。汉家箫鼓空流水，魏国山河半夕阳。事去千年犹恨速，愁来一日即为长。风烟并起思乡望，远目非春亦自伤。"畅当的《题鹳雀楼》："迥临飞鸟上，高出世尘间。天势围平野，河流入断山。"这两首也有意境，文采飞扬，但与王之涣的那首比起来还是逊色了些。

文学作品也有质量高低的比较，杰出的作品终究能得到人们的喜爱而流芳百世。从鹳雀楼下来问一当地长者，原来的鹳雀楼建在哪里，答曰：就在蒲津渡遗址黄河铁牛那儿附近。细想也对，那儿曾是黄河故道，蒲津铁索桥建在那儿，鹳雀楼在那儿附近有可能，这更增加了我的兴致。

游罢鹳雀楼，感叹之悠悠，想起曾在武昌登黄鹤楼望长江，在南昌登滕王阁看赣江，今又登鹳雀楼观黄河，岁月穿梭，人生几何，不由赋诗一首："长天碧空下，登临颧雀楼。黄河天际流，思古之悠悠。人生多阶梯，进退可自由。只要活圆满，多余不必求。"

鹳雀楼王之涣塑像

三、普救寺的故事

这里曾发生一个源远流长的美丽爱情故事，同时叫响了一个称为"红娘"的名字，而这些来自那部名为《西厢记》的元代戏曲剧本，而剧本的素材又产生于这里。绕来绕去，还是说出这里的名字——普救寺。

普救寺是一座佛教寺院，位于永济的峨眉塬头。据文物考证推断，隋朝初年就有普救寺了，不过，那时不叫普救寺，而叫西永清院。五代时河东节度使叛乱，后汉皇帝高祖刘知远派郭威领兵征讨，久攻不克。郭威找院僧询问对策，僧人说："只要发善心，城池即可攻下。"郭威当即折箭为誓，表示决不加害百姓。第二天，郭威的军队果然攻下州城，并遵守誓言，没有杀戮一人。从此，西永清院便更名为普救寺。宋朝，对普救寺进行修葺。明朝嘉靖三十四年（1555），普救寺所在地区发生了一次大地震，寺院的殿堂僧舍、楼阁塔坊被毁，八年之后，才得以重新修复。到了清末，寺院已很破旧。1920年又遭受了一次大火，之后又受到侵华日军的破坏，至1949年时，普救寺只剩下塔、石狮、菩萨洞，其余建筑已不复存在。1986年，又对普救寺进行了修复，恢复了原样。

看来普救寺也是多灾多难。说实在的，它的规模、作用，与全国众多寺庙没有特殊之处，而令它更出名的是因为它是《西厢记》故事的发生地。

《西厢记》故事里张生与崔莺莺的爱情故事、红娘从中穿针引线充当联系人的情节已成了中国人津津乐道的闲谈话题。当年，张生赴京赶考，途中遇雨，到普救寺游玩，碰巧在寺内看见了扶送父亲灵柩回乡时滞留在寺内的崔莺莺，两人一见钟情。张生当年的读书处西轩，在大雄宝殿的西侧，莺莺和她母亲、丫鬟红娘居住的梨花深院，在大雄宝殿的东侧。于是在红娘的帮助下，张生、崔莹莹几次幽会，后被崔母发现拷问红娘，知道原委，但崔母不同意张生、莺莺的婚事。守卫蒲津桥的将领孙飞虎听说崔莺莺长得如花似玉，貌似天仙，想占其为妻，遂带领五千人马将普救寺围住。满寺僧侣惶恐不安，老夫人迫于无奈，许诺有退得贼兵者即将莺莺许配为妻。此正中张生之意，即献策书报蒲关，请同窗好友白马将军破贼解之围。后崔母反悔，嫌张生只是破落书生，要他考取功名才答应将莺莺许配与他，后张生进京赶考取得成功，与莺莺结为百年之好，故事以喜剧结尾。这个故事还产生了一句名言"有情人终成眷属"，而且从中帮忙穿针引线的丫环"红娘"名字成了媒人的代称，一直流传至今。中国还有一个爱情故事《梁山伯与祝英台》却没有这么好的结局，俩人争取自由婚姻失败，最后化为蝴蝶，被封建礼教所害。爱情是人类永恒的主题，普救寺发生的爱情故事吸引着人们对此处的向往，我自然也不例外。

驱车从鹳雀楼到此也就十几分钟。1973年，我当时在介休铁路部门工作，那年铁路分局宣传科在永济火车站组织开会，我参加会议，没能进永济县城游逛，却在闲暇时到普救寺遗址一观。当时寺庙荡然无存，那个只有一塔的山头都是破砖碎瓦一片荒芜。当地人说那塔叫莺莺塔，在一定距离的一块石头上敲击，塔里会传来青蛙的叫声，一试果然灵验，从此记住这里。至于《西厢记》故事却没在意，因那时正值"文革"时期，张生、崔莺莺都是才子佳人，他们的故事被认为是封建糟粕，属批判之列。

这次来此大不一样了，下车一看，普救寺重建一新，庙门庄严，峨眉源上高塔耸立，树木葱茏，殿堂错落有致，僧舍鳞次栉比。走进庙门，出现一陡高石阶，拾级而上，攀完已是气喘吁吁，但旁边也有缓坡可走，只是没细看，但走了捷径。普救寺内寺院建筑布局为上中下三层台，东中西三轴线，规模恢宏，别具一格。从塬上到塬下，殿宇楼阁，廊榭佛塔，依塬托势，逐级升高，给人以雄浑庄严之感。绕寺一周，后山坡还有花园，据说当年张生、崔莺莺就在此幽会。寺庙里格局与全国其他寺庙相似，如同样正面就是大雄宝殿。我对那些庙宇楼阁兴趣不是太大，主要是想寻找《西厢记》里记叙的那些建筑。先在塬的一侧找到莺莺塔回响蛙声地方，对着莺莺塔，根据说明在距离塔的一个地点有一专门供游人敲击处，还有供敲打的工具，拿起一敲，蛙声再现，很有趣味。土塬顶那座13层、37米高的方形砖塔，原名舍利塔，俗称莺莺塔，它同北京天坛的回音壁、河南宝轮寺塔、四川潼南县大佛寺内的"石琴"，并称为我国现存的四大回音建筑。它与缅甸掸邦的摇头塔、匈牙利索尔诺克的音乐塔、摩洛哥马拉克斯的香塔、法国巴黎的钟塔、意大利的比萨斜塔，并称为世界六大奇塔。普救寺的这座莺莺塔在全国寺庙中来说也是独树一帜了。

敲塔完毕，转回继续寻找"西厢记"，张生借住的"西轩"有张生苦读形态的蜡像，再前行就到了《西厢记》故事发生的主题处。一个院门，古朴玲珑的垂花门上"梨花深院"的匾额引人注目，两旁"梨花院落溶溶月，柳絮池塘淡淡风"的诗联，道出这里的典雅幽静。《西厢记》中"请宴""赖婚""逾垣""拷红"等戏，皆发生于此。这是崔莺莺一家人借居普救寺的临时寓所，为一座具有中国北方民俗特点的三合小院。它坐北朝南，南设院门，院内北房三间为老夫人的居室，室内右卧室、中堂屋、左佛堂，"拷问红娘"即发生在此；西厢房三间，为莺莺和红娘的居室；东厢房三间为莺莺之弟欢郎的居室。此院之中，最引人入胜的有两处：一是东厢南侧一段墙，墙下翠竹环抱着一块太湖石，墙外有一株杏树，枝繁叶茂，就是当年张生受莺莺之约，半夜跳粉墙巧相会的地方。见此不由想起那首"待月西厢下，迎风户半开。隔墙花影动，疑是玉人来"的爱情诗，更觉有意境。另一处是西厢南侧一方石碣，上刻"普救寺莺莺故居"七言律诗一首。跋文载，此诗是金大定年间河中府同知王仲通游寺时所撰写的，因此称作"金代诗碣"，诗云："东风门巷日悠哉，翠袂云裾挽不回。无据塞鸿沉信息，为谁红燕自归来。花飞小院愁红雨，春老西厢锁绿苔。我恐返魂窥宋玉，墙头乱眼窃怜才。"这方诗碣，是这次修复清基时出土的，它是迄今寺内保留年代最久，直接记述崔、张故事的实物佐证。最有意思的是转到小院墙外的杏树旁，见此树不高不低，中间树权位置恰巧适中，当年张生脚踏树权越墙而过，墙里又有太湖石接应，毫不费力，树旁还有一牌子上书"张生踰墙处"。咋瞧那"踰"字挺生疏，不知如何发音及意思，后来一查才知读"yú"，为"越过"之意。挺欣赏牌子设计人使用此字，不平白还有动感。当然此树及墙内的太湖石是复建时的杰作，当年真实情况是否如此不得而知，不过很佩服张生、崔莺莺在那时的封建礼教严厉束缚下大胆追求爱情的举动,留下了千古佳话。

寺内还有一飞檐翘角、气势雄伟的大钟楼。此楼高 17 米,楼上悬匾"大钟楼",楼前楹联曰:"高标跨穹窿,百尺危楼独雄秀;钟声震寰宇,万念俱空悟世人。"这座大钟楼在《西厢记》"白马解围"一折中成了"观阵台"。当年张生请来的好友白马将军与孙飞虎在庙前决战解围,张生请老夫人登此楼观战,倒是挺有意思的。

恋恋不舍离开普救寺,似乎将《西厢记》故事重读了一遍。爱情是人生的关口,每个人都会遇到,也决定着人生的命运。愿天下有情人终成眷属,幸福一生。

永济普救寺

登妙峰古香道

　　一条青石铺就的山路蜿蜒走向大山的深处，岁月的磨砺已使它显得沧桑，参天的古树簇拥着它，诉说着昔日的辉煌。一百多年前的清朝同治年间，它是一条由京西阳台山去往妙峰山进香的人们踩出的崎岖小路，后慈禧也要走这条路进香，便由太监安德海等搜刮来资金，动用人力，以青石铺路，道宽七尺，每铺一石就耗银一两，于是这条二十千米长的山路被称为"金阶"。

　　岁月沧桑，当年红火的进香场面已成为历史，这条古道却被攀登者所喜好。那年秋天，我与家人带宠物小狗驾车想去京西鹫峰登山，谁想到那儿不让带进宠物。正当失望之时，看车老人好心指明旁边就是阳台山，可许宠物进入。到阳台山下，头次见到妙峰古道，还有许神秘感。一条石头铺就的山路，凹凸不平向上延伸，两旁是密密的树林，松柏挺劲，黄栌火红，白杨高耸。游人不多，正好攀登，随身携带的小狗撒欢地向上猛跑，如小孩一样，也想出来玩耍。秋风瑟瑟，黄栌叶、杨树叶随风飘落，古道上堆积的落叶时而被风掀着翻滚，加之游人稀少，有些路段清净寂静，给人以天然原始之感，据说当年香火旺盛时，这里每天要有万人过路，想是异常热闹壮观。

　　到一叫金山寺的地方，已气喘吁吁、汗流浃背了。金山寺始建于辽金时代，在金章宗时为西山八大水院之一的"金水院"。寺内有两棵巨大的金代雌雄银杏，寺前有一大片天然银杏林，也是观日出的佳境。寺北的山崖上有"迎客松""母子松""姊妹松""王冠松"等名松。此处有金山泉，自古就是京西名泉，见不少人在此取水，大桶小罐装满带回。此水清凉绵甜，不含水碱，当地人烧水的茶壶用几年都没水碱，用来泡茶再好不过了。喝口山泉水，沁肺腑，提精神，然后再登攀。沿途有当年的粥棚、茶棚遗迹，那是为进香人所设。进香人一踏入此道，便"一洗尊卑之分，贵贱之殊"，"相见以诚，童叟无欺"，饥渴便有粥茶相待。沿途还有一块巨石叫骆驼石，为"古香道上的三奇石"之一，它形似卧姿的大骆驼，为京西名石，在此留影别有趣味。在山脊处有一叫瞻云妙的，它的下面是悬崖绝壁，此处为瞻云佳处。我们到此恰逢晴天，举目远望，蓝天白云，天高地远，苍鹰飞旋，群山茫茫。据说阴天时近瞧，阴云翻腾，雾雨弥蒙，风声鹤唳，寂静阴森。再想前行，已精疲力竭，这条古道一直通往妙峰山的娘娘庙，全长六十多千米，一天不可能打个来回。当年慈禧沿此道进香，自己不可能登攀，人们抬着她不知要费多大气力。我们只有回返了，但沿途风光遗迹已尽收眼里，也达到了登山健身的目的。

　　登妙峰古香道，感觉另一番情趣，它不像登北京其他山峰那样人流如潮，而且享受了古风的熏陶，其乐无穷了。

妙峰古香道

有趣的白河漂流

这里是青青的山，绿绿的水，青青山峡鲜花艳。北京怀柔的龙潭涧，一幅天然的美丽画卷。龙潭涧里漂浮着一条玉带，名字叫白河。

白河上有漂流，号称京北第一漂，我们匆匆奔岸边去享受漂流的乐趣。小橡皮艇放入河中，一艇只能坐两人，加上我们的小狗该算三口了吧。橡皮艇要自己划，每艇两支小桨，用于掌握航向。按说在公园划船也不在少数，此船开始便要操纵好却不容易。水是流动的，遇有障碍要形成漩涡，河水深浅不一，船有时会搁浅，时而刮来一阵风，小艇随风变向，这些给漂流者出了不少难题。

静静的白河

我们兴奋开船，两岸群山起伏，白河清澈透底蜿蜒伸展，静静地流淌。小艇顺流而下，本想它应自行漂流，乘船者不用多管，但很快发现是不妥的想法，那艇忽东忽西，时南时北，遇到阻碍原地打转，所以桨的作用必须发挥得淋漓尽致。白河表面是平静的，水也不太深，但它的奔流过程中也有迂回曲折。一次正当把船头拨正向前，准备欣赏美景时，忽然前方河床变浅，河底显现大块鹅卵石，水遇阻碍变得湍急，小艇直奔卵石而去，一下搁浅动弹不得。只得用桨撑石叫船慢慢移动，刚出乱石，急流便将小艇使劲推得打转，小艇底部为橡胶，软软的，碰到圆圆的卵石头竟咯得臀部叫人不由大呼小叫，不过不用担心碰伤，河中卵石没有尖的，船也不会被割破，但有刺激。出了浅滩，一阵逆风刮来，小艇又飞快吹向岸边，这时充分发挥了桨的作用，用力急划，与风搏斗，这就有点浪遏飞舟的味道了。小艇顽强地向前向前，不断克服着一个接一个的艰难险阻，前面又有几块大石位于河中，凸起水面几米高，河水到此很快改变流向，小艇直冲大石而去，当然就是碰上大石也无大碍，因为橡皮船柔软且有弹性。为使小艇顺利通过大石之间，事先使劲用桨拨好航向，眼睛紧盯着周围的情况，严阵以待。一瞬间船借水力，飞速通过两大石之间，小艇顺流而下继续前进，我们为这次成功的跨越欣喜若狂。

　　一个多小时了，漂流近十千米，河面宽阔了，水势越来越平缓，我们欣赏着两岸风光，山峦青翠，沿岸河石形状引起游人浮想联翩：它们犹如情侣相拥，犹如恐龙饮水，犹如寿龟静卧，犹如叠罗汉子，犹如水中卫兵，一切都是那样平和、安静、有趣，这大概是经过历史长河的长期磨砺所致吧，但确实能修身养性的。

　　上岸后，翻越不太高的山，山路平缓，树阴遮阳，山涧流水潺潺，奇石山景美不胜收。北京怀柔的龙潭涧啊，闲暇游览不虚此行。

水草萋萋

空中草原的野花

跟随着《北京晚报》读者俱乐部，清早从京城出发，上八达岭高速，进京张高速，再从张石高速入河北蔚县境内到飞狐峪。飞狐峪是条几十千米长的山谷，穿行在谷中，迂回蜿蜒，山势奇特，多般变化，时而一峰擎天，时而谷窄峰高，时而群峰奔腾，时而险石峻峭，令人望而生畏、目不暇接。古人惊叹："疑神疑鬼为，人力不当受！"

当人们还沉浸在千丈沟壑、万里屏障的奇险中时，视野中豁然展开了万里平川。这是一块硕大的绿地毯，36平方千米的面积铺在高山之巅，抬头望去好似与茫茫的天际相连，这就是"空中草原"，海拔2158米，属高山湿地草甸。这是千峰万壑之巅、群山环抱之中的一片得天独厚的花草世界，1300多种植物承泽雨露，竞相生长。

几小时前还倍受京城炎夏闷热的熬煎，到此却是凉风习习，清新神怡，身心得到极大的愉悦。我们兴奋地走向草原的深处，脚踏着柔软的青草，奔腾着，跳跃着，无边的绿色激荡着大家的心。蓦然，绿色之中，点缀着红色、黄色、蓝色、白色的斑斓色彩。红的红火，燃烧着热烈的激情；黄的可爱，诉说着自然的惠泽；蓝的沉稳，展现着水晶般的晶莹；白的洁白，显示一尘不染的本色。这些"空中草原"的野花，妩媚得如此动人，时时拽住了游人。"万紫千红春常在，月月季季景不同"，这儿的花草之多、之盛、之美、之奇，令人叹为观止，流连忘返。这里碧空如洗，白云似絮，碧浪涌动，花海斗艳，无穷无尽的野花，接天遍野，争相怒放，七彩如虹。我们或立、或蹲、或卧，在蓝天绿海中尽情地翻滚、嬉戏，拥抱着、亲昵着这花的世界，把它们收入镜头，与我们永远共存。

空中草原的野花装扮了这高山之巅美不胜收的美景，华夏神州处处都有奇异的旅游资源。

草原情

九月中旬的一天，京城秋雨淅淅，笔者与一帮年轻人向张北坝上草原进发了。

张北草原位于河北与内蒙古的交界处，为锡林格勒草原的一部分。汽车经过五个多小时的奔驰，缭绕在窗外的高山开始逐步被起伏的山峦大地替代了，眼界顿时开阔了许多，草原初露端倪。原以为草原应是平坦无边，其实也有山峦起伏，只不过比较平缓，当然都要被草覆盖，树木也逐渐稀少了。我们下榻在名叫安固里的草原度假村，它的四周就是茫茫的草地。

稍事休息，青年们举行了一些游戏后，大家便去欣赏草原风光。面对我们的是广阔的长满草的大地，一直认为"天苍苍，野茫茫，风吹草低见牛羊"是草原普遍的情景，但此地只是天苍地茫草不高，原因是全年干旱少雨，草没长好，又到秋季，高草已被收割储存了。不过眺望眼前无垠的大草原，也叫人心旷神怡了。

要充分欣赏草原风光，骑马是最好的方式。大家纷纷租用观光的马匹，迫不及待地奔向草原深处。我开始犹豫，能不能像年轻人那样骑马，毕竟与他们的年龄相差很多。最后终禁不住诱惑，跨上了最后剩下的一匹，牵马的老乡说这是匹烈马，他不敢撒手，而别人的马已脱离了牵引，由骑马人骑着在草原上自由地溜达或奔跑。听说这是烈马，开始很紧张，又不能自由奔走，感到遗憾。走了一阵，牵马人说还是回去给你换匹听话的马吧，那样你可以自己骑着跑。我想也好，便同意了，他又说："你抓紧了，我叫马跑跑，到地方它就会自己站住。"我没多想，任凭他拍了拍马，谁知那马立即飞奔起来，而且越来越快，耳边风呼呼作响，速度赛过汽车。我以前也骑过一次马，但那是在很小范围内慢慢地行进，如此飞驰的马儿为首次，立时心慌意乱，不知如何是好。不过为保护自己便很快镇定下来，赶紧拽住马鞍上的铁环，屏气低头调整平衡。但危险还是出现了，马鞍的系带突然开了，鞍子开始倾斜，马背上的我也斜向一边，失去了平衡，心又提起来了。马继续狂奔，马鞍继续下滑，我继续倾斜，整个身体已滑到了马的一侧，有点像在表演马术。这瞬时发生的情况惊得人们大呼小叫，却束手无策。危险中的我倒冷静下来，迅速将脚从马镫中撤出，趁势滚到地上，好在草地松软，除手指蹭破点皮并无大碍。我拍土站起，很从容的样子，轻松地表示没什么，大家才松了口气，不过这次确实是万幸，真是有惊无险。虽遇此，我却认为生活遇点挫折属于正常，百折不挠应为人的品质，便又换骑另一驯马，自由溜达在草原上。只见远处蓝天白云与广阔草原相接，群群马儿悠闲地吃草，追逐嬉戏；散布在草原中的胡杨圆形树冠令人惬意，近处的一个敖包静静矗立，不禁叫人哼起《敖包相会》的动人爱情歌曲。一切都是那样平静、美丽，骑着马儿才能享受如此的草原乐趣，刚才发生的骑马历险，成了生活中的小小插曲。

  第二天清晨四点多，大家迫不及待地起来看日出。一出门，冷风吹来，虽穿毛衣，仍然打颤，有人赶紧又回宾馆披上毯子出来，九月草原的夜间已寒冷了。此时大草原万籁寂静，苍穹中挂满了星斗，银河清晰得像在流淌，牛郎织女星眨着眼睛在呢喃低语，繁星离我们近了许多，真希望摘下几颗。这时不由想起巴金的《繁星》，回忆起孩童时曾数天上星星有多少颗的有趣经历，可惜现在满天星的时候不多了，这次在草原见到了此景怎不叫人遐想联翩？大家伫立在黑暗的草原上，向着东方，焦急地等待着太阳的光临。这时那颗启明星高高挂在东方，显得越发耀眼。东方开始微微发亮，而我们遗憾地看到天地间镶着一层黑云，这意味着不能见到红日从地平线上瞬间闪出了。不过也欣赏到一丝丝红光冲破了乌云，一下子，亮丽的红日跳出了云彩，金光洒向广阔草原，天地生辉，万物尽染，一切都显得勃勃生机。我们沐浴在金色的阳光里，欢呼着，跳跃着，歌唱着这动人的草原晨曲。虽然这次日出不尽完美，但依然十分动人，回想起见到过的大海日出、高山日出与这次的草原日出，虽然风格不同，可都叫人永世不忘。

  草原，你有独特的魅力，你的博大，你的宽广，时刻给予人们无穷的力量。

草原情

塞外翠云山

阳历九月初，京城清爽的秋意驱走了七月的火热，人们沉浸在解脱闷热的快乐中。抓住这个难得的时光，去享受一下大自然给予人们短暂的恩赐，我们驱车前往塞外崇礼县的翠云山，许是幸福的享受吧。

汽车在奔驰，两旁的荒山秃岭急速地倒退，显得有些凄凉，但我倒觉得与江南水乡比较，它的粗犷、雄大能给人以不挠的性格和勇气，也别有情趣。长途行车、简单的色调叫人开始昏昏欲睡，这时忽有人喊："看，满地金黄哦！"大家为之一振，车窗外公路边，近处山峦上被片片金黄的作物镶嵌着，在阳光下闪着金光，顿时群山增色，大地生辉，立时驱散了困意。原来这些是成熟了的莜麦与油菜籽，生长在寒冷地区的作物，现在成了我们城里人稀罕的景色了。

白桦林

金色在延续，翠绿开始增加，秃山被绿覆盖，荒岭由翠涂染，我们要去的翠云山到了。一下车才感到冷，冷风拂面，不由得打一哆嗦，虽然来时有所准备，带来夹衣，仍抵御不了这儿的寒气，气候要比京城相差两个来月。

　　翠云山不高，山势平缓，我们向上走着，用不着攀登，沿着缓缓的山路好似散步。天高云淡，山林寂静，路旁的野花翩翩起舞，红的、粉的、黄的，像纷飞的蝴蝶，簇拥着茂密的原始森林。这里的森林由白桦树与落叶松构成，白桦树银白的躯体挺拔向上，成片成片地耸立在山岗，护卫着美丽的山峦；落叶松郁郁葱葱，手拉手肩并肩，散布在漫山遍野，惬意的是走入其中，迎风听着悦耳的阵阵松涛声，像欣赏优美的交响曲。白桦树和落叶松拥抱着翠云山，青翠欲滴，层林尽染，加上蓝天白云的配色，可谓绚丽多彩的图画啊。我们欢笑着、歌唱着，陶冶在大自然的风情中。到了林中深处，那里有落叶有野花，最动人的是采蘑菇。树根周围、树干中间，一把把小伞顽皮地挑逗着人们，大家欢快地分散到树下采摘，采下的蘑菇散发出树木的幽香。有人一会儿就采了一塑料袋，但当地老乡看后说只有部分能食用，告戒小心毒蘑菇，看来路旁的野花不能随便采是有道理的。

我们在翠云山

　　欢声笑语中到了翠云山高处的月亮湾，因远看前面山峦与此山中间的山谷成月牙形而得名。连绵的群山蜿蜒舒展，没有险峻陡峭的狰狞，平缓的山势是这儿的特色，再加上这里每年十一月到来年三月中有五个月的厚厚积雪期，造就了优良的滑雪场地。

到冬季，滑雪训练、游人们的滑雪娱乐是此地的一大景观，2022年北京冬奥会滑雪比赛在此举行。这时我又感到这儿夏可避暑、冬可滑雪，一年四季都在忙活，是理想的休闲娱乐之场所。

我们都在兴致勃勃地观景，忽然风带来了片片黑云，不一会儿乌云压顶，刚才的蓝天白云消失得无影无踪。山里的天，小孩子的脸，说变就变呀。又一阵风吹过，吹来了片片雪花，先是小小的，打在脸上凉凉的，逐渐地，雪花大了，纷纷扬扬的，漫山遍野已笼罩在白茫茫中了。啊，才是九月份，九月雪对京城的人来说真是稀奇了。

白雪在忙碌着装扮山林，绿色的山逐渐成绿白色彩了。白桦林、落叶松上下开始落雪，树冠戴上了白帽，脚下慢慢泛白。远远朝林中望去，有了林海雪原之味道了。大家身上、头上、眉毛上挂满雪花，但兴奋异常，因为在此提前感受冬天了。更叫人眼亮的是一处玉米地和葵花地里，玉米正青翠，葵花展金黄，雪落其上，绿叶托扶着白雪，黄花点缀着雪白，难得天气中的难得景色，纷纷收入众人的镜头。

翠云山之游，游得潇洒，玩得有趣，别有一番风味。

收获了

初次自驾游

蓝蓝的天空白云飘,白云下面车儿跑。沐浴和煦的春风,趁着假日的闲暇,与几位先生女士驱车奔赴京郊房山和河北涞源风景区。那儿有山清水秀的十渡,民族风俗的野三坡,山峰陡峭的百里峡……

一、山中遇雹雨

这是 2002 年,我初次驾驶着一辆岁数很大的桑塔纳轿车,穿闹区、过高速,不久来到了房山地界。这是首次自驾车长途郊游,又到山区,心里不免紧张。首先精神要高度集中,果然山间公路不比城里马路,路面狭窄,转弯急促,一面靠山,一面临崖,方向盘必须稳稳把握。

一渡、二渡、三渡……快接近了十渡,一直还比较顺利,但临近十渡,车塞满了路,像蜗牛般爬行,有的司机干脆熄火停车等待。对面的蹦极正进行得热火朝天,一个个勇敢者从山崖跳下,高音喇叭不断给他们喝彩鼓劲:"又跳下一个,好样的!"人们如蚂蚁散布在十渡的弹丸之地,十渡也人满为患了。此地不可久留,还是快走为妙。

好不容易蹭过十渡,继续奔向大山的深处。这时,天空云彩开始聚集,阳光被云层遮住大部,光线暗了许多。汽车挪步向前,山峰逐渐合拢。原来车在两山开阔的地段行驶,之后地段逐渐变窄,高山遮住了已不多的阳光,云层还在增厚,天空变得昏暗,并且越来越暗,越变越黑,直至漆黑一团,如深夜一般,而这时只是下午一点。突然,一道闪电划过长空,惨白的亮光刹时染白了群峰,接着震耳欲聋的雷鸣好像炸在头顶,令人胆战心惊。紧接着大雨倾盆而来,笼罩了周围的一切。这时开车真练技术,大开着车灯,屏住气,眼都不敢轻易眨,紧握方向盘,小心翼翼地前行,后面有开车熟练的还一个劲儿按喇叭催促,叫人烦。大雨起劲地下不说,一会儿又听见噼里啪啦的音响,原来是下起了冰雹,如蚕豆、如黄豆、如绿豆大小,好在没给车造成损害。恰逢车将过一简单的无栏杆水泥桥,水面、桥面在雨中白茫茫一片,幸亏有对面来车才找准桥面位置,否则无论如何也不敢通过。

艰难的行驶,终于即将脱离雷雨,山里的天小孩子的脸,说变就变,前方天空隐约发亮,阳光从云缝钻出,大地开始复明,汽车又飞驰。

峰回路转地势开，柳暗花明又一村，忽然前方豁然开朗，两山似乎快步退去，一片开阔的河滩，托举着静静流淌的拒马河。雨后天空碧蓝，春风掺杂着草木的清新，一个山村依山傍水，这就是河北省涞源县的苟各庄。

二、游览苟各庄

苟各庄距北京一百五十多千米，属河北省涞源县管辖。铁路在村边通过，设苟各庄站，从北京南站乘火车，两个多小时可到达。山庄依山而建，座座农家小楼拔地而起，一般有二、三层，建有平台，是为游客住宿所设。此庄靠旅游致了富，村民靠游客发了财，因为它有得天独厚的旅游资源。离村庄不远有著名景点——百里峡，村前有开阔的河滩，拒马河缓缓地流过，村后及对面还有山峰可以攀登，清新的空气、秀美的山景拽来了众多的游人，假日的旅游把小村折腾了个遍。

一进村，首先感觉是人多，京、津、冀等各地游客散布在村子各个角落，要比村里的人口多出数倍。我们入住的老丁家是二层小楼，院内有自来水和卫生间。一拨北京游客十来人已在此住了两天，还带来了牧羊犬和手风琴，《莫斯科郊外的晚上》《纺织姑娘》《三套车》《红霉花儿开》等乐曲声在小院飘荡，现代中透着古朴，欢快里夹带了记忆。

老丁其实不老，才三十二岁，他也靠旅游发了家，几年前就盖起了楼。他招待我们吃午饭，有凉拌野菜、油炸花椒叶、香椿拌豆腐等农家饭菜，还说晚上吃烤全羊。饭罢，同来大部分人士摆桌打牌，原来他们已来过多回，而我为初次，必须在村里转转。

走到村口，烤全羊的程序正在进行，便饶有兴致地观看。羊圈里圈满了羊，都是只生长了几个月的小羊，显得挺可爱的，只有这么大的羊烤的肉才嫩。只见一村民从圈里拽出一只羊，白白的皮毛，满脸还挂着稚气，真叫人喜欢。小羊知道要面临死亡，悲哀地"咩咩"叫着，像呼唤它的妈妈，前蹄死死顶在地上，脑袋低着向前拱，抗拒着。但它终究没有抗过人力，很快被拽倒按在木板上，一村民在另一村民的协助下，操起尖刀，按住羊头，照小羊脖子狠狠刺去，立时鲜血飞溅，小羊痛苦地挣扎，逐渐减弱，随后村民又将它的脑袋整个割下，这时小羊还在抽搐，直至不再动弹，一条小生命就这样从世界消失了。这时忽感到人是如此的残忍，真有万物之灵的威严。死羊被吊起，村民熟练地将整个皮剥下，开膛破肚，去掉内脏，再在羊体上刺数刀，将配好的佐料涂满后放入一圆形火炉中。炉中有燃烧的木炭，几十分钟后便烤熟了，放在大托盘上，散发着诱人的肉香，众游客们操着快刀，割下喷香的羊肉，大口咀嚼，早把小羊被杀时的惨景忘得一干二净。也是，谁叫人类是这个世界的主宰呢？当然，我当晚也吃了烤全羊，照样吃得很香，还感到平时讨厌的羊膻味一点也没有，真佩服熏烤技术的高明。

吃时，我讲了看杀羊的经过，觉得挺残忍的。一位叫时羽的男士说："上次我来，亲手杀了一只羊，也感到挺对不起它的，特别在听它'咩咩'叫时，真像是在叫妈，够可怜的，所以拿刀要下手时对它说'记着，杀你的人叫叶欲明'。"我很奇怪，问："你不是叫时羽吗？干吗跟羊说叫叶欲明？"他答道："叶欲明也是我们单位的人，我的好朋友，不能叫羊知道杀它的人的真名，所以就冒充了叶欲明。"我说："真够逗的，叶欲明为你背了黑锅，那死去的羊定会恨他。"他道："咳，还管那么多，吃上羊肉就得，谁让老叶不来呢。我已告诉叶欲明这事儿了，他说赶明儿他杀羊时再说我的名字，我看他这辈子也不敢杀羊，让他老背着黑锅吧，哈哈哈哈……"

看完烤羊，来到河边，夕阳把拒马河染成了金色，村民们在河中修了一道低坝，截留了部分河水，抬高了水位，一些游人在水深的部位划竹筏。青山、绿水、竹筏、落日构成了山村亮丽的风景，令人神往，叫人陶醉。竹筏由十来根竹子连接一起，人站其上，用竹竿拄河底使其行走于水面。于是兴致大发，便租一竹筏，脱掉鞋袜，站其上，叫其行。它挺听话，只要站稳，保持平衡，竹竿前后左右撑，便前进、后退、转向。当然也有动作不佳者栽进水中，成了落汤鸡，好在水不深。划竹筏，观四方，感慨道：夕阳留下最后的身影，余晖跟随水中的流萤，春风轻拂着游人的面庞，青山连成美丽的围屏。啊，可爱的山庄，你真叫我们永远年轻。

夜幕降临，河滩燃起堆堆篝火，老乡们起劲儿地叫卖着篝火木柴，都是些树枝木块之类。篝火整齐排列，有数十堆，火苗顽强向上，向着深邃的夜空，像乞盼着光明。游人们围坐旁边，嬉笑打闹，倒使我想起古代猿人取火吃烧烤的年代，看来人们还是野性不改呀。接着，鞭炮声起，礼花升空。有的鞭炮个头如同手榴弹，炸起来山崩地裂的。礼花腾上夜空，五彩缤纷，可与天安门的节日礼花媲美。北京人在城里不能放鞭炮，来这里痛痛快快发泄了一番。

假日的人们兴奋异常，小小的山村红红火火啊！

三、登攀百里峡

大自然真有神工，造就了百里峡这个奇特的地型，它是隐藏在群山中、形成的近似O型的峡谷，人们发现了，开辟为旅游区。

在高山的半腰，人工打进一百多米的山中隧道，名曰"灵芝洞"，从此洞进去便可入百里峡。

钻"灵芝洞"，如探险，百多米长的山洞黑黑的，虽有几盏灯，微不足道，后悔没带手电来，只得小心翼翼，摸索行进。出洞，下梯，来到深深的峡谷中。

高山峡谷，宽处几十米，窄处只几米，阳光一般直射不到，所以非常凉爽。沿峡谷行，置于大山怀中，天却小了，有一处叫"一线天"的，仰望天被山峰遮成一条线，还有一处称"看不见天"的，峡谷到此狭窄曲折弯转，天空时隐时现。到过大海的人都感到海阔天广，而到此便山高天窄了，所以下海上山乐趣不同，生活也要丰富多采。有游人议论这深峡是如何形成？是亿万年水腐蚀结果，还是地壳运动造山而成，只有地质学家才好分析。不过听俩游人说法倒觉有趣。一人说："如这时发生地震什么的，两山突然合拢，我们可就全窝在里面了。"另一人道："那多少年后，我们俩就成了化石，叫人发现也挺有意思的。"嘿，这俩人边游玩边胡想，异想天开地动山摇，真有点大发了吧。

一路行进，忽前路阻断，原来这O型峡谷有一段被高山断开，须攀山才能到O型另一侧。一人工修建的上山栈道呈现面前，是钢材焊接的结构，蜿蜒通向山顶，一层层木板做成台阶，起点有告示：此栈道2938阶，高血压、年老体弱多病者量力而行。要不沿原路回去，要不勇敢向前，去领略新的风光。我义无返顾选择了后者，当然这需要勇气的。见有人攀了几百阶退回来，还尽是些年轻力壮的先生、女士。

攀登开始，一步一台阶，向上要脚踏实地，切莫急躁慌张，这是在山区插队时老乡们的指点。登到500多阶时，已大汗淋漓，气喘吁吁了，但离终点还差得远，怪不得不少人至此作罢返回，来了个前功尽弃。坚持就是胜利，只有不畏艰难地登攀，才能到达光辉的顶点。向上，向上，向上，向前，向前，向前，腿越来越重，汗越流越多，但信念只有一个：倒退是没有出路的。终于在登到1300多阶时到达山顶，腿肚子发软，浑身疲惫，走路直摇晃，可还有1000多阶下山的路。咬牙坚持，战胜困难，胜利属于强者。下山比上山省力，速度也快，但每下一阶，都要蹲下小腿肚子，真不好受，有人发明倒走着下，可避免此况，可影响速度，很别扭，不能常用。好像力气就要拼尽，每走一步都要付出艰难困苦时，看见峡底了，立即兴奋起来，胜利在望了！

当从峡谷另一侧回到"灵芝洞"时，回首望着百里峡，感受到了成功的喜悦和人的可塑力。百里峡啊，我终究征服了你。

四、车坏高速路

游览结束，我们各自驾车回家。轻车熟路，返家匆匆，不一会儿就到京石高速路，时速100来千米，计算下午4时可到家。但意料不到的事情发生了，老桑车突然不规则地跳动着，赶紧靠边，还是熄火趴窝了。前不着村，后不挨店，打开车盖，又不会修，真是一筹莫展。

一辆警车飞驰而至，两位警察手持对讲机过来："这是停车地方吗？"赶紧解释："哎，车坏了，没法子。""车坏了？"看了看，觉得是事实，"那干吗不把车再往边靠靠！"同车的女儿生了气，说："车坏了，不能动，总不能叫它飞着走吧！"我赶紧制止她，忙说："行行，我们再往边上推推。"可女儿的话已引起不满："什么，还说让车飞走，把驾驶本收了，你们等着拖车拖吧！"说完拿起我的驾驶本就要走，我忙赔笑说："咳，小孩子不懂事，您别计较，本儿还是别收吧，我们等拖车。"警察犹豫一下，还是把本儿还给我，说："我们联系好了，一会儿拖车就来，等着吧。"

等了足足半小时，拖车也未到，我怀疑假日拖车司机懒得动。正在这时，一辆夏利路过停下，司机下来，态度和蔼，与警察截然不同："怎么啦？车坏啦，我给你看看。"经他检查说是正矢轮皮带有毛病，并表示愿拖到修理厂。我庆幸遇到了活雷锋。但又担心警察给联系的拖车不久来到，找不到坏车岂不发火。他道："还管那些，他们一拖就要两百块，还外加千米钱，你的车拖到城里花老鼻子钱了，反正你也没给他们留下什么记录，赶紧走吧。"说着，他从后背箱里拿出拖车绳勾住我的车开始拖，我把住方向任他拖到七千米之外的修理厂。一检查果然正矢轮皮带损坏，几个师傅忙活了几小时，拆卸了多处，挺费事才修好。一问那位拖车的司机是开出租的，经常到此修车，知道高速路常有坏车，随车老带着拖车绳在路上巡视，遇到坏车就拉到此修理厂，他挣拖车费，修理厂赚修理费，真是双赢。这次他要了我两百块拖车费，我痛快给了他。有付出就要有所得嘛。他虽不是原以为的无偿服务，但起码给我解决了紧急问题，社会上谁也离不开谁。

晚上十点终于到家，两天的出行颇有曲折。有言道：与天奋斗其乐无穷，与地奋斗其乐无穷，与人奋斗其乐无穷。初次自驾游遇雹雨与天斗，攀百里峡与地斗，周旋拖车与人斗，倒也乐在其中了。

如今二十年过去了，我的座驾已换过两次，现在使用的SUV旅行轿车比那辆老桑要高级多了，自然也好用多了，自己的驾驶技术也愈加纯熟。以后又自驾游历过全国不少地方，但总忘不了首次自驾游的经历，每每想起来就兴奋异常，因为它给人生增添了新的色彩。

拜祭黄帝城

中华民族的始祖黄帝早已世人皆知,"逐鹿中原""鹿死谁手"的成语早已家喻户晓,但与这些有密切联系的黄帝城以前我很陌生。带着好奇的心情,利用黄金周的长假,我们几家人一同去寻根问祖,拜祭黄帝城。

驾车沿北京八达岭高速公路奔驰,过延庆向河北怀来,从下花园出口出去,几经周折,多方打听,才知黄帝城大概位置。沿途秃山荒岭,植被稀少,接近塞外,气温降了几度,风也加大,当初黄帝等先人在这样的地方生息,艰难的程度可想而知。

黄帝城遗址

河北省逐鹿县,一个非常普通的地方,却孕育了漫漫五千年的中华文明。矾山脚下,曾经有一位叱咤风云的英雄人物开创了中华文明的新纪元,奠定了壮丽的中华文明史,这就是轩辕黄帝。走进这里的三祖堂,崇敬的心情油然而生。殿堂上供奉着轩辕黄帝、炎帝、蚩尤帝站立的雄伟塑像,他们都是目光炯炯,威风凛凛,不愧为华夏的始祖。这三祖堂为中华第一祭堂,原叫黄帝祠,是历代帝王将相祭祀怀古的地方,秦始皇等都来此拜谒,"文革"中被毁,20世纪90年代改建为三祖堂,成为华夏子孙拜谒祖先的重要场所。我们向三位先帝行了注目礼，他们是我们华夏子孙心中的英雄。

从三祖堂出来不远，有一圆型水池，池围近百米，周围生长高大的白杨，池水清清，泉涌如柱，蓝天白杨倒影水中，显出勃勃生机。据导游讲，此水冬不结冰，夏不生腐，源源不断，供应着矾山镇周围万余人用水，更令人遐想的是此泉叫黄帝泉。传说当年黄帝就在此濯浴龙体，此泉也叫阪泉，当年黄帝战蚩尤就发生在附近，史称"阪泉之战"。看着这泓清泉，思绪联翩，数千年了，它养育了中华民族的祖先，至今还在源源不息养育着他们的后人，流传下多少美丽的传说，积淀了中华民族的灿烂文化。

拜祭黄帝城

离开阪泉，大家急切地奔向不远处的黄帝城遗址。登上一处高坡，下面是一片开阔的农田，导游讲这开阔的农田就是古时的黄帝城，大约四百亩大小，我们登的高坡处就是原来的城墙，已有五千多年的历史了。我们先从近处看，黄土城墙遗迹确有夯土的痕迹，一块上书"黄帝城"的石碑立于不远处，还有河北省文物保护单位的石碑也立于此。远望蓝天下，黄帝城郭依稀可见，主要是四周城墙高出地面，据说在这古城堡里出土过大量的陶片、石斧、石凿、石杵等新石器后期的物品，当初黄帝等我们的祖先就在这里生息繁衍，与炎帝、蚩尤为生存而战，稳定了中国的北方，开创了中华悠久的文明，写下华夏壮丽的诗篇。我们仿佛见到五千多年前的祖先们在此辛勤地劳作，艰辛地生活，探索着自然的奥秘，开创着民族的基础，不由思古之悠悠。那苍茫的黄土诉说着历史的风云，那亘古的城墙记载着骇世的篇章，穿过五千年茫茫长夜，江山依旧，世道变迁，中华民族经历了多少惊天地、泣鬼神的风雨雷霆，如今已立于世界之林。黄帝为我们开创的事业，经过华夏多少豪杰不息地奋斗，已得到发扬光大，流芳百世了，我们每个人都为民族做了些什么呢？

离黄帝城五百米处，有一处美丽的风光，大片绿树环绕着碧水的池塘，蓝天白云倒影水中，与附近连绵的黄土山坡形成对照，如同美丽山水画。据说这池塘水就是当年黄帝城人们的用水，至今人们用它养鱼，这又给黄帝城增加了神奇，给美丽又增添了色彩。

五千多年前的黄帝城，我们中华文明的起点，华夏子孙向往的地方。

留影黄帝城

祖山行

"真堪尊五岳，幽燕第一山"，这是人们对祖山的评价。祖山，位于河北省秦皇岛西北25千米处，因渤海以北、燕山以东诸峰皆由其延绵而成，故称"祖山"。

那天，我们从京城慕名到此，下榻在位于海拔千米之上的祖山宾馆。这里离海拔1428米的祖山顶峰已不远，用过午餐，稍事小憩，我们就向顶峰进发。走过一段平坦山路，面前出现直通顶峰的石阶，导游讲有1100多级，走得快的话18分钟即可登顶。仰望着长长的石级，有人气馁了，要知道这相当于登70来层高楼的楼梯啊，18分钟能到吗？不管别人如何，我还是要试试，生命在于运动嘛。开始登攀，一步一台阶。石级两旁灌木葱茏，山花烂漫，蓝天中挂着朵朵白云，远方隐隐有些蒙胧，不过含有大量负氧离子的山间空气令人心旷神怡，尽管浑身冒汗，可不感到多么劳累。登攀中遇一下山胖者，问到顶需多少时间，他气喘答怎么也得40分钟，这与导游说的相差甚远，又吓退了欲登顶中的个别人。后仔细分析胖者说的也有可能，因他的胖身会大大影响攀登速度，需要时间肯定比别人长。我们继续努力向前，最后以25分钟登顶，看来事物真是因人而异，不是绝对的，我们观察、处理事情也要客观从事。到峰顶，极目远望，但见青山连绵，地高天低，蒙胧的群山中透出大自然的威严，天地又是如此的博大，人类却显得渺小了，过去有句话是"敢叫日月换新天"，充满了浪漫主义的豪情。

第二天早饭后，我们顺祖山的十里画廊谷步行下山。此画廊谷其实是一道山谷，集中了祖山秀美的风光，由于长期寒冻冰劈、风化剥蚀，岩石坍塌成各种奇景，险峰怪石、花木交织、溪流宕水构成了一幅十华里长的画廊，行在画廊中，犹在画中游。一处峰顶，有几块大石，松散地拼成一酒壶形状，被称为酒壶石，并以此流传着美丽的传说；还有一处山石成猴形，对面一巨石为佛爷状，此处起名为猴子拜佛，倒也恰如其分，这些景致使人联想起黄山的飞来石与猴子探海；有一处山峰如刀劈过，险峻异常，我叫其"刀劈峰"，这是大自然的杰作，犹如华山的险峻。一路沿峡谷下行，两旁林木参天，这里植被种类繁多，一种叫天女木兰的植物更显珍贵，开的花称天女花，系古代冰川期幸存的稀有花卉，在祖山上，六七月才能目睹它的风采。下山十余里，虽体力付出没过极限，但一级级石阶也折磨着腿肚子，特别是小腿为此经受了少有的考验，至终点花费两个多钟头的时光。沿途遇一些登山者,走一段歇一会儿,估计到顶起码要四小时以上,回顾下山遇到的艰难,佩服上山者的勇气,不过胜利一定属于强者。

游过祖山,感到此山正像人们所说的那样:它有泰岱之雄、黄山之奇、峨眉之秀、华岳之险。江山如此多娇,华夏风光如画啊。

猴子拜佛

天桂山传奇

河北省平山县的天桂山中有一处为明朝皇帝崇祯修建的归隐行宫，但没等崇祯到此，明朝就灭亡了。后来这行宫改为道观，是全国独有的政教合一道观，显得有些神秘，为此，我到此一游。

当汽车驶近天桂山，迎面扑来的是巍峨挺拔、群峰交错，如锯齿，像犬牙般的山峰，它们既有北方山的雄伟，又有南方山的俊秀，山顶绝壁上有一大大的繁写"归"字，令人惊奇不已。山腰处凸现一大块光滑的峭壁，远瞧显得狰狞，突出着此山的威严。登山索道终点就在这峭壁的上方，当缆车上下接近峭壁时，平行几乎垂直，似乎直上直下的，叫胆小的人胆颤心惊。

我们乘缆车到达山的三分之一的地方，一条山路蜿蜒引导继续向上，两旁树木郁郁葱葱，远处山峦叠叠嶂嶂。导游讲天桂山属喀斯特地貌，与南方的桂林有相似之处，名字也由此而来。可我们看到这里的山要高大险峻得多，具有北方山的粗犷风格，怎么也不能与馒头似的山包联系上。

一路向上，转过山腰，倏然，山顶大大的"归"字亮在前面，笔画飞舞，蔚为壮观。这个繁写的汉字是1997年为纪念香港回归刻上的，高97.7米，宽49.10米，用了两吨多红漆，为世界第一大汉字，载入了"吉尼斯世界纪录大全"，成了亮丽的人文景观，游人到此纷纷拍照留念。

再前行，一片雄伟的建筑依山而建，顶部全披挂着金黄的琉璃瓦，在阳光下闪闪发光，这就是天桂山的精华之处——青龙观。据说在明朝末年，明王朝摇摇欲坠，崇祯皇帝密派太监林清德在全国选归隐行宫，为日后作退路打算。经两年有余，最后见天桂山"其山高而秀，其地僻而幽，时有灵气旋绕，鸾翔飞舞之状"，便依皇宫格局，大兴土木，历经二十余年建成行宫。但崇祯没来得及看上一眼，就自缢在北京城的煤山。明灭，林清德从京城逃至此处，把行宫改为道观，做了第一任主持。所以，此道观建筑富丽堂皇，错落有致，观内供奉崇祯像及道家创始人张道陵像，大小几十处建筑建在悬崖之边，险要处层层立门设关，易守难攻，香火不断，到抗战时已传13代道人，道徒最多时达百人。由于这段历史渊源，青龙观被认为是政教合一的皇家道院，天桂山还别称为"北武当"。看完这个道院，令人不禁登临怀古，感叹不已，一个地位显赫的皇帝竟选中如此偏僻深山作为日后退隐之地，可见他当时的处境如何，社会的沧桑巨变决不能一人所左右，得道多助，失道寡助，历史是公正的。

从青龙观往上攀登有一叫"白毛女洞"的景观。大凡上岁数的人都看过20世纪50年代的著名影片《白毛女》，其中喜儿与大春重逢的场景就在此拍摄。此洞不大，很普通，在电影中却显得阴森可怕。正因影片《白毛女》的知名度，一个平常的山洞成了游人们必到的著名景点，也是天桂山继青龙观后的另一精华。

参观完白毛女洞后就要向山顶冲锋，但许多游人至此已气喘吁吁了，要想继续向上，需要意志与体力。我游兴未尽，还想锻炼登山，义无返顾选择向前。向上的确艰难，100多阶的天梯是必经之路，斜于断崖绝壁之上，考验游人的胆量与意志，险要处令人头昏，要紧拽旁边的铁索以保安全。出天梯，喀斯特地貌开始呈现，这才理解天桂山与桂林联系的含义。这里的石林隐入树林，树林丛中生石林；这里的象阵为一片天然的石头，形状酷似一群大象漫步在山间，惟妙惟肖；这里的怪石林立，30多个石相景点如天然盆景，叫人犹入仙境。

终于攀登到顶峰，上面建有金顶殿，高20多米，为全国五大金顶之一，供奉着玉皇大帝和道教最高尊神三清的塑像。在大殿平台极目远望，群山连绵，云环雾绕，感到了"会当绝凌顶，一览众山小""无限风光在险峰"的意义了。

天桂山与许多的名山比起来似乎名不经传，但值得一提的是，此山所在的河北平山县境内有著名的红色旅游胜地西柏坡，这是中国共产党最后的一个农村指挥所的所在地，新中国就从这里走来，掀开了一个新纪元，而同一县境内的天桂山却是明朝最后皇帝寻找的失败归隐地。游过西柏坡，再到天桂山，两者比较，更领会到了历史的真谛。

天桂山留影

西柏坡随想

一道弯曲围墙里面的一排排简陋土房，记载了一段惊天地、泣鬼神的辉煌历史。波澜壮阔的解放战争在这里指挥，新中国的蓝图在这里描绘。西柏坡——这个太行东麓、沱河北岸的秀美山庄，中国共产党解放全中国进入北京前的最后一个农村指挥所，永远载入了华夏民族的史册。

走进这极为普通的山村院落，望着低矮的土坯房屋，不禁肃然起敬。中国共产党的创立者和中华人民共和国的缔造者们，在这简陋的条件下，叱咤风云，威震寰宇，开创了历史新纪元，令后人永远怀念。1947年，刘少奇同志在其中一间阴暗的屋子里，坐着小板凳，伏在小圆桌上起草了中国共产党全国土地会议报告，那时连写字的桌子都没有。随后，刘少奇同志在西柏坡主持全国土地会议，通过了《中国土地法大纲》，从此解放区土改运动蓬勃开展，耕者有其田，翻身农民积极性空前高涨，人民解放战争节节胜利。

这座院落中唯一的窑洞式房屋是朱德同志的旧居，讲解员说原来是为毛泽东同志修建的。当时还专门从陕北请来工匠，按照延安的窑洞建造，主要考虑到毛主席在延安住惯了窑洞，而且窑洞里采光好，冬暖夏凉，居住舒适些。毛主席却让给了朱德同志，说朱德同志年岁大了，应该住得好点，而他住在了另一处条件较差的土房里，领袖间的深厚情怀感染了每个参观者。

军委作战室在一间较大的土房里，墙上挂满了军用地图。三张桌子分别供作战科、情报科、战史资料科使用。就这三张桌子、三个科、一间房指挥了震撼世界的辽沈、平津、淮海三大战役，奠定了新中国的基础。当时绘图、制表用的红蓝铅笔都是从敌人那儿缴获来的，数量很少，标地图只能用红蓝毛线代替。在这样简陋、艰苦的条件下能赢得中国革命的巨大胜利，不能不让人们感慨万分。

举世闻名的党的七届二中全会是在院内大伙房召开的，毛主席在会上发表的"务必使同志们继续保持谦虚、谨慎、不骄、不躁的作风，务必使同志们继续保持艰苦奋斗的作风"的名言，至今仍有指导意义。大伙房改做的会场里，木板条的长椅子，是当时中央委员们坐过的，座位少，有人自带了小板凳。简陋条件下召开的意义重大的会议，在党的历史上写下了光辉的一页，永远给后人深深的启迪。

离开西柏坡，总是在思索：当时国民党在南京的总统府大楼可要气派得多，但没有改变蒋家王朝灭亡的命运，而新中国却从西柏坡这个小山村里走来。"得道多助，失道寡助""得人心者得天下"呀。如今我们新中国已经走过了70多年，国家日益强盛，得到世界的尊敬。国家长治久安，人民永远幸福，西柏坡带来的传统要永远延续，这是我们必须做到的。

西柏坡，你给我们留下的思索太多、太多……

苍岩山三奇

　　头次听说苍岩山这个景区，首次来到此处，乍一看外表挺平凡，与北方的山相似，没有特别之处。它位于河北省井陉境内的太行山脉中，不是很高，植被较少，开始有点失望，可随着不断深入景区，却有柳暗花明又一村的感觉了。

　　一进大门，导游就告诉此山有三奇：古檀、古柏、悬空寺，究竟它们有何奇妙？立时吸引了我们浓厚的兴趣。随着大家的前行，两旁山坡出现了成片的细细枝干、小而圆叶子的树木。它们奇形怪状，枝杈缭绕，盘根错节，或兀立，或倒挂，或斜出，或横生，而且很多都为空心，导游说这些就是白檀树。别看它们矮小可大部分树龄在千年以上，所以称为古檀，这也是苍岩山的奇景之一。我们惊叹古檀的外表竟与它们的年龄如此不相称，历经了千年风霜，却是这样的蓬蓬勃勃，展示着千姿百态的模样，留下了如迎客檀、龙手檀、罗汉檀、仙女檀、鸳鸯檀等美妙的名字，叫人遐想联翩。

　　还在古檀的回味之中，前面又出现了高高的山崖直上青天，而山崖却好似被刀劈开成两片，中间留出10几米宽的空隙。妙就妙在空隙中，距地面70余米的高处两崖深涧间，凌空修筑了一座单孔石拱桥，飞架石崖，飘然欲飞，势如长虹，巍巍壮观，桥上建有庙，名为桥楼殿。导游讲此桥为1400多年前的隋朝所建，与赵洲桥同时代，都为拱桥，是当时我国建桥史上的杰作。但在当时没有任何机械设备的情况下，距离地面这么高的桥如何建成的呢？大家感到神秘不解，猜了半天也没个所以然。还是导游揭开了谜，原来是在冬季，砍来山中的荆条，码到需要的高度，并逐层浇水冻实后施工，完后拆除荆条。古人的聪明智慧真叫我们感叹万分。攀登了300多级台阶来到了桥上的桥楼殿，这是二层重檐楼阁式建筑，金色琉璃瓦、朱红色殿柱映在绿峰中，似空中楼阁，巧夺天工，怪不得古人有诗赞美："千丈虹桥望入微，天光云彩共楼飞。"诗情画意，惟妙惟肖，这是苍岩山第二奇景的悬空寺。

　　在桥楼殿的石拱桥上见到不远处还有一寺庙，导游告诉大家那是公主祠，相传是1400多年前隋炀帝的女儿南阳公主出家修行62年的地方，这更使大家惊讶不已。快步前往一看，是座普通的建筑，单檐黄绿琉璃瓦顶，祠内有南阳公主塑像和彩色壁画，有个幽深的山洞传说是公主的寝室。据说南阳公主不满父皇的残暴统治，22岁就来此出家直到84岁去世，62年生活在这深山老林的寺庙中。一个皇帝的女儿把自己的一生归还于山林着实神奇，更给苍岩山增添了神秘的色彩，看满山遍野的古柏树的头都冲着公主祠的方向，好像对公主表示着敬意，这就是苍岩山的第三奇景了。

　　游到此时，苍岩山的三奇已叫人流连忘返了，而再看苍岩山的景色更使众人心旷神怡。放目远眺，群山苍郁，万象峥嵘，真是山不在高，有仙则灵，卧虎藏龙，美不胜收！

苍岩山景

石头村的感叹

我们走进这石头构建的山村，感叹着这石头的王国。石街石巷、石房石院、石桌石凳、石碾石磨、石桥石栏令人目不暇接，没想到在河北井陉的太行山深处竟有如此别具一格的石头村庄，它的名字叫于家石头村。

于家石头村建于明代，是明朝名将于谦的长孙在500多年前为避祸在这闭塞的群山深处就地取材、精心策划建成的村庄。经过20多代人的艰苦创业，如今有石头房屋4000多间，石头街道3700多米，石井窖池1000多眼，石头用具1000多件。

我们来到石头村正值下午，夕阳的余晖洒满石头街巷，漫步其中，整洁的街道静静地与四周明清风格的石屋石院相拥，诉说着几百年前的故事。青石板铺就的街巷已被历史磨砺得光滑朴实，方石砌成的院墙屋壁铭刻着岁月的沧桑。走进石头村最典型的四合院——四合楼院，这里有房屋百间，建筑面积近千平方米，高大恢弘，气势威严，明清时代从这里曾走出了12位文武秀才，成为这个小山村的骄傲。看着这石制的深宅大院，感到石头村文化底蕴的雄厚，名将的后代在这个偏僻的山村文人武将辈出，更增添了它的光彩。

石头村清凉阁

在一处叫观音阁的地方停住，这是由石头建成的寺庙，里面供奉着观音像。导游讲村里有几座庙宇，每个庙前都建有戏台，有意思的是戏台前的空场后边有口井。导游问："谁知道这井是干什么用的？"大家七嘴八舌地说出各种答案，有说是看戏时口渴喝水用的，有的说是打水泼场冲洗戏台用的。但导游说这些只是很小一部分用处，主要是用来扩音用的，就像现在的音箱和扩音器，戏台上的声音通过此井可增大变得更洪亮。我们感到新奇，都对着井口大喊，果然从井里反射出的声音像山中的回声，变得大而亮可使后场的观众听得更清晰一些，这叫大家又长了见识。

清凉阁是石头村的南门，也是村的标志性建筑，它为门楼式，由多块大石砌成，有块大石竟好几吨重，在当时没有起重设备的情况下不知如何砌筑。此建筑是300多年前由于氏后人于喜春费时16年建成，有趣的是它有三个特点：一是不打根基，在石地上而起；二是干打垒，石缝衔接处没有泥，完全靠摩擦力；三是四方定位准确，整个建筑浑然一体，上面还有两层阁楼，几百年屹然耸立，成为众多游人叹为观止的建筑。

当我们恋恋不舍地离开石头村时，更感叹着石头村人的聪明与智慧，在这偏僻的大山深处开创了自己生活的一片天地，不愧为"中国历史文化名村"。

石头村人家

乐亭趣游

京城不靠海,但与有海的地方不远。当人们把北戴河、新城等海滨转遍多次后,目光转向了一个新的亮点,这就是河北唐山东南的乐亭。

乐亭,当地人称lào亭,随乡入俗这样称呼,字典中可查不到乐还有lào音。这儿是伟大的共产主义战士李大钊的故乡,这儿有清清的海水,美丽的海滩,飞翔的海鸟,磅礴的日出,原始的海岛,鲜美的海鲜。当我们从陌生听到熟悉,又迫不及待地前往,就可知道它有多么大的吸引力。

一个初秋的清晨,迎着凉凉的秋风,我和几个好友在导游的带领下驱车从京城出发,经三个多小时的奔波,来到了乐亭名叫浅水湾的海滨。近处海滩上空旷寂静,偶尔散落着几个度假村的建筑,远处大海与蓝天相连,一切都是那样悠然平缓,与京城附近的其他海滨的喧闹形成对比,怪不得这是那么多人向往的地方。

吃完饭安排好住处,导游就联系让我们先出海打鱼,这对生活在大城市的人来说可是个新鲜事。码头上,一艘带动力的渔船等待着我们,这是渔家个人的船,经批准参与了旅游项目。兴致勃勃登上船,船老大开船缓缓离岸。大海在阳光下闪耀,海鸟在空中翱翔,时而俯冲至海面,时而飞速向蓝天,好像在与大海嬉戏。眼望着海天一色的美景,耳边响彻着渔船的轮机声,心中体验着渔民出海的心情,倍感新奇有趣,当然我们更盼望着如何下网捕渔。

当渔船逐渐驶到海的深处,船老大把渔网慢慢撒进海中,船开始减速,在海上缓行。我们议论着到底能打上多少海物,因为打上来的东西要全归游客所有,大家盼望有大的收获。船在海中慢慢转悠了近一小时,开始起网了,船老大启动一个电动装置,网慢慢提升,我们屏住气,瞪大眼,紧盯网,迎接着收获的果实。终于网里东西露头了,啊,螃蟹,网里白花花的一片,我们欢呼起来。网拉到甲板上,螃蟹在里面挣扎着,船老大把它们倒进筐中,足足有半筐,看样子够我们美美地吃一顿了。大家七手八脚往塑料袋里拣螃蟹,全不顾它们大大的钳子如何张牙舞爪。船靠岸,我们提着几大袋螃蟹凯旋。回到宾馆,交伙房加工,一会儿,大家吃着鲜美的螃蟹,喜悦的心情无以言表。

我们住的浅海湾宾馆离海边只有三百来米,看日出绝对美妙。次日清早五点多,东方刚刚透亮,大家急迫赶向海边。东方微白,瞬间开始泛红,日头就要露头了。这时大海是那样的平静，清清的海水在晨风中翻卷着细细的波涛，好像在迎接着太阳的光临。慢慢的，太阳羞涩的脸露出来了，一点脸，少半脸，半个脸，使人想起了那"犹抱琵琶半遮面"的著名诗句。这时太阳一半在海里，一半在天上，红光映红半边天，金光洒进大海里，不是落日沉金，却是旭日散金，美妙绝伦，别有洞天。一眨眼，太阳一跃出水面，啊，一个大红圆盘，叫人爱不释手，可惜摘不下来。它继续上升着，光芒愈耀眼，我们赤脚站在浅浅的海水里，用相机捕捉着它，用手比划着托举它，与它嬉戏着，这时的它温柔得真像个少女。读过几篇描写日出的文章，也在各处看过几次日出，但各种原因都没像这次那样真切，那样令人兴奋。乐亭浅海湾日出，可算我头次领会日出壮美的真谛了。

日出的余晖还披在身上、没有完全消逝的时候，根据行程的安排，大家又奔向一个叫菩提的海岛。这个海岛乘船需四十分钟，因为岛上有大片菩提树而得名。菩提，我的印象是多种庙宇里，成林在海岛还头次听说。登上菩提岛，才感到游览它的意义。此岛面积 2 平方千米多，为华北第一大岛，是河北省两个生态旅游示范区之一。上面生活着 400 余种动物、160 多种植物。听说这个岛的气候挺奇特，一些黄河以南的植物在黄河以北不能生长，可在这个黄河以北的岛上就能长，主要与它的地形有关。一上岛，只感洪荒、孤野，到处是草滩、草地、灌木，没有人烟、喧嚣，只有鸟唱蝉鸣，我们置身于这淳朴的原始境界，返朴归真到了大自然的怀抱里。

乐亭趣游，游出了一番兴致，深深刻入了我人生的记忆中。

乐亭海滨日出

邯郸一瞥

早就听说河北邯郸是战国时期赵国的都城，3000 多年来城名一直没变，在中国城市名称中非常罕见，而且还是中国成语的故乡，很觉好奇，总想到此一游，开阔些视野，丰富些知识。

迎着瑟瑟秋风，从京城驱车 500 千米，到此匆匆一游，走马观花观景，但也大概体验了这座古城的内涵。

"邯郸"之名，最早出现于古本《竹书纪年》。邯郸地名由来，以《汉书·地理志》中三国时魏国人张晏的注释为源："邯郸山，在东城下，单，尽也，城廓从邑，故加邑云。"意思是说，邯郸的地名源于邯郸山，在邯郸的东城下，有一座山，名叫邯山，单，是山脉的尽头，邯山至此而尽，因此得名邯单，因为城廓从邑，故单旁加邑（阝）而成为邯郸。邯郸二字作为地名，3000 年沿用不改，是中国地名文化的一个特例。

晋定公十二年（前 500），晋国正卿赵鞅（赵简子）已将邯郸纳入自己的势力范围，从此，邯郸便成了赵氏的世袭领地。战国时，赵敬侯元年（前 386）将赵都自中牟（今河南鹤壁西）迁徙到邯郸。邯郸作为赵国的都城，历经 8 代王侯，延续了 158 年的繁华。特别是一代英主赵武灵王，开改革之先河，实行胡服骑射的军事改革，富国强兵，国势大盛，雄踞战国七强之列，使赵国成为可与强秦抗衡的国家之一。

邯郸古迹众多，我们在有限的时间内不可能一一看到，只能挑重点游览，广府古城是第一个观光之地。

广府古城位于邯郸市东北 15 千米处，距今已有 2600 多年的历史，为全国重点文物保护单位。这座兴建于元明清时期的古城墙保存完好，世界各地自发游客众多，称为被遗忘的神秘古城。

广府古城在战国时期为赵国毛遂封地；隋末农民起义军首领窦建德在此建都，立"夏国"；明清两朝这里成为直隶省广平府治所。

此古城还是杨式太极拳、武式太极拳的发源地，在太极拳界执大旗地位。国家体委正式公布的 88 式、24 式以及在许多场合表演的都是杨式太极拳或由其演化而来，在全国八大太极拳门派中，被誉为"中国太极拳之乡"。我们在这里参观了杨氏家族的大院，里面建筑是些北方明清风格的建筑，规模不是很大，比山西的那些大院逊色很多。细想他们只是练拳出身,不做什么生意买卖,自然资产不会增值太快。不过他们的拳脚艺术却风靡天下,也算独树一帜了。自1991年以来,广府古城已相继举办了12届国际太极拳运动交流大会。

登上古城墙一看还是挺宏伟的,城墙周长4.5千米,墙高10米,厚8米,但见几座城楼屹立,旌旗迎风猎猎,一处持刀跨马的将士雕塑威风凛凛矗立城头。远眺城内青砖房屋连片,分布在30多条街道中间。广府古城原为土城,明嘉靖二十一年(1542年),广平府知府陈俎调集9县民工,历时13年,将土城砌为砖城,四门筑有城楼,四角建有角楼,设置垛墙876个,地道关防深锁,可谓固若金汤。

再瞧城外环绕的护城河,河中4.6万多亩洼淀,万亩苇塘里碧波荡漾,里面不仅鱼虾丰富而且野生鸟类繁多,呈现出"芦苇茂盛、江南美景",是中国北方少有的江南式小城。

广府古城还有一桥叫弘济桥,造型很似赵州桥,被称为赵州桥的姐妹桥,年代比赵州桥晚很多,自然是以赵州桥为样板修建,估计修桥前派人到离此不远的赵县取过经。

我们继续观景,来到邯郸著名的古迹武灵丛台,它是邯郸市的象征,中国百家名园之一,位于邯郸市丛台公园内。相传它始建于战国赵武灵王时期(前325—前299),是赵王检阅军队与观赏歌舞之地,因楼榭台阁众多而"连聚非一",故名"丛台"。台上原有天桥、雪洞、花苑、妆阁诸景,结构严谨,装饰美妙,曾名扬列国。现在我们见的古台也雄伟壮观,是明清以来的修复建筑,虽已非原貌,但仍不失古典亭榭的独特风格。

这武灵丛台是赵武灵王"胡服骑射"的发生地。赵武灵王建筑丛台的目的,是为了观看歌舞和军事操演。战国前期,赵国在七雄中国力不强,武灵王即位后,决心使国家强盛起来。当时北方少数民族被称为"胡人",他们身穿窄衣,以能征善战著称。

武灵王遂让赵国上下都改穿胡服，勤练兵马，终于使赵国成为战国后期唯一能与秦争衡天下的军事强国。我想如果不是"长平之战"赵国用赵括纸上谈兵，造成惨败，被秦将白起惨杀赵兵40多万，后来统一中国还不一定是秦国呢，赵国也有一拼。古人曾用"天桥接汉若长虹，雪洞迷离如银海"的诗句，描绘丛台的壮观。唐代大诗人李白、杜甫、白居易等曾多次登台观赏赋诗。郭沫若于1961年游丛台时所写七律："邯郸市内赵丛台，秋日登临曙色开。照黛妆楼遗废迹，射骑胡服思雄才。"1750年9月乾隆巡行江南过邯郸登丛台写道："传闻好事说丛台，胜日登临霁景开。丰岁人民多喜色，高楼赋咏写雄才。襟漳带沁真佳矣，雪洞天桥安在哉！烟树迷茫闾井富，为筹元气善滋培。"我们在丛台的陈列室里看到赵国的历史简介，发现几代赵王寿命很短，基本都是二三十岁时因各种原因英年早逝，可见当时战争环境之惨烈、医疗条件之落后。

2000多年的漫长岁月过去了，丛台经历了无数次天灾人祸的破坏，多次改修重建，已改变了原来的规模和布局，失去了原有的建筑风格，但遗迹仍在此地。看到如今游人熙熙攘攘的景况，谁能想到2000多年前此处那种风瑟瑟马潇潇的战前演练的情景呢。

邯郸还是中国成语的故乡，作为国家历史文化名城，其广袤地域的辉煌历史、深厚的文化积淀，为邯郸留下了众多的名胜古迹和历史故事，经过千百年的披沙拣金，凝聚成了脍炙人口的成语典故。据不完全统计，由邯郸历史和相关史书中滋生、蕴积、提炼出的具有邯郸地方特色或与邯郸有密切关系的成语典故达1500条之多，如"胡服骑射""邯郸学步""完璧归赵""负荆请罪""黄粱美梦"等，它们以言简意赅、精辟神妙、富于哲理、寓于情趣、耐人寻味，成为中国汉语言艺术中的一朵奇葩。我们来到了纪念两个出名成语的景点观光，更重温了这些成语的意义。

"学步桥"是"邯郸学步"成语的一处纪念地。相传两千多年前，燕国寿陵有一位少年，不愁吃穿，长相也算得上中等，可他缺乏自信心，经常无缘无故地感到事事不如人。他见什么学什么，学一样丢一样，虽然花样翻新，却始终不能做好一件事，不知道自己该是什么模样。日久天长，他竟怀疑自己走路的姿势太笨、太丑了。听有人说邯郸人走路姿势很美，便瞒着家人，跑到遥远的邯郸学走路了。一到邯郸，仔细观察赵国都城内来来往往的人，观察他们的步伐、步法、摆手的姿势，开始模仿，可总学得不像，于是坐在城北的小桥边苦苦思索，但终究没学会赵国人走路的样子，最终爬着回到燕国。

　　赵国人幽默地把他观察、学习走路的这座桥叫"学步桥"。走近小石桥观看，两侧的栏杆上雕着各种成语故事：胡服骑射、指鹿为马、黄粱美梦……，其中有块比较特殊的雕刻，一个画面同时体现出了两个成语。这两个成语引出的是一段赵国最危急时候的故事：长平之战后，赵国元气大伤。秦国再次进攻时，赵国就没有可战之士。秦军一下围住了首都邯郸，老将廉颇带领老弱兵将上城守护，平原君赵胜准备挑选二十个门客一起去魏、楚国求救兵。这时一个叫毛遂的门客要求跟随，平原君说："你在我这里两年了，没表现出什么能力啊。"毛遂说："我就像锥子，你把他放进袋子，他就冒出来了。"平原君就带上了他。毛遂在楚庭上以自己的口才说服了楚王出兵，为解救邯郸之围立了大功。此后"毛遂自荐"和"三寸之舌"两个成语就流传下来了。

　　依据唐传奇《枕中记》而建的千年古观"黄粱梦吕仙祠"，位于邯郸城北十千米处，始建于宋代，明清曾进行重修和扩建。于是我们慕名到这里感受一下"黄粱美梦"的真谛。

走进大门见里面建筑规模宏伟，内有"名梦馆"，是研究中国"梦文化"的集大成之地，也是中国"梦文化"唯一的载体，对中国小说、戏剧、诗文的创作都产生了重要的影响。产生于唐代的黄粱美梦传奇故事，就发生在邯郸的黄粱梦镇。说的是有一落魄书生卢生骑青驹、穿布短衣进京赶考，在邯郸客店中遇见一道士吕翁。卢生自叹贫困，苦无升官发财的机会，吕翁借给他一个青瓷枕，要他枕着睡觉。当时店家正在煮黄粱（小米）饭，卢生接过青瓷枕一枕而睡，梦中回到山东老家，娶一美貌女子为妻，后高中进士，从此踏入仕途，官至监察御史、中书令，受封燕国公，在朝五十余年，享尽荣华富贵，儿孙满堂，且都仕途有为，八十病终榻上。梦到此刻，卢生方才醒来，吕翁在旁微笑，而店家所煮黄粱饭还未熟，原来刚才的荣华富贵竟只是一梦。看来梦想毕竟是虚无缥缈的东西，不一定成为现实。

吕仙祠由钟离（前殿）、吕祖（主殿）、卢生（后殿）三大殿和东西行宫、里外院三大部分构成。我们走到后殿，有一尊用大青石雕刻的卢生睡像，明代所制。卢生头西脚东、头枕青瓷枕，两腿微曲，侧身而卧，睡意正酣。我们面对卢生睡像思绪联翩，人和人的一生可谓千差万别，里面含有各种机遇与坎坷，但绝大部分都是普普通通，不要有什么奇异的胡思怪想，能平安度过人生就是最大的快乐，当然理想和目标还是要有的，但必须建立在客观条件的基础上。也见一些游客跪着对卢生睡像雕塑顶礼膜拜，看来他们还是希望梦想能成真。

最后来到位于邯郸市西北部的赵苑公园，是市内最大的公园，赵武灵王曾在这里带领将士苦练骑马射箭。苑内保留了插箭岭、南北梳妆楼、铸箭炉、皇姑庵、汉墓、照眉池等遗址。这些看名字就知用途，但照眉池是干啥用的？它是园内的一片风光秀丽的湖水，看说明才知，当年赵王的宫女们在梳妆楼上梳洗完毕，再来这里照着湖水画眉理妆后去给赵王唱歌献舞，起着镜子的作用。仿佛听见两千多年前这里歌声徐徐、琴声袅袅。邯郸自古出美女，而这片湖水，不知曾照过多少邯郸美女的倩影，叫人浮想联翩。

邯郸古迹众多，我们只是匆匆一瞥，但还是给留下了深刻的印象。

木兰围场的秋韵

从京城驾车出发，走京承高速，过承德，经隆化，穿围场，最后到达内蒙古赤峰市的红山军马场，大约500多千米的路程，来到清朝时期叫木兰围场的地方。

公元1681年，清朝康熙皇帝在这里建立了方圆1万平方千米、含72围的狩猎场，这就是木兰围场。木兰围场，是满语、汉语的混称。木兰是满语哨鹿之意，打猎时八旗兵头戴雄鹿角，在树林里口学公鹿啼叫，引诱母鹿，是一种诱杀的打猎方法；围场是哨鹿之所，即皇帝打猎场所。木兰围场在清代是原始森林和辽阔的蒙古草原，根据地形和禽兽的分布，划分为72围。每次狩猎开始，先由管围大臣率领骑兵，按预先选定的范围，合围靠拢形成一个包围圈，并逐渐缩小。头戴鹿角面具的清兵，隐藏在圈内密林深处，吹起木制的长哨，模仿雄鹿求偶的声音，雌鹿闻声寻偶尔来，雄鹿为夺偶而至，其他野兽则为食鹿而聚拢。等包围圈缩得不能再小了，野兽密集起来时，大臣就奏请皇上首射，皇子、皇孙随射，然后其他王公贵族骑射，最后是大规模的围射。每次围猎，一般要进行20几天，围猎结束以后，举行盛大的庆功告别宴会，饮酒歌舞，摔跤比武，按军功大小，予以奖赏。

我们来到这里时到处是一片金的灿烂，金色的山峦，金色的草原，金色的树木，金色的阳光。这时正值木兰围场的秋天，听同行的人说，他们夏天来过这里，那时是一片碧绿，绿得青翠欲滴，令人心旷神怡，如今的金黄也别有一番情趣。

木兰围场1万多平方千米的面积，大部分在河北境内，而我们下榻的红山军马场"坝都风情园"属内蒙古地界。来时我们路过塞罕坝国家森林公园，也叫塞罕坝机械林场，位于河北省围场满族蒙古族自治县最北部，毗邻京、津、内蒙古，地处内蒙古高原南缘。它原来也是木兰围场的一部分，曾有茂密的原始森林，秀美的草原景色。清代后期，国势日衰，清同治二年（1863）开围放垦，随之森林植被被破坏，后来又遭日本侵略者的掠夺采伐和连年山火，原始森林已荡然无存，当年"山川秀美、林壑幽深"的太古圣境和"猎士五更行""千骑列云涯"的壮观场面不复存在，退化为高原荒丘，呈现"飞鸟无栖树，黄沙遮天日"的荒凉景象。1962年，为了建成华北地区中小径级用材林基地，改变当地自然面貌，保持水土；为改变京津地带风沙危害创造条件，研究积累高寒地区造林和育林经验；研究积累大型国有机械化林场经营管理的经验，原林业部决定建立直属塞罕坝机械林场。来自全国 19 个省市的 127 名大中专毕业生和 242 名工人，在这荒无人烟的塞外高原，攻克了一道又一道技术难关，摸索出适合当地自然条件和生产力水平的育苗和造林全套技术，填补了国内林业生产技术领域的多项空白。43 年来，林场从无到有，从小到大，在 142 万亩经营面积上，建起了 110 万亩人工林，成为北半球最大的人工林林场。我们来去都驱车通过此地，见这里漫山遍野森林覆盖，成片的白桦、高大的松林站立在山岗，五颜六色的树叶层林尽染，平缓起伏的大地一片流光溢彩，令人目不暇接，像镶嵌在广袤草原中的一片锦缎。昔日沙化严重的茫茫荒原，如今变成了叹为观止的人工林海，凝聚了多少造林人的血汗！

我们重点游览的红山军马场是宽广的草原，紧邻塞罕坝机械林场。它原属北京军区，建于 1964 年 8 月，主要担负边防部队军马供应保障任务。历史上，这一带是清朝木兰围场 72 围之一的图尔根伊扎尔围场所在地，风景优美，景观独特，素有欧洲风光之美誉，《还珠格格》《三国演义》《康熙王朝》《汉武大帝》等 60 余部电视剧外景在这里摄制完成，被称为璀璨的"草原明珠"。

首先到达的是叫蛤蟆坝的地方，为什么叫此名不得而知，但这里的田园风光深深吸引着游人。站在坝顶俯瞰坝底，一条小河缓缓流过，农家院落散布其中，炊烟袅袅，宁静悠闲。几头猪在路边自在地漫步，几个老鸦窝静卧在高高的白桦树端，一切都远离了城市的喧嚣，勾画了原始的自然。坝顶附近是大片的白桦树林，白色的树干与金黄的草地构成一幅色彩迷人的油画，不禁使人激情洋溢，浮想联翩。

享受了蛤蟆坝的田园风光后，又来到一处叫夹皮沟的景点。这里是一条山沟，两旁山坡生长着密密的白桦林，走在沟底的土路上，仰望两旁的树林，颇像林海雪原中的夹皮沟景象，怪不得人们把这里叫夹皮沟呢。

出了夹皮沟，前面豁然开阔，远处的山峦连接着蓝天，白色的云朵在蓝天上奔腾，一群马儿在广阔的草原上奔跑、跳跃、嬉戏，不由想起了那首"蓝蓝的天上白云飘，白云下面马儿跑"的激昂歌曲，歌中的意境就在眼前了。

再往前到了一处叫大峡谷的地方，这里是被多年冲刷出来的一条河谷，最深处有 30 来米，谷坡谷底长满了树，站在谷顶俯视各种各样的树木千姿百态，白桦枝杈直直向上，柞树弯弯曲曲盘缠，灌木丛纵横交错，引得众多摄影者纷纷到此采风。

到处都是黄色，不觉有些厌倦，忽然前面出现一片碧水，微波粼粼，清澈透明，好似草原翡翠。一群群马儿来此饮水，蓝天、碧水、骏马构成了一幅美妙的图画，赶紧收入了镜头。据传，康熙二十九年（1690），著名的乌兰布统之战前，时年天气大旱，百日不见雨，抚远大将军裕亲王福全十万大军的人马饮水成了问题，坐阵波罗和屯（隆化）的康熙皇帝无奈命福全选低洼地设坛挖井祈雨。福全遵命在此处设坛祈祷上苍降雨赐水，保证平叛的胜利。军士掘井之时，突然涌出一股清泉，随之便泉涌不竭，顺地势形成一条弯曲的溪流。从此，严冬季节不结冰，干旱时节不断流。因此，将此泉命名为"康熙泉"，后俗称熙水泉，流传到今。随后我们还游览了五彩山、百花坡、东沟等景点，因为季节气候的限制，有些美景只好待来年适时重返才能了却心愿，但此地确实值得年年光顾。

游完红山军马场，享受了木兰围场的秋韵，回到了坝都风情园宾馆，又品尝了当地的特色菜肴，一种当地草原生长的金针菜，吃后叫人回味无穷。

秋天的木兰围场，叫人流连忘返的迷人地方。

木兰围场的秋韵

静静的寡妇楼

天津蓟县的崇山峻岭中,一段长城蜿蜒伸展,时而冲向高高的山峦,时而俯视连绵的群山,气吞山河,巍然壮观。这就是黄崖关长城,祖国万里长城的组成部分,由明代名将戚继光主持修建。

登临黄崖关长城,座座敌台形式各异,铭刻着古人们的心血与智慧。随行导游娓娓而谈,讲述这古老长城发生的动人故事和传说,寡妇楼的故事至今还在附近民间传诵。

静静的寡妇楼

明朝时期,镇守蓟州的戚继光开始主持修筑此段长城。从各地应征来的戍边兵和当地百姓拼死拼活艰苦劳作,在险峻的山岭上,全凭手工操作构筑抵御敌兵的防线。艰苦的生活,繁重的劳动,已使修筑长城的人们忍受到了极限。可就在这样的情况下还出现了腐败贪官,竟然将沙子掺入军粮把省下的粮食窃为己有、中饱私囊,致使修筑城墙的士兵忍饥挨饿，一些士兵饿倒、病倒甚至死亡。有12位河南籍的士兵不幸惨死，他们在家乡的妻子听不到丈夫的音信，结伴到黄崖关寻夫，知道亲人去世的噩耗及缘由，悲痛欲绝，号啕大哭。恰逢戚继光巡视到此，了解了真相，才知道那贪污腐败的官员竟是自己的儿子，勃然大怒，下令将他儿子斩首示众，给予这12位寡妇优厚的抚恤金。这12位妇女被戚继光大义灭亲的举动深深地感动，把发给她们的抚恤金捐献修了一座敌台，人们称它寡妇楼。黄崖关长城饱尝岁月沧桑，大部分城砖被历代人们拆走，唯独寡妇楼至今依然完好，拳拳爱国心感动了代代生活在长城两旁的人们。

如今寡妇楼保持着原来的模样，墙砖经过几百年风雨的洗礼，已腐蚀变色，与后来重修的黄崖关长城其他部分相比显得陈旧，但它仍静静地耸立在山巅。时任全国政协主席李瑞环同志曾到此视察，并赋诗一首："伟哉万里城，壮哉寡妇楼。千里寻夫不为迟，伉俪拳拳报国心。十二遗孀继夫志，前赴后继中华魂。"

长城长

游金山岭长城诗作两首

（一）

秋日来到金山岭，
壮志凌云登长城。
迷人风光万象新，
大好河山任我行。

（二）

秋风吹美金山岭，
层林尽染万山红。
长城画卷惹人醉，
吾欲投入此画中。

金山岭长城位于河北省承德市滦平县境内，距北京市区 130 千米，系明朝爱国将领戚继光担任蓟镇总兵官时期 (1567—1586) 主持修筑，是万里长城的精华地段，素有"万里长城，金山独秀"之美誉。

金山岭长城依山势蜿蜒曲折，高低隐现，气势磅礴，西起著名的关口古北口，东至高耸入云的望京楼，全长 10.5 千米，沿线设有关隘 5 处，敌楼 67 座，烽燧 3 座。视野开阔，敌楼密集，景观奇特，建筑艺术精美，军事防御体系健全，保存完好，闻名于世。

金山岭长城作为长城的组成部分于 1987 年被列入世界文化遗产，1988 年被列入全国重点文物保护单位名单，也为国家级风景名胜区、国家 4A 级旅游景区。

美丽的金山岭

白洋淀水上游

华北明珠白洋淀早已家喻户晓，作家孙犁的散文《荷花淀》、电影《小兵张嘎》、小说《新儿女英雄传》，著名的雁翎队将白洋淀的形象刻入人心了。

这里有旖旎秀美的风光、动人振奋的抗日故事，一片硕大的水面也是华北地区罕见的景观。人们为它神往，一次次流连忘返，可见它的魅力无穷。

白洋淀是河北省最大的湖泊，主体位于河北省保定市安新县境内。我在20世纪八九十年代及2000年后曾3次到此游览，这次又驾车到此第4次观光，再次感受了它的魅力。

白洋淀北端有个村庄叫邵庄子村，紧邻湖边，干净整洁，村民们盖起了座座白色小楼，作为家庭宾馆。我们下榻的"家和兴宾馆"是农家的3层小楼，有标间、套间，基本设施齐全。

到白洋淀游览主要是水上游，我们住的宾馆紧靠着码头，租了一条带蓬的6人动力船，由船工操作驶向湖的深处。随着船的行驶，逐渐眼前一片开朗，碧波荡漾，光滑的水面在阳光下轻轻晃动，时而清风吹拂，水面泛起美丽的涟漪。白洋淀的水很清澈，见不着污物、杂物，用空的矿泉水瓶灌水一看，是透明的，水质不错。我第一次到白洋淀是在20世纪80年代，租了一农家不带棚手划小船，由船工划船在白洋淀转了转。那时旅游刚起步，条件有限、设施简陋，只粗略感受一下白洋淀的风光。90年代以后我又两次到此拜访，都是坐大动力船绕湖游览，来去匆匆没有细致体验这儿的特色风景。这次乘动力小船游湖，贴近水面，速度适中，更好感受了它的魅力。

白洋淀风光主要是水，在华北人口稠密的土地上，这片水给人们带来了无比的欢乐。有了水就有了灵气，随着千年大计、国家大事的雄安新区的建设，这片水的地位更加非同小可，南水北调也为它提供了水的保障，白洋淀会永远以水的美丽拥抱着人们。

也许人们担心：白洋淀周围那么多村庄，人口又多，还是旅游区，能保证湖水不受污染吗？这点国家也想到了，在我们住的邵庄子"家和兴宾馆"附近安装了北京排水集团的污水净化设备，村里的污水必须经过此处净化后才能排放至湖中，这种设施在沿岸村庄都必须设置，保证了白洋淀水的清洁。

我们的船继续行进，穿行在芦苇荡中。一片片密密的芦苇是白洋淀又一特有风光。白洋淀的芦苇品种多达10余种，芦苇面积11.6万亩，年产量8895万斤。有诗称："浅水之中潮湿地，婀娜芦苇一丛丛；迎风摇曳多姿态，质朴无华野趣浓。"船在苇中行，只见片片芦苇郁郁葱葱、挺拔直立、迎风摇曳、野趣横生，给人以自然浑厚之感。芦苇有横走的根状茎，在自然生境中，以根状茎繁殖为主。根状茎纵横交错形成网状，甚至在水面上形成较厚的根状茎层，人、畜可以在上面行走。根状茎具有很强的生命力，能较长时间埋在地下，1米甚至1米以上的根状茎，一旦条件适宜，仍可发育成新枝，也能以种子繁殖，种子可随风传播。芦苇对水分要求也不高，从土壤湿润到长年积水，从水深几厘米至1米以上，都能形成芦苇群落，素有"禾草森林"之称。在白洋淀干涸的那些年头，几乎没有了水，但芦苇照样生长，可见它的顽强生命力。抗日战争时期，在淀泊相连、苇壕纵横的白洋淀上，有一支神出鬼没、来无影去无踪的队伍，他们时而化装成渔民，巧端敌人岗楼；时而出没在敌人运送物资的航线上，截获敌人的军火物资；时而深入敌人的心脏，为民除掉通敌的汉奸；时而头顶荷叶，嘴衔苇管，隐蔽在芦苇丛中，伏击敌人保运船。这支令敌人闻风丧胆、令百姓欢欣鼓舞的队伍，就是活跃在白洋淀上的抗日武装——人称"水上飞将军"的雁翎队。他们就是利用芦苇荡的有利地形，神出鬼没把日寇打得晕头转向，白洋淀的芦苇立下了丰功伟绩。芦苇在生活之中也有一大作用就是苇叶可以包粽子，这次去白洋淀恰逢端午节前，归时带来很多苇叶，包了粽子，飘香沁腑，吃得惬意，还送人一些苇叶，共享了端午之乐。

在湖中泛舟，水面荷叶也是一景，作家孙犁把白洋淀称为荷花淀确是名副其实。白洋淀除芦苇以外就是荷叶了，荷叶常常与芦苇相伴，高高的苇杆衬托着低低的荷叶倒也相得益彰，惟妙惟肖。碧绿的荷叶伸出水面，张着大大圆圆的身躯，有的似浮萍，平静地躺在水上，一片片装点着湖水，构成了湖中翡翠的图画；有的高挺于水面之上，虽然没到开花季节，但清水出芙蓉、天然去雕饰的情景已历历在目。这时不禁想起那首著名的汉乐府民歌："江南可采莲，莲叶何田田。鱼戏莲叶间。鱼戏莲叶东，鱼戏莲叶西，鱼戏莲叶南，鱼戏莲叶北。"诗中大量运用重复的句式和字眼，表现了古代民歌朴素明朗的风格，描绘了采莲的热闹欢乐场面。现在白洋淀的荷叶，虽然还没到采莲季节，而且荷花也没开放，但动人的"莲叶何田田"的情景已见到了。

正在出神地欣赏荷叶，又听见鸟儿的歌唱。转头一瞥，只见莲叶之间一只鸟妈妈带着四只小鸟在嬉戏玩耍，鸟妈妈如麻雀大小，几只鸟孩儿还没有拇指长。它们时而在水面欢快行走，时而钻入水中潜游，一会儿又从莲叶下面水中钻出，小巧玲珑、灵活敏捷煞是可爱,出色的水性叫人望尘莫及。原以为是水鸭,船工说不是,是一种水鸟。自然界各有千秋,生物适者生存,又听见芦苇荡里时而传来鸟儿们的合唱,白洋淀的优越环境引来了鸟类、鱼类在此愉快地生活。

　　这次白洋淀水上游,细致感受了湖水、芦苇、荷叶、水鸟的野趣,令人神往、流连忘返。随着雄安新区的建设,这个华北明珠定将越来越放射出更加灿烂的色彩。

白洋淀风光

云台山美景两则

一、云台天瀑

"日照香炉生紫烟,遥看瀑布挂前川。飞流直下三千尺,疑是银河落九天。"唐代浪漫主义大诗人李白的这首《望庐山瀑布》已流传千古,早已脍炙人口,这天,我在云台山的云台飞瀑真正体验到大诗人描绘的意境了。

红石峡谷

沿着云台山泉瀑峡谷前行,但见两旁高峰并肩,巍峨耸立,欲与天公试比高;两旁树木葱茏,野花盛开,姹紫嫣红扮群山;峡中青水潺潺,迂回蜿蜒,欢快流淌不知倦;水中石形多姿,与水抚摸嬉戏,翻出笑花点点。美丽如画的景色醉了游客,拽住众人流连忘返。蓦然,透过树丛,隐约见到了峡谷尽头,一条玉带时隐时现。赶紧快步向前,登高望远,前方远处,高崖顶天,洁白水流顺其而下,宛若银河飞落,犹如玉柱擎天。又趋步趋近,水声渐大,抬头仰望,落差314米,水瀑好似由天而降,上吻蓝天白云,下蹈层层石坪，令人叹止，蔚为壮观！那"飞流直下三千尺"的想象在此没了夸张、比喻，却有了实在的表现。再细瞧大瀑布，因不在水旺季节，水量不是最大，因此水柱较细，却有另番风趣：水在下冲之时，落差大，再遇风，片片水丝形成水雾，更如薄纱轻飘萦绕，粗壮中增添了细腻，叫人赏心悦目、心旷神怡。此瀑布下方，一大石刻有"云台天瀑"四大字，名称与其身名副其实、相得益彰，叫人浮想联翩。

河南焦作云台山，天瀑给你增风采，这亚洲第一落差的瀑布给了人们惊天地、泣鬼神的恢弘气势，将永远永远地流传……

二、红石峡谷

以前在我的印象里，北方的太行山脉粗犷、博大，巍峨峻险，却植被稀少，许多地段是光秃的荒山野岭，远不如南方山脉的秀美细腻。可没想到河南焦作的太行山余脉深处却隐藏这样集秀、幽、雄、险于一身，泉、瀑、溪、潭于一谷的"盆景峡谷"，还与美国的加州大峡谷结为姊妹，名扬华夏，走向了世界。

我们到红石峡之前，曾被云台山潭瀑峡的"三步一泉、五步一瀑、十步一潭"的美景所倾倒；被泉瀑峡飞流千尺"亚洲第一瀑"的壮观所惊叹；登攀云台最高峰茱萸峰时那70多度阶梯的惊魂还萦绕心中，身心已有些疲惫。红石峡为这次旅游的最后景点，开始真没引起大家的注意，可当导游带大家从高处俯瞰它时，我们立即震惊了。高山峡谷中高崖、绿水、飞瀑、乱石交映成趣，一幅天然的美丽画卷。大家迫不及待行进至谷底，在画中去感受画中美景。仰望两旁峭壁高耸，怪石嶙峋，蓝天在头顶变得细长狭窄，有的地方称为一线天，更有一处两高崖间由一长石连接，酷似石桥，鬼斧神工，妙趣横生。这种景象虽在很多山谷都有存在，但此地突出的特色是还有潺潺流水与飞溅瀑布与之交映。有水就有了灵性，有了水万物就现出生机。清清的流水唱着欢乐的歌从峡谷上方奔来，水中的乱石不愿它们走得太急总想挽留，那簇簇洁白的水花正是它们在友好地亲昵诉说。当然遇有跌宕，水流勇敢地急驰，刹时成瀑布奏出强锵的旋律，吸引人们留影，拽住了游客的脚步。这水不但沿峡谷底自在地流淌，时而还从崖壁缝里顽皮地喷出，构成各种精美的图形，如玉带、如项链、如珠帘，碧绿的青苔聚集似硕大花朵给它们作为陪衬，美妙绝伦，引人入胜。啊，红石峡，你是身藏大山里的璞玉瑰宝，使我们云台山旅游最后一站达到了高潮，这才感受到导游精心的安排，逐步让游览升级到高潮。我曾到过不少名山大川，而这里是大自然鬼斧神工杰作中的极品，浓缩了山水精华，令人终生难忘。明代知府徐以贞赋诗道："何年鬼斧劈层崖，鸟翼飞来一线开。斜阳在山归意懒，不堪回首重徘徊。"

红石峡，你不但是太行山的瑰宝，也是祖国旅游资源的一颗闪耀的亮星。

云台山游随笔：小偷的无奈

世上的事物都处于对立统一之中，有美好就有丑恶，有顺利就有挫折，那次云台山之行是愉快的，那儿的风光也是美丽的，但我也遇到了不顺利的事，好在化险为夷，没妨大碍。

那天凌晨5点多，我们北京市企业党委书记联谊会赴云台山开会的近80人，在河南新乡火车站下车，大家来自北京各个企业，事先不熟悉。天还没亮，被带出火车站上了两辆旅游大轿车。我拉着行李箱，钱包装在一侧裤兜里，里面有两千多元及信用卡。黑灯瞎火，大家拥在汽车门前，互相也看不清。我提着箱子登入车门，忽觉裤兜微动，立即反应赶紧去摸，糟了，钱包刹时不见了！马上意识到被盗了，盗贼的动作之快叫人吃惊。我立即喊了一声："我钱包被掏了！"当时只是不由自主地叫喊，根本没再抱别的希望。即时一阵沉默，我停在车门口，大家也不知如何是好，短短的十几秒钟，周围的空气好似凝固了。就在这时，没想到的事情发生了，一只拿钱包的手伸过来，说："给你吧。"我接过来，正是我的钱包，什么都不少，连在钱包外面放的那张刚用过的火车票也随着奉还。那人递过钱包后迅速脱离上车人群，背影进入远处黑暗中。我望着那消失的背影没再追赶，庆幸钱包失而复得，过程化险为夷，否则随身带的现金一分不剩，给下一步造成极大的困难。待人们都上车后，一位同来的女士告我：她刚才看见一男子在车门乱挤，问他是干什么的，那人说是上车的，后来听我叫了声钱包丢了，那男子看出我们都是同来的，又被人们围在中间，做贼心虚，无奈交出钱包迅速溜走。这次侥幸，一来是本人反应迅速及时发现，二来得利于大家围住了盗贼，使其不便逃脱。想起前些日子去张北坝上草原骑马摔下有惊无险与这次的化险为夷的经历，真感到幸运，不由赋打油诗一首："人生难免遇险，不是都可避免。张北云台脱险，福气次次显现。幸运与我携手，还加随机应变。做人做事灵活，确保一生平安。"

生活遇挫折，就像吃饭加调料，不然就缺少了味道。

太行天路雾中行

太行山，北国雄山，它的身姿壮美、雄浑、险峻、奇特，它的传说由《愚公移山》的寓言传遍天下，那首《我们在太行山上》的歌曲又唱出了它的悲壮。早听说它身躯中蕴藏着一条美丽的深谷，贯穿着河南、山西两省，名曰：太行山大峡谷，并排名在世界著名的大峡谷之中，所以一直盼望着一览它美丽的容颜。机会来了，2014年的春天，我随北大荒知青自驾旅游团去河南林州拜访了它。

这天清晨，我们的车队分成两拨，分别去大峡谷和郭亮村，然后再轮回，这样我的车先去大峡谷。天阴沉沉的，太阳被厚厚的云层遮挡，春色显得逊色一些了。

行驶在太行山

去林州附近的太行山大峡谷自然要走太行天路，太行天路隐藏盘旋在大峡谷中。它原本是林州市"村村通"公路建设之成果，全长45千米，环绕在太行之巅。孰料建成后，竟被旅游盯上，成林州新兴旅游热线。我们的车队有30多辆车，驶过了林州市区很快来到山脚下。眼前的山就是太行山的一端，一条公路伸进了高山，这是天路的开端。天时阴时晴，太阳有时偷偷拨开云层露一小脸，但很快躲了回去。我们车队开始鱼贯移动，一路盘绕向上。春天的峡谷，万山勃发，层林绿染，经过了寒冬的洗礼，大自然开始恢复了生机。绿树中掺杂着粉红色的桃花杏花，绿草中点缀着色彩缤纷的野花。两车道的盘山路行驶着我们五颜六色的车队，构成了太行天路上别具一格的画面。盘山公路回旋盘绕，路旁深邃的峡谷、峭壁的悬崖、直立的岩壁，荡人心魄，满眼望去犹如置身百里画廊，大峡谷中无处不是大气磅礴的国画山水长卷。

太行天路沿途设有 10 个观景点，由于我们车多，道路狭窄，不可能每个景点都停车观景，只找了个别特殊的景点停车，这也是集体行车的遗憾。在一处叫天境的景点，我们做了短暂的停留。此处位于大山高处的一块平展地带，刻有"天境"的石碑立于一侧。立此存照，极目远望，山连山，天连山，唯余莽莽，地高天低，大自然展现了强大的魅力，撩拨着人们的视野和胸怀。再俯视另一侧，峡谷深壑，但见白色天路盘山而上，像白绸飘逸在群山间，细长细长地贴着悬崖峭壁，这也是我们刚驶过的路，现在看着真有些惊心动魄。这时，白色的雾气开始升腾，渐渐地包围了群山，眼前的山景逐渐模糊，刚才俯视到的天路也隐藏在白色的迷雾中，我们也必须离开此地了。每辆车都配有对讲机，头车告知大家现在能见度只有 5、6 米，大家谨慎驾驶，注意安全。车队继续向上攀爬，雾虽大，好在一辆辆车紧跟，前有头车带路，车队稳稳慢速前进。不一会到达山顶，已是大雾弥漫，周围一切都蒙蒙眬眬，远山被浓雾遮挡，近处树木也被迷雾罩得隐隐约约，现在能见度只有 3 米了。车队暂时停驶，一来等雾气慢慢消退，二来也让大家欣赏太行大雾的风采。这样的大雾以前在城市见过，高速公路要封路禁行，在如此险要的太行山路行驶对驾驶技术是个考验，好在大家都是身经百战的好手，没有出现问题。虽然大雾暂时掩盖了山中美景，但太行山举目茫茫，一切淹没在白色中，我们恍惚在云雾中，也觉别有情趣。

待雾稍有消散，启动了车，慢慢向下行驶。雾逐渐变薄，接着来到叫天坑的观景台。此观景台颇有特色，为玻璃铺就，探出崖壁凌空架设，虽然有雾，从脚下玻璃往下瞧是万丈深渊，断崖高起，台壁交错，游人犹如置身半空，又似平步青云，叫人心惊胆战。有恐高者，试着一上来下望立即尖叫着逃回旁边公路，惹得众人一阵哄笑；也有胆小之人，趋步弯腰前行，好像这样才不至于跌入深渊。其实只是心理作用，那观景台结实得很，完全不必担心不测，玩的就是刺激，虽比不上美国科罗拉多大峡谷的环形玻璃观景台壮观，可上去一次也令人终生难忘。

车队继续下行，雾逐渐散去，太行山又露出了真容。群峰峥嵘，流瀑四挂，植被葱郁，山花争艳，蓬蓬勃勃的大自然拥抱着太行山这个骄子，显得更加热烈。我们欣赏美景，也必须谨慎驾驶，路过了三段搓板路更叫大家提心吊胆。这搓板路都在急转弯上，不但上下坡陡，还左右倾斜，开车行此处，大气不敢出，紧握方向盘，轻轻点刹车，小心找弯度，慢慢再驶过。当车终于顺利通过，长出一口气，体会到成功的欢乐。

　　这真是：太行雾中行，欢乐在其中。观景练车技，天路逞英雄。

雾中太行山

太行天路

红旗渠的感想

河南林州（原林县）的红旗渠早已闻名遐迩，早在几十年前就有部纪录片把红旗渠介绍给全国，大致知晓了这个"引漳入林"工程的宏伟、艰巨。几十年过去了，世间变化多多，少年变成年，成人变老人，但红旗渠似不老，不光它的名字还保持着鲜艳，它的精神、它的容颜还是那样的朝气蓬勃。

阳春3月，北大荒知青旅游界志愿者委员会组织了500人的红旗渠、太行天路、郭亮村的自驾游，我参加并目睹了这几个景区磅礴气势的优美景色，第一站红旗渠就令人万分感慨。

那天，我们的车队自北京出发沿大广高速公路飞驰向河南林州，550多千米6小时到达，当天就直奔红旗渠。

林县（现称林州）处于河南、山西、河北三省交界处，历史上严重干旱缺水。为改变因缺水造成的穷困，勤劳勇敢的10万林州人民，从1960年2月开始，苦战10个春秋，靠着一锤、一铲、两只手，在太行山悬崖峭壁上修成了全长1500千米的红旗渠，结束了十年九旱、水贵如油的苦难历史。据计算，如把这些土石垒筑成高2米，宽3米的墙，可纵贯祖国南北，绕行北京，把广州与哈尔滨连接起来，被称为"世界第八大奇迹"，同时还孕育了"自力更生，艰苦创业，团结协作，无私奉献"的红旗渠精神。红旗渠的修建过程中培养了大批优秀的能工巧匠，为改革开放后林州儿女出太行搞建筑业奠定了坚实的基础。

我们的车队在红旗渠的分水闸，也是红旗渠纪念馆短暂停留，看了红旗渠展览后即沿山中公路向上攀爬。山峦蜿蜒，山峰连绵，山路弯绕，我们这批车队的60多辆车爬行穿梭在山间，给太行春色增添了新景。山中有几处修路地段，坑洼不平，道路难行，又处于交通要道，林州市政府派出了交警，在重要路口把守，截住了许多大货车，为我们保驾护航，让我们的车队顺利通过，不然肯定不会按时到达。

经过近20千米山路的盘旋行驶，车队停在了一处山间停车场，红旗渠就挂在上面的山崖，大家还需步行攀登。仰望，山崖傲然耸立；远视，太行苍苍莽莽。红旗渠就在眼前，不由心中感慨。几十年前，我在山西太行山深处一小山村插队，县里电影放映队来村里放映电影，其中有纪录片《红旗渠》。林县人民战天斗地的事迹感动了老乡们，影片中的插曲至今还在耳边回响："劈开太行山，漳河穿山来，林县人民多壮志，誓把山河重安排。"记得当时最后那句好像是"敢叫日月换新天"，后来改为了"誓把山河重安排"。

　　向上攀登着，不久就见到高耸绝壁的半腰，一条清水蜿蜒伸展，如翡翠玉带镶嵌在大山边沿。晶莹碧绿的渠水缓缓流过，在太行山中环绕盘旋，在阳光下银光闪耀，向着远处的大山，在林州大地尽情地流淌，滋润着这块古老的土地。我们脚踏着石头垒砌的石坝，也是巡视水渠的道路走着看着。可以看出这里原来就是高山绝壁，人们从高高的山顶用绳索吊下，在绝壁半腰凿岩放炮，撬动巨岩，平出一块块渠底，再用开出来的石头垒起渠道另一边堤坝，上面可行人，渠深6米，宽5米，悬挂在绝壁上，被称为"人造天河"。这样的渠道竟修了1500多千米，浇灌了林州几十万亩农田，工程之浩大艰巨难以想象。当时正处国民经济极其困难时期，连饭都吃不饱，修建如此巨大工程需要多么坚强的意志和毅力！据说当时的县委书记杨贵提出修渠的想法，并筹措了几百万斤粮食才保证了工程进展，他还受到毛主席的接见。修渠的民工们风餐露宿，睡在悬崖山洞，吃在雨里雪里，生活艰苦异常，先后有80多人为此献出了宝贵的生命，他们可歌可泣的事迹至今被人们流传，将伴随着红旗渠流芳百世。继续前行，前面有一石碑，上书"山魂"，红旗渠就如太行山魂，在峰峦叠嶂的太行庞大胸怀中，升腾起博大的气魄，为粗犷、雄浑的太行山脉增添了万丈豪情，为源远流长的中华史册记载了重重一笔！再前行，渠水从一山洞而出，此洞名为"青年洞"，郭沫若题字刻在洞上方。青年洞是总干渠最长的隧洞，从地势险恶、石质坚硬的太行山腰穿过，洞长623米，高5米，宽6.2米。1960年2月开始，300多名青年组成了突击队开挖此洞。当时口粮很低，为填饱肚子，上山挖野菜，下漳河捞河草充饥，很多人得了浮肿病，仍坚持战斗在工地，以愚公移山精神，终日挖山不止。坚硬的石英岩一锤打下去一个白点，十数根钢钎打不成一个炮眼，青年们面对这样的艰难困境，创造了连环炮、瓦缸窑炮、三角炮、抬炮、立炮等新的爆破技术，使日进度由起初的0.3米提高到2米多，经过1年零5个月的奋战，1961年7月15日凿通隧洞，水穿山而过。为表彰青年们艰苦奋斗的业绩，将此洞命名为"青年洞"。

　　看了青年洞，不由想起我曾插队的那地方。当时离我们村几里的有个叫中庄的村子，与我们同属一生产大队。他们村前有片河滩地，恰好有山崖伸出一角在河滩一边，河水在此绕弯通过。在"学大寨赶昔阳"的运动中，人们也心血来潮，说要凿穿山崖打洞，将河水改道从洞中通过，空出河滩填土，改造成水浇良田。村里为此成立了青年突击队，轰轰烈烈地干了几个月，但越往里打洞越害怕，最后半途而废，山崖只凿进数尺，留下一片白的痕迹，不了了之。如今此村已无人家，人们已迁徙他处，全村残墙断壁，荒草凄凄，自然消亡了。也是，这个深山小村人少地薄，退耕还林了，没有发展的空间。

　　看了红旗渠，感到现在林州的下一代人很幸福，他们的前辈在那样艰难的困境中战天斗地，吃尽了苦头，为下一代创造了美好生活，可谓前人栽树，后人摘果。红旗渠的精神确是中华民族的精神，我们的民族，我们的国家永远需要这种精神，中国要复兴强大，就需要前仆后继、勇往直前！

红旗渠

郭亮村的震撼

一到这里，立时被眼前的情景震撼了。这条被称为"郭亮洞"又叫壁挂公路的是凿穿了悬崖绝壁，将那几乎与世隔绝的小山村连接到外面的世界，被誉为"世界第九大奇迹"。

沿着洞中，也是通往那个小山村的壁挂公路行走，一路向上。这是一条高5米、宽4米，全长1300米的石洞，是在绝壁的中央开凿的。每隔一段开凿出巨大窗户，向窗外望，群峰耸立，巉岩突兀，万仞绝壁，惊心动魄。洞中虽暗，但不用照明也看得清楚，四壁留下钢钎的凿痕，地面平坦光滑，可并排行驶两辆汽车。1972年，为使这个叫郭亮的小山村的乡亲们走下大山，13位村民卖掉山羊、山药，集资购买钢锤、钢锉，在无电力、无机械的状况下，全凭人力，历时5年，硬是在绝壁中一锤一锤凿穿山崖，凿出石方2.6万立方米，开辟了这条公路，为此一位村民还献出了生命，坚强的意志和顽强的毅力被后人们流传、称颂。

继续上行，出了洞口，也是公路的一头，抬头仰望，但见前面百米悬崖峭壁上，房子倚山崖而建，一股瀑布顺崖冲下，高山深谷，绿树葱茏。天下着蒙蒙细雨，把一切洗得清净、明亮，山翠、水清、花艳，将游客一下拽到大自然壮美的怀抱中。再向上，村口前一大石岩上刻有"影视村郭亮"，几个鲜红大字，引人注目，听说30多部影视片曾在此拍摄外景。沿石阶登上村头高崖俯视，万仞峭壁上的壁挂公路，蜿蜒盘旋，在绝壁上忽明忽暗、上下不一，石壁上的天窗犹如"机枪眼"，洞外瀑布奔流交织，洞下水潭碧绿诱人，群峰绿染，山峦连绵，好一派世外桃源的动人雅景。

迫不及待奔向村中，踏着石阶的道路游览全村。浑石到顶的农家庄院，一幢幢，一排排，依山顺势坐落在千仞壁立的山崖上，有石磨石碾石头墙，石桌石凳石头炕，有山石垒墙、灰瓦挂顶的质朴农舍，叫见惯了城市高楼大厦的游人耳目一新。淳朴的山民，清新的空气，以特有的魅力，招来了大批中外游客。艺术院校的学生们成群结队散布在村中各个角落绘画写生，摄影爱好者们长枪短跑奔走在村中各处忙着取景。这就是郭亮村，被人们称为太行明珠的小山村。

在没凿穿壁挂公路以前的郭亮村基本与世隔绝，村民只凭借一条羊肠小道去往山外。他们为什么选择这个极其偏僻的荒山野岭居住？有一段故事：郭亮村，现有83户人家，300多人，大都为申姓。东汉末年，连年灾荒，民不聊生，太行山区的农民儿子郭亮，率部分饥民揭竿而起，反抗压迫，农民纷纷响应，跟随郭亮，很快形成了一支强大的农民队伍。当时的封建王朝慌了手脚，屡次派兵镇压，只因山高路险，皆遭失败。后来采取了封官许愿的办法加以利诱，当时郭亮手下有一将领名叫周军，投降了官府，被封为"平西大将军"，率领官兵前来镇压。因寡不敌众，郭亮只得退守西山绝壁。后因周军围困，粮草断绝，郭亮急中生智，让士兵将战鼓与山羊悬挂在树上，羊四蹄乱蹬，鼓声咚咚日夜不停来迷惑敌人。同时，郭亮令士兵们从山背后系上绳索下绝壁，安全转移到这悬崖上的山村。在建村时，人们为纪念郭亮，将村名取为"郭亮"。此村建在此处，当时是为了避难，后来的人们世世代代在大山深处渺无人烟中生活了多少个世纪，直到20世纪70年代时过境迁，村民们意识到走出大山的必要，自力更生凿出了新生活之路，没想到竟为郭亮村开出了光明路、幸福路。如不是当时这个非凡的壮举，今天的郭亮村很可能面临退耕还林、自然消亡的命运。现在它成了著名的旅游景点和影视绘画基地，家家户户办起了家庭旅馆、农家饭馆，游人如织，郭亮村民靠旅游发家致富，那条壁挂公路也叫"郭亮洞"的功不可没，可谓是前人栽树后人乘凉、摘果。

在淅淅春雨中漫步郭亮村，四周高峰环绕、青山如黛、碧水潺潺，像一幅清新的水墨画卷，真感到太行山中藏珍蕴宝。那气势非凡的太行大峡谷和这秀丽、震撼的郭亮村，给我们的生活增添了更加浓郁的色彩。

郭亮村的壁挂公路

殷墟的思索

这里曾是中国首都的所在地吗？我这个来自现代中国首都的北京人，仿佛穿越到了3300多年前中国商朝后期的这个都城，思索着3000多年前中国首都是个什么样子。

眼前是大片绿化的土地，绿草、树木、鲜花在春风里勃勃生机。100多年前，这里还是大片的农田，谁也没想到这里原来是中国一个朝代的首都。约公元前1300年，商王盘庚举族迁徙，由奄（今山东曲阜）迁至此地，建立了这座规模宏大的都城。此后270余年，这里一直是中国商代后期的政治、经济、军事、文化中心。公元前1046年，武王伐讨，商灭亡，这里逐渐沦为废墟，渐渐被人遗忘。直到19世纪末20世纪初，随着这里甲骨文的发现和殷墟的科学发掘，这座在地下湮没了3000多年的商代都城才重见天日，成为探索商代历史和中国古代文明起源的重要基地。

商朝又称殷、殷商，为中国历史上的第二个朝代，是中国第一个有直接的同时期文字记载的王朝。夏朝诸侯国商部落首领商汤率诸侯国于鸣条之战灭夏后在亳（今河南商丘）建立商朝。之后，商朝国都频繁迁移，至其后裔盘庚迁至殷（今河南安阳），也就是此地后，国都才稳定下来。商朝一共延续了600多年，在此建都就达273年，所以商朝又称为"殷"或"殷商"。这段历史是从这里发现的15万片甲骨文中的记载得到证明，也从成都、广汉为中心的三星堆文化和湖南宁乡的炭河里遗址等出土的文物中得到佐证。

殷墟发掘后在此地建立了博物馆，挖掘出的文物在博物馆里展出。我们快步走进博物馆，带着神秘又兴奋的心情，迫不及待去目睹曾在这里出土的3000多年前的文物，以了解那时人们的生活状况。

首先映入眼帘的是甲骨文，这是在龟甲、兽骨（主要是牛肩胛骨）上刻写的文字，内容大部分是殷商王室占卜的记录。商朝人迷信鬼神，大事小事都要卜问，有些占卜的内容是天气晴雨，有些是农作收成，也有问病痛、求子的，而打猎、作战、祭祀等大事，更是需要卜问。所以通过甲骨文的内容可以了解商朝人的生活情形，也可以得知商朝历史发展的状况。甲骨文发现的最早时间是在清末光绪二十五年以前，村民耕种时，在土层中掘出一些龟甲兽骨碎片，其中大部分刻有难辨的文句。当时，村人将其当作龙骨转售药店。直至光绪二十五年（1899），经考古学家发现，确定了它在研究历史资料上具有珍贵的价值后，开始被介绍到了学术界。从甲骨文看来，当时的汉字已经发展成完整的文字体系了。在已发现的甲骨文里，出现的单字数量已达4000左右。其中既有大量指事字、象形字、会意字，也有很多形声字。这些文字和我们现在使用的文字在外形上有巨大的区别，但是从构字方法来看，二者基本上一致。所以说甲骨文是中国现存最早的文字，而这里就是中国文字的发源地。看着橱窗里展出的刻有甲骨文的骨片思绪万千：中国人从最初的把文字刻在骨片上，后来又刻在竹简上，发展到写在绸绢上、印在纸张上，直至如今电脑打字，3000多年来文字表现形式变化就如此的丰富多样，令人感叹。文字是记录各种事物的媒介，没有它，人类生存是不可想象的。感谢古人为我们留下的宝贵财富，甲骨文是我们中国人的骄傲，也是今天汉字的源头啊。

展馆里另一个令人叫绝的是青铜器。中国商周时代的青铜器，制作精湛、形状瑰异、花纹随意、富丽典雅。展馆里展出在此地出土的各种青铜器就是如此，即使在今天制造也有一定难度。这些青铜器皿多是盛水、装酒的容器，也有箭头等兵器，特别是在此地发掘出土的司母戊鼎更是青铜器的佼佼者。它是王室祭祀用的青铜方鼎，1939年3月19日在此附近的农田中出土，因其腹部著有"司母戊"三字而得名，是商王武丁的儿子为祭祀母亲而铸造的，也是商朝青铜器的代表作，现藏中国国家博物馆，为目前世界上发现的最大的青铜器。司母戊鼎复制品屹立在殷墟博物馆外的空地上，显得威武壮观，引来很多游人与其合影。另外展出较多的就是陶器，都是用土烧制而成，没有挂釉，印象最深的就是埋在地下用的几段输水管，已与今天用的形状基本无异。

博物馆里展出的物品已使几千年前商朝面貌历历在目了。走出博物馆，又见一些空地上有房基的痕迹，导游讲这是根据当年商朝宫殿的房基复原的。看着这些房基的痕迹，眼前好似出现了高大的王宫，商朝后期历代商王与群臣们在此活动了近300年。岁月悠悠，浩瀚的中国史册里有多少东西要叫人琢磨、思索，一代代地传承啊。

继续漫步在这片古老的土地上，又见那边有一座雕像，走近一看是位佩剑的女子雕像，旁边是这位女子的坟墓。这个女子是商王武丁60多个妻子中的一个，曾被立为王后名叫妇好。她是中国历史上第一位女将军。据甲骨文记载，有一年夏天，北方边境发生战争，双方相持不下，妇好自告奋勇，要求率兵前往，武丁犹豫不决，占卜后才决定派妇好起兵，结果大胜。此后，武丁让她担任统帅，东征西讨，打败了周围20多个方国（独立的小国）。有一片甲骨卜辞上说，妇好在征战羌国时，统帅了13万人的庞大队伍，这是迄今已知商代对外用兵最多的一次。妇好30多岁就去世了，但在商朝也不算短命的，但比起享年59岁的武丁还是早逝。武丁为她修建了这座坟墓，陪葬了大量的青铜器、玉器等，1976年春被挖掘出来。走进墓室，见到了墓穴旁还放着一些陪葬的青铜器。3000多年前，这位女英雄不可能想到她还能重见天日，被人们传颂，看来历史是割不断的。妇好墓是殷墟发掘的唯一保存完整的殷代王室墓葬，出土的很多器物上都刻有铭文，是唯一能与甲骨文、历史文献相印证，从而能确定墓主身份、年代的商代王室墓葬，也叫人浮想联翩。

殷墟遗址走马观花地浏览了一下，这个几千年前的中国首都已具有一定的规模，长约6千米，宽约5千米，总面积达2400公顷。雄伟壮阔的宫殿宗庙基址，等级森严的王陵大墓，星罗棋布的居住遗址、家族墓地群，密布其间的手工业作坊和以甲骨文、青铜器、玉器、陶器为代表的丰富文化遗存，构成了殷墟独特的文化内涵，展现出殷商王都的宏大规模和王者气派，看后使人感到人生的苦短、岁月的无情。

殷墟王宫地基痕迹

相声演员孟凡贵与知青

老龙湾的泉与竹

要不是出差到此,恐怕永远想不到,在这齐鲁大地的一个县城内竟有"北国江南"的胜景。

此景叫"老龙湾",古称薰冶湖,位于山东省临朐县城内,以泉奇、竹翠而闻名。

说它泉奇,确实奇特。近13公顷、水深约两米的湖水都由地下冒出的泉水汇合而成。我到此正值季春之时,站在岸边,但见湖水清澈透底,湖底有无数泉眼往外吐水。那水清清的、亮亮的,如玉液琼浆,煞是可爱。绿色水草盘缠缭绕,各色鱼儿嬉戏遨游,特别是尺把长的虹鳟鱼,摇头摆尾,穿梭其间,更增添了水中欢乐。泉水一年四季恒温18摄氏度,隆冬时节,水遇寒气,整个湖面雾气蒸腾,恍如仙境,别有一番情趣,形成"冶源烟霭三冬暖"的奇观,再加上湖内有泉眼直通东海,并有神龙潜居其中而得名"老龙湾"的传说,更叫它具有神秘感,使人浮想联翩。

与清泉相辉映的是翠竹。在湖岸一侧,大片竹林高直挺拔、翠绿葱茏。林中有幽深甬道,被密密的绿竹拥抱,行其间,静悄悄,闻竹香,沁肺腑。丝丝阳光漏林中,只只鸟儿忙歌唱。此时此景令人流连忘返,其乐融融。

除奇泉、翠竹外,还有红桃花、白杏花、依依杨柳、亭榭楼阁、石桥砖路,共同组成了老龙湾的北国江南风景图。秦始皇嬴政、北魏地理学家郦道元、北宋名相寇准、文学家范仲淹都曾游览过此地。谁能想到在明朝,这里还一度成为一冯氏人家的私家花园呢。

成山头遐想

　　这里是太阳升起最早的地方,这里是中国大陆入海最远的地方,这里是天下最有灵气的地方,这里是最著名的中国好望角。

　　两千多年前,那位横扫六合、威加四海的秦始皇两次东巡至此,眺望云雾缭绕的仙山,俯视烟波浩淼的大海,不禁曰:"仙境啊,天的尽头。"一旁的丞相李斯忙将"天尽头"记录下来。如今,由胡耀邦同志题写的"天尽头"三个大字的石碑立于入海最远处的山巅,与辽阔苍天呼应,和无垠的大海相伴,显示着东方古国的威严。当年徐市奉秦皇之命,带五百童男童女到海外寻找长生仙药,据说就从这里出发的。那组秦皇、李斯、徐市三人铜像,再现了当年的情景。秦皇眺望大海,目光炯炯,一副不可一世的样子,李斯手指大海,为秦皇指点着海外的神奇,徐市聆听思考,盘算着如何出走,也许他根本就没打算给这位帝王找什么仙药,而是借机去海外谋求大业。如今二十多个世纪过去了,秦始皇在地宫中已躺了漫长的岁月,世上沧桑巨变,此地也以此闻名。20世纪80年代,时任中共中央总书记的胡耀邦到此,被这儿的宏伟气势所鼓舞,欣然写下"心潮澎湃"的题词,感慨大海对面是日本和韩国,国虽小但发展得快,中国人有志气、有能力,一定要赶超世界先进水平。并题写"敢与邻国邻区比高低"的碑文,如今刻有这九个大字的石碑被众多游人瞻仰留影,耀邦同志的遗愿在逐步实现。

　　始皇庙是这里的一景,为秦始皇建庙,全国仅有此地。秦始皇在历史上是颇有争议的人物,他的功绩、他的残忍都流传于后世,任后人们评说。这座不大的庙宇没有独特之处,依想象塑造的秦皇塑像孤零零的没人烧香磕头,远没有菩萨、玉皇的香火旺盛,看来人们希望的是平安和顺,普救众生。

　　临海而建的望海长廊倒有些气势,这是古式的建筑,金黄的琉璃瓦顶,朱漆的圆柱描龙画凤。从上面俯视大海,高崖峭壁,浪涛滚滚,浪花撞击着石崖,被击得粉碎,但重新又聚集力量再次冲击,真有锲而不舍的顽强意志。再远视大海,水天相连,博大无边,气势磅礴,翻手是云,复手为雨,真感到人的渺小,但人偏要征服它,又觉得人的伟大。

　　是的,人的伟大真在此地表现出来了。不远处有一个叫西霞口的村庄,是中国农村富起来的典型,可以和北京韩村河媲美。全村1000多人,家家都住小别墅,有30

多家合资企业，村里建有码头，开通了货轮与韩国做贸易。全村人免费医疗，孩子免费上学。村里街道整洁，绿树鲜花，喷泉四射，雕塑别致，外边人来此打工得经过挑选，它象征着中国农村的未来。

　　这儿，山东威海的成山头——令人遐想的地方。

成山头

威海留念

柳泉井旁的感慨

这是一眼普通的水井，方形的井口青石铺就，井水能自动溢出，人称满井。井的一旁竖立一块石碑，上有沈雁冰书写"柳泉"二字，是因井周围绿柳成荫，又称柳泉井。在稍远高处有一凉亭，名曰"采风亭"。三百多年的沧桑岁月，柳泉水仍在流淌，采风亭多次修缮，人们怀念曾在此处留下脍炙人口的《聊斋志异》的作者蒲松龄，他为中华文化留下了一块灿烂的瑰宝，被赋予"世界短篇小说之王"的桂冠。

柳泉井

这儿是山东淄博蒲家庄的蒲松龄故乡，柳泉井离蒲松龄故居有几百米远。刚从蒲松龄纪念馆出来，了解了老先生的生平，此刻站在井旁，感慨万分。蒲公自幼聪明过人，考秀才为县、府、道三第一，文章是"观书如月，运笔如风"，可谓是有才人。本来这种优秀人才应该有更高的发展，怎奈后来参加过六次科举考试未果，直到七十一岁还参加科考,但一生中只考到秀才,按现在的学历大概只是高小、初中吧。但是蒲公却在柳泉井旁的凉亭处,取柳泉之水,待四方过客,搜集民间故事,著就了有近五百篇瑰异绮丽故事的短篇小说集,流芳百世,被誉为中国的《一千零一夜》,由此看来蒲公又是多么了不起。当我们现在津津有味地观赏《聊斋》影视节目时,会想到蒲公当时只是极其平凡普通的乡间家庭教师吗?因他屡试不第,为生计只好在大户人家充当私塾教师三十来年。他一生没做过官,没有什么钱财,从他的故居中就可看出,三间普通正房、两间厢房是他全部的家产,从他墓中出土的几件铜制日常生活用具远没有大户人家银制甚至金制的奢华,他的《聊斋志异》完稿后因无钱出版而搁置到他过世后若干年才由后人出资付梓发行。蒲公生前大概只被人看作是爱写作的穷困小文人而已,也不会想到他的一本书能成为传世之作,名字会闻名于世。

  坐在柳泉井旁再思索漫漫人生,也可悟出一些道理:地球形成不知多少年了,中华民族的历史也能追溯到五千多年前。人类代代相传,有人叹息人生苦短,有人觉得怀才不遇,有人愤恨世道不公,有人伤感碌碌无为。确实有才人也要有机遇,但机遇往往是瞬间来即时去,大部分人抓不到,但有才人的突出才能迟早会被承认,李白、杜甫、陶渊明还有蒲松龄不都是这样的人吗?

  现今社会的环境为我们创造了许多发展空间,比起蒲公生存的时代要进步多了。然而竞争也是激烈的,适者生存、优胜劣汰,只有才能才会使人自强。海阔凭鱼跃,天高任鸟飞,人生还是主要掌握在自己手里的。

蒲松龄采风亭

别有趣味的野生动物园

胶东半岛的顶端，号称中国的好望角。这里是中国大陆伸向大海最远的地方，也是中国见到太阳最早的地方，还是秦始皇东巡到过的地方，并把此地称为"天尽头"。这里旖旎的风光，清新的空气，蓝色的海洋，引来了八方游客，成了旅游胜地。除此之外，这儿别有趣味的野生动物园还叫人们流连忘返。

这个动物园叫西霞口野生动物园，全名为"神雕山野生动物自然保护区"，位于成山镇西霞口村。西霞口，因晚霞从这里流走而得名。西霞口依山傍海，野生动物园依山而建，面临大海，辟有猛兽区、草食动物区、海洋动物区、非洲动物区、熊乐园、百鸟园、猛禽园、猩猩园、豹狼山、猴子山、金丝猴馆、熊猫馆等动物栖息地。它是全国最大的、风格最独特的海岸野生动物自然保护区，拥有国家一、二类保护动物150多种，1500多头。

走进大门，不远处就是猛兽区，也是动物园的最高处。沿路而行，山沟里各种猛兽

尽收眼底，猛虎们或卧或行；雄狮们昂头仰望，张牙舞爪；狼豹们急匆匆来回奔走，时而窥望着山上的游人；最叫人眼睛一亮的是几只浑身雪白的老虎躺在它们的领地供游客观赏，这可是北京动物园都没见过的珍稀动物啊。正看得出神，忽听背后几声呐喊，猛一回头，只见一只活鸡被人扔向沟里老虎。鸡在空中挣扎叫唤，很快落到沟底。虎们立即扑上来，一只虎咬鸡撕扯，鸡毛四散，活鸡很快气息奄奄，老虎大口吞噬，叫人领略了它的凶相。以为是工作人员喂食，再细看路边有很多关着活鸡的笼子，是专门供游人购买喂老虎的。后来参观完整个园子，才知几乎所有动物都可以由游客喂食，当然要购买园中提供的食物。像大象吃的叶子、海豚吃的鲜鱼、熊猫吃的竹子等都有园中人员出售，这样游客可与动物们接触沟通、增加趣味，同时动物园也增加了收入，可谓双赢。

从猛兽区依山而下，动物们在各自领地里愉快地生活着。"猴监狱"里，猴们被禁锢在大的铁网房子中，如果不圈着，它们会骚扰游客，还会逃之夭夭。食草动物区的树下是小动物们栖息的场所，树木高处还搭有通道，供松鼠们在树上戏耍游窜。游人们行走在其间设置的参观栈道上，置身于动物乐园中，与动物们接触同享着欢乐。

沿着游览路线逐步通过了鸟园、熊园、熊猫园、金丝猴馆、非洲区的大象园、鸵鸟园等，最后就到了大海边。海洋动物区就在海岸边，几个大的海豹、海豚池中，戏耍着海洋精灵，活泼可爱，时而还欢快地叫着。很多游人在此买鲜鱼喂它们，它们很机灵，见人们拿着食物立即游来，簇拥一团，争抢食物，有的还为人们表演转圈、跳跃，煞是可爱。

与海象合个影

在海洋区的尽头喂养着一头大海象，庞大的身躯，丑陋的面容，牙都戴上了钢套，为防止过度磨损，看来年岁不小了。虽然长得丑，却异常温顺，小朋友们抚摸它一点不发火。想要与它合影，饲养员在它背上铺块毯子，小朋友们坐上，它便慢慢起身供拍照，多好的动物，真是人类的朋友。据饲养员讲，它每天要吃六十斤鲜鱼呢。幸亏生活在海边，否则养活它都困难。

离开动物园大门，游兴犹存。野生动物园去过几处，都是在园里坐车被动观赏动物，没有与动物接触的机会，而此处不但可以喂食，还可与一些动物合影拍照，融于动物中，体会到了大自然的和谐、动物世界的多彩，真是其乐融融啊！

白虎

龙口度假生活

职业生涯里奋斗了几十年，告一段落了，但生命还在继续，生活还要多彩。平生爱大海，它的广阔无垠、博大深远能给人以激奋。于是，为实现多年的夙愿，在渤海之滨的龙口置了一套小房，为躲避京城拥挤喧嚣、厌烦的雾霾、夏日的酷热，在此过一段清净凉爽的生活，享受人生的另一番乐趣。

一、美丽的环境惹人醉

龙口本不陌生，那儿出产的粉丝已闻名全国，但我看中的不是这个，而是这里的20多千米的海岸线。由于地理位置的原因，这里的海风是从陆地向海里吹，在全国的海岸线中独一无二，所以这儿夏天不潮湿；此处没有海鲜晾晒场，就没有其他海岸边的海腥气味。夏日这儿的天空常是烈日高悬，天空如洗，"高原蓝"的感觉颇为深刻。

龙口的海岸已开发成东海旅游度假区，20多个小区坐落在海滨，各小区建筑风格不一，但都是绿树缭绕、鲜花缤纷，近百年的黑松林成一条玉带沿海边蜿蜒伸展。

我住的小区名为"湖光海景"，一边紧邻大片的丛林，林中生长着松树、杨树和荒草，有小路贯穿其间，行走其上感觉空气清新、野趣浓浓；2万平方米的淡水湖给小区增色，湖水洁净，波光粼粼，时而有鱼群游过。湖边杨柳依依，木椅、小亭置于柳下，供休闲纳凉之用。清晨沿湖边葱茏中的甬道漫步，清风扑面，气息清新，周围的绿色植物给予空气中大量的负氧离子，叫人呼吸舒畅，精神飒爽。这儿夏日的早晚要比北京凉快许多，不会有闷燥感觉。小区的另一边离渤海1000多米，步行10来分钟即到，所以称"湖光海景"恰如其分。几十座楼房错落有致在小区里，楼前楼后绿树葱茏，鲜花簇拥，石榴花火红，月季花怒放，美人蕉妖娆，牵牛花迎客，美不胜收。这里居住的2000来户人家，北京人居多，盛夏之时，京城、龙口间你来我往，乡情不断，乡音缭绕，颇有人气。夏季的黎明，沐浴着清凉的晨风，爱好文体活动的业主们在湖边翩翩起舞、放声歌唱，鲜花为他们鼓掌，湖水在静静地倾听，一片祥和悠闲的景象。小区物业开辟的乒乓球室里，人们挥拍酣战，吼声不断，一片激烈而兴奋的场面。

黄昏时分，人们漫步来到大海边。无垠的大海，举目茫茫，随日光变化着它的颜色，变成了深绿。就在刚才，太阳离它更远、更高、更亮时，它还是湛蓝、晶莹透亮的，阳光赋予了它美丽的色彩。海面上静悄悄的,海风吹拂,水中漂浮着层层的波纹,如镶嵌在水上的花朵,但又在不断改变着姿态。时而一些快速向前的小浪花急匆匆地奔向岸边的岩石,猛力地撞击成更大的浪花,却又不断地回头招呼着后面的同伴。这时感觉大海更加广阔,一望无际,它上面的天比它还大,遥远的天把大海罩住了,海天一线,苍空高悬,彰显出苍天的博大深远。夕阳若即若离,它的模样,它给予天空的颜色,它洒向海中的色彩更是情趣盎然。看,天与海的边际一片通红了,满天红霞如艳丽的锦缎织绣在天幕。落日慢慢成大而圆的红盘,红得可爱,红得神奇,徐徐在海与天间徘徊,一道鎏金射在波光粼粼的水面,流光溢彩,金晃晃的在漂浮嬉戏,如镀在大海中的金箭。大海笼罩在令人晕眩的金光中,恍惚着、跳动着,叫人陶醉着。渐渐地那红盘落入海的一边,慢慢消逝,最后一丝光亮闪耀一下,天幕立时进入了黑色中。大海落日完成了它全部的历程,给人们留下了震撼的力量和无限的遐想。

沿着海岸有几处大的海滩供人们休闲、游泳,清晨,人们迎着朝阳在此健身,黄昏,人们在晚霞的余晖中畅游,岸边那些栩栩如生的月亮老人、美人鱼、大海螺、比目鱼、海鸥等雕塑都在与人们共同欢乐着。

优美清新的小区,连绵起伏的绿地,无边大海的落日,流连忘返的海景,让度假的人们陶醉了。

湖光海景小区风光

二、新鲜的食物合口味

名以食为天，食以安为先。龙口置房解决住的问题，但生活离不开食品、用品，如何解决呢？用品好办，购一次能用一段时间，但粮食、蔬菜等食品天天离不开。这点不用担心，各小区都有小超市，用品、粮食、蔬菜齐全。度假区距龙口城里十几千米，虽然有两路公交车常来常往，但总不如就近购物方便，这样周围各农家集市就成了人们的必到之地。各集市都按阴历不同日子开放，每天都有一集，以离我们"湖光海景"小区最近的"港栾集"为例，它是逢阴历一、六为集，农家们带着自产的果蔬、肉类、海鲜及小日用品到集上出售。这儿叶子菜种类较少，只有空心菜、白菜、洋白菜、韭菜；果实类的菜如黄瓜、西红柿、土豆等较多。可能与这儿靠海土壤含沙量大有关，叶菜费水，而沙质土又存不住水，不太适合种叶子菜吧，大部分叶菜都是从外面运来的。头次见这里的韭菜又长又粗，足有北京的韭菜两倍长两倍粗，以为很老，吃起来却不是，而且韭菜味很浓。另外这里的黄瓜、西红柿味道新鲜，如北京20世纪五六十年代的味道。这得利于农家自产菜一般不用化肥的原因，他们生产规模小买化肥不值得，自家粪肥足够种菜用了。赶集成了度假人们的一大乐趣，在集上总能听到乡音，虽不相识却总要拉呱几句，倍觉分外亲热。

临海而居，海鲜必然丰富，也是美食之一。在东海度假区有一叫"港栾"的码头，每天清晨和下午4点左右，大批渔船出海归来在此靠岸，各种海物随之卸船，主要有生蚝（也叫牡蛎）、皮皮虾、海杂鱼、野生螃蟹等。这些海物一般批发给码头的小贩后再转卖，生蚝3、4元一斤，皮皮虾10多元一斤，比北京便宜不少，真是靠山吃山、靠海吃海啊！渔船打的螃蟹大小不一，但个头都小，不过确是野生的，价格也便宜，小的才几元钱一斤。有的小野生蟹肉味鲜美，虽然肉不多，但买几斤才10几块钱能吃好几天，也很有乐趣。还有活海参、鲍鱼，按大小论个卖。码头上有专门打包的，泡沫塑料箱里加冰放进海物可保证一天没问题，不少外地人开车来买活蟹、鲍鱼、海参等运走尝鲜。活海参当场选好由卖参人杀了去掉泥沙杂物，并用开水焯过带走，省得自己回去再处理，有一时不走的卖家代为冰冻储存，走时再取，这样处理过的海参同样新鲜。

还有一样食品不得不提就是鲜牛奶。记得20世纪六七十年代北京的牛奶都是用玻璃瓶装，有专门送奶人送至家中的奶箱，就像如今的报箱，瓶子上扎口的猴皮筋还成了小孩子的玩物，攒多了套成一串跳猴皮筋用。瓶中奶都是鲜奶，用奶锅一热上面有厚厚的奶皮，奶也喝着很香。如今这种奶在北京超市不见了踪影，卖的奶是成盒成箱的，喝起来缺少了香味，更没有奶皮，保质期也长，应该添加了防腐剂。在龙口却有卖鲜牛奶的地方，离度假区不远有几家饲养奶牛的农户，每天上下午都挤奶出售，10元钱

3斤。他们卖的的鲜牛奶确实好喝，回家高温烧开消毒，奶皮覆盖，奶味喷香，找到了以前喝鲜奶的感觉。

龙口海滨落日

三、休闲的日子美又美

我们到龙口购房只是为休闲，并不长住，为躲避特大城市一时期的喧嚣、污染、燥热。通过10来年度假的经历，感到在这儿第一住得舒心，第二吃得合心，第三就是玩，也就是休闲旅行，也是开心。

休闲旅行可在龙口市内也可到附近城市的景点。人们说起龙口都是因为它出产的粉丝闻名。的确，真正的龙口粉丝（现在市场上有不少是假的）韧劲大，煮不碎，吃起来滑润可口。到了龙口，还发现它本身也有旅游资源，丁氏故居和黄水河国家湿地公园就在其中。

龙口的文字记载历史有两千多年了。商、西周、春秋时为莱国地；战国时为齐国疆域；秦朝时置黄县；汉朝时置东莱郡，黄县为辖属；三国时属魏；西晋初，东莱郡改为东莱国，黄县属于东莱国；东晋十六国时期，黄县隶属于东莱郡；隋朝时，黄县属牟州；唐初，黄县属东莱郡，后改属登州；宋、金、元、明、清，黄县均属登州；民国三年黄县隶属胶东道，民国十六年（1927）废道，黄县直属山东省；抗日民主政府时，黄县隶属山东省北海区行政督查专员公署；中华人民共和国成立后，1950年6月，黄县属山东省莱阳专署。1958年10月莱阳专署改为烟台专署，黄县属之。同年11月蓬莱县、黄县、长岛县并为蓬莱县，属烟台专署。1962年1月黄县复还原治，仍属烟台专署。1983年11月，属烟台市。1986年9月23日撤销黄县，设立龙口市由烟台市代管。如此看来龙口的历史也是悠久的，与华夏灿烂的文化紧相连。

丁氏故宅坐落在龙口市黄城西大街21号，是名震四海的"丁百万"家族西悦来支系的住宅，由爱福堂、履素堂、保素堂、崇俭堂四路和清代私家园林漱芳园组成，建于清代中期。它的建筑风格具有浓厚的京城府第和胶东民居的神韵，五进四合院落，木构架结构，硬山坡顶，屋面覆以仰合鱼鳞青瓦，主体建筑做工精细，用料考究，饰五脊六兽，隔扇门窗，雕梁画栋，涂色漆金。胶东民间曾有"黄县房，栖霞粮，蓬莱净出好姑娘"的歌谣，其中黄县房即丁氏故宅，1996年国务院公布其为全国重点文物保护单位。丁氏故宅占地1.5万平方米，建筑面积4800平米，房屋55栋243间，藏有文物1.4万件。故宅内设客厅、花厅、卧室、书房、私塾、当铺、车轿房、账房和民俗等20个展室，是目前中国规模宏大、保存较好的"四合院"式建筑群。走进大门一直向前，院院相连，房房相套，它与山西乔家大院、王家大院、皇城相府的区别是没有特别高耸的建筑，基本是平房四合院，文化气息浓厚，而晋商大院突出的是商业金融气息，丁氏故居的商业气息只有当铺。参观丁氏故居对于了解龙口历史发展还是颇有帮助的，而且也展示了中华文化的一页。

龙口黄水河国家湿地公园面积有1700多公顷，湿地面积率占71%。夏日的一天，我们来到了这个多次听说的地方。公园大门前横卧着一块刻着"黄水河湿地公园"的巨大黄色石碑，旁边有出租多人自行车的小贩和免费停车场。公园很大，但汽车开不进去，如果步行，耗费时间不说，有人的体力也跟不上。租自行车挺便宜，不限时间，4人的一辆30元，两人的20元。

黄水河湿地

骑车前行，从一个高大的牌坊建筑驶进，呈现出一片古色古香的建筑，这里展现出龙口的人文地理风俗。一个仿古大戏台，把人们带进旧时娱乐的场所，仿佛台上吹拉弹唱、打斗跳跃还意犹未尽；一个建筑物大厅里的龙口风俗展叫人们了解了龙口的过去，位于胶东半岛的龙口也与中华文化息息相通，随着祖国漫长的历史长河变化着、发展着，谱写着中华民族的历史篇章；更让人们兴奋的是建筑物周围的雕塑，展示了民间生活的情趣。几个抽陀螺的孩子玩趣正浓，陀螺转得正欢；下棋的老人在苦苦思考，准备再悟出一步好棋；举着油提的卖油翁、炸果子的小贩、推着独轮车的运货人在为生活辛勤地奔波。这一切构造得那样栩栩如生，把人们带进了那平缓又艰难的年代。这片建筑区为人文景观，也是与全国许多湿地公园的不同之处，它把天然与人文有机结合起来，丰富了这片湿地的内涵，勾起人们的思绪，叫人流连忘返。

港栾码头

离开建筑群，蹬车驶向天然湿地的通道。水泥的道路表面干净整洁，但是高低起伏落差较大，上坡时必须几人用力蹬车，即便如此，个别地方也要下车推着前行，但到了下坡地段，就要捏紧车闸，车一阵风似的飞驰，凉风袭面而来，在炎炎盛夏给人们以惬意。路两旁是密密的树林和开放的野花，周围寂静安详，这里与大城市的公园不同之处就是人少，没有烦人的噪杂，使人能享受着休闲的宁静。车驶过几处高低起伏的路段，来到了道路的尽头，前面出现了大片的湿地。湿地中有木板搭成的观光木道和平台，迈步而上，浏览四周，木道的一侧有大片的芦苇密布在沼泽之上，浅浅的水流穿行其中，水鸭及小鸟欢跳其间；眺望远处一片开阔的水面，水不深，却很静，轻风拂过，阵阵涟漪。一群白鹭立于水间，有的闲庭信步，有的扑展双翅，有的望天欢鸣，有的引颈盘旋。蓝天、绿苇、清水、白鹭，诗情画意、美轮美奂。木道另一侧，野花、野草、野菜交织，蓬勃向上，争奇斗妍，其中成片的蒲公英最为出色，正值盛夏绿得可爱，如在春天想必是花儿缤纷，秋天便化作了飞絮飘向了理想的远方。徘徊在这片湿地中，感觉与遐想融合了，精神与欢愉统一了。

越过湿地，继续前行不久，大海出现在面前。海天相连，浩瀚无边，这是渤海的一部分，也是湿地的近邻。海水清清，波涛舒卷，钓鱼人持竿于海滩，享受鱼儿上钩的乐趣，极目眺望东方，蓬莱在云中隐隐绰绰，那是八仙过海的地方，动人的故事至今在民间流传。

黄水河湿地公园集仿古建筑、天然湿地、广阔大海于一体，别具风格，为美丽的胶东再添魅力，是夏日休闲的胜地。

广场舞大赛

本溪水洞游

听说辽宁本溪东郊有目前发现的世界上最长的地下暗河，名曰：本溪水洞，便急迫想去一览这神奇的地方。

阳历4月，东北的春天还略带寒意，我们驱车借沈阳开会的余暇赴本溪水洞游览。沿途大地仍是一片土色，只是偶尔有点柔绿点缀其间。东北的春天姗姗来迟，叫我们这些从已是百花争艳的京城来的人有些失落感。

当本溪水洞风景区近在眼前时，迎面是一座不高的山，稀疏的松树遍布其上，乍看起来很不起眼，可谁能想到就在这普通的小山里面却有不平凡的辉煌。这是一座内秀的山，就像一块璞玉内心在闪着光芒。

洞口在山下，大大的，像一张含笑的大口欢迎着游人。我们趋步入其间，急于想看到暗河的模样，可是开始却是一段旱洞。这段长约300多米的旱洞被人们充分利用，人工制作的各种形态的巨大恐龙模型摆放两旁，能发光、会吼叫、有动作，把游人带进了远古时代，将游览、科普教育融合一体，给人们知识和启迪。

在恐龙的大呼小叫中步行了10多分钟，前方豁然开阔，我们来到了暗河的码头、水洞的起点。暗河水在五彩灯下波光粼粼、楚楚动人。电动小船载着游人们驶向洞的深处，这时大家都置身于美丽的遐想中了。头顶上，四周围，钟乳石光怪离奇、气象万千，有如石柱耸立，有如瀑布飞泄，有似竹笋倒挂，有似水果玲珑，有似走兽奔腾，有似飞禽展翅，有的蕴藏着动人的传说故事，令人目不暇接，叫人赞叹不已。船下面是碧水清波，晶莹剔透，一看到底，亮亮的迷人，静静的醉人。小船缓缓前行，导游娓娓而谈：水洞全长5800米，为目前发现的世界最长的地下暗河，现已开发了2800米，最开阔处宽70米，高近40米，水的最深处7米，最浅处不到1米。暗河水流终年不竭，洞内空气清新，大家陶醉在大自然赋予的美景里，精神又得到新的升华。这时候我忽然想起曾到过的桂林芦笛岩溶洞、贵阳天河潭地下河，它们都给我留下了终身不灭的印象，可现在一览本溪水洞，既有芦笛岩溶洞的壮观，又有天河潭地下河的趣味，可谓两者巧妙地结合，为全国少有，来此一游不虚此行。游船经过40分钟的慢行，转遍洞内每处景点，兴奋返航。美丽的大自然，祖国多娇的江山，令大家流连忘返，回味无穷。

还值得一提的是游泳健将张健克服了水温很低、光线昏暗、水深不一、地形多变等四难，成功在此水洞游了 5600 米一个来回，挑战了人类极限。

归途，大家一扫来时的失落感，都沉浸在这北国一宝、天下奇观的美景中了。

洞中游

初到哈尔滨

半个多世纪前的孩提时代就梦想走遍全中国，可是那时的情况要实现这个梦想像天方夜谭。21世纪以来国家的发展，社会的前进快得叫我的梦想逐步变成了现实，到2020年为止，全国的31个省、自治区、直辖市，已走遍了30个，包括了台湾、西藏等不好去的地方也去了，唯独黑龙江省没触及，便下决心要实现这个夙愿。2021年仲秋终于完成了，但过程是有惊而无险，快乐又紧张。

黑龙江省是我国唯一用"江"字命名的省份，而这个省的大江也确实不少，黑龙江、松花江、乌苏里江、嫩江等都很出名。哈尔滨是黑龙江的省会，也是中国省辖市中陆地管辖面积最大、户籍人口居第三位的大城市。特殊的历史进程和地理位置，造就了哈尔滨这座具有异国情调的美丽城市，它不仅荟萃了北方少数民族的历史文化，而且融合了中外文化，是中国著名的历史文化名城和旅游城市，素有"冰城""东方莫斯科""东方小巴黎"之美称。这里汇集多种宗教文化，是全国唯一的佛教、道教、基督教、天主教、伊斯兰教、东正教并存的城市。哈尔滨的历史源远流长，中国的城市一般都有城墙，而哈尔滨从来没有过城墙。它是金、清两代王朝和渤海国的发祥地，19世纪末，哈尔滨已出现村屯数10个，居民约3万人，为城市的形成与发展奠定了基础。1896年至1903年，随着中东铁路建设，工商业及人口开始在哈尔滨一带聚集。20世纪初，哈尔滨已成为国际性商埠，先后有33个国家的16万余侨民聚集这里，19个国家在此设领事馆，成为当时的北满经济中心和国际都市。看来哈尔滨是从几个村落发展成如今上千万人口的大都市，早就听说它的一些建筑、风俗与俄罗斯相近，一直想感受一下。

从北京首都机场中午12点多起飞到哈尔滨太平机场是下午两点多，我们同行两家4人出机场由哈尔滨的亲戚用大奔轿车接到了君逸酒店。

亲戚联系预订的君逸酒店是哈尔滨市高级酒店，处于市中心位置，门脸看着不大，但进入房间眼睛一亮，房间挺大，干净整洁，连卫生间的马桶都是智能型的，自然房价不低，标间房一天近千元，但亲戚与酒店协商打折成400元，还包括早餐。开始对包早餐不以为然，以前也住过包早餐的酒店无非是馒头、粥、咸菜加每人1个鸡蛋，也就是一二十元标准。但第二天清早在酒店用早餐时着实叫我们惊讶了。先给每人上来一个托盘，上有9种小菜，包括大虾、腊肉、海菜、酸黄瓜、豆制品、小咸菜等，再端上来根据个人意愿要的中、西餐主食,其中西餐包括烤牛排和汤。这种早餐标价88元,而我们的早餐是包括在住宿费里面的。因为要去漠河旅游,先在此住一夜,打算从漠河回来再接着在此住几天好逛哈尔滨,而且也跟酒店预订好了。

当晚,亲戚在哈尔滨的老字号饭馆"老厨家"招待我们用餐。这"老厨家"的传统厨艺已逾120年的历史,以满族传统菜为基础、京鲁风味为主体形成了自家风格。在这里用餐真是一种享受,单说一道叫"天龙赐福"的菜肴,当被端到餐桌时,我们立时瞪大了眼睛。这是一个蓝色的花边大盘,上面是一条盘成龙状的大鱼,鱼旁有一放着块方肉的小碟。更为惊奇的是盘中徐徐升起股股白色气体,逐步弥漫了鱼盘,那盘中似龙的鱼如腾云驾雾中,时隐时现。白气继续扩散到整个餐桌,桌上的美食缭绕在雾蒙蒙里,叫大家如痴如醉,惊喜异常。佩服"天龙赐福"菜肴的发明者,此菜如神龙下凡,给食客在用餐中美好的享受。这道菜最初的发明者为清朝时期的郑兴文,选用松花江里的鳌花鱼去骨后盘成龙状干炸,浇番茄汁,然后取猪方肉刻上万福图案红烧后放于龙盘中,至于后来加上冒白气,那就是利用现代科技手段对此菜做法进行了改进,让那鱼龙逼真地显示出腾云驾雾的情景,更给食客带来惊喜愉悦。费了这么多的笔墨描述我们的住和吃,除了对哈尔滨亲戚的热情招待表达感激之情外,还有为下一步我们从漠河返回哈市的后续故事埋下伏笔,待下文再表。

我们这次东北之行主要是哈尔滨和漠河两地,原计划在盛夏的八月初去漠河的,机票和当地旅行社都已订好,没料到突现疫情,虽然黑龙江没出现疫情,可也不得不防,只得退了机票,待疫情过去再进行。1个多月后疫情缓和,旅游开放,但已是仲秋时节了,便抓紧时机成行。去漠河的火车是次日下午从哈尔滨发车,这样第二天上午还有大半天时间在酒店附近的中央大街等著名的地方游览。

哈尔滨的中央大街与北京的王府井大街相似都是步行街,但它是目前亚洲最长的步行街,始建于1898年,初称"中国大街",1925年改称为沿袭至今的"中央大街"。

我们漫步在中央大街上,立时感受到异国的风情。中央大街北起松花江防洪纪念塔,南至新阳广场,全长1450米,宽21.34米,其中人行方石路10.8米宽。中央大街的欧式建筑,五步一典,十步一观,几百年形成的西方建筑风格样式汇集于此,欧洲近300年文化发展史在此体现得淋漓尽致。这里鳞次栉比的精品商厦、异国情调的街头雕塑、花团锦簇的休闲小区和异彩纷呈的文化生活,成为哈尔滨市一道亮丽的风景线。

回顾哈尔滨的建设史是从1898年开始的，当时来自关内及邻省的劳工大量涌入哈尔滨，原沿松花江地段的古河道是荒凉低洼的草甸子，运送铁路器材的马车在泥泞中开出一条土道，便是中央大街的雏形，至1900年形成"中国大街"，意为中国人住的大街。俄国工程师在1924年5月设计、监工，为中央大街铺上了方石，方块石为花岗岩雕铸，长18厘米、宽10厘米，其形状大小如俄式的小面包，精精巧巧，密密实实，光光亮亮。路铺得如此艺术，在中外建筑史上少见。据说当时一块方石的价格就值一个银元，一个银元够穷人吃一个月的，几百米的中国大街可谓金子铺成的路，经过百年的洗礼，它们一块块还是那样密实而精巧，踩在上边起起伏伏、光滑细腻的韵律质感，让人舒身惬意、步履翩然。"没有到过中央大街，就不能说来过哈尔滨"。百年来，不仅它是一条老街、步行街，更是建筑艺术博览街，它曾被授予"国家人居环境范例最高奖"。百年积淀的文化底蕴、独具特色的欧陆风情、经久不衰的传奇故事、流光溢彩的迷人夜色，构成人们心中浪漫、时尚、典雅、高贵的中央大街，成了老哈尔滨人心中永远迷恋的情结。

我们在中央大街边走边看，先到了尽头的松花江边，一座高耸的塔出现在眼前。它由圆柱体的塔身和附属的半圆形回廊组成，高22.5米，塔基用块石砌成，塔基前有喷泉。古罗马式回廊高7米，谐调壮观，环立着20根圆柱，上端有环带连接，组成了长达35米的半圆回廊。塔身上的浮雕描绘了当年战胜洪水的生动情节，塔顶为工农兵和知识分子形象组成的圆雕，表现了战胜洪水的英雄形象。这座纪念塔是哈尔滨的骄傲和象征，新中国成立以前，哈尔滨屡次遭受洪水的危害，1932年洪水曾洗劫了大半个哈尔滨，城区街路成了行舟的水乡泽国，男女老幼四处逃命，数万人露宿街头，水患使广大劳动人民陷入了深重的灾难之中。新中国成立后，1953年、1956年和1957年，哈尔滨又连续遭受洪水的侵害，特别是1957年发生的特大洪水，最高水位达120.30米，超出市区地面4米左右，水势凶猛，风雨交加，大水持续月余，沿江堤坝险象环生。英勇的哈尔滨人民在中国共产党的领导下，顽强与洪水搏斗，终于战胜了百年未有的特大洪水。为确保哈尔滨市的社会主义建设和人民生命财产的安全，1957年1月，党和政府决定修筑市区永久性江堤。哈尔滨市人民在天寒地冻、风雪交加、零下三十多摄氏度的严冬中，发扬战胜洪水的光荣传统，任劳任怨，不计报酬，筑起了坚固的百里长堤。为纪念防洪斗争和筑堤的伟大胜利，表彰全市人民的丰功伟绩，修筑了这座纪念塔。

防洪塔紧邻松花江，它是中国七大河之一、黑龙江在中国境内的最大支流。这是一条宽阔的大江，站在江边瞭望，心旷神怡，松花江大桥历历在目，人们在江边聚集休闲，一片祥和快乐的气息。不禁想起那首《松花江上》的抗日歌曲："我的家在东北松花江上，那里有森林煤矿，还有那满山遍野的大豆高粱……"这首歌从小就听过、唱过，松花江经受过战争的洗礼，抗日战争、解放战争的战火曾燃烧在它的两岸，而且还遭受过多次洪水的蹂躏，现见它缓缓悠闲地流淌，感到平静的生活是多么来之不易。

从松花江又回中央大街，路过非常有名的马迭尔宾馆，20世纪80年代一部描写抗战时谍战故事的广播剧《夜幕下的哈尔滨》中就多次描述了这个宾馆，同名电视剧也在这个宾馆拍摄了不少场景。该宾馆建于1906年，属新艺术运动建筑。看着它的色彩、穹顶造型，显现出亲切宜人的魅力，体现了西方建筑的精华。还尝了一根有名的马迭尔冰棍，没有包装，从冰冻的售货车里拿出，完全"裸销"，工艺百年不变，确实别有风味，好吃的口碑赢得了众人赞誉。

继续沿中央大街走到索菲亚大教堂，这是中国保存最完美的典型拜占庭式建筑。只见墙面使用清水红砖，砖雕精细，上部中间是巨大的洋葱头穹顶，四周大小不同的帐篷顶错落有致。它始建于1907年3月，是俄罗斯帝国东西伯利亚第四步兵师修建的随军教堂。同年，由俄国犹太族裔商人伊·赤斯嘉科夫出资，在随军教堂基础上重新修建了一座全木结构教堂。1911年，教堂第一次扩建，在木墙外部砌一层砖墙，从而形成砖木结构式教堂。1923年起第二次扩建，历时9年，于1932年11月25日最终建成，目前是中国境内规模最大的一座东正教堂，可容纳2000人。"文革"期间教堂遭到部分破坏，曾经长期作为仓库使用，1997年修复，以展示哈尔滨受多种文化影响的建筑艺术，列为全国重点文物保护单位。这巨型的洋葱头式大穹顶是典型的俄罗斯建筑的屋顶形式，可以同莫斯科的瓦西里教堂媲美。

由于下午要坐火车奔赴漠河，中央大街先游览到此，待几天后从漠河返回哈尔滨再到中央大街，还想到著名的太阳岛游览。

下午5点半前我们一行4人从哈尔滨火车站登车赴漠河，东北处于高寒地区，基本没有高铁，因漠河机场正在扩建，暂时也没有飞机前往，我们只好乘K字头快车历经10几个小时才能到达漠河。

又一次坐上了绿车皮列车的硬卧，已经久违了，以前在铁路工作时常坐，后来乘飞机方便了，都是飞来飞去，这次只能再感受一下长时间坐火车的滋味了。次日上午9点多，我们到达了漠河火车站，开始了漠河之旅。在漠河游了4天，饱览了祖国最北边的北国风光，给予精神上极大的愉悦，一路都处于兴奋之中。

4天后，在漠河火车站登上了回哈尔滨的列车，旅游的欢乐萦绕心中，但也掺杂了一丝阴影，是昨晚在漠河酒店听一服务员说黑龙江省发现了一例新冠病例。到底怎么回事，是真的吗？在前阶段南京机场的疫情扩散到半个中国时黑龙江省都安然无恙，如今全国疫情缓和下来，安稳了很长时间的黑龙江省怎么会出事儿？

上车后赶紧看手机上的有关消息，心一下凉了，确实有一从江西吉安来黑龙江省的本土病例得到确诊。此病例途经哈尔滨住、玩了几天后又到哈尔滨下辖的巴彦县，经核酸检测为阳性并确诊新冠，同时还公布了她的行踪。不看不知道，一看吓一跳，她也住过我们住过的君逸酒店，还在"老厨家"用过餐。不过再细看，她是在我们到哈尔滨10天前住的君逸酒店，用餐的"老厨家"也不是我们用餐的那家，是另一家分店，才稍安下心。这个病人感染了她曾在哈尔滨住、吃、玩地方的人员吗？就要看这几个地方人员核酸检测的结果了，尤其那个我们下榻过的君逸酒店人员是否有被感染的？这时亲戚从哈尔滨发来微信说我们预订的君逸酒店因此事暂停营业，他又给我们联系预订了中央大街附近的另一家酒店。

列车在东北大地上飞驰，我们的心也忐忑不安，真希望这个病例不再扩散，我们下一步的活动不受影响。

在火车上10几个小时的时间里，一直盯着手机看消息，但情况还是不乐观，巴彦县的新冠病例又扩大到3个了，哈尔滨已开始紧张起来了，要求有关地区全员做核酸检测，所有出哈市人员必须出具 48 小时内的核酸检测报告。

火车于清晨 5 点多到达哈尔滨站，天下着淅淅小雨，似乎为哈尔滨突如其来的遭难哭泣。我们心情不安地来到亲戚事先预定的酒店，商议下一步的安排：1. 首先必须尽快逃离哈尔滨，万一疫情病例扩散多了我们走不了，就更麻烦了；2. 尽快找医院做核酸检测，赶紧拿到离开哈尔滨的通行证。为此我们先将回程机票改签提前一天回京，立即打车到最近的哈尔滨市第一医院做核酸检测。

到了医院一看，做核酸检测的人排成了长队，大部分都是急于离开哈尔滨的人。因为当地人做核酸都是基层政府机构组织，在街头设置的检测点进行，也不用排队，但在这些点做的没有书面检测报告，而离开哈市必须在机场、车站出示医院的书面检测报告，所以我们必须在医院做。排队近 1 小时，做了核酸检测，告知晚上 8 点后可来取检测报告。

我们打车回酒店，出租车司机听说我们的情况后告知：他听说火车站已经不卖出哈市的火车票了，这又给我们心里蒙上阴影。回到酒店房间不久，同行的那家女士突然敲门进来说：我们上午改签的回京航班因公共安全原因取消了。赶紧看手机果然是如此，怎么办？这时又公布了哈尔滨的新冠病例增加了 8 人，已达 11 人了，好在基本都在远离市区 100 多千米的巴彦县内，而且我们原来住过的、现暂停营业的君逸酒店人员经核酸检测没有阳性，这使我们稍放下心。大家聚集在一起商量对策，结合刚才出租车司机的话，同行的那家男士忧心忡忡说：封城了！大家一时沉默了，脑子一下蒙了。这时我还冷静，飞快思索了一会儿，又翻看了一下我们预订机票的中国国际航空公司网站，发现离哈机票仍然在销售，觉得还有转机，说："目前情况不明，就是封城了，最坏的打算就是我们在此多住些日子，大家的衣服带得足够，住店费用通过手机付款也没问题，只是随身携带的常用药品有限，好在酒店对面就有个药店可随时去买。我打电话给国航问问怎么回事再说。"于是我开始打电话，但总打不通，看来打电话询问的人太多了。我又找到会员电话打，因为我们都是国航会员。终于打通了，问离哈的机票是否还销售，答曰：没停。立时兴奋，看来没封城。接着问我们的航班被取消能否改签别的航班，答：可以，并问改到何时。我说改到离取消的航班时间最近的航班。一查，还真有，就是晚几个小时，心里计算我们做的核酸时间还在此航班起飞时间的 48 小时内，便立即报上 4 人的身份证号，一一改签下来。真是山穷水尽疑无路，柳暗花明又一村！大家提起的心一下放松了，又兴奋起来，我借机道：遇事临危不乱，冷静分析问题，办法总比困难多。刚才那个出租司机只是听别人说就瞎忽悠，自己要有主见才行，众人点头称是。

晚上 8 点后我们去医院取核酸检测报告，夜幕下取报告的人排成长队，足有数百人之多，都是急于离哈市来拿报告的，心想如果排下去取到报告得到半夜了。再打听当日白天做的核酸检测需第二天上午才能得到报告，便决定不排队回酒店休息，明天再来。

第二天上午 8 点，我们又来到医院，取报告的人依然排成长龙，队伍间有不少拉着行李箱抱着小孩子的人，看来他们是取到报告后直奔机场、车站乘机、乘车离开哈市的。只见有两位男士一手拿着刚取到的报告，一手拽着行李箱飞快地奔跑，口里喊着："快！赶快！"看来他们是急于赶飞机或赶火车的。看到这一情景，心里不是滋味，突如其来的疫情把人都弄成这样了。不过取报告还是比做核酸快，一小时后我们四人中的三人都拿到核酸检测为阴性的报告，只是同行那家的女士没能取到，问怎么一块做的核酸，为啥她的没出来，答曰"再等等"，可能还没传过来。又等了一个多小时依然没有，告知中午十二点以后再来取，怕是不在这一批里。我们又回酒店，那女士中午十二点后再去医院取报告，下午一点多才回来，告诉我们还是颇费了周折：到医院开始还是打不出报告，最后没法进入机房费了很大劲儿才调出来，据工作人员讲这种情况非常罕见。这样，我们四人终于都拿到了离哈通行证，落实了回程班机，一波三折，才完全放下心来。看还有下午半天时间，天气也转晴了，天空蔚蓝，白云漂浮，大家心情豁然开朗，决定去离酒店不太远的著名景点太阳岛一观。

太阳岛

太阳岛坐落在松花江北岸，是著名的旅游风景区。20 世纪 80 年代，一首《太阳岛上》歌曲风靡全国，使太阳岛成了哈尔滨的代名词。"明媚的夏日里天空多么晴朗，美丽的太阳岛多么令人神往。带着垂钓的鱼竿，带着露营的篷帐，我们来到了太阳岛上。小伙子背上六弦琴，姑娘们换上了游泳装，猎手们忘不了心爱的猎枪。幸福的热望在青年心头燃烧，甜蜜的喜悦挂在姑娘眉梢，带着真挚的爱情，带着美好的理想，我们来到了太阳岛上……"。这首歌曾听过很多遍，曲调轻松悠扬，勾画了那个时期轻快、甜美的生活情调。

  我们打车来到太阳岛，立时被公园的正门——太阳门震撼了。坐落在太阳岛主入口处的大门为一大四小五个椭圆拱型门相连组成，创意主题为"太阳的窗口"，中间的拱型大门和太阳岛巨石在同一中轴线上，由此可以面向日出日落，透过太阳门的窗口，让朝霞与夕阳将它的火红与余晖铺洒在出入太阳岛的大路上。大门轮廓连同门旁的连廊呈曲线形如白色浪花，造型新颖别致，洋气十足。

  景区正门前矗立一块巨大的深红色太阳石，长7.5米，厚2米，高4.3米，重150吨。这是一块天然奇石，上书"太阳岛"3个大字，为赵朴初先生所题。此石出于黑龙江省阿城市阿什河上游的金源故地，据传金太祖少年时，在石上磨刀励志，成年时与将领在石上划灰议事（当时金朝军队作战之前高级将领的军事会议，以灰土当纸，树枝做笔，勾勒进军线路图，会后将灰一抹不留痕迹），灭辽攻宋。东北抗日联军李兆麟将军曾率人在此石旁休息过，有"火烤胸前暖，风吹背后寒"的说法。

  走进大门，但见太阳岛碧水环绕，景色迷人，松花江穿流而过。由于时间紧张，我们只好搭乘景区观光车绕行游览。转了七、八个景点，但印象最深的是天鹅湖和花卉园。天鹅湖位于太阳岛公园的北部，占地面积1.2万平方米，由湿地和芦苇构成了天鹅栖息场所。这里主要散养黑天鹅、大天鹅、小天鹅、飞鸭、灰雁等。我们只见到了黑天鹅，它们多躲在芦苇丛中。有人称天鹅是爱情的象征，出来都是成双成对的，果然见到黑天鹅从苇子钻出游在水面常是两只一起，它们有时引颈仰天，有时弯颈入水，缓游水上划出好看的粼粼波纹，它们悠闲自在地生活，同时也给游人带来欢乐。

  那个花卉园占地7万平方米，是东北地区规模最大的花卉基地，共栽植39个品种，12种色调的20余万株花卉。它模仿了加拿大布查得花园的风格，运用西式传统和现代的造园理念和手法，令游客陶醉在五彩缤纷的色彩里。

  由于疫情，太阳岛游人很少，观光车司机说没有疫情时这里人群涌动，他们都忙得不亦乐乎，应接不暇。纵观太阳岛全貌，水上有阁，阁下有湖，湖边有山，山上有亭，山湖相映，景观秀丽，野趣浓郁，确是休闲游览的好地方，可惜这次因疫情影响，本应花整天的时间好好游览，只能走马观花，匆匆一瞥了。

  太阳岛归来路过中央大街，想起朋友说过的到中央大街记着要看教堂、吃西餐、尝冰棍。现已完成了两件，还差一件吃西餐。在北京吃过若干次西餐，人称"老莫"的著名莫斯科餐厅西餐也尝过，但还是要在哈尔滨吃一次。看到中央大街有家"松浦1918"西餐厅，外表为西洋建筑风格，看来也有百年历史了。走进去，里面服务员热情迎接，但防控疫情手续还要进行，刷行程码、健康码都为绿色才行。入座后一位男士给我们介绍了几样西餐，并说根据我们的情况他介绍的食品既够吃又不浪费。依照他的推荐点了俄式熏肉汤、乌克兰红汤、猪肉大串、特色土豆、芝士包等,吃后果然正好,饱而不撑,价格适当,感到满意,临别他们还赠送了俄式面包。

一周多的东北游将结束了,我们又来到哈尔滨太平机场准备回京。经过了严格检查,光核酸检测报告就出示了三次之多,最后终于坐在了登机口附近的椅子上。刚坐稳,手机响了,原来是北京居家管辖社区副主任的电话,问从哈尔滨回京否?答在候机,还没到京。对方让回京后报告航班班次与时间。那家的男士担心说:回京怕要被隔离了。我说不会,了解了北京规定:中风险及以上疫情封闭地区人员和密接者不能进京,我们不属于;虽居住中风险及以上地区但不属于封闭的进京人员需核酸证明,我们也不属于;除此之外其他地区人员可自由进京。我们属于最后者,而且还有核酸检测证明就更不必担心了。现在防控疫情很精准,既要管理严格,还要正常生活。

回京后赶紧将机票拍照发给社区,得到通知叫我们实行十四天健康监测,期间做三次核酸检测,每天报身体状况和体温,行动不限制,只要不出京。这不是隔离,完全可做到。这次东北行算是抓了机遇,狭缝进行,其中有快乐、有刺激,还给人生谱写了新章。

太阳岛风光

漠河之旅

"从漠河到曾母暗沙，从帕米尔到乌苏里江，我们有四时不谢的花朵，我们有永远不落的太阳……"这是几十年前上小学时语文课本上的一首诗歌。从那时起就记住了漠河，但很难想象以后能来这里。

2021年秋天，我终于实现了多年的夙愿，来到了祖国的最北方，到漠河旅行了几天，饱览了北国风光，给人生增添了难忘篇章。

漠河市，属黑龙江省大兴安岭地区管辖，地处黑龙江省北部，西与内蒙古自治区额尔古纳市为邻，南与内蒙古自治区根河市和呼中区交界，东与塔河县接壤，北隔黑龙江与俄罗斯外贝加尔边疆区（原赤塔州）和阿穆尔州相望。它是中国最北端的县级行政区，辖6个镇，总面积18 427平方千米，人口近8万。

我们一行两家4人从京城先飞哈尔滨，再由哈尔滨坐火车到漠河，事先在北京与哈尔滨国际旅行社预订了漠河游。哈尔滨到漠河800多千米，火车要行驶10几个小时，下午5点多哈市发车，次日上午9点多到漠河，好在是卧铺，旅行社订的全是下铺票，还算顺利。

在漠河火车站下了车，天气晴朗，接站是旅行社安排的司机师傅叫莫大国，50多岁的年纪，家就住漠河城里。他的姓名好记，莫姓与漠河同音，大国的名字也有气势。我们跟他开玩笑："你的名字让小漠河成了大国，这儿人还不感谢你。"他哈哈一笑，看样子以自己的独特名字自豪。莫大国开了一辆5座SUV旅行车，将我们的行李箱放置后备箱说，他负责我们4人的漠河全部行程，司机兼导游。这叫我们没想到，挺高兴，4人一小团，又是一辆车，行走自如，真是不错。莫师傅说先带我们去餐馆预订午饭，让餐馆先做着，然后带我们到城里游览到中午再回来吃饭。我们的旅费里不包括正餐，只有早餐，这也好，以往跟团吃团餐质量差，不爱吃，觉得还是自己吃饭好。开车很快到了路旁一私人餐馆，估计是与司机熟悉的人家，专门来照顾他们的生意。到了人家的地界，就得随人家摆布。进餐馆，里面是简单的设施，有几间木板隔开的单间，店主人是夫妇二人，倒也热情，介绍了他们的菜肴，我们点了大锅炖鱼后就去城里游玩。

漠河处于大兴安岭中，周围都是原始森林，大兴安岭是中国东北部的著名山脉，也是中国最重要的林业基地之一。它北起黑龙江畔，南至西林木河上游谷地，全长

1200 多千米，宽 200—300 千米，海拔 1100—1400 米，是中国面积最大的林区，木材贮量占中国的一半。进到漠河城一看，小城干净整洁，没有高层建筑，街面人、车不多，一片悠闲自在景象。我们参观了火灾纪念馆，这是个二层建筑，里面记载了 1987 年 5 月 6 日发生的大兴安岭大火情况。这场大火当时震惊全国，记得那时我在山西工作，天天看《新闻联播》上报道火灾情况。1987 年 5 月 6 日至 6 月 2 日，大兴安岭地区发生特大火灾，是新中国成立以来最严重的一次森林火灾。该大火使得中国境内的 1800 万英亩（相当于苏格兰大小）的面积受到不同程度的火灾损害，5 万人流离失所、211 人葬身火海，5 万余军民围剿 25 个昼夜方才扑灭。大火烧过了 100 万公顷土地、焚毁了 85 万立方米木材。起火最初原因是林场工人启动割灌机引燃了地上的汽油造成的。大火吞噬了漠河县城，巨大的火球在街上横冲直撞，很快县城烧成一片废墟，惨不忍睹。火灾后国家重建漠河城，30 多年过去了，漠河成了旅游城市，但大火的教训要世世代代铭记，这个纪念馆就是教育基地。

　　回到餐馆，吃了漠河的第一顿正餐。在一个贴满农村风格画的单间里，一个炉灶烧着木柴，靠山吃山靠水吃水，这里木柴不缺，一些枯死的枝杈就能当柴烧。灶上的大铁锅里放进黑龙江里的野生鱼，加入一些豆腐蔬菜之类，锅里再放一笼子，上面摆满了面粉做的小花卷，盖上锅盖开始炖、蒸。多少年没见过这样做饭的情景了，炉灶里红彤彤的火苗添着锅底，逼着锅里的水热气沸腾，那鱼、那花卷变化着，逐步成为了口中美食。大家兴奋地从锅里夹鱼，就着花卷吃得津津有味，还是野生鱼肉细味美，很是可口。

　　吃饱喝足，继续前行。先找中国的最北点，它位于漠河县龙江第一湾景区内的乌苏里卡伦浅滩上，实际就是黑龙江江畔。站在此处望对岸的俄罗斯，也是一片森林，中国界碑在此矗立。此处设立一块长 8 米、高 2.45 米的泰山石作为最北地理标识，上面刻有"中国最北点"5 个大字。旁边还有一个"最北警务室"，门窗紧闭，见不到里面情况，游人们纷纷在最北点碑前拍照留影。中国的国土最北边就从这儿开始，望着对面的俄罗斯，心里不免感慨：前几年去过俄罗斯，到过贝加尔湖，距此往北还有近千千米，清朝时的一段时期从这儿至贝加尔湖都在中国的范围内。那个贝加尔湖是世界最大的淡水湖，蕴藏的淡水够全世界人使用几十年，周围还有大片的原始森林，多么富饶的地方，可惜俄罗斯东扩，用武力征服了清王朝，那一大片富饶美丽的土地归了异国。历史证明只有国强才能国盛，国盛人民才能安康。感慨归感慨，还要面对现实，如今世界有个规定不能再使用武力征服抢占领土，大家都要按规则维持国土现状。世界需要安宁，和平来之不易。

离开最北点，沿江边来到"龙江第一湾"。站在江湾处的山顶上眺望，蓦然，出现一幅美丽神奇的画卷！左侧飞奔而来的一江清水碧波荡漾，云蒸霞蔚，在山脚下缓缓转弯向北而去，在目之所及处遇悬崖向右转消失在天边，江对岸留下一个江水环绕的美丽岛屿。这是江面回流急转而形成的独特景观，江湾环抱的岛上，绿树成荫，花香草茂。岛的边缘经江水的冲刷，形成了一圈由鹅卵石与黄沙构成的沙带，在阳光的映照下，整个小岛就像镶上了金边，所以叫"金环岛"。此处被誉为中国最美九大江湾之一的龙江第一湾，大自然的鬼斧神工造就了这天下奇观。

其实从高空看这里是三个连环的U形岛，这次见的"金环岛"只是第一个U形。那一路汹涌奔腾的黑龙江水可能是太累了，在这里一下就放慢了脚步，甩了三个潇洒的"U"形舞姿，然后踏着中四舞步渐远渐行，那感觉像是在演绎着一曲大兴安岭山间的悠闲乐章。目前已开发的"龙江第一湾"为金环岛，挨着"金环岛"的是银环岛与北极岛，是另两个U形，正准备开发。第一个U形已叫游客震撼，另两个还在闺中，等将来都展现，会是何等的壮观！看来我们还有再来的必要。

恋恋不舍离开"龙江第一湾",我们奔向中国最北的一个村庄。汽车在森林里的公路上穿行,两旁的原始森林繁茂葱郁,山风送爽,林莽飘香,排排松树,站满原野山岗,白桦林向着蓝天,浑身泛着耀眼的银光。莫大国告诉我们这些都是那场大火后又长出的树林。我这时想,十年树木百年树人,不论树还是人都需要适当的环境,辛勤地培育才能成才。

下午近黄昏,汽车驶进一个村庄,处处可见木刻楞房和东北农家院。长长的木栅栏、斑驳的土墙、黑黢的原木、高高的坡屋顶、直立的烟囱,家家户户门前堆放着取暖用的木材。这是大兴安岭最北部、中国最北的没有被开发过的原始村庄,原名大草甸子,近年扶贫开发了旅游,改名为北红村,村口竖立着一块写有"北红"两字的大石。这个村有"俄罗斯民族村"的头衔,因为村里有一些俄罗斯后裔和中俄混血的后代,现有人口三百多人,大部分是上世纪从山东、河南等地迁移来的。

汽车在一农家乐门前停下,拿下行李,今晚下榻此处。走进农家乐,里面有简易的几间客房,倒是标准间,卫浴设施齐全。进门是一个餐厅,有餐桌、厨房,房后还有一大片菜地,黑土地上长的大圆白菜如箩筐大,看来土壤很肥沃。按照墙上贴的菜谱我们订了包括东北名菜小鸡炖蘑菇的晚餐,然后就出去溜达一圈。

北红村中心大道是一条东西向的水泥板路,穿村而过,沿街的农家都开办了宾馆,提供给游人们食宿,此村靠着地理优势富裕起来。望尽整个村庄,宁静与淡泊,蓝天慈祥的母亲,披着朵朵白云编织的素衣,神圣安详地端坐在起伏的林海之上;风吹过白桦林,哗啦啦的作响,如同孩子似的起舞歌唱。享受着乡村的山野风光,随着自己的感觉踱步,听着风声、流水声,你会觉得是在世外桃源。夜幕慢慢拉开,忽见远处天空一片金光闪闪,飞舞的云彩与美丽的晚霞挑逗着、嬉戏着,时而遮住霞的光,时而牵着霞的手,那霞光与云彩追逐着,把天的一边打扮得绚烂多彩,我们陶醉在北国黄昏的迷人风光里了。

当晚,我们在农家乐吃了东北农家做的小鸡炖蘑菇,鸡是农家自己养的鸡,蘑菇是大兴安岭的蘑菇,味道确实美。

北红村三面环山,黑龙江由西向东从村北穿过,远离城市喧嚣。次日清晨,我们奔向村旁的黑龙江畔。黑龙江起源于漠河,江水晶莹,曲折回环,流到北红村边,江面开阔,缓缓流淌,对岸是俄罗斯,也长满了松林。这时只见江面一片白雾茫茫,像给大江披上了一层柔软的轻纱,氤氲蒙眬,隐隐约约,让人觉得在梦幻之中,想起了那首苏联歌曲《喀秋莎》:"正当梨花开遍了天涯,河上飘着柔曼的轻纱……"不正是这样的情景吗?前几年去新疆,见过禾木晨雾,与此相似,没想到此时在黑龙江上也遇到了,一时兴奋,于是端着相机沿江抓拍。那晨雾好像躲着我们,等追上它时立刻退去露出江面，然后又向前飞奔，迷雾总在前面，不过我拉近镜头总算拍上几幅不再追了。其实这晨雾是在低温中产生，随着太阳出来，空气温度升高它便消失，想要抓拍它只能抓时机。

早餐后我们离开了北红村，继续漠河之旅，下一个景点是北极村。途中在一大片白桦林旁停下，莫大国说这儿有一个很美的景点，你们顺着林中小道走进去可以看到。

我们迈入白桦林，林中开出的一条小路弯弯曲曲伸向远处，我们行走在小道上，触景生情，那首著名的苏联歌曲《小路》又萦绕在耳边："一条小路曲曲弯弯细又长，一直通向迷雾的远方……"走了约数百米，到了林子的尽头，一个木制观景台出现在眼前。踏上台子，俯瞰下面广阔的原野，唯余莽莽，一条河水在大地上刻出了U型曲线，蜿蜒曲折，峰回水转，缓缓伸向了远方，就像是龙江第一湾的缩小版。更神奇的是一侧河道中间有个细长的小岛，仿佛是一倒着的女人"小脚"，尖尖的脚尖和圆润的脚跟很是神似，所以此处称为"女脚湾"。新疆的喀纳斯月亮湾有个大脚印，传说是嫦娥飞天时留下的，这儿的"女脚湾"与其有异曲同工之妙趣。大自然巧夺天工打造了这个美景，近处的山坡、远处的群山、中间的无人小岛，构成了一幅优美的画卷。

继续前行，已是仲秋时节，山路两旁的松林依然翠绿，偶有黄色枝叶点缀，又衬着银白挺直的白桦，看得人一阵清凉。不久到了北极村口，查验了行程码、健康码后放行。

北极村原名叫漠河村，迎合旅游开发改为现名。它是我国大陆最北端的临江小镇，位居祖国版图金鸡之冠、天鹅之首，素有"金鸡冠上的绿宝石"、北国边陲之称，但我们先去的北红村位置比它更北。

北极村是漠河寻北之旅必去的景点，于1997年开辟为北极村旅游风景区，成为全国最北的旅游景区。它凭借中国最北、神奇的极光天象、极地冰雪等国内独特的资源景观，与三亚的天涯海角等列入中国最具魅力旅游景点榜单。它位于大兴安岭山脉北麓的七星山脚下，有"不夜城"之称，每当夏至前后，这儿有近20小时可以看到太阳，这便是人们常说的极昼现象，幸运时还会看到异彩纷呈、绚丽多姿的北极光，一天24小时几乎都是白昼，怪不得小时候学的那首诗歌写着"我们有四时不谢的花朵，我们有永远不落的太阳"呢，以前以为是夸张，现在知道还真有。可惜我们来得不是时候，感受不到极昼现象，也遇不到北极光。

我们仍然入住一家农家乐，不过住宿条件比北红村要好点，房间大，还有暖气片发出微微的热气，有这点热度，晚上房间就不觉冷。而北红村是烧暖炕，而我们住时还没到烧炕的时候，夜里有些冷。

住下后，莫大国开车带我们在景区转悠。黑龙江在村旁流过，对岸还是俄罗斯的村庄。我们四人先坐上一艘游艇，开始畅游黑龙江。江的中心是中俄分界线，驾驶游艇的司机说我们已越过分界线在俄罗斯一侧行驶，不过两国现在友好倒没什么，以前关系紧张时决不能越线。游艇缓缓行进在黑龙江中，这条世界八大江河之一，中国仅次于长江、黄河的第三大河令我们心旷神怡，平缓的江面，两岸的松林，时而有彩色的房屋点缀其间。在岸边俄罗斯一侧出现一座二层小楼，上面还安装了圆锅式的卫星天线，游艇司机说那是俄罗斯村长的住宅，比旁边其他人家的房屋好，看来俄罗斯的小官也有特权，当官的就比老百姓富有。

游罢黑龙江，再到北极哨所，在北极村东边，被称为"北疆第一哨"，没有对外开放，只能隔着写有"北陲哨所"的铁栅栏门观看。哨所是座现代化六边形塔式建筑，有七八层高，最高一层环绕的露台，供哨兵巡视瞭望。它的外形很漂亮，窗户宽大敞亮，没有铁丝网和枪眼，看不到哨兵，大概在屋子里面。气氛平静安详，仿佛无人一般，没有丝毫刀光剑影的对峙、紧张，哨所旁边是军营，同样漂亮干净，与内地的军营没什么区别，只是小巧玲珑一些。

看了哨所又登上50多米高的北极村观景台，俯瞰北极村及周围的景象。但见黑龙江如玉带蜿蜒漂浮在北国大地，大片松林如翡翠镶嵌在群山，北极村风貌一览无余，两岸中俄两国风光尽收眼底，登高望远，心旷神怡。下高台我们又来到黑龙江畔，在巨大的写有"黑龙江"3字的石碑下留影后沿江行走。迎着江风吹拂，欣赏岸边的雕塑，踏遍松林间的小道，诉说着旅行中的趣事，感受着生活的欢乐。

北极村比北红村大多了，是个设施比较完善的旅游景区，各种新的建筑，各类商业街等鳞次栉比，俨然一个小城镇。各类旅店、饭店、商店连带着国家的一些职能机构都在"最北"二字上做足了文章，名字前都冠以了醒目的两个大字："最北"。最北一家人、最北饺子馆、最北工商局、最北邮局、最北商店、最北气象局、最北医院，等等。走到了我国最北端的广场——北望垭口。"东经122°20'43.48″E 北纬

53°29'52.28″N"的标志就立在这里，旁边一块巨石上刻着"中国北极点"。我们分别在"最北人家""最北邮局""中国北极点"等处拍照留影，过足了"最北瘾"。

次日离开北极村，奔向漠河游的最后一站"胭脂沟"。

胭脂沟位于漠河市金沟林场，又名"老金沟"，从清末至今一直是淘金圣地。它全长14千米，是额木尔河的一条支流，以盛产黄金闻名于世。胭脂沟从发现至今已有100多年的历史了，这里的沙土已被筛淘过几十遍，但至今仍可以淘到黄金，可见它的黄金储量之丰富。

1877年，一位鄂伦春老人在此葬马掘穴，发现许多金苗，并在老沟河底捞起一把河沙，河沙中金沫几乎占了一半。这一消息很快传遍俄罗斯的一些地区和中国的黑龙江，一个名叫谢列特金的俄国人，亲自带着矿师到老沟河谷考察。经过鉴定，其中含纯金87.5%、白银7.9%，于是他纠集一伙俄人越过黑龙江来中国窃采黄金，中国的大批华人也来窃采，最多时达到1万多人，仅1883年至1884年两年就盗采21.9万余两。直到1887年新上任的黑龙江将军恭堂奏请清政府督办漠河金厂，清政府接受了建议，指令北洋大臣李鸿章督办，调吉林候补知府李金镛主持办理。李金镛经过实地考察后，于1888年10月正式上山开矿，创办漠河金厂。仅1889年清政府从这里获得黄金达两万两，1895年获5万多两。1890年李金镛病故，为纪念他的功劳，在漠河上道盘附近为李金镛建祠堂一座。1934年日本侵略中国，掠夺黄金11.76万余两。新中国成立后，特别是20世纪80年代以来，漠河黄金开采进入了大发展时期，投资建设了100升中型机械采金船两艘，1989年至1990年产黄金2.5万两。如今这里停止了开采，整个地点国家保护起来。

我们驱车到此，老金沟采金的历史引起我们极大的兴趣。先登上半山坡的李金镛祠堂，前面立着黑龙江文物保护单位的石碑。祠堂里展示着李金镛的生平事迹及当年采金情况，这个李金镛可谓是个兢兢业业、清正廉洁的好官，在腐败的清政府官员中难得。他于1887年农历5月带员弁数十人，从嫩江入山，穿密林，爬高山，过急流，战猛兽，历尽千辛万苦，行走30余日到达漠河。查看矿脉，试挖矿苗，慎密筹划，于1888年10月创办漠河金厂，第二年就采黄金2万两。

莫大国开旅游车前就在此干过淘金，他说采金分为机械采金和手工采金两种方式，机械采金又分为机械采金船和大溜槽，主要靠装载机和推土机。手工采金是原始的淘金方式，工具是金锹、金镐、金斧、金锤等，用木板钉成木槽，底部放入毛毡，再放入梯子状木格，把矿砂上溜，舀水洗料，然后把毛毡上的重砂，用水舀到金簸子里，用水摇，最后拿到的是金砂，比小米粒还小。上好的金脉，6000斤砂才出金2两左右，淘金的活重，辛苦至极。

这老金沟还称为"胭脂沟"，传说是慈禧太后所赐。一种说法是：李金镛将所采黄金按上缴军饷、商股分利、矿工分红等派拨后，又把剩余的金子铸成大锭，交给地方官转运京城，献给朝廷。转运途中，每到一处都被当地官员刮削一层，送到京城时各衙门大员又各刮一遍，交给李连英，他又刮了一半。最后献给慈禧太后，并说这是漠河金矿总办李金镛孝敬您老人家的。慈禧龙颜大悦，又说："这金锭原来比这要大得多，被人层层剥了皮。"李连英说："奴才查查。"慈禧说："不必了，世人哪有见金眼不开的！这块金锭就留下给我买胭脂吧！"于是就把老金沟封为"胭脂沟"。还有另一说，19世纪80年代随着淘金热的浪潮，众多国内外妓女涌入胭脂沟。1888年李金镛来胭脂沟开办金矿，从上海、杭州等江南各地招了一批妓女。当时妓院大约30多家，很具规模。众多妓女每天卸妆后，洗浴的水流入金沟河，水面漂浮一层胭脂，香飘数里外，这是"胭脂沟"得名又一说。

不管"胭脂沟"如何得名，我们从李金镛祠堂下来后走到当年采金遗址，有两块碑立于荒野中，一块是水泥的"全国文物保护单位"的碑，一块是石头的写有"胭脂沟"的碑。昔日热闹的老金沟，据说有150余家店铺，除了饭馆、酒店、妓院、百货店外，还陆续兴建起旅店、浴池、娱乐场、赌场、音乐厅等，如今这些建筑拆除殆尽，留下荒野一片，杂草萋萋。只是一处山坡留下一片无名的坟冢，被称之妓女坟，无人培土，一片荒芜。当初她们来到盛产金子的地方，死后没带走一粒金沙，永远留在了荒野里，叫后人提起不住地叹息。

漠河之旅到此结束了，短短4天收获颇丰，不虚此行。

北红村晚霞

陕西地下的神秘

陕西是片古老的土地，也充满了神奇，它的地下埋藏了许许多多不为人知的秘密，民间流传着"地下3000年看陕西"的说法。

最大的神秘就是秦始皇陵，巨大的陵墓像一座山，是中国历史上第一位皇帝嬴政的陵寝。它是第一批世界文化遗产、第一批全国重点文物保护单位，在现代地位极高。秦始皇陵的规模非常庞大，当年为了修建秦始皇陵，仅壮丁就征用了80万人。作为中国第一个大一统的皇帝，陵墓里面的珍宝自然不胜枚举，然而数千年来没有人知道里面藏着什么，甚至连盗墓得手的消息都没有怎么流传过，虽然发现了盗洞，但看起来没有成功过。

中国的2000多年封建王朝产生过494位皇帝，目前看这位始皇帝的陵墓最大，就说守卫秦皇陵的兵马俑就天下独一。我曾两次参观过震撼世界的兵马俑，分别在20世纪八九十年代，两次去都被那与真人大小、威武雄壮的陶俑阵所震惊。据说每个兵马俑面容都不一样，第一次去参观了一号坑，第二次去又参观了挖掘出来的二号坑，还有新发现的兵马车等，而且兵马俑还在继续考古挖掘，最后到底有多少兵马俑不得而知。想想这位始皇帝时期中国刚统一，百废待兴，他就开始了为自己修建庞大的陵墓，工程浩大，但当时的生产工具、技术落后，修建了39年，耗费了国家大量资财，怪不得秦朝几十年就灭亡了。据说秦始皇陵里有大量的财宝，自然是盗墓者的目标，当然墓里也有很多防盗措施，两千多年过去了，也没有发现被盗过。在漫长的动荡岁月里，很多皇陵都被盗贼侵入，项羽曾用大量士兵试图打开秦始皇陵，但没有成功，可见这个始皇陵固若金汤。皇帝陵墓被打开的只有北京的明十三陵的定陵，还有一个埋葬崇祯的思陵。定陵是官方考古挖掘，挖出来的东西因政治和技术原因毁于一旦，造成不可弥补的损失。那思陵确是盗墓人所为，不过埋在里面的明朝最后皇帝崇祯是在北京煤山（景山）上吊自杀而死，倒是他的对头李自成发了善心，把他与他的妻子、妃子埋在了一起，但没有逃脱被盗的命运。当皇帝没好下场，死后也没得安宁。不过在我看来就这两个被打开的皇陵比起秦始皇陵真是小巫见大巫了，秦始皇陵堪称中国皇陵中的第一，都为皇帝可差别真够大的。这个秦皇陵何时能见天日，那就不好说了，里面的秘密也许与天地共存了。

除了秦始皇陵藏着众多神秘外，还有另一个皇陵也令人神秘莫测，那就是乾陵。乾陵是中国历史上唯一的一座两位帝王合葬陵，两位墓主人，一位是唐高宗李治，一位是武周女皇武则天，虽各为一朝天子，却代表两个朝代，还是一对夫妻。秦汉以后，皇帝、皇后多不合葬，而乾陵夫妻"二圣"合葬墓独树一帜，人们称乾陵是唯一的双帝陵，这正是乾陵最具个性的体现，在世界陵墓史上都非常罕见。

20世纪90年代，我到过一次乾陵。那时对它一无所知，下车一看，处的地形倒是很有气势。在通往陵墓的神道上听着一女导游讲解，她两手比划着，表情也蛮丰富，见其来回指着周围的山势叫大家瞭望说："看，这山像不像一个女人？从南向北看，就像一位少妇裸睡在蓝天白云之下，中间高处的山头是头，五官齐全，两边的小山峰是一对乳房，坚挺对称，少妇双腿稍稍分开，中间还有一泓清泉在终日流淌不息！"大家一望，还真像，加上导游的大侃，不禁大笑不止。导游接着说："大家往上走，还有不少奇怪的东西呢。"我们继续向陵墓走，是上坡，两旁立着一些石像，走着走着感觉就像上朝一般。陵墓的山叫梁山，看来墓室在山里，修此墓也如修秦始皇陵一样工程浩大。

随着游览的深入、导游的讲解，又有了神奇的东西。一块高耸立碑叫"无字碑"，名字就叫人捉摸不透。这块碑通身取材于一块完整的巨石，高7.53米，宽2.1米，厚1.49米，重量近百吨，给人以凝重厚实、浑然一体的美感。没有碑名，碑额阳面正中一条螭龙，左右侧各4条，两侧各有一条线刻而成腾空飞舞的巨龙，栩栩如生。碑座阳面还有线刻的狮马图，碑上还有许多花草纹饰。宋金以后，开始有游人题字于碑，使无字碑成为有字碑。再历元、明、清各代，碑上逐渐镌刻了许多文字，不仅在内容上自然形成了评价武则天的"碑文"，而且在书法上真、草、隶、篆、行五体皆备。上面还有一篇用女真文刻写的文章，女真文字现已绝迹，此篇成为研究女真文字和中国少数民族历史文化不可多得的珍贵资料。

世人对无字碑是众说纷纭。据导游说，第一种说法是武则天留有遗言，己之功过，待后人评说；第二说法是武则天德高望重，书已难表；第三种说法是武则天自知罪孽深重，自感不书为好。还有一种说法是武则天死后，唐中宗李显因难定其称谓，干脆一字不铭。至于真相如何，后人不得而知。一个武周时代承载了一个曾经的太平盛世，一座无字石碑留下了一个难解的千古之谜。

过了无字碑再往上走，就看到了朱雀门两侧两组阵列的无头石像，导游说这是61尊王宾石像。这些石像，是武则天为了纪念参加高宗葬礼的少数民族首领和外国使臣而下令刻立的。高宗驾崩后，举国哀悼，61个国家和地区派出特使或首领亲自参加安葬仪式，东29尊，西32尊，按队列形式整齐排列。从那时算起，这些尊宾像已在乾陵墓前站立了1300余年了。雕像和真人大小相似，穿紧袖衣，腰束宽带，足登皮靴，双手前拱，表示祈祷。每个石人背后原来刻有国名、官职和姓名，因长期风化，多数字迹已无法辨认。奇怪的是这些石人的头部怎么都没了？只剩下躯体。民间流传是明朝时一外国后人到此，看到他的先人塑像立在此感到耻辱，便造谣说这些像会对周围百姓有害，附近的村民就把这些雕像的头砍下了。不过考古学家对此进行了分析，发现可能是自然灾害给这些石像带来了灾难。通过大量资料证明，明嘉靖三十五年（1556）1月23日，陕西华县一带发生了强烈的地震，震级高达8—11级，由于地震发生在子夜，致使80多万人遇难。乾陵距华县只有100多千米，同样属于震中地带，因此遭受到了毁灭性的破坏。据专家们推断，这场地震才是造成这61座石像头部断裂的主要原因之一。这些石像的材质不是很结实，石料中有一些石瑕，石像受损时，头部最容易出现问题。这61尊石像很有可能是一部分毁于那场大地震中，还有一部分是毁于明末清初的战争中，这成了一桩谜案，留待后人继续考察、研究。

据说乾陵里奇珍异宝无数，就连书圣王羲之的《兰亭序》真迹也在其中，所以有数次被盗经过，但都没有成功。唐朝末年发生黄巢之乱，黄巢动用40万大军打算盗掘乾陵，但挖出一条40余米深的大沟，也没找到墓道口，只好悻然作罢，至今在梁山主峰西侧仍有一条深沟被称为"黄巢沟"；五代时，后梁崇州节度使温韬组织军队发掘所有唐朝皇陵，"唐诸陵在其境内者，悉发掘之，取之所藏金宝。……惟乾陵风雨不可发。"乾陵因建筑牢固而得以幸免；民国初年，军阀混战，盗掘古墓成风，国民党将领孙连仲以保护乾陵为幌子，率部下驻扎乾陵，用真枪真炮演习的办法掩护一个师的兵力盗掘乾陵，用炸药炸了许多处地方，却没能找到墓道口；1958年，当地农民放炮炸石，无意间炸出墓道口。经初步发掘确认被炸处是地宫墓道，并于4月3日开始发掘乾陵地宫墓道。5月12日，墓道砌石全部披露，挖掘情况与《旧唐书·严善思传》"乾陵玄阙，其门以石闭塞，其石缝隙，铸铁以固其中"的记载相同。国务院发通知要求"全国帝王陵墓现不要挖"，乾陵的发掘就此停止。许多专家认为乾陵是唐十八陵中唯一未被盗掘的陵墓。

陕西地下的神秘的东西太多了，不能一一道来，也许后几代人都不能揭晓，就让它们与天地共存吧。最后说一下乾陵为什么叫"乾陵"。乾为八卦之首，在古代，乾还代表天。既然乾能代表天，那么以乾定名，就与高宗的尊号"天皇大圣皇帝"和谥号"天皇大圣大弘孝皇帝"相吻合了。乾陵中的"乾"字，是依高宗的尊号、谥号，取"乾为天"之意而来的。

夭折的旅程

2020年春节前几个月，女儿为我们预定了除夕从上海去冲绳的邮轮。1月22日离除夕还有两天，虽然武汉疫情已吵得沸沸扬扬，但并没有停止旅游和关闭游乐场所。我们三家一行七人从北京坐高铁来到上海，准备24日除夕那天中午登船，出门时没忘带了几个口罩做防护。23日我们顶着淅淅的小雨先到了上海迪士尼一游，公园里仍然游人如织，大家玩得不亦乐乎，好在大部人都戴着口罩。

24日上午离开住的宾馆前往上海吴淞码头登船，这时接到邮轮发了微信和短信通知：凡是武汉身份证的游客禁止登船，退还全部费用。我们无此情况，所以按时来到了码头。接着邮轮又发通知说因航线原因推迟两小时登船，让大家耐心等待。码头等待登船的几千人聚集在各处，互相打听着情况，不知到底发生了什么，焦急地等待着。等了一阵，来了几位工作人员告知大家，因航线原因，邮轮登船时间还不能确定，游客可自愿选择继续邮轮旅行还是放弃，愿意继续的，就等登船，自愿放弃的，可退还邮轮旅游的费用。

上海迪士尼乐园

出现了新情况，大家议论纷纷，都在考虑利弊。因为几千游客来自全国各地，和我们一样想在邮轮上过一个别样的春节，不想宅家光看电视、逛庙会，新鲜一下才好。

我们七人开始磋商，小外孙自然是积极想继续邮轮旅程，小孩子嘛总是贪玩，他才十岁不知疫情扩散的严重情况。我保持着冷静，觉得邮轮一再改变登船的规定是否有别的原因，而且即使上了船也不能轻易乱跑，除吃饭实在没法以外，不能往人多的地方聚集。女儿说如果是这样就失去坐邮轮的意义，而且邮轮的费用还能全部退还，我们损失的无非就是来往上海的高铁车费及住宿费等，但身体健康是第一位的，损失些钱不重要，还是放弃吧。小外孙一听就哭了，我们赶紧安慰说这次放弃是为了全家人健康安全，答应以后再给补上。

决定后，我们在码头留影以示纪念后立即打车从码头直奔上海虹桥高铁站回京，并通过手机上搜索当天去北京的车次。还好，当天下午三点有一趟高铁去北京，四个半小时可到达北京南站，我们计算时间来得及能赶上。一到高铁站，女儿立即去改签了原订的高铁票时间。下午三点列车准时从虹桥车站开出，四个半小时后正点到北京南站，乘车中一看所有乘客即便没有要求都自觉戴着口罩。到京下火车赶紧乘地铁回家。到家后央视春晚节目才开始不久，又全程看完，心说现在交通真便捷，短暂三天上海打个来回，千里之外半天回家真是快捷。

上海迪士尼景观

第二天是大年初一，一大早便从官方网站得知两消息：一是上海迪士尼乐园24日关闭，我们23日虽赶上了最后一天游览，细思极恐，虽然全程戴着口罩游览，但也有几处景点人员排队聚集，没事真是侥幸。二是我们要坐的邮轮上一班是 24 日上午到达吴淞码头的，发现船上有两位发烧的武汉游客，救护车、警车都到了码头，将两位游客隔离后，船上其他游客排查下船，并全船消毒，这就是我们这一班游客延迟登船的原因，但此情况当时邮轮并没真实告知，只说因航线原因。据说近一半的游客和我们一样放弃了邮轮旅程，其余一半游客经海关检查邮轮具备安全条件后继续登船旅行。这也就是 24 日，若 25 日若出现这种状况，随着全国疫情变化，是绝不会放行的。后来情况也表明，全国各港口的邮轮都出现了状况，像邮轮这种空间封闭、人员集中的地方疫情传播的后果的确令人心悸，我们感到毅然放弃这次邮轮旅行的正确，也是侥幸。春节开始就经历了有惊无险的一幕。

　　不管怎么说，原想过个别样春节，但遇上特殊情况，旅行夭折，别样又换成另一别样，这个春节的遭遇给多彩的人生旅程再添新篇。

疫情中的上海迪士尼

杭州留念

山外青山楼外楼，西湖碧水乐悠悠，
春风撩得游人醉，杭州美景画中游。

杭州西湖

三潭印月

苏州感怀

临水而居，姑苏风格。园林亭榭，江南特色。宜居城市，悠闲平和。

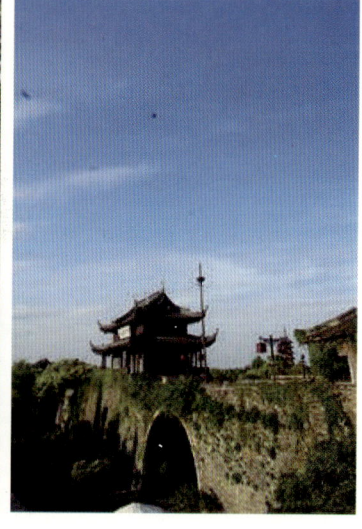

苏州古城风光

苏州拙政园

美哉千岛湖

美哉千岛湖，江南一明珠，烟波渺渺兮，青青别栽殊，身临其境中，天堂在何处？

千岛湖是 1959 年为建造新安水电站筑坝蓄水形成的人工湖。它是一个美丽的湖，星罗棋布的岛屿原是座座山峰的头顶，如今却成了一道亮丽的风景；它碧波荡漾，有太湖的烟波浩渺，也有西湖的乖巧精灵；它的湖水纯净剔透，创造出"农夫山泉"的晶莹；它美丽富饶，充满了欢乐，让自己的容貌形成了独特的风情。

首次跟团游

旅游成了改革开放的新事物。过去老百姓走出百余里的地方都叫远行，更别提去旅游了。旅行社也是随着旅游发展而发展起来的，有了旅行社就有了旅游团，为出游人提供服务保证。

我第一次参加旅游团外出旅游是在2001年"五一黄金周"，是与女儿一起去上海、南京、杭州、苏州、无锡及同里水乡，名为"华东五市旅游团"。那时旅游处于发展时期，女儿正上大学，"五一黄金周"也实施不久，后来"五一黄金周"取消了。

记得那次旅游团40多人，先是坐火车到上海，有一男一女两位年轻的导游带队。似乎那时对参团年龄没有要求，团里有几位老奶奶，其中两位一位76岁，一位81了，都是部队家属。别看她们年纪大了，走起路来并不比年轻人慢，紧跟着大伙儿劲儿挺足的。我暗暗佩服她们的身体好，心想她们都是军队家属，是不是解放前曾跟着部队行军打仗练出来的。不过她俩还是出了点小问题，一次在人多的景点跟丢了大家，开车时导游没有仔细核对人数，旅游大巴车开了一阵才发现两位奶奶没上车。左寻右找，打了一通电话才知她们所在的位置。那时通讯没现在发达，手机也落后，没有导航定位，只凭看周围建筑定位。导游叫她俩打车到某地点，旅游车在那儿等她们。等她俩气喘吁吁回到车上，倒也没太埋怨导游。我问其中一位："这么大岁数了还出来玩啊？"那奶奶笑着说："哪能等死了才出来玩哇，趁现在还能动得赶紧出来看看。"她们想得对，追求更好的生活乐趣是每个人的愿望，旅游是人们都喜欢的活动，它可以给生活带来快乐，还能开拓视野，虽然辛苦，有时还是花钱买罪受，但人们还是乐此不疲，可以证明旅游的魅力。

那次我们在上海眺望了黄浦江、东方明珠电视塔，这两地早从宣传中所知，这次见到实景，感受就是不一样，心情很兴奋，与在电视上看画面有不同的感觉，也就是旅游的感觉。在南京登临中山陵，感到气势好大。在杭州游西湖，逢黄金周，偌大的西湖游人摩肩接踵，没能欣赏好西湖美色，不过后来又两次光顾了那里，才了却了遗憾。在苏州观了园林和寒山寺，在无锡看了太湖，一路匆匆，可谓走马观花。途中又遇一意外，我们的旅游大巴与过路的一摩托车发生车祸，骑车人受了轻伤。导游又忙碌了一番，临时调车、换车，车祸的司机与骑摩托人先到医院疗伤，再到交管局处理事故。

好在我们的行程影响不大，只耽误了些时间。后车祸司机处理完事故，责任主要是骑摩托的人，他又回来接我们继续行程。

初次跟团游体验了跟团游的程序，感觉就是紧张，自由支配时间少，但方便之处是不必操心交通及路线识别，因那时找旅游景点只能靠地图，或打听路人。后来随着社会发展，根据情况不同，我分别采取自由行、自驾游、跟团游形式。不管如何，旅游还是人生的必须。

黄鹤楼与唐诗

初次听说黄鹤楼是上小学时学的一首唐代诗人李白的诗："故人西辞黄鹤楼，烟花三月下扬州。孤帆远影碧空尽，唯见长江天际流。"当时老师没详细讲解黄鹤楼，大概是觉得我们年龄小，以后再逐步了解吧，只是对诗的后两句讲得如痴如醉，把我们带入长江缥缈的意境。

直到2005年到武汉开会，闲暇中我才顺便到黄鹤楼一观。在长江边的蛇山上，50多米高的黄鹤楼傲然耸立，雄伟辉煌，游人如织，摩肩接踵。登上黄鹤楼望长江气势磅礴，唯见长江天际流的情景历历在目，感到浪漫主义大诗人李白的想象力是多么博大。

中国有四大名楼，都与诗文紧密相关，由楼造就了诗文，又由诗文使楼得以延续，而且这些诗文都已脍炙人口、流芳百世了。山西的鹳雀楼由于王之涣的《登鹳雀楼》诗扬名天下，其中的"欲穷千里目，更上一层楼"至今还被引用，经久不衰；江西的滕王阁因王勃的散文《滕王阁序》而家喻户晓，里面有句"落霞与孤鹜齐飞，秋水共长天一色"成了千古绝唱；湖南的岳阳楼因范仲淹的《岳阳楼记》一文让人们向往，那句"先天下之忧而忧，后天下之乐而乐"被人们历代称道。湖北武昌的黄鹤楼自然也不例外，除了李白那首《黄鹤楼送孟浩然之广陵》外，唐代崔颢的《黄鹤楼》更胜一筹。诗曰："昔人已乘黄鹤去，此地空余黄鹤楼。黄鹤一去不复返，白云千载空悠悠。晴川历历汉阳树，芳草萋萋鹦鹉洲。日暮乡关何处是？烟波江上使人愁。"据说李白登黄鹤楼本欲赋诗，因见崔颢此作，为之敛手，说："眼前有景道不得，崔颢题诗在上头。"当然是传说，未必有其事。

崔颢《黄鹤楼》之所以成为千古传颂的名篇佳作，主要在于诗歌本身具有的美学意蕴，意中有象、虚实结合。仙人乘鹤，本属虚无，说它"一去不复返"，就有岁月不再、古人不可见之憾。仙去楼空，唯余天际白云，悠悠千载，几笔写出了那个时代登黄鹤楼的人们常有的感受，感情真挚。诗中有画，《黄鹤楼》达到了高妙的境界，相互映衬蓝天白云、晴川沙洲、绿树芳草、落日暮江，形象鲜明，色彩缤纷，富于绘画美。仙人乘鹤，描绘了黄鹤楼的近景，感叹"黄鹤一去不复返"，描绘了黄鹤楼的远景。交替出现黄鹤楼的近景、远景、日景、晚景，变化奇妙，气象恢宏。这首千古佳作颂扬了黄鹤楼的美，使得黄鹤楼屡毁屡建，千古不衰。

黄鹤楼始建于三国时期，为吴国孙权修筑的军事瞭望楼。公元 469 年，祖冲之撰成志怪小说《述异记》，讲述江陵人荀环在黄鹤楼遇见仙人驾鹤并与之交谈的故事，开始有了黄鹤楼的名称。之后黄鹤楼经过各个朝代近 30 次毁损再建，楼的式样多次变化，可谓多灾多难。如今的黄鹤楼是 1985 年 6 月建成对外开放的，而且不在原址，原址 1957 年修长江大桥时占用，楼样是按照清朝同治时的式样修建，与三国时期修建的原样不可同日而语了。

三游洞思古

阳春三月,下过春雨,长江边的宜昌更加生机勃勃。头回来宜昌,首次听说三游洞,一切很陌生,开始不以为然。

三游洞大门很普通,没有辉煌的气势。进门,前面有小山,拾级而上,才感到一切都是那样清新。四周寂静,游人不多,气定神怡,满目青翠。这时瞥见一石阶上有动物化石,导游讲这是4亿多年前的一种凶猛软体动物化石,叫震旦角石,只有此地存在,外地罕见,这种软体动物现已绝种了。这一下子提起了我的兴趣,开始想象宜昌远古时的情景,但紧接着导游的另一番介绍更吸引了我的兴致,就是三游洞名字来历的趣事。唐朝时期,大诗人白居易到四川赴任途中,与其弟白行简和好友元稹到此处游玩探险时发现半山中的山洞,并吟诗作赋流传后人。200多年后宋朝的"三苏"及后来朝代的许多文人墨客纷纷慕名前来,留下丰富的诗文篆刻,不断给三游洞增添着博大精深的文化内涵。由于是三人游,所以此地得名三游洞,并且还把白居易等三人的探险称为"前三游",把"三苏"后来的游览作为"后三游",着实令人兴趣倍增。

兴趣大增,精神振奋,快步向前,行至山的东边,眼下豁然开阔,恢弘壮美的长江跃入眼帘,一耸立石碑刻有:"三峡起始点"几个大字,啊!这里还是闻名于世的长江三峡的起点。极目远眺,但见两岸高峰巍峨,江水碧透,天高地远,气势非凡,不禁想起苏东坡的著名词句:"大江东去,浪淘尽千古风流人物……"长江发生了多少英雄的故事,多娇的江山孕育了多少壮丽的史诗,看到这一切感到人的渺小,人生的短暂,可又启发了人们的博大胸怀,总想把自己融于大自然的神工中。

一番感慨后回现实,急忙奔赴白居易发现的山洞,那才更饱眼福。绕至山后,为悬崖峭壁,绝壁下是条峡谷,碧水流淌,绿树葱茏,山鸟啾啾,风光如画,60多米高的蹦极跳台高耸峡边,据说是全国最高的蹦极。这峡谷水叫下牢溪,为长江支流,当年白居易等3人就是在此乘船游览时发现三游洞的。沿人工修建的栈道蜿蜒行走,不久山洞出现在前面。此洞宽约20米,深约30米,洞顶中间垂下3根石柱把洞隔为前后室,右壁一耳洞匍匐才可通过。洞中塑有白居易、白行简、元稹3人像,钟乳吊洞壁,五光十色,最吸引人的是满洞的碑文石刻,有60余幅,都是历代名人所遗留。看着这些历史的遗迹,不禁思古之悠悠:1000多年前,白居易等3位大诗人,从下牢溪铲草刘蔓,攀岩而上，发现此洞兴奋异常，留宿3天，把酒吟诗，提笔作赋。白居易在《三游洞赋》中发出"斯境胜绝，天地间其有几乎"的赞叹，此赋流传千古，三游洞开始名扬天下，不断招徕文人墨客。200年后欧阳修到此，写下："谁知一室烟霞里，乳窦云腴凝石髓。"又过了几十年的一个冬天，欧阳修的弟子苏轼和其父苏洵、弟弟苏辙慕名前来，留下了脍炙人口的诗篇。再往后，黄庭坚、陆游及明、清两代的文人雅士纷纷前来，作文赋歌，1000多年里，咏赞此洞诗文有100多篇，三游洞虽然是天然石洞，也是人文古洞、诗文宝洞、历史名洞。

游三游洞，感受到了千年古风的熏陶，一个普通山洞，有如此多的历代文学大师光顾，留下诗文词赋，在中华史册上也是唯一了。

伟人故居前的感悟

参观了伟人故居里的一个个房间，黄黄的泥土墙透着古朴的韵味。故居里的旧物、书桌、衣柜、石磨、水车，都曾留下过毛泽东及其亲人的印迹，普通而陈旧的家具，感受着那个时代的朴实。

这简单的农舍里走出了改变中国、影响世界的伟人——毛泽东。1893年他出生在这里，与中国众多的农民孩子一样，没有显赫的家庭背景，从小只是读私塾学文化，17岁时到省会长沙读师范，如果平稳地过活，估计毕业后当个老师终老一生。

伟人的伟大就在于与众不同的眼界。当时的中国处于军阀混战时期，人民生活在风雨飘摇中，没有任何力量使这个国土很大但贫瘠落后的国家走向光明。问苍茫大地，谁主沉浮？毛泽东以独特的眼光、超前的思维分析了当时的形势，坚定地接受了马克思主义的理论，认为这是救国的唯一出路，于是为改变中国奋斗终生。

伟人的伟大还在于过人的智慧。当时中国四分五裂，各种势力互相争夺，外国侵略者虎视眈眈准备乘虚而入。孙中山领导推翻了帝制，但他去世后，他手下的那些人没有能人担负起统一中国的大任。虽然出了个蒋介石，曾有过一些作为，也统治了中国一段时期，但终究没成大事，不为百姓办事，得不了民心，自然不会成事。而毛泽东了解民情民意，以自己的智慧与他的战友们开拓了符合中国脱离黑暗的道路，并为之不懈地努力，战胜了世界罕见的艰难险阻，并取得成功。

伟人的伟大还在于坚韧不拔的意志，勇往直前的精神。世间任何事物都不会一帆风顺，凡是有作为的人都会经历挫折艰险。毛泽东一生是在惊险中度过的。他经历过敌人的抓捕、自己人的打击。20几岁参与革命时曾被敌人通缉，生命随时处于危险之中；领导武装斗争还被党内误解、打击甚至撤职，直到42岁时才确立了他的领导地位。如果任何一次他放弃或屈服，中国可能会成另一个样子。正是他的勇敢坚强、不屈不挠，才把中国改变了模样，所以才称得上伟人。

当然，金无足赤人无完人，世间事物复杂多变，一个人的判断有时也可能出现错误，"文革"的发动就是他晚年的重大失误。但这对毛泽东光辉的一生来说是次要的，他开创了中国的新纪元功在千秋，世上任何事物都不会十全十美的。

看着伟人的故居，浮想联翩：人的一生起点相同，但人生如何度过，在于审时度势，把握机遇，不畏艰险，勇于拼搏，成功永远属于敢于登攀的强者！

在毛主席故居前

杜鹃山的云海

刚一接触这片神奇的土地，心情不由兴奋起来。井冈山，从小就知晓的名字，今天就要深入其中了。

井冈山是中国革命的摇篮，星星之火从这里点燃后燃遍了中国大地，使中国发生了翻天覆地的变化。红色遗迹遍及井冈，我们决定先到杜鹃山。

车在蜿蜒的山中公路上奔驰，时值阳历3月下旬，天气比往年冷，杜鹃花没有开放，游客不多，群山寂静。开车的师傅告诉我们4月上旬满山的杜鹃花开放后，井冈山就会热闹起来。

杜鹃山位于井冈山的南大门，由于满山杜鹃而得名，又因群峰如笔架，也叫笔架山。这里崖峭壁险，峰峦叠嶂，像个天然大盆景，可惜没到杜鹃花开时节，满山的杜鹃只有花苞而未怒放，有些遗憾。以前有个家喻户晓的京剧样板戏《杜鹃山》，里面的故事就发生在此。讲的是一支由雷刚领导的农民自卫军，在毛泽东领导的秋收起义影响下揭竿而起，后濒于覆灭。共产党派柯湘来改造了这支队伍，打土豪、分田地，最后消灭了地主武装编入了红军。雷明的原型就是当时杜鹃山附近村庄的王佐，柯湘的原型为何长工。这个样板戏至今记忆犹新，印象深刻，更增加了对杜鹃山的浓厚兴趣。

从杜鹃山下到山顶有索道，这是亚洲最长的索道，单程5200米，来回为10400米，也就是10多千米，来回乘索道要耗时40多分钟。进入索道的轿厢，开始徐徐上升，本想观赏外面山景，怎奈这时浓雾升腾，蒙蒙眬眬，包裹了缆车轿厢，能见度也就几米。我们的缆车在雾里穿行，忽上忽下犹如腾云驾雾，倒也乐趣。乘过国内多处景点索道，觉得就是此次过瘾，除在索道轿厢里面待的时间较长以外，在云雾中穿行也是首次，偶尔透过雾隙中间瞥见下面的山谷深涧，悬崖陡峭，万仞耸立，缆车高悬，恐高的人肯定要胆战心惊的。我们谈笑着，穿越着层层迷雾，不觉到了山顶。

说也幸运，登顶后，迷雾不知怎么消失得无影无踪，太阳露着笑脸，真应了一句谚语"山里的气候10里不同天"，而这还不到10里变化就如此之大。举目四望，山峦层林尽染，遍野碧绿苍翠，劲松虬曲盘错，竹林婀娜多姿，满山杜鹃虽没开放却跃跃欲试，林海延绵覆盖着层层险峻的高峰。

一条木制的栈道通向山顶的深处，我们兴奋地前行。蓦然，在我们前方山峦的下面出现了一望无际的云海与广阔的天际相接着,阳光中,大团大团的洁白云朵奔腾舒卷,自由飞翔,沿着各个山峰,如浪涛般的波起峰涌,浪花飞溅,惊涛拍岸,叫人感到天地的气魄,自然的伟大。飞云继续弥漫舒展,以移步踏云的奇姿拥抱着杜鹃山的群峰,一座座山峰在茫茫的云海上露出了一座座山尖,璀璨夺目,瞬息万变。烟云飘动,山峰似乎也在移动,变幻无常的云海也叫人产生了联想。行云随山形多姿地运动,山形与行云丰富地变换,既对立又统一,动由静止,静由动活,不可分割,这种动静交错的转化,形成了我们美感的源泉。云海表现出来的这种动态美,大大丰富了杜鹃山的神采,增添了无穷的诱人魅力。一片烟水迷离之景,是诗情,是画意,给人以无限的冥想和遐思,我们置身其中,神思飞越,浮想联翩,仿佛进入了梦幻世界。

这种神奇的美景幸遇可以说是我人生的首次,写进了我精彩的生命历程。

杜鹃山云海

杜鹃山留影

红色遗迹的联想

这是片红色的土地，红色的火苗曾从这里燃起，经过 20 多年成为熊熊大火，燃遍了中华大地，烧出了个红彤彤的新中国。井冈山的星星之火功不可没、名垂青史，而孕育过红色火种的众多遗迹，至今成为了人们缅怀先烈、回忆过去、学习历史的教材。来到井冈山的第二天，我们开始遍访红色遗迹，恰有 3 位从河南洛阳来南昌开会的女士，趁余暇也来井冈山参观游览。他乡遇知己，我们很快熟悉并组成了一个临时小团体，包了辆面包车开始了红色游览活动。

黄洋界因毛泽东的诗词《西江月·井冈山》而闻名天下。沿着山路奋力攀登，我们来到这个著名的地方。黄洋界位于一处险峻的山崖，当初是井冈山五大隘口之一，如今四周林木参天，鸟语花香，风景优美，令人心旷神怡，难以想象这儿曾发生过激烈的鏖战。不过这里还保存着当年一条战壕，立着一块写有"中国红军第四军黄洋界哨口"全国文物保护单位的石碑，向人们诉说着当年的历史。不远处有朱德题写的黄洋界纪念碑和毛泽东书写的"星星之火可以燎原"的纪念碑。1927 年 10 月，毛泽东率领秋收起义的部队进军井冈山，在这里建立了中国第一个农村革命根据地，点燃了广大工农群众武装夺取政权的燎原烈火。1928 年 4 月，朱德、陈毅率领南昌起义保存下来的部队和毛泽东领导的秋收起义的部队在此会合。随后，两支军队合编为工农革命军第四军，不久又根据中共中央指示改成红军第四军。1928 年 8 月 30 日，湖南、江西两省敌军各一部，乘红四军主力还在赣西南欲归未归之际，向井冈山进犯。红军不足一营，凭借黄洋界天险奋勇抵抗，激战一天，击退敌军四个团的进攻，胜利保卫了井冈山革命根据地。为此毛泽东赋诗《西江月·井冈山》："山下旌旗在望，山头鼓角相闻。敌军围困万千重，我自岿然不动。早已森严壁垒，更加众志成城。黄洋界上炮声隆，报道敌军宵遁。"

38 年后的 1965 年 5 月，毛泽东巡视祖国大江南北，22 日从长沙出发，经安源、三湾、宁冈，重上井冈山，当日至茅坪，接着驱车至黄洋界，下车仔细察看了当年红军住过的营房、使用过的哨卡，下午 6 时抵茨坪，下榻井冈山宾馆，在此住了 7 个晚上。他睡木板床，使用一张方桌与条凳，每日工作到凌晨两三点。他广泛地了解了井冈山地区的水利、公路建设、人民生活情况，会见了老红军战士、烈士家属、机关干部和群众。25日，毛泽东写下了《水调歌头·重上井冈山》："久有凌云志，重上井冈山。千里来寻故地，旧貌变新颜。到处莺歌燕舞，更有潺潺流水，高路入云端。过了黄洋界，险处不须看。风雷动，旌旗奋，是人寰。三十八年过去，弹指一挥间。可上九天揽月，可下五洋捉鳖，谈笑凯歌还。世上无难事，只要肯登攀。"

驻足黄洋界，联想着当年战场的情景，那个时代离我们这代人比较遥远，更没亲身经历过那血与火的激战，但仍能想象当时两军对垒你死我活残酷搏斗。红军凭着简陋的装备面对数倍的敌军能取得胜利除依仗天险的地形外，勇猛的士气也是重要的原因，可见当时穷人太穷，富人欺压穷人太甚，社会极其不平等，致使穷人造反。毛泽东的伟大之处就是了解了国情，抓住了时机，采取了正确的战略方针，终于取得了胜利。他的成功在于顺应民意，有着上天揽月，下海捉鳖的雄心，后重上井冈山，他总结出了"世上无难事，只要肯登攀"的真理，这也是人们永远对待事物的态度和方法，黄洋界是个值得纪念的地方。

黄洋界的感觉意犹未尽，我们又来到了茅坪的八角楼。八角楼的名字也早已知晓，那首《八角楼的灯光》歌曲至今还在耳边回响："天上的北斗星最明亮，茅坪河的水啊闪银光。井冈山的人哎，抬头望哎，八角楼的灯光哎，照四方……"从这首歌我知道了八角楼，原以为是山坡上塔型的八角建筑，没想到它是一个谢姓住宅的木阁楼，因天窗为八角形而得名。毛泽东患脚疾在谢家治疗，与贺子珍在阁楼房中住过一段时期，在油灯下写出了《井冈山的斗争》《中国红色政权为什么能够存在》两篇著作。登上木阁楼，进入了当年毛泽东和贺子珍的居室，屋内昏暗，一张木床、一个木桌、一把躺椅、两个斗笠，两把高背木椅，都是当年的摆设。木桌上有油灯和砚台，毛泽东曾在此奋笔疾书完成了两篇长文，总结了当年斗争的情况。沧桑的岁月已经使八角楼很陈旧了，要不是它是红色的遗迹，有专门的维护，恐怕难以保留至今。在这八角楼简易的住地，毛泽东的生活条件艰苦，当时斗争也很残酷，却坚定地坚持下来。毛泽东本是一农民子弟、一介书生，也到过北京、长沙等大城市，如果他想碌碌无为度过一生，本可以在城里谋一职位，安分守己过日子。但杰出人物与平常人不同之处就是有鸿鹄之志、远大的抱负，他冒着杀头的危险奋争，并取得了成功。毛泽东的旧居在井冈山有几处，著名的除八角楼外，还有大井、茨坪等处，在这些旧居内还有朱德、彭德怀、陈毅等住过的居室，模式都差不多，木床、木桌、油灯。当年，这些与毛泽东共同浴血奋战的战友也为新中国的建立立下了不可磨灭的功勋，都提着脑袋干革命。当初，他们并不知道之后的事业能否成功，虽然有信仰、有决心，但真正取得成功是另一码事，历史给予了机遇，最终取得了成功。从井冈山开始到中华人民共和国成立，用了20多年时间，过程可以说得上是艰苦卓绝、异常惨烈，那些与毛泽东共同战斗过并且最终看到成功的人是幸运的。

如今我们的共和国已经走过了70多个年头，井冈山开创的事业、留下的遗产也影响了几代人，国家成为了世界强国，毛泽东等老一辈无产阶级革命家为之奋斗的愿望终于实现了。

继承革命传统，争取更大光荣

庐山的风云

庐山是中国一座著名的山，它耸峙在长江边和鄱阳湖畔，大江、大湖、大山浑然一体，雄奇险秀，刚柔并济，形成了江西罕见的壮丽景观。司马迁、陶渊明、李白、白居易、苏轼、王安石、黄庭坚、陆游、朱熹、康有为、胡适、郭沫若等文坛巨匠、诗文名家1500余位都曾登临庐山，为它留下了4000余首诗歌词赋，其中李白的那首气势磅礴的《望庐山瀑布》诗句"日照香炉生紫烟，遥看瀑布挂前川。飞流直下三千尺，疑是银河落九天"至今仍脍炙人口，经久流传。

那日，我们在井冈山火车站登上去九江的列车。顺便说一下井冈山火车站，是个宽敞、干净、漂亮的车站，比一般县城的火车站好多了。由于不到旅游旺季，游人很少，候车大厅空荡荡的，还有空调，候车条件很舒适。

列车奔驰了4个多小时，于晚上10点左右到达九江。天下起了雨，我们冒雨到达事先在网上预订的宾馆入住。第二天大早在餐厅用早餐时，遇上了两位去庐山的游客说他们参加的旅游团一会儿就来接他们，我们看到外面天气阴暗，恐怕还要下雨，便想参加旅游团一日游。找他们要来导游电话号码联系，立即办成了，本来嘛，这样的天气旅游车估计不会满员，而我们计划的时间不能拖延，还必须当日去，所以好办多了。我们这次出行主要是自由行，但事先计划了时间和路线，并网上预定了机票、火车票、宾馆等，不能延误。视情况随机应变，庐山行程就变成了随团行动。

冒着淅淅小雨，旅游车向庐山进发，九江到庐山还有几十千米，需要行进一个多小时。到了庐山下面，小雨没停，浓雾腾起，车开始盘旋爬山。第一个印象就是盘旋，左转右转时刻不停，导游朗诵了毛泽东1959年所作七律《登庐山》："一山飞峙大江边，跃上葱茏四百旋。冷眼向洋看世界，热风吹雨洒江天。云横九派浮黄鹤，浪下三吴起白烟。陶令不知何处去，桃花源里可耕田？"这首诗我早已熟悉，这是毛泽东1959年6月30日登上庐山，准备在那里召开中共政治局扩大会议及中共八届八中全会，在庐山写就的。头两句很明显是说庐山地形的，庐山飞峙在长江边，从山下到山上的路有400来个转弯，所以叫四百旋。当然全诗绝不是只写景，大凡政治家的诗词也多包含政治意义。

坐在左旋右转的汽车内确实不太舒坦，爱晕车的人会止不住地呕吐，好在导游事先发了塑料袋。浓雾依然包围着四周，庐山的真面容一点儿见不着，导游一个劲儿地说：

"太遗憾了，太遗憾了，今天真对不起大家了，估计全天就这样了。"真是机不逢时啊，想起了苏轼写庐山的一首诗："横看成岭竖成峰，远近高低各不同，不识庐山真面目，只缘身在此山中。"看样子我们这次庐山之行只好不识庐山真面目了。

汽车到了山顶，嘿，地面上白茫茫有一层小雪。我们前天在井冈山时的温度19度，现在庐山顶也就4、5度，不过我们早有准备，穿上了厚衣。在导游带领下先参观了一些别墅，庐山的别墅很多，基本是解放前外国人及国内的达官贵人建造的，都是为夏日避暑而建，解放后他们都逃离了中国大陆，这些别墅自然收归国有了。别墅的式样大都一般，但在当时建造要花很大的代价。蒋介石与宋美龄的别墅叫"美庐"，是蒋介石起的名字，取宋美龄的"美"与庐山的"庐"而成，并提了字。毛泽东1959年在庐山开会时就住此处，并说名字起得不错，但字写得很差。如今这些别墅有的供参观，有的改作他用。

出了别墅，没想到天开始放晴了！真有点儿像我们在杜鹃山顶时的情景，我们兴奋起来，觉得好幸运。庐山开始露出了真面目，山峦相连，一条河流缓缓流过，我们下一站要去仙人洞，是庐山的重要景点。进入一条山谷，沿弯曲的山路进发仙人洞。环顾庐山，也是层峦叠嶂，巉岩突兀，满目翠绿，郁郁葱葱，但总觉得不如井冈山那样秀美。如果说井冈山是美丽的少女，那么庐山如粗壮的小伙。

七上八下总算到了仙人洞，也没什么特殊的，不过是个山洞，但早已开发，看不出原生态的模样。仙人洞是庐山著名景点，传说吕洞宾曾在此修道成仙，是一个由砂崖构成的岩石洞，由于大自然的不断风化和山水长期冲刷而慢慢形成的天然洞窟。洞高7米，深14米，内有吕洞宾身背宝剑的塑像。仙人洞并不宽敞，其旁所建的道观规模也不算大，但名声颇响，其中一个原因是当年毛泽东曾写过一篇极负盛名的诗，其中有句云："天生一个仙人洞，无限风光在险峰。"从洞前的道路左边进、右边出，路也不长，但右边出口一处山崖突处有棵松树。饶有兴趣看着这棵松，此树不高，可能怕跌倒，已经支了数根杆子。1959年夏的一天黄昏，江青在此处拍摄了一张暮色中锦绣峰上的御碑亭照片，照片的右上角有一苍劲的松枝相衬，呈现出一种特定的环境、背景和气息，毛泽东在这幅照片的背面题写了诗。这幅照片后发表在1964年4月11日的《人民日报》上。"暮色苍茫看劲松，乱云飞渡仍从容。天生一个仙人洞，无限风光在险峰。"毛泽东是借景抒情，把自己在特定历史年代的情怀，寄寓在题照诗中。

下午我们参观了当年中共中央全会会址，这原是蒋介石在庐山创办军官训练团的三大建筑之一，于1937年落成，名庐山大礼堂。1959年中国共产党八届八中全会，1961年中央工作会议和1970年九届二中全会均在此召开，毛泽东主持了这三次重要会议。如今庐山的一些建筑已做他用，中共中央当年使用的地方只能作为历史遗迹了，毛泽东1961年和1970年庐山会议时住过的芦林一号别墅现在叫庐山博物馆。此别墅是1960年修建的，占地不小，都是平房，房间很多，也很宽敞，办公室兼卧室很大，还有大卫生间和大的会议室。看着这些当年毛泽东用过的物品，触景生情，感慨良多。

庐山，给人留下了太多的思考……

庐山会议会址

春天的新娘

阳春三月，南国春意盎然。我们乘大巴车奔向婺源，天空晴朗，阳光明媚，赣北笼罩在风和日丽的春的怀抱里。

这次非常走运，井冈山、庐山都是到了景点天就放晴，给我们旅行以愉悦，而这次赴婺源也恰逢好天气，听说前一天那儿还下雨呢，老天对我们远来的客人真是很照顾。

婺源游览路线分三条，北线、东线、西线，江岭油菜花在东线的尽头，我们第一站就到了这里，享受大自然赐给婺源的特殊恩惠。

我们的包车司机沿山后的公路把我们送到山顶后就回山下停车场等待。站在山顶高地极目远望，蓝蓝的天际，绿绿的山野，蓝与绿相接着，但有很大部分的绿却被染成了金黄，像山峦披上了锦缎，跌宕着、延伸着。江岭是春天婺源的绝美之地，广袤油菜花田一览无余，如奔腾海洋般开得漫山遍野、令人惊叹。"莺飞草长三月天，油菜花开满山间"，当春的细雨润湿了婺源的山峦，油菜花也渐次绽放姣好的容颜，那满眼满心的油菜花，密密匝匝，层层叠叠，像一张天际无边延伸的鹅黄地毯。山水间弥漫着一层淡淡的薄雾，依稀可辨的远山勾勒着蒙眬的轮廓，其间渐次渐远，柔和的明黄色阡陌曲弯，如画笔随意泼洒在画布上的痕迹，金黄色的油菜花肆意蓬勃地开放着，形成春的优美图画。婺源江岭的万亩梯田油菜花真如春天的新娘，被春风拥抱着，越发妩媚俏丽，人们被她的美丽陶醉、神往，为她倾倒，为她留影，为她歌唱。

我们在山顶逗留一段时间后就顺梯田中的小道漫步下山。漫山遍野的油菜花呈梯田状，从山顶铺向山谷，如金灿灿的织锦柔和地抚摸着山的身躯。我们在金黄中穿行，油菜花层层叠叠，一望无际，中间围拢着几个小小的村落，黑瓦白墙的徽派民居夹杂在一片金黄之间，黄灿灿的油菜花与远山、近水、粉墙、黛瓦相映成趣，构成一副天人合一的画卷，美不胜收。在这里感受天人合一的境界，心胸为之开阔，心灵自由飞翔！

我们欢快地前行，不断留下与黄花的靓影，与它们亲昵，与它们呢喃，看着它们恋恋不舍，摸着它们爱不释手。山间、田野、房前、屋舍，无处不被这春日耀眼的金黄包围。山野吹来的风，带着泥土香、油菜花香沁入肺腑；带着山野田园的芬芳，在心间久久萦绕，不忍离去。油菜花盛开的季节演绎着婺源春之浓烈、之馥郁、之沉醉。

那明艳艳的黄是春的气息,是蓬勃的生命力,是画里乡村最美的风景!

　　终于到了山下,就要与春天的新娘告别,不禁赋诗两首:"山峦披锦缎,黄花金灿灿。身心在其中,神怡天地间。""春光揽高台,黄花天际开。春娘遗绣剪,未把锦云裁。"

婺源风光

美丽的婺源村庄

五岳归来不看山,婺源归来不看村。这儿保存的一座座古村落,是生态文明的绿宝石,是建筑艺术的博览园,是宗族制度的活化石。鳞次栉比的徽式古建筑,粉墙黛瓦,飞檐戗角,或隐现翠青山间,或倒映清溪湖面,直教人领略小桥流水人家那天人合一、返朴归真的意境。

我们依次游览了婺源的理坑、思溪延、江湾、上下晓起、汪口、李坑等村落及彩虹桥,它们的共同特点就是徽派建筑风格,但村庄的结构、布局都有自己的独特之处。婺源的建筑共同点是融入了"三雕"艺术,主要分为砖雕、石雕、木雕,用于古民宅、宫宅、宗祠、庙宇、廊桥、牌坊,并随着徽派建筑的兴起而发展,互为衬托,交相辉映,富丽堂皇。一进民居宅院,正对的就是厅堂,上下两层,一层正面有方桌及木椅,用于接待,上层为住房,都有雕刻精细的木窗遮掩。在梁架、门窗、栏杆上,布满栩栩如生的木雕,人物花鸟形象逼真,形体生动,虽然都是明清建筑,古老中透着沧桑,但现在看起来仍是引人入胜、百看不厌。建筑物的基础部分或栏板、根柱等上面装饰着石雕,常见的有瑞兽、花卉、卷云等,雕刻得风格粗犷朴拙,形态各异,技艺精湛。另外还有砖雕,多用于住宅的门楼、门罩、门额,布局严谨,精巧细致。这"三雕"展示了婺源建筑的特殊美,在全国其他地区的大院也见过这些雕刻,但都见于特大户人家的宅院,一般的老百姓住宅中几乎没有,而婺源村庄的宅楼家家户户都有三雕的痕迹,令人感到其中深厚的文化底蕴、丰富的生活乐趣及殷实的家庭财富,令人叹为观止。

婺源的民居基本是明清时的建筑,白墙、青砖、黑瓦、高屋、洞窗、飞檐,朴素典雅、端庄灵动,用高宅深院形容它们恰如其分。这些精致的建筑完整体现了古代文化建筑的精湛艺术,保存了其原汁原味的历史原貌,随着时代的变迁,没有变的是这写满沧桑历史的百年建筑及源远流传的故事。

另外婺源的村落里,四通八达的巷道造就了一种奇妙的氛围。错落有致的古民居中有众多的巷道,在铺着硕大青石板的巷道中漫步,两边是高大的风火墙壁和重重叠叠的马头墙,脚下是青石板的古道,令人不由穿越到几百年前的岁月里。至今仍然留有一些当年的古驿道,宛如飘带一般蜿蜒在村庄与村庄之间。那些规模较大的村落更有江南风光田园诗般的意境，高高低低的树，曲曲弯弯的河，零零落落的村，好一种国画般的韵味。

虽然各个村落都有共同点，但各村也有不同的风格。思溪村建于南宋时期的公元1199年，村落背山面水，嵌于锦峰绣岭、清溪碧河的自然风光之中，房屋群落与自然环境巧妙结合，山水互为点缀，如诗如画，意境优美。特别是村口有座明代的"通济桥"，桥如走廊，上面带有坡型的顶。在桥上俯视下面缓缓流过的小河，河水清澈，映衬着河边白墙黑瓦的民宅和绿树花草，犹如画中游。过桥进村，徜徉在古色古香的高宅深院及狭窄巷道里，不由触景生情回到了安逸悠闲的乡村生活和那个节奏缓慢的时代。

群山环绕、一水横亘的上晓起村，建筑风格气势非凡，它虽然离公路较远，却有进士第、大夫第、荣禄第等商第大宅好几座。下晓起村离公路较近，村边生长着十几棵几百年至千年老樟树，在婺源也不多见。这里商业气氛很浓，樟木制品各式各样，散发着樟木香味的木梳成了人们喜爱的纪念品。

江湾是个规模很大的村子，现为江西省历史文化名村。村口有座很高很大的牌楼，是江湾村的标志，上面"江湾"两字摘自江泽民给江湾中心小学的题字。村里高宅大院鳞次栉比，古井、古道、古宅叫人目不暇接。

汪口村别有趣味，这里依山傍水，村庄沿河边修建。过去这里是商船码头，货物集散地。一条狭窄的千年古道在狭长的村中穿过，古道是青石板铺路，路两旁是古宅，行进在其中似乎返璞归真到古代。村另一头有个俞氏宗祠，为木结构，上有雕刻图案百多种，有浅雕、深雕、圆雕、透雕，细腻纤巧、工艺精湛、风格独特，被称为雕刻的艺术宝库，是国家文物保护单位。村边的河流虽然没有了商船货运，但有竹筏漂流，每人25元，我们从这里乘坐了竹筏顺流而下，两边青山绿黛，白房黑瓦，头顶蓝天白云，清风徐徐拂面，20分钟返至村口，倒也趣意盎然。

李坑是我们在婺源游览的最后一村，这里是个水乡小村，一条小河穿村而过，前有大片油菜花田，后是徽派民居建筑。小河中时有小船缓缓滑过，河上横跨一些石板桥，一群白鸭远远游来，一派诗情画意。村中路间有一钟楼，一女童在楼中专心致志写作业，引来游人们驻足观看拍照，在如此热闹的场所竟能安心写字也是不可多得的一景。我们漫步在这粉墙黛瓦的古民居间，欣赏着小桥流水的画卷已是飘飘然了。

彩虹桥

婺源还有一处美景叫彩虹桥，它历史悠久，建于南宋，距今已800多年，是古徽州最古老、最长的廊桥。彩虹桥的魅力，不仅在于桥体与青山、碧水、古村、驿道的完美结合，更重要的是它科学合理地选择了建桥的地理位置——建在最宽的河面上，为分解洪水冲击力的半船形桥墩设计，根据洪水主流速桥墩之间的差异分布，条石砌法的紧密牢固和桥面设计理念的长远实用。虽历经800多年，依然完整、古朴、厚重。这是一种颇有特色的廊桥，就是一种带顶的桥，桥长140米，桥面宽3米多，4墩5孔，由11座廊亭组成。它可在雨天里供行人歇脚，廊亭中有石桌石凳，坐在这里稍作休憩，浏览四周风光。周围景色优美，青山如黛，碧水澄清，不远处有五座连绵的山峰。桥下碧波荡漾，旁边有庙宇、村落，桥一头还有一大水车被水流推着转动，演示着古人利用水能带动水车舂米、磨粉的情景。桥一旁的河中还有一些搭石，供游人们观光行走。

在明亮的阳光中，饱含兴致的游人过桥后，再从河面搭石返回，人影倒映在清亮河水中，好一幅美丽的山水画卷。

婺源的村庄，令人神往！

婺源村庄

滕王阁与《滕王阁序》

我们的江西行最后一站是南昌,著名的滕王阁是必去的地方。

登临近 60 米高的滕王阁,俯瞰着赣江,也是气势磅礴、美景如画。江南有三大名楼,加上山西的鹳雀楼为中国的四大名楼,都与古人的诗文紧密联系着,而且这些诗文都成了千古流传的名篇,说起来无比感慨。

滕王阁是唐太宗李世民的弟弟李元婴所建。李元婴最初调任山东滕州,封为滕王。他骄奢淫逸,品行不端,毫无政绩可言,但他精通歌舞,善画蝴蝶,很有艺术才情。他先在山东修建了楼叫滕王阁,是为了歌舞享乐的需要。后调任洪州都督,就是今日的南昌,因思念山东的滕王阁,在南昌建了同样的滕王阁,山东的滕王阁现已不复存在。南昌的滕王阁始建于唐初的公元 653 年,但命运多殇,损坏达 28 次之多,仅在清朝就损坏有 13 次,7 次毁于大火,毁了建建了毁,最后一次是在北伐时毁坏的。后来一直想重建,但不知定址哪儿,直到挖出了滕王阁遗址,才确定重建位置。1989 年 10 月,滕王阁第 29 次重建完成,举行了隆重的落成典礼。现在阁的模样是仿照宋代阁的图样,因为宋代建筑与唐代建筑一脉相承又有发展。

滕王阁如果只是李元婴的歌舞楼就不会被历代重建了那么多次,主要是唐代大诗人王勃的那篇千古绝唱《滕王阁序》,全称《秋日登洪府滕王阁饯别序》骈文名篇而名扬天下,滕王阁才得以流传至今。

说起王勃,是与杨炯、卢照邻、骆宾王共称"初唐四杰",文采横溢,才华出众,六岁就可张口成文,还为两位皇子陪过读。16 岁时入朝做官,后因一篇《斗鸡檄》,坐罪免官。后创作了大量诗文,毕竟才能出众又二次做官,但又因私杀官奴再次被贬。看来自古文人就自恃清高,控制不住就惹弄是非。他的父亲因他受牵连被贬荒芜之地,他去探望父亲路过洪州(今南昌),恰逢当时的洪州都督阎伯屿宴群僚于滕王阁上,王勃即席而作《滕王阁序》。文中铺叙滕王阁一带形势景色和宴会盛况,抒发了作者"无路请缨"之感慨。本来阎都督是让其婿孟学士作序以彰其名,不料在假意谦让时,王勃却提笔就作。阎公初以"更衣"为名,愤然离席,专会人伺其下笔。初闻开始的"豫章故郡,洪都新府",觉得"亦是老生常谈";接下来"台隍枕夷夏之郊,宾主尽东南之美",阎公闻之,沉吟不言;及至"落霞与孤鹜齐飞,秋水共长天一色"一句,阎都督大惊："此真天才，当垂不朽矣！"

王勃的这篇《滕王阁序》确实是金句一句接一句，除了描写在阁上看见的景色"落霞与孤鹜齐飞，秋水共长天一色""渔舟唱晚，响穷彭蠡之滨；雁阵惊寒，声断衡阳之浦"这些千古绝句外，还有"物华天宝，龙光射牛斗之墟""人杰地灵，徐孺下陈蕃之榻"诗句对当地物产人才的精彩描述，其中"物华天宝、人杰地灵"至今还被广泛引用；至于文中"老当益壮，宁移白首之心？穷且益坚，不坠青云之志"的人生哲理更鼓舞着人们去励志奋斗。可惜王勃探望父亲回来时海中溺水遇难，27岁英年早逝，但留下的千古名篇已名垂青史。

登滕王阁，面对赣江风光，吟《滕王阁序》，更是流连忘返，感慨万分。旅游不光是观景，景观中的人文、历史、风情等文化内涵也是旅游的重要内容，能起到开拓视野、增加知识的作用。

滕王阁

初次远游到黄山

这里说的远游与远行不同。远游是专门为旅游去远处，而远行的主要目的不是去旅游。我初次远游是1985年与老爸到安徽的黄山。

20世纪80年代，改革开放使人们逐渐富裕起来，有了余钱可用来旅游了。不过当时旅游刚兴起，各项服务也不规范。我与老爸从北京坐火车到南京，看望了一个亲戚，在南京新街口一个旅行社招徕游客的摊点报名去黄山游。当时老爸63岁，刚退休，孑然一人，母亲已去世一年多了，他一人呆在北京家里也苦闷。我当时34岁，在山西教书，暑假就回京城陪老爸。那时旅游没普及，特别是去远处游玩，对老百姓来说还是新鲜事。要去黄山，着实也叫我兴奋了一番。

早就听说过黄山，为三山五岳中三山之一，徐霞客曾两次游黄山，赞叹说："薄海内外之名山，无如徽之黄山。登黄山，天下无山，观止矣！"后人引申为"五岳归来不看山，黄山归来不看岳"。

黄山集中国各大名山的美景于一身，以奇松、怪石、云海、温泉"四绝"著称于世，现在冬雪则成为黄山第五绝。黄山原名"黟山"，因山峰和岩石遥望青黑而得名。因传说轩辕黄帝曾在此采药炼丹、得道成仙，唐玄宗于是在天宝六年（747）改"黟山"为"黄山"。千余年来，黄山积淀了浓郁的黄帝文化。

那天，我们按旅行社指定的地点乘上一大巴车，车里没坐满，也就20几人。我们座位后边坐着一家外国人，夫妻带着一个孩子。听说正因为有外国人参加去黄山，旅行社才派了带空调的大巴车，否则就要先坐火车再换汽车去黄山。那时的火车没空调，再换乘普通没空调的汽车，一路冒南国酷暑，折腾又疲劳。这是那个时期的旅游状况，现在已不可同日而语了。

车上有个年轻的男孩是导游，但只是招呼着上下车，带到吃饭、住宿的地点，也不讲解，实际就是个召集带路人。中途吃午饭停在一个地方，大家都下去，那家外国人不知所以然，愣愣地看着大家下车不知怎么回事，看来他们不懂汉语。倒是我用英语跟他们说了句："It's time for lunch."（该吃午饭了），他们才明白了，赶紧回了句："Thank you!"（谢谢）。其实那时我也是刚学英语不久，那个年代全民学英语成了时髦，不过我学的正好用上了，倒觉得挺自豪的，虽然只用了一句，但很实用。心里直害怕外国人再继续跟我聊天，那可应付不了啦。

到了黄山，当时只有一条索道，但也不长，只到第一个景点北海。老爸乘索道，我沿石阶攀登。看着黄山风光，叫我心旷神怡，第一次见到如此的美景。黄山千峰竞秀，万壑峥嵘，气势磅礴，雄姿灵秀，大自然的鬼斧神工造就了令人惊叹的奇异山景。映入眼帘的是怪石和奇松。怪石形态各异，从不同的位置看，可谓"横看成岭侧成峰，远近高低各不同"。一块巨石尖头立于另一大石之上却稳稳不倒，号称"飞来石"，瞧着都令人胆颤；那个"梦笔生花"是一笔直细长的山峰，山顶长着一株奇松，真像一支笔开一朵花；还有一猴形巨石立于山顶远眺，名为"猴子观海"，看着惟妙惟肖。这些都是我的人生初遇，享受在旅游的乐趣中。这部分观完，下一个景点要去玉屏楼，但没有索道了，只能走着去。我倒没什么，老爸平时缺乏锻炼，看着一山连着一山、上下起伏的遥远石阶山路有些发怵，但至此已没有别的法子，只能硬着头皮走下去，买了一根竹竿作老爸的拐杖，一步步地艰难行进。玉屏楼在高处，一路攀爬，到了黄昏时分终于到了，但已疲惫不堪，我是如此，老爸更甚。晚上就下榻玉屏楼，当时条件很差，山顶没有正式宾馆，木板临时搭的房子有几架上下铁床。这还是好的，还有人没地儿住，裹个棉大衣露宿山头，旅游刚兴起，条件跟不上。就这样也有同行的年轻人竟还劲头满满地去攀登附近的天都峰，我望着前面高耸险峻的天都峰，知道自己的体力已上不去了，老爸早已躺在床上歇息了。不过那天都峰确实引人入胜，犬牙交错的山峰直入云端，有些酷似老鼠形态的怪石浮在山崖边，跃跃欲试仰望青天，人称"天鼠跳天都"，倒也恰如其分，我只能望峰兴叹了。

次日早晨，离开玉屏楼，从另一边下山，路过著名的迎客松留影。这棵松倒也熟悉，那时常从国家领导人，在人民大会堂迎客松国画前接待外宾留影的照片中见到，如今见到实景十分兴奋。

几小时后终于下山到了黄山大门，老爸挂着竹竿拐杖已累得狼狈不堪，那个姿态至今定格在我的脑海里，不过老爸现已驾鹤远去了。这是初次远游的片断记载，留作人生纪念吧。

雨中天游峰

清明时节雨纷纷,武夷风光醉游人。淅淅的春雨,如丝如织,蒙蒙眬眬,洒向青山绿水。山头云雾萦廻缭绕,山川青翠欲滴,流水碧绿剔透,大自然构成了一幅美丽的水墨画,我们正在画中游。

正是清明前一天,从京城乘夜车于次日清早到武夷山站。顶着淅沥的雨滴,我们漫步到天游峰下。呈现在面前的是一座如刀削斧劈的巨大岩壁,高达500余米,宽约1000余米,阔大平整,蔚然壮观,导游讲这是武夷山风景区中最大的岩石。由于长年雨水冲刷,大自然的鬼斧神工,令岩壁上布满了条条流水痕迹。逢雨天,涓涓细流飞泻而下,仿佛素练悬天;遇夕阳照壁,岩壁条缕分明,形如仙人晒布,故名"晒布岩"。今天恰逢雨天,可能会见到雨水飞泻而下的景观,下雨天会有雨天的好景。晒布岩的岩壁中间有斑痕像人的手掌,相传这是仙人留下的,晒布岩又称"仙掌峰"。导游还告诫,天游峰海拔408米,虽不太高但山势陡峭,有些地方不好攀登,老年人最好量力而行,不登山在山下观景照样也有情趣。

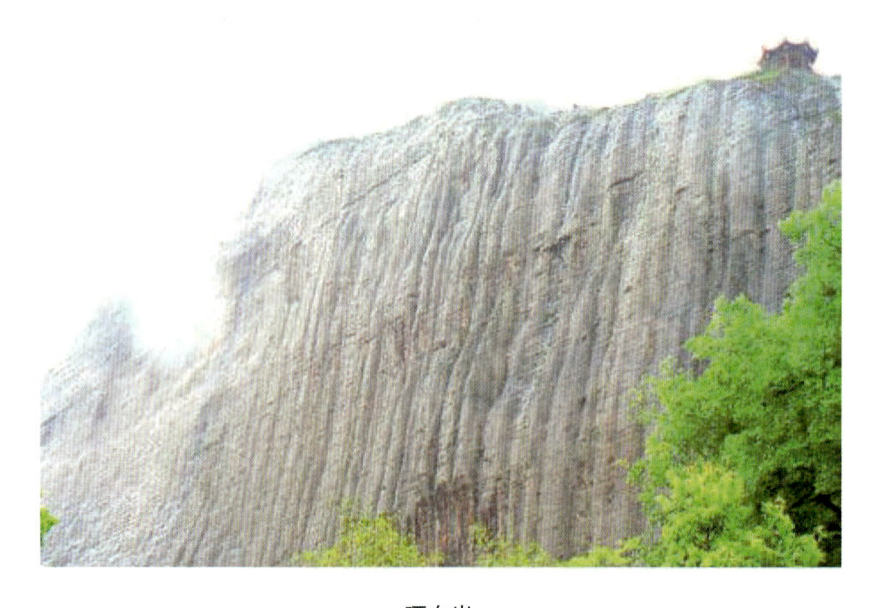

晒布岩

大家兴致勃勃地开始攀登，两位78岁的老年游客不甘落后，也随大家一起登山。这时雨越下越大，我们打着伞，穿着雨衣，有些人拄着手杖，但鞋还是全湿透了，呱唧呱唧地艰难行进，可大伙攀登的热情不减。我想旅游的情趣就在于此吧，都说花钱买罪受，却心甘情愿，因为精神上能获得极大的愉悦。

山势逐渐陡峭，山路坡度开始变小，举目上望，游人们成之字型在山间缓慢移动。再瞧四周，山石奇异有趣，有如雄鹰展翅，有如猛虎啸天，大自然的神力造就了武夷山的丹霞旖旎地貌，给后人留下精神上的极大享受。正在遐想之中，蓦然眼前一亮，晒布岩上出现了多条银色的细流，自上而下飞速地游动，衬托着黑色的岩壁格外醒目，叫人立时精神大振，忘记了攀登的劳苦、雨中的烦心。近瞅，原来是岩上雨水顺着光滑的岩壁上千万年冲出来的条条水道飞流而下，形成银蛇飞舞的壮观奇景，若不是下雨天，不会见到此景。我登攀过多座名山，遇此景是首次，这时才感觉到雨中武夷山独有的乐趣，真是下雨自有下雨的好景，湿鞋湿衣并不遗憾了。

登攀中的喜悦，鼓舞着大家不觉来到了天游峰顶，两位78岁老人也同大家共享登顶的欢乐。这时但见群峰点点，树木葱茏，山花点缀其间，白云缭绕其顶，俯瞰山下九曲溪，蜿蜒舒展，竹筏轻荡，令人心胸开阔，陶然忘归。怪不得明代徐霞客赞道："不临溪而能尽九溪之胜，此峰固应第一也。"

武夷山风光

走进"一线天"

大凡在高山峻岭间都有"一线天",大自然的神工能劈开两面峭壁,留出了窄小的空间,将天拒之,那天只能悄悄露一小脸窥视着,看着那浩渺的天在这里变得如此细窄,会感想如何呢?

武夷山的"一线天",才真叫人感到了天的渺小,小得真成了一条线。我们来到此处"一线天"的入口处,只见立着一警示牌,上面道这是中国最窄最长的"一线天",最窄处40厘米,有心脏病、心肌炎、高血压的游客禁止入内。还没进去就给人以恐惧感,不过我觉得倒是很刺激。最窄处40厘米,一市尺多一点,肥胖的、腰粗的肯定过不去,当时有人就选择了放弃,只好等在洞外了。

武夷山中

大家鱼贯而行,洞内越走越暗,天越来越小。这时候出现了出租手电筒的商家,三元钱租一个,出去交钱,正用得上,大家纷纷租用,有了光明,胆子也壮了。仰望头顶两边绝壁万仞,天无奈地窥视着我们,渐渐隐退,暗淡无光。慢慢地两旁绝壁在收拢,活动空间在变小,这时几乎看不见天了,绝壁夹着我们,黑暗包围着我们,一些人开始大呼小叫,有的人感到了刺激,有的人开始恐惧,但不管如何,到如此程度是没有退路了,必须硬着头皮前行。在黑暗中摸索着向前,最窄的地段迎接着我们。40厘米的空隙终于到了,长长的队伍在此非常缓慢地移动,根本快不了,人们只能侧身慢慢通过,稍胖的人要屏住呼吸,收缩腹部,勉强通过。还好没有被卡住的人,如果真有肥胖的人到此通不过就糟糕了,前面的游人走不动,后面游人堵着路,人若卡在最窄处,救援都会非常困难。这时头顶的天成一条细细的线,时隐时现,名副其实的"一线天",黑暗中,人们继续惊叫着。我在许多大山中走过"一线天",但如此狭窄如此长的"一线天"还没经历过,怪不得此处被称为中国最长最窄的"一线天"呢。人们胆战心惊地移动,逐渐地、慢慢地感到宽松,狭窄的"一线天"好像开始可怜人们,放开了手脚,释放了游人,间隙逐渐增宽,大家才长长舒了口气,恢复了常态,好像经历了一次严峻的考验。再走,前面豁然开朗,光明又在眼前。出口到了,是在大山的另侧,眼前出现蓝天青山,连绵不断,一片生机盎然。仰望,天还是那样的广阔与尊严,大地的一切仍在它的俯视、呵护下,想起刚才"一线天"里的天怎能与此相比呢?

武夷山的"一线天",你把天改变成那样的微小,显示了自己的威力与尊严!

武夷春早

漂游九曲溪

九曲溪，一个多么好听的名字，它从西向东，山绕水转，水贯山行，蜿蜒自如，碧水晶莹，曲曲含异趣，湾湾藏佳景，成了武夷山的灵魂，旅游中的仙境。

我们登攀天游峰、穿越一线天后，便来到了九曲溪漂流码头。这里有很大的休息厅，里面有很多座位供游人们小憩。乘竹筏要每人100元，为自费项目，可自愿参加，不过大家都不愿失去这一机会，没有不参加的。我们在大厅里歇了一段时间，导游讲了一些注意事项：每个竹筏乘6人，可自由组合，还说为了激发撑竹筏的船工的积极性，沿途多讲解景色及风土人情，最好每人再出10元钱，一个竹筏要有60元给船工，当然不给也行。我们竹筏的6人商量先每人出5元，与船工砍砍价再说。

快开船了，竹筏的船工到检票口接人，一位年轻的姑娘迎接了我们6人，这姑娘长得挺漂亮，皮肤白皙，身材苗条，头上戴一斗笠，上身着皮衣，真不像农家村姑。

竹筏上有6个椅子式的座位，坐上去挺舒适，每个椅子高出竹筏表面，这样水不会打湿游人的鞋子、衣服。竹筏由两人撑，姑娘在前面，后面还有一小伙子，老实巴交的不说话，姑娘称他为表哥。待坐稳，我们把30元交与女船工，那姑娘说了："我们这儿的讲解费是每人10元，应该是60元，你们还差一半。"看来没有砍价的余地，我们只好说现在竹筏上不好掏钱，待下船后补齐。

开船了，姑娘熟练地用一长竹竿撑竹筏于溪水间，随后打开了话匣子，说个不停，看来我们给了讲解费，她要履行职责了。她先道："旅游旅游，要有导游，没有导游，等于白游，有了导游，尽是吹牛。"我们一下被逗笑了，不过她接着说："我可不是吹牛，我毕业于正经旅游学校，学了不少旅游知识，九曲溪漂流撑船的女的很少，我又是中专生，你们今天遇上我可是福气喽。人家说九曲溪漂流，那只是坐竹筏顺流而下罢了，我给你们讲解，能介绍出许多东西，边漂边游，所以叫漂游。"我们说："你长得挺漂亮，整天风吹日晒皮肤还那么白。"她自豪地说："我要穿上工作服就更漂亮啦。""什么样的工作服？"我们问。她一指另外一竹筏上一个撑船的姑娘说："看，就那样的。"我们一看，那姑娘上身着蓝地白碎花小褂，立于竹筏上，竹竿很快左右摆动，竹筏顺流而下，身影衬着丹山、碧水、绿树、蓝天、白云，确实美丽动人，与武夷山大自然五彩缤纷的色彩美融为一体了。这时为我们撑竹筏的姑娘又道："九曲溪发源于森林茂密的武夷山自然保护区,进入旅游风景区的一段河流有9千米多的漂流地段,除受河流自然弯曲的作用之外,还受多组岩层断裂方向的控制,有九九十八道湾,形成山与水的完美结合,曲折萦回贯穿于丹崖群峰之间,如玉带串珍珠,把36峰99岩连为一体,构成'一溪贯群山,两岸列仙岫'的独特自然美景。由于水绕山行,山临水立,仰角适中,滩潭交错,山不高有高山之气魄,水不深集水景之大成,身临其间,如漫步奇幻百出的山水画廊。"她一讲,我们确有这样的感觉:坐筏观山,极目皆图画,沿途看到奇峰相叠、嵌空而立,那高低相错的山峦,如旌旗招展,那气势磅礴的岩峰,如万马奔腾,展示了大自然中韵味无穷的参差美。姑娘用一根竹篙驾驭,叫竹筏平稳地漂过深潭,飞快地滑下浅滩,灵巧地避开突立中流的礁石,急剧地转弯向前,大家沉醉在碧水丹山之中了。

九曲溪漂流

漂到一平缓处,岸边有一酷似大象的山石,大象头上长满绿色植物,姑娘说:"这儿本来有两头大象,一公一母,后来母的跑到桂林去了,耐不住寂寞又在那儿找了其他公象……"姑娘幽默的玩笑叫大家忍俊不禁。观看着美景,听着撑筏姑娘的风趣说笑,增加了大家的乐趣。

到一高峰绝壁处,平滑的峭壁中有一些洞穴,姑娘指着洞穴说那里面有悬棺。我们顺着她手指的方向看去，离水面很高的绝壁上有洞穴，隐隐约约可看到洞里面的一些朽木。这是这里古代的一种殡葬方式，将去世的人装入棺材放入绝壁的洞穴里。大家奇怪，离水面那样高，离山顶又那样远，木棺如何放入？姑娘说："考古专家至今也没说出正确答案，有说从山顶用绳子将棺材吊下去，有说待涨水时将棺材浮上去，但从眼前的水面与山顶距洞穴的距离来看，这些说法都不能叫人信服，只得等将来考证出正确的答案吧。"如此神秘的情况又把我们带入冥想之中了。

一个半小时不觉过去，绕过那耸立入云的玉笋峰，终点码头迎接着我们，大家游兴正酣，但又不得不上岸，我们感谢撑筏姑娘精彩的讲解，补齐了讲解费。

再望九曲溪上，竹筏点点，在山光水色之中，如融入神话般的境界，九曲溪的漂游不愧为人生的一大乐趣。

撑竹筏的姑娘

永定观土楼

我们的旅游车从福州出发，奔向了闽西的永定，那儿密布着中外驰名的民居建筑——永定土楼。

在车上，导游给大家讲了这样一件事：那年，某国的间谍卫星忽然发现了福建西部出现了一个大的导弹基地，有很多导弹发射井，他们大吃一惊，借口到中国旅游，派人到闽西侦探。那时交通还不发达，当他们风尘仆仆、一路颠簸到达目的地时才发现哪有什么导弹基地，都是造型奇特的民居建筑。不管这个故事是否真实，但把这种民居建筑宣扬中外，驰名天下了。

沿着平坦蜿蜒的山区公路，一路欣赏着大山的风光，经过3个小时的奔波，我们来到了闽西龙岩地区的永定。这里分布着客家民居建筑群，被统称为"永定土楼"。导游讲客家就是多年前由外地迁徙至此的人们，中原人比较多，慢慢与当地人融合，土楼就是他们的杰作。永定土楼历史悠久、风格独特、规模宏大、结构精巧、屹立于世界民居建筑艺术之林。现存的客家土楼有大约2万余座，基本上是以家族的形式进行居住，具有安全防卫、防风防震、防火防潮的功能。永定土楼分方形土楼和圆形土楼，全县有圆楼360座，方楼4000余座。圆楼大都由二、三圈组成，由内到外，环环相套。外圈高10余米，一般高三至四层，有一二百个房间。一层是厨房和餐房，二层是仓库，三、四层是卧室；二圈两层，有30至50个房间，一般是客房。中间是祖堂，是居住在楼里几百人婚丧喜庆的公共场所。楼内还有水井、浴室、磨房等设施。土楼采用当地生土夯筑，不需丝毫钢筋水泥，墙的基础宽达3米，可行汽车，底层墙厚1.5米可横卧人，向上依次缩小，顶层墙厚也不小于0.9米。沿圆形墙用木板分割成众多的房间，其内侧为走廊。土楼在古代乃至新中国成立前，始终是客家人自卫御敌的坚固楼堡，大门是用二三十厘米厚的杂木制作，外钉铁板，有的楼门上还装有防火水槽。圆形土楼一、二层不开窗，就是敌人逼到墙下也无可奈何。有的土楼用内外双层土筑成仅有1米余宽的夹道，夹道绕楼1周，外墙开窗，除可通风纳光外，便于狙击敌人，防卫自己。有些土楼在楼的最高处前方和左右方还设有瞭望台，登瞭望台，楼外敌情一目了然。永定土楼除有防卫御敌的奇特作用外，还具有防震、防火、防兽及通风采光好等特点。为了防火，许多圆楼的外圈楼房分割成六分之一、八分之一或十分之一，中间筑防火墙。圆楼每层房间都处在圆周的均等点上,没有死角,通风采光好。由于土楼厚度大,隔热保温,冬暖夏凉。

我们先参观了被称为"土楼王子"的振城楼,它位于湖坑乡洪坑村,2010年除夕,胡锦涛总书记曾到此与当地村民过春节,并到此楼参观过。该楼建于1912年,按八卦图结构建造,卦与卦之间设有防火墙,内有花园、学堂等。内环还有中心大厅,雕梁画栋,装饰秀丽,古朴典雅,中西合璧。此楼占地约5000平方米,费时5年建成,耗资8万光洋。楼内分内外两圈,外圈4层,每层48间,八卦每卦6间,一梯楼为一单元。卦与卦之间筑有防火墙,以拱门相通。祖堂为一舞台,台前立有4根周长近2米、高近7米的大石柱,舞台两侧上下两层30个房间圈成内圈,二层廊道有精致的铁铸栏杆。1986年4月,在美国洛杉矶举办的世界建筑模型展览会上,振成楼与雍和宫、长城并列为中国三大建筑,其模型作为中国圆形古建筑代表展出。

接着大家又参观了宫殿式土楼奎聚楼,这是宫殿式结构的方形大土楼,远看颇有"布达拉宫"般的气势。从高处看,楼宇与背后的山脊连成一体,如猛虎下山,奎聚楼即是"虎头",楼前围墙上有两窗,似虎眼,建筑时便是根据虎形地理特点而设计的。奎聚楼建于1834年,用了近5年时间建成,已有160多年历史,占地6000余平方米,高约15米。100多年里,楼里考取进士和官至七品以上的有4人,大学生有20多人,海外华侨有40多人,正如大门对联所言:"奎星郎照文明盛,聚族于斯气象新。"

这些土楼所在地的洪坑村是个美丽的村庄,村内干净整洁,一条清澈的小河穿村而过,村前一个巨大水车被河水冲击不知疲倦地转动着,河边高大的芭蕉树郁郁葱葱,田间禾苗茁壮成长,鲜花绿草随风摇曳,家禽悠闲地溜达觅食,屋顶飘出袅袅炊烟,大山拥抱的村庄,好一派迷人的田园风光。

永定土楼行,不虚此行。

感受广东

20世纪八九十年代,广东省开中国改革开放之先河,所属的深圳特区成了中国改革开放的样板,于是那儿成了人们向往之地,北方的许多企业到广东设点,去学习经验,也为赚一桶金。

自然我所在的北京企业也在那儿成立了广东顺德分公司,借此开辟南方市场。1994年冬天,我作为企业办公室人员与公司有关领导去广东的分公司检查工作并顺便到深圳、珠海参观。这是我第一次从北京到中国最远的地方,那时旅游还不普遍,老百姓乘飞机外出也不多。了解到当时去深圳、珠海要办理边防通行证,我就事先到北京市公安局有关部门办理后带上。

乘上去广州的飞机,也是一阵兴奋。这是我第二次坐飞机,而且行程也长,当时老百姓坐飞机还不普遍。我第一次乘机是在1992年,从北京飞上海,去处理父亲的后事。老爸退休后受聘于一家民营企业,它们组织员工外出旅游,那时旅行社也少,旅游也才兴起。这家企业没用旅行社,春节过后的2月,派了两个员工带领一群外聘老人外出20多天,计划从北京飞桂林,再飞海南,再飞上海,再到苏杭。也是初次走这么远的路途,带队的没经验,来回奔波,几地温差大,老人们年老体衰,都有各种疾病,结果父亲不堪劳累,到上海后心脏病突发去世。这次旅游的惨痛教训是老人出来旅程不宜过长,时间也要安排适当。

到广州下飞机一下子热气扑面,北京此时是冬季,而这儿的气温跟初夏差不多,头次感受到北国和南国的不同,自然也是一阵兴奋。坐着来接的汽车一直到顺德,工作几天后便去深圳、珠海一观,也是此次南行的目的之一。

先到了深圳,开始感到神秘。这个中国改革开放的试点是怎么回事?看到这里高楼大厦鳞次栉比,街上车水马龙,人们步履匆匆。据说这儿原来只是一个小村庄,紧邻香港,过去还是军事禁区,经过十几年发展已成了一座城市。再看这里与内地最大的区别是中外合资或外资企业居多,民营企业也不少,这在过去的时代是不敢想象的。改革开放,引进外资,也引进了外国技术,促进了国家发展,人们得到了实惠,何乐而不为?也感到了国家政策的英明。

这时深圳旁边的香港还没有回归,去香港相当于出国,不可能实现。但听说这儿有个叫"沙头角"的地方，里面有条"中英街"，街的一半属于香港，一般属于内地，属香港那边的商店都是港人开的，到那儿就相当于到了香港。我们挺感兴趣，问酒店人员如何去那儿。答：需要公安局开通行证，但手续比较麻烦，还需等一些时间。我们在深圳时间有限，而且还要办手续，觉得无望。不过酒店人员又说：你们实在想去，我有关系从公安局开出证明，不过你们需要花点钱。问需多少钱，要100多块，当时工资不算高，100多块不是太高但也不算低，不过实在想去就答应了。还真快，第二天就拿到了去"中英街"的证明，并付了钱，当然没有发票，钱自然落入了私人手里。社会上还有如此赚钱的，利用手中的权利谋取私利。

凭此证明顺利进入了"中英街"。一条细长的街道，两旁店铺林立，香港一边的店铺与内地不同的是都是私人企业，花花绿绿的广告非常多，有的物品是内地一时买不到的，比如那个小型家用摄像机，当时很新鲜，在北京还没见过，这儿卖600块，根据当时内地的物价水平算贵重物品了，我们几个都买不起。我挑了一条细的铂金项链，花了100多块，也算不虚此行。心想香港1997年回归，不知到时能去否？今天到此，也算领略了一下香港的风情吧。

从深圳又到了珠海，这儿离澳门近，能隔海相望。珠海没有深圳那么重的商业气息。我们欣赏着海景，海风吹拂很是惬意。从一片别墅区穿过，看到栋栋小别墅，鲜花绿草装扮，很是羡慕，住在里面的人大概都是富人，体会到南方改革开放富起来的人不少。

第一次广东行叫我扩大了视野，长了见识，特别体验了深圳、珠海改革开放的气象。当然今天看这些并没什么，但以当时的社会状况，人们的思维就算超前了。望着与深圳、珠海紧邻的香港、澳门，心里也在想："等它们回归了祖国，我能有机会去那儿看看吗？"还别说，香港回归第二年的1998年我真到了香港几天。2000年以后，我又第二次到了香港，还去了澳门。

港澳见闻

第一次到香港是路过停留。1998年春节，我与公司领导去斯里兰卡慰问单位在那儿工作的员工，回程在香港停留了几天。

一国两制，香港保留着资本主义制度。第一次走在香港的大街上，感到比内地繁华不少，街道比较窄，两旁高楼大厦耸立，眼花缭乱的霓虹灯广告不断忽闪着，但一切还是井然有序。香港地方狭窄，街道不宽却不堵车。我们一次打车与司机攀谈，他说他家是60年代从内地过来的。我听说过，20世纪60年代国家"三年困难"时期，南方有的省份农民吃不饱就集体往香港跑，他们在香港逐步立足成了香港人。

在香港吃饭很贵，一小碗面条当时要人民币10几块，相当于内地的3倍，西红柿内地几毛钱，在香港合人民币6块钱。想一下也是，那儿地方小没法种菜，都是内地运过去的，不过香港的工资也比内地高很多。一次在饭馆吃饭，竟都是60多岁的老头做服务员，年轻人都干什么去了？不得而知。

第二次到香港是到广州开会后顺便报团去香港、澳门游。虽然香港、澳门回归了，但还必须办理港澳通行证，这个我在北京公安部门事先办好了。

从广州出海关进香港，一个漂亮的香港旅行社的导游小姐接站，带我们上了旅行车，然后就喋喋不休讲了起来。她很敬业，不嫌劳累说个不停，介绍香港，说些笑话，侃名人新闻。路过富人区，她说："香港大亨们的房子都在半山腰，他们有的也是从学徒起家的，学历也不高。最近某某大老板要娶四姨太，那么多的漂亮姑娘去报名竞争，本来我也想去试试，若成功了就省得每天在这儿说个不停，后一看还是算了，自己条件还是不够。"大家听了笑个不停。

接着我们到了维多利亚港游览，这是香港岛和九龙半岛之间的港口和海域。维多利亚港水面宽阔，景色迷人，海港的西北部有很大的集装箱运输中心，只见繁忙的渡海小轮穿梭于南北两岸之间，渔船、邮轮、观光船、万吨巨轮和它们鸣放的汽笛声，交织出一幅美妙的海上繁华景致。听说到了夜晚更加灯火璀璨，缔造出"东方之珠"的壮丽夜景，维多利亚海湾的海岸还被评为中国最美八大海岸之一。这时不禁哼起那首《东方之珠》的歌曲："小河弯弯向南流，流到香江去看一看，东方之珠我的爱人，你的风采是否浪漫依然；月儿弯弯的海港，夜色深深灯火闪亮，东方之珠整夜未眠，守着沧海桑田变幻的诺言；让海风吹拂了五千年，每一滴泪珠仿佛都说出你的尊严，让海潮伴我来保佑你，请别忘记我永远不变黄色的脸……"

随后又参观了"香港蜡像馆"，是专门展览名人蜡像的博物馆，里面展出约100尊国际和中国内地及香港名人的蜡像，制作得栩栩如生，如真人般大小。

香港的自然风光没有内地丰富，很多人来此是为了购物，这儿很多东西免税，大家都想买点物美价廉的品牌货物。导游很愿意，她可以提成。我们先后去了电器店、服装店、黄金饰品店。电器确实比内地便宜，有人解囊购买，但拿回内地售后服务怕不方便。服装如果是名牌的，比内地价格也便宜，像花花公子的T恤衫就便宜不少，以至我们都买了几件回去送人。另外香港的黄金首饰加工得精细，首饰分别以黄金价格和加工费计价，与内地不同。香港临海，城市发展受限，地价很贵，房价不以平方米为单位计算，而是以英尺计价，繁华区附近的宾馆房间都很小。

转完香港，到了澳门，由澳门导游接手，也是一个漂亮的澳门姑娘。她不像香港导游说个不停，但告诉大家："澳门人很幸福，回归后老人们的退休金就涨了一倍，所以这儿的生活很平静。"

先去了妈祖阁，又称妈阁庙，俗称天后庙，位于澳门的东南方，枕山临海，倚崖而建，周围古木参天，风光绮丽。妈祖阁是澳门最著名的名胜古迹之一，建于明朝。相传天后乃福建莆田人，又名娘妈，能预言吉凶，死后常显灵海上，帮助商人及渔民消灾解难，化险为夷，福建人遂与当地居民共同在现址立庙奉祀。400多年前，葡国人抵达澳门，在庙前对面的海岬登岸，注意到有一间神庙，询问居民当地名称及历史，居民误认为是指庙宇，故此答称"妈阁"，葡人以其音译而成"MACAU"，就是澳门名字的由来。我们来此回顾了澳门一段历史，庙宇也不大，与内地的庙宇相比也不新奇。

从妈祖阁出来奔"大三巴"，这是澳门的标志性景点，看着也是巍峨壮观。400多年前，葡萄牙人侵占了澳门，也把天主教带到了澳门。1562年，葡萄牙人在澳门建起了一座教堂，取名"圣保禄"教堂。葡语"圣保禄"发音接近粤语中的"三巴"，所以也称"大三巴教堂"，后教堂两次毁于火灾。1602年，圣保禄教堂再次重建，历经35年于1637年完工。1835年的一场大火又把教堂烧毁，只剩下耗资3万两白银的前壁，这就成了今天的大三巴牌坊。教堂成为遗址之后，因前壁与中国传统牌坊相似，有了"大三巴牌坊"的称谓。牌坊的建筑是巴洛克式，并有明显东方色彩的雕刻，包括代表中国和日本的牡丹及菊花图案，令其在全世界的天主教教堂中具有独一无二的特色，号称"东方梵蒂冈"。

"大三巴"还见证了近代史上中华民族的血泪屈辱。鸦片最早就是从"大三巴"下的港口，由葡萄牙人输入中国的。这牌坊高约27米，宽23.5米，为意大利文艺复兴时期的建筑，分5层，底下两层为长方矩形，三至五层为三角金字塔形，顶端竖有十字架，充满着浓郁的宗教气氛。"大三巴"牌坊上各种雕像栩栩如生，既展现了欧陆建筑风格，又继承了东方文化传统，堪称"立体的《圣经》"，是远东著名的石雕宗教建筑。"大三巴"虽然是教堂火灾后的遗物，却给人以新奇的美感，观后叫人回味无穷。

澳门是赌城，观看一下赌博是什么样子，是内地游客的想法。导游带大家来到新葡京酒店，里面有赌场，可去参观。进赌场，才知有各种方式的赌博，但大多数一时看不懂，也不会，自然也没兴趣参与，倒是那个"老虎机"玩法简单，便想一试。换了些硬币，将一枚投入虎口，一会哗啦啦吐出好几枚，哈，赢了！兴奋之后又投入几枚，又赢了，立时心被吊起来，玩上了瘾。此后有输有赢，但手中硬币越来越少，最后全部输光。还算理智，不再玩了，知道这就是赌，只是机会走运，没有技术可言。不过听说这台老虎机曾经有过一个人走大运赢了上百万港币，赌场老板亲自护送他回家，不知是否真实，反正大部人都是以输告终，要是都赢赌场岂不破产了。

初次到广东体会到了改革开放的理念，港澳游看到两种制度的不同，的确开拓了视野，增加了见识，这就是旅游的好处吧，眼见比听说真实，体会更深入。

桂林拾趣

山秀、水美，桂林的山水惹人醉。大自然的神工，造就了桂林奇特的山，群峰突兀，圆圆的顶，在青天下格外的翠。碧水依偎着迷人的山，静静地、深情地、纯洁地构造了一幅幅美丽的画面。在桂林小憩几日，每天都在画中游，它的景，它的情，早有多少文人画师留下了诸多的墨宝，我借此再抒发此行的几段感慨。

梦幻夜游

夜幕降临，星空闪耀。十二月的桂林，气候相当于北方的深秋，凉凉的风吹来，桂树婆娑的身影在月光里抖动。从宾馆旁的码头登上游艇，我们开始了两江四湖的夜游。所谓的两江即漓江、桃花江，四湖为榕湖、杉湖、桂湖、木龙湖。这是桂林开发的环城水系的水上夜游项目，五彩缤纷的灯光，将水，将山，将古塔、楼阁连为一体，沿途十几座造型各异的桥更增添了游人的乐趣。

榕湖中的音乐喷泉，随着乐曲曲调的高高低低，时而激扬，多彩的水柱冲天起；时而抑顿，一簇水花轻轻抚摸着给予其源泉的水面。它的多变风格拽住了游人的眼神，盼望它的激昂，也喜欢它平静时温柔的乐曲。

桂湖是一片广阔的水域，波光粼粼，镶嵌在两岸山峦多彩的灯，闪耀着。桂湖水也披上彩衣，时隐时现，令人如在梦幻中。在这静静的水面上，谁能想到这里曾经是一处古战场，众多的战船曾穿梭厮杀，笼罩在战火的硝烟里。历史多么叫人遐想，生活多么叫人珍惜。

木龙湖边的古塔被明亮的灯光点缀得玲珑剔透，古塔下，民间艺人的舞蹈、杂技、武术、魔术的精彩表演博得游人掌声阵阵。演出结束时一个个小绣球抛向游人，又激起全场的兴奋，表达了桂林的热情好客。

夜游在桃花江结束，说是江，其实是原来的护城河，只十几米宽，只可惜漓江在枯水季节，不能夜游了。

一晚的水面游览，在夜色中，在灯光中，在变换的美景中，蒙蒙眬眬，似在梦幻中。

漓江"捞钱"

迎着阵阵冷风,我们登上游览漓江的游艇。游不逢时,赶上了寒流的侵袭,好在游艇分上下两层,底层为封闭舱,在这里感觉不到冷,从窗可浏览外面景色。上层为甲板,可观光拍照,但需穿着厚衣。

漓江逢枯水季节,水浅面窄。游艇在江中缓行,两岸绝景尽收眼里。群峰峥嵘,如笋、如兽、如马蹄、如牛角,形态多姿,美不胜收。漓江的水,清澈明丽,如翡翠玉带与群山相依。游人们纷纷顶冷风,登甲板,以摄像、拍照留下这动人的画卷。

猛然,前方江边出现一群人,个个手拿鱼抄,但把子很长。他们都着短裤,站在冰冷的水中,迎着大风,不惧寒冷。"他们是干什么的?"有的游人问。"大概是捞鱼的吧。"有人答。"不对,那么多人挤在一起,哪能捞着鱼。""那可能是捞江中杂物,为保持漓江清洁吧。"说着,船驶近人群,不知甲板上谁将一枚一元硬币扔进一个鱼抄,即时江中人群追着船,挥舞着鱼抄。甲板上的游人才明白了江中人的用意,他们是要游人向鱼抄里投钱,看谁投得准,一来增加游人乐趣,二来自己也能得钱,这种方式似乎也带有半乞讨的性质,刚才船上游人谁都没想到这点。有些游人拿出硬币、纸币纷纷投向鱼抄,一元的、两元的、十元的,甚至有二十元及五十元的,反正是来玩的,为乐趣不在乎钱了。江中捞钱人你争我抢,追逐着游艇,全然不顾冷水浸湿衣裳。有的钱币掉进水中,他们飞快用鱼抄捞起,很快拿出塞入衣兜。金钱使他们忘记了寒冷,这种赚钱的方式有些离奇。

游艇渐渐驶远,江中人追不上了,他们再等下艘游艇到来。漓江"捞钱",成为漓江旅游奇特一景。

桂林漓江风光

导游风范

芦笛岩,桂林的瑰宝,举世闻名。这是一座溶洞,里面的钟乳石光怪离奇,气象万千。许多国家政要、著名的文人墨客都游过此地,但给我印象深刻的是此地训练有素的导游。

来到洞口,人们被告知,一批只进四十人,这样安排为保证秩序,让每人都听清讲解。每批间隔足够时间,不会出现前呼后拥的情况。导游小姐彬彬有礼,带的长筒手电有足够的亮度,她那圆润的嗓音滋润着游人的心田,均匀的语速给游人以清新的感觉,恰好的语调予以游人欢愉的享受。她的讲解词利用夸张、拟人、比喻等手法,还包含着许多科学知识。一处各色石幔,我们被告知不同颜色其生成年代不同;两根巨大的石柱,叫"双柱擎天",分别向上和向下生长,其一至今还在生长。有趣的知识令人眼界大开,回味无穷。遇到水边或台阶,导游都要提醒注意,使人感觉心中很是温暖。

四十分钟的洞中游,得到文化、历史、科学为一体的熏陶,特别是导游小姐的语音、语调、语速,热情的关怀,周密的安排,更令人终生难忘,洞中游览结束时,游客报以热烈的掌声。我去过许多名山大川,只感到此处导游是最好的。此地导游班曾荣获全国五一劳动奖章和全国旅游业先进集体,她们不愧这些光荣的称号。

芦笛岩是美丽的,芦笛岩的导游是优秀的,美丽与优秀造就了芦笛岩更美的风格。

桂林象鼻山

巴马水真美

早就想去广西巴马、北海看看，前些年很多人都去巴马养生，说那儿是长寿之乡，百岁老人不少，最近疫情缓和，便下了决心找机会到此一游。

说起旅游，总结出三种方式：自由行、自驾游、跟团游，它们各有利弊，主要根据情况而定。自由行个人自由，时间地点自由掌握，不过它适合景点集中的地区，如到一个旅游大城，可自己安排出行，交通方便，景点集中，像北京、西安等；自驾游适合居家附近的省份，离北京不算远的河北、山东、山西、内蒙古等地；离家远、景点分散的地区就只好跟团游了，像去巴马这样的地方，景点分散，地处山区，交通不便，跟团游能省去不少麻烦。这次去巴马、北海就是报了个旅游团进行的。

从北京飞南宁，从南宁乘旅行社大巴行程近300千米到了巴马。沿途基本是山路，广西的经济不太发达，从公路上便可看出，高速公路少，山区公路多，一路颠簸不平。巴马为瑶族自治县，那儿以瑶族人居多。

颠簸行驶了4个多小时，但山清水秀的广西风光还是叫大家心旷神怡。广西的山不像北方大山险峻高耸，而是一座座分离的，如同从地面长出来的山头，有的如馒头圆圆的、有的如竹笋尖尖的，变换着、跳跃着，别有趣味。进入了巴马境内，导游介绍此地为长寿之乡，百岁老人比例大大超过国际上规定的长寿地区百岁老人比例的标准。究其原因有三点：空气新鲜、饮水清洁、心态清闲。这里的空气新鲜程度可立时感受，水到一叫"活泉"的地方也可体验，至于老人的心态因这里远离城市的喧嚣、世间的纷争，老人们没有操心、烦恼，生活安稳，心态平和，身体自然健康长寿。这些得天独厚的条件，成了这里人们长寿的因素。

来到一处群山环绕名叫巴马活泉的地方。我们携带盛水器具进入活泉大门，眼前是一道石崖，霎时从崖上喷出一道水帘，冲入下面的水池，晶莹闪光的水流欢畅着迎接客人们的到来，叫人们神情一震，纷纷在此留影。

这巴马活泉，在数亿年的喀斯特地层中形成，创造了4次进入地下潜行又4次流出地表的自然奇观。独特的流程使之含有益于人体健康的20多种矿物质和微量元素，钙离子达到40到80毫克，对肌肤具有舒缓、镇静作用；同时受0.45至0.5高斯的强地磁影响，水分子被切割成世界最珍稀的仅为0.5纳米的小分子结构，人体极易吸收。

泉眼位于原生态半山腰，泉水从地下深层自然上升涌流而出，不枯竭、不浑浊、无污染、保恒温。在筑有一个大壶三只大碗，专供游人的饮水处，只见清泉从壶嘴吐出，经过三碗，注入水池，人们舀出水品尝或灌进携带的器具。那水确实甘甜清冽，沁入肺腑，十分可口。喝过此水，回味无穷，十分留恋，怪不得这儿的人长寿。

品味活泉水意犹未尽，百鸟岩到了，它位于巴马甲篆乡烈屯西北面的漠斋山下，洞长约1500米，有水上芦笛岩之称。每当朝霞初开或夕阳西斜的时候，成千上万的岩燕飞出洞口，贴水嬉戏，景象蔚为壮观，因此得名，又从洞内的水波与天窗两个景象，取了个"水波天窗"的别名，还称"延寿洞"。该洞独特的地下河溶洞，是大自然几亿年来的"杰作"，是地下河水对漠斋山不断的溶蚀、浸蚀、崩塌的漫长过程中扩大而形成。

我们乘船前往洞中，碧绿翡翠般的河水泛出一圈圈的涟漪，把手轻轻放入水中，河水温润柔和，两岸竹影婆娑，人如画中游。船一入洞，但见石钟乳千姿百态，令人目不暇接。石鹰、石柱、石幔、石观音惟妙惟肖，还有雄伟壮观的"黄果树瀑布"，远处似乎可听到哗哗的水流声。洞内高含负氧离子，是天然的空穴氧吧，可以清肺明目、令人神采飞扬。随着游船向前行驶，洞内光线忽明忽暗，开始光线很暗，似进入黑夜，但船行几十米，洞顶忽现一天窗，光线由此进入，又好像由黑夜到白昼。船复前行，先后又经历两次这样的昼夜交替，所以说，进洞似同经历了三个昼夜，回程又同样经历三个昼夜，一进一出，要经历六个昼夜。

特别值得称赞的是这洞中没有声光电，没有人为的装饰和改造，保持着大自然的原生态。不像当今的许多景点，用管、线、声、光、电及人为的改造。

尝了巴马水，观了巴马水，巴马水真美。

靖西迷人景

广西地貌的一个突出特色是喀斯特地貌,这种地貌是因石灰岩经长期水腐蚀形成,全国很多地区都有,但广西的更有特点。

出巴马到靖西,有一古龙山大峡谷,由古劳峡、新灵峡、新桥峡三个峡谷组成。这峡谷长6.8千米,由峡谷、瀑布、暗河、溶洞、原始植被、峰丛绝壁、溪流奇石构成。它以优美的原始生态山水风光、神奇的溶洞景观和原始森林景区为主体,以暗河峡谷群及溪流瀑布为特色,具有秀、奇、险、幽、野的奇观。

我们进入大峡谷,只见秀瀑幽潭、层林抱丘、峡谷沙滩、绿海密林,随处有飞瀑流水、野花飘香。前行着忽见远处一道大瀑布高悬山崖、凌空飞泻。走近一瞧,此瀑120米高,称为古龙山大瀑布。急流从高崖冲下,吼声震天,水雾弥漫,蔚为壮观!此瀑布的宏大水流沿鹅卵石河道又流入不远处的溶洞。走进溶洞,一旁是人行道一旁是暗河。洞中长满形状各异的钟乳石,似鸟、似兽、似林、似物。钟乳石形成的金鱼吐珠、蛟龙戏水、水滴冰俑等形态惟妙惟肖,令人叹为观止。暗河中还有漂流小艇供游人漂流玩耍,它与巴马的百鸟岩溶洞的区别是人可洞中行,也可乘船漂流,有古龙洞壁、神秘洞天之感。"游时尽览峡中趣,游罢长思世外天",整个古龙山峡谷游,经历高崖绝壁、瀑布喷泉、溶洞暗河、奇景画卷,让人仿佛置于世外桃源,可谓美不胜收、流连忘返!

古龙峡趣味浓浓,接着又一景给人以震撼。

在广西与越南接壤的一个地方,流淌着一条清澈的河,不论四季寒暑,始终碧绿清凌,纯朴得像大山里的女孩,人们给她起了一个美丽的名字——归春河。归春河静静地流向越南,又绕回广西,最终在硕龙这个边陲小镇,力量瞬间爆发,冲破了千岩万壑,冲出高崖绿树的封锁,一泻千里,划开了中越两国边界,从高达60余米的山崖上跌宕而下,撞击着层层岩石,飞流曲折,水花四溅,远望似缟绢垂天,近观如飞珠溅玉,透过阳光的折射,五彩缤纷,形成了一个迷人的奇迹,世界第四、亚洲第一大跨国瀑布——德天跨国大瀑布,成就了归春河最激情的表达。

德天瀑布与越南的板约瀑布连为一体,就像一对亲密的姐妹,袅袅婷婷,携手而立。我们乘游船在归春河上向瀑布进发,远望德天瀑布分为数条雪白的玉带点缀在青山绿树之间,穿透那缥缈的水雾,恍如伊人在水一方,垂首秀发落巢湖,身倚峥嵘奇峰怪石，背靠满山梯田古木，巧笑倩兮，眉目传情，这实在是一个如诗如画般的浪漫图景。更神奇的是在瀑布急流的悬崖处竟有一男子站立崖边手持长竿做钓鱼状，急流从他脚下冲下悬崖，他却岿然不动，几十米高的悬崖他怎能看见鱼和钓上鱼，恐怕只是作秀叫游人们惊讶罢了，不过他是在越南瀑布一方，估计是个越南人。

世界上许多国家都以河流作为国界，因而造就了很多瀑布都是横跨两国的跨境瀑布，跨境瀑布通常以瀑布的宽度或水流量作为大小的评定依据。世界上最大最著名的跨境瀑布是巴西和阿根廷交界的伊瓜苏瀑布（宽4千米，最大流量12750m^3/秒），赞比亚和津巴布韦交界的维多利亚瀑布（宽约1.7千米，最大流量10000m^3/秒）以及美国和加拿大国境上的尼亚拉加瀑布（宽约0.8千米，最大流量6000m^3/秒）。德天瀑布宽约208米，年平均水流量为50m^3/秒，体型远不及前三者，但仍然是亚洲第一、中国的三大瀑布之一。

游览了震撼的德天大瀑布后到了一个妩媚的景区——安平仙河4A级景区。这里青山秀水，青竹苍翠，平静悠闲。我们泛舟河上，沿途观赏着"山水与长天共一色"的自然景观。两岸山峦变幻莫测，犹如少女翩翩起舞，犹如卧佛仰天大笑，犹如天神步履匆匆，犹如雅士闲情逸致。再近瞅河水碧绿如翠，静静流淌，河中时有奇石显露，又有青竹陪衬，诗情画意，叫人浮想联翩。沿河有八孔桥、水上森林、吊索桥、娘娘抱太子山、龙碧滩瀑布、土司码头、土司衙门、城隍庙、皇光桥、会仙岩等多处景点及10多个风格各异、形态万千的岛屿，真是来此一游，不虚此行。

此次是我第二次游广西，上次是多年前到过桂林。都说桂林山水甲天下，这次巴马、靖西游感到它们的风光独到有趣，可与桂林平分秋色。

德天大瀑布

北海购物遇新招

旅游购物不算新鲜，但凡跟团游都会遇到。

我不反对旅游购物，旅游嘛，不但观景还要识物，包括结识当地物产美味，了解风土人情，学习历史文化，这样才能开扩大视野、达到旅游目的，游山玩水不是旅游的唯一选项。

前几年国家旅游局发文对旅游购物做了规范规定，主要是制止一些导游强行让游客购物为自己谋取私利，但经过游客同意适当购物是允许的。这次广西游时，在车上，导游讲目前有三种购物形式的旅游团：一种纯玩团，无购物但旅费贵；一种是有些购物，但还是游为主，旅费稍便宜些；另一种就是购物团，以购物为主游为次，旅费最便宜。我们的旅游团属第二种形式，要进四个购物店。疫情致旅游业损失严重，旅行社及人员收入减少，买点东西给他们缓解一下困难也算献点爱心，所以也做好了购物的准备。

这次旅游购物在巴马进了一个珠宝店，主要有翡翠、玉器之类的东西。从南宁跟来的男导游，事先起劲地做了购物动员，并说这与他的生存有关，就是与他的收入有联系，还说广西人穷，收入不高，大家买些东西他可提高收入云云，说得可怜兮兮的。不过游客都是几经考验的老游人，对导游的动员满不在乎，买宝石的人不多，只是我们几个北京游客多少买了些，算是对导游的支持。也许北京人收入高点？其他省、市的游客基本没出手。

到了北海市换了导游，那男导游要回南宁接别的团，一年轻女导游接任。她也说要进两个购物店购物，但并没有像那个男导游反复起劲做动员，大家似乎感到轻松了。

首先进了一家出售螺旋藻的店，属广西农垦部门的，看样子挺正规。被带进店内一房间坐好，一女士站台上讲演，致了欢迎词，但没有如以前旅游进店就大讲店内产品如何如何，而是先送给每个游客两件小礼品：一块香皂，一块膏药，都是含有螺旋藻成分，也拿得出手，这个开始就给大家以好感，并振奋了大家的精神。接着，那女士又拿来一些螺旋藻制品，讲了它的作用，说50元一个，问谁买。29个游客中有7人掏钱购买了，女士说感谢大家对本店的信任，为表谢意，她代表店里给每个购买的游客发一红包。于是这7人每人得到一红包，打开一看竟是50元人民币，大家当时很惊讶，原来这7人等于白得这个产品呀，没买的人还有些后悔。正当大家在迷蒙之际，女士又拿一纯银水杯，问大家值多少钱？此种水杯在一些旅游景点的银店里见过，标价都在2000左右。于是有人说2000多，有人说1000多，那女士说中和一下吧，卖1700元吧，问谁买？有一太原男士说他要买，当即从腰包里数了1700元大钞买下水杯。女士说为感谢并代店里给这位男士一红包，但不知红包里有多少钱，也许300，也可能500。那男士接过红包抽出厚厚一叠人民币数，大家目光集中射向他数着的钞票。一、二、三、四……，啊！十七张大钞！整整1700块呀！众人立即惊讶不已，原来这银杯白送呀！一下子把大家胃口吊起来了。于是乎，那女士趁热打铁介绍了店里螺旋藻的产品，是一种片剂，说这东西可疏通血管，调整血压、血脂，谁要买，三大桶螺旋藻加一个纯银杯也是1700元，光那银杯就值1700哪，螺旋藻就是白送啊！我以前吃过螺旋藻，觉得它是水中天然植物提取，对身体总有好处，而且那纯银杯网上查说明也可杀菌消毒等，就有些犹豫。店里工作人员看出了犹豫，立时提着东西过来放在跟前，同时又有两位游客表示购买。那女士接着说，店里仍有红包奉送。本以为还是送等值人民币，没想到奉送的是叫"吉祥三宝"的银碗、银勺和银筷一套，另加三大桶螺旋藻及一本有66国邮票和硬币的邮册。原想是否还要大家到柜台购买产品，没想到购物至此结束。整个购物过程似乎挺人性化，叫你买了还觉得占了便宜，客客气气地让你感到物有所值。回来后细想购物过程，感悟出是商家精心设计的新颖购物诱导，那纯银杯含纯银80克，加上那套银餐具，价值有千元吗？旅游区银店标的价格不可信，一般都大大超过实际价值。螺旋藻的价更不知底细，买的总没卖的精，商家在游客的懵懂中推销了产品，而且绝不亏本，只有大赚。

这螺旋藻的购买只要身体需要，买了也不算亏，但后来进的另一家珠宝店就不好说了。

第二家店是珠宝店，但一看就不是正规的店，是在一座各种商贩集中的建筑物里。这个店只有一间铺面，玻璃柜里放着手链、手镯、戒指、项链、挂件等。一位操着浓重的南方口音的中年女人讲了店的情况，说此店如何有信誉，让大家感受后给好评云云，她的口音听着挺费劲儿，我不感兴趣，没注意听，与别人说着话。忽然有人跟我说："女老板叫你哪。"我看见那讲话的女人招手叫我过去，拿出一个纸袋说："你们团29人，这里面有32个金貔貅挂件，委托你代我发给你们团每人一个，不要叫导游发，你辛苦了可以要两个，还有团里年龄最大的多给一个。"我问："怎么不叫导游发？"答："不用导游发，也没她的份，我信任游客。"同时还拿出一个翡翠手链和翡翠脖圈套在我手上和圈在脖子上，说是代发貔貅辛苦了，这是奖励，还说手链、脖圈都值1000多块。我这时有些受宠若惊了，觉得得到了信任，还得到报酬。接过纸袋的东西看，是些小挂件，好像是有机玻璃里包着一个薄薄的金箔貔貅，还听店里人员说包着貔貅的是水晶，挂件每个价值 300 元，我表示怀疑，不过既然白送也不好说什么了。

这事令大家为之一振，于是都用心听女老板继续忽悠。她指着玻璃柜里一个红光闪闪的镶着挺大一块红石的戒指问另一工作人员此红宝石戒指多少钱？答曰两万多块，并把房内灯关闭，室内一片漆黑，她用手电照射柜里戒指，立时戒指上的红石红光闪耀，光芒四射，煞是好看，她还照射柜里镶红石的项链也是如此。然后开灯说："今天看你们团的人素质高，都挺文明，优惠给大家一个红宝石戒指加一条红宝石项链，只需付 999 元！"大家又是一惊！于是有人表示购买，我们同行的 4 位北京游客也都留下来看看，一共 10 几人留下来，其他不买的便退出了店。我们 4 位北京游客是两家人，每家买了 999 元一套红宝石戒指与项链。当时我感到这么大的红宝石戒指和项链不到 1000 元就表示怀疑，但在那种场合不好说什么，而且那两样东西看起来也挺漂亮的。但当店里人再推销说有更大的男士戴的红宝石戒指，也是 999 元一个，我坚决不要了，本身不喜欢，觉得戴这东西没用。同行的另一北京男士买了，本想劝他别买，但由于他站在柜台里面离得远，人堵着走不过去说话，还有团里其他男士也有买的。这波买卖过去之后，女老板又开始忽悠上了，说咱们见面不容易，你们来一趟也挺难的，我现在这么便宜卖给你们宝石了，以后还要去你们那儿找你们，你们要请我吃饭。为表示你们的诚意现在是否先给我一些饭钱，饭钱分别是 9999 元、6666 元、999 元，你们看着给，以表你们的诚意。她说得很诚恳，叫人思路总随她说的转，而且也有人通过先前一个螺旋藻店的遭遇以为是否过后会把饭钱再退回来。同行的北京男士很大方，一下用微信转给店里人 9999 元，还有一位山东游客给了现金 999 元。我家在最后，我想饭钱要近万元不可思议，不知女老板玩的何把戏，不想给这饭钱，可别人都给了，脸面怕过不去，就没吱声。夫人倒大方，说从手机微信转，但手机里面只有几百块，店里人问微信是否与银行卡连着，可以转账啊，答没连卡，店里人无可奈何，只收了几百块。当时我沉着冷静站在旁边没拿出自己的手机，没暴露微信里的存钱。经过这几波程序，买卖总算结束了。当购物的 10 几人离开房间时，女老板把刚才给饭钱的几家人留下说："你们给了我饭钱，我也不能亏待你们，再送给你们一些珠宝。"她对一个店里人说："去，赶紧把我的保险箱拿来。"那人很快跑着从另一地方抱来一小保险箱，女老板打开，煞有介事地从里面挑了一块翡翠挂件给了出 9999 元的男士挂上，还给了他夫人一个翡翠手镯。另外给了出几百块饭钱的每家一块镶着金箔龙的和田玉挂件。这些算是饭钱的回报吧，她哪里是要饭钱，无非是高价推销货物，精心设计了一套引人上钩的推销把戏。

我回到车上把女老板委托的貔貅挂件发给了大家，并给了司机和导游每人一个，这是女老板事先说不包括的人，这样挂件就全发完了，至于车里年龄最大的人没再麻烦去找。

回京后，到正规的珠宝鉴定销售中心鉴定了，那些所谓红宝石饰品都为人工合成的，否则不会卖得那么便宜。那男士的翡翠挂件及镶金龙的和田玉挂件倒都是真货，但价值就说不清了，成色也说不准，都说"玉无价"，想说值多少钱就是多少。

广西风光美，北海购物遇新招，实际是欺骗了游客。看似导游没参与，但她领进店自然功不可没，背后猫腻不得而知。这种柔和的推销购物设计巧妙，花样翻新，也给游客们留下了分析、思考、警戒的实例。

安平仙河风光美

海南旅游休闲记

去过3次海南了,一次专门旅游,两次冬季休闲。

海南岛风光旖旎,终年翠绿,令人向往,特别北方严冬季节里,这儿是北方人度冬休闲的好地方。

第一次到海南是北方的12月,京城已是北风呼啸,数九寒天,海南却是温暖祥和,轻风吹拂。从海口出发沿中线高速公路南下,直奔三亚天涯海角。椰林高耸,鲜花怒放,青山绿水,生机盎然,一切叫人心旷神怡。路过万泉河,遥望五指山,想起了那首《我爱五指山,我爱万泉河》的歌曲:"我爱五指山,我爱万泉河,双手接过红军的钢枪,海南岛上保卫祖国,啊,五指山,啊,万泉河,你传颂多少红军的故事,你日夜唱着红军的赞歌……"初识海南岛,除了通过小学上的地理课外,就是通过这首歌曲及电影和芭蕾舞剧《红色娘子军》了。

红色娘子军始建于1931年3月26日,初称乐会县赤色女子军连,有女兵40人。5月1日,改编为中国工农红军第二独立师第三团女子军特务连(即"红色娘子军"),辖3个排,每排3个班,每班10人,加上连长、指导员、传令兵、旗兵、号兵、庶务、挑夫和炊事员等,全连共100人。1932年2月,奉令将2个排调往琼东县第四区红军独立师师部,称女子军特务连第一连,留下的一个排扩建后称为第二连。8月,国民党军队向革命根据地疯狂进攻,一连、二连的大部分战士在战斗中牺牲,连长、指导员等10余名官兵先后被捕入狱。电影及芭蕾舞剧就是根据她们的事迹通过艺术加工形成的,随后传遍了中国大地。

我们参观了红色娘子军纪念园和"南霸天"庄园。在这里还见到了当年的红色娘子军战士,都是古稀老人了,穿着娘子军式样的服装与人们合影。不过"南霸天"这个人物是文学作品的加工,历史上并没有叫"南霸天"的人。拍摄《红色娘子军》电影时,使用了当年开明地主张鸿犹的房子,有人认为张鸿犹就是南霸天。"文革"中,张鸿犹因此背上了"南霸天"的黑锅,家属和子女被牵连。张鸿犹是晚清贡生,与娘子军从来没有过任何摩擦,所以他并不是南霸天的生活原型。拍电影时,由于找不到合适的豪宅当南府,因此摄制组就到他家拍摄南府镜头而致后来被误解。

南霸天的主要生活原型是谁呢?南霸天有两个主要特征。其一,他是娘子军的对立面；其二，他在戏中被称为"总爷"。即"县民团总指挥"的简称。从这两点来看，南霸天的主要原型是陈贵苑。陈贵苑是海南乐会县乐城人，黄埔军校学生。毕业后出任乐会县民团总指挥，娘子军成立后，他恨得咬牙切齿，恨不得立刻除之而后快。1931年6月，他听到红军主力南下万宁县，只留下娘子军留守苏区的消息，立即集中全县民团窜犯苏区，企图将娘子军一网打尽，结果中了埋伏，被娘子军活捉。乐会县苏维埃政府召开群众大会，对他进行公审后执行枪决。我们参观的"南霸天"庄园就是当年陈贵苑的故居，里面没有什么，只一些旧房，有些东西怕是根据电影的镜头摆设的。

离开这里我们来到了博鳌，这里是博鳌亚洲论坛的会址。博鳌亚洲论坛是一个总部设在中国的非官方、非营利性、定期、定址的国际组织，由29个成员国共同发起，于2001年2月在海南省琼海市博鳌镇宣布成立。博鳌镇为论坛总部的永久所在地，每年定期举行年会。论坛成立的初衷，是促进亚洲经济一体化，后来博鳌亚洲论坛规模和影响不断扩大，为凝聚各方共识、深化区域合作、促进共同发展、解决亚洲和全球问题发挥了独特作用，成为联结中国和世界的重要桥梁。它的会场挺新颖，只有浅色顶棚，设计成高低起伏的尖角形状，四周不封闭，当地终年气候温和，会场用不着封闭。

当晚下榻离此不远的兴隆华侨农场里的宾馆，可叫我有长了见识。这农场创建于1951年，原名为海南兴隆华侨农场，为中国最大的华侨农场，是安置归国华侨的地方。

这里群山环抱，热作葱茏，环境幽美，景色怡人，一年四季都是春，自然条件优越。

终于到了三亚，这次只安排到南山景区游览。"福如东海长流水，寿比南山不老松。"这千古名句早已脍炙人口。南山在哪儿呢？有人认为就是海南三亚的南山。

走进南山游览区，如入画中游。连绵平缓的山峦，被茸茸绿草、葱茏的绿丛覆盖，绿得新鲜，鲜得可爱，奇花异树，姹紫嫣红，衬托着蓝天白云，美丽的色彩、旖旎的风光陶醉了游人；南山对面是广阔无垠的南海，海水蓝蓝的、清清的，不知疲倦地翻卷着波涛。离岸不远的海面上生长了几处礁岩，高低不同、姿态各异，像顽皮的孩子挑逗着大海，在尽情地玩耍嬉戏；海滩上的排排椰子树，叶子与海风亲吻着，果实等待着奉献给亲近它的人们；海中那座120米高的南海观音塑像立于蓝天下蔚为壮观；南山寺展示了佛教文化，富有深刻哲理寓意，启迪心智、教化人生；福寿文化园集了中华民族文化精髓，突出表现和平、安宁、幸福、祥和之气氛。这儿是举世闻名的长寿地区，林翠、山幽、海蓝、气清造就了众多长寿老人，路边长寿廊中陈列众多老寿星的照片，最长者已105岁，仍精神矍铄，每日劳作，应了那句寿比南山不老松的名句。

再前行就到了天涯海角，这是富有神奇色彩的游览胜地，碧水蓝天一色，烟波浩翰，帆影点点，椰林婆娑，奇石林立，刻有"天涯""海角""南天一柱""海南南天"的巨石雄峙海滨，整个景区如诗如画，美不胜收。

为什么古人把这里定为天涯海角呢？原来清代康熙时期，曾进行了第一次全国性版图《皇舆全览图》的测绘活动，海南岛南端的天涯海角景区，成为这次测绘中国陆地版图南极点的标志。负责主持测绘的钦差官员们在此处剖石刻碑镌书"海判南天"四个大字，"以为标志，并须永久保存。"清代雍正年间，崖州（也就是今天的三亚）知府程哲在此镌刻了"天涯"二字。1938年，琼崖守备司令王毅在另一块巨石上题刻"海角"二字，从此后，这里就成为一处天下闻名的风景点了。

这是初次到海南旅游的情况。

三亚风光

去了一次海南，对那儿念念不忘，当时那儿的房价最贵2000元一平方米，还产生了在此处买房的想法，后觉得离退休还有年头，平时不好照管作罢。退休后的冬天，北京寒风凛冽，便想到海南度冬休闲。

在海南度冬当然首选三亚，美丽的三亚风光如画，昼夜都是一幅彩画。清晨，旭日的光辉把金色飘洒，白色云朵在蓝色的天际悬挂，陪衬着碧水、绿树、鲜花。当黄昏来临，夕阳西下，又开启了另一幅图画，绚烂的色彩涂抹在河边、桥梁、楼宇，带人们进入了新的神话。生活就是要五彩缤纷，人生也要如同美丽的图画。我们在三亚休闲都是住在宾馆里，宾馆里住满了全国各地、主要是北方来的客人，长期的有住半年的，短期的有半月的。一天三餐宾馆供给，三亚饭馆的餐食口味北方人吃不惯，宾馆的饭菜基本是北方饭食，至于每天的活动就是游客自行安排了。

三亚有几个著名的景点，猴岛是很受游客喜欢的地方，我们到猴岛领略了一番逗猴的乐趣。岛上猴子可与人直接接触，但必须把随身物品紧紧抓牢，不然猴子会以迅雷不及掩耳之势抢走你的东西，亲眼见过有位姑娘被猴子抓住衣服抢走包里的食品。当然有时猴子会趴在你的身上合影，也挺有趣。还有专门耍猴的场地，耍猴人竟训练出几个猴子演出一个小剧，逗得人们哈哈大笑。

"两个黄鹂鸣翠柳，一行白鹭上青天。"唐代诗圣杜甫的诗句早已家喻户晓，但白鹭的绰约风姿到了三亚才真正体会到。美丽的三亚蓝天、碧水、绿树、白云，三亚河静静地流淌，两岸茂密的丛林中，时而有白鹭栖息，它们雪白的蓑毛、流线型的身躯、飞翔的风姿给图画般的三亚河增添了迷人的色彩。晚上，河两岸树林高处落满了白鹭，密密麻麻的白点装饰了绿树，成为亮丽的景观。还有一个街头公园叫白鹭园，真是白鹭的乐园，碧水树丛中生活着成群的白鹭，长长的脖颈往往弯曲成各种形状，叫人喜爱。白鹭就是一首诗，在人们心中吟唱，把快乐赋予了人类，将愉悦添进了生活。

从寒冷的北方来到了三亚，像换了个天地，到处鲜花绿草，树木葱茏，天蓝蓝的，水绿绿的，云白白的，一片迷人的风光。但住上几天，又觉烦闷，文化活动少，玩的景点不能重复老去，如何办？灵机一动，网上一查，此地还有不少街头免费公园，于是每天挨个去逛。还真不错，白鹭园、临春岭森林公园、红树林湿地公园、市民百果园、东岸湿地公园、金鸡岭桥头公园等，赏白鹭，观花木，望风景，拍照片，也是万般愉悦。三亚的街头公园都很大，一年四季都是姹紫嫣红，令人心旷神怡。

冬季休闲在三亚，快乐无比赛神仙！

三亚白鹭　　　　　　　　　三亚夜景

遵义缅怀

"啊，遵义，光荣的山城，我要尽情地把你赞颂。当年，革命面临历史的岔路口，是你，目送党奔向新的征程……"当我们的旅游车一进入贵州遵义地界，我不禁想起多年前的这首诗歌。

遵义，在我的心中是神圣的，她在中国的史册上留下浓重的一笔，在人们的心里留下不灭的光辉。这次参加北京市委办公厅组织的参观考察把我带到了这多年向往的地方。

遵义会议会址坐落在一条普通的街道上，不宽的街上车水马龙，两旁店铺林立。会址的大门不大，普通得没有丝毫威严之气，要不是毛主席手书的"遵义会议会址"横匾挂至上方，使人不敢相信这就是闻名于世的圣地。也难怪，这里原来就是一个军阀的私人住宅，一座二层小楼。红军长征到遵义，他弃家而逃，这儿便成了中共中央的临时驻地，著名的遵义会议也在此召开。

这座二层小楼里有周恩来、朱德等红军领导人的居室，毛泽东当时不在领导层，所以没能居住在此，而是住在离此三十多里的地方。我最想见的就是当时遵义会议的会议室，便迫不及待地找到它。奔到二楼一看，一个小小的会议室，一条长条桌，十几把坐椅围在桌旁，普通得不能再普通，改变中国命运的遵义会议就在此召开。望着这一切，眼前仿佛掠过历史的风云：激烈辩论的会议气氛，毛泽东的雄辩演说，在这小小的会议室里酝酿了中国革命的关键转折，毛泽东的正确主张最终得到了承认，确立了他的领导地位。几天的会议，拨正了革命的航向，挽救了红军的命运，一个正确的路线由此诞生。中国革命付出了沉重的代价，一个成果的得来，需要艰难和曲折，历史就是这样无情与沉重。我带着满腹思索缓步离开这叱咤风云的地方，总在思考着：遵义会议给了我们什么启示？有句话说得好，实践是检验真理的唯一标准。当错误的路线、不当的指挥几乎把红军带入绝境，中国革命面临夭折的时候，毛泽东的正确路线挽救了革命，挽救了党。毛泽东通过实践、实际观察，通过自己的分析、思索，形成了符合实际的正确路线，这就是伟人的高明之处。在我们今天的各项工作中，正确的决策就要来源于正确的观察与分析，个人成长中要有自己的主见，是真理总会被承认的。

离开了遵义会议会址，又瞻仰了另一个值得纪念的地方，就是中华苏维埃共和国国家银行旧址。当时红军经常战斗，军事总是被人们当作头等大事，可经济工作也发挥了很大的作用，只是在过去的宣传中没有突出。红军进入遵义，苏维埃国家银行也随即进入，发行货币的印刷器材以及银元等全靠人扛手拉，可见从事此工作的条件是很艰苦的。值得一提的是，红军在遵义驻扎的短短几天中，苏维埃国家银行还发行了货币，当地老百姓用银元兑换苏维埃国家银行的货币，买粮买盐买货物，价格公道，当红军撤离时，老百姓可将没花完的货币再按原兑换价从苏维埃银行换回银元。我问导游："红军在遵义不过几天时间，何必如此麻烦地发行货币，再换来换去的，通用银元不就得了。"导游笑答："这是红军宣传的需要，通过发行货币做买卖，让当地人民认识红军，宣传苏维埃国家的主张，撒上红色的种子，要不怎么说长征是播种机呢？"我恍然大悟。使用苏维埃银行的货币，没有欺诈，买卖公平，让当地的人民认识到苏维埃国家的清正廉洁，红军是老百姓的队伍，意义深远呀。

当我们恋恋不舍地离开遵义，回首望着这个神圣的地方，心中波涛汹涌，浮想联翩，觉得收获很多很多。再见了，遵义，这光荣的山城，你永远铭记在我们心中，激励着我们跟着中国共产党踏上新的征程！

壮哉，黄果树！

题目说的黄果树为黄果树瀑布，是贵州最著名的景点，亚洲最大的瀑布，它与山西黄河壶口瀑布、广西德天大瀑布合称中国三大瀑布。

黄果树瀑布是以当地的一种常见的植物——黄葛榕的谐音"黄果树"而得名。它以其雄奇壮阔的大瀑布、连环密布的瀑布群而闻名海内外，享有"中华第一瀑"之盛誉。

说起来可笑，我初次认识黄果树瀑布是通过小时候玩香烟盒叠成的拍三角游戏。那个香烟名叫黄果树，一种普通、价格不贵的烟卷，烟盒外面印有黄果树瀑布的雄姿。那时觉得它离北京太遥远，这辈子怕也去不了那儿，但没想到过了几十年，我真来到它跟前了。

参加北京市委办公厅组织的川贵参观考察团到此，远远就听见震耳的流水声，不见其形先闻其声。逐步走近，只见奔腾的河水自70多米高的悬崖绝壁飞流直下，发出震天巨响，如千人击鼓，万马奔腾，声似雷鸣，远震数里之外，叫游人惊心动魄！啊，壮哉，黄果树瀑布！再走近前仰望，洁白的水练沿悬崖似从天而泻，以雷霆万钧之势落入崖下犀牛潭中，潭中水又顺河道滚滚奔流远方，如翠绿的玉带镶嵌在山谷之中。徐霞客形容此景为：捣珠崩玉，飞沫反涌，如烟雾腾空，势甚雄伟。

我有幸已将中国的三大瀑布转遍，它们各有特色。壶口瀑布是从上往下看，汹涌的黄河水在壶口河道一处跌入深潭，形成的声势叫人心惊胆战；德天大瀑布从远处看如多条白玉带飞驰而下蔚然壮观；而黄果树大瀑布独特之处就在它的地面、地下、水上、水中有一连串丰姿俊采的景致，其中最神奇的就是隐在大瀑布半腰上长达134米的瀑布水帘溶洞。水帘洞由6个洞窗、5个洞厅、3股洞泉和6个通道组成。我们从游道入洞置身其中，走进大瀑布本身就已惊心动魄，神移魂飞了，而要在大瀑布里面穿行，不免神悚。水帘漫顶而下，游人在瀑布另一面隔着玉洁晶莹的飞瀑水流向外眺望，瀑布对面的青山、绿树、游人、茶楼……迷离恍惚，若隐若现，如置人间仙境之中，情趣无穷。同时更近距离靠近大瀑布的水帘，听着它那震耳欲聋的呼啸，看着它那洁白飞泻的水浪，立时觉得浑身热血沸腾！穿越水帘洞，还有一个绝妙奇景，令人叫绝的是从水帘洞的各个洞窗能看瀑布下面犀牛潭的彩虹。这里看到的彩虹，不仅是七彩俱全的双道彩虹，而且是随人移动的动态彩虹，真是趣味盎然，自然奇观。前人曰："天空之虹以苍天作衬，犀牛潭之虹以雪白之瀑布衬之"，故题"雪映川霞"。

　　壮哉！黄果树瀑布！

黄果树瀑布

蓉渝行

（一）

蜀地，三国时期的蜀国之地，刘、关、张、诸葛亮在此立国，流传了许多脍炙人口的故事；蜀道难，难于上青天，大诗人李白曾发出的感叹；巴蜀有双城——蓉、渝两城，也闻名遐迩。蓉——成都，古代就是蜀国的都城，这里的三星堆、金沙遗址可追溯到3000年以前，都江堰、杜甫草堂名垂华夏。渝——重庆，别的不说，那本《红岩》小说就足以让它闻名中华，况且又成了直辖市。

早想蓉渝一游，终于成行。先飞至蓉城，这次来双城采取的方式是自由行，自己设计行程，自在、独立旅行，是件十分惬意的事情，成都是自由行的第一站。

下榻酒店后考虑行程。首先要熟悉一下蓉城附近的主要景点，早就听说杜甫草堂、武侯祠、熊猫基地是这儿的著名景点，三星堆遗址是近几年的热点，汶川地震遗址也是吸引人的地方，还有脍炙人口的成都小吃，闻名遐迩的乐山大佛、都江堰。这些迷人的景点如何一一游览？酒店旁有一旅行社外设的摊点，通过咨询知道了三星堆遗址暂不开放，汶川地震遗址现没有旅行团前往。于是制定蓉城自由行的三种方式。酒店附近的武侯祠、锦里小吃街、市内的杜甫草堂、金沙遗址可公交或打车前往；乐山大佛、都江堰、熊猫基地等远处景点可报一日游；至于汶川遗址视情况再定。

先进行市内游。离下榻的酒店几百米就是锦里小吃街，紧邻锦里的就是武侯祠，自然先到此拜访。锦里小吃街全长350米，采用清末民初的四川古镇建筑风格，与武侯祠博物馆现存清代建筑的风格相融，二者之间又以水为隔，游人在短短350米的距离内，就能享尽原汁原味的四川滋味。老街、宅邸、府第、民居、客栈、商铺、万年台座落其间，青瓦错落有致，青石板路蜿蜒前行，让人恍若时空倒流。川茶、川菜、川酒、川戏和蜀锦等古蜀文化如清风扑面而来。沿街的小吃摊的小吃各具特色，烤的有猪、羊、牛、鸡、海鲜等肉组成，形状各种各样；炸的有米、面、豆腐，香气扑鼻，令人垂涎欲滴；另外还有各种特产、当地名吃，叫人流连忘返，锦里小吃现在已闻名全国、扬名海外。在锦里旁边的是武侯祠，是中国唯一的君臣合祀祠庙，由刘备、诸葛亮蜀汉君臣合祀祠宇及惠陵组成。走进武侯祠，但见古木参天，青石铺地，庙宇成排，刘、关、张塑像肃立大堂，诸葛亮画像展现其中。历史上的蜀国在三国中最弱，处于贫瘠的蜀地，但它的领袖们都成了历史正面形象，刘备爱才三顾茅庐，关羽仁忠终身不渝，张飞耿直为人尊崇，诸葛多谋智慧化身，都成了历史上为人称道的人物。而三国中最强大的魏国首领曹操倒是叫人褒贬不一，而且反面形象占多半，究其原因还是人们从他们的所作所为得出的结论。成都武侯祠主要是纪念诸葛孔明的，这位"鞠躬尽瘁死而后已"的名人被后人深切地怀念是因他的品德高尚，是中国传统文化中忠臣与智者的代表，在全国为他建造的武侯祠就有8座，人们心中有杆秤，为历史做过贡献的人物永远不会被埋没。

（二）

离开武侯祠直奔著名的杜甫草堂。杜甫是唐代的伟大诗人，被称为"诗圣"，他的诗作深入人心，流芳百世。

杜甫草堂位于成都市青羊区西门外的浣花溪畔，是杜甫流寓成都时的故居。草堂占地面积近300亩，保留着明弘治十三年（1500）和清嘉庆十六年（1811）修葺扩建时的建筑格局，古朴典雅、清幽秀丽。

公元759年冬天，杜甫为避"安史之乱"，携家由陇右（今甘肃省南部）入蜀辗转来到成都，觉得这里景色宜人，便在此定居。由于当时贫穷，便写了不少诗来向当地的社会名流索要一些花草树木，自己亲手栽培，修建茅屋居住。第二年春天，茅屋落成，称"成都草堂"。他在这里先后居住了近4年，因曾被授"检校工部员外郎"之衔，又被称做杜工部。在此期间，他生活比较安定，诗歌创作甚丰，留下诗作247首，如《春夜喜雨》《蜀相》等名篇，其中《茅屋为秋风所破歌》更是千古绝唱。"两个黄鹂鸣翠柳，一行白鹭上青天。窗含西岭千秋雪，门泊东吴万里船。"这首绝句在小学语文课本中一直保留着，它生动形象地描绘出诗人在草堂所见的盎然春色。"好雨知时节，当春乃发生。随风潜入夜，润物细无声。野径云俱黑，江船火独明。晓看红湿处，花重锦官城。"这首《春夜喜雨》也写于此地,早已家喻户晓,读后叫人浮想联翩。公元765年,杜甫携家告别成都,两年后经三峡流落荆、湘等地。杜甫离开成都后,草堂便不存,五代前蜀诗人韦庄寻得草堂遗址,纪念前辈重结茅屋,又经宋、元、明、清多次修复而成现今规模。杜甫住的茅屋在杜甫草堂景点中只占很小部分,他当年只是一个穷文人,担任一个小官职,流落到此,也无钱为自己修建宅邸,只以竹子茅草为料修建居室。几间简陋的草房,简单的用具,显示了诗人清贫的生活。在此久久驻足观看,感叹这位伟大的诗人为中国留下了众多文化瑰宝,至今还被人们怀念。历史上有多少王公贵族、皇亲国戚,甚至不少皇帝、宰相都被人们忘却,湮没在历史的长河中,而他却流传千古,历史和人民是公正的。

恋恋不舍离开杜甫草堂便打车直奔金沙遗址。金沙遗址是位于成都市城西苏坡乡金沙村一处商周时代遗址,是公元前12世纪至公元前7世纪长江上游古代文明中心——古蜀王国的都邑。遗址出土了世界上同一时期遗址中最为密集的象牙、数量最为丰富的金器和玉器。其中最富盛名的是太阳神鸟金箔,被确定为中国文化遗产标志和成都城市形象标识主图案。金沙遗址的发现,把成都城市史提前了3000年,由此被视为成都城市史的开端。

由于三星堆遗址当时不开放,有人介绍说金沙遗址与三星堆遗址一脉相承,比三星堆遗址晚一些,考证说是三星堆文明的继续,看了金沙遗址就等于了解了三星堆文化,这叫我们兴趣倍增,决定去看看。

金沙遗址博物馆是2007年在金沙遗址原址建成开馆,展示了神秘的古蜀文化和独特的青铜文明。金沙文化和三星堆文化的文物有相似性,等于三星堆文化的最后一期,代表了古蜀的一次政治中心转移。

这个博物馆主要分两部分——开挖出来的土层和展厅。与许多遗址挖掘的土层一样,土层上下分成不同年代,里面出土了各种器具、兽骨化石等,记载了几千年前的人与动物生活的情景。三星堆与金沙遗址出土的器具最叫人不解也是很神奇的器物是一人面铸器,与现代人很不同,大耳、突眼,挺像外星人,为啥如此还没有破解,更增加了古蜀国的神秘。展厅里展出了几千年前的器具、化石等,证明成都平原是长江上游文明起源的中心,是华夏文明重要的组成部分。金沙遗址的发现,极大地拓展了古蜀文化的内涵与外延,对蜀文化起源、发展、衰亡的研究具有重大意义,特别是为破解三星堆文明突然消亡之谜找到了有力的证据,可以说再现了古代蜀国的辉煌,复活了一段失落的历史,揭示了一个沉睡了3000多年的古代文明。思古之悠悠,人类的文明历史就是从低级逐步向高级发展。今天我们各方面比3000多年前发达多了,钻木取火、生啖兽肉的时代早已远去,人类已开始飞向太空,探索宇宙了,而且还要大踏步地创造更多惊人的奇迹，当然这离不开人类一代代的奋斗，我们每一代都担负着历史的重任，为人类更美好的生活努力着。

离开金沙遗址，回味着远古时代的风情，当然还要回到当今。打车回酒店，筹划明天的行程，听说汶川地震遗址有一处保留着，离下榻的酒店不到100千米，如何去？与出租车司机交谈知道有长途车前往但车站离酒店较远，而且时间不好保证。突发奇想，问司机次日包他的车到那儿如何？车费咋算？司机考虑片刻答曰可去，并报了车费数额，算了一下还可以，虽然比坐长途车前往贵多了，但也方便多了，便约好次日清晨到酒店接我们前去映秀镇的汶川地震遗址。

第二天清晨8点，出租车准时到酒店门口接上我们，驶向100千米之外的汶川地震映秀遗址。

2008年5月12日14时28分04秒，汶川县映秀镇南方向约11千米处(北纬31°，东经103°24')发生里氏8.0级特大地震，震源深度14千米。地震撕裂大地，伴随恐怖的巨响，几百万立方米的岩石碎块从陡峭的山崖上倾泻而下，形成长达近3千米的岩石流，附近的牛眠沟被瞬间填高30米。都汶公路全线80%的道路被损毁，10余千米的路段被崩塌的山体完全覆盖，50余座桥梁受损，7座桥梁完全垮塌，数十处山体滑坡，8万多人遇难，37万多人受伤。记得当时我正在北京单位上班，隐约感到办公室颤动了一下，立时觉得可能某地发生了地震。果不其然，只过片刻，网上就发布了地震消息，后逐步明确了在四川汶川县，以前没听说过此地，这次大地震叫它闻名天下。

1个多小时后，车到了映秀镇地震遗址。司机叫我们自行参观，他把车停在停车场，告诉回去时打电话叫他。

下车环顾四周，这是一个风光秀丽的地方，青山如黛，环绕着小镇，岷江绕流，小镇生机盎然。它的"映秀"之名也很美，名副其实，但特大地震不幸降临此地，摧毁了这里的一切。如今映秀新生，藏式、羌式居民楼星罗棋布，餐馆、旅社、商铺迎接着各方游客。对口支援映秀的是广东省东莞市，当年计划用三、四年重建映秀，但只用了两年多，新映秀就展现在眼前。

地震遗址在漩口中学，这里原样保留了当年地震后的校园。它始建于20世纪60年代，以雄厚的师资和较高的升学率，成为四川阿坝州一所重点中学，原址在汶川漩口镇，因修建水库搬迁至映秀镇。

一进校门，正中间教学主楼前有一座成破碎时钟形式的雕塑，时针定格在14点28分。我们沿着校园参观，教学主楼，也是学校最高建筑，因地震损毁歪斜着；再前行是学生公寓，没有坍塌，但玻璃全部破碎；附近的5层阶梯教室只剩下一层的高度，其余 4 层已全部重叠陷进地下，成为一堆废墟，看不出楼房的痕迹。10 年过去了，校园里的残砖断瓦上已是杂草丛生，地震的威力叫人心惊胆战，对眼前如此惨烈的一幕，让我久久无法平静。遗址的讲解员告诉大家，这座学校地震时遇难 55 人，但有 19 人的遗体因为埋得太深，上面压着众多倒塌废墟，无法挖出，经过家属同意让他们永远与废墟安息在地下。两任中共中央总书记都到过这里，指示将遗址永久保存，作为教育后代的基地。如今漩口中学也已重建，因为学校是由共产党员"特殊党费"援建，为铭感党恩，校名更为"汶川县七一映秀中学"。

带着沉痛的心情离开了遗址，走向对面山上的遇难者公墓和地震纪念馆。遇难者公墓在公路另一边，埋葬着近万名地震遇难者。从山下一层层往上，每层的边堰都是大理石筑成，上面铭刻着遇难者的姓名，这也是集体墓碑吧。这些遇难者瞬间被地震夺去了生命，其中有老人也有孩子，有妈妈也有爸爸。人类与自然搏斗中付出了沉重代价，也逐步掌握了与灾害搏斗的本领，但至今地震灾害还无法预报，这也是多年来不断探索的难题。记得 1976 年 8 月的唐山 7.8 级大地震，造成了 24 万多人遇难，那时人们就企盼着能早日实现地震预报，可几十年过去了，依然没有结果，看得出来人类在征服自然上有多难。也可以看到人有时确很坚强，提出战天斗地，改造自然，也取得了一些成果，但有时也脆弱，大地一晃动，就吞噬了多少人命。人定胜天不可能，只是幻想罢了，但遵循自然规律，不断创新，经过努力不断改善人类生活的境况还是可以做到的。

在遇难者公墓里，见到了一座特殊的纪念碑，它是纪念在映秀灾后重建过程中献出生命的 28 名工人及家属。那是 2010 年 8 月 14 日凌晨，映秀突发特大泥石流自然灾害，岷江改道，江水倾泻冲入枫香树村，瞬间汪洋一片，这 28 人当时就在枫香树村，为重建映秀献出了宝贵的生命，他们永远被人们怀念。我们怀着悲痛的心情，买了黄菊花，献给地震的遇难者，肃立默哀，表达沉痛的哀思。

在公墓上端，建有汶川地震纪念馆，里面以声像、图片、文字等回顾了大地震的过程，展示了受地震破坏的一些物品及抗震救灾的事迹，让人们永远铭记这次特大地震的情况。

默默离开了映秀镇，再回头一望，也许今生今世不再来，但这次接受了一次生命的洗礼。

映秀地震遗址——漩口中学

（三）

　　离蓉城市区较远的景点我们报了当地旅行团前往，省去自己解决交通之烦，只是跟旅游团在时间上不自由，不过报的是无购物团，免去了购物占时之苦。

　　成都大熊猫繁育基地是早就想去的地方。大熊猫是中国的国宝，主要生活在四川，因这里的气候和竹子很适合它们的生长。处于成都市北郊斧头山的熊猫繁殖基地已成为国内开展大熊猫等珍稀濒危野生动物移地保护的主要基地之一。这儿常年饲养大熊猫、小熊猫、黑颈鹤、白鹳和白天鹅、黑天鹅、雁、鸳鸯及孔雀等动物。

　　我们的旅游车停在了基地门前，进大门首先穿行了一段很长的竹林大道，也可叫竹子隧道，高高的竹子密密麻麻相互搭接成弧形，遮住了天空，行走在里面感到神清气爽。出了竹林是绿树成荫、鸟语花香，忽见前面人们聚集，匆忙近前，只见围墙里三只大熊猫在用早餐，每只旁边堆满了绿竹。熊猫们抓起竹子咬掉一段便吐掉，很快另一旁便堆了一堆啃掉的竹子段，怎么看不见它们下咽？或许是它们吃食方式就这样？这与人类差别很大。不过它们的吃态叫人忍俊不禁，挺好玩的，赶紧手机录相下来保存，北京动物园里虽有熊猫可难见此景。随后继续前行，旁边山坡的大树上时而可见到大熊猫，有的扒在树枝中窥探游人，有的卧在树丛中戏耍，还有的四仰八叉躺在树杈上呼呼大睡，形态各异，笨拙的模样惹人喜爱。最叫大家惊喜的是在熊猫馆里看到了熊猫宝宝，导游说这可是很难遇到的，大部分时候熊猫宝宝是不让游人参观的。看熊猫宝宝还要排队，走进前隔着玻璃看它们只有十几秒的时间。这是两只只有几个月的熊猫宝宝，黑白的皮毛绒绒得可爱，身子有成年熊猫一半大小。本想它们应该端坐那里傻呆呆地望着游人，却不是，只见它们仰面或侧面呼呼大睡着，叫人不免失望。但总见到了这么小的大熊猫，心里很惬意。什么动物都是小时候好玩，小猫、小狗甚至小孩子，人们从心里都喜爱幼小东西，自然大熊猫也不例外。

离开了大熊猫生活的区域，顺路来到小熊猫的栖息地。小熊猫的长相与大熊猫不同，身材如狐狸体型，皮毛是金黄色，两三只生活在一处。导游说大熊猫珍贵，待遇与小熊猫不同，生活在单间里，小熊猫就不同了，只能是两三只住在一处。搞得游客们互相玩笑："哦，你是大熊猫待遇，他为小熊猫等级。"不过小熊猫要比大熊猫动作灵活多了，走、跑都挺灵敏的，自然界创造出来的万物各式各样，形成了多彩缤纷的大千世界。

从动物的乐趣中走出来，进入了怀古的境界里，我们将到乐山大佛的近前观看。10几年前我曾参加北京市委办公厅考察时看过一次乐山大佛，但那次是在陆地上从大佛下面登阶梯绕大佛走一圈，累得大汗淋淋，也看不好大佛的全貌，而这次是乘游船到江中面对大佛观看，省力还可观大佛全貌。

传说唐朝初年，四川乐山凌云山上有一座凌云寺，凌云寺里有一个老和尚叫海通。当时凌云山下，岷江、青衣江、大渡河三江汇流处，水深流急，波涌浪翻，经常吞没行船，危害百姓。海通和尚眼看船毁人亡，心中十分不忍。他想三江水势这样猖獗，水中必有水怪，要是在这岩石上刻造佛像，借菩萨的法力，定能降服水怪，使来往船只不再受害。于是他请了两个有名的石匠来商量刻佛像的事。这两个石匠一个叫石诚，一个叫石虚。石虚一听要在岩石上刻石像，心里很高兴，他想若在山岩上刻出许多各式各样造型的佛像就能扬名，主张造千尊佛像；石诚主张刻一尊像，山岩高大的佛像才能镇住三江妖魔。老和尚见二人争持不下，就干脆叫他俩一个刻大佛，一个刻千佛。结果石虚两年刻了千佛，石诚才刻了大佛一只脚。老和尚请来能工巧匠帮石诚，多少年过去了老和尚和石诚相继去世，他的徒弟们继续雕琢大佛。这样一代接一代，大佛终于建成了。佛像开凿于唐玄宗开元初年（713）至唐德宗贞元19年（803）完工，经过了90年，凝结了3代人的心血，被誉为"山是一尊佛，佛是一座山"。大佛建成后，三江汇合处果然平静了，灾难去除了，真是镇住了妖魔吗？当然那是迷信的说法，比较合理的解释是雕刻大佛除掉下来的石块填入江中，由于数量巨多，减缓了水流，才使这里风平浪静。这样看来这大佛的修建的确功在千秋，不但祛除了灾害，还留下了震惊世界的文化瑰宝。

我们坐上游船缓缓地驶向大佛，碧绿的江水，静谧的群山，大家兴奋地等待着大佛的出现。慢慢的大佛隐现了侧身，逐步地面对了游人。哇，好高啊！大佛雕凿在岷江、青衣江、大渡河汇流处岩壁上，依岷江南岸凌云山栖霞峰的临江峭壁凿造而成，它足踏大江，双手抚膝，体态匀称，神势肃穆，正襟危坐，造型庄严。大佛身高71米，有20多层楼高，耳长6.7米，手指长8.3米，脚背竟宽9米，上面能围坐百人以上，叫大佛可谓名副其实。这时导游在船上开始了讲解,她介绍了大佛修建过程后并说大佛有过几次闭眼,而且都恰逢国难之时,当然这里含有臆想的成分。不过大佛为何闭眼,导游也做了解释:由于年代久了,大佛眼睛周围积累了杂物、长满了植物,遮住了双眼,后经过清理,大佛又睁开了双眼。另外导游还指向远处的山峦说:"你们看那山是否像一尊卧佛?"大家顺着眺望,果然那连绵的山峦真像一尊仰卧的大佛,有头、身、脚,很是惟妙惟肖。导游还把她手机里保留的大佛闭眼和卧佛山的照片发到临时组建的群里供大家欣赏。不过这卧佛山的形式全国不少景点都有,笔者到过广西的一处景点也见过,甚至北京远郊的山里也有,只不过规模都比这儿的小。自然界存在的景观,有时可凭人们想象说它像什么就是什么,纯粹是巧合。

　　游船缓缓离开大佛返航了,前人留下的杰作载入了史册,岁月如歌,江山依旧,人换了一代又一代,但灿烂的中华文化永存人间。

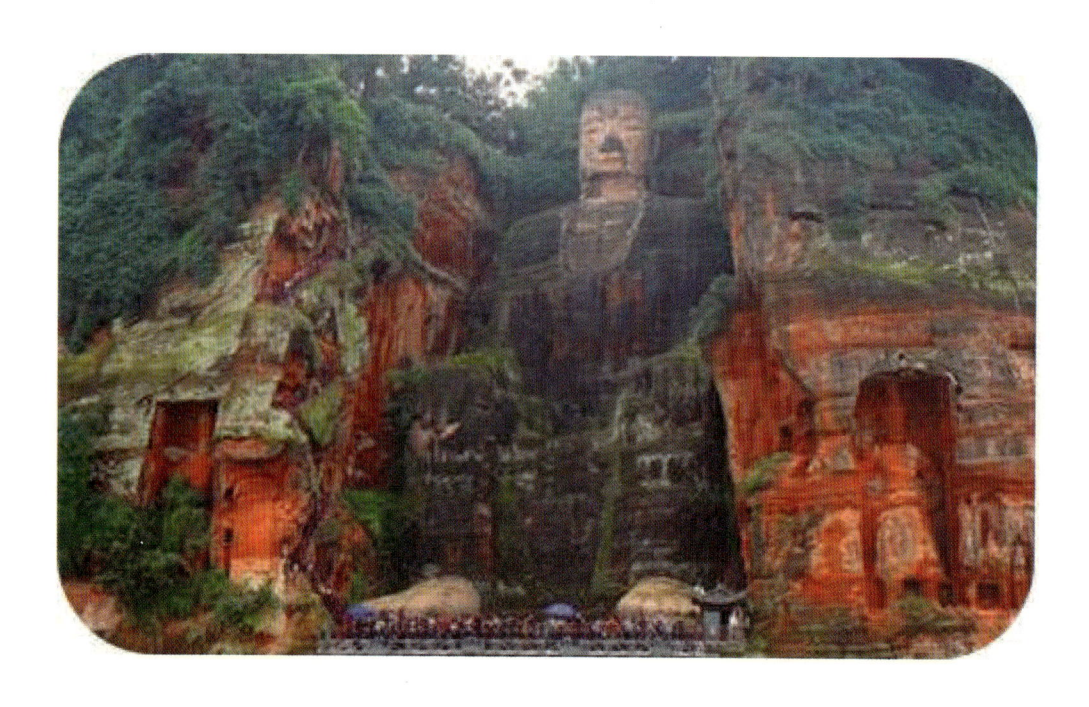

(四)

　　观赏大佛的兴奋还萦绕在心中,旅游车又把我们带到了著名的都江堰。

　　这都江堰不陌生,几十年前上小学时的课本上就见过,印象深刻,但想象不出这个闻名的水利工程到底是什么模样。都江堰位于四川省都江堰市境内,是岷江上的大型引水枢纽工程,始建于秦昭王末年(约前256~前251),是世界上迄今为止年代最久、唯一留存、以无坝引水为特征的宏大水利工程。它由鱼嘴分水堤、飞沙堰溢洪道、宝瓶口引水口三大主体工程和百丈堤、人字堤等附属工程构成。它科学地解决了江水自动分流、自动排沙、控制进水流量等问题。成都平原因为富庶，自古有了"天府之国"美称，而且还成了著名的旅游景区。这次来此一游，百闻不如一见，着实兴奋了一番。

一下车赶紧去找"鱼嘴"，这是都江堰工程最显明的标志，岷江水在此处分流，早就想看看是啥模样。走了一阵，在人群聚集处终于看到了鱼嘴，是巨大的水泥混凝土砌成的鱼头嘴模样，汹涌的江水在此被劈开流向内江与外江两河道。见到此景又了解了都江堰工程的全貌：岷江是长江上游一条较大的支流，发源于四川北部高山地区，每当春夏山洪暴发的时候，江水奔腾而下，从灌县（现在叫都江堰市）进入成都平原，由于河道狭窄，古时常常引发洪灾。洪水一退，又是沙石千里，而灌县岷江东岸的玉垒山又阻碍江水东流，造成东旱西涝。秦国蜀郡太守李冰（相当于如今地级市的最高领导）和他的儿子，吸取前人的治水经验，率领当地人民，主持修建了著名的都江堰水利工程。这是利用当地西北高、东南低的地理条件，根据江河出山口处特殊的地形、水脉、水势，乘势利导，无坝引水，自流灌溉，将岷江水流用"鱼嘴"分成两条，其中一条水流引入成都平原，这样既可以分洪减灾，又可以引水灌田、变害为利。主体工程包括鱼嘴分水堤、飞沙堰溢洪道和宝瓶口进水口。鱼嘴分水堤功能是分流，并在玉垒山凿出了一个宽20米，高40米，长80米的山口，因其形状酷似瓶口，故取名"宝瓶口"用来引水。当时还未发明火药，李冰以火烧石，使岩石爆裂，开凿出此口，把开凿玉垒山分离的石堆叫"离堆"。为了进一步起到分洪和减灾的作用，在分水堰与离堆之间，又修建了一条长200米的溢洪道流入外江，以保证内江无灾害，故取名"飞沙堰"。这三大部分，科学地解决了江水自动分流、自动排沙、控制进水流量等问题，消除了水患。成都平原从此沃野千里，成为"水旱从人"的天府之国，真是功在千秋。最伟大之处是建堰两千多年来经久不衰，发挥着愈来愈大的效益，成为世界最佳水资源利用的典范。为此李冰的名字也名垂青史，这个封建时期的朝廷命官确实干了件大实事，当官为民，也为民所念，他的塑像如今屹立在都江堰。

参观完都江堰的工程全貌，感慨古代劳动人民的勤劳智慧，也为后来三国中的蜀国打下了基础。随后又攀登近旁的山峰，去浏览成都平原的风貌。山不是很高但也需攀登几十分钟，中途还要乘一段登山电梯。山顶平台建有楼亭和雕塑，山顶俯瞰山下是绿田千里，岷江奔流，树木葱茏，生机盎然，风光无限的美景。山河如此壮丽，不禁诗兴大发："一目千层翠，流水碧涛涛。沃野如图画，山河多妖娆！"

开始下山，令人惊奇的是团里竟有一89岁老者，步履矫健，下山速度可与年轻人比高低，问其身体怎如此好，他说年轻时就爱打篮球。导游趁机宣传说："我们旅行社敢带如此大龄老爷子旅游说明我们的实力，疫情缓和后这位老者就参与我们的旅游是对我们的大力支持！"

　　下了山又过了一叫安澜桥的索桥，它始建于宋代以前，被誉为"中国古代五大桥梁"之一。索桥以木排石墩承托，用粗竹缆横挂江面，上铺木板为桥面，两旁以竹索为栏，全长约500米。这是横跨内江外江的桥，是出都江堰的一条通道，走到上面晃晃悠悠，悠哉悠哉的，也是都江堰一道特征的景观。

　　离开都江堰即奔黄龙溪。黄龙溪位于成都平原南部，府河与鹿溪河流经这里，是重要的风景旅游城填，距成都市区40千米。三国的蜀国政权在此萌芽催生，诸葛亮南征在此屯兵牧马，唐宋时期后日渐繁荣。

　　走近大门见一巨大龙头在吐水，再迈进门口见一条小溪从街中央潺潺奔流，溪水中还有水车、石磨、垂柳，向人们展现着一副极具风情的川西水乡画卷：两旁街道的明清木板房舍、青石小径诉说着历史的故事；老街南、北、中错落的古龙寺、镇江寺、潮音寺形成街中有庙、庙中有街的奇特景观；300余年历史的全木结构古戏台保存完好；6株千年古榕树掩映着古镇的魅影；古老的唐家大院演绎着客家文化风云；三县衙门诉说着民国时期的历史；陈家水碾令游人发散思古之幽情。此镇不大却以古街、古树、古庙、古堤、古埝、古民居、古码头、古战场、古崖墓和古衙门的"十古"著称。

　　漫步在古镇街道，观看着店铺兜售的各色小吃，突然发现了一个叫"黄龙溪一根面"的小面馆。只见店铺内一口沸水大锅前，一位小厨师手里的面团随着双手抖动身体晃动，逐步形成一根细长的面条，徐徐伸展甩动摇弋着变长直扑沸腾的水里，最长时足有几米，看得人们眼花缭乱，技艺可谓高超。在北京海底捞饭馆也吃过一根面，操作方式与此相似，但没有这饭馆甩得长。店铺里座无虚席，这样做面的表演吸引了食客，与其说是去吃饭不如说是来观赏。

　　继续漫步，一处写有"刘关张招兵处"引起了极大兴趣。走进一看，里面是两个小广场，前面的场中间有座小亭子，里面有个站立的塑像，亭子中间立的石碑刻着：汉昭烈皇帝刘备登基处。哇！这个不起眼的小亭子竟是当年刘备宣布担任蜀国皇帝的地方，那个站立的塑像就是想象中的刘备。刘备是河北涿州人，汉朝的宗室，但皇亲的父亲去世早，家境贫寒，早年和母亲以卖鞋织席为生，可以说是社会最底层的劳动人民了。真应了中国古话里"富不过三代"的说法，从他出身于官僚地主家庭跌进了"城市贫民"行列，与关羽、张飞桃园三结义，开始了波澜壮阔的人生历程。那关羽本是山西运城人，因犯事逃到了涿州，张飞是涿州本地人，三人再加上后来的诸葛亮开创了一番事业，建立了蜀国，国土包括四川、贵州和云南大部分，定都成都，刘备成了第一任皇帝。刘、关、张本是北方老百姓，结果闯到南方四川打出了一片天地，青史留名、流芳百世。几个最底层的老百姓干出了惊天动地的伟业，真是人不可貌相，海水不可斗量啊。

看着这个寒酸的刘备登基处,不禁对比北京故宫的太和殿皇帝登基大殿,真是没法比,但也在历史上留下了一笔。后边的广场比这个大一些,据说是刘、关、张的招兵处和练兵场。想当年蜀国的军队从这里出发到前线,"车辚辚,马萧萧,行人弓箭各在腰",也是一幅壮士奔赴疆场的壮烈气势。

黄龙溪古镇叫人思古之悠悠。

都江堰鱼嘴

刘备登基处

（五）

几天的蓉城游结束了，次日我们乘高铁不到两小时来到了渝城——重庆，继续我们的行程。

重庆因嘉陵江古称"渝水"故简称"渝"。北宋崇宁元年（1102），改渝州为恭州。南宋淳熙16年（1189）正月，孝宗之子赵惇先封恭王，二月即帝位为宋光宗皇帝，称为"双重喜庆"，遂升恭州为重庆府，重庆由此而得名。看来此名的诞生与宋朝光宗皇帝密不可分，他先当王后称帝，为重庆留了名。

重庆在中国历史上可谓影响深远，抗战时期这里成为国民政府的陪都，凭借四川险要的地势，日本侵略者没打进来，但派飞机持续六年的狂轰滥炸，史称"重庆大轰炸"，曾造成重大人员伤亡的"隧道大惨案"震惊了世界；那本《红岩》小说，把国民党关押共产党地下工作者及爱国人士的渣滓洞、白公馆及中国共产党在重庆地下工作的惊险斗争介绍给人们，可谓惊心动魄；还有著名的国共两党"重庆谈判"也家喻户晓。1939年5月5日，南京国民政府颁令，将重庆升格为甲等中央院辖市（即直辖市），为第一直辖时期；重庆在解放初期1949年11月30日，中国人民解放军进入重庆，随后成为西南军政委员会驻地，为西南大区代管的中央直辖市，为第二个直辖时期；1997年3月14日，在中华人民共和国第八届人民代表大会第五次会议上，审议通过了将原四川省重庆市、万县市、涪陵市、黔江地区合并，成立重庆直辖市的议案。1997年6月18日，重庆直辖市政府机构正式挂牌，成了历史上第3次直辖市。所有这些一直吸引着我到重庆一观，如今才如愿以偿。

在重庆高铁站下车，本来已在网上订好了酒店，但车站工作人员热情拦住我们，介绍他们的旅行社，说我们预订的酒店位置不好，离各景点和市区都远，同时介绍他们的铁路旅行社条件优越，旁边有个好酒店，还说可免费派车送到那家酒店。说得我们心动，退了网上订的酒店，坐他们派的车到他们的旅行社并下榻他们介绍的酒店。到了铁路旅行社，看了旁边的酒店条件还可以，又咨询了旅游项目，订了一次两江夜游，两次一日游。

当晚，我们进行了重庆两江夜景游。水是人类赖以生存的东西，临泽而居，与水为伴，凡大城市一般都有大江大河流过。很羡慕重庆竟拥有两条大江——长江和嘉陵江。它们不但提供了丰富的水源，也给城市添了灵气。重庆充分利用两江的优势，打造了山城夜景，装扮了一个美丽的不夜城。

重庆市区三面临江，一面靠山，倚山筑城，建筑层叠耸起，道路盘旋而上，城市风貌独特。初夜山城，以繁华区灯饰群为中心，干道和桥梁华灯为纽带，以万家民居灯火为背景，层见叠出，构成一片高下井然、错落有致、远近互衬的灯的海洋。乘坐游船，穿行两江，更能全面欣赏山城夜景，给旅游增添了很大乐趣。

我们的酒店位于长江岸边，不远处就是众多码头。在指定的一个游船码头登上了一艘两层的游船，随着汽笛鸣响，开始了夜景游览。整个两江游览航程约20千米，游览时间60分钟左右。随着游船的行进，两岸夜景尽收眼里：高耸的群楼镶嵌着金边，若夜空下的琼楼玉宇，如梦如幻；万家的灯火层层叠叠，若闪闪金星，如彩如画；遍地的华灯片片璀璨，若天河群星，如诗如歌。游船缓缓行驶在江面，几座彩色的江桥在头顶凌空而过，水面金光倒影，浪卷金花，犹如画中游。两江里的游船众多，个个打扮得金碧辉煌，有的游弋在江面，有的停靠在码头，互相媲美，夺人眼目。有一艘高大的游船，正停在一个码头，甚至可与海上行驶的邮轮相比，好多层的房间，宽大的船体，还有那五颜六色的外貌，足以令人神往，从它旁边驶过，站在甲板瞭望，大家惊叹不已。这两江游的各式游船就可让人感到重庆在此下了功夫，众多竞争表露无疑。江水悠悠，江风轻拂，游客在甲板、在船舱，清茶淡酒，谈天说地，一洗世间烦恼。

"不览夜景，未到重庆"。独特城市风貌的两江夜景游，犹如在星河中畅游，巧妙地将重庆的山水与闻名天下的重庆夜景相结合而成为城市名片，足以撩人耳目，动人心旌。

渝城的夜景给我们留下了深刻的印象，北京在周末及节假日也展示夜景，立交桥及重要的建筑物都亮起五彩灯光，很是大气磅礴。而渝城的夜景在两江水面欣赏，水陆灯光交相辉映，独具特色。

重庆两江夜景

（六）

次日清晨，我们开始了重庆市内一日游。

到了重庆，才感觉出山城的特点，就是行走累人，怎么回事？原来这里地无三尺平，出门就爬坡。走路经常遇上坡，走一阵就气喘吁吁的，观察了一下这里骑自行车的很少。这时感到报当地旅游团的必要，起码有车在酒店前接送或叫打车到集中地点，车费给报销，这样省去奔走到公交车站费力之苦。

市内游的第一站是让大家体验重庆市内的一段山城路。旅行车停在一路边，导游指着前面山坡的住宅人家让大家走着去看看。我们开始沿路上坡行走，这是市区的一处高地，也像一条街巷，两边是住家、商铺。路倒是不陡，但一路向上，身体前倾，费力前行，很快就浑身冒汗。路旁人家的大门有开有闭，还有正修建的两层建筑，有的市民悠闲地打量着游人，看来这是一条开放参观的地点。走着想着：这里的人住在地形特色的山城，道路总是高低不平，蜿蜒盘转，他们的脚力腿劲一定很厉害。这条街巷的住家，骑车费劲，路窄汽车上不来，全靠两腿发力，日复一日、年复一年，成年累月地攀走，需要多大的耐力，大概人们已习惯了。一路向上，行至高处，居高临下俯瞰，有些雾气蒙蒙。重庆被称作雾都，晴天少，经常大雾笼罩。只见长江奔流，江上大桥车流不息，群楼耸立，纵横的道路伸向四方，一片繁忙景象。在重庆行路只靠手机导航不行，还需动脑筋。有次我们晚上先坐地铁去离酒店两站远的地方，回来看手机导航只离下榻酒店3千米，便想散步回去。按导航指引，竟走到了路尽头，无路可走了，指示叫下阶梯。环顾四周哪有阶梯，很是疑惑，难道导航指错啦？见路边有居民楼门，进去打听，才知需由此乘电梯下去，每人要交一元钱。原来此楼一层在下面的道路，我们是在楼五层的上面道路，下面的路才是我们去酒店的路，而且也不远了。山城的路高高低低，有的楼层都处在高低不同的路当中。

体验了路的滋味，接着去看列车穿楼的情景。重庆轨道交通2号线的李子坝站，是国内首座与商住楼共建共存的高架车站。这条轨道交通线路，占据了一栋居民楼的6到8层，楼下5层是商铺，9到19层则是居民住宅，列车竟穿楼而过！车站在我们站立地的10几米上方，只见一条城市轨道从远处蜿蜒伸展过来，从一座10几层的居民楼中穿过。大家饶有兴趣地站立等待列车的到来。几分钟后，一辆城市轨道列车飞驰而来，越来越近，直至它的车头钻进了居民楼，逐渐的车尾也消失在楼中，然后从另一端钻出。列车钻楼头次见到，感到新奇，也是重庆旅游的一个亮点。大家疑问：火车进楼声音不影响居民吗？是先建楼再建列车站，还是相反？这两个问题导游很快回答："列车轨道采用低噪声和低振动设备，车轮为充气体橡胶轮胎，并由空气弹簧支持整个车体，运行时噪声远远低于城区交通干线的噪声，里面居民听不见噪音。"列车轨道和车站与楼同时修建，是经过慎重评估试验，结合地形设计出来施工的，也是重庆轨道交通中的一个特色。

重庆的几个红色景点早已家喻户晓，渣滓洞、白公馆、红岩村都是人们想去的地方。可惜的是渣滓洞因遭水淹，还在修复暂不开放，我们只能参观白公馆了。

白公馆监狱旧址位于重庆沙坪坝区歌乐山，原为四川军阀白驹的郊外别墅。白驹自诩是白居易的后代，就借用白居易的别号"香山居士"，把自己的别墅取名为"香山别墅"。1939年，戴笠在歌乐山下选址时看中了它，便用重金买下，改造为迫害革命者的监狱。它和渣滓洞一并被人们称作"两口活棺材"。但是又有所区别，白公馆里关押的都是军统认为"案情严重"的政治犯。抗日爱国将领黄显声，同济大学校长周均时，爱国人士廖承志，共产党员宋绮云、徐林侠夫妇及幼子(也就是大家最熟悉的小萝卜头)也是关押在这里。最多时曾有200多名"政治犯"被关押于此。1949年11月27日，军统特务对关押在此的革命者进行大屠杀，仅20人脱险。著名的小说《红岩》便再现了监狱内部残酷恐怖的囚禁生涯及革命党人矢志不渝的坚定信念。

我们来到歌乐山下，仰望白公馆门在半山腰，大家沿石阶梯向上攀登，在一处写有"香山别墅"的小门进入了白公馆。门里是一块空地，墙上有国民党党徽，它两旁写有"整齐严肃"四字，这空地大概是过去犯人放风的地方。空地上面是二层小楼，像是过去的办公室，两侧就是监室，每间房子10来平方米大小，里面都是空的，看不出原来的模样，再往上就禁止通行了，在下面山墙中有一道门，写着"刑讯室"，可锁着不让进。据说山上还有不少监室，没开放。参观了白公馆，不免有些失望。小时看过《在烈火中永生》那本纪实文集及小说《红岩》，里面描写在此发生的惊心动魄的故事没有表现出来，实物也没有，只是看一些空房而已。

离开白公馆来到红岩村。这里是抗战时期中共南方局和八路军驻重庆办事处。1945年，毛泽东同志从延安到重庆与国民党进行谈判的43天内，也住在这里，当年的红岩村成了举世瞩目的政治活动中心。前些年这里建起了"红岩革命纪念馆"，是座高大的建筑物，我们走进去，里面展览着不少革命文物，像毛主席当年来重庆谈判时穿的衣服戴的帽子，印《解放日报》的印刷机等。在一处有周恩来语录"共产党人要如六月风荷出污泥而不染，同流而不合污"的展窗前停留，感触周恩来的话道出了共产党人应具有的品质和标准。纪念馆旁有当年红岩村八路军驻渝办事处楼，为3层简易建筑，是由当时南方局和八路军驻重庆办事机关工作人员动手改建的。毛泽东、周恩来和南方局的领导人曾在此办公、住宿，可惜正在维修不让进去参观。

磁器口是市内一日游的最后一站，它位于重庆市沙坪坝区嘉陵江畔，始建于宋代，距主城区3千米，是历经千年变迁而保存至今的重庆市重点保护传统街。大家疾步进街里，看来这里比成都的"锦里"小吃街大多了。街两旁店铺林立，经营重庆各色小吃、各种特产，街面人群熙熙攘攘，摩肩接踵，很是热闹。在这里可感受重庆及四川的风情，临街小剧院正演川剧变脸，演员演出时脸变得之快叫人迅不及防，这就是艺术。一家一家店铺看过来，有两家制作的地方吃食很是新鲜。一家是做一种面条，不知用的什么材料，只见厨师用笊篱模样的器具从缸里掏出和好的粘稠糊状物，举起笊篱，从笊篱下面立时流出长长的面条，有一人高，竟中间不断，然后放进沸水锅里煮熟，连贯的动作技艺娴熟，可谓精彩表演；另一处是做米糕的店铺，门前立着一个大石臼，两个彪形大汉各持一大木锤，你一锤我一锤有节奏地捣臼里的米粉团，直捣得那粉团粘合在一起，透明发亮，用此做出的米糕一定是韧劲十足，吃着回味无穷吧。

  这个市内游还是挺有收获的，增长了知识，开阔了视野，虽然奔波劳累"花钱买罪受"，却乐此不疲。

列车穿楼

磁器口特色面食

（七）

以前对重庆的深刻印象多是红色景点，主要受《红岩》小说的影响。那部小说虽然是文学作品，但以真实素材写成，所以多年来总想感受一下真实场景，只是这次因客观情况影响，看了大概，没有深入了解，留下遗憾。没想到的是重庆附近还有震撼的天然景观游览，就是武隆天坑和地缝。

头次听说天坑地缝这种天然地势，仔细了解了一下：天坑属于一种喀斯特地貌，是大型的喀斯特漏斗，四周陡峭。说得通俗一些，所谓天坑是指碳酸盐的岩层经过亿万年地下河水溶蚀冲刷以后，岩层崩塌而形成，被掏空未有坍塌的岩壁成了桥，通常称之为天生桥，崩塌凹陷的地方就成了坑。地缝就是史前地球造山运动所产生的裂谷。

我们在旅游团指定的集合地点乘上旅游大巴，天公不作美，下起了雨。重庆的天潮湿闷热，不如成都清爽，而且多变，从宾馆出来时虽天阴但觉得下不了雨，嫌麻烦没带伞，但坐上车雨下起来而且越来越大了。听天由命吧，好在要坐近两小时的车，但愿到时雨停了。

两小时后，车停下来，雨却没停，不过近旁有小贩兜售雨衣，趁机抬价，一件很薄的塑料雨衣平时卖5元现在要15元，没办法也得买。导游指着不远处一玻璃瞭望台叫大家先去上面看山景，10几分钟后到出口集合。

这个玻璃平台叫天生三桥玻璃眺望台，是建在海拔1200米的山崖上，向外悬挑11米，距离悬崖底部垂直高度280米。站在上面瞅透明玻璃下的深渊，两腿发软，心惊胆颤。这种玻璃平台在全国许多景点都有，但我是平生第一次体验。开始在上面行走挺害怕的，一步一挪不敢走，但见那么多人在上面平安无事心也就踏实下来。站在台上极目远眺，大山连绵，烟雨迷蒙，群峰耸立，峭壁狰狞，黛青的山头，天间共一色，本是让看天坑三桥全貌的，但此时还没感受天坑模样，不知如何看，只是看了山而已。

出了平台跟导游来到一崖边，往下望是深深崖底，一条石阶蜿蜒向下。导游告知从此向下，即可到天坑，里面还有张艺谋拍摄的《满城尽带黄金甲》影片的外景。看完天坑三桥后他在出口等待，看来他偷懒不跟游客下去而直接到出口等着了。

我们沿石阶小心翼翼向下走，雨还在下，增加了行走难度。石阶两旁是树丛，被雨水刷得碧绿，对面是圆形山顶的大山，笔直的山壁如刀削般，是典型的喀斯特地貌。石阶上充满了蠕动的游人，经过半小时的下行，终于来到了一片新的天地。崖底是开阔的平地，树木葱茏，清新爽洁。这时雨停了，太阳钻出了云层，我们兴奋了，按导游事先告的方向，向右拐，一条不起眼的的小径赫然出现在眼前，引领我们进入一个新的洞天。前行前方豁然开朗，但见前方两座方形笔直的大山，那大山中间被掏空，形成两个巨大长方形的大洞，如凿出来的形状，立时震惊，这种地势平生头次见到，惊奇万分，动人心魄，真是大自然的鬼斧神工、惊艳绝伦之作！这就是天龙桥。

在天龙桥的坑底有一座青瓦灰墙的古色古香的四合院院落，院前挂着的灯笼上写着"天福官驿"四个字，始建于唐武德二年(619)，是古代涪州和黔州官方信息传递的重要驿馆。该建筑为木质结构，古典风格，小青瓦屋顶，翘角飞檐，由两个四合院连成矩形方阵，正门有朝门，内庭四方约20间房舍，左厅为正殿，供官员办公及接待宾客，右厢是官舍及卫士住房，驿站外有拴马桩及高竿悬挂驿站标旗。它不张扬耀眼、不华美炫目，巍然屹立在深山中，默默展现着独特风华，这也是张艺谋拍摄《满城尽带黄金甲》影片的外景拍摄地。

天龙桥即天坑一桥，桥高200米，跨度300米，因其位居第一，顶天立地之势而得名。桥中有洞，洞中生洞，洞如迷宫，壮观又神奇。我们在此停留拍照后赶紧奔青龙桥。

青龙桥即天坑二桥，是垂直高差最大一座天生桥。桥高350米，宽150米，跨度400米，似一条真龙直上青天。从远处望与天龙桥不一样，不是长方形的，而是上宽逐步下窄到底成尖形，像个倒三角，又如一把刀，有人举手握刀尖拍照，犹如宝刀在握，这个大自然的杰作又叫游人为之一振。

天龙天坑

再前行是黑龙桥即天坑三桥，桥孔深，黑暗，桥洞顶部岩石如一条黑龙藏身于此，令人胆战心惊。它成长圆形,从圆形中露出了天,有人伸五指遮天拍照,名曰"一手遮天",挺有意思的。

走出了三桥前面平坦了,在出口上车奔地缝,其实没多远,几分钟即到。

经地下水与地表水亿万年协同溶蚀而形成的武隆龙水峡地缝,是一座集喀斯特地貌奇观为一体的地下裂谷景观。地缝缝底与最高缝口之间高差为350米,阳光难入缝底。缝之两崖宽度仅在1至5米之间。前往地缝要垂直向下300多米,设有观景电梯。从地缝入口进去,先要下百余阶石梯才能到乘电梯处,要排长队等,一次只能上10几人,我们排队等了10几分钟才进电梯向下。电梯停后出来一看还需要走弯曲木梯才能到底,也要走10几分钟才行,计算一下离导游留的回去上车时间怎么也不够,因为回程也得两小时。没法只得在电梯外的平台向下探望,只见树木葱葱,流水潺潺,对面崖壁还有瀑布流下,回到车上听下去的人讲地缝底部有飞瀑、溪水、深潭、水帘、暗河、栈道、原始植被等,也是一派风光。可惜我们无暇游览欣赏,留下遗憾,这也是跟团游的缺陷,时间不由自己把控。

天福驿站

旅游大巴把游客送到市中心的解放碑广场解散,已晚上8点多了,一天的武隆天坑地缝游紧紧张张的,看来如果想玩得轻松愉快还是两天为好。

明天就要回京了,还有一个计划没完成,就是品尝闻名遐迩的重庆火锅。重庆火锅,又称为毛肚火锅或麻辣火锅,起源于明末清初的重庆嘉陵江畔、朝天门等码头船工纤夫的粗放餐饮方式,原料主要是牛毛肚、猪黄喉、鸭肠、牛血旺等。重庆火锅来源于民间,升华于庙堂,后来成了无论贩夫走卒、达官显宦、文人骚客、商贾农工都喜欢的美食，而且还遍及了全国。重庆火锅已成为重庆美食的代表和城市名片，以至于人们说："到重庆不吃火锅，就等于没到重庆。"

我们找到了一个大型的周师兄火锅店，里面有几个厅数百个火锅餐桌，是当地挺有名的火锅店，味道一定正宗。点了火锅套餐，一个火锅隔为辣、酸、白汤三味，各种食材佐料上来，别的不多说了，毛肚、黄喉、蔬菜等是火锅的必须，中间服务生端上一大盘，上面是一个挺高的锥型，缠绕着黄红色的东西，造型挺好看。问是何物，答曰鸭肠。用筷子夹下，细细的鸭肠盘绕在一个锥形的冰块上，鸭肠没多少，冰块却很大，显得大盘里的东西也很大，成了这次火锅餐的主宰，商家很会做买卖。服务生的服务很到位，热情、周到，叫人感到很舒服。我们大快朵颐，吃得不亦乐乎，留下了难忘的感受。

蓉渝游结束了，多年的愿望实现了。旅行是个开动脑筋的事情，它适合每个年龄段的人，小孩子能开拓视野，成年人可增长知识，老年人会获得愉快，生活需要丰富多彩，生命才更加辉煌灿烂。

雾中重庆

九寨沟的风格

九寨沟以水美闻名天下。这里的水圣洁妩媚，有以温柔的姿态拥抱着山峦，有以尽情地歌唱抚摸着丛林，有以欢快的呼喊冲下山崖，变幻莫测，乐趣无穷。水、山、树，加之蓝天白云构成了人间天堂的童话世界。这块瑰宝的美已随着各种媒体深入千家万户了。但九寨沟还有另外一种风格，可以与它的自然美媲美。

吸吮着清新的气息，游客们乘坐九寨沟观光专用车驶向日则沟顶，从那儿再往下逐步游览。一上车，九寨沟的导游们，不管男女，都挂着笑脸，和蔼可亲地向大家问好，开始了清晰的解说。这里的地质地貌、景点的突出特色、当地的风土人情，随他们侃侃而谈，配着车窗外的美景，总是叫游客们处于诗情画意之中。后来大家发现，除车上的导游外，九寨沟里的任何工作人员，连维护清洁卫生的人员在内，都是那样彬彬有礼，向他们任何人打听路线，询问景点的情况都能得到清晰的答复。人们感叹此地把员工培训到如此程度，就像九寨沟清澈的水那样令人透明、舒畅。奇异的美景协调着美好的心情，游客们得到了最大的精神愉悦。

黄龙五彩池

九寨沟里的一切都管得井井有条，每个景点设有汽车站，人们走累了随时乘车到下个景点。奇怪的是，好像事先安排好了一样，人们刚到车站，立刻就有一辆空车驶来或等待，游客们不用急着等车，往往是车等人。到站下车前，随车导游把下面的路线解释得清清楚楚，诸如不要走回头路等也要告之，避免走冤枉路。盆景海附近是游客聚集地，人们到此基本结束了游览，准备出沟了，但人多车也多，一辆接着一辆。看着一串空车等着游人，大家心里踏实，自觉排队上车，见不到前拥后挤的现象。慕名而来九寨沟的人每天成千上万，一到这里，粗野变得文明，暴躁化为平和，倒是能修身养性呀。

九寨沟是那样白壁无暇，是那样叫人爱不释手。进沟前就被告之，决不能吸烟，扔一个烟头罚五百元。进到沟里，更感受这规定的正确。静水、绿草、美景，叫人流连忘返，几乎没人舍得糟蹋这人间仙境。个别游客把磕完的瓜子皮不小心掉进水里，一个工作人员趴在地上，用长柄夹子探进水中，费劲地将瓜子皮一个一个夹出来，那样可爱的水决不能有丝毫的污染。看到这样辛勤地工作，人们心中能不震撼吗？九寨沟，中华大地的一颗明珠，应该让它永远放射着绚烂的光彩。

九寨沟的风格与九寨沟的美景相辉映，陶醉着九寨沟的游人们。

九寨沟的水

云南放歌

版 纳

古老而神秘的土地
蕴藏了美丽的传说
高山亲吻蓝天白云
澜沧江唱着欢乐的歌
橡胶树绿遍山冈河川
甘蔗林酿出甜蜜的生活
相思树令人常相思
因为捧出红心颗颗
香蕉、椰子、菠萝、芒果
纷纷敬献给远方客
傣族姑娘多情歌舞
泼水场上嬉戏追逐
画出版纳迷人的风俗图
映出兄弟民族人心火样热
啊，西双版纳的色彩呦
永远不用颜料涂抹

澜沧江

大　理

苍山的积雪与白云媲美
洱海的碧波将游人陶醉
精美的蜡染拽住了来客
三塔古寺巍峨又雄伟
蝴蝶泉畔金花开不衰
白族阿哥的情化作了土和水
大理石的故乡名扬天下
"文献名邦"美称青史垂
倘若唐僧取经再路过此地
"女儿国"的面容更娇美

大理三塔寺

丽　江

穿越了时空隧道

古城唱着千年的歌

别致的建筑诉说着过去

石板街道刻印着历史的车辙

小桥总在与清清流水喃喃低语

林立的店铺显示着古朴的风格

当夜幕降临欢乐的小城

纳西族的乐曲迷倒了游客

噢，美丽的丽江

金沙江畔一株奇异的花朵

丽江古镇

香格里拉

你有博大宽广的胸怀
容纳了气势磅礴的壮美
高山托举着奔腾的白云
长江也在你的深峡里反转迂回
曾有猛虎吓得在此一跳
震天的怒吼至今也不消退
斑斓多姿的原始森林
染得山峦变成了多彩的翡翠
美丽的香格里拉呀
人间天堂永远叫人陶醉

香格里拉

玉龙雪山

披着白袍的勇敢斗士
总以胜利者的姿态迎接挑战者
自它诞生多少个年头以来
还未被谁征服过
世界上的雪山千座万座
如此顽强的没有几个
人们尊称它为神山
因为它带来了神秘与欢乐

玉龙雪山

泸沽湖

多情的水中漂浮着蓝天和云朵
妩媚的山顶扎起柔软的缦纱
猪槽船悠闲在静静的山水间
描绘了一片美丽迷人的天然图画
摩梭阿妹花楼前悄悄挂上了草帽
传播着又一段爱情的佳话
女儿国古老而新奇的风情
为华夏增添了一篇奇特的文化
梦幻般的泸沽湖呦
大自然的品质在这里又得到升华

与摩梭导游在泸沽湖畔

梦幻的泸沽湖

　　早就被美丽的泸沽湖和那里的奇特民风所吸引，总想找机会去体验一下，一个明媚的秋日终于实现了这个夙愿。

　　旅游车上午8点多从丽江出发，导游是泸沽湖边长大的摩梭小伙子，黝黑的皮肤，披着长发，戴着草帽，穿着花衫，开始看着不太习惯，但不久就觉得他淳朴可爱。

　　从丽江到泸沽湖，全程只有200多千米的路程，但要翻越6座大山，山道弯弯，有1000多个弯道，有的路段颠簸不平，汽车起码要走5、6个小时。导游介绍了泸沽湖的风土人情：泸沽湖是一个美丽的高山湖泊，50多平方千米，平均水深45米，最深处90多米。此地是摩梭人的聚集地，摩梭人被看作是纳西族的分支，但他们最特殊之处是至今仍保留着由女性当家、女性成员传宗接代的母系大家庭以及"男不婚、女不嫁、结合自愿、离散自由"的走婚制度。亲密的伴侣之间不存在男娶女嫁，男女双方仍然属于自己原有的家庭。婚姻形式是男方到女方家走访、住宿，次晨回到自己家中。双方所生子女属于女方，采用母亲的姓氏，男方不承担抚养的责任，这样男女双方不组成家庭，关系不是固定不变的。大家很好奇，问起导游一些具体的走婚情况，导游很风趣地说："我今年26岁了，已经有了7年的走婚历史。看我的草帽，右边折起，这就是告诉别人我已走过婚了。我们事先了解和看中了哪个阿妹，在约会时抠她的手心3下，如她对你有意，也同样回敬你，就会约定时间地点，晚上12点后翻过她家的墙，到她的花楼里去，第二天早6点前出来。但去时要带上点猪膘肉和腰刀，大家说说是干什么用的？"大家七嘴八舌说法不一，有的说肉是给阿妹吃的，刀用来防身怕情敌报复，等等。导游笑着说："我们摩梭人很善良，阿妹从不会答应多人，也不会要任何东西，我们男女之间的感情纯粹是建立在爱情之上的。肉是翻墙时对付看家狗的，刀是用来拨阿妹花楼里面的门栓的。草帽也有用处，进阿妹的花楼后，把草帽挂在外面，就告诉别人这阿妹屋里已有走婚的男子了。这些近似原始又神奇的故事顿时引起大伙极大的兴趣，有人问："一个阿哥是不是经常要找好几个阿妹？"导游笑答："不是那样，我们也有道德标准，与一个阿妹感情好，就只保持着这一个。我们没有结婚证、离婚证，没有法律约束，没有财产纠纷，全凭感情维持，所以我们的民风很淳朴。我到昆明上旅游中专前就只与一个阿妹走婚。上学后离开了村寨，就不再与她走婚了，她就再找了别人。如果我们平时与几个阿妹走婚，会被人骂得抬不起头来。

这时候车外下起了淅淅小雨，车内却气氛热烈，泸沽湖"女儿国"那神秘的面纱深深吸引了大家。世界各国民间传说中的女儿国，存在至今的恐怕只有摩梭人这一族了。这里的女人们在属于自己个人所有的花房里编织少女的梦，实现她的情真意挚的爱。她们不奢求不属于自己的一切，不做金钱、物质和权力的奴隶，按照自己的质朴本性，在这块神奇的土地上无忧无虑地劳动、生活、恋爱，在泸沽湖的山光水色中最大限度地展示自己纯朴的本色。

下午2点多，快要到泸沽湖了，导游说到目的地进入酒店就没别的事了，明早才乘猪槽船在湖里转转，大家如有兴趣，不如到他家的村寨做客，接触一下原汁原味的摩梭人家，尝点当地土特产，只收少量的成本费用。大家早就被摩梭的风俗所吸引，纷纷表示愿意前往。这时候美丽的泸沽湖也出现在眼前了，啊，真美，湖岸曲折，森林密布，湖中的小岛给人以无限悠远的遐想。水天一色，水平如镜，像一个古朴、宁静的睡美人，躺在青山环绕的怀抱之中，又像造物主藏在这里的一块硕大的蓝宝石，一面光彩照人的天镜。这时雨停了，湖边的高山托举着奔腾的白云，山顶宛如围上了轻柔的缦纱。雨把山峰洗得青翠，把水抚摩得平静。白云间露出了碧蓝的天空，夕阳洒下了金光闪闪，又倒映在湖水里，水中漂浮着洁白的云朵，山也凑过来照照自己的尊容。梦幻般的湖光山色醉倒了游人，怪不得明代诗人胡墩诗赞泸沽湖："泸湖秋水间，隐隐浸芙蓉。并峙波间鼎，连排海上峰。倒涵天一游，横锁树千里。应识仙源近，乘槎访赤松。"车在岸边停住，大家纷纷留影，湖中有一小岛，人们在相机里托举它、手抓它，就如人们清晨在海边托举红日那般姿态，妙趣无穷。

天渐渐黑下来，我们来到了导游家的村寨外边。因下过雨，通往村寨的道路泥泞不堪，大家小心翼翼地走进村去，顾不上鞋子粘上了泥巴。导游家的院子挺大，而且是水泥铺面，四周是木制的房子。有祖母屋、花楼、经堂，经堂是为导游的侄子在外学经回来成为活佛准备的。进入祖母屋，里面烟熏火燎的，中间地上有一炭火，烧着木头。导游的母亲，家里的最高领导者坐在旁边看着不让火熄灭。火前供奉着火神像，屋内有两根支撑房子的木柱，据说是采自一棵树，上半截为女柱，下半截为男柱。孩子到13岁，母亲要在柱子这儿为他们举行成人典礼，以后女孩子就能进入花楼走婚了，不过现在认识到年龄小走婚对身体不好，一般要到18岁后才开始走婚。令人稀奇的是在墙的一边摞着几个熛了毛的整猪，导游说这是猪膘肉，这些猪膘肉制作最久的有20来年了。大家很惊讶，这么长时间肉就不腐烂？导游讲，猪膘肉是摩梭人的一种土产，用来家里举办重大活动时送人使用。冬季时将猪宰杀后，去掉内脏、瘦肉，只留肥膘，放进盐及草药，然后风干，可保持多年不腐，有的外国人还专门买些带回国。

祖母屋里叫我们长了见识，这时外面院子已摆好小桌、板凳，蒸猪膘肉、烧土鸡、煎小鱼、烤土豆等摩梭人的饭食端上来，大家便狼吞虎咽吃起来，那猪膘肉虽然肥，却肥而不腻，比腊肉松软好吃。

　　饭罢，村寨里的30来个摩梭青年男女穿着鲜艳的民族服装来了，院子里摆上了篝火盆，放上许多木柴，篝火点燃，火光冲向深邃的夜空。导游宣布联欢开始，摩梭青年吹起了带来的乐器，唱起了悠扬的情歌，跳起了民族舞蹈，我们兴高采烈地加入进去，手舞足蹈乱蹦乱跳，院里立时充满了欢歌笑语。热闹了一阵，又开始对歌，摩梭青年唱一首，我们也必须唱一首，不得重复，别看在这偏僻的村寨，他们竟会唱很多歌，不少还是流行歌曲，我们使全身解数，流行歌曲、革命歌曲、儿童歌曲全唱了出来才艰难地应付，导游讲这些青年中还有人不识字，但歌唱得好。

　　夜越来越深了，大家只得依依不舍离开了摩梭村寨，几个当地青年举着火把引路，而我们还沉浸在欢乐之中。

　　泸沽湖啊，你真是一个梦幻又神奇的地方。

美丽的泸沽湖

腾冲的魅力

这是由九十多座火山环抱着的云贵高原上的小城，特殊的地理风貌使它散发着迷人的魅力，如同它的名字令人遐想。从保山机场下了飞机，面包车载着我们驶上前往腾冲的道路。

两旁群山葱茏，细草青青，蓝天如洗，云淡如玉，杜鹃花染红了山岭，美丽的山水画卷勃发出盎然的生机。路过高黎贡山，我们小憩，一栋写有高黎人家的木楼引起大家的注意。拾级而上，原来是一处国家有关研究部门设立的观察哨，昼夜观察着国家珍贵保护动物长臂猿的活动情况。一工作人员，手持望远镜，专心注视着对面的丛林山峦，他说长臂猿有时会越过公路到这边的森林里，每次都是四、五只。他们的工作程序很单调，就是观察记录。生活枯燥，没有娱乐，没有电视，夜间山里很冷，只靠烧木炭取暖，日复一日，年复一年与大山为伴，为了事业默默无闻地奉献，我们不由肃然起敬。

黄昏到达了目的地，腾冲是个干净、美丽的小城，鲜花盛开，绿树如茵，被徐霞客称为"极边第一城"。我们感到了这小城非凡的悠静，宁静的街道，安静的人群，舒缓的节奏，叫我们大城市来的人感到十分惬意。

迎着夕阳的余晖，我们赶紧去游览和顺侨乡。这个中国十大魅力古镇之首，有一万多人侨居海外，形成了独特的侨乡文化，它有重教兴文的传统，古镇的和顺图书馆是全国保存完整的最大乡村图书馆。漫步在青石铺就的古镇街道上，近处有绿树、古房，远处有田野和清澈的小河，鸭子愉快戏水，白鹅引亢高歌，一片田园牧歌式的秀美风光。暮色降临，我们疾步前往大哲学家艾思奇的故居，这里走出了这个著名人物，更为古镇增添了色彩。艾思奇的故居前有一片水塘，塘水清清，几个孩子在顽皮戏水，像条条鱼儿穿梭在碧水间，时而潜水底，时而浮水面，欢腾雀跃，令人回到孩提时代。这是很难找到的乡村一景了，我们不约而同举起相机，孩提的童真收入了镜头。艾思奇的故居在半山坡，为二层小楼，院内花草缤纷，看起来过去也是大户人家，现在已由后人捐给了国家，供人们瞻仰。

次日，披着朝阳的光辉，我们开始了愉快的游览。当我们来到一座已休眠上万年的火山口时，感受到了大自然的威力。巨大的火山口曾喷发出炙热的岩浆，造就了腾冲的独特地貌，想那远古时代，腾冲周围的几十座火山此起彼伏地喷发，那阵势该是惊天地、泣鬼神吧。火山造就了火山文化，那沿途小贩出售的火山石雕刻的工艺品都是各种姿态的。

火山的趣味还萦绕在脑中，那一片迷人的北海湿地把我们带进更神奇的地方。这是一个高山湖泊，高山环绕，蓝天拥抱，白云入水，山水相映，天然的美画。令人惊奇的是大部分水面上覆盖着厚一米的草甸，上面生长着茂盛的野草，须根密织，年生年死，形成巨大的草排，人立其上感觉晃动下陷，移步旁行下陷处又浮起，但不会掉进水中，走其上开始提心吊胆，但不久便觉新鲜有趣了。我们又划小船穿行在草甸间，但见高原蝴蝶兰燃起片片兰色的火焰，成群的白鹭翩然起舞，队队的湖鸭水中嬉游，条条的鱼儿自由欢快。望远山，抚近水，登草滩，抒情怀，俨然处身于一片世外乐土中了。

北海湿地叫我们流连忘返，热海的地热再次激发了大家的激情。腾冲的热海是一个热气腾腾的山谷，密林中、岩壁间，地面上到处都有热气喷涌而出，如云雾弥漫，恍若仙境。徐霞客曾描述："遥望峡中蒸腾之气，东西数处，郁然勃发，如浓烟卷雾……"一处像蛤蟆嘴的沸泉，水温达90多度，旁立一牌，告戒游人不要在此煮鸡蛋，以免烫伤。珍珠泉有几十个喷孔喷出热泉，个个飞珠溅玉如串串珍珠。最壮观的是一盆型沸水池，6米多直径，水温近百度，这是热海中温度最高的沸泉，里面昼夜沸腾，蒸气升腾，名称热海大滚锅。旁边出售用此水煮熟的鸡蛋、土豆、花生等物，叫人感叹不已。在热海下面有温泉沐浴，各种香料、药材的温泉为游人们一解旅途疲劳，焕发出欢快的心情。

当我们离开腾冲的当天，一处中国唯一的城市瀑布又令大家为之一振，这处名为叠水河的瀑布位于市中心一公园内，落差40多米，白色玉带从一山崖飞流直下，发出轰鸣的声响，为这座小城无形中增加了气势。

腾冲，这个云南北部的小城，是一个充满魅力的地方。

腾冲北海湿地

登临日月山

祖国大西北青藏高原西宁市西部的日月山,是一千三百多年前唐朝文成公主入藏的必经之地。

炎炎夏日,北京闷热难忍,这里却是凉风习习。我们从西宁市乘车沿着国道奔向日月山,两旁闪过碧绿的青稞麦、鲜黄的油菜花装点的高原群山,再衬托了蓝天白云,真是美不胜收。路旁几位藏族同胞前去拉萨朝圣,每走一步都要四肢伏地磕一长头,这里离拉萨有一千九百多千米,这样不知要磕多少头,这种执着精神着实令人钦佩。

日月山分日山、月山,20世纪70年代,国家在两山分别修建日、月两亭,以纪念文成公主入藏的功绩。

登临日月山,眺望广阔无垠的青藏高原,立刻被一种博大的气势所吸引。苍茫起伏的群山与蓝天白云相接,那白云犹如奔腾不息的骏马,驰骋在群山蓝天间。日月山以东,以农区为主,主要作物为青稞麦、油菜籽,青稞麦正青,油菜花正黄,随风散发阵阵芳香,构成高原一道亮丽的风景。日月山以西是牧区,高寒的气候连树木都不能成活,漫山遍野只生长着寸把高的牧草,雪白的羊群散落在其间,如碧绿的大地毯上滚动的云朵,时而还掺杂着黑色的牦牛群,色彩交织,地高天低,叫人遐想联翩,令人心旷神怡。高原风光无限好,怎能叫人不歌唱,不禁哼起西部歌手王洛宾那首"在那遥远的地方,有位好姑娘……"的动人歌曲,悠扬粗犷的曲调就像高原般的广阔。

登临日月山,不禁思古之情幽幽,仿佛看到一千三百多年前,沿着群山间的羊肠小道,驼声叮当,旌旗翻卷,大唐王朝的文成公主在众人的簇拥下,盘山而来。从繁华的长安城到此已行多日,越走越荒凉,越来越伤感。到了日月山,天色渐晚,停下歇息,公主站立山巅,瞭望长安,思念父母。再看前面天苍苍、野茫茫,荒芜人烟,满目凄凉,不禁潸然泪下。掏出父亲临行前送的宝镜,再看一眼父母的尊容,想起父亲的嘱托:"为了大唐王朝的基业,为了与吐蕃(西藏)的和睦友好,父亲只能忍痛割爱,把你嫁与吐蕃王松赞干布,想爸妈的时候,就拿出宝镜看看,父母的画像就出现在你眼前。"想到此,公主擦干眼泪,毅然将宝镜掷地摔碎,义无返顾继续西行入藏。从此西藏与内地交流不断,中华的版图得到巩固、延伸,文成公主功不可没。历史上多少王公国戚骄奢淫欲、醉生梦死,早被人们唾弃,而文成公主,一个孱弱的女子,凭着她的执着与坚韧，毅然踏上去西藏的艰辛之路。她的内心是否有过对此行的踟躇和彷徨？她对这充满政治色彩的婚姻是否有过埋怨和无奈？但她最终在西藏这块神奇的土地上留了下来，英名传千古，凡是为历史做过贡献的人终究被历史所铭记。

祖国的西北，这片神秘而博大的土地正张开双臂，迎接着有志气、有抱负的人们，中华民族要从这里开始新的腾飞！

登上了日月山

青藏高原

塔尔寺的"艺术三绝"

塔尔寺坐落在青海省湟中县鲁沙尔镇之南隅莲花山中,距省会西宁26千米,是中国喇嘛教格鲁派(黄教)六大寺院之一。这是一座汉藏建筑风格相结合的古建筑群,有汉族皇宫的辉煌,也有藏族建筑的挺拔。从明代嘉庆建寺至今600多年来,高僧大德层出不穷,文物积累极为丰富。十世班禅额尔德尼·确吉坚赞曾在此修行10多年,十一世班禅要到此认祖归宗。特别是寺内的"壁画""堆绣""酥油花",堪称"艺术三绝",以它们独特的风格闻名遐尔。

艺术三绝的制作者为寺内艺僧。塔尔寺的僧人都有专长,分工也细,他们几岁时被送到寺内,从小接受培养,分为初、中、高等教育,像我们的小学、中学、大学一样,同时还分专业,如医学、艺术等,艺僧就是艺术专业培养出来的僧人。

塔尔寺的壁画分布在寺内内墙及殿堂的墙壁上,都为历代的画僧所作。导游带我们转遍全寺,凡露天的壁画都被蓝布覆盖,导游解释说是为了避免污染。大家理解,不好揭开布看,但在大金瓦店内的墙壁上,我们仍目睹了400年前壁画的风采。满墙壁画历经数百年沧桑,色彩依然夺目,内容博大精深,与殿内释迦摩尼及将在60多亿年以后修成正果的未来佛塑像交相辉映,反映着佛学神秘、古老的渊源,令人浮想联翩。

塔尔寺的堆绣是用各色丝织品手工剪成各种花瓣形状,一层层叠起来成花朵模样,花蕊用象牙或珍珠磨制而成,一朵朵制成后缝缀在大块横布上,悬挂在重要的佛事场所。堆绣的讲究做工,叫人赞叹不已。这些精心制作的艺术品,饱含了艺僧们的心血,展示了他们高超的技艺水平。

更让人叫绝的是塔尔寺的酥油花,这是用酥油在低温下捏成植物、人物、动物的形状,然后陈列出来供人观赏。塔尔寺的酥油花都是在严冬腊月里由艺僧们在零下五度的低温中用裸露的双手将五颜六色的酥油按事先的设计捏制而成,温度高了,酥油就要融化。导游带我们来到塔尔寺的酥油花馆,江泽民题写的"酥油花馆"牌匾悬挂在大门上方。馆内放着装有空调的大玻璃柜,柜内的酥油花不光有花,还有鸟、走兽、人物等,色彩鲜艳夺目,形状栩栩如生,姿态活灵活现,叫人爱不释手。为了制作酥油花,艺僧们付出了艰辛的劳动,在零下好几度的低温中手工操作,双手冻肿了，制作一次要连续近半个月时间。制成的酥油花放在有空调的大玻璃柜中保存一年，来年再做新的。塔尔寺制作的酥油花在全国寺庙中堪称最好的。

塔尔寺的"艺术三绝"是我国的艺术瑰宝，它们将随着大西北的开发中放出更加灿烂的光彩。

塔尔寺内

拉萨一日

西藏被称为"世界屋脊",雪域高原是片神秘的土地。它离着京城遥远,过去很难想象能去那儿看看。青藏铁路开通后,产生了到西藏旅游的想法,于是报了一个6日西藏游的项目,火车去飞机回。

坐上了北京到拉萨的列车,卧铺车厢的每个床头多了一个氧气输送口,到了一定海拔高度后输送氧气。为了预防高原反应,在去之前我就开始服用"红景天"胶囊,据说对付高原反应有作用,另外还带了其他高原反应药及手指式测氧仪。

北京到西藏的列车要耗时48小时,开始旅客们都很兴奋,聊天嬉笑、谈天说地。车上广播着韩红唱的那首高亢的歌曲《天路》:"清晨我站在青青的牧场,看到神鹰披着那霞光,像一片祥云飞过蓝天,为藏家儿女带来吉祥。黄昏我站在高高的山岗,盼望铁路修到我家乡,一条条巨龙翻山越岭,为雪域高原送来安康。那是一条神奇的天路,把人间的温暖送到边疆……"

列车日夜奔驰,过了青海的格尔木后开始越爬越高,过了唐古拉山口,海拔到^5000米。窗外是可可西里草原,听说有时能看到成群的羚羊。我想望窗外,可头开始发晕,想站起来突然像踩了棉花站不稳了,我知道这是高原反应。车厢里一片寂静,没人说笑了,看来大部分人都有了反应,不时有人跑到卫生间呕吐,我还好没有吐,只是头晕得厉害。这时床头的氧气开了,可我竟忘了凑过去吸氧,还以为车厢里会充满了氧气。我不想吃喝,想躺在铺上熬到拉萨。

火车终于到达拉萨。进入宾馆,用测氧仪量体内含氧才70多,最低不应低于98,可见高原缺氧给身体带来状况了,听说一般过一两天就会适应。第二天高原反应有所缓解,拉萨海拔3700米,比火车曾路过的唐古拉山5000多米低了许多,但清早起来仍感到脑涨昏沉,血压也升高了,不过活动一阵就感觉好些了。

清早8点,我们坐着旅游车开始了拉萨一日游,主要是布达拉宫和大昭寺。西藏首府拉萨,总面积近3万平方千米,市区面积82.82平方千米,总人口近87万。初到这个城市感到干净整洁,虽然不大,但具有现代的气息,与内地城市没有多大差别。拉萨日照时间长,只要是晴天总是感觉阳光耀眼,被称为"日光城"。

我们来到布达拉宫的下面,抬头仰望,它依山而筑,巍峨耸峙,气势磅礴。导游讲布达拉宫占地面积 36 万余平方米，东西长 360 米，南北宽 270 米，主楼 13 层，高 117 米，是世界上海拔最高，集宫殿、城堡和寺院于一体的宏伟建筑，其建筑艺术体现了藏族传统的石木结构碉楼形式和汉族传统的梁架、金顶、藻井的特点，院落重叠，回廊曲槛，主次分明，上下错落，前后参差，富有节奏美感，是世界建筑史上的奇迹。相传，藏族吐蕃王松赞干布好善信佛，迁都拉萨后，给这座山取名为"布达拉"，指观音菩萨所居之处。公元 641 年松赞干布迎娶唐朝文成公主后，欣喜之余，为公主造了布达拉宫。当年所建的布达拉宫高 9 层，共有 999 间宫室，加山上修行室共 1000 间，堂皇壮丽。然而世易时移，布达拉宫饱受雷、电、战火劫难，历尽沧桑，现在的布达拉宫是 17 世纪以后重新修建的。

我们依梯而上，布达拉宫分白宫和红宫，其功能分两大部分，白宫是达赖喇嘛生活起居和政治活动的地方，红宫是历代达赖喇嘛的灵塔和各类佛殿。白宫始建于 1645 年，历时 8 年，整个寺宇的墙面被涂成白色，远远望去，分外醒目。导游讲红宫、白宫的墙主要是边麻草构成，边麻草是西藏生长的一种植物，产量大，有韧劲，用它建造的宫墙确实很结实。

白宫高 7 层，位于第 4 层中央的"措钦夏"（东大殿）面积 717 平方米，由 38 根大柱支撑，是布达拉宫最大的殿堂，历代达赖喇嘛在此举行坐床、亲政大典等重大宗教和政治活动。第 5、6 两层是摄政办公和生活用房，在这里我们还见到了当年陈毅元帅与十四世达赖喇嘛会谈的地方。最高的第 7 层是达赖喇嘛冬宫，殿内陈设豪华，金盆玉碗，珠光宝气。宫殿外，有一个宽大的阳台，从这里可以俯视整个拉萨城，远处是起伏连绵的群山，美丽的拉萨河宛如一条缎带，从天边飘来，近处是片片田陇阡陌，绿树村舍，还有古老的大昭寺金碧辉煌的金顶。

参观完白宫就直奔红宫，红宫建于 1690 年，当时，清康熙帝还特意从内地派了 100 余名汉、满、蒙工匠进藏，参与扩建布达拉宫这一浩大的工程。红宫的主体建筑是各类佛堂和达赖喇嘛的灵塔。宫内有 8 座存放各世达赖喇嘛法体的灵塔，其中以五世达赖喇嘛的灵塔最大、最华丽，高 14.85 米，塔身用金皮包裹，镶珠嵌玉，据说共用黄金 11 万余两，珍珠、宝石、珊瑚、琥珀、玛瑙等 18 677 颗。红宫中最大殿堂"司西平措"（西大殿）面积 725 米，殿内正中上方高悬乾隆所赐"涌莲初地"匾额，设有达赖喇嘛宝座。殿中还存有清康熙帝赠送的大型锦帐一对，是布达拉宫的珍宝之一。红宫最西是十三世达赖喇嘛灵塔殿，高 14 米，传说殿内的坛城是用 20 万余颗珍珠串缀而成的。这些灵塔里至今都保存着达赖喇嘛的真身。布达拉宫内部精美豪华的装饰一方面是藏族艺术的宝库，另一方面也折射出旧西藏贵族与占人口 95% 以上的农奴之间的巨大差别。

300 余年来，布达拉宫作为西藏"政教合一"政权的中心，收藏保存了极为丰富的历史文物和工艺品，堪称西藏历史文化艺术的博物馆，其中5万多平方米色彩鲜艳、人物形象栩栩如生的壁画是布达拉宫的一绝。宫中还有近千座佛塔、上万座塑像、大量的唐卡以及贝叶经、金珠尔经等珍贵文物典籍，表明历史上西藏地方政府与中央政府关系的明清两朝皇帝封赐达赖喇嘛的金册、金印、玉印、诰命等也珍藏在宫中。布达拉宫中还有许多华美精致的卡垫、华盖、法器、帐幔、锦缎、金银器皿、瓷器和石器等，令人眼花缭乱，叹为观止。布宫参观有时间限制，大约2小时，因为每天有人数限制，我们只能走马观花看一下，即使这样也初步领略了藏文化的全貌，受益匪浅。

旧西藏是政教合一的统治方式，达赖喇嘛以拉萨为中心，统治着前藏地区，包括拉萨周围、林芝地区等相对富庶的地方。而班禅大师统治后藏，集中在日喀则、阿里等贫瘠的地区。这些地方将在之后几天游览。

从布达拉宫出来我们来到了大昭寺。大昭寺建于唐高宗永徽四年（653），是松赞干布迎娶尼泊尔赤尊公主和唐朝文成公主之后的建筑，至今已有1300多年的历史。松赞干布建寺目的是为了巩固其统治，并将佛教弘扬到全藏各地。

大昭寺占地1.67万平方米，共建有20多个殿堂，总建筑面积为2.51万多平方米。松赞干布有两个妃子：一个是尼泊尔的赤尊公主，另一个是唐朝的文成公主。大昭寺内原供奉赤尊公主带来的释迦牟尼8岁等身像，后将这尊佛像搬到小昭寺，而把文成公主带来的释迦牟尼12岁等身像迎来大昭寺供奉。

大昭寺是西藏现存最辉煌的吐蕃时期的建筑，也是西藏最早的土木结构建筑，并且开创了藏式平川式的寺庙布局规式。寺殿高4层，整个建筑金顶、斗拱为典型的汉族风格。碉楼、雕梁则是西藏样式，主殿二、三层檐下排列成行的103个木雕伏兽和人面狮身，又呈现出尼泊尔和印度的风格特点。

大昭寺的修建与文成公主有不可分割的关系。公元641年文成公主从长安出发，翻山涉水，历尽艰辛，于643年到达西藏，那时拉萨是一片沼泽、沙滩的萧瑟之地。公主入藏以后，应松赞干布及赤尊公主请求，为赤尊公主建一寺，这就是大昭寺，后公主又在北面沙滩上建了一座纯粹汉式的寺庙，即小昭寺。这两座寺庙的建设过程，都显示了公主的博学多才，她从设计到施工，都出了许多主意，同时公主又召来唐朝的不少工匠，参与这两项宏伟的建筑工程建设。赤尊公主从尼泊尔也召来不少工匠，参加建设。可见拉萨的建设，一开始便凝结着汉藏人民的友谊，也凝结着中尼人民的友好情谊。

我们走进大昭寺参观，里面游人如织，佛灯闪耀，锦缎唐卡经书丰富多彩。更叫人新奇的是文成公主当年带来的释迦牟尼12岁等身像，现在已像40多岁的模样了，有喇嘛正在给此佛像身上抹金粉。导游讲，多年来一直有拜佛的人出钱买了黄金粉涂在佛像身上，日久天长佛像身不断增厚，12岁的身材自然要慢慢变胖，成为大人的身材了。金粉很贵，但拜佛人都有对佛的虔诚之心，不惜花费。当然有专门的人给佛身涂金，金粉买了保证能给佛身涂上。此佛原是铜制，经过多年涂金成了金身，所以又称"镏金铜座佛"。除了这释迦牟尼佛像外，寺内有长近千米的藏式壁画《文成公主进藏图》和《大昭寺修建图》，还有两幅明代刺绣的护法神唐卡，这是藏传佛教格鲁派供奉的密宗之佛中的两尊，为难得的艺术珍品。

拉萨一日游，收获极大，过去只从书本媒体宣传中了解西藏，如今百闻不如一见，身临其境才能获得精神上更大的愉悦。随后几天，我们游览了羊卓雍湖，它如一块碧蓝透明的翡翠镶嵌在雪域高原；还到了巴松措，那儿也是碧水蓝天；参观了日喀则昔日班禅居住的扎什伦布寺；最远到了藏南林芝，只是原计划去的纳木错因天气原因半路返回，留下了遗憾。雪域高原像一块净土，给我留下了纯净的印象。

纳木错游的遭遇

我在北京青年旅行社报名去西藏旅游,到拉萨后每天再拼团随当地旅行社游览各景点,纳木错一日游是拉萨茶马古道旅行社负责组团的。

我远道从北京来,到风光优美的纳木错湖一游是终生的夙愿,来西藏不容易,又经历痛苦的高原反应,所以非常珍惜在西藏的每一天。

那天早上6点半,23名来自全国各地的游客上了旅游车,天阴沉沉的,不是个好天气,上了半山便开始下雨,到了纳木错景区门口,早已下雪多时了。车停留片刻,导游买了门票后,车进景区继续前驶,但随着不断向上,雪越来越大,汽车艰难地前行,终于在一处山路狭窄的地方被景区人员阻止不能前行了,告之下雪路滑危险不能前行,此时前后共有20多辆旅游车便掉头返回了。

开始大家并没有说什么,天气不好谁也奈何不了。车返回出了景区大门,导游找景区售票处交涉退票,每张票80元,售票处不退,经再三交涉,他们在票上注明可延期3天。谁都知道到西藏来每天有每天的行程,不可能再来纳木错了。更令人气愤的是景区两小时前就已经下雪,售票处本应该及时告知游客并停止售票,但他们继续售票,致使20多辆旅游车、几百游客买票进入景区又半途返回,而且不给退票,使人感到他们为经济利益缺乏起码的职业道德。

导游交涉退票未果,便打电话给她的茶马古道旅行社,令人不解的是旅行社对付不了景区便把责任转嫁到游客身上,导游写了如下文字:"由于下雪,我们放弃到纳木错游览。"随后让大家签字,我们自然拒绝。大家说是景区没有事先告知下雪情况,而且继续售票,责任在景区,凭什么让签字。双方僵持着,过了一阵,导游看大家态度坚决,又请示旅行社,无奈叫开车下山。在山下吃过午饭后,导游又让签字,大家仍坚决不签,这时旅游车司机也耍起态度,说不签今天就不走了,双方激烈争论着,引来不少围观人。游客们生气拿下随身的东西下了车,要给110或拉萨市政府打电话求援另派车。导游看事情要闹大了,赶紧请示了旅行社,只好不再坚持让游客签字了,游客才上车返回拉萨。

如此纳木错游给大家留下很不好的印象,窝了一肚子气。当雄旅游局纳木错景区为经济利益明知下雪上山有危险却继续售票,缺乏起码的职业道德,而茶马古道旅行社也不该为自身的利益而转嫁责任，再说景区售票处不退票已把票宽限了三天时间，旅行社可把此票留到以后三天组织去纳木错其他团使用，这样可把这次的票款退给大家，但旅行社不同意这样做，怕承担风险。

回京后，我找了北京青年旅行社说了情况，准备到国家旅游局投诉，他们态度还不错，把纳木错的门票款退了，使我消了气没投诉。

雪域高原风光美，人们都向往，但愿不要像我这次纳木错游遭遇的那样，如同高原反应般的难受。

西藏羊卓雍湖

自驾西游记

一、额济纳旗风光

秋风送爽，心旷神怡，在这美丽收获的季节，我们开始了远行。

这次远行是我们两家四人开一辆君威轿车自驾旅行，预计行程一万五千千米以上，跨越多个省市，路过几处堵车的修路地段，快乐又惊险。好在此君威车及我的车主亲戚，已跑过云南、西藏，有着丰富的自驾游经历和经验，这是我们放心的重要前提。

车在京港澳高速公路起点北京杜家坎收费站驶入，我们留影作为称之"壮举旅行"的第一个留念。沐浴着金色的秋光，我们飞快地奔驰，在石家庄拐入太旧高速。早听说这段高速路的井陉至阳泉段会堵车，果不其然，车行到此，一眼望不到头的车队塞满了路面，高速路成了停车场。听说有时要堵几个钟头，谁也无可奈何，只有耐心等待。不过还算幸运，车队不久就缓慢地移动。我的那位亲戚，超车是他的拿手好戏，只见他有空就钻，灵活迂回，并振振有词说这时候大车就该让小车，大车司机在训练时都受过此教育。殊不知大车在这时候根本竞争不过小车，有的拉货大车十几米长，想灵活都没有条件，只能由小车自由穿梭。一个多小时后我们终于冲出了堵车包围，过阳泉后开始通畅了，我们继续飞快向西，向西，穿过吕梁、柳林，进入陕西靖边。黄土高原千沟万壑，举目茫茫，但我们没有停留，随后驶入宁夏地界，一路飞驰到了晚九点，终于到达宁夏省会银川。找了一个宾馆住下，车停在宾馆前，说晚上有人看管，宾馆房间窄小还不便宜。第二天清早，发生了意想不到的事情，我们吃早饭半个小时中间，车门及后备箱被小偷撬了，丢失了单反数码相机和笔记本电脑。问看车人，他说到另一边收费去了没看见，着实让我们尝到了宁夏回族自治区首府治安情况的厉害。没办法，刚出发就碰到闹心事，但前进决心不可动摇，打110报了警，到派出所进行了笔录，好在还有一架相机可以使用，我们不能耽误行程便继续前进了。这算漫长旅行中的一个小插曲吧。

我们的第一个目标是内蒙古阿拉善盟的额济纳旗胡杨林。内蒙古阿拉善盟的额济纳旗，现有天然胡杨林四十五万亩，是世界仅存的三大胡杨林之一，也是中国目前最大的胡杨林。胡杨是一个古老的树种，被誉为"植物活化石"，有"生一千年不死，死一千年不倒，倒一千年不朽"的美誉。胡杨，又名"梧桐"，为古地中海残遗物种，属落叶乔木，蒙古语称为"陶来"。胡杨木质纤细柔软，树叶阔大清香，耐旱，生命力顽强，是自然界稀有的树种之一。人们称赞大漠胡杨是因为它的顽强不屈，把它作为不畏艰险、勇往直前的象征。

车驶入了内蒙古阿拉善盟境内，这里处于巴丹吉林沙漠地带，荒凉而寂寞，人烟稀少，广阔无垠。没有高速和国道，我们走的是省道，但中间有几处修路地段，虽然有临时便道，但长长的大车队已经将便道堵塞得水泄不通，车队慢慢地移动，而且时常停止不动。便道也被压得坑洼不平，泥泞不堪，如排在大车之间怕是几天也过不了修路地段了。好在我的亲戚司机有经验，他从便道旁愣闯出一条路。在茫茫沙漠草原上地面还是坚实的，只是水和泥混淆一起，但石头很少，要善于寻找好走的地面开路。这时候就不能顾车脏了，泥巴溅满车身，行驶也是颠簸不停。头次遇到此情况真叫人揪心，老怕陷进泥泞中不能自拔，我们几个人是根本推不动车的，四周没有村庄，找人都难，到时真是叫天天不应叫地地不灵。侥幸的是没发生这种情况，车艰难地行使，但总比走不了强多了，好歹在当天就闯过了修路地段，否则就要在车里过夜了。

出了修路地段，眼前豁然开朗，大漠风光无限，茫茫沙漠中涌起座座沙丘，沙粒如金粒，在阳光下闪着金光，沙丘表面被风吹出了层层波纹，如水波，如鱼鳞，静静地卧在大漠中，煞是奇异壮观。我们小心翼翼从侧面爬上沙丘，站在上面头次远眺大漠风光，这时候你会感到大自然是如此博大、奥妙、威严、深沉，而自己是那样渺小，就如同茫茫沙海中漂浮的一叶扁舟。沙漠奇特的风景会深深地烙印在你的脑海中：远看巴丹吉林沙漠如同无边无际、滚滚翻腾的金色大海，汹涌壮观。蓝天白云抚摸着沙峰，沙漠连接着天边，这里是沙的海洋、沙的世界。啊，天地之大开阔了我们的胸怀，大漠无垠激发了我们的遐想，人之渺小，人生之短暂，怎能与此博大的沧海桑田相比，更感到珍惜每一寸光阴，利用好我们的生命才具有实际的意义。

继续前行，夕阳在招手，我们进入了额济纳旗胡杨林中。不到额济那旗，不知道大漠绿洲的雄大气派；不亲临胡杨林，也无从领略胡杨树的神奇之美。"单车欲问边，属国过居延。征蓬出汉塞，归雁入胡天。大漠孤烟直，长河落日圆。萧关逢候骑，都护在燕然。"王维这首脍炙人口的《使至塞上》描写的正是这片遥远的土地，古居延也就是今天位于内蒙古最西面和蒙古国交界处的额济纳旗。我们兴奋地在胡杨林中穿行，夕阳给胡杨丛林撒上了一片金光，映衬着黄昏的余晖，流露出苍劲挺拔的浑雄。这里的胡杨有几十万亩，很多是生长了几百年的老树，高大挺拔、郁郁葱葱，也有不少小胡杨朝气蓬勃争先向上，一代代的胡杨在这片绿洲上繁衍生息，构筑了大漠之中的奇异美景。夕阳西下，落日徐徐沉入胡杨树丛，先是大而圆的红盘高挂在胡杨枝头，温柔地亲吻着这些沙漠勇士，然后恋恋不舍地告别，渐渐地消逝，哪怕只有最后一丝光亮时也要闪耀一下，拥抱着多少个世纪以来朝夕相伴的亲密朋友；而那些沙漠里骄子，也拉着给予它们温暖光明的使者诉说着友情，盼望着来日的光明。

欣赏了胡杨落日，我们投宿在额济纳旗，次日上午来到了此处的黑城遗址。公元1038年，中国北方游牧民族羌族的一支——党项人建立了西夏政权，在黑城设置了"黑山威福军司"，相当于现在的军区。从那时起，黑城开始走向一时的繁荣。公元1226年，成吉思汗率领军队攻破了黑城，曾扩建黑城。明初，黑城再次被攻破，也由于水源的短缺，终被放弃，至此沉默了700多年，成了一个名副其实的"废城"。我们走进黑城，一切都静悄悄的：残墙断痕，黄沙侵蚀进了城墙；沿旅游栈道行进，一片片废墟诉说着漫漫历史；登上残存的城墙，望四周是连绵不断的沙丘，晨风低喃，大漠当歌，烽火狼烟，羽翎传信。抚摸着残垣断壁，沉甸甸的思绪从指间滑落，消失在历史无言的厚重里。眼望古道蜿蜒，仿佛笛声幽咽，昔日繁荣的古城如今凄凉一片，历史与自然就是如此无情，只留给了后人无奈的感叹。

在黑城不远处有片怪树林，这是一片死去的胡杨树的尸体，在沙地上裸露着干枯的枝干向着苍天，非常悲壮、凄惨。据说是因为地下水的下降，本来生命力很强的胡杨树却连一点生存的条件都没有了，只有死亡，这向人类深刻揭示了保护环境的迫切性，说明了再强的生命力也会遭遇到生存条件的制约，人类应该早日警醒，不要受到自然的惩罚。

内蒙古的旅行至此告一段落，我们的车继续西行，奔向新的目标。

出发了

黑城遗址

二、感受雄关

我们继续西进，告别了内蒙古沙漠草原，进入了甘肃大地。

甘肃有一条丝绸之路，中途的嘉峪关、鸣沙山、月牙泉、敦煌的莫高窟已闻名遐迩，酒泉卫星发射基地也令人向往，这次将去拜访。

内蒙古额济纳旗在1969年曾划归甘肃省，1979年才又划回到内蒙古。从额旗到甘肃酒泉不是太远，地形状态也相似，基本是大漠荒原，辽阔无边。临近中午我们在空旷的原野上看见了高耸的卫星发射架，这就是酒泉卫星发射基地。当车驶进卫星基地大门前的停车场时，一位解放军军官走来，我们表示想进去参观，那位军官问是否找了担保单位？我们还真不知有此规定，因为在网上看到只要买门票就可进去游览。军官说那是在对外开放时，平时需要找到担保，如旅行社或是什么其他单位。我们说我们大老远从北京赶来，以前不知道有此规定能否通融一下，对方说没法子，前几天有一位从很远地方骑自行车来的老人都没让进。其实要早知道有此规定，不论从北京还是在当地找到保人是不难的，但现在措手不及，再打电话联系就很费事了。没办法，军事重地管理很严，只得放弃进入发射基地在门外远眺了。离大门很远的地方矗立着两座高高的发射塔，天蓝色的，与蓝天同辉，一个大的是发射载人飞船和嫦娥卫星的，另一个是发射其他卫星的。酒泉卫星基地是我国最早的卫星发射场，1970年我国第一颗人造卫星东方红号就从这里成功上天，神舟载人飞船也从这儿发射成功。目前我国还有四川西昌、山西太原、海南文昌卫星发射基地。

离开酒泉，继续西进，黄昏时分到了嘉峪关。远远望见三座城楼傲然屹立，在蓝天大漠之中蔚为壮观。嘉峪关矗立于大漠边缘，显得雄壮非凡。广阔的关城，横卧戈壁滩上，两侧城墙与山相连。朱色的巍峨城楼昂然欲飞，衬托着祁连山如玉的雪峰，美丽如画。我们走近景区，城墙外有碧水、绿柳、花草，几天来一直在大漠荒原中行走，见此，蓦然一阵惊喜，心旷神怡。来到城门，城楼上书写"天下雄关"4个大字，这是明代长城的西端起点。古代西域，有许多在绿洲上发展的"城邦"，对内地汉族政权时附时叛。到明代，东部的吐鲁番日渐强大，常引兵进犯河西走廊各城，嘉峪山隘口为必经之地。自建成嘉峪关后，这关便为西部国防重地，对保障河西地区的安全起着重要作用，成了军事要塞。明代，政府军和吐鲁番兵曾数次在嘉峪关作战。据说当年建这关时，匠师计算用料特别精确，最后建成时竟只剩下一块砖，这是建筑工程上的绝招，现在这块砖还存放在西瓮城门楼的后楼台上，供人观赏。已近黄昏，游人稀少，关内寂静，登城楼远望，万里长城似龙游于戈壁瀚海间，清代林则徐因禁烟获罪，被贬新疆，路经嘉峪关，见这关如此雄伟，有诗赞道："严关百尺界天西，万里征人驻马蹄。飞阁遥连秦树直，瞭垣斜压陇云低。天山巉削摩肩立，瀚海苍茫入望迷。谁道崤函千古险，回看只见一丸泥。"我曾数次到过长城最东端的山海关，老龙头伸入大海的情景还历历在目，如今头次拜访西端的嘉峪关，这两座长城最重要的关隘相隔万里，展示了中华民族的伟大壮举、炎黄子孙的丰功伟绩。

此时夕阳西下，嘉峪关笼罩在金色的霞光中，宏伟肃穆，大有天下第一雄关的威严，在大漠荒原之中方显着英雄本色。

三、沙鸣水清敦煌美

离开嘉峪关时暮色已降临，敦煌离此不到300千米，但到瓜洲有一段高速公路比较好走，估计3小时可到达，于是决定夜行到敦煌再投宿。自驾游夜行车是常有的事，这需要眼神好、驾车技术精，还要视情况而定，但还是尽量不走夜路为好。

晚10点多到了敦煌，这是一个旅游城市，尽管已至深夜，街头仍然灯火辉煌。街道两旁的路灯、树木上挂的霓虹灯，五颜六色，璀璨迷人，游人们还在街头徘徊，尽情享受着大漠之中小城的美景。我们吃饭后下榻宾馆，次日清晨开始了敦煌鸣沙山、月牙泉、莫高窟景点的游览。

一进鸣沙山景区，眼前是一大片骆驼，这是用来载游人们去鸣沙山的交通工具。鸣沙山离大门骑骆驼需要20多分钟，当然要付费的，每人80元。不骑骆驼自己走也行，但要花费更长的时间与气力。另外还要租腿套，把鞋与小腿都包裹进去，否则沙子要灌进鞋里和裤腿里。

我们骑上了骆驼，它们都是经过训练的，5匹骆驼连在一起由一人牵着，长长的驼队向鸣沙山进发了。鸣沙山景区风大较冷，我们穿上了冲锋衣，戴上了帽子，有面罩的最好戴上，不然风裹着沙子直往你嘴里钻。

这里是连绵不断的沙山，鸣沙山是其中一座。"传道神沙异，喧寒也自鸣。势疑天鼓动，殷似地雷惊。风削棱还峻，人跻刃不平。更寻揞井处，时见白龙行。"这首生动的咏景诗，是唐代诗人对敦煌鸣沙山奇观的描述。鸣沙山自古就以璀璨、传神的自然奇观吸引着人们。这里是国家级重点风景名胜区，位于甘肃省敦煌市南郊七千米外，面积约200平方千米，整个山体由细米粒状黄沙积聚而成，狂风起时，沙山会发出巨大的响声，轻风吹拂时，又似管弦丝竹。越往上走风越大，风卷着沙子弥漫了四周，这种感觉只有在北京春季遇沙尘暴天气时才有。所有骆驼到了鸣沙山半腰的一片空场上停下，游人往下眺望，大漠之中长长的驼队弯曲着在缓慢地前行，很是壮观，五湖四海的人们慕名前来鸣沙山，想领略它的风貌，已全然不顾风沙的肆虐了。离鸣沙山顶还有一段距离，当地人在此设卡卖票，每人15元。有木质的小梯通顶，只有登此才好前行，否则在沙山里行走，迈一步要倒滑半步。我们沿木梯奋力登上山顶，狂风呼啸，地方窄小，人们必须小心站稳，否则容易被风刮倒，滑下沙山。从山顶俯瞰，四周沙山连绵起伏，大漠荒原一望无边，博大、粗犷、深沉、凄凉，与江南水乡的小巧、精致、柔美、碧翠大相径庭，风格甚异。在这里人们会油然涌起豪迈、奔放的激情，早没有了婉约、缠绵的小家气质，就像苍天中的雄鹰，俯视着大地的一切，旅行陶冶情操大概就是如此吧。

在鸣沙山逗留一段时间后，驼队又载着游客向月牙泉进发。月牙泉离鸣沙山也有近 20 分钟的路程，不久便见到在高高的沙山中间有一个形似月牙的小湖，名曰月牙泉。我们在月牙泉旁边的沙山上俯视，只见湖里泉水碧绿，如翡翠般镶嵌在金子似的沙丘上。泉边芦苇茂密，微风起伏，涟漪粼粼，水映沙山，蔚为奇观。月牙泉最像初五的一弯新月，落在黄沙里，它已在沙山的怀抱中娴静地躺了几千年，虽常常受到狂风凶沙的袭击，却依然碧波荡漾，水声潺潺，是当之无愧的沙漠第一泉！月牙泉，梦一般的谜，千百年来不为流沙而淹没，不因干旱而枯竭。在茫茫大漠中有此一泉，在黑风黄沙中有此一水，在满目荒凉中有此一景，深得天地之韵律、造化之神奇，令人神醉情驰，真是"晴空万里蔚蓝天，美绝人寰月牙泉。银山四面沙环抱，一池清水绿漪涟"。它在四周高大的沙山包围和狂风的肆虐中为什么不被埋没，至今仍然没有准确的答案。离奇的是它四周沙山的沙子都是被风从下往上刮，漫天的黄沙却永远不会落到湖里，月牙泉一直保持着碧透的纯洁，造就了茫茫黄沙大漠中的奇景。

莫高窟又名"千佛洞"，是我们敦煌游的最后一景，它位于敦煌市东南 25 千米处鸣沙山的崖壁上。这里全年日照充足、干燥少雨，四季分明，昼夜温差较大。石窟南北长 1600 余米，上下共 5 层，最高处达 50 米。现存洞窟 492 个，壁画 4.5 万余平方米，彩塑 2415 身，飞天塑像 4000 余身。莫高窟规模宏大，内容丰富，历史悠久，与山西云岗石窟、河南龙门石窟并称为中国"三大石窟艺术宝库"。莫高窟最初开凿于前秦建元二年（366），一位法名乐尊的僧人云游到此，因看到三危山金光万道，状若千佛，感悟到这里是佛地，便在崖壁上凿建了第一个佛窟。以后经过历代的修建，至元代（1271—1368）基本结束。延续千年的漫长岁月，形成了莫高窟悠久的佛教文化和艺术。如今敦煌飞天成了莫高窟的名片、敦煌艺术的标志，只要看到优美的飞天，人们就会想到敦煌莫高窟艺术。在莫高窟 492 个洞窟中，几乎窟窟画有飞天，其数量之多为世界之最。我们进入莫高窟，里面有专门的导游，每人在门口发一无线耳机，导游有无线发射机，这样即使离导游很远也能清晰地听到讲解。莫高窟的壁画确实很美，已过千年仍保持鲜艳，画工细致，栩栩如生，观后感叹历代的能工巧匠精湛的技艺。因为莫高窟早已被世人知晓，我在此不详细介绍了。不过有点遗憾的是为保护莫高窟的壁画，在洞窟前面都另加了门，从外面看很像一间间房间，已经没了石窟的味道，失去了古代原始形象的韵味了。

甘肃游结束了，新疆已遥遥在望，那是我们这次自驾游的重点，我们将在那里进行深度游览，灿烂的美景就在前面了。

月牙泉

四、吐鲁番的葡萄熟了

　　游览完了莫高窟是下午 2 点半，我们计划告别甘肃，向西进入新疆的哈密。

　　从甘肃进新疆要通过一个叫星星峡的地方，在北京出发前从网上就得知此地有一段在修路，估计不好走。在快接近此地时果然又如同我们在内蒙古阿拉善盟遇到的情况那样，临时便道坑洼不平、泥泞不堪，望不到头的大货车车队时走时停，缓慢得叫人烦躁。我的亲戚司机再次发挥神勇，不顾一切地穿插迂回，面对大车的高大强壮，凭着小车的灵活与它们争抢路面的空隙，通过一陡坡再上一高坡，终于看见了前面甘肃进入新疆的收费站。过了收费站，出现一条新修的平坦公路，一辆警车停在路边，两个警察示意我们停下，告诉我们已进入了新疆境内。检查了有关证件后，警察说这段路限速，不能开得太快，就是必须要走够多少时间才行，并给了一张条子，上面有从此地通过的时间，要求到另一出口必须在两小时之后，那儿还要检查此条子。算一下每小时只能跑 80 至 100 千米，这也是处于安全考虑，因为是山路，又不是高速，上下行时常会车。这时已近下午 7 点，但与北京时差近两小时，天还很亮，我们继续前行。进入新疆，两旁的山峰还是荒山秃岭、寸草不生，一片荒凉的景象，但路好走多了，新修的柏油路面非常平坦，比内蒙古、甘肃的路强多了，感到国家对新疆的支持力度。晚 10 点多我们到了哈密，此地因盛产哈密瓜而出名，我们下榻哈密一个三星级宾馆，因为其他宾馆早已客满，这是我们自驾游中住的最高级的宾馆了，价格也最贵。

次日清晨我们在哈密买了两个哈密瓜，价格比北京便宜不了多少，一直在车里放着，几天后品尝味道也一般。开车转了一下哈密，感觉市容没有什么特殊之处，虽然听说这儿也有两个景点，但不是我们的目标。继续前进，临近中午到达了吐鲁番的火焰山。

远望火焰山横卧在荒原戈壁之中，山体发红，布满褶皱，独特的自然面貌，加上明代吴承恩将唐僧取经受阻火焰山、孙悟空三借芭蕉扇的故事写进了《西游记》，使火焰山神奇色彩浓郁，成了天下奇山。火焰山以热闻名，本来吐鲁番就是全国海拔最低的地区，低于海平面，降雨稀少，有火州之称，火焰山又是吐鲁番最热的地方，最高温度曾到达过摄氏50至60度。这里耸立着一根高高的如旗杆式的温度计，成为火焰山一景，我们到的这天虽是秋季又阴天，但温度计上显示近40度。

在火焰山停留时间不长，我觉得它只是因《西游记》出名，新疆的山比它奇异的有很多，不过热确是它的主要特点。离火焰山不远处就是著名的葡萄沟，那首脍炙人口的《吐鲁番的葡萄熟了》至今还在耳边回响："克里木参军去到边哨，临行时种下了一棵葡萄，果园的姑娘啊阿娜尔罕哟，精心培育这绿色的小苗。啊！引来了雪水把它浇灌，搭起那藤架让阳光照耀，葡萄根儿扎根在沃土，长长蔓在心头缠绕，长长的蔓儿在心头缠绕。葡萄园几度春风秋雨，小苗儿已长得又壮又高，当枝头结满了果实的时候，传来了克里木立功的喜报。啊！姑娘啊遥望雪山哨卡，捎去了一串串甜美的葡萄，吐鲁番的葡萄熟了，阿娜尔罕的心儿醉了，阿娜尔罕的心儿醉了……"我们在到达葡萄沟时不禁哼唱起这优美动听的爱情歌曲。

这是一条南北长约7千米、东西宽约2千米的峡谷，名曰葡萄沟，人工引来的天山雪水沿着渠道穿沟而下，潺潺流水声给它增添了青春的活力。两面山坡上，梯田层层叠叠，葡萄园连成一片，到处郁郁葱葱，犹如绿色的海洋。在这绿色的海洋中，点缀着桃、杏、梨、桑、苹果、石榴、无花果等各种果树，沟中藤蔓交织，曲径通幽，串串葡萄，举手可及。一幢幢粉墙朗窗的农舍掩映在浓郁的林荫之中，一座座晾制葡萄干的"荫房"排列在山坡下、农家庭院上，别具特色。我们漫步在葡萄架下，尽情享受着它的荫泽，火焰山那儿无遮无挡，这儿阴凉爽快。走到一哈萨克族人的饭摊就坐，主人端出新摘下的葡萄让客人免费品尝，随后我们点了新疆的手抓饭、拌面、烤羊肉串作为午餐，体验一下新疆风情。这儿的葡萄因为得天独厚的气候条件非常甜，所以晾晒葡萄干是家家户户的专业，每家院内都有制作葡萄干的"荫房"，是用土砖垒搭起四面透风的高高房屋，把成串的葡萄摘下挂在里面，自然风干后就成了葡萄干，看起来葡萄沟的人们过的日子就像葡萄般香甜。

下午3点多离开葡萄沟直奔新疆首府乌鲁木齐，中途穿过百里风区的地段，号称风库。这里由于盆地热气流与北疆冷气流造成很大的气压梯度差，形成了盛行风。同时，盆地中心与周围山地的巨大高差，形成了地形风。全年8级以上大风日数在100天以上，有时甚至超过12级。大风吹来，扬沙飞石，天地变色，伸手不见五指，以至突出的山岩也因风蚀作用穿成洞孔，地表形成垄状和新月状沙丘。我们的车通过此处时，大风估计在8级以上，要紧握住方向盘才能顺利行驶。听说有一年火车通过时遇12级风，车窗被吹破，有的车厢颠覆，无法行驶了。两旁有风力发电场，数百架高高的风力发电机密集在戈壁上，利用狂风给予的动力发电。我们把车停下，想专门试探一下风的力量，一下车立刻被吹得站立不稳无法行走。我们对着狂风呼喊，但是如此微弱，风的怒吼淹没了我们的呼叫，感到了大自然的威力无穷。

　　傍晚到达乌鲁木齐，次日登上了天山天池，此处景观早已家喻户晓，我不再累赘，只用以下文字结束此文：登临天山天池，立足高处远望，一片绿色此起彼伏，一泓碧波高悬半山，像被岩山巨手高擎的玉盏，装点着雄壮巍峨的群山。苍松翠柏，怪石嶙峋，含烟蓄雾，绿草如茵，冰峰银装素裹，峻石肃穆庄严。湖光山色陶醉了游人，蓝天下展开了一幅优美的画卷。

吐鲁番的火焰山

五、神奇五彩城 迷人五彩滩

告别天山天池，我们驶进216国道，开始北上，向着北疆进发，那儿有著名的喀纳斯、禾木等优美的景区。

216国道是条平坦的公路，它在准噶尔盆地的东侧，沿着古尔班通古特沙漠的边缘向北伸展，两旁是茫茫的戈壁，广阔无边，没有人烟，看不见什么植物，时而只瞥到一堆堆的草丛。有人说不来新疆不知道新疆有多大，这话还是形象的。从小对新疆就很向往，最早接触的是小学课本中那篇《库尔班老人见到了毛主席》的文章，让人感到新疆人民的可爱，后来又看了电影《冰山上来客》，那里面优美动听的歌曲脍炙人口，还有阿凡提的聪明智慧令人感到新疆的美好。

我们在笔直的公路上飞驰，欣赏着戈壁滩的风光，不由唱起了《我们新疆好地方》那首歌："我们新疆好地方啊，天山南北好牧场，戈壁沙滩变良田，积雪溶化灌农庄，戈壁沙滩变良田，积雪溶化灌农庄。来来来来来来来来来来来来来，我们美丽的田园，我们可爱的家乡……"我们是如此地兴奋、愉快，而且新疆的辽阔、道路的平坦，叫我们有海阔凭鱼跃、天高任鸟飞的感觉，我们飞也似地驰骋，没有了烦恼，歌声、笑声伴随着旅程。

但是我们没有忘记中途有一个旅游团到不了的景点，确实很美，是从网上看到的。在216国道的一处，拐下了公路，要去的地方叫五彩城。第一次听说这名字还以为是个什么古城堡，但往山里走，途径叫火烧山的地方。火烧山与它的名字一样名副其实，我们置身其中，好像进入了红彤彤的世界，地面是红的，道路是红的，碎石是红的，连绵起伏的山峦也是火样的红。这里寸草不生，寂静凄凉，一切都静卧在古尔班通古特沙漠中。我们登上一座小山，蓝天下红光闪耀，远处彩南油田的磕头机在不知疲倦地向大地吸取着黑色的黄金。虽说地上没有植物、动物，地下可有丰富的宝藏啊。在火烧山逗留片刻，我们进入彩南油田，向五彩城进发。去那里没有柏油路，只有石子路，如搓板高低不平，车在上面颠簸摇摆。这时还想那个五彩城如果是个古堡怎么能建在如此荒凉的地方，四周尽是山峦，少有平地，哪有生存条件？大约颠簸行走20多千米，地貌出现了奇怪的变化，圆圆的山头开始纵横交错，光秃秃的相互依偎。这种山峦形状在桂林见识过，但桂林的是各个单独成型，这种景象叫人感到十分新奇。到了五彩城门口，一个非常简易的大门，看来还没形成正式景区。一间房子售票，临时定价一人30元。这里哪有什么古城，全是不高的山峦，没有绿色植物，没有任何动物，一片荒芜寂静，但随着逐步深入，便不断被震惊了。走进这里就像走进一个梦幻世界，光怪陆离的色彩从四面八方向你涌来，那么明快、那么强烈、那么丰富多彩，真让你感到目眩。你顺着山势举目展望，那些或大或小、错落有致的山冈无不被艳丽的色彩缠裹着，呈现出千姿百态、扑朔迷离的景象，真疑心这眼前世界是某个抽象大师所绘的不朽画卷。我们登高远望，山谷中那些被阳光镀亮的彩色山丘更加玲珑剔透，就像一把把张开的彩色小伞，几个高高耸起的山丘，裹匝着十几种不同的彩带，就像娇羞艳丽的沉静美女伫立在蓝天之下。此时突然会感到语言的匮乏，实在找不出合适的言语来表达此刻的感觉，只感全身心轻松愉悦，热血沸腾，激情澎湃，只觉得生活多么热烈而充满情趣。已近黄昏，整个五彩城被落日点燃，变得绚丽多彩，红的如火、黄的如金、绿的可爱、蓝的诱人，晚霞描绘的天空就像一个温馨的彩罩和五彩城融合在一起，如置身一个美丽的梦境。这时候才真正体验到五彩城的真谛，虽然不是古城堡，但觉得更具强烈的震撼！啊，原来五彩城是由数十座五彩山丘组成，面积有十几平方千米的一片群山。依着山势自由自在地散步其中，真有点置身街市的感觉。那些错落有致的小山丘，就像一个一个的牧帐，透出村落的安闲和温暖，那些高大的山丘，拔地而起，戴云披风，不亚于大都市的高大建筑。穿行于这些令人眼花缭乱的山丘之间，真有走进迷宫的感觉。过去五彩城一直不为人知，人们把那块地方称为死亡之地，传说凡是进去的人没有一个能生还的，这更增添了它的神秘色彩。确实如果进了这里，单独行走如进迷宫，迷了路真有出不来的可能。20世纪80年代初，这里被石油勘探工作者发现后，很快成了旅游胜地。这时我们感到奇怪，这种罕见的地貌是如何形成的呢？后来才找到答案：大约在几十万前的某个地质时期，这里沉积了很厚的煤层，由于地壳运动，地表凸起，那些煤层露出地表，在雷电和阳光的长期作用下，煤层大面积燃烧，结果形成烧结岩堆积的大小山丘，成为眼前这种绚丽的自然景观。那些美丽的山包不过是一堆堆燃烧后的灰烬。可以想象远古时代，这里曾燃烧着一片漫天大火，一大片火海历经了成千上万年，直到煤层燃尽，形成如今如此壮观的景象，途中经过的火烧山也是如此形成的。当时这里可能有茂密的森林，数不清的飞禽走兽，就在一瞬间葬身于火海，灰飞烟灭了，大自然就是这样的无情。前一阵还有媒体报道新疆一些自燃了几百年的煤层刚采用新技术扑灭，也就佐证了五彩城的来历。在这里还遇上了一群台湾地区来的游客，他们是台北摄影协会的，专门在乌鲁木齐租了一辆大轿车到新疆各景点摄影，我们与他们热烈交谈，看得出他们对新疆优美的景色赞叹不已。

五彩城

　　黄昏过后我们离开了五彩城，当晚入住富蕴县城，第二天上午游览了可可托海，这里的景色有点喀纳斯的特色，但差得很远，我省略不再描述了，不过最近有首《可可托海的牧羊人》歌曲，又把它唱响了。倒是当晚来到的北疆重镇布尔津附近的五彩滩又叫我们为之一振。五彩滩与我们上一日游览的五彩城相差一字，但风光迥异。走进五彩滩景区，往下俯视，下面是一片碧水绿树与彩色的连绵不断的山峦。五彩滩依伴着额尔齐斯河，南岸为绿水青山、弯弯河滩，清水潺潺，碧波荡漾，桦林茂盛，有绿洲、沙漠与蓝色的天际相合，而北岸却是悬崖陡壁，山势起伏，颜色多变，在激流河水的冲刷、切割与狂风侵蚀下，显得地貌神奇，色彩艳丽，"五彩滩"因而得名。风景区前还有大型的风力发电网站，给辽阔的视野里添加了一曲动感活力的生命旋律。成群的牛羊、奔驰的骏马、绿洲与沙漠间穿插的群群骆驼，让你感到戈壁的欢歌。五彩滩是典型的雅丹地貌，一般的雅丹地貌周围是戈壁荒漠，但五彩滩的奇妙和非凡之处在于它处在美丽的额尔齐斯河谷里，呈现鲜艳的红色、黄色，神秘的蓝色和紫色，衬托着绿色河谷的清幽宁静。一河隔两岸，景色两重天，对比强烈，浑然天成，真是一幅迷人的画卷。傍晚降临，游人们不舍离去，非要等待着五彩落日不可。只见黄昏的落日慢慢成为大而圆的红盘，徐徐在五彩的山峦中徘徊，余晖将群山、碧水、绿树镀上一层红黄色，这时斑斓色彩的五彩滩又笼罩在金光中，时明时暗，恍惚缥缈，给了人们一片迷人的世界。随着夜幕拉开，这刹那的五彩滩美景永远定格在我们的终生印记里了。

神奇的五彩城，迷人的五彩滩，遇到你们，人生一大幸啊！

五彩滩

六、美丽的喀纳斯

晚8点半，五彩滩落日才沉入了远处的山峦，大地漆黑了，这儿与北京有两小时的时差。我们恋恋不舍离开了五彩滩，准备到20多千米以外的哈巴河县投宿。

我们计划是由哈巴河到西北第一村——白哈巴村，由白哈巴村进入喀纳斯，再由喀纳斯进入禾木，这样不走回头路省时间。从布尔津也可去喀纳斯，那样如去禾木还要再返回布尔津再去禾木，如从哈巴河走白哈巴村就顺多了。但在五彩城遇见的台湾摄影团说去禾木的路封了，因为前些日子一个旅游团的车在去禾木途中翻下了沟，死伤数人，所以暂时不让去了，台湾游客就没去成。这个消息给我们旅途蒙上了阴影，禾木是新疆旅游必去的地方，据说也是中国旅游必须到达的景点。另外去白哈巴村必须要办边境通行证。

20多千米路程，很快就到了，安排完住处找饭店就餐。进了一家饭馆，女老板是个40多岁的哈萨克族人，她的饭馆只有大盘鸡和小鸡炖蘑菇。新疆的饭馆里饭菜种类很少，基本是手抓饭、拌面，干粮就是囊。我们要了大盘鸡，上来一大盆，足够4人享用，又端来几个馒头。我们边吃边聊，知道女老板曾在白哈巴村做过几年生意，问了那边一些情况。她说去那边的公路很窄，但都是柏油路面，只是错车困难些，并告诉我们去白哈巴要在县里边防大队办理边境通行证，因那里与哈萨克斯坦接壤，是边境地区。

第二天清早，我们来到哈巴河边防大队，那儿有武警站岗，说是中秋节放假不办公，一会有值班的来，不过门口已贴出通知，通行证暂不办了。我们见通知说由于修路通行证停办，也没说何时恢复。如此情况我们打算先去离此地 80 多千米的 185 团，据说那儿风景挺美。185 团是新疆生产建设兵团的一个建制番号，也在与哈萨克斯坦接壤的地方。我们在平坦的公路上疾驰，时而有成群的牛羊跃上公路穿行，带来一阵阵尘烟，放牧人骑着马或骆驼，有的还骑着摩托车跟在后面。我们远眺，广阔蓝天下成群的牛、羊、马在滚动，撒落在茫茫的戈壁间，构成了新疆美丽的风景线。

185 团不像听说的那样美，在那儿只见了地里生长着低矮的葵花，路面上晾晒着大批葵花籽和一些低矮破旧的木板房。团部是楼房，在一个镇子上。一些老人悠闲地坐着聊天，倒是一个安静的边境小镇。不过途中有的地方景色很美，经过一条叫不上名字的大河，晶莹碧透的河水在阳光下熠熠生辉，在荒芜戈壁上有这样的河流叫人精神愉悦，还路过一片绿洲，碧水涟漪，芦苇摇荡，绿树婆娑，别有情趣。

从 185 团回来的路上，我们商量下一步行程，想起了昨天吃饭的饭馆女老板，她是当地人，办边境通行证是不是有办法，决定找她试试。见到她后说明情况，她很热心，立即打电话帮忙联系。原来她在此地关系很广，她的老公在公安系统工作，找到当地公安局局长，公安局长又找边防大队长，边防大队长满口答应给办理，交代了值班人员。她老公又带我们到边防大队办妥了通行证，真是事在人为。当然我们也没让他们白忙活，给了一定的报酬。当我们拿着通行证经过边防检查站时，那儿的解放军很奇怪，问不是停办了吗，你们怎么办的？我们说自有我们的办法喽，他们笑笑就明白了。果然如我们预先分析的那样，路已经修好，基本顺畅，边防大队停止办证主要是因遇中秋放假。

通过检查站，我们很快来到了白哈巴村。它坐落在我国的西北，紧邻哈萨克斯坦，被称为"西北第一村"。白哈巴村以图瓦人为主，位于阿尔泰山脉的山谷平地上，与哈萨克斯坦的大山遥遥相望。阿尔泰山上密密麻麻金黄的松树林一直延伸到白哈巴村里，村子座落在一条沟谷之中，村民住着朴素的尖顶木头房子。金黄色的桦树、松树点缀其间，两条清澈的小河蜿蜒环村流过，村民的木屋错落有致地散布在松林和桦林之中，安宁、祥和。山村的西北遥对中国与哈萨克斯坦国界河，南面是高山密林。正值秋季，山村是色彩斑斓的红、黄、绿、褐色，层林尽染，犹如一块调色板，加之映衬阿勒泰山的皑皑雪峰，像一幅完美的油画。这里是摄影爱好者的圣地，那些背着长枪短炮摄像器材的人们散布在村子的各个角落，寻找着他们的素材。

这个村子古朴、原始、简洁、宁静，是中国和世界上都少见的人间净土，丰富的美景为净土增添人间天堂、世外仙境的色彩。

离开白哈巴村行驶了近两小时才进入喀纳斯景区，这时已是黄昏时分，我们是从喀纳斯后边的路进入的，迎面一条路直通观鱼亭，便决定先去此处看看。观鱼亭是喀纳斯最高点，车开到一定的高度只能停在停车场。一条木制栈道通往峰顶，据说这儿可观看到喀纳斯湖里像大鱼模样的湖怪而得名，然而湖怪一直没有人见到，但在这里，喀纳斯风光尽收眼底，蓝天、雪山、森林、山峦组成多姿多彩的图画，美不胜收，令人流连忘返。

深夜了，正值农历八月十五，一轮大而圆的明月高挂在夜空，静静照耀着喀纳斯。我们开始找住宿地，没想到此时期是游喀纳斯的黄金季节，游人爆满，我们又来晚了，根本找不到正式的住处，连路旁的农家也住满了人，我们几乎想在车里过夜了。但这时喀纳斯夜晚很冷，棉衣都抵御不了寒冷，如果我们真在车里过夜会遭受很大的痛苦。抱着一丝希望，沿路旁农家逐户打听可住的地方，还好有一农家的一处木板房还有空闲，一个大炕可住6人，屋里还生了铁炉子取暖，我们4人还有另一对年轻夫妇要在此不分男女、和衣而睡凑合一夜了。还好后来那对夫妻又找了一地离开了，我们4人正好在此凑合一夜。没有自来水，只有屋外空地上一桶水供洗漱用，厕所也不知在那儿，主人说夜晚房后便可利用，白天远处可找到。美丽的喀纳斯在这时期叫人真尴尬啊，这是我们整个自驾游最艰苦的一夜，也是最难忘的。拿出随车携带的睡袋就寝（虽然主人也提供被褥，我们真怕不卫生），因为白天游玩很累，一夜也睡得很香。

次日早晨，我们开始了喀纳斯游。先把车往上开到喀纳斯湖边的停车场，在观赏喀纳斯湖后再沿喀纳斯河向下游览。喀纳斯湖是喀纳斯景区的核心，也是众多游客首先要观光的地方。这是我国最深的湖泊，最深处达188米，有25千米长，蓝绿色的湖水与群山相接，群山被森林覆盖，正值秋季，高大的松、杉、桦呈现出金色、黄色、红色、绿色，多彩多姿，层林尽染，远处的雪山为它们增色，碧蓝的天空给它们添彩，美丽的风光令人神往，天然的画卷拽住了游客。多少年来，喀纳斯湖一直流传有湖怪的传说，究竟湖怪为何物，现在众说纷纭，不过这倒给它留下神秘的色彩，增添了神奇的魅力。喀纳斯湖有游艇带游客向上游览六道水弯，我们没有乘游艇，而是先向下沿喀纳斯河的栈道沿途观赏。栈道离开高处的公路，紧沿河边在树林中穿行，我们走在栈道上尽享树荫给予的凉爽。喀纳斯河水清澈碧透，煞是可爱，它欢乐地奔流着，时而激起朵朵美丽的浪花，同时欢快地奏着动听的乐曲，两旁高大茂密的树木簇拥着它，多少年来恋恋不舍地目送它奔向远方。我们观赏着美景，忘记了昨夜的艰难。

不觉走了近10千米，到了栈道尽头，下面还有景点，但栈道没有了，我们只好又回到高处的路面，但车在上面的停车场，便截住一农家载人摩托，说好价钱后一人去上面开车，其他人在原地等待。一会儿，我们的车开过来停在路上，赶紧开车门上车，恰好阻挡了一辆景区旅游车短暂的正常通过。这时候突然听见一吼声："下来，你们违章了！"一看，原来是一自称喀纳斯管理员的男子说我们为什么把车随便停在路上，影响通行，并要罚款。我们说昨晚住在附近农家刚从栈道上下来上车，稍微耽误一会儿。他很趾高气昂地说这样的事要罚5000元，并掏出一本书叫我们好好学习学习。我们到路边一空处翻书查看，原来是本保护森林的规章，找半天也没有需要学习的东西。他看我们莫名其妙就说："找不着吧，翻到32条看看。"我们翻到32条看了半天，只是说树木如何保护云云，根本没有停车罚款的条文。我们看着他，又不敢多说，他拿过书要指给我们看，翻了半天也没找着，又看封面，挠挠头说他忘带了那本道路规定的书。我们心中感到好笑，因为他穿的明明是护林员的服装，顶多负责巡视树木罢了，又多管闲事管到路上了，看来是想越权捞点外快花花罢了。但是按刚才他说的罚5000块，那是没门的事，如真是那样我们就得找景区管理处评理了，他根本无权罚款。正考虑如何办，只见他又奔上路面，大声吼叫"停下！"一看，他又抓住一辆停在路面上的轿车，继续发挥他的威力，对车上的人吆五喝六，还冲着我们喊："赶紧把那本书拿过来让他们学习学习！"我看见这是脱身的好机会，赶紧双手捧着书跑过去递给他，随口说："我们学习完了，知道错了，原谅我们吧，下次一定注意，那我们走啦啊。"他好像注意力只在那辆车上，挥了挥手。我们赶紧发动车离开了，怕他回过神来再找麻烦。在车上我们捧腹大笑，觉得这护林员很好玩，恐是脑子不正常，拿着本文不对题的书瞎咋呼，碰见胆小的不较真的人可能会捞几个钱花花，估计他根本没有什么道路规定的书，要不明明知道这本不是道路规定的书还叫我们后边的车学习，纯粹是瞎咋呼。从昨天住宿到今天的这件事，感到喀纳斯的管理还有很大的提升空间，美丽的风景与他们的管理不相称啊。这只是一个小插曲吧，这儿的风光我还接着往下说。

喀纳斯湖水流入喀纳斯河，在群山之间蜿蜒流淌，形成形态各异的水湾，构成了著名的观光点。神仙湾在一片平缓的滩地上，此处河道比较浅，森林和草原被水分割成一个个小岛，清澈的河水在阳光照射下波光粼粼，流光溢彩，树上的叶子随风摇曳、闪闪发光，山顶云雾缭绕，宛如仙境，诗情画意的美景叫我们流连忘返不忍离去。挨着神仙湾的是月亮湾，这是一个月牙形的水湾，弯曲的河道在此形成优美的曲线，山峰倒映在清澈的水中，显得如梦如幻。更叫绝的是河中一小岛上有两只很大、很清晰的"脚印"，传说是嫦娥奔月时留下，真叫人浮想联翩。月亮湾下面就是卧龙湾，四周森林茂密、层峦叠嶂、水面宽阔，一块植物茂密的沙洲位于水中心，从高处俯瞰，那沙洲酷似巨大的恐龙，因此得名。这些美景又叫我们忘记了刚才与护林员的不快。在此还遇见了一位从北京骑着自行车来此旅游的小伙子，他从北京已骑车走了一个多月，完后还要骑车到其他地方，我们与他交流一些地方道路的情况，他知道得很详细，他的顽强精神叫人钦佩。

喀纳斯是北疆的一个著名景区，听说成吉思汗当年西征路过此地赞叹它的美丽，还亲自下马欢捧湖水，仰头痛饮，所以后人都把喀纳斯湖的水称作"王者之水"。成吉思汗的军师耶律楚材西行来到喀纳斯，被秀美的景色打动，遥望着那如珍珠一般散落在峡谷中变幻莫测的319个湖泊，欣然写道："谁知西域逢佳境，始信东君不世情。圆沼方池三百所，澄澄春水一池平。"

美丽的喀纳斯，真是人间仙境！

喀纳斯月亮湾

七、禾木之美

新疆北部的禾木在喀纳斯的东南，也称禾木喀纳斯。有人说：如果说喀纳斯是神的后花园，那么喀纳斯最大的秘密就是神还在后花园中为他自己保留了一块自留地——禾木。有人把禾木列为中国十大不得不去的地方，可见它的魅力所在。

驶向去禾木的道路，才知道道路的惊险，虽然是新修的路，但山路狭窄，基本是一辆车宽，会车就要提前准备找稍宽的地点，而且都是围绕着大山旋转，上云层，穿迷雾，上来下去，左转右拐。沿途充满了五彩缤纷的色彩，火红、金黄、碧绿、洁白、嫣紫、赤兰，叫人目不暇接，我们像在画中游，正是无限风光在险峰。

进了禾木村，找了一农家下榻，已是下午四点半了，主人问我们是否骑马前往美丽峰。禾木总共有三处景观，美丽峰是禾木附近一座山峰，在上面可俯瞰美景，还有一处叫观景台的，说清早可去看日出，再有就是禾木村中原生态的体验了。

我们决定骑马到美丽峰。一会儿，高头大马被房东主人牵来，骑马我已多次，但这次不同的是马鞍上没铁环抓手，只有一半圆木供手扶，马夫把一马鞭与缰绳给我们，叫我们驾驭马匹。我们骑马出发了，环视禾木村景，但见木房座座，炊烟袅袅，游人如织，马队穿行，金秋时节旅游正旺，原始小村一片热腾。出村路经跨河桥，桥下清水潺潺，远处雪山皑皑，随即进入白桦林带，树干霜白挺直，树叶金黄灿烂，一群飞鸟空中盘旋，白云点缀蓝天，诗情画意油然而生，不禁挥鞭吟唱："我骑着马儿上山岗，清清的流水蓝蓝的天，鸟儿飞翔树叶儿黄，远处的青山任我攀，禾木秋天无限好，旅游的快乐唱不完……"自编歌曲还引来游人的一片喝彩。

马儿沿着崎岖的山路奋力攀登，时而趟流水，时而上陡坡，时而下低谷，时而过乱石。马背上颠簸，又没有抓头，骑马不习惯的确实紧张也很累，如不骑马到美丽峰要走10多千米山路，那是很艰难的。

终于攀上了峰顶，这里有开阔的草地。俯瞰四周秋色浓烈，禾木村落里随处散落着原木搭成的木屋，高低错落的村舍，几缕白云牵挂在林中，黄昏的阳光柔和地洒在一栋栋小木屋上，充满着原始的味道。禾木河在桦林的掩映中静静流淌，守护着村子的静谧。暮归的牛群走过禾木河上的木桥，整个村子给人一种祥和的感觉，简直就是一幅恬静、色彩斑斓的油画。我们在美丽峰上尽情地跳跃奔跑，大山中回响着我们的笑声。

次日清晨七点半，天还黑着，这里与北京有两小时多的时差，我们又骑马向观景台出发了。当地人讲八点半太阳才出来，还是早点去好。去观景台比去美丽峰近一半路程，天蒙蒙亮到达了目的地。这里也是很大一片开阔地，马儿可在上面奔跑。很多游人架起了长枪短炮，占据了有利地形，这里的日出倒没什么，人们主要来欣赏禾木晨雾。

天慢慢亮起来了，山下远处的禾木村一片片木屋露出了端倪，渐渐清晰，炊烟袅袅，宁静的山村迎接着黎明。游人们在等待着，等待着，静静地张望着。忽然有人喊，看，那边过来了！顺山边远眺，在山沟的边缘涌起了一片白色的雾团，洁白的，轻柔的，逐渐地舒展着。山边的一切被它罩入其中，忽隐忽现，神奇莫测。雾团逐渐向禾木村方向浮来，人们耐心地期盼着，不知不觉地，禾木村上方开始恍惚了，是炊烟吗？不是，炊烟不可能扩散得如此均匀，如一层薄纱缥缈，白色而透明，把禾木的木屋、树木、流水、牛羊轻轻地罩住，温柔地抚摸，甜甜地亲吻，禾木村现在好似在虚无缥缈的神话中时隐时现，在白色的纱幔中漂浮不定，如美丽的少女打扮得分外娇娆可爱，这时用美女的闭月羞花之貌、沉鱼落雁之美来形容，怕也满足不了我们的心之所想吧。人们似乎忘记了一切，丢弃了任何烦恼，被沉醉着、牵引着，真想变成飞鸟扑向那洁白的雾霭，去拥抱它，让它的美丽给自己带来无限的遐想。

朝阳露出了笑脸，金光洒满了山峦，禾木晨雾逐渐消逝，太阳光临了村庄。禾木特殊的地形造就了它的晨雾，当地面的热气遇到了山中的冷气形成了薄雾，阳光出来，上空温度提高，雾气很快消散，但它的美丽便永远留存在游人的心里，陪伴着人们的终生了。

有人曾经说："有一种地方，风景是在路上；有一种旅游，风景是留在心中。"禾木之美，让人身在其间却被其美所恍惚，离它而去，而心中那如诗如画的景色在不断的浮现中勾勒得更清晰了。

禾木晨雾

八、克拉玛依印象

依依不舍离开了禾木，我们驾车上217国道，沿准葛尔盆地也是古尔班通古特沙漠西缘向南疆进发，至此，北疆的景点基本游览完毕。

连绵的草原，茫茫的戈壁，人烟稀少，植被单调，想起南方的青山绿水，北方的粗犷大山，使我们体会到了新疆辽阔、荒芜、博大的特色。我们来时走的是准噶尔盆地，也是古尔班通古特沙漠的东侧，那里的五彩城留下了深刻印象，西侧将途经克拉玛依油田，还有一个魔鬼城，这是早已听说的，也是我们必去的地方。

初听魔鬼城这个词，以为又是光电合成的牛鬼蛇神为主的人造景观，开始不以为然，但进入景区，你会赞叹它的壮观、雄伟，感叹大自然的鬼斧神工。四周被众多奇形怪状的土丘所包围，高的有四层楼般高，土丘侧壁陡立，脚下全都是干裂的黄土，黄土上面寸草不生，山丘被风吹成了各式各样的"建筑物"，有的像钱塘江畔的六和塔，有的如北京的天坛，有的近似埃及的金字塔。该地貌被《中国国家地理》"选美中国"活动评选为"中国最美的三大雅丹"第一名。因为地处风口，魔鬼城四季狂风不断，最大风力可达10—12级。强劲的西北风给了魔鬼城"名"，更让它有了魔鬼的"形"，变得奇形怪状。远眺风城，就像中世纪欧洲的一座大城堡，大大小小的城堡林立，高高低低参差错落。千百万年来，由于风雨剥蚀，地面形成深浅不一的沟壑，裸露的石层被狂风雕琢得奇形怪状：有的呲牙咧嘴，状如怪兽；有的危台高耸，垛蝶分明；有的亭台楼阁，檐顶宛然。真是千姿百态，令人浮想联翩。风城地处风口，每当风起，飞沙走石，天昏地暗，怪影迷离。如箭的气流在怪石山间穿梭回旋，发出尖厉的声音，如狼嗥虎啸，鬼哭神号，魔鬼城也因此得名。我们坐着景区的观光车游览，随着车的前行，车上的录音喇叭讲解："看，这是不是像中国猿人？"顺着讲解的方向看，果然一个几层楼高的土丘酷似周口店的中国猿人，头颅、前额、眉毛逼真极了，游客们立时惊叹，但旅游车变转方向后，一下子猿人头就不见了，土丘成另一模样。此后又出现过"桂林山水""云南石林""兽、鸟、亭、笋"等各种造型，无不惟妙惟肖，大家遨游在硕大的天然雕塑园中，人人惊叹不已。这是新疆特有的雅丹地貌，它是由于物理风化、剥蚀崩塌及水的切割，再加风力，将含有砂质的土壤雕琢而成。在魔鬼城的大门口有一标本展室，里面有许多动物的标本。马可波罗盘羊的标本引起我极大的兴趣，这种羊有半人多高，长着一对粗大坚硬的盘形羊角，它生长在新疆的草原上，因马可波罗发现并记载在游记中而得名。经介绍，它的逃生本领令人叫绝，当强大的野兽追赶它时，它勇敢地从高高的悬崖上跳下去，迅速调整好身体位置，头冲下，先用坚硬的羊角触地然后反弹起，身体便安然无恙，而追赶它的动物如果跳下只能粉身碎骨，看到它的猎物顺利逃生只好望尘莫及了。自然界里就是这样的有趣，一物降一物，矛盾接着矛盾，优胜劣汰，适者生存。游览了魔鬼城，景色叫人称奇。

  克拉玛依油田号称百里油田，连绵的戈壁滩上磕头机林立，颇为壮观，这是我国于1955年发现的第一个大油田，"克拉玛依"系维吾尔语"黑油"的译音。说起克拉玛依，大家都非常熟悉，有一首《克拉玛依之歌》早已家喻户晓："当年我赶着马群寻找草地，到这里勒住马我瞭望过你，漫漫的戈壁像无边的火海，我赶紧转过脸向别处走去，啊克拉玛依，我不愿意走近你……今年又赶着马群经过这里，遍野是绿树和高楼红旗，密密的油井无边的工地，我赶紧催着马，向克拉玛依跑去。啊克拉玛依，我是多么的喜爱你……"如今此歌的作者已经作古，但他的歌声还在流传，把克拉玛依的过去与现在唱得很透彻了。当晚我们下榻在克拉玛依市的一个宾馆，这里是一个现代化的城市了，高楼大厦鳞次栉比，宽阔街道绿树成荫，茫茫戈壁上建成这样的城市花费了几代人的心血。晚上，我们在一个哈萨克族人的饭馆里就餐，那里吃饭的全是哈萨克族人，白白的皮肤，高高的鼻梁，而我们经多天旅游皮肤晒得黝黑，在里面吃饭像是外国人，引来众人注目，不过他们都非常友善。我们吃着他们做的麻辣香锅，味道还可以，是新疆游中难忘的一餐。还有一件有趣的事情是：在次日离开克拉玛依途中的公路上遇到了一哈萨克族的婚车，那个哈萨克小伙新郎被戴上一个牌子，感到新奇，我们拍照下来作为纪念，同时我们打开车窗向一对新人大声祝福，他们听到了，向我们微笑，欣然接受了远方客人的祝愿。克拉玛依，我很喜爱你。

魔鬼城

九、静静的赛里木 高阔的那拉提

离开克拉玛依，我们先向西进发，目标是西疆的两个景点及西疆重镇伊宁市。既然是新疆全境游，那么就要东西南北全游到。

我们的路线是经托里过博乐，下午4点多，当翻过一个山口后，蓦然，前面的群山之中出现了一大片蓝色的水，只是天气不太晴朗，灰蒙蒙的。一块大石上刻着：国家级名胜风景区赛里木湖。

赛里木湖，古称"净海"，位于中国新疆博尔塔拉州博乐市境内的北天山山脉中，紧邻伊犁州霍城县，是一个风光秀美的高山湖泊，湖面海拔2071.9米，东西长30千米，南北宽25千米，面积453平方千米，平均水深46.4米。赛里木湖是大西洋的暖湿气流最后眷顾的地方，所以被称作大西洋最后一滴眼泪。它像一颗璀璨的蓝宝石高悬于西天山之间的断陷盆地中，湖中群山环绕，天水相映。赛湖长期以来还流传着湖怪、湖心风洞、漩涡与湖底磁场等传说，这给美丽的赛里木湖又蒙上了一层极富想象力的神秘面纱。

我们把车停在岸边，这里几乎没有游人，旅游团很少光顾到此。四周静悄悄的，加上昏暗的天气，湖水轻轻地荡漾，掀起了一波波涟漪。四周群山环绕，远处山峰白雪皑皑，静谧的气息，开阔的牧场，让我们置身于一个博大、寂静、遐想的世界。这时候，在我们附近黄色的山坡上，点缀着一丛丛绿色的松林，远看像一幅幅美丽的迷彩图，配着忽然出现的蓝天白云，构成了色彩奇异的画面。这里好像是净土，没有喧嚣，没有污染，没有争斗，人们到了这里可以抛弃了一切，尽情享受原始自然的乐趣。这里还有一个美丽的传说：很久很久以前，赛湖是一个盛开鲜花的美丽草原，有一对叫契妲和雪得克的蒙古族青年男女在此放牧并相爱。一次契妲姑娘放牧途中遭草原魔王施暴加害，姑娘宁死不从，后伺机纵马逃离魔窟，魔王紧追不舍，契妲姑娘掷玉镯击魔王，玉镯落地，大地迸裂，突露深潭，契妲姑娘纵入。雪得克闻讯纵马赶到，砍死魔王，悲怆地高呼契妲之名，也一头扎进深潭，顿时波涌浪翻，大草原顷刻变成一片瀚海，形成了赛里木湖。当然传说归传说，赛里木湖形成于7000万年前的喜马拉雅造山运动时期，大自然的威力可让大山塌陷，大洋流失，把沧海桑田玩弄于股掌之中。过去有句口号叫人定胜天，细想一下人不可能胜天，只有顺应客观实际，才能使自己生命更加光彩。不过大自然给予了我们如此的美丽，也会叫我们活得更加愉快。

　　当晚我们下榻西疆重镇伊宁市，早就听说新疆伊犁地区很美，到此确实有了感受，第二天来到的那拉提草原又叫我们陶醉了一番。

　　位于伊犁州新源县境内的那拉提草原，是世界四大草原之一的亚高山草甸植物区，自古以来就是著名的牧场。交错的河道、平展的河谷、高峻的山峰、茂密的森林交相辉映，草原上各种野花开遍山岗草坡，红、黄、蓝、紫五颜六色，将草原点缀得绚丽多姿。我们驱车来到景区，这里分空中草原和核心景区两个旅游点，我们分别游览。先乘景区游览车上空中草原，在山下还穿着衬衣，随着游览车沿山路蜿蜒而上，山势越来越高，绕过了几座山峰。蓦然，前面出现了望不到边的绿色草原，这就是空中草原。空中草原名副其实，位于海拔2000多米的高山之巅，本来是群峰连绵，而在此却成了山之巅中的大片平原。记得前几年到过河北蔚县的空中草原，但与此比起来真成了小巫见大巫了。一下车便觉冷风嗖嗖，后悔没把冲锋衣带上，好在有租棉大衣的，赶紧租了件穿上，乘上此处的电瓶游览车驶向草原的深处。两旁成群的牛马羊群，点缀在绿色的草丛中，追逐奔跑，欢腾跳跃。一会儿下起了雨，后又变成了雪粒，我们到了一处小河边停下，进一座毡房里避雨。毡房的主人是一位哈萨克族妇女，很热情，她制作了马、牛、羊奶的各种制品出售。据她说她家有几十匹马、几十头牛和几百只羊，算起来家产上百万了，看来生活挺富裕的。不过他们没有固定的住所，毡房就是家，随着放牧的牲畜移动，这样看日子过得也挺辛苦的。

从空中草原下来又到了景区核心区，也是一片片的草原，但地势较低，海拔1000来米，气温高多了，而且都在山坡上。阳光如同一支神奇的画笔，在草原上不断改变着美丽的色彩和线条。远处雪山耸立，山脚下莽莽苍苍翠绿的塔松、高昂的白桦和苍古的杨树、榆树，好似一群刚柔相济的伟丈夫，它们在阳光下的剪影，灿烂温柔地向草原倾泻着。开满密若繁星般五颜六色小花的绿草原也醉在飘溢着奶香的阳光里，一条清澈的河流相衬在草与山的边缘，轻轻快活地吟唱。马儿撒欢奔跑，牛儿悠闲吃草，羊群漫步滚动，蓝天碧草间，响彻着一曲多么动人的草原牧歌！我们被这迷人的风光陶醉，欢腾激荡，向着高空跳跃，向着远方呐喊，并把这激动的时刻收入了镜头。

那拉提，就像一块翡翠，又如巨大的绿毯装点在天山深处，这时觉得天地之大，人之渺小，人生的梦又何尝不被大自然所左右呢？

十、大峡谷的惊叹

我们离开那拉提草原后，又在天山山脉中穿行了几百千米山路，晚上入住小城库尔勒，这儿已靠近南疆了。次日午间从库尔勒出发，下午4点多到达了库车县，这儿有天山神秘大峡谷及库车王爷府，便决定在此停留游览。全国各地峡谷已游览过多处，刚听说天山大峡谷真不以为然，不就是两山夹一沟嘛，真有玩头吗？

安排好住处，便驶向大峡谷，真奇怪，这么出名的地方许多当地人不知晓。我们边走边打听，到一岔路口，不知走何处。停下车，见前面一骑摩托车的维吾尔族人驶来，赶紧打招呼问路。令我们感动的是那人竟停下车，把车支起来，很快跑到我们车前，很有礼貌地问有何事。我们坐在车里问路，那人指路很清楚。这就是维族人的热情礼貌，我后悔当时为啥不下车，人家那样不怕麻烦，而我们失礼了。少数民族的同胞是淳朴友好的，特别是对远方来的客人。

一到这里我们便被震惊了，远望褚红色的山体群直插云天，在阳光照射下，犹如一簇簇燃烧的火焰，犬牙交错，怪石嶙峋，雄奇险峻，幽深宁静，只觉得陡峭的峰峦似乎随时随刻都会压下来，令人感到窒息、眩晕。

我们走进大峡谷里行走，看到了震惊壮观的景象，感叹此处的神奇，听说美国拍大片都来这儿取过景呢。刚进谷口还十分开阔，进入深谷之中却是奇峰嶙峋，争相崛起，峰峦叠嶂，劈地摩天，崖奇石峭，磅礴神奇；谷内曲径通幽，别有洞天，沟中有沟，谷中有谷，峰回路转，时而宽阔，时而狭窄，有些地方仅容一人侧身通过；奇峰异石千姿百态，步步有景，举目成趣，神犬守谷、悬崖古堡、显灵洞、玉女泉、卧驼峰等山石自然景观却个个形态逼真；谷底比较平坦，两侧是高耸的石壁，石壁上的层层褶皱显示着天然的沧桑，脚下是软软的细沙，有些沙面浮着一层浅浅的积水，细流潺潺。

我们继续前行，但天色已晚，谷内逐渐昏暗，当走到一转弯处，忽然，前面山体上方的崖壁上隐约现出一片洞窟，它们镶刻在绝壁高处，离谷底有 30 多米高，巍巍壮观，叫"阿艾石窟"，建于 1300 多年前的盛唐时期，也称千佛洞。由于已近傍晚，我们无法攀上去了，但听说洞内有佛像壁画，由于地处人迹罕至的大峡谷悬崖上，不易攀登，受到人为的破坏程度较轻，石窟内佛像壁画仍保留着原始构图的细密，色彩绚丽，形象逼真，其绘图艺术可与同时代的敦煌石窟壁画媲美。由于时间关系，5 千米长的峡谷我们只走了不到一半，远眺千佛洞后只得返回了。

这个庞大神奇的红色山体群形成于距今 1.4 亿年前的中生代的白垩纪，经亿万年的风剥雨蚀、洪流冲刷，形成纵横交错、层叠有序的垅脊与沟槽。远看如诗如画，仙天琼阁；近瞧若人似物，如梦似幻。惟妙惟肖，神韵万端，有鬼斧神工，奇景天成之慨叹。我们出峡谷后回头极目远眺，夕阳斜射，彩霞映山，大峡谷色艳红天，在茫茫苍天下，傲然屹立，大有震天宇、泣鬼神之宏大气魄，不由惊叹大自然实在太伟大了！

怀着激奋的心离开这神秘的峡谷返回库车城内，飞驰在平坦的公路上，这时夕阳已近地平线，广袤的戈壁被镀上一层金色的光辉，大地一片金红，远处形象各异的山峰在霞光中争相显露出多姿的风采，更加妩媚粗犷，神秘莫测。我们被如此壮观的戈壁苍山风光美所陶醉，立即停车把美景收入镜头，作为人生永久的留念。

天山神秘大峡谷留给了我们太多的遐想。

天山大峡谷前留影

告别大峡谷

十一、穿越塔克拉玛干

塔克拉玛干沙漠在新疆的塔里木盆地中央，是中国最大的沙漠，也是世界第二大沙漠，东西长约1000千米，南北宽约400千米，面积达33万平方千米。我们西行以来已经过内蒙古的巴丹吉林、北疆的古尔班通古特沙漠，这次要南北穿越的塔克拉玛干沙漠要比前两个大得多，需要整整1天的时间在里面行驶，中途没有加油站，没有人烟，车不能出毛病，否则在里面过夜就麻烦大了。

清早我们从库车县出发，先行驶了200多千米，中午12点到了沙漠北边的起点阿拉尔，一块红色的石碑立于沙漠公路起点，上面介绍了大沙漠的情况，沙漠南边的终点和田市距此420千米，到了那里我们就真正进入南疆了。

一条笔直平坦的公路伸向沙漠的深处，我们在沙漠公路上飞驰。浩瀚无垠的黄沙起伏跌宕，在阳光下反射着金光，路两旁种植着一种固沙的植物，方格网状匍匐在地上，阻止着沙的侵蚀。没有人烟，寂静无声，偶尔有车辆驶过，一切在这里好像都静止了。隔一段路程有中国移动的发射架矗立在大漠中，钢架下面有机房，房子旁边竖立着几个小型风力发电机，大漠中的狂风驱动它们，再用它们发的电供给机房的电能。机房好像平时无人看守，估计定期有人维护。这种发射架贯穿沙漠的始终，所以手机在大沙漠中始终有信号，遇到紧急情况通讯能够畅通。有了沙漠公路，再加上通讯的条件，开车穿越这世界第二大沙漠不会困难。但是多少年以前，没有这些条件时，这个沙漠被称为"死亡之海",想穿越它就要面临死亡。即使现在,也有些探险爱好者不用现代化交通工具,徒步穿越来考验自己的毅力。

途中我们停车小憩,登上了高高的沙丘,尽心欣赏大漠风光。一望无垠的沙海,与天连接,博大、深沉、寂静、雄伟。连绵不断的沙丘汹涌澎湃,好像大海的波涛,又宛若憩息在大地上的条条巨龙,蜿蜒伸展,变幻莫测,它们高度一般在100—200米,最高的有300米左右,形如蜂窝、羽毛、鱼鳞,千变万化着。远处时而有黄沙被龙卷风扬起,形成一个个巨大的圆柱,在广袤的大漠中飞旋急转,直冲天际,潇洒自如,颇为壮观。忽然想起了"大漠孤烟直"的诗句,唐朝诗人王维的千古名句,描写了大漠奇特壮丽的风光,画面开阔,意境雄浑。此刻此景确为引人入胜,心旷神怡。

站在高高的沙丘上,忘记了烈日的照晒,思绪着我们这颗星球的万般景象,感觉到人类的渺小。一切欲望、纷争在大自然面前都黯然失色,我们如何对待短暂的人生,看看沧海桑田的变化也许能得到深刻的启示。

塔克拉玛干大沙漠

十二、南疆风情

天山山脉将新疆分为南北两大部分。习惯上称天山以南为南疆、天山以北为北疆。北疆意味着高山和草原,意味着喀纳斯和那拉提草原;南疆则意味着沙漠和戈壁;北疆意味着草原文化,南疆则意味着农业文明;北疆意味着哈萨克和卫拉特,南疆意味着维吾尔和塔吉克；北疆意味着骏马和歌声，南疆意味着木卡姆和舞蹈。

我们进入南疆之后，先后在叶城、喀什、和田、若羌停留并投宿。南疆与北疆不同的是景点不多，但人口稠密一些，是维族人的聚集地。北疆几百千米无人烟，空旷博大，南疆相对村落较多，人文风情浓厚。

一进南疆，首先进入眼帘的运输工具是毛驴车。一辆两轮木车，由一头小毛驴拉着，车上装物或载人，戴着新疆瓜皮帽的维吾尔族人赶着毛驴飞快奔走，成了独特的风景线。毛驴在内地农村只是辅助的劳畜，无非做些拉磨、拉碾子的活计，现在农业机械化程度提高，毛驴就更少见了，而在南疆却是拉车的主要牲畜，这使我想起了阿凡提骑的小毛驴。

进入南疆后先到的是叶城，城市建设、人们生活显得落后。随后到喀什，这是南疆最大的城市，是一座以维吾尔族为主要居民的古城，幽静而美丽，民族特色浓郁。我们到了这里就好像到了异国，人们的吃穿打扮有西亚的风格。他们信奉伊斯兰教，因此服饰、饮食、礼仪、婚俗、丧葬等均受宗教影响。喀什是歌舞之乡，它的民族歌舞独放异彩，成为中华民族乐舞艺术不可或缺的一部分。能歌善舞是维吾尔族人的天性，无论男女老幼，情之所动，兴之所至，都会翩翩起舞，引吭高歌。

香妃墓和清真寺是这里的著名景点。香妃墓又名阿帕霍加墓，坐落在喀什市东郊的浩罕村，是新疆重点文物保护单位。香妃墓并不是香妃一个人的墓，而是她们的家族——阿巴克霍家族五代人的墓地，香妃是阿帕霍加的孙女。这是一座典型的伊斯兰古建筑群，也是伊斯兰教圣裔的陵墓，占地面积30亩。香妃墓始建于1640年，据说墓内葬有同一家族的五代72人。香妃本名买木热·艾孜姆，自幼体有异香，被清朝皇帝选为妃子，赐号"香妃"，因不服京城水土病故，由124人抬运棺木，历时3年运尸回乡，安葬于此墓中。也有一说是香妃死后葬于河北清东陵裕妃园寝内，此香妃墓内存放的只是她的衣冠。香妃墓就像一座富丽堂皇的宫殿，高40米，由门楼、小礼拜寺、大礼拜寺、教经堂和主墓室5部分组成，穹窿形的圆顶上，有一座玲珑剔透的塔楼，塔楼之巅又有一镀金新月，金光闪闪，庄严肃穆，建筑十分精美。

晚上，夜空高阔深远，繁星眨眼，明月高悬，喀什五颜六色的霓虹灯闪耀得绚丽多彩，车行人流连续不断，洋溢着欢乐和谐的气息。一个结婚的车队奏着美妙的舞曲在灯光明亮的街道上缓缓行驶，这儿的婚礼都在晚上举行。看着这座欢腾的城市，心中由衷感到兴奋。

第二天上午我们游览了清真寺，里面很大，有不少人在祈祷，我们匆匆一观便出来了。喀什是个清洁美丽的城市，房屋基本是维吾尔族风格，圆顶的或方形的。行走的年轻女性亭亭玉立，白白的皮肤，深深的眼窝，长得很漂亮。她们身着长裙，有的外面穿长长的束腰风衣，讲究的还用纱巾把脸捂住，只留两只眼睛。

从喀什出来，我们返回和田。和田市是南疆的重镇，以盛产和田玉闻名全国。我们在回和田的路上，遇一段被洪水冲毁的路段而改走便道，便道是石头掺些沙子铺就，但过车多了，大块石子裸露出来。我们轮换开车，过此路时都小心翼翼，按要求时速20千米，我开时速40千米，问题还不大。可亲戚司机性子急，愣开时速80千米，还不听劝阻，车子上下左右剧烈颠簸，结果车胎被石子扎破，赶紧停车路边，换上备用胎，可备胎要单薄得多，不敢开快，只能慢走将就到和田买新胎换上。和田与我们想象的有差距，一个出和田玉的地方却没有美玉的味道，较脏较乱，比喀什差多了。我们在和田住宿一夜，第二天打听和田玉市场，众说纷纭，指示的方向差别很大。我们本想放弃了，没想到在和田河旁边竟碰上了玉石市场。

这是一个由个体商户的门脸与地摊组成的交易市场，地摊一个连着一个，一堆堆五颜六色的石头云集在路旁；门脸一个挨着一个，里面各种玉石制品琳琅满目，令人眼花缭乱。卖家们都宣传自己的东西货真价实，质量上乘，但买家寥寥无几。现在伪劣假冒的东西太多，人们不敢轻易下手。旁边的和田河河滩上，不少当地人在寻找着石头，有人还挖下了很深很大的坑，寻找着宝石，看样子那些地摊的石头都是从这里捡的。其实真正的和田玉很稀少，而且价格不菲，地摊上的石头无非是从河滩里挖出来的好看石头而已。当然也有外表看似粗糙而切开里面是美玉的石头，这就是所谓的璞玉，几千年前战国时期的和氏璧就是从璞玉里获得的。现在玉石市场的赌石交易，就是考验买家的慧眼识真金的本领，弄好了发大财，否则便赔得血本无归。

转了玉石市场，我们没敢买东西，石头与金子不同，根本没有标准价格，一个玉石镯子从几万元到几百元不等，但看不出多大差别，不识货的还是不要草率行事为好。

我们继续向南进发，准备到南疆最南的若羌停留后便告别新疆了。正在平坦的公路行驶中，忽然见前面的路旁聚集着很多人，停车一看是维吾尔族的集市，他们称"巴扎"。集市延续几里地，人流如织，摊位上摆满了瓜果、蔬菜、牛羊肉，还有各色小吃。有趣的是这里的烤鸡蛋，维族人用一个类似内地烤白薯的火炉，把生鸡蛋放在炉火上烤熟了卖，而不用水煮。我们好奇买了几个尝尝，味道与水熟的一样，可能这样省水省事，一次能烤熟一堆鸡蛋吧。我们在烤羊肉串的摊位坐下，在众多的维族人中，显得很另类，但他们对我们很友好，笑着接待我们，但由于语言障碍，他们汉语说得不太好，而我们不懂维语，无法多说。我们买了他们的羊肉串吃着，味道还不错。这时候过来一位维族乞丐老太太，伸手向我们讨钱，立刻被坐在我们身边的一位维族老头呵斥制止，并冲着那老太用手比划着嫌她丢脸。由此看出维族人的淳朴，在远方的客人面前，他们懂得自重自尊。

晚上我们到达了南疆的若羌县投宿，这是我们新疆行的最后一站。若羌县城市建筑很一般，但这里接近内地汉族区，吃饭有了汉族的风味，我们在此吃到了饺子，不用每天啃烤馕、吃羊肉了，感到很舒心。

第二天从若羌出发，沿着罗布泊边缘进入了青海。罗布泊也是浩瀚无际的戈壁沙漠，荒凉寂寞。我们站在高处，挥手向新疆告别。算起来从甘肃入疆到离开新疆共用十四天，转遍了新疆的南、北、东、西，领略了各地特色的风光，吃足了新疆食品烤馕，而且正遇葡萄收获季节，也吃了个够。顺便说一下，新疆的烤馕是不错的干粮，行驶途中的中餐基本以它为主，长途行车赶路不可能过多停留在饭店就餐，但是馕吃多了也有些腻味了。新疆的葡萄确实很甜，而且便宜，是我们一路爱吃的水果。

南疆虽然景点少，但在与维吾尔族人的接触中，体验了他们的生活、民族风情，感受到了他们的善良朴实，加深了对新疆美好的印象。

香妃墓

告别新疆

十三、甘南风光

告别了新疆,进入了青海。

我们在青藏高原上飞驰,眺望广阔无垠的高原,立刻被一种博大的气势所吸引。苍茫起伏的群山与蓝天白云相接,白云犹如奔腾不息的骏马,驰骋在群山蓝天间。辽阔的高山牧场里,雪白的羊群散落其间,如碧绿的大地毯上滚动的云朵,时而还掺杂着黑色的牦牛群,色彩交织,地高天低,叫人遐想联翩,令人心旷神怡。高原风光无限好,怎能叫人不歌唱,不禁哼起西部歌王王洛宾那首"在那遥远的地方,有位好姑娘……"的动人歌曲,悠扬粗犷的曲调就像高原般广阔。青藏高原与新疆沙漠戈壁又别具一格。

过了格尔木,来到青海湖,这是我国最大的内陆湖,也是最大的咸水湖。站在碧波万顷的青海湖畔,极目远望,水天一色,绿蓝相间,真像一泓琼浆荡漾,时而有水鸟翱翔,湖中有一个叫鸟岛的小岛,上面栖息着近十万只候鸟,堪称"鸟的王国",只是出于保护状态,游客一般不能登岛了。

我们继续前行,穿西宁,过兰州,进入了甘肃,一路翻山越岭,在黄昏时刻面前出现了黄河。这是黄河的上游,碧水清清,完全没有黄色的气息,更令我们兴奋的是要经过刘家峡水库。早就听说过刘家峡水库,它位于黄河上游,距兰州市 75 千米,是第一个五年计划期间,中国自己设计、自己施工、自己建造的大型水电工程,竣工于 1974 年,它地处高原峡谷,被誉为"高原明珠"。当我们到达它的跟前时,但见两岸奇峰对峙,大坝傲然挺立,壁立千仞,湖面辽阔,碧水荡漾,河岸白沙展露,绿柳婆娑,衬以蓝天白云,风光一片旖旎。我曾去过三峡大坝,那里的大坝要长很多,而这里的独特景色是险，高山峡谷，高峰凸立，两山夹一水，站高处下望令人胆战心惊。

当晚入住甘肃临夏县。我们去新疆时是从甘肃北部进入的，那里的嘉峪关、鸣沙山、莫高窟是大漠风光，现在进入了甘肃南部，沿途青山绿水、风光秀丽，过去印象中荒凉空旷的甘肃顿时改变了模样。

新疆啃馕的日子成了过去，到了甘肃吃上了兰州拉面。这种拉面现已风靡全国，但进入甘肃才感到正宗。我专门到操作间观赏大厨的拉面过程，他娴熟的技艺叫人看得眼花缭乱，一块面团在他手中上下翻滚，左右开弓，一会成一面棍，一会拧成麻花，不是做饭，像在表演，几分钟的耍弄，大面团就变成又细又长的面条，动作潇洒自如，一气呵成。面条煮熟，浇上牛肉汤，放些香菜萝卜之类的配料，吃起来筋道可口，在北京也吃过，也看过，却没有这样的享受。

次日从临夏出发，专门游览了黄河第一湾及拉卜楞寺，这也是甘南著名的两个景点。黄河第一湾位于黄河上游，黄河在这里拐了第一道湾，河水清绿，河面蜿蜒，地势平坦，水流舒缓，没有黄沙泻入，见不到在山西、陕西看到的黄汤滚滚的景象，显得可爱娴娜。这儿还没正式辟为景区，一座不大的叫玛曲的黄河桥跨越两岸。离开黄河第一湾，来到拉卜楞寺，它建于1709年的康熙年间，规模仅次于布达拉宫。拉卜楞寺以治学严谨且寺内学者、活佛众多著称，号称西北地区藏传佛教的高等学府。我们在此见到的庙宇建筑金碧辉煌，鳞次栉比，金瓦红墙，气势非凡，延续数里，蔚然壮观。寺院里活佛吟经作课，游人可在外参观，还可进去观赏。

游完两处景点，便一路疾行，在甘肃、四川交界间穿梭，值得一提的是路过当年红军过草地的若尔盖草原。若尔盖是四川省最大的草原，面积近3万平方千米，由草甸草原和沼泽组成，地势平坦，一望无际，人烟稀少，红军二万五千里长征曾多次通过这里，留下了许多可歌可泣的动人故事和革命遗址。在茫茫的草原上，天地之间绿草茵茵，繁花似锦，星罗棋布地点缀着无数小湖泊，湖水碧蓝，鱼儿漫游。我们在一处美丽如画的小湖旁停车拍照，清澈的湖水，倒映着远处雪山的亮影。美丽的野花，盛开在秋草之中，旁边还有一片红色的草地，鲜得叫人爱不释手。美丽的草原又记载着沉重的历史，把我们的思绪带进了过去与未来，心中久久不能平静。当年红军就在前有围堵后有追兵的险境中经过此地。草地虽然美丽，但深处也充满陷阱，稍有不慎便跌进草潭失去生命，所以现在有些地段拉着铁丝网提醒人们不能进入。如今我们悠闲地在这儿陶醉于美景，那几十年前的战斗硝烟，还有长眠于此的先烈们怎不叫人们永远地回忆。

甘南妩媚的风光给我们留下了终生美好的印象。

甘南的草地

十四、事故发生之后

我们驾车从甘南进入四川，第二次游览了黄龙和九寨沟。

从九寨沟出来已是下午，在蜿蜒的山路上疾驰，当晚入住陕西的陇南市。第二天继续在陕西大地上奔驰，过了略阳市，又进入了山区。山区公路狭窄弯曲，本来行车应该谨慎小心，可亲戚司机发飚了，速度不减，超车频繁。有一辆丰田路霸吉普在前面行驶，他紧咬不放，那辆车的司机看来是专职司机，不甘示弱，两车在山路上你追我赶，互不相让。我坐在前面副驾驶座位，不断叮嘱注意安全距离，怎奈亲戚司机开惯了快车，不好纠正。在一山道拐弯处，对面一辆大货车驶来刹了一下车，前面吉普也赶忙急刹车，我们的车也来个急刹车，但无论如何也刹不住了，追尾到前面吉普上，撞弯了吉普后面的一个脚踏板，我们车的前右侧被撞瘪，大灯撞坏，但还可行驶。

没说的，我们车负全责。吉普司机不干了，要求赔偿3000元，说是进口车，零件贵。我们认为一个脚踏板不值那么多钱，并说我们车上了全险，让保险公司鉴定后由他们定价赔偿。当即给人保北京公司打电话，答复说叫当地人保分公司负责解决，但保险公司解决前提是由交管部门出具事故证明。在这山路上，不可能有交管部门，只有到前面的勉县解决。吉普车司机没法，只好前行，怕我们中途溜走，要了200元先押着。其实就一条山路，没岔路，再说我们也不想逃避。我们记下了发生事故的公路里程地点就向前面勉县驶去，中途有一交管站，进去询问说今天放假，站长休息，必须去勉县城里的交管大队解决，那儿有值班的。

到了勉县交管大队门口，车刚停下来，突然发生了意想不到的情况，我们车底下流出大量红色液体，不是汽油，仔细分析是变速箱油。自动挡车的变速箱是关键部件，看来是变速箱漏油，车完全不能动了。我们后怕，幸亏到了目的地才发生此情况，不然在半路山道上趴窝，可就难办多了，真是有惊无险。

到交管大队询问说有关人员放假，让打报警电话解决。我们赶紧打了110报警，又给当地人保公司打了电话，答复说等交警出了证明再说。等了近两小时，不见交警踪影，吉普车里的人非常着急，说要去汉中送孩子上学。原来他们是陇南市政府的官员，嫌陇南教育水平低，把孩子送到汉中好的学校上学，并动用了市政府的公车。吉普车和司机为政府机关管辖，没想到半路出事，司机怕交不了差，索要高额赔偿，想拿钱一走了之，但要价太高，我们不干，况且我们车上了全险，凭什么不利用保险。俩交警姗姗来迟，问我们在哪儿出的事，我们说出地点，他一查说那儿属于略阳市管辖，按属地管理要找略阳解决，这儿是勉县地界，他们管不了，这样就要返回几十千米去略阳。我们一听也蒙了，车根本动不了，怎么回去？那俩交警离开了，我们真是束手无策了。怎么办？再回略阳根本不可能，又一次联系保险公司询问没有交警证明是否可以？正值假期，保险公司人也不好找，好不容易打通勉县人保公司还是坚持只有交警出完证明后才能到现场。正当我们想法如何进行下一步的时候，刚才来的两名交警之一又回来了，可能他琢磨我们车肯定走不了，我们又是北京的，明天一上班我们车趴在交警大队门口对他很不利。我们趁机跟他套近乎，说我们并不知道那段山路哪里是略阳与勉县分管的分界，如果当初我们不说道路千米里程，您也不会知道出事地段属哪儿管吧，所以不管出事地方是不是勉县管辖，你就视同是勉县管的，谁还到实地去查？再说你就出个证明，对你们没什么利害关系。那警察似乎动了心默认了，说明早你们到我这儿拿证明吧，现在放假印章拿不出来，先让保险公司定损吧。我们心踏实了，赶紧约保险公司人到现场。等了段时间，保险公司人终于来了，我们真领教了外地小地方的办事效率，这事如在北京不可能耽误如此长的时间，在北京决不许坏车停留道上这么长时间，不过总是有解决的苗头了。

保险公司的人检查后，介绍了家修理厂去修车，这修理厂像是私人厂家，还好没放假。与他们联系来了辆奥拓把我们车拽到厂里，一检查是变速箱底盘有一洞，油全漏光了。原来我们出来时在车底焊了块护板，以防止走山路拖底损坏车的关键部位，但板与车底间有空隙，可能在以前走石子路时卡进了石子，刚才一撞石子顶破了变速箱底盘，但一时石子没脱落，凑合到了勉县，车一停石子掉了，变速箱油漏光了。本来应该更换变速箱底盘，但勉县地方小，没有君威车的这种配件，只有西安才有，但西安离此有上千多千米呢，去那儿买，来回最快也需三天，我们等着返京，不可能再去西安买配件。修理厂老板说只能电焊试试，但也要等到第二天才行，我们只能在勉县住下了。修车问题先这样决定了，接着赔对方损坏的车踏板又开始了艰难的谈判。

因勉县地方小，也没有他们吉普车的脚踏板，对方坚持要3000元，我们不干，叫老板询价看到底多少钱？老板先是答应问问，可半天没答复，我们一直追问，他也是含糊不清，顾左右而言他，估计他怕惹着每一方，最后在保险公司一再催促下才说了个估计1000来块。我们的亲戚司机也不是吃醋的，他也打电话给北京汽配城认识的人，还有丰田公司在北京的办事处。丰田公司答复说他们这种车型进口时根本没安装脚踏板，都是中国国内自行装的，这样就没有原装一说。吉普车司机没想到我们会有这一招，本想用原装价贵来抬高价钱，这下不成了。他还想狡辩，我们说给你丰田公司电话号码你自己可以问，他气急败坏说不用你们赔了，我们走了。他想他们一走，事故一方失去证据，保险公司就不管理赔了。我们不怕，他走他的，我们修好车，不行到北京再想办法。谁知吉普车开走一会儿又回来了，问到底我们可以赔多少钱，我们根据北京询得的国产价格又加了一点答应600元。车里那几个官员没计较让司机按此办，又给我们复印了保险公司处理事故所需要的吉普车有关资料。司机看来不很情愿，但也无法，最后开车气呼呼走了，我们圆满处理了赔偿对方的事宜。当晚我们住在修理厂旁边的旅店，就是专门为来往大货车司机准备的旅馆，条件很差，但也两人一间房，但很便宜，一人10元住一夜，是我们西行住的最便宜的地方。

  第二天清早我们去看修车情况，漏洞是焊好了，可灌上变速箱油又漏了，看来是焊接技术问题，还得返工再重焊，又领教了此修理厂工人的技术之差状况。这时候保险公司又来人了，现场看了修车情况，还拍照等，完后写出定损意见，说要报他们的上级汉中人保公司审批后才能给我们有关手续，还得需要几天，因为只有拿到他们出具的有关资料才能到北京人保公司报销修车费用。我们急着返京，让他们完后快递北京。我们与修理厂结算修车费用，连赔偿吉普车的600元一块开了发票。此地修车确实不贵，比北京4S店便宜多了，这就是大城市与小县城的差别，物价便宜。车简单修了，开回北京问题不大了。我们在勉县转了转，没想到这儿是1000多年前三国时期蜀国的控制地，有诸葛亮活动的故事及许多遗迹，我们游览了勉县武侯祠，颇有收获。

  我们的车回京后又重新到北京人保公司定损，彻底换了变速箱底盘和变速箱油，用的是货真价实的配件，其他部位如大灯、右侧车身等都修理了，整个车焕然一新，赔吉普车的600元也报销了，北京人保公司解决得利索，也很大方。出了事故是坏事，但也有好的一面，我们亲戚的君威车开了十几万千米了，也该换变速箱油了，但此油很贵，估计北京4S店需要几千元。（当然勉县不会花这么多，而且那儿油的质量较差，所以修车便宜。北京又重换，质量高多了）这次出了事，保险公司全赔了，一分没花，而且与吉普车司机谈判也赢得了主动，真是坏事变成了好事。

  实践使我们感到：生活中不知要遇到多少意想不到的麻烦事，但在危急时刻要冷静镇定,策划周密,设法解决困难,这也是锻炼人的处理问题的能力。人要做社会的强者,要不断在实践中增长才干,活到老,学到老。

十五、勉县武侯祠

没有想到这个小城蕴藏了近两千的历史,那位叱咤风云的杰出人物诸葛孔明竟在这里留下了众多的传奇和活动遗迹。我们走进勉县武侯祠古朴的大门,不由思绪翻腾,思古悠悠。

现在全国有大的武侯祠9座,勉县武侯祠位于陕西汉中勉县城西3千米处,川陕公路以南,汉江以北,始建于公元263年,比成都的武侯祠还早50年,是全国最早,也是唯一由皇帝下诏修建的武侯祠,因而有"天下第一武侯祠"之称。诸葛亮死后,朝廷上下都纷纷恳求为他修建祠庙,于是公元263年蜀国后主刘禅下诏在勉县武侯墓旁边为他修建了一座祠庙。明代,因为原来的武侯祠已过于破烂,于是人们在当年武侯相府之地,重修了武侯祠。

进了山门,迎面是一处不小的四方院落。院北的台子是一处乐楼,是祭祀诸葛亮时演出的戏台。东西有两道辕门,南面正中有一巨大牌楼,古色古香,正面的匾额上两行金色隶书:"汉丞相诸葛武乡忠武侯祠"11个字。武乡是指诸葛亮故乡山东沂南的古称,而忠武侯是诸葛亮去世后刘禅给予的封号。牌楼背面的匾额上白底黑字写着"天下第一流"5个大字,苍劲有力。诸葛亮不愧为天下一流人物,他成为了中华民族智慧的化身,他的睿智、品德、举止为国人之楷模,他的"鞠躬尽瘁死而后已"的精神源远流长。历史是不会忘记曾经为人们做过杰出贡献的人的,他们的名字将与天地共存。

穿过了牌楼,迎面是一座城门似的琴楼,这个城楼就是传说中"空城计"的那个西城。据说此楼是按原楼十分之一比例建造的,甬洞式建筑。记得小时候曾在小人书里头次知道了空城计的故事,上面画的那座城与此一模一样,城门大开,诸葛亮摇着鹅毛扇坐在城头上抚琴,吓得司马懿进退不得,最后慌忙撤离。见此景勾起了童年的回忆,几十年过去了,那座空城计的城楼竟到了眼前。登琴楼,里面有架石琴,据说也有1000多年的历史了,石琴表面被多少代人的手抚摸得光滑,披着岁月的沧桑,诉说着那位伟大风云人物的故事。琴楼旁有一口古井叫诸葛井,有1700多年的历史,是当年诸葛亮居住时所掘,据说当年井水甘美香甜,远近闻名,现在虽已干涸,但历史渊源意义深刻。

过了琴楼,就是武侯祠主体大院,门楣正中悬有两块沧桑的匾额,有力的笔迹书写着"精忠粹德"和"大器无方",山墙的砖柱上还刻有一幅对联:"日月高悬出师表,风云常护定军山"。出师表是诸葛亮忠心的写照,他不求名利,一心辅佐,努力实现立国大业，开创了三国鼎立的局面，明知以蜀国弱小的力量完成统一大业如天方夜谭，但也竭尽所能，六出祁山，忠心耿耿，最后病逝五丈原，出师未捷身先死，常使英雄泪满襟，诸葛孔明的敬业精神被千古流传。院东西各有厢房五间，置有赵云、黄忠、魏延、李恢、姜维、王平、马岱、马忠、张嶷等武将及法正、许靖、刘巴、吕义、杨仪、费祎、李福、邓芝、董允等文臣塑像。这些历史人物，各个栩栩如生，似乎正在帐下听令一般，蜀军的威严和诸葛亮的威望可见一斑。

往前是武侯祠的拜殿了。院子里青石铺地，林木茂盛，各种花木竞相争艳。殿堂两山墙下碑石林立，历朝历代文人墨客留下的珍贵石刻都汇集在这里。惹人瞩目的是清朝果亲王来勉县主持武侯祠修缮时留下了碑刻，"遭逢鱼水自南阳，将相才兼管乐长。羽扇风流看节制，草庐云卧裕筹量。丹心一片安炎鼎，浩气千秋壮蜀疆。庙貌嵯峨沔水侧，入门瞻拜肃冠裳。"冯玉祥将军题写的碑文更有深刻的含义："成大事一生小心谨慎，仰风流於遗迹万古清高"。拜殿上方悬有白底黑字的一方匾额，苍劲的"大汉一人"四个字，浓缩了诸葛亮乃汉朝以来第一人的气势。拜殿内还有"天下奇才""典垂景耀""伯仲伊吕"等匾额，颂扬着诸葛亮为建立蜀国立下的丰功伟绩，从中也可以感受到千百年来人们对诸葛亮的敬仰。

穿过敞亮的拜殿，便是武侯祠的大殿。殿堂高大宽宏，飞檐翘脊，画栋雕梁，气度不凡。大殿正中高悬一方"山高水长"的匾额，门前有两幅对联，"扶汉心坚惟谨慎乃能担当事业，伏龙誉早必深潜而后腾踔云霄""未定中原此魄何甘归故土，永怀西蜀饮恨遗命定军山"。这两幅对联算是对诸葛亮一生的概括总结了。殿内正中神龛内高坐诸葛亮的塑像，仍有羽扇纶巾的大度风情，形象栩栩如生，仿佛正在运筹大业。

武侯祠最南端有一个六边形凉亭叫琴台，韵味独特，这里高出其他处几米。登上琴台，置身高处，展开心怀，放眼远望，只见汉水东流而去，沃野千里起伏，对岸的定军山巍然壁立，依稀看见武侯墓下古柏参天。据说当年诸葛亮就在这里摇着鹅毛扇，运筹帷幄，决胜千里之外。对面远处的定军山就是当年的古战场，金戈铁马，战火硝烟，曾在那里记载了中华悲壮的历史烟云。历史的长河永远地奔腾，我们每个人都是那样地渺小，绝大部分都无声无息地湮没在漫长的岁月中。华夏几千年文字记载的历史上有多少帝王将相，但真正被人牢牢铭记的屈指可数。历史是公正的，能评判每个人的功过是非，诸葛孔明能被后人深深地敬仰，除失街亭等很少的失误外几乎近于完美，在历史上不多见。

我们的西游到此快结束了，要不是车在此发生事故，还真没机会进行这次计划外的怀古游览，也算是坏事变成好事吧。

勉县武侯祠

十六、人生一大壮举

勉县的事情处理后，我们又驶入返京的路程。经过汉中，进入汉西高速。这一段要翻越秦岭，高速公路是前几年新修的，在险峻的秦岭中穿行。断断续续有上百千米的秦岭大隧道又是一大壮观，有的一个隧道就有十几千米长，当年修建时一定非常艰难。

本想上了高速很快会到西安，没想到在秦岭之巅的一处隧道外又被堵住了。长长的车队动弹不得，不知前面堵在什么地方。天渐渐黑了，路上充满了车辆，大山一片寂静，只有星星眨眼与我们作伴。幸亏我们恰好停在隧道外面，如果堵在隧道内，那四周漆黑一片不知是何滋味呢。今天要在秦岭山巅过夜吗？我们打听到底怎么回事，众说纷纭，有说前面出了事故，有的说车多堵塞。

我们决定打电话问问有关部门是怎么回事，出来时已经把沿途要经过道路的管理部门的电话号码查清记下来了，即使不记下来也可查114，现在通讯发达可充分利用。电话很快打通，得知是前方路段在节日期间有一辆车出事，当时黄金周车多只把事故车拖到道路一边没清理，现在已过假期，赶紧清理了，所以造成一段时间的堵车，清理已到尾声，马上就放行了。我们一看在秦岭堵了两个多小时了，要不早就过西安了。

终于车放行了，大家一片欢腾，自驾旅游不知会遇到什么事，需要冷静耐心，不急不躁。我们飞快奔驰，很快通过陕西地段进入京港澳高速的河南段。停在一个服务区，在车里休息几小时后继续赶路，10月9日下午终于进入北京地界，立刻感到道路的拥堵，在外面开惯了快车，到了北京反而不习惯了。我们左绕右绕返回了家，深深喘了口气。

出行25天，行程1.6万多千米，穿越10省、自治区，游览了大小38个景点，其中有快乐、有惊险、有挫折、有顺利，丰富了人生经历，感到不虚此行，我们总结这次自驾西游为自己人生的一大壮举。

自驾西游路线图

再返新疆游

这是第三次来新疆旅行了,前两次分别为2007年9月和2010年9月。10年光阴一瞬间,2021年6月第三次进疆游,是为弥补前两次的空白。

前两次进疆,基本转遍了全疆。特别是第二次,我家与亲戚4人自驾车,跨越了十个省、自治区,行程1.6万多千米,我们称其为人生一次壮举的自驾游。那次在新疆转悠了10几天,东西南北疆都涉及了,但遗憾的是因217国道部分路段维修,美丽的巴音布鲁克草原无法前往,心中总是留着遗憾,这次下决心去弥补。

一、独山子大峡谷的惊险娱乐

从北京4小时飞到了乌鲁木齐,事先联系的旅行社派车接机,安排了宾馆,感到顺利方便。第二天清早,一辆7人座的旅行车到宾馆来接。我们报的是6人无购物小团,团费较贵,包含在新疆游的交通、住宿费用,只管每天早餐,是包含在下榻宾馆费用里,不管正餐,不过这正合我意。以前跟团游的餐食虽也是几菜一汤,但都不敢恭维,而且桌餐也不卫生,真不如自己打理。司机兼向导只管按行程开车、办理住宿,没有导游职能。

同车的另4位游客是两对年轻的小夫妻,一对四川绵阳人,一对辽宁沈阳人,都是20多岁,与我们相差一辈人,他们很礼貌地称我们叔叔、阿姨。看着他们年轻、漂亮、活泼的样子,回想起我们青春的岁月感叹人生的短暂,岁月的无情。

从乌鲁木齐出发,开始了第三次新疆游的行程,第一个目标是新疆的赛里木湖,全天路程600多千米。新疆地域广阔,风光各异,景色美丽,但各景区相距很远,每天车程都需多个小时。

汽车在高速公路上奔驰,两旁的山峰飞速地闪过,但很多都是秃山荒岭,没有绿色,裸露着红色、褐色的山石。这些山没有土壤,存不住水,植物无法生长,一些平川也是沙漠戈壁,与江南的翠绿形成了鲜明的差别,不过也显示着新疆的粗犷、博大的气势。当然新疆也有绿色风光,甚至隔着一条河,景色竟完全不同,一边绿树茵茵,风光无限,另一边却是寸草不生的荒山戈壁,不知大自然怎么鬼斧神工地造就了这神奇的地貌。

行驶了3个多小时,进入一片平川,褐色的土地没有什么景物,光秃秃一片。突然从车窗看不远处平坦的土地似乎深陷下去，一道深沟时隐时现，随着车的驶近，深沟出现在眼前。啊，原来是一条大而长的峡谷，近千米宽、200多米深，谷壁如刀削般的悬崖陡峭，经雪水及雨水长年冲刷，布满刀刻斧劈般的褶皱，雄浑险峻，叫人心惊胆战。这条峡谷蜿蜒伸展，据说有20多千米，名为独山子大峡谷，位于新疆克拉玛依市独山子区的境内，是由奎屯河水冲出天山后，切割独山子西南方向倾斜平原形成的神奇峡谷，是新疆一处独特的风光。看着这条峡谷，忽然想起去过的美国科罗拉多大峡谷，地形有些相似，也是下陷式，当然科罗拉多大峡谷要比这峡谷宏大惊险得多。

几百阶木梯通到峡谷边的一大块平地上，当然也有电动的轨道车送你来往，可免去步行下上之苦。我们先步行走木梯下行，来到设有各种娱乐设施的平台上。这是峡谷边自然向里凹进的一大块平地，上面依地形建了几个娱乐设施，引人入胜的有100多米长的透明玻璃封闭桥搭建在一处断崖间，下面是200米深的峡谷，名曰玻璃栈道。这种玻璃栈道在全国许多景点都有设立，从脚下透明玻璃可俯视下面的深谷，只不过大小长短不一，没什么新奇，不过恐高的人也不敢涉足。倒是另一处名曰"步步惊心"的娱乐设施确实叫人惊心动魄。这是在200米深、相隔200米长的两断崖之间拉起几根钢索，最下面钢索上间隔铺着一块块木板，有些像红军长征时突破的泸定桥，当然要窄得多。玩此娱乐的游人需两手拽着两边的钢索，脚踏木板，一点一点小心翼翼地迈过，从断崖一头走向另一头，当然为安全还有一根系在身上的绳索连接在头顶的钢索上。即使如此也必须"胆大包天"的人来尝试。且不说那钢索桥凌空悬在断崖间，站上面往下看都会心惊胆战，再在那桥上行走，踏在有间隔的木板上，须步步留神，行到桥中间还会摇晃，可谓"步步惊心"。

这种冒险刺激的娱乐叫人望而生畏，游人虽多却很长时间无人前往，心想这次怕见不到"胆大包天"敢于过桥的人了。但忽见4位女性装备停当上桥了，甚为惊讶。只见她们相隔着距离，每人头顶有绳索牵引保护，两手紧拽着两旁的钢缆，颤颤巍巍一步步迈着悬空的木板，看着叫人心颤。本来这应该是男人的运动，怎么叫女人占了先？倒是有许多男人立足观看，却没有人敢紧跟尝试，巾帼不让须眉在此有了显示。这4位女性上了桥就没了退路，必须勇往直前，但见她们步步脚踏木板，沉着冷静，毫无畏惧地前行。高高的钢索桥，衬托凶险的峡壁，下探深邃的谷底，4位钢索桥上女性似乎在蓝天深谷间飘行，大有壮士的气概！走在前面的看着是位中年女性，毕竟生活阅历多，胆大心细，不慌不忙，当她快走完全程时，众多观望者鼓掌大喊"加油"，她向大家微笑，为自己的即将成功自豪。最后的是位年轻女性，似乎有些害怕，走得缓慢，与前面的人拉开了一段距离，但终究不能后退，还是下决心前行，终于完成全程，游人也给她加油鼓掌。这峡谷除观赏雄浑险要的峡谷风光外，惊险的娱乐设施也招徕着四方游人。

离开峡谷，继续前行。经过 4 小时的奔驰，即将来到了赛里木湖景区。这湖 10 年前曾光顾过，那是一个阴沉天的下午，我们驱车到此，四周群山环绕、寂静无声，没有游人，那硕大的湖面静悄悄的，灰蒙蒙的，由于是阴天，湖水没有阳光照射，成了灰色，周围是大片的草地，远处还有牛羊蠕动，显得荒寂。这赛里木湖位于海拔 2073 米的草原中，湖泊面积 458 平方千米，平均水深 46.4 米，是新疆海拔最高、面积最大、风光秀丽的高山湖泊，又是大西洋暖湿气流最后眷顾的地方，因此有"大西洋最后一滴眼泪"的说法。那时此地没有开发，不远的果子沟正在架桥修路，也没有住宿条件，我们只能匆匆观后驾车离开，算是下车观花，短暂一瞥。

逐渐接近赛里木湖景区，与上次大相径庭了。碧蓝的高空中悬浮着朵朵白云，姿势不断地变化着，有的在奔驰，有的在跳跃，有的在舞蹈。湖边修建了环湖公路，车辆川流不息，远处赛里木湖水在阳光照耀下，漫湖碧透，碧蓝晶莹，10 年过去了，这里开发成 5A 景区了。

更叫惊喜的是，我们将下榻在赛里木湖边山上的龙岭酒店，以便来日好好游览湖区美景。龙岭酒店在山腰，对面是宏伟的果子沟大桥，这是一座斜拉桥，也是国内第一座公路双塔双索面钢桁梁斜拉桥。远望大桥如巨龙腾空，穿山而过，秀美修长，甚为壮观。它的上面顶着洁净的蓝天，飘浮多姿的白云，四周拥抱着漫山的松柏，构成一幅美丽的图画。

我们欣赏着美景，进入了迷人遐想中……

二、环游赛里木

坐落在赛里木湖旁半山腰的龙岭酒店是座 3 层建筑物，设施一般，但客房也是标准间，在赛里木湖景区下榻这样的酒店已是不错了。

新疆的气温多变，6月的乌鲁木齐白天气温与北京差不多，30℃左右，可着短袖衣服，但到晚上就凉多了，需穿长袖外衣，到了赛里木，就要穿薄毛衣或薄羽绒服了。而且新疆与北京时差两个多小时，晚10点太阳才落山，暮色才降临，但清早亮得晚，7点之后才见黎明的曙光。

新疆的疫情防控很严格，所有酒店大厅里都设专门做核酸检查的医务人员，凡入住人员必须做核酸检查，都是免费的，而且只要是换一酒店都要重新做，不管上次是何时做的，我们新疆7天游，每天都要换下榻的酒店，7天之中每人做了6次核酸。细想一下也应该，新疆是边境地区，周围接壤几个国家，防控疫情不可大意，这样的严格才能保证安全。

赛里木的夜晚是宁静的，清晨也是清新的。第二天，迎着初升的朝阳，我们在酒店周围吸吮新鲜空气，欣赏山野风光。酒店修建在赛里木湖旁山的背后，这样不至于影响湖的景观。周围山峰延绵，绿茵相连，对面的果子沟就隐藏在山峦之间。果子沟素有"伊犁第一景"之称，它位于霍城县城东北的40千米处，是一条北上赛里木湖，南下伊犁河谷的著名峡谷孔道，全长28千米。该沟古为我国通往中亚和欧洲的咽喉，整个沟谷的河滩、山坡长满了野生的苹果、山杏、核桃，"果子沟"之名由此而来。在密密的山林里，出没着狼、熊、野兔、狐狸、野猪、马鹿等走兽飞禽，形成一个环境非常优雅的天然动物园。春天各种野果树绽放着美丽的花朵，会把全沟打扮得五彩缤纷，秋天五颜六色的野果和枝叶又将沟谷层林尽染，那是多么迷人的景色，可惜我们到此不逢时，还是留下了遗憾。

上午9点钟，我们开始了新的行程。司机驾车先驶向果子沟大桥，昨天下午已经远眺着这座宏伟的建筑，今天要亲临其上切身感受，近观大桥的风采，这自然是我们求之不得的。

汽车沿山盘旋行驶，钻隧道，上山峦，冲谷底，绕来转去，细观了果子沟大桥的全貌。果子沟大桥的最大特点就是便于观看，从赛里木湖出来翻过一个山头就能看到大桥，登上附近的山头，能一览大桥全貌。顺着公路走，大桥始终在你的视线之内，桥下也有公路穿过，可以从下仰视大桥，在桥上行驶观看就更方便了。此桥长700米，桥面距谷底净高达200米，那高高的桥墩就叫人惊叹，桥上的两个主塔高度分别为209米和215.5米，相当于60多层楼高哇！何等的气魄！大桥主桥全部采用钢桁梁结构，使用国内特殊专用桥梁钢材1.7万吨，并采用高强螺栓连接，安装精度控制在两毫米以内。而且此桥造形优美，它除主桥外，副桥沿山势蜿蜒迂回，形成S弯型给人以壮观、大方、自然美，欣赏着这优美的造型，愉悦的心情油然而生。毫不夸张地说，果子沟大桥S弯美冠全球！

观赏完大桥，来到了赛里木湖景区，我们将仔细地欣赏它的风姿，正好弥补了10年前匆匆一瞥的不足。现在这里开发成了5A景区，过去只有一个石碑标注的入口如今建成了高大的景区进口，铺设了环湖公路。环湖观光车将载游客环湖一周93千米，用时4个多小时，分别在沿湖5个景点停留。我们的车和司机只好在门口的停车场里等待我们观光回来。

乘上观光车，沿着湖边公路缓缓前行，赛里木湖近在眼前。赶上了晴朗的天气，白云在碧蓝的空中自由地飞翔，远处的雪山在长天下相拥，白色的山峦与碧空相接，巍峨向上，迤逦壮观。来到一处观光点，将在此停留半小时。木栈道将游客引向湖边，大家兴奋与赛里木湖亲切地接触，湖水碧透晶莹，叫人爱不释手，静静的湖水时而泛起些涟漪，微波粼粼，在欢迎着游人。再回望湖边的山，一层层的松树挺立在山坡，忽然发现翠绿之间还有深浅之分，是山坡的草地在与松林争宠，却构成了赏心悦目的美，游客们纷纷将此景收入了镜头。观光车继续前行，在另一处观光点，又出现另一美景，阳光高照，镜子般的湖面反射着洁白的微光，湖水更加晶莹剔透，湖边的高山倒映在湖中，一片流光溢彩，引人入胜。赛里木湖，大自然给予人们的恩赐，4个多小时的环湖游，让我们陶醉在人生的遐想中。

恋恋不舍离开了赛里木湖，继续我们的行程，路过一个薰衣草的景点，大片紫色的薰衣草拽住游人欣赏留影，只不过我们来自京城，曾在北京郊区见过面积更大的薰衣草花海，所以没感到更多的新奇。倒是在晚上8点多来到了一个叫喀赞其民俗村，领受了一下新疆维吾尔族的民情。这个民俗村在伊犁首府伊宁市的郊区，聚居着以维吾尔族为主的少数民族。游客到这里先体验坐马车的乐趣，维吾尔族大叔赶着高头大马车，七八个游人两边坐，马车奔跑几千米来到了维吾尔族人居住的街道，大家下车参观维吾尔族人的民居。民居都比较宽敞，一进门有高高的葡萄架，结着串串绿绿的葡萄，雕刻着民族风貌的门窗展示了维吾尔族的气息。维吾尔族大妈热情迎接着游人，带着大家逐一参观他们的家，有卧室、厨房、接待室等，看着他们的房间的设施，感到他们生活得挺滋润。一些维吾尔族的小孩在门口玩耍，有的还向游人们做鬼脸，着实可爱。看着这一切，感到新疆各族人们生活得很幸福。我不同时期来新疆三次都体会到国家对新疆的特殊政策，新疆公路修得好，过路费也低，清真寺很多，可自由出入，10年前第二次进疆时我们还深入南疆维吾尔族的大巴扎（集市），感受到维吾尔族人的热情、朴实，他们都自由自在地生活着。当晚在伊宁市宾馆下榻，后面美好的行程还等待着我们。

三、那拉提空中草原

我们继续新的行程，这次的目的地是那拉提草原。

传说成吉思汗西征时，有一支蒙古军队由天山深处向伊犁进发，时值春日，山中却是风雪弥漫，饥饿和寒冷已使这支军队疲乏不堪。不料翻过山岭，眼前却是一片繁花似锦的莽莽草原，泉眼密布，流水淙淙，犹如进入了另一个世界。这时云开日出，夕阳如血，人们不由得大叫"那拉提（有太阳），那拉提"，于是留下了这个地名。那拉提草原是世界四大草原之一的亚高山草甸植物区，自古以来就是著名的牧场，具有平展的河谷，高峻的山峰，深峡纵横，森林繁茂，草原舒展的特色。

来到那拉提景区，去草原还要乘景区的区间车。那拉提草原主要由两部分组成，一部分在海拔2200米以上的山巅，称"空中草原"，另一部分在海拔1500米的山谷间。10年前第二次自驾赴疆时曾到过这两个地方。那是9月下旬，恰逢"空中草原"下雪了，气温骤降，我们租了棉大衣御寒，后又下到称为核心区的海拔1500米的草原却是风和日丽，一片祥和。这次是6月，天气也好，我们乘区间车一直向上攀爬，到了海拔2000多米的高处倒不觉多冷。

"空中草原"是一片硕大的绿色草地，群山环绕，雪山拥抱，谁能想到在连绵不断的山峰间竟有这么大面积平坦的草原，怪不得当时成吉思汗的军队从山后过来突然发现此地惊讶不已呢。

攀上一高处观景台，四周风光尽收眼底：眼前高高的松林排排屹立在山岗，仰望着蓝天，挺拔威武，如同山峦的卫士，它们站立得那么整齐高耸叫人看着舒心愉快；再俯瞰下面的草原，绿色铺满了山谷，气势磅礴，大片的碧草中牛羊点缀其间；远处的山峦戴着白色雪帽，给蓝天旷野增添了迷人的色彩。那拉提空中草原，风光无限啊！

高处欣赏完全景，大家兴奋地奔向下面的草地。来到草丛中，置身碧绿间，抚摸着嫩草，感到它们正处在青春年华，个头还不高，水分正充足，恰是牛羊们的美食。也可想象到了秋天，它们也会衰老枯萎，染黄了草原，不过也完成了一生的使命，待来年还会春风吹又生，重新焕发生命。万物就是这样一代代延续，保持了自然界的勃勃生机。

草原是可爱的，大家玩得乐此不疲，有骑骆驼照相的，有穿少数民族服装留影的，忽又见前面一售票亭出售"清凉谷"景点观光车票，每人60元，价格不低。什么好地方，竟另让人花高价去游览？买了车票乘10几人座的小面包车驶向"清凉谷"，一路向上，直奔雪山，20多分钟后停在一山脚处。下车一看是来到了一条山沟的雪山脚下，雪山近在眼前。这里的气温又降低了若干，怪不得叫"清凉谷"呢。那雪山顶部被白雪覆盖，我们离那儿还有很长距离，而且也无路可攀，随山势往下雪逐渐融化成水，汇入山沟的小溪里成潺潺流水，只是背阴处有一条冰带至沟底，人们可近处观看。看来此处景观只是叫人近处观雪山，景区也以游客对雪山的好奇再赚钱。不少游客以雪山背景留影，有位上了岁数的老者，头发花白，满脸皱纹，穿着陈旧，面目呆板，却偏不服老，站立石头上叫人照相。他不会摆各种姿势，却会不断脱去上衣，先是厚衣，然后长衣，最后竟只穿短袖背心，冒着飕飕冷风摄影，叫人发笑，也许他想显示一下面对雪山的勇气，但不必如此冒感冒危险留一张并不美的影。但那些穿着新潮的年轻人就不一样了，有坐有站，摆弄各种姿势，表情丰富，照出来的相很是青春靓丽。

返回的途中还停留两处观景台，叫大家欣赏了连绵不断的松林，山峦上的棵棵松树耸立在漫山的青草中，浅绿与碧绿相得益彰，配着蜿蜒起伏的山势伸向蓝天，赏心悦目，心旷神怡。

另一处海拔1500米的草原这次没再去前往，10年前曾去过那里，与"空中草原"比较，那儿具有平原草地的特征，可看见片片白桦树和一条淙淙流水的河流及成群马、牛、羊悠闲漫步的情景。想那次，我还在那儿兴奋地纵身向蓝天一跃，留下了飞天的形象，至今还保留着那张美照。10年过去了，美好的情景总是挥之不去。

四、迷人的巴音布鲁克

在新疆巴音郭楞蒙古自治州和静县西北、天山山脉中部的山间盆地中有一片广袤的高原草原就是巴音布鲁克草原。早就听说这里有迷人的风光，还有一个天鹅湖闻名遐迩，前两次来新疆没有机会前往，特别是第二次自驾因那里在修路遗憾地错过，这次第三次来的主要目标就是这里，以弥补以前的空白。

我们从昨天下榻的那拉提附近酒店向巴音布鲁克出发了，那里是此次短暂7天新疆游的最后一站，也是我们最盼望的一个景区。

从那拉提到巴音布鲁克路程不太远，中午之前就来到了巴音布鲁克景区大门前的酒店，先办了入住手续，用了午餐。按行程应该在下午4点再进景区，为的是看晚10点钟的落日。听说那落日很壮观和奇特，可惜的是这天多云，怕看不见落日了，而且第二天我们要回乌鲁木齐，行程至少600多千米，途中要行走的独库公路因天气原因没有全线开通，绕行可能要近千千米，耗时15小时以上。司机兼向导可能考虑这情况，叫我们吃了午饭就进景区，他送我们几个进景区大门后就回酒店休息了，以便第二天开车精力充沛。

巴音布鲁克也是近些年开发的5A景区，据说没开发前就有不少游客前往，那时野味十足，天然风光令人赞叹。如今大门前竖立了一巨大地球模型，上面写着："巴音布鲁克给世界讲故事"，口气好大啊，不知有何资本如是说。

进了大门，乘景区观光车奔驰在一片宽广起伏的草原上，远望去草原有些枯黄稀疏，比不上那拉提的碧绿茂盛，有些失望，大概此地海拔较高，气温较低，草还没长起来吧。不过这草原比那拉提空中草原大多了，被称为新疆第二大草原。

观光车停在一个叫"天鹅湖"的景点，我们赶紧下车去一睹天鹅的风采。离天鹅湖还有段距离，沿木栈道前行，沿途是各种鸟类的聚集区。这些鸟儿们时而聚集草地，时而飞翔空中，广阔的草原任它们驰骋，倒也自由自在。到了天鹅湖边沿，被周围飞舞的红嘴鸥吸引，它们与游人们戏耍，有的游客托举着食物，它们便飞快掠过夺食而去，给大家增添了快乐。但遗憾的是天鹅湖面只有几只天鹅悠闲地浮在水面，据说若赶好了时间会有上万只天鹅光顾，那是何等壮观的场面！可眼前的情景叫人失望，还是来的不是时候，大批的天鹅是从国外飞来，现在气候还较冷，看不到天鹅的聚集，不由心中怅然。

　　天鹅湖没天鹅，只好奔赴下个景点，心想这次巴音布鲁克白来啦，下个景点能有什么呢，心中没底。但是随着车的行进，周围的景色慢慢发生了变化，起伏的山峦披上了新鲜的绿装，一个"九曲十八弯"的景点就在眼前。车停人下，仍沿木道向上攀行，越走越高，到山顶忽见眼下出现了一番迷人的景观，叫人为之一振。山一侧下面出现了大片平川，绿色的原野上飘浮着一条弯弯曲曲的玉带，在时隐时现的日光下闪耀着、蜿蜒地伸向了远方，同时带走了人们的遐想。近处有一座点缀着青松的山峰，守卫着河道一处弯曲的地方，向着山另一侧望去，那条自远处飘来的玉带，沿山边轻轻飘过，在广阔的原野上形成了几个优美弯曲，啊！大地上出现了一幅壮美的画面！

　　这条玉带名曰"开都河"，是新疆的一条内陆河，全长600多千米。这条宽度为40多米的开都河在平坦辽阔的草原上，蜿蜒曲折，如同巴音布鲁克草原的泪水一般，纯净不着一丝矫饰，静静地滋养着这片土地。开都河还有一个脍炙人口的名字——通天河，在我国四大名著之一《西游记》中，它是一条波澜壮阔的大河，唐僧师徒4人西天取经被此河阻拦，一只大龟驮他们过河的描述历历在目。那个小说作者吴承恩不知是否到过这条河边，描写得挺生动有趣的。这儿离唐僧取经的西天，也就是现在的西域不远，唐僧他们过河后即将功德圆满了。这条美丽的河加上美丽的传说，配上周围迷人的风光，让人们陶醉得流连忘返了。据说此处看落日也别具一格，不过要等到晚10点太阳落山时，那九曲十八弯中由于弯曲河水的反射，竟能看见几个落日，那该是多么壮观！可惜我们都比较疲惫，而且看天空云厚阴暗，怕再等几个小时看不见落日岂不白费工夫，况且第二天还要长途行车，只好恋恋不舍离开了。

　　巴音布鲁克的风光是迷人的，"九曲十八弯"的美丽终生难忘，它给世界讲故事恰如其分。

九曲十八弯

游台湾

自懂事起就知道了台湾，它在中国历史上刻下了深深的痕迹。为此2013年3月底我进行了台湾环岛游。

一、台北游

从首都国际机场乘台湾中华航空518航班飞台湾。飞机冲上了夜空，机舱内，台湾航空公司的空姐忙碌起来，她们也与大陆空姐一样挑选的尽是年轻漂亮的姑娘，都剪着短发，好似20世纪30年代的中学生。热情的服务，甜甜的微笑，和蔼的态度，表现出她们良好的文明素养。

飞行3小时后当晚11点降落在台北桃园国际机场。去台湾事先要在国内公安部门办理赴台通行证，如同办理护照手续。进入台湾还要由旅行社办理台湾方面的入台通行证，是一次性使用的一张带照片的表格纸，这些都要在赴台前一个月内办理好。到台湾机场入关不再填写别的表格了，台湾海关人员审核带有"中华民国"字样的那张入台通行证，并将入台人员摄像后就放行。出机场，台湾导游后先生迎接我们，此先生45岁，很胖，他带我们入住桃园市的樱珍大饭店。

台湾的酒店叫饭店，不叫酒店，在那里酒店是专门喝酒的地方。饭店级别不叫星，称"花"，我们这次入住的饭店都是4花以上的，但不能等同大陆的4星级，一般都比大陆相同星的酒店低一档次。樱珍大饭店大堂很小，表面也不豪华，但房间里的设施还可以。

第二天我们进行了台北游。在车上，后导游简单介绍了台湾的一些情况。这后导游姓后，第一次听说此姓，他的父亲是由大陆撤退到台湾的原国民党军人，老家在安徽。他开玩笑说他姓后，就是人厚道，态度是蛮诚恳的。他说台湾现有2300万人口，而且出生率每年都在降低，台湾政府鼓励多生孩子，还给予资金补助。台湾每月的人均收入约1万元人民币，合台币4万多元，但物价各地不等，台北消费就高，房价最低也要每平方米合人民币7、8万元。

台北故宫是我们参观的第一个景点。这是中国著名的历史与文化艺术史博物馆，坐落在台北市基隆同北岸士林镇外双溪，始建于1962年，1965年夏落成，占地面积1.03

万平方米。这是中国宫殿式建筑，共4层，白墙绿瓦。院前广场耸立由6根石柱组成的牌坊，气势宏伟，整座建筑庄重典雅，富有民族特色。里面设有20余间展览室，收藏有自北平故宫博物院及沈阳故宫、热河行宫运到台湾的24万多件文物，所藏的商周青铜器，历代的玉器、陶瓷、古籍文献、名画碑帖等皆为稀世之珍，展馆每3个月更换一次展品。

我们先后观赏了一些朝代的瓷器和陶器，最后排长队去观赏台北故宫的镇馆三宝：毛公鼎、肉形石、翠玉白菜。

西周青铜器毛公鼎，1843年陕西岐山出土，有2800年的历史。毛公鼎高53.8厘米，口径47.9厘米，净重34 705克。因其鼎腹内铸有32行关于"册命"毛公暗（yīn）的铭文，故名"毛公鼎"，铭文有497个字。迄今为止，毛公鼎是铭文最多的重器，自然便成了稀世瑰宝。当时的青铜器不但以质地、古旧程度论价，而且还按照铭文的字数加价，一个字可以加一两黄金。

肉形石是像肉之石，横看竖看，都像肉，像东坡肉，像红烧肉。此东坡肉形石色峰纹理全是天然形成，是一块天然形成的奇石。看上去完全是一块栩栩如生的五花肉块。"肉"的肥瘦层次分明、肌理清晰、毛孔宛然，初次看到它的人不会把它当成硬邦邦的石头，怎么看它都像是一块连皮带肉。

翠玉白菜原是清代艺人巧妙运用一块一半灰白、一半翠绿的灰玉雕成，把绿色的部位雕成菜叶，白色的雕成菜帮，菜叶自然反卷，筋脉分明，上面攀爬两只红色小息的"纺织娘"和"蝈蝈儿"。这棵白菜如娃娃菜大小，白菜象征家世清白，螽斯虫则有子孙绵延之意。台北故宫与北京故宫当然不能比，北京故宫原是皇宫，古老宏大，台北故宫是后来建成的，现代细腻，但它的藏品也是中华民族的稀世瑰宝。

离开台北故宫，我们来到了坐落于台北市中山北路五段与福林路口东南侧的士林官邸，这里曾是日本统治台湾时期园艺所的一部分，环境清幽，三面环山，占地逾25公顷。蒋介石和夫人宋美龄到台湾后，从1950年起多年居住于此。蒋介石从1950年入住，到1975年辞世，在这里度过晚年26个春秋。1975年4月5日，蒋介石辞世，永远告别士林官邸。同年9月，宋美龄搭机赴美国纽约，过幽居静养的生活。官邸人去楼空，不复兴盛荣景。此后，宋美龄三度回到台湾，都居住在这里。我们游览在此，见到了当年宋美龄使用过的轿车，整个官邸古树参天，群花竞秀，景色清幽，种植着蒋介石与宋美龄喜爱的梅树、玫瑰、杧果、阳桃等花木，当年蒋宋夫妇二人挽手在园区散步，也有一番雅兴。

午餐吃的是台湾美食卤肉饭，这也是早期艰苦的台湾人发明的平民美食，把头皮肉和不能成块的碎肉搅拌成肉馅作为原料，再以酱油慢熬，然后拌在白米饭里，味道挺美，很下饭，用酱油卤过的肉也能比一般的荤菜保存的时间要长。大家吃得津津有味，菜饭都可以添加，一般人吃两碗就撑得够饱了，但听导游说曾有过一人添加过八碗的记载，真不知会有那么大的胃口。

进罢午餐，继续台北游，去了两个景点：国父纪念馆和台北101大楼。

在台北市有一座公园，名叫中山公园，公园内矗立着一座巍峨的纪念馆，这就是纪念伟大的中国革命先行者孙中山的国父纪念馆。孙中山，1866—1925年，名文，字逸仙，是中国革命的先行者，中华民国的缔造者，是中国现代史上的一位杰出人物。

纪念馆高30.4米，每边长100米，有每边14支灰色大柱顶起翘角像大鹏展翼的黄色大屋顶，安静地坐落在10万米见方的平地中央，四周丛林、花草、广场围绕，凸显建筑物和环境的对比，引人注目，给人第一个感觉是宏伟，很有气势。宏伟的外观，高雄、简洁、明爽、有力，不但使人产生景仰，也令人感到力与美的结合。走进纪念馆一楼大厅，迎面就是孙中山先生铜像，中山先生端坐沙发之上，左右有持枪卫兵护卫。纪念馆有三层，二、三层有书画展览及图书馆，一些学生在上美术课，好像大陆的培训班之类的。我们转了一圈又回到一层，观看这里的卫兵交接仪式。在孙中山塑像两侧有两个卫兵站岗，他们个子都较高，着蓝军装，戴钢盔，手持带刺刀的步枪，头与上身稍前倾，连眼都不眨一下，一动不动地如同雕塑般地站立着。这与天安门广场国旗前和中南海新华门及钓鱼台国宾馆站岗的解放军有点区别，解放军站岗也是一动不动，但都是身板、头部笔直的。不管是解放军还是台湾国军的卫兵站岗姿势都是经过艰苦的训练，站岗也是很累的，因此需要常换岗。有意思的是国军卫兵换岗程序还挺复杂，我们见识了换岗的全过程。将要上岗的卫兵从一个门出来，迈着正步，穿着带钉子的皮靴，抬腿落地"咔咔"的声音响彻大厅。走到一定地点先不忙着换岗，在原地进行一系列的表演，时而举枪，时而跺脚，时而转身，"咔嚓、咔嚓"的声音震耳欲聋，好像跳踢踏舞。大陆游客都注目观看，不时给予掌声。这种仪式要进行10来分钟后再上哨位换岗，北京天安门广场的升旗也没这么多程序，挺有趣的。

国父纪念馆对面就是著名的101大楼，这是目前世界第三高楼，高508米，地上101层，地下5层，由台湾12家银行及产业界共同出资兴建，造价达580亿元台币。它的功能是购物、办公、观景，成为台北金融商业重镇。我们进去参观，但没有乘电梯登顶，因为人多，要排很长时间的队，只在一层超市里转转，了解一下台湾的购物情况。这里的超市与大陆没什么区别，分区分类码放，标有台币价格，人民币与台币汇率当时为4.6至4.7，1元人民币可换台币4元多。这里可以刷大陆的银联卡，当时就可换算成人民币结算。人民币在台湾挺受欢迎，有的小贩还直接收人民币，后导游讲在台湾银行存人民币，有的银行给的利息是6点多，台湾各银行的利息不是统一的，但也比大陆当时的利息高很多。

台北的景点基本游览完毕，对台北市的初步印象是比北京小多了，面积272平方千米，人口265万人，因此什么都显小。北京是博大，台北是细小，这儿的楼群密度大，街道窄，很多人的交通工具是摩托车，而且开得很快。但这个城市管理得还是井井有条，秩序良好，人们热情好客，彬彬有礼，而且全台湾人都是这样。导游后先生讲，蒋介石时代他们在台湾受的教育是要好好学习，长大好去解救生活在水深火热中的大陆人民，那时大陆小孩接受的教育也是台湾人民生活在水深火热之中。这引起我的联想：如今不管大陆还是台湾人民都没有生活在水深火热之中，都有自己的生活方式，而且看出来在经济建设和人民生活水平上北京与台北已经没什么大的差别了，差别只在政治制度上和管理体制上，这在目前是不能统一的。

黄昏时分，我们乘车沿台湾岛西边南行，奔赴日月潭，当晚入住日月潭的鸿宾休闲度假旅栈，准备次日游览日月潭。

台北故宫

二、日月潭与阿里山的感触

日月潭在台湾的南投县境内，位于台湾的中部地区。我们入住的旅游客栈就在日月潭旁边的小镇上，虽是客栈但条件还是不错的，与宾馆差不多。小镇干净整洁，在这里进罢晚餐后徜徉周围，许多水果摊还在营业。

台湾的水果种类很多，有些在大陆没见过，比如有种叫释迦的水果，如小椰子大小，表皮呈绿色圆球凸凹不平，拣软的掰开吃里面白瓤，很甜，很好吃，但为什么叫释迦，又用释迦牟尼的前两字不得而知。还有菠萝，在台湾称凤梨，也很甜，在大陆北方买到的菠萝往往是酸的。香蕉也有多种类，口味不同，还有牛奶蜜枣等新奇的水果。到台湾要多尝这里的水果，价格是南边比北边便宜，如释迦论个卖，台南50台币就可买一个，台中就要100多台币。我们在此开始大吃台湾的水果了，每天不断，主要买释迦，因为大陆吃不着。

次日上午我们乘游艇游览了日月潭。日月潭是台湾八大景之一，被称为台湾优美的"天池"，海拔约760米，潭面辽阔，面积约900公顷。潭中有小岛名拉鲁岛（旧名珠屿岛、光华岛），以此岛为界，潭面北半部形如日轮，南半部形似月钩，故名日月潭。日月潭本来是两个单独的湖泊，后来因为发电需要，在下游筑坝，水位上升，两湖就连为一体了。我们乘游艇到日月潭的对岸，那里有座小山，登顶可俯瞰日月潭全貌。但见插着青天白日旗的游艇在潭面穿梭来往，日月潭环湖重峦叠峰，青山葱翠倒映，环山拥抱碧水，也令人心旷神怡。其实在大陆如此的景致不少，像新疆的喀纳斯、天池，云南的泸沽湖、西藏的纳木错等，都比这里更壮美，但毕竟台湾的日月潭名声在外，不来此一游也是遗憾。

我们乘坐的游艇叫锡磷一号，开游艇的叫阿强，自己拥有4艘这样的游艇，每艘价值1500万台币，也算是小老板了。他的父亲是蒋介石来日月潭时专司摇橹的，看来深得当时蒋总统的信任。可能巧合吧，马英九来日月潭也坐他的这艘游艇，所以他的游艇也叫总统号。他的父辈曾给蒋介石开船，如今阿强给大陆人开船，蒋介石也不会想到台湾以后会出现这情况，上辈人的恩仇到下辈烟消云散了。

日月潭

离开日月潭我们继续南行，当晚到达台中的斗六市，入住斗六市的太信大饭店，第二天将上阿里山。

阿里山是台湾省的著名旅游风景区，海拔 2000 米以上。阿里山的日出、云海、晚霞、森林与高山铁路被称为阿里山五奇。但我们这次只见到森林，日出只能是晴天黎明，云海要在晴天，而我们遇到的是半阴半晴天，时而见到过一些白云在山头缭绕，但与在大陆见到的一些山峦云海差远了，晚霞就别说了，时间不对，高山铁路因路塌陷暂时停开，倒是见到了漫山遍野郁郁葱葱的森林。阿里山的风光没有特别之处，大陆许多山峰要比此壮美很多，只是那首脍炙人口的《阿里山的姑娘》歌曲将阿里山唱出了名："高山青，涧水蓝。阿里山的姑娘美如水呀，阿里山的少年壮如山。"可我们在这里没见着阿里山的姑娘和少年，见到的只是众多的大陆游客。我们的大巴把我们拉到半山，然后就要换当地旅游公司的小面包车，每车坐 7 人拉到山顶。人非常多，虽然有上百辆小面包来回奔跑，我们也要排长队等待半小时以上。沿着山顶转了一圈，瞭望远处山峰连绵，近处高大的树木耸立，风光感觉一般。中午在山顶一处私人餐厅用餐，没有阿里山的姑娘和小伙，倒是一位 60 多岁的老人给我们端菜上饭。他是这家餐厅的主人，匆忙中把菜盘端歪了，带油的菜汤泼到了我女儿穿的新冲锋衣上，即时油了一片，他当时忙得没注意，也没道歉一声。女儿和她母亲有些生气，俩人去找他，让他找些去油的东西擦净污染的衣服。他才意识到问题的严重，他的操作间里又没水管，只能用餐巾纸沾洗洁精擦。他赶紧向女儿三鞠躬，竟哭出声来，闹得领队及导游都吓了一跳，不知发生什么事。我们赶紧说没事，既然老人认识到错了，又是台湾同胞就不再追究了，要是在大陆非索赔不可。直到我们走，老人又一次来到跟前鞠了三个躬，眼圈还红着，倒叫我们安慰他一番。不管怎么说，台湾人继承中华民族的文化更深刻，理解得更到位。大陆人经过"文革"，好多人学会了粗鲁，打架斗殴，骂街耍横，在台湾见不到这些，连山野村民都守规矩，这叫我们汗颜。

日月潭和阿里山名声在外，虽然风光并不特别出彩，但我们在这两地遇到的逸事也是挺有意义的。旅游嘛，不光是欣赏风景，了解当地的风土人情、社会状况是必不可缺少的。

离开阿里山继续南行，中途到了西子湾，这里有个景点叫打狗英国领事馆，是一座二层小楼，为昔日英国海关税务机关所在地。站在高处，可瞭望台湾海峡，大陆就在海峡那边，高雄市也尽收眼底。高雄是临海城市，也是台湾的工业城市，有不少工厂企业，后导游讲污染也较严重。只见高雄市高楼林立，货轮港口停泊，一片繁忙景象。傍晚进入了高雄市，这里是台湾当地土生土长人的聚集地，民进党在此势力大，高雄市长就是有名的民进党人物陈菊，在大陆早就听说过。但我们进入高雄丝毫感觉不到党派之争，城市管理有序，人们生活安定，晚餐是到当地的六合夜市自理。台湾被誉为"饕家的天堂"，各地夜市很多，高雄的六合夜市知名度颇高，有句话说：没到过六合夜市就不算真正到过高雄。夜幕降临，六合夜市热闹非凡，各色小吃琳琅满目，100多个摊位的山产、海产、特产、冷饮、冰品应有尽有，叫我们自顾不暇。我们大快朵颐，吃了炸臭豆腐、炸海虾和一些大陆少见的小吃，体验了台湾的美食也是一大收获。

当晚我们入住高雄市的五花丽景大饭店，虽然是民进党当政的地方，没有感到任何的不适。看来台湾的政治只在高层博弈，对下面影响不大。

三、台南风光

我们沿着台湾的西部一直向南，沿途经过的城镇规模基本如大陆河北的县城，高层建筑很少，房屋年代也久，但街道干净、空气清新。有的大陆游客觉得台湾的城市建设不如大陆。也是，大陆自改革开放以来城市建设、交通、电信等方面发展达到了高速。

高雄是台湾第二大城市，仅次于台北，像大陆地级市的模样。市内除汽车外，很多人使用摩托车，并且开得很快，道路两旁便道上总停着排排摩托车，几乎见不到自行车，看来摩托车是台湾一般百姓的交通工具，好似大陆百姓使用的自行车。

我们在高雄住了一夜，第二天上午先到一钻石店购物。台湾不出产钻石，都是用进口钻石加工的，有戒指、项链等，加工的工艺是不错的，精细美观，花样也多，价格比大陆便宜些，而且中国台湾导游不像泰国、中国香港导游那样强拉强买，买不买随你，从不给脸色看。

购物后离开了高雄，继续南进，而且越来越热，进入了热带地区，只能穿短袖衣衫了。下午来到位于台湾岛最南端鹅銮鼻，它是台湾南端海角，地处中央山脉尽头的台地，尖端挺伸海外形成半岛，三面临海，一面背山，是太平洋、巴士海峡和台湾海峡的分界处，南部海上轮船来往必经这里，其重要性有如非洲的好望角。这里原来住着高山族的排湾人，鹅銮乃排湾语的"帆船"之意，又因这里北接恒春丘陵，衔山环海，突出如鼻，故得名"鹅銮鼻"。其之所以著名，还因为这里有一座大灯塔，是台湾南部海域夜航船只测定方位的重要坐标点，塔身白色圆形，内分4层，每层各有铁梯15级，塔高18米，塔底周长110米，像巨人般巍然屹立在海岸。塔内灯光每隔10秒钟自动闪亮一次，光力可达20海里，是远东最大的海上灯塔，有"东亚之光"的美称。鹅銮鼻灯塔是清政府为避免外国人航海时在台湾南部触礁引发事端，于清光绪八年（1882）始建的。鹅銮鼻属于珊瑚礁石灰岩地形，所以地理景观十分奇特，有怪石、巨礁及洞穴，海景更是一绝，被视为"台湾八景"之一。它的下面是鹅銮鼻公园，硕大的草地上生长着高大的椰子树，绿草如茵，远处有连绵的山峦，碧蓝的天空中悬浮着朵朵白云，这里空旷宽广，一片热带风光，叫人流连忘返。

鹅銮鼻

离开鹅銮鼻，我们来到西部的南端景点——猫鼻头，它位于台湾恒春半岛的东南岬，介于台湾海峡和巴士海峡的交界处与鹅銮鼻形成台湾最南之两端。这里由于受到长时间的波浪侵蚀，反复干湿，长期盐粒结晶，沙砾钻蚀及溶蚀等作用，因而产生崩崖、壶穴、礁柱、层间洞穴等奇特景观。猫鼻头名称的由来就是因岩岸旁一块突出的珊瑚礁岩，其外型像蹲坐的猫而得名。其实，跟鹅銮鼻一样，猫鼻头也是一块从附近海崖崩落后滚到海边的珊瑚礁岩。这里的眺望台是一块突出于海边的高高悬崖，登上眺望台，视野辽阔，既可俯瞰崖下海岸边的海蚀景致，更可远眺茫茫蔚蓝大海。鹅銮鼻和猫鼻头是台湾最南端的两处著名景观，虽不如日月潭、阿里山出名，但风光还有一些突出的特色，似乎更吸引人。

游览这两个景点后，我们的旅游车便开始沿台湾东部北上了，我们是环岛游，从台湾岛西部南下，再由东边北上。沿着东边海岸线奔驰，广阔的太平洋呈现在眼前，海天一色，举目茫茫，经过了近三小时，傍晚时分来到台东县入住峇里商旅饭店。乘车沿海岸线奔驰的路程中，见到面对大海的山坡上的一片片墓地，竖着石碑，有的盖着小房子。后导游说台湾人把它们叫作"夜总会"，听起来叫人好笑的。不光这个，在旅游休息区，也看到指示牌上写着"化妆室"，这就是我们常说的洗手间，就是厕所。到这儿就要入乡随俗这样叫了。不过你说洗手间或卫生间，台湾人也知道，会告诉你在哪儿。另外台湾都使用汉字繁体字，通知、布告、名称均为繁体，可能对汉字繁体见得不多的大陆年轻人就要事先学习了。

猫鼻头

四、台东趣景

　　清晨从台东耆里商旅饭店出发继续北上，逐渐脱离了热带地区，天气逐渐凉爽了。台湾东部山多，一路上总在山路行驶，太平洋也常陪伴着我们。

　　一小时的车程后，我们来到一个叫水往上流的景点，它位于台东县东河乡都兰村的渔桥附近。这里是一条农田灌溉沟渠，乍一看，潺潺水流顺着水渠由低处蜿蜒往高处流去。我们左顾右瞧，确实清澈的渠水不断往高处流淌，因为我们从公路向上攀登，水也随我们向上，大家时而蹲下拨弄渠中水流，令人啧啧称奇。以前听说大陆有怪坡现象，就是坡路上车辆自动由下往上行进，但没有亲身经历过，这次水往上流确实看到了，叫人迷惑不已。问后导游这是怎么回事，他也没说清楚，说大概是地磁的缘故吧。当时大家在现场都没找到答案，我回来网上一查才知是因这里两旁的景物倾斜度大于路面，故而造成水往上流的错觉。我估计这只能用仪器才能测量到，靠眼看是得不到答案的。不过因为水往上流，使得这条毫不起眼的灌溉沟渠声名大噪，经常吸引游客前来观看，还在旁边立了一石碑，上书："奇观"。

　　接着到的另一景点叫三仙台，它位于台东县成功镇东北方约3千米处，是珊瑚礁与三座火山岩山峰构成的小岛，呈三角状。这也是台湾东海岸知名度的风景点，相传古时铁拐李、吕洞宾、何仙姑曾于岛上停憩，故名三仙台。一座波浪造型、气势壮观的320米跨海八拱步桥与岸边连接。岛上地形景观与生态资源独特稀有，散布着海蚀沟、壶穴、海蚀柱、海蚀凹壁等海蚀景观。另外这里到处是麦饭石，这种石头早就听说过用途很大，但这里的麦饭石是不能带走的。想也是，大陆众多游客如人人带走几块，很快这里就再没有麦饭石了。

　　离开三仙台，我们车就进入了高山峻岭中，前往太鲁阁公园。太鲁阁公园以高山和峡谷为主要地形特色，园内有台湾第一条东西横贯公路通过，称为中横公路。这条公路是 1956 年开工，1960 年竣工，全长 192 千米，主要是为了国防，缩短台湾东、西部交通，也为了安置蒋介石撤退台湾带来的几十万上年纪的国民党老兵。修这条公路时也异常艰难，靠人工开凿悬崖峭壁，打眼放炮，为此 226 人献出了生命，为纪念他们还修建了长春祠，将他们的牌位立其中，叫后人怀念。车在公路行驶，一面是高山，一面是深谷，深谷里溪水潺潺，名为立雾溪。这里最大的特点是 20 千米长的太鲁阁峡谷是世界上最大规模的大理石峡谷，皆由大理石岩层构成，青色的石头挺有特色，能目睹此景的人是幸运的。据考证 400 万年前，菲律宾海洋板块与欧亚大陆板块碰撞而成台湾，慢慢降起的中央山脉表层岩层受到风化侵蚀作用而剥离，大理岩因而露出地表。这些大理岩受到立雾溪长期侵蚀下切作用与地壳不断隆起上升，形成几乎垂直的 U 形峡谷。沿着峡谷风景线而行，触目所及是壁立千仞的峭壁峡谷、曲折的隧道、清澈的溪流，处处蔚为奇观，不愧为"台湾八景"之一。到一平坦的高处，我们下车小憩，举目远望，高山连绵，奇峰兀立，林木苍翠，令人清新神怡，山峰中还隐约有条条小路，那是当地土著人踩出的，如果自由行到台湾，可背包沿这些小路深入当地土著村庄部落进行深度游。

出了太鲁阁，我们来到台中的花莲市，从这里乘火车去北部的礁溪，晚上在礁溪下榻。本来这里可以乘汽车前往，但要通过险要的苏花公路，有一年大陆的两辆旅游车从那里掉下了大海，此后大陆旅游部门就不让载大陆游客的旅游车走苏花公路，改乘火车了。晚上 7 点多，我们从花莲火车站上车，感受了台湾坐火车滋味。台湾火车站的站台叫月台，检票口叫剪票口，与大陆不同。火车很干净整洁，对号入座，人人有座位，没有拥挤嘈杂，乘车感到舒适愉快，两个多小时后我们到达了礁溪。

礁溪是台湾闻名的温泉风景区，地层深处曾有侵入岩浆潜伏或火山岩浆活动过，地温甚高，地热丰富，加上热源上方有多孔的热水储集层，所以地下尽是热水，只要凿井，穿透蓄水层上方致密不透水的覆盖层，热水蒸气会源源上升，成为"人工温泉"。这一带只要掘井数十尺，就有热水涌出，因此家家掘井，户户温泉，被誉为"温泉乡"。温泉水温在 60℃左右，可以治疗皮肤病、神经痛、伤痛、胃肠癌等疾病。我们入住的礁溪帅王温泉大饭店内每个房间都有温泉池，还有露天温泉，大家有的在室内泡，有的在露天泡，充分享受了泡温泉的乐趣。

三仙台

五、野柳公园新奇，铜像公园独特

礁溪已在台湾北部，离台北市不算远。进罢早餐，我们继续北进。这是在台湾最后的一天多了，除游览两个景点外，导游开始带我们进三个店购物，分别是钟表、特产和一个免税商场。购物是想买就买，不买无所谓，当然大家还是买了一些台湾特产回去馈送亲朋好友。那两个景点倒是新奇独特，是游览台湾印象最深刻的。

野柳地质公园位于台北县万里乡野柳村，为大屯山系延伸至海中的一个岬角，故有野柳岬、野柳鼻、野柳半岛之称，又因其形状像一只海龟，又称为野柳龟。这一带地层由砂岩堆积而成，因受海浪长期的侵蚀和风化，在海边形成陡直的海蚀崖及宽平的岩床。海滩上奇岩怪石密布，种类繁多各尽其妙，形似人物、巨兽、器物，无一不是惟妙惟肖。最为人们称道和熟悉的是突起于斜缓石坡上高达2米的"女王头"。她髻发高耸、微微仰首、美目远盼，不论从什么角度看，面目轮廓均端庄优雅，令人赞叹造化神工之美妙。此外还有仙女鞋、梅花石、海龟石、卧牛石等。外观像是一柱擎天的巨型香菇，一柱柱耸立在海边，有180多个，更是引人入胜的美景。这些都是大自然神工杰作，叫人感叹自然的强大威力，沧海桑田不由觉得人的渺小。

野柳公园观后我们回到了台北市，在一台湾特产店购物。本来跟旅游团旅游购物是不可缺少的，人们不愿跟团旅游很大原因是躲避进店购物，在泰国和中国香港跟团旅游，如果游客不进店或不购物，导游立时拉下脸，我也经历过。但在中国台湾还有那年到澳大利亚、新西兰不是这样，导游不在意游客的购物，也不强迫你去自费的景点。

当晚我们入住桃园市的尊爵大饭店，第二天是4月4日，清明节前夕，台湾放春假，以便人们利用清明节扫墓，祭奠逝去的亲人。清晨天阴沉沉的，时而下起毛毛细雨，我们定于今天下午返京，上午还要去存放蒋介石灵柩的慈湖，那儿还有个名字叫铜像公园。

铜像公园在桃园大溪镇，这里的山光湖色隽秀美丽，挺像蒋介石在大陆浙江溪口的老家。蒋介石去世后他的灵柩存放在这里，但没有下葬，是想等有机会安葬在大陆老家。

铜像公园在一座不太高的山脚下，一进去首先映入眼帘的是大大小小姿态各异、颜色不同的蒋介石铜像排布在路旁，或散布在公园的不同位置。有骑马横刀的，有站立远望及微笑端坐的，它们足有100多个，或站、坐成圆圈，或排成排，像聊天交流或讨论，后导游说他们是在打麻将。仔细观看这些蒋公塑像表情，都是慈祥秀目，和蔼可亲。这些铜塑是蒋介石在世时被神化，在台湾的各个公共场所、学校机关建造的。这些铜像大都出自艺术家之手，塑造的技艺很高。后来台湾民进党上台又实行"去蒋化"，这些铜像一夜之间被人请出了台湾历史舞台，纷纷搁置在路边、墙角、仓库里。蒋介石最大的塑像在高雄，那里更是民进党的发源地，那尊最大的蒋公塑像被拆卸为百余块。国民党的桃园县长灵机一动，用大卡车将散落在台湾各地的蒋公铜像源源不断地运到桃园县大溪镇慈湖集中，又竖立起来，并与高雄市洽谈，将那被拆卸成碎块的蒋公塑像要到了桃园，重新慢慢组合，但有的零件已经丢失，组合起来不是特别完整，这个蒋公塑像的上身还可以，但下边缺少了一些，只用几根铜棍支撑着。这样就形成了现在的铜像公园。看着这众多的蒋公铜像，不由想起大陆以前画的蒋介石像，都是凶神恶煞，秃头上还贴着膏药，名曰"蒋光头"。现在人已逝去，政治斗争残酷无情，我们且先不去管他，只把老蒋看作一位慈祥老人，我分别以拍老蒋、扶老蒋、摸老蒋姿势与老蒋铜像合影，只把他视作普通老人，因他已经被请下了神坛。

在铜像浏览后疾步到后面慈湖边上看蒋介石灵柩存放处。一个有多间平房的院子里，放有蒋公遗体的灵柩安置在一间屋子里，被黑色大理石包裹砌起来。可能是清明前夕，院子里还放着不少黄色的鲜花花圈，院门有两个卫兵站岗，如同国父纪念馆的卫兵一样，一动不动，眼都不眨，如同雕塑。

八天台湾环岛游结束了，心中感受多多。总结一下有三点：首先对大陆和台湾历史渊源的思索：从1911年武昌起义推翻了清王朝，成立了中华民国，中国由国民党统治，但国民党在1949年失去了大陆，被共产党赶到了台湾岛，为什么？国民党除了在战略上的失误外，主要是失去了民心，特别是他们没有关注中国广大的农民状况。而共产党、毛泽东更了解当时的中国社会状况，抓住了这点发动了农民，获得了成功，得民心者得天下就是真理。另外大陆与台湾现状的思索：这次台湾行，观看了台湾风光不如大陆，大陆地域宽广，景色博大精深，可以震撼世界。但台湾的人文还是值得了解的，台湾人热情好客、彬彬有礼，很守规矩，文明素质也高。对大陆和台湾以后情况的思索：中华民族血脉相承，台湾具有深厚的中华传统，继承的中华文化比大陆更为精细。大陆经过"文革"，搞乱了思想，文明程度还需提高。从经济角度看大陆改革开放多年来发展很快，北京比台北建设得更好，两地人们的生活水平也都相差不多。

我们盼望台湾早日回归祖国，中华民族终归要统一。

野柳公园

朝鲜纪行

朝鲜民主主义人民共和国，我国的邻邦，两国人民的友谊源远流长。1998年金秋季节我随中国市政协会参观团来到这个国家，进行了几天的参观游览。

一、夜宿妙香山

在我国东北边境的集安火车站登上火车，驶过鸭绿江，20几分钟后便到达朝鲜的满蒲车站，由于要换朝鲜的车厢，由该国的导游带领参观，大家下车到站台等候。满蒲市没有对外开放，我们不能随便走动，几个荷枪实弹的卫兵盯着我们的一举一动，不免有些紧张。不久，3个朝鲜国际旅行社的导游来到跟前，都是男同志，自我介绍为两个姓金一个姓朴。他们的汉语说得不错，带有东北口音的普通话，比我们中的南方人的话好懂。那位姓朴的是个20多岁的青年，风趣地对大家说前边还有位小姐等着我们，我们估计是个女导游。

1小时后，火车姗姗来迟，大家早已等得不耐烦，争先恐后上车。车厢挺干净，两边高挂着金日成和金正日的画像。几个朝鲜军人上车检查，手机、呼机绝不能携带，宣传品要严格检查，有人携带的文学作品被没收了。

当地时间下午4点，火车从满蒲站出发，列车为电力机车牵引，在山区铁路上艰难地行走。时至傍晚，车厢里灯光昏暗，主要是电力不足的缘故。来到异国他乡，又不摸底，大家不敢多说、大笑，不久便都昏昏欲睡了。

经过6个多小时奔波，行程200多千米，深夜10点多钟，火车终于在一个叫妙香山的车站停下。一个年轻的朝鲜姑娘上了车，她着一件鱼白色风衣，个子不太高，苗条的身材，乌黑的头发，皮肤白皙，眼睛虽不太大但明亮好看，算是个漂亮的朝鲜姑娘。这就是前面提到的导游小姐，她自我介绍说姓许，叫许景姬，大家称她许小姐。

下车到站台，一会儿两辆豪华大轿车驶来，是接我们去宾馆的。我们下榻的宾馆叫妙香山饭店，汽车行驶10几分钟便到了。

妙香山是朝鲜的一个风景区，妙香山饭店是此地的高级宾馆，金正日都来视察过。深夜看不清宾馆外表，但大家走进大门便为之一振，大厅里金碧辉煌，高大的厅柱有10几米高，精美的雕塑栩栩如生，鲜花喷泉交相辉映，大家都赞叹朝鲜的建筑艺术。

宾馆的设施也是高级的，但没准备洗漱用品，卫生间的手纸粗糙乌黑，与高级宾馆很不相称，这与朝鲜当前的经济困难有关。妙香山的夜是宁静的，大家奔波得疲劳，很快都入睡了。一觉醒来已是黎明，匆匆穿衣，奔至宾馆门外，急欲一览外面景致。高大的妙香山饭店被群山环抱，饭店为金字塔形，别具一格。周围满山红遍，层林尽染，山间流水潺潺，逐渐汇成一条清水向远方流去，在蓝天下闪着光。啊！美丽的妙香山，一派诗情画意，陶醉了人。

二、奔赴板门店

板门店，因朝鲜停战协议在此签字而闻名于世，位于南北朝鲜分界的三八线上。清晨，迎着秋风，我们乘坐豪华大轿车在妙香山高速公路上飞驰，奔赴这个世界闻名的地方。

妙香山高速公路笔直平坦，只限旅游车行驶，所以路上车辆很少。路两旁是连绵不断的丘陵，清川江沿山川静悄悄地流过。汽车的速度比昨天火车速度快得多，大家的情绪也活跃多了。导游金先生向我们介绍了朝鲜的一些情况：北朝鲜有人口两千多万，韩国有四千多万，侨居海外的有一千多万，朝鲜人总共有七千多万。北朝鲜实行计划经济，粮食按人配给，全国实行免费医疗，全国人的住房由国家提供，在农村免费居住，城市收少许租金。学生上学为义务教育，七岁入学，在此之前有一年的学前教育，从小学到大学的学费、书费都由国家负担。近几年由于自然灾害粮食缺少，各国都支援，中国也支援了十万吨粮食。这时候车里有人问朝鲜是否是一夫一妻制，金先生答当然是，因为我们是社会主义国家嘛。这个问题提得有点怪，可能是国内有人听说朝鲜战争时朝鲜男子牺牲很多，造成男少女多的缘故吧。

金先生又组织大家利用车上的扩音器进行娱乐活动。于是，有人说笑话，有人讲故事，有人唱歌。一位女士的公公曾是志愿军，入朝参过战，她唱了首电影《上甘岭》插曲《我的祖国》把大家带进了那次残酷的战争；一位老者挥拳来了首《志愿军军歌》引来朝鲜同志们的掌声，特别是"打倒美国野心狼"的歌词引起他们的共鸣，毕竟美国在韩国还驻扎几万军队，阻碍着南北朝鲜的统一，朝鲜人对美国还怀着深仇大恨。漂亮的朝鲜导游许小姐用汉语唱了中国歌曲《大海啊，故乡》博得全车掌声，使气氛达到高潮。歌声、笑声、掌声飞出车厢，飞向蓝天，飞遍了群山。

汽车飞奔了三个多小时到达了北朝鲜的最南端——板门店。板门店是朝鲜战争停战协议签字和现在朝美双方会晤的地方。一间绿色房屋压在三八线上，这是双方会晤的房间，各自开门，里面为两方共有。我们列队走来，三八线以南的美国大兵便用望远镜朝我们看，镜头还闪着绿光，大概是新式的吧。走进房间，中间有一张桌子，上面放着麦克风，双方有事就在此会谈。房子一半属于朝鲜，一半属于韩国，房里可随便走动，但不能出南门，一出南门就到韩国了，所以朝鲜导游紧把守南门，以免中国同志误走出。几个年轻的美国大兵感到好奇，趴窗往里看，看到带有稚气的脸，大鼻子压扁的样子，感到很可笑。就这样的一间普通房子却连接着朝鲜历史风云，载入人类的史册，不禁令人感慨。在这房子的不远处有当年联合国军代表与朝鲜人民军代表停战签字的地点，据朝鲜同志讲这里原是露天的，为了让子孙后代牢记朝鲜人民战胜美国侵略者的历史，便修建了纪念馆，馆里的桌椅板凳等摆设都是当时原物。大家纷纷拍摄留念，也许一辈子只有这一次到这儿的机会了。

在板门店我们吃了入朝以来的第一顿正餐，前几次是在列车的餐车上吃的。饭菜端上，四菜一汤。一个拌白萝卜丝，一个辣白菜，一盘熟鸡肉，一碗红烧肉，再加半碗辣白菜汤。米饭是糙米，鸡肉和红烧肉又凉又硬，没有人吃，萝卜丝、辣白菜也剩下不少，这与国内餐厅里的情景是何等的反差。听说近几年来朝鲜遭遇天灾，粮食困难，在此确实感受到了。作为外宾我们还有鸡肉、猪肉吃，而朝鲜人是吃不到的，这也使大家想起 20 世纪 60 年代中国三年困难时期的情况。

离板门店八千米是朝鲜的开放城市——开城市，这里有高丽博物馆，里面展出各种出土文物，高丽国的历史历历在目。当然最受大家欢迎的是这里出售的高丽人参，开城就以盛产高丽参而闻名。这种参能补虚壮肾、清脑降压、滋补身体、有益健康。最可贵的是朝鲜各地不卖假货，价格统一。

朝鲜战争停战协议签订处

离别开城,我们乘车向北,到晚8点多驶入朝鲜首都——平壤市。天已漆黑,平壤市区也漆黑一团,街灯、路灯未开,据称是朝鲜近来经济困难、电力不足所致。当晚我们下榻平壤市西山饭店,有三十多层,条件也可以。在这个高级宾馆吃晚饭,饭菜与板门店的午餐差不多,不过由于一天奔波,大家都是饥不择食,四菜一汤基本吃个精光。有人还嚷没吃饱,再要,对不住,没有了。我们看到那边有些住在此处的朝鲜人,吃的只是萝卜丝、辣白菜和一小碗菜汤,一点肉都没有,大家无话默默离开了。回房间就寝,准备第二天观光平壤市吧。

三、观光平壤市

朝鲜的首都平壤市是个清洁、美丽的城市,街上车辆少,行人少,空气好。大同江、清川江将它拥抱,绿树、鲜花把它簇拥,令人心旷神怡。最使人羡慕的是城市的建设,各种建筑错落有致,街头雕塑栩栩如生。朝鲜战争时,这个城市被炸成废墟,战后重新建设,一张白纸画出了美丽的图画。

沐浴着秋风,我们开始了观光活动。

万景台是朝鲜人民领袖金日成的故居。几间茅草房坐落在万景山下,房里陈列着当年用过的农具、家具。金日成在贫穷中度过了童年,走向了革命,从一个农民的儿子成为领袖,受到朝鲜人民的尊敬和爱戴。看到这些,叫人肃然起敬,不禁使人想到了韶山和毛泽东。历史造就了一些杰出人物,但他们的成功往往是抓住了历史机遇,通过敏锐的观察、精明的分析,顺应了潮流,得到了民心,这也是他们的英明之处。

朝鲜人民对自己的领袖是非常怀念的,他们铸造了六十米高的金日成铜像供人们瞻仰,凡是来朝鲜的人都要来此献花,我们也同样。举着买来的鲜花,迎着瑟瑟秋风,大家列队来到高耸的金日成铜像下,有专人主持仪式,随着乐曲声,大家将花献上,然后鞠一躬,朝鲜习惯是鞠一躬,不讲鞠三躬。离此不远处矗立着主体思想塔,这是有一百多米高、两万多块大理石砌成的建筑。它是为宣传金日成的以人为本、人的因素高于一切而建,这也是用一种思想理论来凝聚人心的办法吧。随后,我们又来到友谊塔,这是为纪念中国人民志愿军的烈士而建。塔里存放着在朝鲜战争中牺牲烈士的名单,有毛岸英、黄继光、邱少云、杨根思等,他们生命献朝鲜,英名垂青史。大家为他们献了花,寄托了祖国人民的哀思。

金日成广场是集会游行的地方,这里有检阅台、万寿台议事堂、凯旋门等。凯旋门是1986年修建的,与巴黎凯旋门样式相同,但比它大,是表示南北朝鲜统一凯旋的意思,可至今朝鲜还未统一,凯旋门只能等待着。此外,我们又参观建党纪念塔、地铁等。值得一提的是地铁,它位于地下一百多米处,车站高大壮观,比北京的地铁排场多了,从地面乘电梯下去需近十分钟。我们又转了两家专供外国人买东西的商店,里面好多物品是中国货,种类不多,式样普通,质量一般,价格不菲,没什么可买的。

一天平壤市的观光基本上是接受思想教育,但有一点要说,平壤市到处干干净净,空气清新。由于当局控制人口流动,街道上行人稀少,各种车辆不多,指挥交通的都是年轻女交警,身着天蓝色套装,挺胸昂首,英姿飒爽,动作标准,成为平壤市一景。

在金日成广场

四、欢乐在车厢

从平壤市乘汽车返回妙香山,即日凌晨再乘火车返回中国。这次与来时大不一样了,和朝鲜导游几天的磨合,建立了感情,特别是许小姐更叫人喜欢,大家与他们无话不说,车厢里欢乐融融。

还是来时的那辆列车,还是那些列车员,我们又重逢了。一扫陌生感,彼此真情添。歌声笑语充满了车厢,随着列车行进的节奏逐步达到高潮。

一些关心朝鲜形势及想知道朝鲜对我国看法的人,似乎忘了来时国内的嘱咐,与几个男导游聊起了政治。"朝鲜现今情况如何?"这个问题很广泛,包含着政治、经济各方面问题。姓朴的导游毫不掩饰说:现在北朝鲜经济比不上韩国,也不如中国,但我们也有优点,就是治安好,空气污染小。金正日同志说我们朝鲜一定会成为世界上最强大的国家。听了这番话,我们不置可否,但可以看出他们对自己的祖国怀有无限的期望。"你们知道中国的情况吗？"有人问。"知道一些。"另一个姓金的导游答道。"我们知道中国的毛泽东、周恩来、邓小平、江泽民。我们知道中国还是社会主义，还有共产党。""你们觉得世界上哪个国家和你们最好？""我认为还是和中国最好。我们有鲜血凝成的友谊。你们搞中国特色的社会主义，我们搞朝鲜式的社会主义，反正都是社会主义。你们国家那年夏天发洪水，解放军抢险救灾，我们的报纸报道了。你们许多方面和我们都差不多。"听到这些，大家感到中朝两国的友谊还是牢固的。

光谈政治未免太乏味，再来点活泼的吧。那么漂亮的许小姐便成了人们注意的对象。大家爱与她开玩笑，爱听她唱歌。南京市一个姓许的小伙子跟许小姐开起了玩笑："许小姐，今年多大了？""二十二岁。"许小姐答道。"咱们都姓许，我比你大不了几岁，不知你有没有男朋友，如没有，嫁给我，到中国去吧。"另一个大公司的老总没等许小姐回答也笑着说："我儿子跟你同岁，给我当儿媳妇吧。"许小姐不羞不恼，笑笑说："想娶我需要有三个条件：第一是党员，第二要大学毕业，第三当过兵。你们够条件吗？"姓许的小伙赶紧说："我是中共党员，不是朝鲜劳动党员，但都差不多。我也是大学毕业，只是没当过兵。仨条件已满足两个，差不多了。"那位老总摇着头说："我儿子一个条件也不具备，我退出竞争。"大家哈哈大笑。从这儿也了解了朝鲜青年的择偶标准，即政治可靠、经过艰苦考验、有文化。这也有些像我国青年二三十年前找对象的条件。不过，朝鲜青年是看重文化水平的，朝鲜劳动党党徽是镰刀、斧头加笔组成，把知识放在了重要地位。

许小伙与许小姐继续拉呱着："小许，我们交不了朋友，那就当兄妹吧。咱们唱歌。"许小伙称许小姐为小许，两个小许唱起来了。男小许唱：妹妹你坐船头。女小许唱：哥哥你岸上走。俩人又合唱：恩恩爱爱纤绳荡悠悠……一首《纤夫的爱》被他们又改又唱，倒也配合得很默契。许小姐会唱不少中国歌，还尽是流行歌曲。俩小许你一首我一首唱了不少，赢来阵阵掌声。当许小姐说要再唱首《小芳》时，许小伙赶紧说："你别唱，我来唱。"于是，他放开歌喉唱起来："朝鲜有位姑娘叫小许，样子好看又漂亮，一双美丽的大眼睛，头发黑又亮……"满怀真情的歌声在车厢里回响，引得大家站起来，掌声伴随歌声震荡着车厢，气氛达到高潮。许小姐更是感动，朝鲜女孩子把别人夸奖她长得漂亮当作最高的荣誉。

列车快到满蒲站了，到那儿我们要换乘中国的车厢，大家纷纷把带来的药品、食品送给朝鲜同志。朝鲜正处于困难时期，缺医少药、物品匮乏，送点东西表达我们的关怀，丝毫没有看不起的意思，他们也都欣然接受。

车到满蒲，与朝鲜导游依依惜别，许小姐哭了，她的纯真、美丽赢得大家的喜欢，大家也给了她一片真心，也许今生今世不会再与她相见，但中朝人民的友谊会代代相传。跨上中国的列车，我们感到回到了祖国，倍感亲切，列车缓缓移动，向中国集安驶去。

列车在行进，我们思绪万千：几天的朝鲜之行，我们感到了中朝两国人民真挚的情谊；我们感到中国改革开放的巨大变化；我们更要珍惜今天来之不易的幸福生活。

与朝鲜同志（中间两位）合影

斯里兰卡印象

斯里兰卡,全称斯里兰卡民主社会主义共和国,旧称锡兰,是个热带岛国,形如印度半岛的一滴眼泪,镶嵌在广阔的印度洋海面上。它的美丽绝伦的海滨,神秘莫测的古城,珍贵稀奇的宝石,独树一帜的红茶,以及独特迷人的历史与文化誉满全球,这个小岛国被称为"印度洋上的珍珠"。但毕竟它是个发展中的国家,还有许多待发展的方面,我于1998年2月、2015年4月两次造访,留下了一些感受。

一、感受火车

康提市为斯里兰卡第二大城市,距首都科伦坡东北120千米,它依山傍水风景秀丽,寺庙众多,曾为斯里兰卡的首都,并供奉着释迦牟尼的牙齿,被称为圣城。这里还有世界最好的热带植物园和颇吸引游人的大象孤儿院,所以康提就成为各国游客必去的地方。

2015年4月,一个阳光明媚的日子,我们全家一行5人,从北京乘中国东方航空公司的航班飞到了斯里兰卡首都科伦坡,这是我第二次赴斯里兰卡了。这儿处于热带地区,终年与北京夏天气温相仿,但并不闷热,虽然4月和8月是斯里兰卡最热的时间,阳光炙热照射,可在阴凉处还是凉风习习的。我们是自由行,第一站就奔康提。从科伦坡到康提,选择了坐火车,为了感受一下这个国家火车的滋味。购买了一等车厢的火车票,是一张打印的大纸,有我们5人的名字和座位号,只有一等车厢才能保证每人有座位,当然票价要比二等车厢贵很多。到了火车站一看,设施比中国火车站简陋很多,候车的座位就在室外站台两旁,当然有顶棚,这里气温终年基本一致,省去了候车室,自然也没有空调。火车的车头没有机车模样,虽然是内燃机,只是一方形的机器牵引着列车。车厢陈旧,我们的一等车厢是封闭的,凭票上车,按号入座。里面除了我们5人是中国人外,大都是白人,也有个别当地人。斯里兰卡人的皮肤是黑褐色,比非洲人黝黑色浅,比西亚的阿拉伯等国人的沙漠色深,中国再黑的人到这儿也都成了白人。再看当地男人很少有穿短裤的,虽然气候炎热也都是长裤裹腿,而中国人包括其他国家人都是短裤短褂的。

进了一等车厢,看见两个家用空调挂在车顶,全列车就这一节一等车厢,并装有空调,二等车厢没有空调。空调机是使用家用空调挂在车顶,倒也能对付,车厢里凉快了就行。一会儿，列车启动，令我们吃惊的是车厢摇晃得很厉害，主要是左右颠簸，开始以为是刚出站过道岔所致，可出了站很长时间，车厢仍旧摇晃，有时我们还要把住座位扶手，真有些心惊胆战，总怕列车摇晃出轨。好在车速不快，120千米用了近3小时，晃着走完全程。这还不是最叫人吃惊的，更叫人惊异的是看到旁边线路驶过的列车，车门根本不关闭，一些当地人就扒在车门外的扶手，脚踏车门踏板上，尽管列车颠簸晃动，他们仍旧神情淡定。这样坐火车还头次见到，这样的情景只有在中国的《铁道游击队》电影里才可见到。我曾在铁路干过多年，中国的火车线路钢轨20世纪70年代大部分是12.5米长的短轨，列车在上面行驶除了过接头有声响外，还是很稳的，没有晃动，如像斯里兰卡这样的线路情况根本就不能行车。如今中国发展到高铁，更是一跃千里，除极其快速外，舒适程度比20世纪要强许多倍。3月斯里兰卡新总统访问中国时体验了中国高铁，并极其称赞。

一等车厢除享受空调、对号入座外，还有食品供给。送食品可是个费力的活，两个年轻小伙子列车员，推着食品车，由于列车在不断摇晃，一人要死死把住食品车慢行，另一人取下装有面包的食盒逐一发给旅客。看此情景想到国内列车上卖食品的小车轻松自如地行进，感到太大的差距。

终于到了康提火车站。车站不大，候车座位仍是在有顶棚的站台上，时而有流浪狗穿行。出站口与中国国内一样有收票员，将我们打印在纸上的火车票收回。

体验了一回在斯里兰卡坐火车感觉，长了见识，感到中国铁路建设要比其先进不知多少年，世界各地之差异叫我们大开了眼界。

在火车站

二、康提植物园

出了康提火车站，我们要去预订的 Devon 酒店入住。火车站离酒店有 4 千米的路程，要打车去。但车站并没有我们国内的出租轿车，倒是有一些动力三轮车在招徕旅客。这种动力三轮车中国人管它叫"三蹦子"，3 个轮子，一车载 3 人，不密封，车速慢。没办法只能用此车，5 人要了两辆车。经过用英语与车主讨价还价，每车需付 300 卢比。斯里兰卡的货币叫卢比，大约 21 卢比相当于人民币 1 元，不能在世界流通，出了斯里兰卡就不能用了。从科伦坡出来时我们携带了 10 万卢比，听起来不少，要是人民币可是巨款了，还尽是 5000 元的大票子，但 10 万卢比只相当于人民币不到 5000 元。

坐上"三蹦子"，司机都是当地居民，驾驶挺熟练，因车体小，便随意穿行在车群中，在阻塞的道路上显得很灵活。斯里兰卡的道路行驶规矩是英制，靠左行，司机操作部位在右边，与中国正相反，所以中国司机到这里开车需适应一段时间。"三蹦子"左穿右钻，不按规则行驶，我们坐在上面都揪着心。路上也有交警指挥，但道路还是比较混乱，看样子缺乏有效的管理。我曾去过美国、澳大利亚等发达国家，那儿的道路虽然车也多，但司机们遵守规则行驶有序，见不到乱并线、胡穿插等现象，在北京就显得差些。这儿的交通管理比北京又差很多，这就是国家管理方面的差异吧。

到了宾馆稍作休息便又雇"三蹦子"奔康提皇家植物园。

来此之前就知道康提的植物园是世界上最好的热带植物园，也是整个亚洲最大的植物园，占地超过 60 公顷。植物园始建于 1371 年，曾经是康提国王的御花园，所以也叫皇家植物园。还听说植物园内种植着来自亚洲、非洲、拉丁美洲和大洋洲各地的热带和亚热带植物 4000 多种，种类繁多，不少是珍奇花木，所以想尽快一睹其风采。

植物园大门只是一普通铁门，并不高大壮观。买票后进园，只见高大的热带植物耸立路旁，郁郁葱葱的。在中国的海南、云南也都有热带植物园，里面的热带植物也大同小异，而康提植物园与它们有不同之处吗？又前行一段，忽眼前一亮，一硕大的草坪呈现，足有十几个足球场大小，开阔起伏，绿草如茵，周围绿树缭绕，上空蓝天白云，中间一大榕树独木成林，荫护着游人乘凉小憩，人们可在草地中穿行跳跃，还有人家在其中休闲野餐。一下感觉这草坪别具风格，真叫人心旷神怡，并成了我们留影的佳景。

草坪欢罢，继续游览。盘根错节、虬枝缠绕、奇形怪状、五彩缤纷的热带植物不时拽住我们的眼神。走着看着，被路旁一簇簇的竹子吸引了。这些竹子互相拥抱着直刺蓝天，有几十米高，抬头仰望，劲拔高耸，人在其下显得很渺小，只有热带气候才抚育它们成如此模样，也算一特景了。竹林对面有一棵参天大树，上面黑压压的挂着什么，还是小孩眼尖，6 岁的小外孙说是蝙蝠。果然，一会儿又飞来几只挂在树枝上，才看清是蝙蝠。还真没见过这么多的蝙蝠白天倒挂着睡在树上，它们昼伏夜出的习性倒是人们所知道的。

不知不觉来到了植物园的另一边，忽见路旁一片低矮的丛林里蹦跳出几只野生猴子，黄色的皮毛，黑溜溜的眼睛，时而搔首摆尾、追逐嬉戏、翻滚跳跃，煞是可爱。我们接近它们，它们也向我们走来，讨要我们手中的吃食，显得乖巧温顺。在斯里兰卡人与动物和谐相处，乌鸦在泳池边悠闲穿行在泳人之间不畏惧，流浪狗任人们抚摸不发火。大概是这个国度的佛教信仰深刻影响了芸芸众生吧。

一大队当地的小学生排着队过来了，也是来游览植物园的。他们身着白校服，衬着黑褐色的皮肤格外分明，深眼窝显得眼很大。见了我们孩子们都露出笑脸，有的还挥手打招呼，天真无邪叫人喜欢。这个国家的人，不管大人小孩见了外国人总是报以微笑，善良友好令人回味许久。

在大草坪的另一端，有一片树林很有纪念意义，它就是各国政要、知名人士到斯里兰卡访问时在这里植下的树木。其中有我国的周恩来总理20世纪60年代来斯里兰卡（当时叫锡兰）访问时种的树。如今斯人已去，树木仍在，叫人浮想联翩。我们的地球就是一个大家庭，深情厚谊是人类基本的特性，世代友好和睦相处是共同的愿望，愿世界永远和平。

康提植物园

三、大象孤儿院

康提在斯里兰卡算是古老的城市,有闻名于世的寺庙。寺庙文化在这里也是旅游的看点,斯里兰卡人信佛的很多,给我们开"三蹦子"车的司机都问我们是否去寺庙拜拜佛,可我们对寺庙兴趣不是太大,时间也有限,只能拣重点景点游览,没有光顾寺庙。

坐落在斯里兰卡中央省盖克拉行政区的滨纳瓦纳村离康提30多千米处有一个保护大象的场所,叫"大象孤儿院",也是旅游胜地。斯里兰卡适合大象的生长,众多的野象在这个热带小国栖息繁衍,往往有一些小象掉进废弃的违禁开采玉石的简易矿井里"坐以待毙"。为收容从玉石矿井中救出和其他因种种不测与母象失散了的幼象,政府野生动物保护局于1975年开始修建了这座世界上独一无二的"大象孤儿院"。这自然是我们感兴趣和必去的地方。

大象孤儿院离我们下榻的宾馆有30多千米,如坐"三蹦子"去不但速度慢,翻山越岭的也太不安全。幸亏女儿带着计算机,从网上搜索到附近旅行社,预订了一辆面包车。第二天一个叫多利的当地小伙子司机开车准时到了宾馆接我们。

30多千米用了1小时多才到达,斯里兰卡道路上汽车挺多,时常堵车,道路状况较差,车速较慢。买了门票多利带我们进了象园,他是旅行社委派,除了担任司机外还负责导游,但不会讲汉语,只能与女儿用英语交流。象园建在一大片丛林中,还有河流通过,里面大象的年龄不一,小的可能一两岁,大的有几十岁,它们被救助后就生活在这片自然的天地里,除了被悉心饲养照料外,还有接待游人的责任。看,那边一头小象正由人们给其喂食。小象附近有专门卖象食的,是香蕉、西瓜等水果,几百卢比一份。人们拿着买的食物,小象便张开大口,人把食品一一放进象嘴里,小象才闭嘴吞进肚里,也见不到咀嚼。胆小的人不敢将手伸进象嘴,怕它合上夹住手,其实不用担心,小象训练有素,只有等食物全放进嘴里,人手拿出后才闭嘴。还有一处是给小象喂奶,人们花350卢比买一瓶奶,小象张开嘴,人们把奶挤进象嘴里,这些都是小孩子们乐此不疲的游玩项目。在一片开阔地上,有一群大大小小的象悠闲地站在那里,游人们可靠近它们拍照,甚至抚摸,象们也很温顺,摇晃耳朵、鼻子似乎在表示对人们的友好。

将近10点了,多利领我们去看大象洗澡。过一条马路,来到一条大河边,河面宽阔,两岸是郁郁葱葱的热带森林,河水不深,蜿蜒流过奔向远方。大象洗澡处的岸边支搭了有顶棚的看台,各国游客已经云集此处翘首期盼一睹大象洗澡的场面。大象洗澡表演也是大象孤儿院开发的旅游项目,分上下午各一次。我们到来时,大象群还没到,只见一头大象正站河中用鼻子吸水后再喷出至全身,它确实在洗澡而不是在表演。

大象的鼻子用处很多，有相当于人手的功能，吃食用鼻子卷，洗澡用鼻子喷，打招呼用鼻子碰，自然界里生物为适应生存需要就会有自己生存的方式。正看得津津有味，忽听那边声起，哦，洗澡的大象群过来了。只见一大群象晃晃悠悠慢慢走来，大的有几米高，小的还没人高，两旁的人们兴奋地瞧着，有人还拿食物喂它们，它们用鼻子欣然接受。它们成群走下坡地，慢慢进到河水里，慢慢散开。我们开始数，一头、两头、三头……一共37头，河面一时点缀了象群，但它们进到河里并没有用鼻子吸水冲洗，只是来回踱步，听说如果真洗澡时象们用鼻子吸水后会互相冲洗全身，那场面一定令人兴奋。也许现在它们知道只是表演，也不需要洗澡，连逢场作戏都不想干了。不过看到这样规模的象群，驯养与天然结合的情景也足矣，这在国内任何一个动物园都见不到的。

在大象洗澡处周围，还有一些旅游商店，有一处用大象粪便造纸，并用这种纸制作的商品叫我们挺感兴趣。进到里面，当地人讲解并示范了用象粪造纸的过程。象为食草动物，粪便没有太大的异味，里面含有很多粗纤维，清洗分解后做成纸浆，经过各种工序加工成纸做成笔记本等用品也很好，此时又想起了我国蔡伦造纸的发明真为世界做出了不朽的贡献。

离开大象孤儿院我们将返回科伦坡进行下一行程，这里给我们启示：人与动物都是朋友，而且互相依存，只有和谐友好，才能使我们这个星球生机勃勃、欣欣向荣。

大象洗澡

四、加勒见闻

斯里兰卡另一个古城加勒市位于其南部沿海，是我们选择的必游之地。

1598 年，葡萄牙人在加勒修建了一座要塞，1640 年，荷兰人赶走了葡萄牙人，并于 1663 年兴建了占地 36 公顷的城堡，后英国人又赶走了荷兰人，进行了扩充，修建了轮船码头，成加勒如今模样，所以它在斯里兰卡历史上是比较古老而出名的。

去加勒我们选择了包租汽车，除了方便还能体验斯里兰卡的公路状况。从科伦坡一个出租汽车公司预租一辆面包车，说好价格为每千米 50 卢比。从科伦坡至加勒 120 多千米，来回 200 多千米，需付 1 万多卢比，有普通公路及高速公路可前往，当晚还要在加勒附近住一晚，斯里兰卡大部分酒店可免费提供司机的食宿，这样我们只需支付自己的宾馆食宿费就可以了。

次日清晨，一个当地小伙子开车接了我们出发了。去时我们走的是普通公路，这条路基本沿着海边，沿途路过村庄、乡镇、商业区等。科伦坡附近的交通比较混乱，道路堵塞，管理欠佳。驶出科伦坡，车辆减少，路也好走了。我们沿着海边向南行驶，一边是热带风光，椰子树、杧果树、芭蕉树等密密麻麻的站立在山峦原野，另一旁的印度洋不停地泛着波涛好像在跟着我们奔跑。斯里兰卡虽然不发达，许多方面待发展，而且这里的人勤奋度不够，干事拖沓影响了效率，制约了国家的发展。但这里的热带风光还是挺美丽的，蓝天白云，绿树成荫，海水湛蓝，空气清新，旅游是这个国家的重要收入。

汽车正在行驶，但见前面海滩有群人在拉网，像是在打鱼，我们叫司机停车下前去观看。沙滩上两排 20 多人拽着网绳，网还在海里，随着叫喊声，拉网人逐步将网慢慢往岸上拉。他们的语言我们听不懂，当地人讲母语僧伽罗语，英语只是第二语言，而且说得很不标准，叫人听着特费劲儿，僧伽罗语是小语种，只有斯里兰卡人使用。经过 20 多分钟的费力拉网，终于拉到岸上，本想这样大的网，这么多人合力应该有不少大鱼吧，赶紧跑到跟前看，网里都是一巴掌长的小鱼，也就二三百斤。这样的鱼只能晒鱼干，这么多人每人也分不了多少，觉得挺遗憾的。又一想靠近岸边能有什么大鱼，除非渔船到深海才能收获大鱼，不过半路看到北京城里见不到的情景倒也觉得有趣。

行驶中边走边看，中途还用了午餐，大约下午 1 点，前面出现了城墙圈起的城堡，加勒古城到了。驶近一看，城墙只是一块块大石头砌成，也有十几层楼高，但如果看了中国的万里长城、西安、平遥的城墙，这城墙就是小巫见大巫了，没有雄伟高大之感。从城门驶进，城里静悄悄的，游客很少。顺路登上城墙，有一座高大的钟塔，塔身斑驳陆离，仿佛在诉说历史的沧桑。一旁斯里兰卡的国旗迎风飘扬，厚实的城墙上还保留着工事、兵道、射击垛口等。在城墙上居高临下朝城里望没觉得有什么古朴之处，只有这城墙和钟塔证明这是古城。城墙外是无际的南印度洋，岸边有些新的建筑。一位当地老人告诉我们，那年大地震引发了印度洋的大海啸，几十米高的海浪瞬间席卷了岸边的一切，3000多人被一下卷入大海失去了生命，幸亏古城地势高，有城墙阻挡，城里的人躲过了劫难。听此，仿佛看见当时城墙下印度洋的几十米高的惊涛骇浪在汹涌扑来，城外一切即刻被大海吞噬，一片汪洋在肆虐，惊天地、泣鬼神的咆哮叫人心惊胆战、无可奈何，人们感到了世界末日的来临。在大自然的强大威力下，人类显得是多么的渺小。是城墙勇敢地阻挡了凶恶的巨浪，保护了它身后的生灵，为古城谱写了新篇，那一幕想着都叫人惊心动魄！

离开加勒古城，我们来到下榻的Garton Cape酒店。一到这里叫我们精神一振，酒店建在印度洋岸边的高地上，面对着广阔无垠的大洋，通过房间的窗户可瞭望蓝天与大海相接，感到天地的博大；白云起舞，绿树婆娑，海鸟翱翔，礁岩突立，使我们进入了神话世界。酒店一层有一露天淡水游泳池，可边瞭望大洋、环视美景，边在里面畅游，很是畅快淋漓、兴奋盎然。夜晚在酒店露天平台上用着西餐，满天的繁星眨眼，印度洋的清风拂面，清新的空气伴随，这些又化成了终生不忘的享受。

在此酒店一天多的生活是难忘的，除了愉快也有难受。刚到斯里兰卡时，在科伦坡工作多年的本单位同事就告诫，这个国家的酒店服务人员有"抽张"风气，就是趁旅客不在房间时翻找出你的钱包，从中抽出一张钞票窃为己有，但不会把你的钱都盗走，所以钱包必须随身携带不要留在房间。我们的钱都由孩子挎腰包随身携带，我自己有几百美元的钱包，平时总放兜里携带，可这次活动多，一时疏忽留在了房间，不知何时被打扫房间的人"抽张"，抽去一张100美元钞票，后返回科伦坡才发现。100美元合人民币600多元，虽然损失不大，但觉得别扭。后想，算了，就算支援了贫穷的斯里兰卡下层百姓了吧，他们一月工资才合人民币1500多元，而且物价也不算便宜，生活还是蛮清苦的。

第二天上午离开酒店返回科伦坡，走了一阵，忽然看见海边一奇异景象：一些当地人在钓鱼。他们在海里栽了一些十几米高的杆子，坐在杆子上钓鱼，却不怕掉下来。这可是走遍好些国家没见过的，赶紧停车下来拍照，可立刻过来一当地人，冲我们喊：Money！Money！哦，Money是英语"钱"的意思，原来是要钱，要照相必须给钱，问要多少，说要300卢比，开车司机摆手说贵，我们便上车离开，但隔着车窗还是照了张相。其实他们钓鱼是正常生活营生，后发现这种坐杆钓鱼能吸引外国人好奇，便生财有道，边钓鱼再顺便发点小财。

离此不久我们拐上了高速公路，是在山川中行驶，两车道，限速100千米，但也比来时快很多，两小时就回到了科伦坡。算下来车费 1.45 万卢比，我们给了司机 1.5 万卢比，多给 500 卢比算作小费，司机高兴冲我们竖起大拇指。

加勒见闻叫我们看到了、了解了当地的特色，也是不虚此行。

奇特的钓鱼方式

五、特产的魅力

从远古时代起，斯里兰卡就因具有许多珍奇瑰宝而声名远扬，它以盛产红宝石、绿宝石、猫眼石、蛋白石和蓝宝石名闻天下。同时，锡兰红茶也是这里的特产。这些特产的魅力深深吸引了来斯里兰卡的游人，我们自然也不能放过，留出一天的时间专门在科伦坡欣赏、选购这些著名特产。

在斯里兰卡的众多宝藏中，蓝宝石的美丽无以伦比，也最为著名。蓝宝石以其晶莹剔透的美丽颜色，被古代人们蒙上神秘的超自然的色彩，被视为吉祥之物。斯里兰卡的蓝宝石拥有世界上价值最高的一种颜色，也就是著名的矢车菊蓝（当地人称皇家蓝），以透明、清晰、鲜艳的光泽而闻名。在全球顶级的宝石收藏中，许多蓝宝石的精美样品都来自斯里兰卡。另外还有用宝石打磨的猫眼、星光饰品戒面，可镶嵌在戒指、项链、耳环、手环上。猫眼、星光戒面形状为圆形，猫眼在光线照耀下呈现如猫的眼睛，星光放射出六道射线，如星光闪耀，它们能够随着光线的强弱而变化，美轮美奂，令人欢愉，都属于世界珍贵高档宝石。据说这些宝石除了其装饰作用以外，还有防病治病功能，如猫眼可促进炎症消退、调整血压、提高免疫力等。

在科伦坡工作的本单位同事带领下，我们走进了一家叫"库布拉"的宝石店。这家店老板从事宝石生意多年了，店的规模不小，玻璃柜里摆满了蓝宝石、猫眼、星光的戒面及戒指、项链、手环等饰品，琳琅满目，叫人眼花缭乱。老板很热情，拿出各种宝石供挑选。皇家蓝的蓝宝石的确叫人喜爱，晶莹剔透，随着光线发出幽蓝的光泽，看着舒服，叫人爱不释手。每块蓝宝石都带有世界承认的鉴定证书，这个正规店绝不卖假货。看中了一块 1.6 多克拉的皇家蓝蓝宝石戒面，老板最初要价 1400 美元，那就砍价吧，女儿用英语经过多个回合，最后以 900 美元成交，另一个 1.5 多克拉的猫眼戒面以 800 美元成交。两个加起来 1700 美元，合人民币 1 万多元。带回北京到专卖珠宝的商厦一看，同样大小的皇家蓝蓝宝石要价 3 万多元，也砍不下多少钱，比斯里兰卡买的要贵 5 倍！那猫眼宝石在国内买也要高出几倍，看来在产地买还是很值得的。而且宝石价格以每年 20% 的速度增长，这是可以理解的，宝石矿越挖越少，价格自然就越来越贵，想起 1998 年我第一次到斯里兰卡买过一个 1 克拉多的猫眼戒指花了 100 多美元，如今再买同样大小的需要 600 多美元，10 几年涨了好几倍。

斯里兰卡是世界著名的红茶产地，这主要得益于其独特的地理位置和较大的日夜温差。斯里兰卡红茶也叫锡兰红茶，被称为"献给世界的礼物"。红茶喝起来柔和，而且养胃，有胃病的人长期喝可得到很好的疗效，现在也得到越来越多的中国人喜爱。我们来到红茶专卖店，各式包装的红茶叫我们几乎不好取舍。红茶是年年生长，不像宝石越采越少，所以不太贵，名牌 100 克铁盒精包装的红茶合人民币 25 元，但要在中国国内买红茶就贵多了，最近看到一份官方报纸上推荐的国内名牌红茶 48 克就要 200 多元人民币。

购买了宝石、红茶，我们得到了极大的满足，顺便又游览了科伦坡的独立广场，这是斯里兰卡 1948 年 2 月 4 日独立仪式举行的场所，算是这个国家的文物了。广场中央的独立纪念堂模仿康提王朝时期皇室接见朝觐者的大厅而建，纪念堂的梁柱上刻有大象、狮子和描述斯里兰卡佛教史的图案等，四周有 60 个石雕狮子，广场中央的地下修建 101 个房间，纪念堂的 4 个角有通往地下的通道。纪念堂的北面是斯里兰卡开国总理 D.S. 森纳那亚克的塑像，周恩来总理 1957 年来访时曾出席在广场举行的斯里兰卡独立 9 周年庆祝大会，并冒雨发表了热情友好的讲话。离此不远处是班达拉奈克国际会议大厦，建筑宏伟，精美壮观，是科伦坡标志性建筑之一。这是由中国政府无偿援助斯里兰卡的，于 1973 年 5 月竣工，建成并投入使用 30 多年来，在斯里兰卡社会生活中发挥着重要作用。美丽的班厦作为科伦坡市的一景，至今仍是各国游人来访的必到之处。

夕阳西下，我们来到了科伦坡海边的观海台，这是一处休闲的场所，人群聚集，小贩云集，兜售着各种吃食，蛮热闹的。一座看台伸进海里，我们望着广阔的大海，看着徐徐的落日，留下了在这个国家最后的影像，夜里我们将乘飞机回国了。出来旅行，时间虽短，收获颇丰，万千的世界给予了我们多彩的生活！

科伦坡海滨落日

马尔代夫的欢乐

飞机逐渐拨开了云层，大海越来越清晰，点缀在深蓝色海面的海岛像珍珠被郁郁葱葱的热带植物拥抱着，随着飞机的下降也愈来愈大了。这时候，一个小岛出现在下面，隔着舷窗，离我们越来越近了，随着飞机滑翔的结束，终于停在这个小岛的土地上。我们从斯里兰卡的科伦坡起飞，经过1小时的飞行，降落在马尔代夫的马累机场。

马尔代夫共和国是印度洋上的岛国，由1200余个小珊瑚岛屿组成，其中202个岛屿有人居住，面积约300平方千米，是亚洲最小的国家。它位于赤道附近，海拔仅1米多，每个岛真像一艘艘不动的航船。马累机场在一个岛上，首都马累市在离此几海里的另一个岛上。

我于1998年2月、2015年4月、2019年3月3次光顾马尔代夫，最早的那次是出差到这里，那时中国内地人来此很少，基本是中国香港和中国台湾的游客，我自中国内地来属捷足先登了。后两次来下飞机进机场，看到最大的变化是中国内地人多了，祖国发展了，人们富裕了，旅游的足迹遍及了世界各个角落。

这次，也是我第二次到此，将要去的绚丽岛离此不太远，乘40分钟的快艇。1998年第一次去的太阳岛离得远，坐快艇要3小时。

快艇逐渐驶入大海的深处，海水变成了墨绿色，但又是清澈的。海面平静如镜，延伸至天边，水天浑然一体，展现出大海博大的胸怀。几只海鸟在与海水嬉戏，时而伏在海面，时而冲上蓝天。赤道的天空又是这样的蓝，蓝得像用水洗过。海风迎面拂来，散发着阵阵清新。回想曾去过大连的海、北戴河的海，但都没有这样的感觉。为什么？噢，这儿的海没有污染，没有嘈杂的喧嚣，保持着原汁原味，我们又像投入大自然的怀抱。大家欣赏着印度洋的美景，陶醉在大海的深情中。

越来越近了，绚丽岛的轮廓逐渐清晰：高大的椰子树把海岛环绕，迎接着远方的客人，海中栈道把码头与海岛相连。一下船，几个当地的雇员就推车过来，把我们的行李放在车上推走。到了岛上我们才领略了它的美丽：各种热带植物覆盖全岛，郁郁葱葱，生机勃勃，海滩是白色的，因为这里的海沙都是白色的，过去见的都是黄沙滩，金色的沙子是常用的形容词，而这白色的沙配上清澈透底的海水，真是洁白无瑕。

来马尔代夫旅游就是要享受它的海岛风光，而它的海岛如酒店一样划分星级，根据海岛的景色、设施、服务等，最高的为五星，其次是四星、三星，还有居民岛。三星以上的海岛纯粹是旅游岛，没有居民居住，只接待游客，而居民岛就是有当地居民居住的岛屿，当然也可接待游客。各岛的消费不一，我们到的绚丽岛为四星级，消费较高，光下榻的沙滩标准间一天就要 425 美元，合人民币 2600 多元，比北京五星级酒店的套间还贵，如住海面上的水上屋房价更高。

绚丽岛的接待厅也有特色，是在一个像大亭子的建筑里，大厅地面就是白海沙，被人踩过留下脚印后，清洁人员用工具一把就平整了。办理入住手续后，有专人把行李送至房间。岛上住房分两种：一种在靠海的沙滩上，一种在浅海的水面上，都是木结构的如同别墅的房子。我们住的是沙滩房，房间挺大，设施齐全。我们开始了绚丽岛的休闲生活。

清晨，红日在无垠的大海边升起，我们进行环岛散步。这个 5 公顷面积的小岛一半被原始树林覆盖，顺着蜿蜒的岛边小路行走，时而面对波涛的大海，时而钻进茂密的树林，由木栈桥连接的海上屋凌驾在海面上，与蓝天、大海、绿树构成了流光溢彩的风景画。忽见木栈桥边，不少螃蟹在横行，却不霸道。这儿的海生物是不能捕捞的，保持着原始的生态。

一日三餐是在岛上的自助餐厅进行，自助餐的品种丰富多彩，但基本是西餐。这几天岛上的中国人只有我们 5 个，其他基本是白人，他们都吃得津津有味，而我西餐吃得直反胃，这时国内带的方便面觉得很香，而在国内是基本不吃的。

倒是岛上的酒吧是我们的最爱。这是一座海边大亭子式的木质建筑，有沙发、桌椅等供游客休息，地面也是海沙的，从清早一直到深夜为游客服务，免费提供啤酒、饮料、点心、水果等。白天除下海及午睡外，我们都在此度过。瞭望着赤道蓝天大海、飞翔的海鸟、搏浪的人们、远处的航船，就会忘记了人间一切烦恼，这时心胸与天地一样广阔。一天正在此休闲，酒吧里的人们忽然兴奋地涌向海边平台看着什么，并纷纷举着相机、手机对着海面拍摄。原来是五、六条燕子形状的大鱼，每条都比人大，组成三角形的队伍渐渐游来，在清澈的海面拨动着海水，悠然自得，像专门为游人来表演，随后又慢慢游向海的深处，虽然不到 1 分钟，却给我们留下永不磨灭的印象。还有一次，一只乌鸦飞临旁边的椅子上小憩，眼睛盯着我们并不惧怕，我们走近它并不飞走，喂它食物便来啄吃，把我们看成了朋友。时常飞来一些大海鸟在海滩上溜达，若无其事地在游人身旁漫步，看来这里的野生动物早与人们和谐相处，其乐融融地成为一个大家庭了。

本来岛上除我们外没有中国人了，可有一天从一游艇上下来一群中国人直奔酒吧，说着普通话。听到了乡音格外亲切，与他们聊起来，原来是北京某旅游团的，他们来马尔代夫采取了另一种游法，就是居住在居民岛，每天房费是100美元，但房间挺小的，然后每天每人花100多美元乘游艇分别到一些四星级旅游岛游览，当天还要返回。他们直夸绚丽岛风光美丽，但在岛上只能逗留几小时。这样游可省不少钱，起码房费要省很多，但不能充分享受到海岛的休闲生活，而且每天乘船奔波各岛也是很疲劳的。

这里的海水异常清澈，与我们用的自来水一样透明，孕育着不同的珊瑚，为各种鱼儿提供了栖息的场所。清澈浅蓝色的海水没有任何污染，令人神往，在大海中畅游是我们每天必然的活动。黄昏夕阳中，我们戴上了浮潜镜，穿上带来的沙滩鞋以防海底珊瑚划伤脚，开始了海中畅游。在这里游泳安闲舒适，没有人多喧嚣的烦恼，遇不到水中漂浮的杂物、污物。戴了浮潜镜，可不用频繁抬头换气，一心欣赏海底的美丽珊瑚，时而游来一群群的海鱼，红的、蓝的，闪闪发亮，有大有小，形状各异，它们不怕人，在周围穿来游去很是惬意，这时感觉大海与我们融为了一体。这是在国内海里游泳感受不到的乐趣，因为国内海水没有这样清澈，海里生物也没有如此多样。泳后海滩小憩，以白沙覆身，凭浪花沐浴，还与寄居蟹逗趣，真正体会到了地球真是我们可爱的母亲。

马尔代夫休闲

3天的绚丽岛休闲生活叫我们终生不忘，第4天上午才恋恋不舍地离开。游艇接我们回到了马累机场,我们看时间还早,便乘轮渡船到几海里远的首都马累市游览。马累市在一个几平方千米的岛上,街道狭窄、房屋紧凑,这天恰逢是个当地节日,店铺都关门不营业,不过听说即使开门也没啥好买的。马尔代夫除旅游外,不像斯里兰卡有什么特产,可能只有红珊瑚还有特色,但不好携带,买的人很少。我们只找到了总统府看了一番,这是一座建在海边的三层白色建筑,大门紧闭,没有警卫,连看门的也没见到,大概是放假回家了吧,只有门柱上的英文小牌"THE PRESIDENT OFFICE"告诉是总统府,我们便在此留影留念。

几天的马尔代夫的休闲生活,使我们又一次感到人间的欢乐。地球上各异的风光,大自然中的万千景象,丰富了我们美好的人生,我们的生活就应该丰富多彩!

马尔代夫的海滩

蓝美岛的快乐生活

一、来到蓝美岛

2019年3月3日早6点多从首都机场起飞，8个多小时后到达了马尔代夫首都马累机场，这是我第三次到马尔代夫旅行了。

在马累停留了一天，游览了这个城市。马尔代夫由1000多个岛屿组成，有30多万人口，大部分居住在马累及周边岛屿。马累所在的岛是马尔代夫最大的岛，大约5平方千米。这里街道狭窄，市政设施比较落后，没有公交车，人们出行的交通工具就是摩托车，少数富人有轿车。一个当地的小伙子作为导游带我们参观了马累几个景点，包括议会办公地点、总统府、总统官邸、独立广场、清真寺、国王墓等，都是不大的建筑。那个独立广场，还没有北京一个街头广场大，有一些鸽子在此聚集，当地小孩们在此玩得乐此不疲。当地人都是棕黑皮肤，比非洲人色浅，但比西亚人色深，眼大眼窝深，年轻姑娘长相还是比较漂亮的，如果皮肤白些可堪称世界美女了，男人都留着连鬓胡子，女人都包住头，穆斯林人的风俗吧。

在马累住了一夜，3月4日早餐后我们乘游艇飞速奔向蓝色美人蕉岛，我们将在这里度过5天4晚的休闲生活。大海广阔无垠，海水湛蓝清澈，飞艇激起的白色浪花伴奏着我们的欢声笑语。

半小时后到达蓝美岛，这是个不大的岛屿。我前两次到马尔代夫曾到过太阳岛、绚丽岛，各有特色。马尔代夫的旅游岛也分星级，根据岛的各项情况分为三、四、五星级，蓝美岛为四星级。

登上小岛，绿树成荫、鸟语花香、白色沙滩、清澈海水，水上房屋架在海面上，沙滩房屋隐藏在树丛中。绕岛一周发现树丛里有许多鹦鹉窝，一对对鹦鹉在孵育着小宝宝，它们时而还亲吻呢喃，亲密无间，看来爱情不单是人类永恒的主题，也是生物世界共同的话题。

我们在岛上住4晚，分别在水上屋和沙滩屋各住两晚。水上屋凌驾在海面上，阳台上有木梯通向海面，想下水游泳可从这里直达水里。

岛里的三餐都是自助，三餐定点就餐，品种也很丰富。酒吧全天免费开放，提供各种饮料和小吃。

当天下午,我们来到一处沙滩边,开始在大海中畅游,海水碧蓝,海滩很浅,但海底有珊瑚,我们穿着沙滩鞋以防珊瑚碎片扎脚。

大海与蓝天交集,碧水与长空共色,地球的广阔天地抚育着人类的生命,我们这时才感到自然的伟大,地球母亲的温柔。

蓝美岛风光

二、海中观鱼

马尔代夫的海吸引着众多游客,它是地球上的净土,晶莹剔透,这是它的魅力所在。曾到过多处海滩,海水的污浊不堪,漂浮物比比皆是,人类把大海糟蹋得不成样子了。而马尔代夫的海水叫人神往,每个岛屿的海水都是那样清澈透明,令人流连忘返,心旷神怡。

在这样的海里畅游是非常惬意的,特别是海水里的五彩缤纷热带鱼随时可见。戴上潜水镜,用嘴呼吸,眼睛始终盯住水里,洁净透明的浅海水可一望至底。海底不是平坦的,长着白色的珊瑚,穿着沙滩鞋,不担心珊瑚划脚。游着游着,忽见一群热带鱼游来,蓝的、黄的、绿的、红的,五颜六色,色彩斑斓,它们围绕着珊瑚转来转去,自由欢快,广阔的大海是它们的故乡,清清的海水是它们娱乐的场所,时而还有尺把长的大鱼穿梭而过,可惜没有水下照相机把这海里美景收入镜头,只能从水面上拍照水中的鱼儿。马尔代夫旅游岛严禁捕鱼，钓一条鱼罚 5000 美元，所以鱼儿们在这里自由地遨游，近在你的身边不怕被伤害，似乎要与你嬉戏玩耍，想成为你的朋友。

在这里不但鱼儿可自在地生活，其他生物都能与人和睦相处，海鸟飞落你身旁，鹦鹉在你近前亲吻，乌鸦向你讨食，它们把人类当作朋友，如果我们的世界都能如此，那更是一个和睦相处的星球！

蓝美岛的鹦鹉亲吻

三、黎明出海

天将破晓，夜色蒙眬，大海还在沉睡，今晨我们要乘游船出海去追逐海豚。船上有十几个人，其中一对年轻的德国夫妇带着他们几个月的孩子，那孩子很可爱，挺叫人们喜欢。

游船向深海进发了，我们休闲的蓝美岛渐渐留在身后，猛一望，浮在水面上的小岛灯光闪耀，在深沉的大海中挺像一艘巨大的航船。渐渐地，大海的东方开始发红，这是旭日初升的前奏，可惜天际有一片乌云，我们难以看到红日跳出海面的瞬间。但乌云遮不住太阳，旭日的光辉还是顽强地钻出了黑云，鲜红的圆盘撕开了云的遮挡，呈现出美丽动人的亮颖。逐渐地万道金光洒向大海，海面一片金光粼粼，诉说着太阳与海洋的友情。突然一条海鱼跃出了海面蹦到了船上，被船上的服务人员立即抓住，大家兴奋不已，纷纷拍照留念。那对年轻的德国夫妇抱着孩子与红日合影，孩子一逗就笑，惹得大家愉快地大笑。年轻的母亲看到我们喜欢她的孩子，竟大胆地交给我们抱抱，孩子也不认生，竟在我们的怀抱里笑着，小洋人给大家带来了欢乐。

游船来到海豚出没的海域，可惜只见到一只海豚的脊背稍纵即逝，据说能看见海豚的概率不多，就看运气了。

可爱的小洋人

四、黄昏垂钓

夕阳西下，马尔代夫的海平静悠然，小小的波浪翻滚在海面，印度洋的清风吹拂着，令人舒适惬意。今天黎明我们出海看海豚，只见到一只海豚稍纵即逝，下午我们要出海垂钓，不知能否有收获。

这对夫妇同时钓到鱼

游轮载着我们十几人驶向大海深处,夕阳与我们做伴,海风和我们亲昵。半小时后游艇停在一处海面上,船工将船锚抛入海底,发给每人一盘鱼线,下面带着铅坠和鱼钩,同时还帮助在鱼钩上钩上海鱼肉做的鱼饵。大家将鱼线放入水中,只见鱼钩在铅坠的作用下慢慢下沉,下面就等着鱼儿上钩了。大家耐心等待着,钓鱼就是修身养性,心急不得。忽然有人兴奋地喊了"钓着啦!",只见她拿着鱼线,鱼钩处挂着一条黑色红尾巴的海鱼。那鱼吞食了海鱼肉做的鱼饵,被勾住了喉咙,拉出了海水,脱离了它赖以生存的海洋。

旗开得胜,接着又有几人陆续钓到了鱼,大小不一。最有趣的是一家老外夫妻两人竟同时钓到了鱼,这样的概率太少了。他们举着鱼高兴地合影,象征着爱情的收获。三小时很快过去了,游艇带我们转换了三个地方垂钓。当夜幕低垂,万籁俱寂,游艇才带我们返航,一次很有意思的海中垂钓。

马尔代夫的清晨

"大西洋号"邮轮上的日子

2016年9月孟秋时节,凉风送爽,我们在天津东疆港口登上了歌诗达邮轮"大西洋号",开始了6天的邮轮生活。

乘邮轮旅游是近些年才进入我国的,人们生活水平不断提高,旅游方式也开始多样,从坐火车、汽车到乘飞机,又扩展到坐邮轮,让生活充满了欢乐,人生更加多彩。听说有个外国老太竟常年乘游轮周游世界,准备在邮轮上养老直至生命的结束,可见邮轮的吸引力。这次我们也要体验一下邮轮生活,感受一下这种旅游的形式趣味。

"大西洋号"邮轮属于欧洲地区最大的邮轮公司歌诗达邮轮公司,总部设在意大利的热那亚,是意大利最大的旅游集团,也是欧洲第一大邮轮公司,有着悠久而辉煌的历史,起源于1860年的Costa家族。它率先进入了中国市场,在进入中国之前,歌诗达邮轮的足迹遍布世界除亚洲以外的几乎任何一个地区,而如今来到中国,可以称得上是填补了全球版图上的最后一块空白。歌诗达拥有15艘邮轮,"大西洋号"是其中的一艘,有999间客房,载客2000多人。

进入港口,一艘巨大的轮船耸立在岸边,有10几层楼高,每层都有一排排船舱的玻璃窗向着大海,通白的船身加上船顶的黄色大烟囱,显得威武雄壮。上船前我们已经得到了船舱号及每人一张邮轮卡。这张卡片作用不小,除了用于开我们住的船舱门外,船上的消费可都得用它,具有消费卡的功能。

一登上邮轮,就会为其浪漫气息深深沉醉,令人快乐不已。这艘船拥有12个旅客甲板,每个甲板都直接以意大利著名导演弗莱德里克费里尼的电影命名,并在显要位置以影星的照片加以装饰。我们的船舱是在5层带阳台的双人间。进去一看,大床、沙发、电视、衣柜、卫生间俱全,与宾馆设施差不多只是面积小些,完全满足几天邮轮生活的需要。我们携带的衣箱上船前在港口办理了托运手续,这时也由船上的员工送到了房间。稍加整理后,便离开船舱开始熟悉全船情况。

首先到二层的总服务台将邮轮卡(也是开门卡)与信用卡进行绑定,在专门的机器上操作,程序挺简单。如果没有信用卡就要在服务台交150美元的押金输入邮轮卡,这些钱主要用于船上5天的小费支出,规定是成人每人每天12美元,小孩6美元。旅程结束那天早晨结算,使用信用卡的会得到对账单,没有问题就没事了,只待以后到银行还钱就是，交了押金的需到服务台结算。这样邮轮卡就成为邮轮上唯一的消费卡了，信用卡在船上不能使用。

接着熟悉船上各层情况：二、三、九层都有餐厅。二、三层餐厅分时开放，早、午为自助餐，晚餐是点餐；九层开放时间长，白天几乎全开放，都是自助餐。这些都是免费就餐，同时九层还有一个付费餐厅，提供一些特殊风味的吃食，如日本餐、火锅等。船上的商场在二、三层，为免税商店，主要出售手表、衣帽、烟酒、巧克力等。赌场设在二层，有老虎机、赌桌，供人们在此消磨时光。五层和二层有专为儿童和青少年设置的娱乐场所，还有一个图书馆。九层有健身房和游泳池，另外一些层设有酒吧，全船12个酒吧，付费消费。船上最热闹的地方有两个：一个是大剧院，跨越二、三、四层甲板，可容纳1180人，这里每天都有娱乐活动。一个是二层的中央大厅，这里有较大的空间，聚集酒吧、购物、跳舞等场所。除了这些设施外，八层及以下都有客舱，每层都可电梯到达。

邮轮生活开始了，每天晚上，房间里都可得到一张歌诗达Today小报，预告次日的全船吃喝玩乐活动项目，我们按照上面的预告选择参加。清早和中午可选择二、三、九层自助餐厅就餐，本想全船2000多人，吃饭一定很拥挤吧，但到那儿一看不拥挤。到餐厅门口，就有工作人员带领你到餐桌，这样安排防止拥挤，自助餐种类中、西食品都有。每天的晚餐是正餐，每个房间人会被指定在哪个餐厅哪个桌就餐，并记入计算机，到餐厅门口有工作人员查验计算机后带你到指定桌子，不得随便乱坐，这样保证秩序不乱。入座后会有服务人员拿来菜谱叫你点餐，一般都有20多个菜、饭、汤供选择，都是免费供应，同时还可自费买大龙虾等菜肴。等不了太久，饭菜逐渐上来，味道还是不错的。如此早、中、晚三餐安排得井井有条，2000多人就餐管理到位，没有乱抢、拥挤的现象。玩的项目就多样了，健身、游泳、跳舞、购物、看演出自由选择，没事到甲板聊天、眺望，总之全天不会苦闷，只有轻松。我们在大剧院参加过4次活动，一次是船上的高管与大家见面，主持人是一个年轻漂亮的中国女士，她担任邮轮总监职务，负责邮轮娱乐、后勤等事物，相当于办公室主任的角色。她用中文一一介绍了船长及各部门的高级管理人员，这是船上高管与游客一次正面的认识。第二次是观看了一次魔术，由一外国的魔术大师表演，水平还是蛮高的，迎来了一阵阵喝彩声、掌声。第三次是与船上普通员工见面，这些员工来自船上的清洁、餐饮、轮机、酒吧、服务等部门，通过介绍感觉他们很辛苦。餐厅的厨师、服务员每天工作10多个小时，做100多种饭菜，每次给客人送餐都要端几十斤重的食物；清洁工每天打扫房间两次，一个人要负责几十间房间的清洁；直接接触游客的其他服务人员都是不怕麻烦、微笑服务、忍耐委屈。船上800多员工来自世界40多个国家，都是合同制，4—8个月的合同期，为了生计他们远离家乡亲人，奔波在大洋中，在人生旅程中努力奋斗着。第四次是观看了船上员工自己演出的节目，跳舞、唱歌，展示了他们的才艺，水平虽比不上专业演员，但也给游客带来了欢乐。

我们6天的邮轮生活有两天是上岸活动，一天是停靠韩国的济州岛，这是到了外国，护照是要携带的，上岸有旅行社安排的大巴游览了两处小景点。济州岛是由火山爆发形成的，先到了一处有火山面貌的海边观看了火山遗迹，那个名称老龙头的火山岩是个龙头模样大石，倒也惟妙惟肖挺立在海边招引着大家留影。还有一处叫汉拿山的小山公园只有些树木，没有引起大家的兴趣。中午自费午餐，想找一家韩国冷面馆吃正宗韩国冷面，没找到，只得作罢，吃了碗老鸭汤了事，然后到免税店买东西。谁都知道韩国的美容业发达，所以免税店的面膜、化妆品吸引游客采购。济州岛是离韩国本土的一个岛，整个感觉是不算发达，但值得称道的是岛上有免费Wi-Fi，不用密码，而且网速很快，我们在船上没有网络，如果想上Wi-Fi，一小时就要10美元，而且信号不好，就没有使用。到济州赶紧用Wi-Fi发了几天来的照片，算是件快乐的事。第二次上岸是在日本福冈，这个地方比济州现代化，高楼大厦、街道都比济州强不少。在这里游览了一处寺庙，眺望了福冈电视塔，主要是福冈的导游带着去免税店买东西。这个导游是中国人，似乎来日本一些年头了，神吹乱侃日本货如何如何好，忽悠大家买东西他好多提成，毕竟现在中国人理智多了，虽然买了不少日货，但都没有大件的，也没有买他所神吹的日本保健品，无非是些小电器。当然这些小商品还是做得比较精致，质量比国产的好，功能比较全，如果国内以后能生产，何必去买日货。

当然邮轮一直在海上奔波，如果风平浪静还好，但遇到风浪就不太舒服了。最后两天，海上风浪较大，船行驶中有些颠簸，甚至有时站立不稳，有些平衡器官敏感的旅客头晕呕吐了，我们倒还没事。不过据那邮轮总监说这样的风浪还是小的，最严重的有房间里挂着的电视都被晃得掉下来，桌上的茶碗掉在地面摔碎。

在邮轮上生活与地面旅游不同，没有什么景色可看，只有看海，但看海也能看出味道。我们每天都要在甲板上看海，广阔无垠的太平洋博大、深远，叫人心胸豁达、神怡；滔滔的海浪此起彼伏，互相追逐，令人精神振奋、遐想。水面时而有海鸟盘旋，水天似乎连接一片，出现海鸟与波涛嬉戏，长天与大洋一色的景象，精神得到极大的愉悦。

最难忘的一次是在房间阳台上看海。那是个黄昏，我们站在阳台，眺望着大海的景色。邮轮行驶在太平洋里，西边的天空奔腾着层层叠叠的白云，如花朵、如山峦、如棉絮，显得婀娜多姿、美轮美奂。夕阳开始西下，不知怎么，这时白云分散变成大片黑云，样子也变得粗犷，如座座高大的山峰，延伸了半边天，夕阳被遮住了，但在云之间的缝隙中洒下道道金色的光芒，将黑云镶嵌了金边，随着落日的下沉，金光慢慢成通红，竟把黑云染红，这时大片红霞却遮住了大部黑云，红透了大海，映照着天际，瑰丽动人，无与伦比的美景真叫人惊叹！见过许多次许多个地方的落霞，如此壮丽的情景还是人生的首次。这次的太平洋晚霞终生回味无穷啊！

　　海上邮轮的生活成了美好的记忆，虽然没有陆地旅行变幻的美景，但新鲜的休闲方式仍叫人怀念终生。

"大西洋号"邮轮

太平洋的晚霞

北海道的秋景

飞机飞临北海道，从舷窗望去下面是一片斑斓的世界，红黄绿交相辉映，美得光彩夺目。

早听说北海道天然风光秀丽多姿，但没见到之前总没有动人的感觉，现在只从高空一瞥就令人神往，如再身临其境就进入神话世界了。

日本国是个岛国，由北海道、本州、四国、九州四大岛屿组成，北海道是日本第二大岛，位于日本的北部。

飞机降落在札幌机场，这是2017年10月，我第二次踏上日本，第一次是2016年4月到过本州，另外还于2016年9月和2017年5月两次坐邮轮到过福冈和下关。开始入境，整个过程井然有序，忙而不乱。日本的管理确实到位，注意细节，路标明了，指示清楚，我们很快入关，开始了行程。也难怪，一个只有38万平方千米领土的国家养活着1亿多人口着实不易，如果管理再不到位那就混乱不堪了。

支笏湖是日本第二大深湖，平均水深265米。我们从机场直奔这里，但见山水一色，广阔水面波光粼粼，远处山峦起伏连绵。已是深秋，游船不再下水，整齐排放码头，岸边树叶金黄一片延伸到远方山头，大家沐浴在金色的光芒中，金色的秋天给予我们金子般的欢乐。

当晚入住在定山溪酒店，这里处在地热地带，里面有温泉浴池，游人在这里可免费享受温泉地热水浸泡的乐趣。这里泡温泉男女分开，必须先洗净身体才能进入温泉水池。泡温泉的确很惬意，泡后全身疲乏立时消散，全身放松，精神愉悦。北海道地热资源丰富，以后几天我们换了几个酒店，每晚都要享受一番泡温泉的乐趣。

第二天清早起来在酒店周围散步，发现多处地热蒸汽从地下冒出，白气体直喷云天。一处街头公园里有一热水池竟有人将一兜鸡蛋泡在里面煮熟，另一处的亭子下热水池中人们在泡脚，不禁想起以前去过的云南腾冲地热带的大烧锅和地热池，但那里可没这么随便让人们使用地热水。

我们这天的行程是参观"白色恋人"巧克力加工厂，说是工厂其实是一个旅游景点，它的外观是古色古香的英式城堡，几个穿着白衣的雕塑人在争先恐后攀登城堡，城堡上还有吹乐器的雕塑人发出音响欢迎来人，里面有各式各样的精美绝伦的巧克力制品。

城堡外的地面上还有漂亮的建筑雕塑、房屋、汽车模型，五颜六色的。人们被这里神话般的氛围深深吸引，"巧克力魔幻世界"成了此处的代名词。

我们入住的第二个酒店周围的景色更是多姿多彩，它附近有专供人们散步的木栈道，沿着栈道行走，金黄的秋叶飘飘洒洒落下，满地金黄。栈道附近山野的金色、红色、绿色相互交织，一道溪水潺潺流淌，衬托着宁静祥和的清晨，从林间射出缕缕阳光构成了美丽迷人的五彩图，令人陶醉迷茫，欢快异常。

圆山动物园是行程中的一个景点。它始建于1951年，有半个多世纪的历史了。里面有大的猛兽，也有温顺的小动物，小孩子可以触摸小兔子、小羊等。有几种猴的品种在北京动物园没见过，它们嬉戏、吃食的样子很是可爱，大家纷纷摄入镜头作为留念。

北海道最大的城市是札幌，它的老市政厅已开辟为旅游景点供参观，旁边有新市政厅大楼。新楼前立一大标语牌子写着必须收复北方四岛，这是日本与俄罗斯的事。市政厅广场景色优美，绿树成荫，还有一花园，里面有小湖、草坪、碧水浮萍、野鸽漫步，叫人浮想联翩。市政厅不远处有神社，是纪念先祖的地方，位于高大密林中。我们没有进去，在外小憩，几只乌鸦竟飞来落下，与人嬉戏。乌鸦在日本得到保护，成为人的朋友，丝毫不怕人，要在中国没此待遇，见人早就飞走。看来同样动物在世界各地习气大相径庭，当然与人们如何对待它们关系密切，想20世纪50年代麻雀被中国列入四害之一，倒了大霉，如今却受到保护自由飞翔在周围。世界在变，人也在变。旅游给我们增长了见识，也给了我们不少启示。

北海道的乌鸦不怕人

我们下榻的第三个酒店位于一硕大的高尔球场中。在11层房间俯视，绿色如茵的草坪里分布着红黄绿的树丛。清晨，旭日的光辉洒遍了球场，一片勃勃生机，也有一番韵味。上午来到称为"登别地狱谷"的景点，这里曾因火山爆发留下了痕迹，如人们想象的地狱而得名。只见一些裸露的山中热气蒸腾，白色的气体从山缝冒出直向云天并夹杂着硫黄的气味，这样的情景与中国云南的腾冲地热区相似。看样子此处大山的下面有炙热的岩浆在不停肆虐，随时都想冲出大山的束缚而喷发，我们都在火山上做暂时的停留啊！但这些地热山的周围植被茂盛，正值秋天，万山红遍层林尽染，一片斑斓，叫人浮想联翩。

游览了地热又来到一个叫洞爷湖的水边（也不知日本人如何给景点命名，什么地狱谷、洞爷湖尽是怪名）。此湖景色非常优美，静静水面上漂浮着几个小岛，岛上郁郁葱葱，远处青山如黛，岸边芦苇金黄，天然美景叫人流连忘返。

当晚下榻旅程中的第四个酒店，也是这次北海道旅程中的最后一个。只有三层的酒店坐落在山野外，四周少有人家，一条公路在门前通过。路两旁有原始森林，红的火红，黄的金黄，绿的碧绿。一条溪流静静流淌到林中深处，不管是朝阳还是夕阳，当阳光洒射在树木山峦都是一片金色的光辉，围绕着太阳还形成了光环，煞是动人。

别看这个酒店小又处郊外，却有150年的历史，据说日本天皇都到过此处。酒店前面有一处叫甘露水的地下泉水，甘甜凛冽，喝着特别清新可口，有许多人开着汽车携大桶小罐来此打水。我们在此酒店用了特别好的晚餐，每人15个碗盘碟，盛着各种日本美食，有精美小菜、新鲜海鲜、米饭、热汤等，大家吃得津津有味。日本饭不油不腻，很是可口，特别是大米非常好吃，怪不得日本人寿命长，与他们科学饮食是分不开的。

北海道支笏湖

离开日本的当天,进行了一次购物活动,分别在札幌的免税店和一条叫狸小路的商业街进行。一般旅游购物叫人厌烦,但日本购物叫人们热情不减,为什么?实践中才知日本的产品质量好、人性化。比如它们的创可贴是有液体的,涂抹在伤口可形成防水层,待伤口愈合后可脱落。带放大镜的指甲剪钢好锋利,挺适合老人使用,而且全国没假货,叫人放心。如果中国的产品都如此何必到日本购物,支持日本的经济?常看到斥责国人到日本购物就像给日本人提供子弹打中国人云云,但想想如中国人都能诚实做生意,产品质量赶超日本,情况自然会改变。比如彩电、冰箱,20世纪80年代人们以拥有原装的日货而自豪,如今这些产品国产质量都已过关,很少人再买日产的。

几天北海道之行是愉快的,大自然的景观无国界,地球是一个整体,属于全人类的,欣赏各地的美景是每个人的权利,我们都希望全人类永远和睦相处,共同拥有地球美好的家园。

听说北海道四季的美景各有特色,这次的秋景就叫我们陶醉异常,其他季节景色也待我们去欣赏。

北海道秋景

足踏大洋洲

一、墨尔本的一天

在地球的南部，有一块距我们比较遥远的大陆，上面有两个经济发达的国家——澳大利亚和新西兰。这块大陆被称为大洋洲，几十年前学习世界地理的时候，感到它是那样的神秘。在那里气候变换的方位与我们现在居住的土地相反，我们这儿是越到北方就越冷，而那里却是越到北部越热。正因为它与北半球不同之点，激发了我前往观光感受的极大兴趣。2011年3月，我的足迹留在了这块大陆上。

从首都机场乘中国南方航空公司的航班向南飞，澳新游的第一站是澳大利亚的墨尔本。从首都机场托运行李可直接到墨尔本，但我们需要在广州转机。从广州飞往墨尔本的国际航班也是南航的，要在当晚23:50起飞，这样需在广州逗留9小时。借此，同行的8人中有个别人没来过广州，便进城转了一圈以消磨时间，21点回到了广州白云机场，与领队会合。我们这个团有25人，其中北京的12人，重庆的13人。领队小王，30多岁，重庆人，我们临时组建了一个旅游团体，开始了漫长的行程。

飞机在夜色中腾空而起，要跨洲越洋，从北半球飞向南半球，世界说大也大，说小也小，1万多千米行程10小时便可到达。人类的科学技术不断发展，将来到月球，到宇宙深处也是完全可能的。

飞机飞行得非常平稳，一路几乎没有颠簸，大家很快昏昏欲睡了。第二天当地时间12:10，北京时间9:10到达了澳大利亚墨尔本。这里与北京时差3小时，由于墨尔本还实行着夏令时，如果在冬季就与北京时差两小时。这是我们第一次对表倒时差，因为在此地活动要用当地时间。

墨尔本市是澳大利亚的文化、运动、购物、餐饮中心，面积约6100平方千米，人口350万人，是澳大利亚第二大城市。墨尔本市建立于1835年，曾是澳大利亚的首都，在19世纪中期淘金热潮中迅速发展起来的城市。

走出机场，在当地华人导游的带领下，乘上大巴车，这儿的气温27℃，太阳高照，蓝天白云，只穿衬衣便可。

我们在一家中餐馆用中餐后开始了游览。墨尔本在1901年至1927年曾做过澳大利亚 26 年的首都，当时的议会大厦就成了重要的旅游景点。这是一座欧式的两层旧建筑，表面由石头砌筑，拾级而上，迎面是 10 根通高大石柱，北京人民大会堂前面的石柱与此相仿，不过人民大会堂更宏伟庄严。走进大门，大厅里立着英国女王塑像。建筑物里面的结构保持着当年议会办公的形式，议会厅为方形，前面是主持会议人的座位，下面有大会议桌，围绕议会厅四周有几层座椅，当年澳大利亚国家的许多决策在此产生、公布。除此之外还有资料室，总统的办公室、卧室，多任总统的塑像安放在走廊一侧。如今澳大利亚首都在堪培拉，这座当年的议会大厦只作为纪念馆供参观游览了。参观后出大门，一对新人身穿婚纱礼服也来此拍照。新娘高高的个子，白白的皮肤，一个漂亮的澳大利亚姑娘，新郎也不逊色，身着得体西服配着挺拔的身躯，向我们微笑着。在旧议会大厦对面有一看起来表面很陈旧的建筑，也是欧洲风格，导游告诉我们那是澳大利亚最好的超五星级酒店，叫温莎公爵酒店，别看外表显得不起眼，可历史悠久，里面富丽堂皇。澳大利亚曾是英国的殖民地，英国女王及王子都曾下榻在此。真是东西不可貌相，海水不可斗量。这座酒店在大街旁，门前也没见什么警卫、保安之类的人，也有一对新人着婚纱礼服留影，看来澳大利亚青年男女的婚纱照也是四处找外景拍摄。

澳大利亚现在有 2000 多万人口，除少部分为当地土著人外，基本是英国等欧洲人的后裔。当年英国人发现了这块地方，首先把澳大利亚作为一个流放囚犯的地方。1790 年，第一批来自英国的自由民移居澳大利亚，以悉尼为中心，逐步向内陆发展。19 世纪 50 年代，在新南威尔士和维多利亚两州发现金矿，大批来自欧洲、美洲和中国的淘金者蜂拥而至。其后许多重要的金矿被一一发现，同期还发现大量其他矿藏，这些发现，让澳大利亚迅速致富和发展。澳大利亚的天然条件特别适合畜牧业的发展，现在全国光绵羊就有 500 万头，所以它的羊制品质量上乘，是中国游客的首选。

离开旧议会大厦，我们来到一座叫圣保罗教堂的地方。这座天主教堂由英国建筑师威廉巴特菲设计，建于 1891 年，它是墨尔本最早的英国式教堂，也是墨尔本市区内最著名的建筑。它之所以闻名还因为它是以蓝石砌成的，而且墙壁上有着精细的纹路。1932 年，教堂又加了 3 根尖塔，使它看起来更加雄伟。这天是周日，当地人在教堂里面做礼拜，我们没能进去。澳大利亚人基本是欧洲人的后裔，信奉基督教、天主教，与我国一些人信奉佛教、道教不同，他们的活动在教堂，而我国在庙宇、道观。

在墨尔本最后游览的地方是一个植物园，里面树木繁多，鲜花盛开，大块草坪如巨大的绿毯。导游讲澳大利亚草坪可以踩踏，因为草种不一样，不怕重力压，不像国内的绿地一般不让人进。国内许多草地都立着牌子，上面写着：小草在睡觉，请别打扰。为什么不换成澳洲的草种呢？让人们与绿草最亲密接触，融合一体拥抱自然该多么惬意。我们在茸茸绿草中跳跃、欢呼、畅谈，头顶着碧蓝的天空，呼吸着清新的空气，没有嘈杂的音响，马路上的汽车都好像悄悄地行驶，墨尔本的生态环境堪称一流。在草坪的中心，我们看到了一座小楼建筑，叫库克船长小屋。这是一幢简单、朴实的小屋，斜顶铺瓦、石砌墙面，暗黑的褐色透出古老沧桑。1728年詹姆斯·库克（James Cook）出生在英国约克郡的这座小屋里，库克船长是18世纪英国最伟大的航海探险家，他曾经3次远渡重洋来到南半球，不但发现了澳大利亚大陆，也发现了纽西兰和夏威夷等太平洋的众多岛屿。1934年当墨尔本建市100周年大庆时，澳大利亚知名的实业家拉塞尔爵士出资800英镑，将库克船长在英国的故居买下，作为礼物送给墨尔本市民。于是这座故居被一块块拆下来，装在253个箱子里，总重量150吨，由英国海运到墨尔本，照原样组建成。今天这里成了墨尔本每年接待海内外游客最多的历史古迹，是澳大利亚最知名的观光景点之一。澳大利亚建国才100多年，100年以上的东西就是古物，这座库克船长小屋是1755年在英国由库克的父母修建的，至今才300多年，运到澳大利亚不过70多年，但在这里算得上历史悠久了，与我们华夏5000年以上的历史及众多的古迹是无法比拟的。

由于行程的安排，我们在墨尔本游览不到一天时间，但已给大家很大的触动。这里比起北京算不上繁华，看不见太多太高的高楼大厦和立交桥，但很温馨。一切都是那样的整洁，干净的街道，有序的交通，文明的市民；这里的汽车靠左行驶，路口有红绿灯，但没斑马线，找不到行人乱穿马路的现象。有斑马线地方无红绿灯，但汽车行近斑马线一定停下，等待人们完全过去才继续行驶；这里听不见汽车的鸣笛，人们见你都微笑；这里天空碧蓝，绿草如茵，鸟语花香，林荫茂盛，具有欧洲风味，1993年被评为世界第三大最适合居住的城市。墨尔本是一个在张扬的色彩中绽放的城市，绚丽的外表，丰富的内涵，撼动着每个到这里游玩人的神经，也触动着每个人的感官。

当晚我们下榻墨尔本一家四星级宾馆，第二天清晨6点将乘澳大利亚国内航班飞向澳大利亚北部的凯恩斯。

库克船长小屋前

二、凯恩斯玩海

凯恩斯是澳大利亚北部的一个旅游城市，从南端的墨尔本到此有几千千米，我们早6点乘澳大利亚国内航班飞赴凯恩斯。

从墨尔本飞凯恩斯需要3小时，澳大利亚国内飞机与中国飞机不同，不免费提供饮料和食品，但允许乘客自带水及食品。按导游说法这是资本主义国家资本家的精细算计，不轻易增加运营成本。但回国后听孩子说，不是所有外国航班都不免费提供食品，只不过我们乘坐的飞机是廉价机票航班，价格便宜，当然不包括免费的东西了。机票是国内旅行社与国外接待的旅行社事先订的，我们左右不了。好在澳大利亚的自来水完全符合生饮标准，在宾馆装满一大瓶凉水带着，旅行社给每人发了一盒西餐早点，可在飞机上食用。中国人爱喝热水，也爱喝茶，宾馆房间里都备有电热壶可烧开水。

从南到北，我们飞机几乎飞越了整个澳大利亚，这是此次旅行的第3次飞行，以后还要飞5次，漫长的行程，较短的时间只能靠飞机这个快速的交通工具了。

凯恩斯当地时间早9点，我们到达了目的地。这里是澳大利亚北部的临海城市，气温比墨尔本高多了，又闷又热，好似国内海南岛的三亚。这儿是南纬10多度，离赤道很近了，三亚是北纬20多度，也离赤道较近。凯恩斯是个不大的城市，只有10多万人口，城里只有5、6条街道。它地处热带，风景优美，背倚壮丽高山，茂密雨林遍及四周，并伸延至海边一带，是通往著名景观大堡礁的必经之路。我们一下飞机就由导游带领去游览一个叫弗莱克的热带雨林植物园，这个由凯恩斯市政府经营的植物园建于1888年，收集的椰树和木生羊齿类植物以及多种热带植物，在澳大利亚独一无二。

我们沿参观路线行进，各种热带植物目不暇接，五颜六色的鲜花异草在招手致意，这样的植物园在我国的云南、海南都有，但区别是这里游人很少，四周静悄悄的，静得好似能听见花儿的低喃，树叶的呼吸，置身之中，仿若世外桃源，充分享受自然的乐趣。午餐后我们继续游览了名叫静湖和水晶瀑布的景点，这两处实在没有独特之处。那静湖只是一条缓缓流动的河流，那水晶瀑布却是一条水流湍急的河流，两个正相反，说湖不像湖，说瀑布不是瀑布，名不副实，在国内这样景色很多。

晚饭后，我们几人想到海边转转，导游说海边离我们住的宾馆不远，也就10几分钟的路程，整个凯恩斯也不大，并一再叮嘱携带宾馆名片，不识路就问。由棕榈树环绕的凯恩斯，有设计精致的商店与餐馆，具有随和、现代化的城市风格。我们漫步在街头，见一处露天游泳场，水碧蓝碧蓝的，大人小孩在水中嬉戏，许多人着泳装在岸边休闲。澳大利亚的人们生活安逸，这里地多人少，经济发达，环境优美，社会福利很高，竞争也不激烈，人们不愁衣食住行，充分享受生活是他们第一的需要。夜幕降临，街头树木上镶嵌的彩灯闪耀，我们兴奋地拍照，不知不觉地越走越远，海边也没找到，待想回宾馆时却迷路了。凭印象转来转去，就是回不去，只得问当地人，但语言又不通。凭自己说的一些简单的英语，加上携带的酒店名片，多次询问当地人，他们都非常热情答复。特别在问街旁一家小店的一个当地澳大利亚姑娘时，她开始也不清楚宾馆的位置，便拿出电话簿，又查号码，又打电话，然后用英语加手势比画告诉如何走，我们表示了十分的谢意。转过一条街时，为保险起见，又询问一对正在走路的澳大利亚青年男女，得到热情指路，正好他们也去同一方向，便随我们身后走，待快到时还提醒了我们。这样我们为了饭后的海边一转，本来10几分钟的路程，结果走错了路，海边没去成，却转了几乎半个凯恩斯城，耗时3小时，但也真感受到了澳大利亚人的友善和高尚的人品。

第二天早8点我们到了码头，将要坐游船前往著名景点大堡礁。大堡礁是世界上最大、最长的珊瑚礁群，是世界七大自然景观之一，也是澳大利亚人最引以为自豪的天然景观。它延伸于澳大利亚东北岸外，长逾2000千米。造如此庞大"工程"的"建筑师"，是直径只有几毫米的腔肠动物珊瑚虫。珊瑚虫体态玲珑，色泽美丽，只能生活在全年水温保持在22℃—28℃的水域，且水质必须洁净、透明度高，澳大利亚东北岸外大陆架海域正具备珊瑚虫繁衍生殖的理想条件。珊瑚虫以浮游生物为食，群体生活，能分泌出石灰质骨骼。老一代珊瑚虫死后留下遗骸，新一代继续发育繁衍，像树木抽枝发芽一样，向高处和两旁发展。如此年复一年，日积月累，珊瑚虫分泌的石灰质骨骼连同藻类、贝壳等海洋生物残骸胶结一起，堆积成一个个珊瑚礁体。

大堡礁水域有大小岛屿630多个，其中以绿岛、丹客岛、磁石岛、海伦岛、哈米顿岛、琳德曼岛、蜥蜴岛、芬瑟岛等较为有名。这些岛屿，其实是淹在海中的山脉顶峰。大堡礁堪称地球上最美的"装饰品"，像一颗闪着天蓝、靛蓝、蔚蓝和纯白色光芒的明珠。

我们的游船先驶向绿岛。碧波万顷，水天一色，海鸟翱翔，清风拂面，南太平洋沐浴在灿烂的阳光中。行驶了40多分钟，前方海面出现了郁郁葱葱的岛屿，一条弯曲的海上栈道连接着码头，游客下船沿栈道登岛。不愧为绿岛，上面覆盖着绿色热带植物，高大茂密，满目翠绿。我们要在此停留两小时，然后继续乘游船前行到更远的大海深处。游人们开始分散自由行动，有的在丛林中穿行欣赏热带植物，有的到海边游泳戏水。我们穿过树林来到另一侧的海滩，极目远望，南太平洋连接着天际，海水清澈透明，蓝得可爱，叫人爱不释手。不少游客下水畅游，享受太平洋的抚爱，海面时而快艇穿梭，停留水面的水上直升飞机也是头次见到。大海的博大给予人们宽阔的心胸，绿岛的绿色让我们心旷神怡。两个多小时很快过去了，我们又要登船前行，依依不舍离开绿岛，人生在此留下了痕迹。

我们的游船继续向大海深处行驶了1小时，来到一人工建造海上平台前，这就是旅游行程上所说的外礁。其实大堡礁很大、很长，我们来到的海上平台不过是大堡礁区域中的一片海面。这里适合潜水，还有潜艇带游人们潜入海底游览。大家分批进入潜艇，慢慢潜入海底。潜艇缓慢在海底行进，从舷窗外看，海底世界尽收眼底：鱼儿在漫游，时而一条大鱼掠过，时而一群小鱼撒欢。海底珊瑚多姿多彩，有如树枝，纵横交错虬枝盘结；有如莲花，百朵绽放引人入胜；有如蘑菇，形态各异争先斗艳；有如巨石，静卧沉睡与世无争。海底如陆地一样丰富多彩，大自然的妙趣让我们兴奋、快乐。半小时的海底游结束上浮到平台，午餐开始了，是西式自助餐，品种较多，特别是清煮海虾，色泽光亮，味道鲜美，一看一吃就知道是活的新鲜海虾制成。

平台上有潜水用具，游客可在专门人员指导下潜水，也可下海游泳。这里与在绿岛海滩游泳不同，一下海就是大洋深水中，人们顺平台梯子入水，一下就到太平洋深处了。我也兴奋下水畅游，以前曾在马尔代夫游过印度洋，这次再劈开太平洋的碧波，在世界最大洋中显示身手，心中倍觉欢欣、愉悦，也是人生历程中的一大乐趣。

在凯恩斯

三、黄金海岸趣游

大堡礁的大海还在胸中荡漾,我们又要南飞去布里斯班和黄金海岸市了。布里斯班市距凯恩斯2000千米,是澳大利亚第三大城市。

布里斯班之名源于殖民时代新南威尔士殖民区总督官的名字。当年在这里发现了一条河,并命名为布里斯班河,以纪念促使这一地区殖民化的当时总督托马斯·麦克都格·布里斯班。这里最初是囚犯的流放地,到了1839年,当地政府才准许自由移民开垦荒地。其后,随着罪犯流放制度的取消,监狱关闭了,囚犯被运到其他地方,布里斯班开放为自由定居点,居民逐渐增多,城镇也不断扩大。离布里斯班70多千米,有一个临海的城市叫黄金海岸,气候宜人,风景优美,是很好的旅游胜地。

我们的飞机于早6点起飞,所以不到4点就起了床,还是乘坐澳大利亚国内航班,这是旅途中的第4次飞行,需要飞两小时。飞机不免费提供饮料和食品,空乘人员也不像国内航班上都是漂亮姑娘,基本是年龄较大的妇女或男人,因为在这儿人们乘飞机是很平常的事,价格也不会太贵。早8点,飞机降落在布里斯班机场,这里与凯恩斯一样与北京时差两小时,墨尔本时差是 3 小时,因那里实行着夏令时。一下飞机便感到这儿的气候舒适,虽然热但不闷,我们兴奋起来。乘坐当地导游带来的大巴车,穿行在布里斯班的街道上。这里比凯恩斯大多了,整洁的街道,葱绿的树木,高层建筑也有不少。

我们在布里斯班河畔下车,在南岸公园漫步观光,鲜花绿草装点着这个城市,清新的空气给人们带来愉悦。澳大利亚的美景虽然没有国内丰富多彩,但这里的生态、环保、人文叫人耳目一新,难以忘怀。离开南岸公园我们乘车来到布里斯班市的最高点——袋鼠角,当然这只是地名并没有袋鼠。站在袋鼠角俯望,布里斯班城尽收眼底,远处高楼鳞次栉比,布里斯班河缓缓在城中流过,绿色拥抱着这座城市,蓝天白云下,布里斯班显得妩媚多姿,我们陶醉在这片美丽的画中了。

在布里斯班袋鼠角

在布里斯班只做暂短逗留,便乘车赶往 75 千米以外的黄金海岸市,1 小时后到达。黄金海岸位于澳大利亚东部海岸中段、布里斯班以南,面临太平洋,一段长约 42 千米、10 多个连续排列的金色沙滩拥抱着它而得名。

用过午餐,我们在一个红酒庄园和一个天堂农庄进行了活动。大巴车把我们带到一个树木环绕的地方,进入了一个规模不大的红酒厂。说它是酒厂,其实像作坊,澳大利亚的企业基本是私人所有,大企业不多,像酒厂这样的企业更是小得多。我们只在放满发酵的大酒桶车间参观了一下,这个工厂生产了各种口味的葡萄酒,前台工作人员还打开几瓶倒入小杯里让大家品尝,味道基本与国内销售的红酒差不多。在此休息片刻,我们来到了天堂农庄,这里占地不小,养着澳大利亚特产动物考拉和袋鼠。澳大利亚是个温柔的国度,据说这里没有豺狼虎豹等凶猛动物,袋鼠没有天敌,自由自在地生长,因此繁殖快数量多,但袋鼠肉价格挺贵,因为是红肉,都出口俄罗斯了。考拉是个很懒的动物,在澳大利亚的桉树上生活,以桉树叶为食,吃了就睡,醒了就吃,长得鬼头鬼脑,看来不是有作为的动物。澳大利亚的气候宜人,物产丰富,养的动物也懒惰。澳大利亚人依靠天然良好的地理条件,过着节奏缓慢的舒适生活。想想国内人们处处在激烈竞争中过活,活得很累,挺羡慕这儿人过的日子。

　　看完考拉和袋鼠,我们去看驯兽和剪羊毛表演。在驯兽场上,几个澳大利亚人用狗赶着几只绵羊跑来跑去,又牵出一头奶牛挤奶,中间穿插着让一游客嘴叼树叶,他们离远处用放牧鞭子准确抽打掉树叶而不碰着人。他们的表演比起国内的驯大象、狗熊等表演算不上什么,不过只能如此,艺术来自生产劳动,他们这里放牧大量牛、羊,只能在它们身上做文章。剪羊毛表演还有些趣味,几个男子大呼小叫把几只不同品种、不同模样的羊赶到台上拴起来,一男子将一浑身毛很长的绵羊拖出来,抓住四肢,叫羊动弹不得,然后熟练地用大电推子将各部分羊毛逐步剪下,中间还让几个游客参与。一会儿羊毛被推得精光,羊挣扎站起来也显得精神了,剪毛速度很快。我想起当年在山西插队剪羊毛时,村里羊工们要把羊捆起来用大剪子一点点剪,速度慢多了,还容易伤着羊皮。

　　当晚我们下榻在黄金海岸的宾馆,第二天清晨,我迎着晨阳,到黄金海岸街头散步。大道两旁植物繁茂,鲜花绿草生机勃勃,空气清新,四周静谧。路边有休息的座椅,坐上小憩,忽见一大海鸟飞落马路中间,见我不惊不慌,竟悠闲地在路中漫步。这儿的鸟儿都不怕人,人与动物和谐相处,生态环境令我惊叹。

　　上午10点,我们来到这里的海洋世界公园游览。这是一个具有知识性、趣味性的大游乐园,设计的格调先惹人眼睛发亮。带有童真趣味的门面,配有热带植物棕榈树的衬托。所有的房子都是"卡通型"的,鲜艳的色彩,夸张的造型,让人喜闻乐见,园中现代化的游乐设施星罗棋布。交通纵横交错,地上有四通八达的大道阡陌,水上有轻巧灵活的游船,缆车悠悠地荡过湖面,高架火车奔驰在环绕四周的城墙上,还有直上直下的直升飞机,时不时翱翔在空中,穿越在林梢。园中还有儿童乐园,里面有过山车、激流勇进等国内常见的娱乐设施。更精彩的是海狮、海豚表演,生动有趣,引人入胜。海豚是一群十分有灵性的动物,表演时一会儿逾越出水、一会儿凌空腾飞、一会儿顶着驯养员滑水。有时四条海豚一起出水腾空,动作整齐划一,惹得观众赞叹不已。海狮表演精彩在解意逗趣,一会儿学人打呼噜,发出奇响的鼾声,一会儿憨态可掬地和游客亲昵,还和驯养员玩起了捉迷藏的游戏,那充满欢欣和喜悦的气氛令人心醉。这些我曾在中国香港、海南,泰国旅游时观赏过,但这里表演似乎更丰富精彩一些。园中还有很大的水族馆,1000多种海洋鱼类令人目不暇接,有嘴巴像鸭子的鸭嘴兽,有蝙蝠型的大鱼,还有凶猛的鲨鱼在水中遨游,叫人很开眼界。我们观看了表演,参观了水族馆,体验了激流勇进,乘坐了高架火车、缆车,玩得酣畅淋漓。许多当地人带着孩子来此玩耍度假,几个外国小朋友还与我们合影,更增添了乐趣。这个公园的好处是一张门票全园通行,所有设施,包括儿童乐园里的娱乐设施不另收费,叫人感到十分方便。

下午3点后我们离开了海洋公园,导游带我们到海滩一观。黄金海岸真是名副其实,长长金色沙滩连绵不断,如金色的缎带在阳光下闪耀,沙子如面粉般细腻柔软,蔚蓝的大海掀起层层白浪,后浪推着前浪,层层递进,形成波澜壮阔的景观。这里不适合游泳,浪大水急,却是玩冲浪的好地方,有勇敢者在浪中搏击,迎着波涛出没。我们赤脚漫步海滩,享受海水的轻抚,在大海边欢腾跳跃,感觉无比的惬意。这一天,过得如此轻松、愉快,成了一生中难忘的一天。

当晚仍下榻在黄金海岸宾馆,次日上午参观了这里的游艇码头。游艇是澳大利亚富人的象征,这里的宝马小轿车很多人都买得起,价格也不贵。澳大利亚地广人少,房子也便宜,但游艇就不一般了,一个游艇泊位每年要100多万澳元租金,1澳元合近7元人民币。游艇价格也不菲,所以当地许多人把拥有游艇作为人生的奋斗目标。我们到了游艇码头,大大小小形式多样的游艇琳琅满目,大游艇里面宽敞,设施齐全,是非常富有的人所有,也有中小型的,里面设施相对简单,但拥有它也不是容易的事。在澳大利亚,几乎不存在贪污受贿的事情,人们的财富全靠自己的奋斗。

在游艇码头逗留了近1小时,我们又去了另一处海滩,这是可以携带宠物进去的海滩,一些澳大利亚人牵着自己的爱犬来这里,他们任宠物在海边狂奔,自己在海中玩水、在沙滩上晒太阳。澳大利亚人特别喜好在阳光下暴晒,以把白皮肤晒成红皮肤为美,但带来的祸害是患皮肤癌的人很多。

布里斯班和黄金海岸的游览整3天,还是蛮有趣味的,当晚我们要飞新西兰,那是大洋洲的另一个发达国家,虽然两国是紧邻,但也要飞2小时40分。当地时间下午6点25分,我们又办了一次过海关的出国手续,乘坐澳大利亚国际航班飞赴新西兰的奥克兰了。

在黄金海岸

四、新西兰的田园风光

我们在澳大利亚黄金海岸机场起飞是当地时间下午6点25分，为这次旅途的第五次飞行。

由于从澳大利亚飞赴外国，需要履行一套出关的手续，如不能携带水果、食品及种子、动物等，填写出入境申报表，这些需要时间。按说飞行两个多小时便可到达新西兰的最大城市奥克兰，澳大利亚时间应该是晚9点，但降落到奥克兰机场是当地时间深夜12点多了。原来这里与澳大利亚时差3小时，与北京时差5小时，我们一下飞机立即把表拨到当地时间，以后行动将按当地时间进行。这次旅行坐飞机次数多，拨表次数多，短短5天已倒了3次时差，很容易造成人的疲劳。办完入关手续，申报、安检等，到宾馆下塌已近凌晨2点了，好在安排第二天8点多起床，9点多才出发。

次日早在宾馆用了自助早餐后9点半出发，到离奥克兰240多千米以外的罗托鲁阿市。导游告知明天还要回到这里住宿，随身只携带必用的东西，轻装前往，行李箱可寄存在宾馆。

我们乘坐大巴车出发了，导游是从南京到新西兰留学的留学生小林。我们这次每到一个地方都换一个导游，除墨尔本的导游是来自中国台北的外，其余都是中国大陆到澳、新的华人，有的是移民，有的是留学生，素质都较高，服务周到、文明礼貌。导游小林在路上介绍了新西兰和我们要去的罗托鲁阿的情况。新西兰面积27万多平方千米，人口400多万。奥克兰是新西兰最大的城市，人口100多万，占全国人口的四分之一。比起国内来，新西兰没有像北京、上海那样的大城市，基本是田园风光，城里高楼大厦少，人们都愿意住在离城市较远的乡村别墅，在城中心高楼里住的却是钱少的人。新西兰人如澳大利亚人一样，生活悠闲自在，一到假日纷纷开车去度假，充分享受生活的乐趣。我们要去的罗托鲁阿是著名的旅游区，是新西兰土著人毛利人的聚集地，以地热温泉著名。小林还给我们讲了一下毛利人的传统就是认为所有的东西都是共有的，有的中国留学生住在毛利人家里，虽然得到很热情周到的照顾，但毛利人的习惯就是不管谁的东西大家都可使用。住在毛利人家里留学生从国内带来的鞋子，毛利人不打招呼就随便穿用，他们认为这样合情合理。幸亏小林事先讲了这件事，后来我们有人寄存宾馆行李箱里的东西就发生了这样的事。

　　汽车在公路上奔驰，时而下点小雨。新西兰风光确实很美，这是以畜牧业为主的发达国家，大部分国民是欧洲人的后裔，属白色人种。路两旁是广阔连绵的牧场，满目苍翠绿染，牛羊点缀其间，给你无比的热情和生命力。新西兰，这个不缺蓝天与绿草的国度，这个布满天然花园的国度，犹如一幅幅不加修饰的自然风景画，叫人目眩神往。在途中两个小镇小憩片刻，中午来到一个叫罗吐露阿的餐厅，安排吃了牛排宴，牛排烤得鲜嫩可口，大家吃得津津有味。这时候餐厅外边两只驼羊在徘徊，它们是从牧场跑过来的，见人不害怕。驼羊是澳大利亚和新西兰的特产，长得有点像骆驼，在国内没见过。它们的毛经济价值很高，是羊毛中的精品，做成被子、床垫柔软保暖，不生虫，好清洗，当然价格不菲。大家纷纷出去与驼羊合影，那俩小家伙看这么多人也不敢多逗留，很快向山边而去。

　　吃罢牛排，我们来到山下的罗托鲁阿湖畔，这里的风景更加迷人，湖光潋滟，山色迷离，游禽戏水，海鸥翔空，湖水清波荡漾，可惜是阴天，不然便是碧蓝清透的。大群白色海鸥翱翔湖面，有时大片落于湖边绿草中，时而飞转在游客头顶，顽皮地与众人嬉戏。我们向鸟儿张开双臂，真想把它们揽入怀中，这时人、鸟、碧草、绿树、湖光山色融为一体，构成了大自然和谐的美景。

　　罗托鲁阿湖的水鸟着实叫我们兴奋了一番，毛利人文化村又有一道别开生面的奇景。毛利人文化村里绿树成阴，还有不高的山。登上山顶，巨大的热气扑面而来并伴随着刺鼻的硫黄气味，这就是地热景观。裸露的山石上，不断喷发出10几米高的气柱，随即弥漫到四周，形成了漫天迷雾。整个山峦被地热气体笼罩着，但气温不高，伤不着人，只是硫黄气味令人喘气不畅，蒸汽迷雾叫人不好睁眼。我曾在云南腾冲体验过地热，那里的地热水温接近沸点，有个大烧锅，里面的地热水可煮熟鸡蛋，但没有如此的蒸汽，可见这儿的地热地下压力要比云南那儿的大，叫人感到新奇、有趣。

体验过地热又在山下观看了毛利人的传统文化表演。毛利人是当地土著居民，在长期的生活中形成自己的传统习俗。他们是天生的艺术家，尤其对音乐和舞蹈有独到之处，从传教士那里学习赞美歌的旋律和和声，再经过巧妙的运用，发展成毛利人明朗愉快的音乐。欢迎游客也很特别，开始时会场是一片寂静，男女整齐地列队两旁，在一阵长时间沉寂以后，突然走出一位赤膊光脚肥胖壮实的男人，先是一声洪亮的吆喝，接着引吭高歌，年轻的姑娘们翩翩起舞，周围的人低声伴唱。歌停舞罢，男人过来同客人行"碰鼻礼"，鼻尖对鼻尖。另外，还有一男子赤膊光足，系着草裙，脸上画了脸谱，手持长矛，一面吆喝，一面向客人挥舞过来，并不时地吐舌头。临近客人时，将一把剑或是绿叶枝条投在地上，这时，一客人把它拾起来，恭敬地捧着，直到对方舞毕，再双手奉还，这也是最古老的迎宾礼。毛利人的演出都是拿着棍棒挥舞打斗，伴随着音乐翩翩起舞，体现了他们在长期生产生活中的习俗，表现出他们的文化底蕴，只是我们不懂当地语言，只能看个热闹。

离开毛利人文化村附近有一座别致的英国女王行宫，欧式风格，金黄色墙体，多尖的屋顶，坐落在树丛绿草之中，大家纷纷在此拍照留念。顺便说一下，刚才路过罗托鲁阿市的市政府小楼，只有三层，比家庭别墅大一些，很旧，不起眼。导游讲，市政府机关连市长工作人员才七人，廉洁高效。按说这儿是旅游胜地，资金不会缺少，盖座像样的办公楼应没问题，但法律是不会让市长随便大兴土木的，那样他的市长就当不成了，与国内某些方面比较，真叫我们汗颜。

当晚我们入住罗托鲁阿宾馆，干净整洁，被子都是羊毛被，柔软舒服，晚上还到宾馆的温泉游泳池游泳，很是惬意。第二天上午我们出发到艾格顿农场参观。新西兰是畜牧业发达的国家，国内私人农场很多，农场占地很大，有牧场树林和成群的牛羊。一般农场是不让参观的，怕带进病毒细菌，传染牲畜。我们参观的艾格顿农场是开放的景点，占地两千亩，在新西兰属于中等规模。在农场坐上观光车，讲解员是个华人，汉语说得很好，也很幽默有趣，开车的小伙子是新西兰白种人，讲解员告诉我们他是这个农场主的儿子。大家挺吃惊，这个"富二代"应该是不愁吃穿的，却来给游客开车。导游讲在澳大利亚和新西兰有着西方的观念，不管父辈干什么的，孩子到成年后都必须自立，用自己的劳动养活自己，不能坐吃山空，要不这个农场怎么能继续存在、发展呢。

观光车沿着农场的道路前行，两旁连绵起伏的牧场，绿草如茵，树木成林，鸟儿飞翔，牛羊奔跑，时而还有梅花鹿挺立山坡，一片诗情画意。在一处开阔地，观光车停下，忽然后面一大群绵羊飞速奔来，我们下车，从车里的饲料桶拿出小颗粒的合成饲料，羊群围在了周围，一双双羊眼盯着我们，眼神如小孩子见到妈妈那样渴望着，可爱可怜。我们将手里的饲料喂它们，羊们互相倾拥，迫不及待吞进嘴里，有的还往人的身上扒，要吃的，不必担心咬着手，羊只是用上牙吞食。这是农场安排的旅游项目，让游客近距离接近羊群，感受人与动物的和谐。这时还有火鸡与外来的野鸭凑热闹，羊口夺食，火鸡相互掐斗，野鸭成群在地上晃悠跳跃，好一片田园风光。我们停了两次车，喂了两次羊，不但有绵羊，连稀少的驼羊也与我们亲密地接触了。

在一处猕猴桃园旁小憩，过去以为猕猴桃长在大树上，现在才知道只是长在如葡萄那样支起架子的藤上。艾格顿农场叫我们回归了自然，我们依依不舍离开。接着去了一个叫库瑞的地热公园，几处地热冒着气，但没有昨天毛利人文化村的壮观。这里开阔，蓝天上飘浮白色的云朵，大地上的青绿山峦与它们接吻，也叫游人心旷神怡。

随后我们来到一个叫人兴奋的羊毛制品厂。这是一个私人加工羊毛的工厂，老板是个新西兰人，他还有几处养殖场，其中包括在新西兰南部珍贵雪驼的养殖场。驼羊是新西兰的特产，但数量少，它的毛与其他羊毛有很大区别，非常柔软，因为毛里是真空的，保暖强于其他羊毛几倍，而且不怕虫蛀，清洗也很方便。工作人员把烟灰倒在上面，用手一拍便干净了，如有污迹，用水及爽身粉便可清除。驼羊毛制作的床垫非常美丽，头次见到，一看就有档次，双人床垫价格合人民币1.6万元，听起来贵了点，但确实是正经东西，听说在北京燕莎要卖4万多元呢。我们团中几个人慷慨解囊，买了几床高兴而归。

午餐在一个小镇，这里宁静优美，鲜花绿树装扮街头，叫人亮眼的是有几位当地老人，组成一个街头乐队，吹、拉、弹着乐器，自娱自乐，奏着优美的乐曲如同街上的美景令人愉快。

在返回奥克兰途中漫步了一个叫红木森林的地方，这是一个原始森林，生长着高大的松树。在里面浏览了一个有英国、美国、意大利、印度、日本、中国不同风格的小公园，中国园是中国园林的风格。6点钟我们返回了奥克兰，到帆船码头停留片刻。奥克兰的帆船运动世界著名，帆船也是当地富人的标志，如同澳大利亚人的游艇，许多人为拥有帆船而奋斗。当然这里的帆船不同于渔民出海打鱼的帆船，而是有先进生活设施的休闲度假用船。码头上帆船桅杆林立，在大海中高高耸立。随后我们又在奥克兰市里穿行，奥克兰虽然属新西兰最大城市，中国几位国家领导人来新西兰访问都是从这里下的飞机，但市区规模不大，还不及国内的中型城市，因为大部市民不愿在城区居住，都在乡野购房置地。

回到宾馆，取回寄存的行李，同行中有人发现行李箱中放的5盒香烟丢了两盒，因为相信宾馆，事先箱子没上锁。这种事情在国内宾馆一般不会发生的，但想起导游讲过毛利人的共有观念，怕是宾馆毛利工作人员随手顺走两盒，而且5盒还给留了3盒，其他东西没动，他们认为这不算偷吧，只是想尝尝中国烟而已。算了，为了中西友好，理解毛利人的观念就此作罢，不去追究了。

3天的新西兰行程，感受到了美丽的田园风光，体验了独特的风土人情，觉得是人生一大收获，不虚此行。当晚入住奥克兰的宾馆，明日清早将飞往澳大利亚悉尼，那儿是我们此次旅行的最后一站。

罗托鲁阿的海鸥

五、悉尼印象

从新西兰的奥克兰机场乘澳大利亚的国际航班进行了旅程中的第六次飞行，3小时后到达了悉尼机场，这儿与北京时差3小时，我们再一次拨表到当地时间。

悉尼是澳大利亚第一大城市，2000年奥运会更使它闻名于世。200多年前，这里是一片荒原，1788年英国流放罪犯于此，是英国在澳大利亚最早建立的殖民地点。经过两个世纪的艰辛开拓与经营，它已成为澳大利亚最繁华的现代化、国际化城市，有"南半球纽约"之称。这里气候宜人、环境优美、风光旖旎、景色秀丽，夏不酷暑、冬不寒冷。

接待我们的当地导游是华人，当着大学讲师，兼职做导游，他的知识渊博，天文地理、政治经济都能说出一套。他带着我们先到悉尼植物园，那里有一个叫麦考利夫人椅的景点。这是在石头上雕刻的几层石阶，没有椅子的形状，是为了纪念麦考利夫人而由工匠雕刻的。17世纪，英国人拉克伦·麦考利被任命为澳大利亚第四任总督，带着妻子来到澳大利亚生活而且事业有成，被誉为"现代悉尼的缔造者"。相传麦考利总督每5年回英国汇报一次当地的情况，由于路途遥远，当时交通不发达，往返一次需要28个月，孤独的麦考利夫人思念故乡，盼望丈夫归来，静静等待船队的回航，在日复一日的等待中把友善带给了周围的民众。为了表示纪念，工匠们雕刻了这把巨大的石椅，这个事业加爱情的故事叫人唏嘘不已。麦考利夫人椅对面远远的海面上是著名的悉尼歌剧院和港湾大桥，它们是悉尼的标志。

　　当天下午我们进行了两项重要活动。悉尼有个大的海滩叫邦迪海滩，是人们休闲的场所，不过去过黄金海岸后这里就不太有吸引力了，倒是导游另加的一个悉尼大学景点引起我们的兴趣。这是澳大利亚历史最悠久和最负盛名的大学，被称为"澳大利亚第一校"，在世界范围内亦是最优秀的高等学府之一。该校创建于1850年，目前的在校学生达到4万人，古色古香的校舍在1857年建成，保留着澳大利亚传统建筑和文化特色。150年以来，悉尼大学为澳大利亚和世界的人类发展事业作出了巨大的贡献，其悠久的历史和显赫的成就为它赢得了"南半球牛津"的美誉。大学没有围墙，可以自由地出入，就像进商店那样的方便，所有的建筑保持当年的风貌，外表看来挺陈旧，显示了历史的沧桑。大学外面风景优美，树林、草坪、水塘、鸟儿一片宁静，有的学子在草坪上读书，也有的在谈情说爱。我们进了大学里的博物馆参观，在教学楼外漫步欣赏，看着一群群年轻、充满朝气的学子，想着自己青春时的状况真是感叹不已。

　　下午登上了豪华游船，将去悉尼湾观赏悉尼美景。游船向大海远处驶去，大海碧波万顷，岸边高楼大厦高低错落，天空碧蓝，被飘浮的白云装点显得深邃悠远。这里的空气几乎没有污染，生态环境堪称一流。游船上提供给游客西餐，有沙拉、面包、水果、甜点，分3次送上。在从著名的港湾大桥通过时，游人们纷纷到甲板上拍照。港湾大桥是早期悉尼的代表建筑，与举世闻名的悉尼歌剧院隔海相望，成为悉尼的象征。大桥从"怀胎"到"出世"花费了100多年，经过了40多年的酝酿后，1857年，悉尼工程师彼得·翰德逊绘成了第一张设计图，其后经过反复修改，到1923年才根据督建铁路桥的总工程师卜莱费博士的蓝图进行招标，由英国一家工程公司中标承建。1924年大桥破土建造桥基，1932年3月19日竣工通车。这座大桥用钢量为5.28万吨，铆钉600万颗，水泥9.5万立方米；桥塔、桥墩用花岗石1.7万立方米，油漆27.2万升，可见工程的雄伟浩大。整个桥身长度（包括引桥）1149米，从海面到桥面高58.5米，到桥顶高达134米，万吨巨轮可以从桥下通过。在20世纪30年代的条件下，能在大海上凌空架桥实为罕见。当游船从港湾大桥下驶过时，我们见它如一道横贯海湾的长虹，巍峨俊秀，气势磅礴，在世界上也能称为杰作。

悉尼歌剧院和港湾大桥

当晚我们下榻悉尼一家宾馆，次日 9:30 出发先来到了 2000 年悉尼奥运会场。这里是鲜花盛开、郁郁葱葱，种植了数万棵枝叶繁茂的树木和大片大片的草地，树林里有各种小动物和飞鸟，形成了一个广阔的自然保护区，面积达 1100 英亩，洋溢出无限的生机和蓬勃的朝气。在一个小湖旁我们还与一些水鸟逗趣，它们大胆接触游人，悠然自得在草地中溜达，良好的生态环境让鸟儿也如此潇洒。但谁能想到这里原来是个堆放工业垃圾和生活垃圾的地方，很多垃圾在此堆放了 50 年甚至 100 年，在获得奥运会主办权后，悉尼市政府当机立断，利用奥运场馆建设拔掉了这个"悉尼污点"，提出了"绿色奥运、环保奥运"的口号，投入 23 亿元进行环境改造，采用一种新的垃圾掩埋技术，中间铺上隔离层，种上草，在此基础上，奥运历史上第一个能容纳所有运动员的奥运村拔地而起。悉尼奥运会的主会场是一座能容纳 11 万人的船形建筑，吸引人的是在奥林匹克大道和露天广场耸立着 20 个 30 米高的太阳能照明塔，它们利用太阳能发电，保证了奥运场馆的使用，目前它们发的电能政府还有偿回收，绿色奥运被充分体现。在主会场的外面还有许多金属圆柱，是以土著人器物式样的奥运志愿者名碑，为奥运做过贡献的志愿者名字刻在柱子上将永远被后人铭记。

离开奥运村用过午餐后，奔向 100 多千米以外的蓝山公园。蓝山是澳大利亚东部最高的山脉，生长着漫山遍野的桉树，在阳光照射下，桉树叶释放出微粒散布在空气中，将蓝山峡谷染出一层淡淡的蓝，蓝山名字由此而来。三姐妹峰是蓝山的奇景之一，3 块巨石并排屹立在高出云雾的山崖之上，酷似 3 位亭亭玉立的少女，相貌端庄，神情毕肖，栩栩如生。这是十分稀有的地理奇景，是蓝山的标志。这3块巨石，源自当地土著一个有关三姐妹的传说。传说3个姑娘都长得非常漂亮，山中的魔王听说了就想得到她们，为躲过魔王的劫难，姑娘们找到魔法婆婆把她们变成石头。魔王知道后，杀死了魔法婆婆，于是3个姑娘再也变不成人，永远成了岩石。当然这只是神话传说，代表着人们的意愿，不过看到这3座巨石傲然耸立在高高的绝壁之上，我们不由惊叹大自然的杰作。

第三天是我们在澳大利亚最后一天，也是回国的日子，我们还有最后的活动。上午9点15分从宾馆出发，来到悉尼海德公园及附近的圣玛丽大教堂。海德公园在悉尼市中心，旁边就是悉尼电视塔。公园初建于1810年，这里有大片洁净的草坪，百年以上的参天大树，公园的中心是一个设计独特的喷水池，由一组青铜雕塑组成，中间高处的是一位手拿古琴的少年，他的后面有扇形的喷水，水池里还有几组铜雕，别有情调。海德公园原先准备建一个兵营，可是建成后没有军队入驻过，反倒成了关押各地运来的囚犯的地方，现在这里已经成为休闲的好场所了。圣玛丽大教堂是悉尼天主教社区的精神家园，它是悉尼大主教的所在地。大教堂由当地的砂岩建成，始建于1821年，天主教神父正式来到澳大利亚是在1820年，因此圣玛丽大教堂又被称为澳大利亚天主教堂之母。1865年修建中的大教堂毁于大火，重建工程于1865年开始，耗时60多年，于1928年完成。从外面看大教堂气势雄伟，我们走进里面立刻被庄严肃穆的气氛感染，在国内见不到如此宏大的教堂，这是两国宗教信仰的差异，国内信佛、道人多，大的寺庙、道观很多，而在澳大利亚没有。

下午的旅游又有一个小高潮，我们来到了悉尼歌剧院跟前，近距离与其接触。悉尼歌剧院是从1955年举行国际建筑设计竞赛中的233个方案中选定丹麦建筑师J.伍重的设计，于1959年破土动工，1973年全部竣工。它的外形犹如即将乘风出海的白色风帆，与周围景色相映成趣。它由3组巨大的壳片组成，这种形式在施工中遇到很多难题，经过反复研究、修改，用去了8年时间，才解决了施工技术难题。我们走进它面前，看到这些濒临水面的巨大白色壳片群，像是海上的船帆，又如一簇簇盛开的花朵，在蓝天、碧海、绿树的映衬下，婀娜多姿，轻盈皎洁。它不仅是文化艺术的殿堂，更是悉尼的灵魂。清晨、黄昏，不论徒步缓行或出海遨游，悉尼歌剧院随时为游客展现多样的迷人风采。我们仔细地在近前观察欣赏，发现里面的装修还是比较简单，没有北京的国家大剧院里面富丽堂皇，不过它建于20世纪70年代，独具匠心的外观已名垂青史了，目前没有其他歌剧院能与其媲美。

澳新游到此基本结束了，此番北半球到南半球漫长的旅程除观景上的收获，还体验了异国的人文、生态、环境和国家的管理。生态、环境已叙述过，国家管理造就了人文素质。在澳大利亚的几天中，没看见过军人和警察，悉尼也算是大的城市，交通有时也拥堵，怎么连交警都见不到？导游讲，这里的人们严格遵守法律，能够自觉管理自己，而且非常讲诚信，一旦犯了法，成本非常高，一辈子翻不过身来。比如说，你触犯了有关公共利益的法律，盗窃了别人的东西，你将被打入黑名单，所有社会上涉及公共利益的工作如出租车司机、教师等工作你一辈子都不会被录用。澳大利亚社会福利很高，失业金也够你平时生活的，退休金更是非常丰厚。但犯了法，丰厚的退休金将全部取消，你的晚年不知如何过得去，所以人们哪敢铤而走险。社会治安也是以诚信为主，谁家丢了东西，警察不去现场，由丢东西人电话报案，警察全认可，给你开出证明，保险公司给予赔偿，因为警察完全相信报案人的报案。假如发现报了假案，你的诚信丧失，会影响终生。这样的诚信在我们住的宾馆也能体现，每地宾馆房间里都放有自费的食品、饮料等。如果你使用了，结账时跟前台说明一下交费就行，宾馆服务员不像国内那样去查房。我们每次住宾馆，走时交了房卡就立刻走，没查房这道程序。开始挺奇怪，后来知道这就是诚信，在这里人们相互完全信任，没有欺骗，道德水准高，当然这是以严厉的法律为前提的，人们自觉遵法守规矩，一旦触犯将是终身翻不起身的代价。

当地时间晚上10点15分，我们乘中国南航飞机回国，这是第七次飞行。历经9小时到达广州白云机场，把表拨回北京时间，倒了第五次时差。接着再乘南航飞机进行旅程的最后一次也是第八次飞行回到北京，来回13天足踏大洋洲画上了句号，成为人生难忘的经历。

在悉尼奥运主会场前

北欧览胜

第一次听说北欧那几个国家是几十年前上小学地理课时，当时觉得它们那么遥远和神秘，都快到北极了，想都不敢想以后能到那里。世间的事物变化太快了，进入21世纪没多久，我连续转了大洋洲、北美洲，2016年6月，将要去北部欧洲了，那里是什么样子呢？

一、悠闲的芬兰

经过10几个小时的飞行，飞机降落在芬兰的赫尔辛基机场，我们踏上了这片遥远的土地。仰望天空，蓝蓝的色彩中浮贴着一朵朵白云，那么的清新、透亮，一眼就望得见很远的天际。再瞧大地，不高的、显得陈旧的尖状屋顶欧式建筑矗立在宽阔的街道旁，几十层的高楼大厦几乎见不到。没有拥堵的车群和喧闹的人们，不远的海边静静停靠着豪华的邮轮及大小的游艇，人们不慌不忙地行走，一切显得悠闲、安静，这就是初到芬兰的印象。

芬兰据说是圣诞老人的故乡（都说圣诞老人诞生于此），最早的居民为拉普人，故芬兰又称拉普兰。芬兰人迁入后，建立了芬兰大公国，12世纪后半期被瑞典统治。1809年俄瑞战争后并入俄罗斯帝国。1917年12月芬兰共和国宣布独立，成为一个永久中立国。芬兰是一个高度发达的资本主义国家，也是一个高度工业化、自由化的市场经济体，它是欧盟成员国之一，但人均产出远高于欧盟平均水平。国民享有极高标准的生活品质，芬兰政府公务员清廉高效，监督世界各国腐败行为的非政府组织"透明国际"公布2012年全球清廉指数报告，在176个国家和地区中，芬兰名列第一，为最清廉国家。

赫尔辛基与北京有5小时的时差，我们于当地时间12点多到达，北京这时已下午6点了，我们在此还可有半天时间进行观光。

西贝柳斯公园是第一站，它没有围墙，隐没在丛林深处，是以著名音乐家西贝柳斯名字命名的。一个不大的西贝柳斯石刻塑像和一具大型管风琴金属造型吸引着人们纷纷留影，这个造型是由不同长度的金属管连成管风琴的模型屹立在一处高坡，不是很高也不是很大，但别致的造型蕴含着音乐的美感，能叫人沉浸在音乐的回荡中。每年 6 月都有"西贝柳斯节",即以这座公园为中心,举办 7 到 10 天的各种音乐会。公园里有一片湖泊,一些游艇停靠在岸边,另一边有大片的草地,在明亮的阳光沐浴下,一些来此休闲的游客穿着泳装躺或趴在草坪上,尽情地享受阳光的照射。白种人很白,但它们不喜欢特白的肤色,总想叫阳光晒得上些色,当然他们总是晒不黑,至多晒成深红色。而我们中国人总想让自己白一些,觉得白点才美,观念很不同。这个公园不是很大,挺像北京的一些街头公园,在赫尔辛基却成了名胜,国家小,公园也小。

西贝柳斯公园没给我们留下太深的印象,但下个景点岩石教堂叫大家耳目一新。此教堂卓越的设计极为新颖巧妙,完成于 1969 年,是斯欧马拉聂兄弟的精心杰作。一般的教堂会有高耸的顶尖,很高的身躯,而我们走近这教堂只看见是一堆大石头堆积的外形,平平的顶,倒像一座大大的碉堡,名曰岩石教堂。这是利用位于住宅街的岩石高地建造而成,为了不损及自然景观,将岩石部分往下挖掘,而教堂就巧妙地设计在其中。走进教堂里见到内墙上处处有岩石开凿后的凹凸痕迹,里面还是不小的一排排木长椅供人们就座,顶部采用圆形设计,由 100 条放射状的 3 寸红铜梁柱支撑,再镶上透明玻璃,采光极佳。教堂入口走廊为隧道状,入口处则涂以混凝土,整座教堂如同着陆地球的飞碟一般,造型相当独特。位于教堂中央一侧的圣坛,呈现出极为简单而庄重的气氛,其后侧则是圣歌乐台。此教堂不仅作为弥撒之用,同时也是音乐会的演奏场所,教堂内的管风琴还是北欧最大的一架。坐在教堂里不由思索着:西方的教堂如同中国的寺庙,人们把期望寄托在耶稣、上帝或神灵上,这里面有人们对美好未来的渴望,也有对世间尚未揭开之谜的无奈。不管怎么说我们对宇宙许多事物还了解甚少。那些一时贪婪争斗的人最终也只成为一抔黄土,湮没在浩瀚的历史长河中。

通过半天的观光,赫尔辛基给我们留下了美好的记忆,这是座濒临波罗的海古典美与现代文明融为一体的都市,又是一座都市建筑与自然风光巧妙结合在一起的花园城。市区美丽清洁,到处是苍翠的树木和如茵的草坪,中心大街的街心花园繁花似锦,人们在此悠闲地休息。市内建筑物风格独特,多用浅色花岗岩建成,在大海的衬托下显得美丽洁净。赫尔辛基被人赞美为"波罗的海的女儿",由于地处高纬度,夏天太阳只落下 1 个小时,但气温不高,日照时间长达 20 个小时,故有"北欧的日都"之誉。当晚我们下榻在赫尔辛基的一个酒店,直到夜里 10 点多,外面还如白昼,只得把窗帘拉严入睡,可凌晨 2 点多天就大亮了,几乎没感觉到黑夜就到了白天,真体验到"不夜城"的味道了。

次日,我们仍在赫尔辛基游览。先来到了位于赫尔辛基以东 50 千米的一个景色如画的古镇波尔沃,它坐落在波尔沃河口,建于 13 世纪,至今有 680 多年的历史。早在中世纪,这儿是一个重要的进口贸易中心,波尔沃河沿岸的一排排红仓房向人们展示了它的航运史。当你踏入这个中世纪风格小镇的时候,看到的是一条狭窄的、幽静的、由光亮的鹅卵石铺就的道路。街道两旁,就是低矮、简朴的木屋,古老庭院挂着小小花盆,花儿正灿烂迎风绽放,窗口摆放着精美瓷器和玩具,各个角落精致温馨,充满韵味。它没有城市的喧闹,没有游客的拥挤,一切都是静悄悄的,空气清新得令人心醉,飘溢着淡淡的清香。一座尖拱顶式的教堂建于15世纪初期,是1809年芬兰第一届议会的所有地,它对波尔沃有着极为深远的意义,因为在1809年俄国沙皇在这里确认了芬兰人的信仰、宪法、权利和自治,因此这里也被尊崇为芬兰独立精神的基石。一处欧式的庭院里,两栋木质小楼,被鲜花绿草围裹,在阳光下是那样的温馨,楼前草地上一张白色的圆桌、两把白色的坐椅,在太阳伞下静静地等待着什么。如此的幽静、可爱,却没见到院的主人,吸引着我们久久在此欣赏、留影。在波尔沃我们感受到欧洲中世纪生活的缩影,勾起悠悠的怀古之情。

位于赫尔辛基对面海港上的芬兰城堡,是我们在芬兰旅行的最后一站,它是现存世界最大的海防军事要塞之一。我们坐着轮渡游船从赫尔辛基码头前往,蓝天下、大海中,成群的海鸥在头顶盘旋。它们与人们亲近,有人拿出食物喂它们,它们就欢快地落在人们的跟前吃食,动物与人类在此时如此和谐,叫人心情格外舒畅。游船在大海中行走了20多分钟停靠在芬兰堡码头。1747年,当芬兰仍然是瑞典国土一部分的时候,斯德哥尔摩国会决定要在赫尔辛基外的小岛上建造一座军事城堡。1748年,在一名叫艾伦怀特的策划下,这横跨8个海岛的工程展开了。艾伦怀特开始是计划建造一座链式连接的防御城堡,但他于1772年逝世,只完成了第一期基本工程,城堡的所有工程,到了18世纪末才告正式完成。

登岛感到这座宏伟的芬兰城堡的威严,这里保存有8000米的城墙、100多门大炮和一系列博物馆,还有教堂、军营、城门等名胜古迹。我们来到城堡也是海岛的一端,一门硕大的炮高耸在高地,炮筒指着大海,炮身足有10几米,与附近的小炮俯瞰着前面广阔的海域,构成了强大的防御阵地。眺望着前面的大海,回瞅着身后的炮群和满山的鲜花绿树,仰望着空中飞翔的大群海鸟,构成了过去战争与现在和平的景象,一切显得悠闲、静谧,令人神怡。多么希望人类永远和平,过着永远平静、无忧的生活啊。芬兰人如今的幸福的确叫人羡慕。

在芬兰可以说匆匆走过,即使如此也是不虚此行。

赫尔辛基岩石教堂

二、清平的瑞典

芬兰与瑞典被波罗的海相隔,芬兰首都赫尔辛基与瑞典首都斯德哥尔摩隔海相望,我们是坐邮轮从赫尔辛基到斯德哥尔摩的。

10几层的豪华邮轮设施齐全,餐厅、酒吧、超市分布在各层。邮轮要坐一夜,舱室里有床铺和卫生间,就是地方小了点,船上总不能与陆地上的宾馆相比。

邮轮缓缓离开码头,我们兴奋地来到甲板上,望着波罗的海的广袤身躯,欣赏着陆、海、空连接起来的美景。波罗的海是世界上盐度最低的海域,这是因为它形成时间还不长,在冰河时期结束时这里还是一片被冰水淹没的汪洋,后来冰川向北退去,留下的最低洼的谷地就形成了波罗的海,水质本来就较好;其次波罗的海海区闭塞,与外海的通道又浅又窄,盐度高的海水不易进入;另外波罗的海纬度较高,气温低,蒸发微弱又受西风带的影响,气候湿润,雨水较多,四周有大小250条河流注入,因此波罗的海的海水就很淡了,含盐度只有0.7%—0.8%,大大低于全世界海水平均含盐度3.5%的标准。

一阵细雨袭来牵来了一道美丽的彩虹,它在白云中羞涩地隐约现身,五彩的亮颖伸向了远方岸边的丛林,绿绿的海、蓝蓝的天把它装扮得美轮美奂。这时候更感悟大自然的美景确能叫人神怡,在地球的每个角落,人只能服从自然的安排,它既能予你快乐,也会给你惩罚,就看你如何待它。

到了斯德哥尔摩已是次日晨近7点,下了船就开始了观光。瑞典全称瑞典王国,保留有国王，是一个高度发达的资本主义国家，欧盟成员国之一，被视为具有社会自由主义倾向以及极力追求平等的国家。有人称它为资本主义中的社会主义国家，它设立许多社会福利制度，在联合国开发计划署的人类发展指数中名列前茅。斯德哥尔摩是瑞典首都和第一大城市，瑞典国家政府、国会以及皇室的官方宫殿的所在地。它位于瑞典的东海岸，市区分布在14座岛屿和一个半岛上，70余座桥梁将这些岛屿连为一体，因此享有"北方威尼斯"的美誉。斯德哥尔摩在英语里意为"木头岛"，城市始建于13世纪中叶。那时，当地居民常常遭到海盗侵扰，于是人们便在梅拉伦湖的入海处的一个小岛上用巨木修建了一座城堡，并在水中设置木桩障碍，以便抵御海盗，起名"木头岛"，这就是斯德哥尔摩名称的由来。这里还是诺贝尔的故乡。

我们观光的第一站是市政厅，一座红色的高大建筑，也是瑞典建筑中最重要的作品。800万块红砖砌成的外墙，在高低错落、虚实相谐中保持着北欧传统古典建筑的诗情画意，右侧是一座高106米，带有3个镀金皇冠的尖塔，代表瑞典、丹麦、挪威三国人民的合作无间。它的前面是宽阔的梅拉伦湖，市政厅巍然矗立的塔楼，与沿水面展开的裙房形成强烈的对比，加之它的纵向长条窗，整个建筑犹如一艘航行中的大船，宏伟壮丽。

市政厅是政府办公的地方，但可以参观。去过几个发达国家，它们的政府办公地都可以参观，这与中国的政府机关可谓大相径庭。国内的从县政府到国家机关都是戒备森严，除了保安，有的还有武警站岗。

斯德哥尔摩是阿尔弗雷德·诺贝尔的故乡。从1901年开始，每年12月10日诺贝尔逝世纪念日，斯德哥尔摩音乐厅举行隆重仪式，瑞典国王亲自给诺贝尔奖者授奖，并在市政厅举行晚宴。晚宴设在市政厅一层大厅，名叫蓝厅。本来全部建筑要设计成蓝色，但在建造过程中设计师见到红砖墙在夕阳照耀下十分漂亮就保留了红墙。大厅两侧列柱间金碧辉煌的灯光和打下的蓝色光柱，衬托出精英云集的晚宴气氛，展现出独一无二的蓝厅气质。我国的诺贝尔文学奖和医学奖的获得者莫言和屠呦呦，都在此出席过晚宴并发表过讲话。这是个世界精英云集的地方，来此参加晚宴是世界级的殊荣。如今，这里成为世界上众多物理、化学、医学、经济学、文学领域专家的毕生追求和奋斗目标。

市政厅二层还有一个被称作"金厅"的大厅，是举行舞会的地方。它纵深约25米，四壁用1800万块约1厘米见方的金箔贴成，在明亮的灯光映射下，无数光环笼罩，金碧辉煌。其间，还镶嵌有各种彩色小块玻璃组合成的一幅幅壁画。正中墙上大幅壁画上方，端坐着一位神采飞扬的梅拉伦湖女神。女神脚下尚有两组人物，分别从左右两边走近她，右边一组是欧洲人，而左边一组则是亚洲人，其中还有一穿着清代服饰的中国人。这幅镶嵌壁画象征着梅拉伦湖与波罗的海结合而诞生的斯德哥尔摩,是人类向往的美好之地,不仅是一幅现实主义与浪漫主义相结合的艺术杰作,也是市政厅的"镇厅之宝"。值得一提的是市政厅的门票是不干胶的贴纸,参观时就贴在衣服上,离开时就贴在出口处的一块木板上,很是环保。

斯德哥尔摩有各种各样的博物馆50多座,坐落在斯堪森岛上的瓦萨沉船博物馆,是其中较有名气的一座,我们随后来到这里参观。

瓦萨是一艘古战船之名,它是奉瑞典国王古斯塔夫二世的旨意于1625年开始建造的。这艘战船本来是单层炮舰,可国王得知当时瑞典的海上强敌丹麦已拥有双层炮舰,便不顾当时本国的技术条件,下令把炮舰改造为双层。1628年8月10日,斯德哥尔摩海湾风和日丽,一艘旌旗招展、威武壮观的大型战舰,在岸上人群的一片欢呼声中扬帆启航,不料刚行驶数百米,瓦萨号战舰摇晃了几下,竟立即连人带船沉入30多米深的海底。3个多世纪过去了,1959年,有关方面着手进行打捞,直到1961年4月24日,这艘在水底沉睡了333年的战船才重新露出水面。之后,又经过潜水人员和考古人员的艰苦劳动,终于在沉船附近和船体内部找到了大批极为珍贵的实物。1964年,在打捞沉船的现场建起了一座颇具规模的水上博物馆,并正式开放。为了便于游人就近参观,又能妥善地保护文物,博物馆的设计者根据舰船本身的布局,沿船体四角设了双层看台。除去支撑船体的下部吃水部位外,一走进馆内,即可看到舰船底层的内部设施,登上一层楼后,在高台走廊上,可将船上的景物一览无余。这是共有5层甲板的军舰,有64门大炮。第一斜桅下蹲着一具巨大的金狮塑像,船尾龙骨有6层普通楼房那么高,精心雕刻700多件雕塑品。这些涂色或镶金的雕塑品,有威武的戴盔披甲的骑士,有婀娜多姿的美人鱼,有挥剑砍杀的罗马士兵,有神话里的各种人物,有形形色色的纹章,还有象征着美好和纯洁的裸女。这一切是那么瑰丽多彩,寓威严于富丽之中,真不愧是显赫一时的战舰。瓦萨号战舰不仅是世界上被打捞起来的最古老和保存最完整的战舰,而且是一个巨大的艺术宝库,它是瑞典有史以来耗资最巨(2.25亿瑞典币)、装潢最精美的一艘船。它乘载着皇家的荣耀与全瑞典人民的期望出航,但由于当时的瑞典造船技术水平有限,又急于求成,刚试航即沉没,从此瑞典一蹶不振,国力大伤,瑞典海上征战逐渐终结,也是瑞典中立政策初露矛头的动因。以后瑞典没有卷入各种战争,在两次世界大战中,宣布为中立国,居民照常过着平静、安宁的生活,斯德哥尔摩因此被人们称为"和平的城市"。不得不承认,这不只是一艘沉船,也是曾经沉没的一个王朝的气象,是争夺海上霸权的血性与残暴血性年代的写照。了解到这些,深刻地感到旅游不仅是观光,也是了解当地的历史、人文、掌故,丰富自己的知识、扩大视野的好机会。

中午时分，我们饶有兴趣地观看了瑞典皇宫的换岗仪式，挺像我国天安门广场的升旗仪式。瑞典皇宫是国王办公和举行庆典的地方，坐落在斯德哥尔摩市中心，建于17世纪，是瑞典著名建筑学家特里亚尔的作品。正门由两只石雕狮子分立两旁，两名头戴红缨军帽、身穿中世纪服装的卫士持枪而立。中午换岗时，先有乐队出场，奏乐一阵，这时广场已聚集大批观众，在警戒线后焦急等待。当吊足了大家胃口，换岗卫兵才持枪迈步步步向前，走到站岗卫兵近前进行交接，各种动作机械、规范，也是保留多年的仪式，如同天安门升旗成为一个国家的标准动作，自然也成为旅游一景。

我将此篇的题目起名"清平的瑞典"，主要是参观了皇后岛产生的联想。皇后岛属于瑞典皇家领地，距市中心15千米，当我们走近这片领地，首先映入眼帘的是一大片水域，碧绿的水面静悄悄的，有水就有灵性，显得恬静、淡远，它的岸边就是瑞典国王居住地。这是黄色为主的欧式建筑群，带有圆圆的屋顶，显不出高大辉煌，特别是入口处那个低矮的铁栅栏门，还不如北京住宅小区的大门排场，真看不出这就是国王的住所。不过后面有硕大的绿地，由鲜花、绿草、树木构成，形成一个大花园。就是这群建筑被列入世界文化遗产，又列入联合国教科文组织世界遗产名录，因为它是几代国王的居住地，也是现在瑞典王室的住处。我们来此参观，恰逢国王王后就在此休息，只有两个皇家卫兵守卫，而且只住楼一角，我们照常进去参观游览。讲解员说，瑞典国王很亲民，他把居住地让出大部分供参观游览，以免浪费。我们逐一参观了历代国王的接待厅、居住室及各种活动的场所，基本上是墙上挂着油画为主的壁画，但家具都一般，其中接待厅至今还使用，不接待时就供参观。人们说瑞典是资本主义制度的社会主义国家，意思就是这个国家政治清明，几乎没有贪污受贿，连国王也保持着相对清廉的生活，尽量让利于民。我们参观这个国王居住地感到这儿似乎就如北京的"中南海"，国家领导人居住的地方。可这里也像普通人的住地，没有戒备森严，还开放游览参观，挺有感触的。当然瑞典人整体国民待遇很高，各种福利很好，所以人们都平静地生活着，与芬兰一样悠闲、自在，所以我称此为"清平的瑞典"，清明而平静。

一天多的瑞典旅行主要是斯德哥尔摩的观光，还是走马观花，也不可能深入，但纵观感觉斯德哥尔摩既有典雅、古朴的风貌，又有现代城市的繁荣。老城区有金碧辉煌的宫殿、气势不凡的教堂和高耸入云的尖塔，狭窄的大街小巷显示出中世纪的街道风采。新城区则高楼林立，街道整齐，苍翠的树木与粼粼的波光交相映衬。地面、海上、空中竞相往来的汽车、轮船、飞机、鱼鹰、海鸥，给城市增添了无限的活力，给人们带来一抹如烟如梦的感觉。

北欧的神秘在我的脑海里逐渐地明朗了。

波罗的海的黄昏

瑞典国王居住地

三、美丽的挪威

　　清晨，我们乘大巴离开瑞典首都斯德哥尔摩向下一个北欧国家挪威行进，500多千米的路程汽车要走近一个白天。

　　也许有人觉得坐汽车不如乘飞机，时间短，速度快。但我们经过了这一次汽车旅程后才感到真的太值得了，可以说给我们北欧行一个新的惊喜。

　　汽车沿公路疾驰，开始还没觉得怎样，有人开始昏昏欲睡。但驶出了城市街区，映入眼帘的景色开始震撼大家了。两旁是广袤的原野，绿草、绿树，生机勃勃，温馨可爱。忽然，远处的绿色中出现了几座红色、黄色的木屋，边角上配有白色的修饰条，端庄站立，错落有致，散落在绿海之中，点缀在蔚蓝的天空下，如同美丽迷人的风景图。周围一切都是静静的、清新的，童话的世界也不过如此吧。

汽车继续行驶，田园风光叫人回味着，但随着另一画面的出现真有点叫人目不暇接。前面出现了一座座山峰，而山的头顶却戴着白条的帽子。说它是雪山又不完全是，雪山头顶一般都是终年白雪皑皑的，而这些山顶的白雪已经被撕成一条条的，条与条之间裸露着山石的颜色，倒像风趣的瓜皮帽。形成这种状态的原因是随着天气变暖，气温升高，山顶的雪开始融化，融化快的雪化作了水，冲向下面的峡湾，没化的雪为山顶戴上了白条帽，形成了特殊的景观。汽车继续疾驰，爬向了高高的山顶，而山顶却是大片的平川，平川覆盖着厚厚的冰层，形成了大片的冰原，冰原凹陷的地方充满了冰水，形成片片冰湖，看那冰层足有一米多厚，这千里冰封的景色又有一番情趣。从田园风光到千里冰封，一天的行程感觉了几个季节的美景。大家饶有兴趣地看着议论着，赞美上天给予我们的恩惠。

大自然给予挪威格外的照顾，鬼斧神工造就了挪威奇特美丽的地貌。挪威的海岸线以非常复杂的方式咬噬着内陆，形成了峡湾。在挪威语中，峡湾意思是深入内陆的海湾。挪威峡湾的规模在世界上首屈一指，有"峡湾国家"之称。巍峨的群山和浩瀚的海洋似乎进行着一场无休止的较量，从北部的瓦伦格峡湾到南部的奥斯陆峡湾，一个接一个，无穷尽的曲折峡湾和无数的冰河遗迹构成了壮丽精美的峡湾风光，使得观光者有幸深切感受自然的伟大和壮观，感叹人类的渺小。

我们在挪威游览的第一站就是松恩峡湾。松恩峡湾以深入陆地最远而闻名，全长204千米，是世界上最长、最深的峡湾。在这里，我们先乘火车然后坐游船观赏了这举世无双的壮丽景观。

观光火车的铁路修筑在松恩峡湾上的崇山峻岭间，这条铁路因是世界上最陡峭的铁路线之一而闻名于世，也是挪威铁路史上最大胆和最巧妙的工程，被誉为挪威国铁的最高杰作。初夏，松恩峡湾进入了一年中最美丽的季节，我们乘坐的火车从平原地区的弗洛姆到终年积雪的米达尔后折返，全长20千米。随着火车缓慢地向上行驶，眼前风光无限，"大踏步"从青翠田野奔入皑皑雪山，宛如《哈利波特》作者罗琳笔下的奇幻世界。火车穿梭在悬崖峡谷之间，前方的峭壁仿佛扑面而至，扣人心弦，让人不由赞叹大自然的鬼斧神工以及人们设计、建设铁路的高超智慧。在一个临山小站，火车停下了，游客们蜂拥下车，直奔站台的一侧。只见从白雪覆盖的高山之巅飞流直下一股巨大的瀑布，有160多米高，叫廖安内弗森瀑布。白色的水柱、飞溅的雾珠、雷鸣的巨响震撼着游客。正当游人迷恋瀑布美景时，突然瀑布高处的悬崖边出现了一翩翩起舞的红衣女子，窈窕的身姿，轻盈的舞步，时隐时现在崖边，又震惊着游客们。可惜如此的美景只有 5 分钟时间，火车继续开动了，却让游客留下终生难忘的一幕。

乘火车观光松恩峡湾的高处景色后，我们又乘船从峡底欣赏高峡两岸的风光。站在游船的甲板上，眼前是湛蓝的海水，上面是蔚蓝的天空，两旁是巍峨的山峦，山峦上是苍翠的森林，飞翔的海鸥与海水嬉戏，时而又飞近游人手中叼走吃食，乐趣伴随着人们欢歌笑语。

带着依依不舍的心情离开了松恩峡湾来到了挪威首都奥斯陆。这是个三面被群山、丛林和原野环抱的美丽城市，苍山与绿原相辉映，古老与现代相交织，既有海滨城市的旖旎风光，又有高山密林的雄浑气势，街道两旁的建筑大多只有六、七层，带有浓厚的中世纪色彩。

维格兰雕塑公园是奥斯陆的一个奇特公园，幸亏导游说这是给我们额外增加的景点，不然错过真是终生的遗憾。它位于奥斯陆的西北角，占地 50 公顷，园内繁花绿茵，小溪淙淙，到处都矗立着造型优美、婀娜多姿的雕塑。维格兰雕塑公园是以挪威著名雕塑大师古斯塔夫·维格兰的名字命名的，它的另一个名字叫弗罗格纳公园。公园有 192 座雕塑，650 个人物雕像。这些由铜、铁和花岗石制成的雕像，是维格兰 20 多年心血的结晶。公园内虽然雕像比比皆是，但是多而不乱，错落有致。园里有一条长达 850 米的中轴线，正门、石桥、喷泉、圆台阶、生死柱都位于轴线上，主要雕像、浮雕分布其间。石桥两侧各有 29 座彼此对称的铜雕；喷泉四角，各有 5 幅树丛雕，四壁为浮雕，中央是托盘群雕；圆台阶周围是匀称的 36 座花岗岩石雕，中央高耸着生死柱。全部雕像，形成几幅美丽的几何图案，匀称和谐，浑然一体。这些塑像不管男女老幼都是裸体的，展示了人类从出生、繁衍、成长到死亡的过程。父母抱着婴儿、举着幼儿，体现了人类的亲情；男女亲吻拥抱甚至性爱，表现了爱情这个人类永恒的主题；人们的迷茫、警醒、挣扎、死亡都表达得淋漓致尽。所有雕像的中心思想，突出一个主题——人的生与死，反映人生的全过程。这些塑像虽然都是裸体的，但叫人感到是在教育启示着人们，也是艺术的结晶，全然不会引导人们产生非分之想。当然这样的塑像在我国怕是不可能出现在公共场合，中西方的文化思维传统是不一样的，所以更觉得到此机会难得，不虚此行。

挪威是我们北欧行的第三国，它是个发达的工业化国家，石油工业是国民经济的重要支柱。挪威也是西欧最大的产油国和世界第三大石油出口国。自 2001 年起挪威连续 6 年被联合国评为最适宜人类居住的国家，2009—2013 年连续获得全球人类发展指数第一的排名。这个国家很有意思，在发现石油之前，因境内多山，可耕面积极少，挪威极穷，穷到没人要。挪威先后被丹麦统治 400 年，被瑞典统治 160 年，直到 1905 年才最终摆脱瑞典统治而独立出来。独立后，因国内找不到合适的人当国王，便从丹麦请来丹麦王子卡尔当挪威国王。挪威在1905年与瑞典分家时更有意思，当时还没有发现石油，矿产资源也没被重视，瑞典把西部山区和北部北极圈内的不毛之地全部划给了挪威，几乎没有什么可利用资源，都是别人不要的土地。但1970年前后时来运转，北海发现石油，终于彻底改变了挪威的命运。20世纪90年代起挪威油气产量超过英国，现已成为欧洲最大产油国、世界第三大石油出口国。此外，矿产资源也逐步被发现，现挪威是欧洲最大的铝生产国和出口国，世界第二大镁的生产国，世界上最大的化肥生产国之一。如此这般，瑞典现在肠子都悔青了，早知今日何必当初？挪威人口又少，仅480万人，真是富得流油。它基本没有农业，食品80%依靠进口，能够平整出来的土地几乎都被用来种草。所以，挪威是北欧四国中，最富有、福利最好、最漂亮、最美丽的国家。

挪威经济完全独立，而且强大，所以没加入欧盟，也没加入欧元区。因诺贝尔和平奖问题，与中国关系也不太好，但我们在超市购物、公园游览、街上漫步，挪威人总报以微笑，唯一遗憾的是欧元在这里不能用，美元也不能用，只能刷信用卡。

美丽的挪威，因机遇从穷变富，它的前几代人与现代人的生活状况可谓大相径庭，这倒使我们浮想联翩……

挪威的冰原

四、童话的丹麦

美丽的挪威把我们的北欧行推向了高潮，大家一直兴奋不已。下一个将要旅行的国家是丹麦，从小就知道它，因为那儿是世界闻名的童话王国，那可是全世界大小朋友仰慕的地方。

我们的旅游车先从海上轮渡进入丹麦，回来时是从连接海峡的大桥回来的，享受到轮渡的乐趣，又感觉了海峡大桥的畅快。说起丹麦这个国家挺有趣，它的国土除了常年冰雪覆盖的格陵兰岛以外只有4万多平方千米，居住着500万人口，却是世界著名的文化大国，孕育了童话家安徒生、作家卡尔·尼尔森、原子物理学家尼尔斯·玻尔、雕刻家托尔森、神学家克尔恺郭尔、舞蹈家布农维尔与建筑家雅科布森等世界文化名人和科学家，20世纪里就有12位丹麦人获得了诺贝尔奖。而十几亿人口的中国近几年才有一个诺贝尔医学奖和一个文学奖。另外丹麦在历史上的国土除格陵兰岛外曾有100多万平方千米，统治或管理过芬兰、瑞典、挪威，可谓北欧强国，但历史的多次战争中，屡战屡败，以致国土只剩下现在除格陵兰岛外的4万多平方千米。终年冰雪覆盖的格陵兰岛是个高度自治的区域，现在上面只生活着5万人口。二战时丹麦首先投降了德国，没有被狂轰滥炸，得以保存下许多古老的建筑，成为如今旅游观赏中世纪欧洲的宝库。丹麦是一个发达的资本主义国家，是世界上社会福利最好的国家之一，人平均寿命很长。在发展教育方面，丹麦政府更是不遗余力，奉行使每个社会成员在文化方面得到发展的方针，并鼓励地方发展文化事业，1973年起就实行九年制义务免费教育，受教育的比例和程度都比较高。在那么小的国土上，让500万人过上了富足的生活也是不易的。从这些来说，丹麦不但是文学的童话王国，它的经历也很像一个童话，所以我把丹麦游记叫"童话的丹麦"。

丹麦首都哥本哈根意为"商人的港口"，当我们进入这里，眼前是座集古典与现代的城市。市容整洁美观，纵横的水道、众多的桥梁，以及穿插在现代建筑群中的尖顶或圆拱式教堂、宫殿和古堡，构成了城市独特的风貌。它既是现代化的都市，又具有古色古香的特色，聚着古老与神奇、艺术与现代、自然与人文、激情与宁静，充满活力的气息。市中心的克里斯蒂安堡年代最为久远，过去曾是丹麦国王的宫殿，现在是议会和政府大厦所在地。哥本哈根市政厅的钟楼有一座机件复杂、制作精巧的天文钟。据说，这座天文钟不仅走得极其准确，还能计算出太空星球的位置，能告诉人们一周各天的名称、日子和公历的年月、星座的运行、太阳时、中欧时和恒星时等，是一个叫奥尔森的锁匠花费了40年心血、耗费了巨资才造成的。哥本哈根街上汽车并不多，但骑自行车的人很多，街头有一排排很漂亮的供人们使用的公共用自行车，可见绿色环保在这里得到重视。离市政厅不远的街头矗立着安徒生塑像，它眼望着远方，思考着什么，路过的每个游客，都要上去与"童话之父"握握手，与它拍照留念。安徒生在哥本哈根度过了他的大半生，他的众多著作都是在这里创作的。安徒生的父亲是个穷鞋匠，曾志愿服役，抗击拿破仑·波拿巴的侵略，退伍后于1816年病故，当洗衣工的母亲不久即改嫁。安徒生从小就为贫困所折磨，先后在几家店铺里做学徒，没有受过正规教育。1843 年，安徒生认识了瑞典女歌唱家燕妮·林德，真挚的情谊成了他创作中的鼓舞力量。但他在个人生活上并不称心如意，他没有结过婚，70 岁时因肺癌在最亲密的朋友梅尔彻的宅邸去世。这位童话大师一生坚持不懈地进行创作，把他的天才和生命献给"未来的一代"，直到去世前 3 年，共写了 168 篇童话和故事，他的作品被译成 80 多种语言。

"五月晴光照太清，四郎岛上话牛耕。樱花吐艳梨花素，泉水喷去海水平。湾畔人鱼疑入梦，馆中雕塑浑如生。北欧风物今观遍，民情最美数丹京。" 这是郭沫若写的赞美哥本哈根的诗，寥寥数语，道出了哥本哈根栩栩如生的动人风情。其中"四郎岛上话牛耕、泉水喷去海水平、湾畔人鱼疑入梦"等几句是描述哥本哈根长堤公园的景象的，我们随后将进入此地观赏这些美景。

长堤公园最著名的神牛喷泉雕塑，是丹麦最雄伟、壮观和美丽的巨型铜雕。铜雕依坡就势而建，最上面的是吉菲昂女神，她左手扶犁右手挥鞭，驾驭着四条巨大而健壮的神牛，正奋力耕耘，下面是三层落差的花岗岩水池。这座喷泉是根据北欧神话创作的，是丹麦著名雕塑家安诺斯·蓬高的杰作。整组铜塑和基座费约 10 年，于 1908 年建成，至今已有百年。雕像表现的是有关哥本哈根所在的西兰岛形成的神话故事，传说女神吉菲昂得到国王戈尔弗的许可，同意在他的地盘上（如今的瑞典）挖一块地给她，但国王只给他一天一夜的时间，挖多少算多少。吉菲昂把自己四个儿子变成四头牛，奋力将挖出的土地拉往海上，形成了如今的西兰岛，而瑞典失去的土地就成了这位半身袒露的女神。只见她挥舞着长鞭，发辫在疾风中扬起，面部表情显得十分刚毅果敢，驾驭着的四头强壮的牛正垂头猛力拉引，四周则以水瀑衬托，整个铜雕栩栩如生，使人感到一种摄人心魄的力量。

离开神牛铜像，大家迫不及待奔向不远处的世界闻名美人鱼铜像，它是丹麦的象征。美人鱼铜像坐落海边的一块巨大鹅卵石上，铜像高 1.5 米，在大海里显得很低矮，真想不到这样一个很普通的雕塑竟名扬全球。这位裸露的少女神情忧郁、冥思苦想，100 多年来向人们诉说着自己悲惨的爱情故事。安徒生的《海的女儿》为人间塑造了一个凄美的少女形象，令人嘘唏不已。丹麦雕塑家爱德华·艾瑞克森 1913 年根据故事原文塑造了这个塑像。本来美人鱼的下身应该是鱼身，但据说当时的美人鱼模特双腿太漂亮了，雕塑家实在不忍心用鱼鳞盖住她的双腿，所以美人鱼铜像有一双直至脚踝的秀美人腿，只留下一小段鱼尾巴。关于这美人鱼雕塑的模特还有这样一段故事：起初，艾瑞克森是以芭蕾舞剧的女主角艾伦·帕丽丝作为美人鱼的模特，但不久之后，艾瑞克森对帕丽丝产生了感情，帕丽丝也有了艾瑞克森的骨肉。艾瑞克森的未婚妻爱琳得知后十分生气，帕丽丝只好带着孩子嫁给了别人，爱琳却将帕丽丝与艾瑞克森的事告诉了帕丽丝的丈夫，帕丽丝因此受到了丈夫的虐待，最后因精神分裂而死。后来，艾瑞克森把他的妻子作为模特，铸成了这座美人鱼铜像。但是，艾瑞克森虽然改了模特，心中却始终有另一个模特磨不去的身影。只有帕丽丝家族的人才知道，那永驻海边的女子从神情到气质，还有那美腿，分明是舞蹈家帕丽丝的化身。这里又包含了另一个爱情的故事。

丹麦王国是世界上最古老的君主国，王室的血脉已继承了千年之久。自1849年立宪建立了君主立宪制，丹麦王室放弃了国家统治权，但作为国家的代表，王族一直得到丹麦人民的支持与敬仰。千年的皇族历史，使皇宫的建造一直未曾停止过，所以丹麦的皇宫建筑吸引着游人们。我们在丹麦由于行程的时间关系只游览了哈姆雷特城堡，也叫卡隆堡宫，意为"皇冠之宫"，始建于1574年，1585年竣工。相传当年英国著名作家莎士比亚就是以卡隆堡宫为背景写下了那不朽的悲剧《哈姆雷特》，故卡隆堡宫又称为哈姆雷特城堡。

当我们远远看到这座哈姆雷特城堡时，首先被其文艺复兴时期的建筑风格所吸引。这个城堡是轮船造型，城堡仿佛浮在水中，被护城河围绕着。宫殿用岩石砌成，褐色的铜屋顶气势雄伟、巍峨壮观，在城堡外墙，有一块莎士比亚的纪念浮雕像，进入城堡是一个圆形的广场，士兵可以操练，也可以开大会。四周的房子中，有一个贵族气十足的小教堂。这座城堡是当年丹麦与瑞典交战时建造的，既是皇宫又是军事要塞，楼上有大炮严阵以待，楼下有神秘的地道。由于宫殿曾遭遇过两次洗劫，里面的各种用品都是仿制的。城堡的一侧面临着大海，扼守着欧尔松海峡，当年建造城堡的资金就是收取船只通过海峡的通行税。莎翁并没有来过此城堡，当时他创作《哈姆雷特》全凭着丰富的想象，但《哈姆雷特》是借丹麦8世纪的历史，反映16世纪末和17世纪初的英国社会现实，反映了人文主义理想同当时英国黑暗的封建现实之间的矛盾。在城堡中还每年举办一次"哈姆雷特戏剧节"。这里汇聚了世界各国演出莎士比亚《哈姆雷特》作品的剧照，形式多样，风格各异，可谓"百家争鸣"，其中就有中国京剧版的《哈姆雷特》剧照。

参观了哈姆雷特城堡，重温了一些世界历史，回顾了世界著名的文学戏剧。另外再说一下，丹麦有两个特产：一个是"爱步鞋"，这是世界名牌，据说是当年鞋匠专为皇宫制作的，轻便舒适、结实耐用，而且价格比国内便宜一半。另外是曲奇饼，风味独特，口感很好。这两样大家都选购了不少，心满意足带回了家。

丹麦的行程匆匆，蜻蜓点水浏览，要想深入旅游，需要更多时间，但行程不允许，就是如此也使我们收获不小，终生难忘。

北欧览胜成就了我人生中一段幸福的旅程。

丹麦美人鱼

哈姆雷特城堡

东欧掠影

对年纪大的人来说东欧国家并不陌生，捷克斯洛伐克、波兰、匈牙利……这些国家的名字从小就熟悉了，因为它们曾属于"社会主义阵营"，20世纪50年代与我们国家是朋友加兄弟的关系。但正是这些国家随着苏联的解体，发生了剧变。目前这些发生深刻变化的国家如何了呢？带着疑问与兴趣在去了北欧国家两年之后的2018年8月又赴东欧一些国家，深入了解一下欧洲大陆是我一生中的夙愿。

一、古老的捷克

飞机终于降落在布拉格机场，这是捷克首都的机场，看它的规模、设施与中国一些省、市的机场差不多。我们是从首都机场起飞，在乌克兰的基辅经停，经过了10几个小时的飞行，才到达了捷克布拉格，虽说飞机在高空飞行时速1000多千米，但大家还是嫌太慢，10几个小时不能活动也睡不好，自然挺疲乏。

时至布拉格当地时间11点多，导游带我们吃了午餐，然后开始了布拉格游览。布拉格干净整洁，街道不是太宽，小汽车不是太多，有轨电车是主要的交通工具。有轨电车是几节车厢连接，上车的人们秩序井然，基本都有座位，这些与北京喧闹、拥挤的道路交通情况大相径庭。街头有出售饮料、小吃的商铺，有的还在外面设有座位，人们悠闲地吃喝，一片祥和的景象。

捷克于2006年被世界银行列入发达国家行列，在东欧国家中，它拥有很高生活水平。它原来和邻国斯洛伐克是一个国家，小时学世界地理时它的全称为"捷克斯洛伐克社会主义共和国"，历史上曾分分合合，1989年11月捷政局发生剧变。12月29日公民论坛取得政权，"天鹅绒革命"领导人、作家哈韦尔当选临时总统。1990年3月改国名为捷克斯洛伐克联邦共和国，4月改称捷克和斯洛伐克联邦共和国，1992年6月举行首次自由选举，公民民主党和争取民主斯洛伐克运动分别在捷克、斯洛伐克执政，11月，两个共和国领导人经过谈判，同意捷克和斯洛伐克分离，同年联邦解体，1993年1月1日，捷克共和国成为独立的主权国家至今。捷克东面毗邻斯洛伐克，南面接壤奥地利，北面邻接波兰，西面与德国相邻。

我们的捷克游主要在布拉格，因为这次东欧行要从布拉格进还要从布拉格出，布拉格游就分成了第一天和最后一天两段,但我的游记放在了一起以便它的完整性。

布拉格城堡给我们留下了深刻的印象,9世纪,布拉格的王子首先在伏尔塔瓦的山上盖了一座城堡,他便在此开始统治捷克人民和土地,成了布拉格王室的所在地。几世纪以来经过多次扩建,不仅保留许多雄伟建筑和历史文物,现今仍是捷克总统的居所。城堡集中了各个历史时期的艺术精华,是捷克较吸引人的游览胜地之一。城堡内有3个庭院、几条古老街巷、画廊、花园,以及捷克较大的哥特式教堂——圣维特大教堂。我们匆匆游览了这座城堡,站在上面眺望了整个布拉格市,只见蓝天白云下各种建筑鳞次栉比,绿树成荫、流水潺潺,布拉格美丽的景色尽收眼底。

基督宗教是欧洲人生活中的一个重要部分,教堂成为宗教活动传播的主要场所。教堂大多历史久远,并且遍布城乡各地,成为城、镇的重要组成部分,它们是基督教三大流派(天主教、基督新教、东正教)举行弥撒礼拜等宗教活动的地方。欧洲的教堂主要分为4种建筑风格:罗马风格、哥特风格、巴洛克风格、拜占庭风格。自12世纪到15世纪,城市已成为各个封建王国的政治、宗教、经济和文化中心,教堂成为城市中最高大雄伟、富丽堂皇的建筑。我们游览了圣尼古拉斯教堂和圣维特大教堂,它们都为哥特式教堂,高耸的尖直刺蓝天,瘦高的身躯,外面有许多竹笋般瘦长型装饰物,象征着摆脱了束缚,奔向天国,窗户都被装饰得色彩斑斓。走进城堡的圣维特教堂里,有专门导游解说了教堂里的传说典故。对那些宗教的传说因我们与欧洲文化相去甚远,听了似懂非懂,不过里面的耶稣遇难雕刻、忏悔房的实物、各种精美的金属雕塑倒是大开了眼界。在欧洲政教合一的年代,教会有至高的权利,有权有钱。从这些教堂的规模和豪华程度可以看出所需的金钱巨大,教堂所展示的建筑技术令人惊叹。捷克在东欧国家里历史还是比较古老的,所以它拥有的教堂数量也比较多。了解欧洲的历史,游览教堂还是必要的。

布拉格是一个山清水秀的多桥之城,碧波粼粼的伏尔塔瓦河穿城而过,共有18座大桥横架在河水之上,将两岸的哥特式、巴洛克式和文艺复兴式的建筑连成一体。其中,查理大桥是布拉格人在伏尔塔瓦河上修建的第一座桥梁,距今已有650年历史,成为布拉格最有名的古迹之一。此桥长520米,宽10米,有16座桥墩,是遵照捷克国王查理四世之命而建,因此得名查理桥,也是连接布拉格老城、小城和布拉格城堡的交通要道。桥的一端入口处耸立着查理四世的全身雕像,两侧是带有巴洛克式浮雕的哥特式门楼。桥两侧石栏杆上有30座雕像,为天主教圣徒和保护神,造型有女神、武士、人面兽身和兽面人身像等,都是出自捷克17—18世纪巴洛克艺术大师的杰作,被欧洲人称为"欧洲的露天巴洛克塑像美术馆"。现在原件已经保存在博物馆内,大部分已经换成复制品,据说只要用心触摸石雕像,便会带给你一生的幸福,桥上的一尊铜像的某些部位已被游人摸得发亮。二战期间，隆隆的坦克曾穿桥而过，而桥却稳如泰山，它坚如磐石的秘密在于砌石的灰浆加入了蛋清，经历几百年的风风雨雨，迄今查理大桥仍完好无损。1992年，联合国已将查理大桥列入世界遗产目录。

布拉格的瓦茨拉夫广场是现代布拉格的代表，建于14世纪，昔日曾是骏马的交易中心，也是捷克许多著名历史事件的发生地，曾经见证了捷克共和国的成立、二次世界大战的结束以及布拉格之春、天鹅绒革命等重大历史事件。此广场周围有为数众多旅馆、饭店、大型商店，是游客云集的地方。我们到此停留期间，广场人流如织，商贩商摊出售各种吃食，游人拍照摄影，几个捷克年轻姑娘对中国的大熊猫模型感兴趣，拉着、拽着甚至拉倒与"大熊猫"拍照。可不，大熊猫是世界稀罕物，样子又憨厚可爱，自然引得人们的喜欢。连接瓦茨拉夫广场的有一条长750米、宽60米的街道叫瓦茨拉夫大街被誉称为布拉格的"香榭里舍大道"，街道两旁有许多20世纪初建造的高雅古典建筑，各式商店林立，一些艺人吹拉弹唱热闹非凡。

我们还被导游带进一条狭窄细长的街道，走到尽头又豁然开阔，一堵五彩斑斓的墙出现在眼前，这就是布拉格著名的"列侬墙"。这堵墙不足30米，有两人多高，上面满是涂鸦，五颜六色的。墙的周围挤满了人，大部分是游客，有走着来的，有开车来的，人们在此驻足观看摄影拍照，这里成了出名的旅游景点。"列侬墙"原本是一面普通的墙，1980年12月8日，披头士乐队主唱的约翰·列侬在纽约寓所门前遇刺，消息传到捷克，一名艺术家在这面墙上绘制了列侬的画像，并配上了披头士的歌词，列侬墙由此得名。1988年，列侬墙成为捷克群众发泄对当时捷克政体愤怒的源头，人们在此集会、在墙上涂写发泄对当时不满漫画标语。捷克在1989年终于剧变，被称为"天鹅绒革命"，国家政体发生了根本的改变。"列侬墙"的作用非同小可，被保留下来成为布拉格必去的旅游景点。2014年，这里被一些艺术生涂白，仅留下"wall is over"（墙结束了）的字样，但没多久，"列侬墙"又被涂鸦恢复了色彩斑斓的样子。人们不愿忘记它，它的历史作用虽暂告结束，但成了捷克愤青们交流自己内心想法的"留言板"，表达捷克人民对和平、民主和自由的向往以及年轻人对爱情憧憬的符号。约翰·列侬本人虽然从来没到过捷克，他却真切影响了一代捷克人的世界观。

从"列侬墙"想到了捷克的几次风波，这个国家经历过几次大的政治变动。1945年4月以共产党为主要领导的捷克斯洛伐克民族阵线联合政府成立，5月9日，布拉格民众起义，在苏联红军帮助下解放捷克斯洛伐克全境；1948年5月9日成立捷克斯洛伐克人民民主共和国；1960年7月11日改国名为捷克斯洛伐克社会主义共和国；1968年，捷共中央第一书记杜布切克发起了"布拉格之春"改革，有脱离苏联控制倾向，苏军武装干涉。8月20日晚11时，布拉格机场接到一架苏联民航机机械事故，要求迫降的信号。客机一降落，数十名苏军突击队员冲出机舱迅速占领机场。几分钟后，苏第24空军集团军巨型运输机开始降落。1小时后，一辆苏联大使馆的汽车引路，苏军空降师直扑布拉格。1968年8月21日，华沙公约组织成员国出动50万大军侵入了捷克斯洛伐克；1989年11月随着苏联解体捷政局又发生剧变，12月29日公民论坛取得政权，"天鹅绒革命"领导人、作家哈韦尔当选临时总统；1992年11月，捷克和斯洛伐克解体。历史总是在曲折变化中书写，捷克的风波也说明了这一点。

捷克的旅行欣赏了这个古老东欧国家的建筑及风光，也得到了一点启示：这个国家近半个世纪以来动荡不断，近20年国家的体制发生了根本改变，但目前看国家安定，人民幸福，这说明每个国家国情不同，只要适合自己情况走自己的道路就行。

布拉格的姑娘

二、多难的波兰

离开捷克的布拉格我们将穿越波兰继续东欧行。

波兰经历了多灾多难的历史，它在东欧是比较大的国家，目前领土面积31万多平方千米，人口近4000万，2004年加入欧盟，1999年加入了北约。在苏联解体前，它是社会主义阵营的一员，也是华沙条约成员国。华沙条约（简称华约）是苏联、东欧国家为抗衡西方国家的北大西洋公约组织（简称北约）于1955年5月14日在华沙签订，1991年7月1日宣告解体，而西方国家的北约却一直存在，波兰后来加入了北约把自己融入西方国家的阵营。其实历史上波兰就是一个摇摆不定的国家，二战开始德国首先入侵波兰，几周时间波兰就被灭亡。波兰曾是个大国，沙俄、德意志都曾是它的手下败将，后来随着俄国与德国的兴起，波兰逐渐没落后被邻国几次瓜分。一战后波兰在英、法等国支持下复国，新成立的苏联与战败的德国对波兰复国没有异议，只是在划分边界上成了问题。波兰凭借英、法的支持与德国结下了仇恨，采取了远交近攻的策略，但波兰不具备争霸的实力，于是德国二战开始对波兰首先动手。

20世纪80年代末期，苏联解体，东欧剧变，波兰自然也在其中。印象最深的是那时波兰有个民间组织团结工会，头目叫瓦文萨。这个瓦文萨仅是小学文化水平，一个造船厂的电工，靠造反领导罢工成了波兰风云人物，不但当上了团结工会的头儿，后来还做了波兰的总统，获得了诺贝尔和平奖，经历挺像中国"文革"时期的造反派头头。他当上总统后能力有限，人民发现这位造反起家的总统不能给他们带来民主，后在1995年和2000年两次竞选中瓦文萨一再败北，成了昙花一现的人物，当时波兰有两首讥讽瓦文萨的歌曲《永远不要相信电工》《瓦文萨，我的一亿元钱到哪儿去了》，可见没有金刚钻就不要揽瓷器活。

我们在波兰只匆匆路过，没有到它的首都华沙，但去了叫世人难忘的地方——奥斯维辛集中营。

这是一个叫人异常沉痛的地方。纳粹德国在第二次世界大战中实行种族清洗，疯狂屠杀了600万犹太人。奥斯维辛集中营是主要关押屠杀犹太人的一个场所，在这里近150万犹太人被屠杀。

这个集中营占地面积175公顷，1939年，波兰被纳粹德国占领，奥斯维辛便由纳粹德国控制。1939年底，当地纳粹和警察头目计划并由德国纳粹选址在此修建一座集中营。它建立在奥斯维辛城边开阔带，此处是铁路交通枢纽，以便于运输"犯人"。纳粹在这里修建了300座木排房，一条专用铁路从南大门一直通到集中营的北端。营内设有4个大规模杀人的毒气"浴室"、储尸窖和焚尸炉，一次可屠杀1.2万人，配备的焚尸炉每天可焚烧8000具尸体。1945年1月27日，苏联红军攻克了奥斯维辛集中营，当时集中营内仅有7000多名幸存者，其中包括130名儿童。

1979年，联合国教科文组织将其列入世界文化遗产名录，以警示世界要和平，不要战争。为了见证这段历史，每年全世界有数十万游客到此凭吊被纳粹迫害致死的无辜者。

两旁是大片的麦地，一条柏油路把我们带入一座石头砌成大门的地方。一进门就见一排排的木板房，木板房很高，进去里面很空旷，原来是有木板搭成的一层层架子，犯人进来后就一个个紧挨着安排在架子上，失去了自由。囚犯最早被用卡车运往集中营，1944年5月以后，修建了铁路直接抵达集中营。集中营的医生对收容人以种族、宗教、性别、年龄等基本资料作初步的筛选，收容人被剃去头发、消毒、拍照建立档案，个人行李财物皆被没收。大部分的犹太人、妇人、儿童、老人被判定为没有价值的人，会被直接送往刑场或是毒气室杀害。纳粹在奥斯维辛集中营的毒气室中使用了规模最大、效率最高的灭绝方式，曾创造过每天毒死6000人的纪录。毒气室建造得如同浴室，新人抵达后会得知要被送去劳动，但先要淋浴和消毒，他们被带到形同浴室的毒气室，很快就被剧毒毒气毒死。死者身上的牙齿、头发及至皮肤都不放过，纳粹用遇难者的人皮做手套和灯罩，用头发做褥垫，甚至有些囚犯身上的脂肪，都被刮下来做成肥皂，尸体烧完后就当肥料。1943年，集中营营内建立起了炼金车间，将死者身上的金首饰、金牙熔化成金锭存入德国国家银行，一天产量达22磅。

看着这杀人魔窟，大家被深深震撼了！这座集中营至今被保留着原样，木房里的福尔马林气味还很浓，可见当初有多少无辜的人死在这里，纳粹给人类犯下了滔天罪行！对纳粹二战中对犹太人的杀害，后世德国人深深地表示真诚的忏悔和愧疚，并作出了补偿。1970年12月7日，正在华沙访问的联邦德国总理勃兰特来到犹太人殉难者纪念碑前献花圈，双膝跪在犹太人殉难者纪念碑前。1995年6月，德国总理柯尔到以色列时，也是双膝跪在犹太人受难者纪念碑前。此外，德国也重修一座犹太人历史博物馆，包括记录与展示德国纳粹迫害和屠杀犹太人的历史。

怀着沉痛的心情离开了奥斯维辛集中营，人类需要和平，世界需要安宁，地球应该是个大家庭，但总不能实现，当然这需要全人类的努力。

我们随后来到了叫克拉科夫的地方，不过也是匆匆路过。这是克拉科夫省首府，波兰的直辖市。它位于维斯瓦河上游两岸，建于700年前，是中欧最古老的城市之一。1320—1609年为波兰首都，被认为是欧洲最美丽的城市之一。我们虽然在这里只是短暂的停留，但这儿的风光和气氛把大家刚才在奥斯维辛的沉痛一扫而光。

维斯瓦河沿克拉科夫城流过，正值黄昏，河水静静流淌，夕阳染红了天际，映在水面上流光溢彩，游人们在河畔欢聚，几个小伙子赤裸着上身玩着轮滑，动作矫健敏捷，对对年轻的情侣相拥坐在河边的高处，有的喃喃低语，有的拥抱亲吻，一片静谧安详的景象。他们可想过他们的先辈们有的在离此不远的奥斯维辛集中营悲惨地死去。

愿人类永远和平、安宁！

奥斯维辛集中营

三、徜徉在多瑙河

奥地利著名轻音乐作曲家，被后人称为"圆舞曲之王"的小约翰·施特劳斯的那首《蓝色的多瑙河》是脍炙人口的世界名曲，它把人们带到了那迷人的多瑙河，叫人们向往。我们的东欧行第三站来到了匈牙利的首都布达佩斯，流经这里的多瑙河自然是必游的地方。

匈牙利是欧洲内陆国家，位于多瑙河冲积平原，面积9.3万平方千米，人口近千万。著名的多瑙河，从斯洛伐克南部流入匈牙利，把匈牙利截成东、西两部分。匈牙利资源贫乏，但山河秀美，建筑壮丽。匈牙利经济发达，人均生活水平较高，自东欧剧变后，匈牙利经济高速发展，到2012年，人均国内生产总值按国际汇率计算已达到1.27万美元，到了中等发达国家水平。匈牙利2004年加入了欧盟，但欧元在这里不太流通，不像北欧、西欧用着方便。

现在上年纪的人基本都知道20世纪50年代的"匈牙利事件"。1956年10月23日至11月4日发生在匈牙利的由群众和平游行而引发的武装暴动，在苏联的两次军事干预下，事件被平息，造成约2700名匈牙利人死亡。

布达佩斯是匈牙利共和国的首都，它位于多瑙河两岸，被人们誉为"多瑙河明珠"，被联合国教科文组织列为珍贵的世界遗产之一。布达佩斯被多瑙河一分为二，西岸为布达，东岸为佩斯，二者之间以9座桥梁相连，构成了一幅奇特的景象，使匈牙利首都成为世界上少有的美丽的双子城市。滔滔的多瑙河水进入匈牙利国土后骤然转弯，然后从容不迫地从北向南静静流淌，宛如一条精美的项链戴在了这个美丽国度的颈上，而布达佩斯就是这串项链上最璀璨的一颗明珠。

我们一到匈牙利首都布达佩斯就坐上了多瑙河上的游船。多瑙河发源于德国的黑林山，全长2800多千米，流经欧洲9个国家后注入黑海。它像一条绿色的飘带蜿蜒在欧洲大陆上，给沿岸人民带来幸福和快乐。游船在多瑙河宽阔平缓的水面上行进，清风徐徐拂面，两岸风光无限，城堡、教堂等各种建筑争比高低，座座桥梁争相媲美，不禁想起那首家喻户晓、脍炙人口的《蓝色的多瑙河》名曲。1867年，奥地利维也纳男声合唱协会急需一首供表演用的合唱圆舞曲。当时，约翰·施特劳斯已经创作了大量圆舞曲，于是大家提出最好请他来写。关于约翰·施特劳斯创作《蓝色的多瑙河》圆舞曲人们传说纷纭，有人讲：那天，他忘了带谱纸，于是在自己的衬衫袖子上匆匆记下了乐谱。夜里他没有回家，直到清晨，他才回到家里脱掉衬衫入睡。他的夫人杰蒂·德雷弗丝是一位歌唱家，发现丈夫衬衣袖上的乐谱，知道这是他的新作，就没有动它。可是，当她有事出门归来时，发现这件写有乐谱的衬衣被仆人当作脏衣服拿去洗了。她不由得一惊，急忙跑出去找，幸好洗衣妇刚刚将衣服丢进洗衣盆里，杰蒂从水中将衬衣捞出，还好，乐谱墨迹还未泡掉。今天人们能听到这支动人的圆舞曲，真应该感谢杰蒂救谱之功。当然，传说并不一定和事实完全相符，但它说明人们对这支曲子的热爱和想追根求源的心情。100多年过去了，这首名曲经久不衰，仍然在不停地演奏着，我在北京几次大型音乐会上听过著名的专业乐团演奏它，优美乐曲陶醉了台下所有的观众。

游船继续在多瑙河上行进，两岸的美景目不暇接，横跨河的座座桥梁也叫人惊叹不已。连接布达和佩斯的9座桥是一道亮丽的风景，它们造型各异，颜色不同，还具有美丽的传说。很早的时候，多瑙河上并没有桥，布达和佩斯两岸的联系一直靠摆渡，后来出现了浮桥。从春季到秋季，河上一座木制浮桥是唯一的交通通道，到了河水冻结的冬季，人们拆下浮桥，驾驶马车直接从冰面上飞驰至对岸。春初秋末是居民们最无奈的时光，结冰的河流既无法架设浮桥，也不能承载行人和马车，每到此时，两岸就要有几天的时间断绝往来，运气不好的时候要几个星期。1800年冬季，佩斯城所有行政官员到布达城参加奥地利总督的盛大婚礼，结果困在对岸几个星期。1820年冬天，有位匈牙利的贵族塞切尼伯爵忽然得到父亲在维也纳病危的消息，立即出发去看望父亲，可多瑙河上的浮冰挡住了去路，无论他怎么着急，也无法马上过去。等到浮冰融化，浮桥可以使用，这位伯爵终于渡过多瑙河赶赴维也纳，他的父亲已经去世了，他最终未能见上父亲最后一面。于是，这位愤怒的伯爵发誓要在多瑙河上修一座永久性的桥梁。他号召贵族成立建桥团体，并筹措到足够的资金之后，从英国请来了设计师和建筑师，他自己也捐献出了一年的俸禄。经过了10年的时间终于建成了，这是一座以链索为骨架的三孔铁桥，长380米，宽15.7米。两座桥墩之间相距230米，是当时世界上跨度最大的桥，桥的两头各有一对栩栩如生的石狮，出自雕塑家马勒士查古·亚诺什之手。围绕这对石狮，还有一段逸闻，相传石狮雕成后，雕塑家扬言，如果有谁能找得出这对石狮子身上的毛病，他宁愿跳河自杀。于是大家纷纷前往观看这对石狮子，试图挑出它有什么不对的地方，但是这对石狮子实在太完美了，谁也别想挑出什么毛病，突然一个小孩儿喊了一声："这对石狮子没有舌头！"于是这位雕塑家无地自容，真的跳河自杀了。传说毕竟是传说，雕塑家的心胸哪能这样狭窄，后来有人还看到这位雕塑家活得好好的。我们的游船从链子桥下穿过，目睹了它的雄姿，这确是一座很漂亮的桥，虽然已建成100多年了，但仍雄姿焕发，桥两端有高大的门洞，桥头尾4座石狮，目光坚毅，守望着两岸的人们平安地过桥。这是布达佩斯多瑙河上的第一座大桥，随后陆续又建了8座，各式各样的，装点得布达佩斯更加美丽，多瑙河上的桥是这座城市的骄傲。

游船返回码头，我们下船登岸，眼前出现一座宏伟的灰白色建筑，名为渔人堡。它的高高城墙和7座尖顶的塔造型典雅，设计巧妙。7座塔代表了最早在匈牙利定居的7个马扎尔人部落，一顶顶尖塔，像是带了一顶顶尖帽子一样，带有童话色彩。可爱的塔尖、梦幻般的拱廊、古朴的石雕、曲折通幽的回廊，像是回到部落时代。渔人堡建于1905年，最早这里曾是个鱼市，后来渔民们为了保护自己的利益而修建了此堡，作为防御之用。渔人堡一侧是马加什教堂，这是座美丽的教堂，它抛弃了传统哥特式建筑的对称结构，独具匠心地将高高的钟楼修建在教堂的一角，使得整座建筑变得轻盈，拱顶尤为壮观，皆由彩色玻璃镶嵌而成，拼成美丽的图案，在阳光下熠熠生辉，历代匈牙利国王的加冕仪式都在此举行，故又有"加冕教堂"之称。

站在渔人堡俯视，布达佩斯一片秀丽风光，多瑙河静静流淌，天上鸟儿自由飞翔，地上建筑多姿多彩，几经风雨的匈牙利还是一片美好、安详。

多瑙河

东欧青年

四、奇异的溶洞

提起南斯拉夫，大家谁都不陌生，它在20世纪名字可是响当当的，说它是老牌修正主义，他的铁杆领导人铁托给人也是铁一样的感觉，敢与那时社会主义阵营的老大苏联抗争。但是铁托去世后，苏联解体，这个国家四分五裂了，如今南斯拉夫这个国家的名字不复存在，代之是6个主权独立的国家。我们的东欧行离开匈牙利后就向原来的南斯拉夫中分裂出的两个国家行进。

旅行车在巴尔干半岛上飞驰，碧绿的原野、起伏的山峦、五颜六色的乡间别墅、静静流淌的河流、天空中翱翔的飞鸟，构成了一片诗情画意，东欧经过动乱如今也恢复了和谐、安详。

经过几个小时的奔驰，汽车停在一片庄稼地旁边，前面有几座房子，这就是克罗地亚的海关，我们即将进入克罗地亚了。

要不是这次旅行，还真不知道有克罗地亚这个国家。现在才知道克罗地亚共和国位于欧洲东南部，处于地中海及巴尔干半岛潘诺尼亚平原的交界处，首都为萨格勒布，面积5.66万平方千米，人口400多万。8世纪末到9世纪初，克罗地亚人建立早期封建国家，10世纪建立了强盛的克罗地亚王国，1918年12月，克罗地亚与其他南斯拉夫人联合成立了塞尔维亚 - 克罗地亚 - 斯洛文尼亚王国（1929年改称南斯拉夫王国），1945年成为南斯拉夫联邦人民共和国的一个加盟共和国，1991年6月宣布脱离南斯拉夫社会主义联邦共和国独立，并于2009年加入北约，2013年7月1日加入欧盟。还值得一提的是这个小国2018年世界足球杯赛上取得了亚军，叫人刮目相看。

原想进入这个小国家，应该挺容易的，没想到却耗时近两个小时。海关先把大家的护照收走，然后车上人一个个下车逐一核对。一个肥胖的、挎着破旧的盒子枪的女海关核对完再一个个输入计算机，输完后还要把护照拿到另一部门登记备案，繁琐的程序、低下的效率叫人厌烦。大家说如果在北京，这样进入中国海关的人群还不得等几个星期。

进入克罗地亚首都萨格勒布市，倒是行人车辆稀少，街上挺静，没有很高的建筑，感到小国有小国的好处，生活安逸。在这里我们只游览了圣母升天大教堂，俗称萨格勒布大教堂，是萨格勒布的地标性建筑之一。这个教堂被誉为"阿尔卑斯山脉东南部地区最雄伟、最有风格的且最能体现新哥特式建筑艺术的教堂"，耗费了5个世纪才建造完成，拥有高达100多米的两座尖顶塔楼，在街区的任何地方都能看到它的顶端。教堂正面有精美的雕塑，圣母玛利亚和四天使纪念柱耸立在教堂前的广场上。圣母玛利亚在《圣经》和《古兰经》里被称为是耶稣的母亲，可见地位非凡。

克罗地亚风光

在克罗地亚只暂短停留我们就进入另一个国家——斯洛文尼亚。

南斯拉夫，曾用名南斯拉夫王国、南斯拉夫联邦人民共和国、南斯拉夫社会主义联邦共和国、南斯拉夫联盟共和国。它以塞尔维亚族所建立的塞尔维亚王国为基础，经两次巴尔干战争及第一次世界大战，兼并语言、文化相近的周边小国黑山王国，吞并原来从属于奥匈帝国的弱小斯拉夫民族聚居地克罗地亚－斯拉沃尼亚王国而形成的国家。1945年，铁托领导下的南斯拉夫共产党建立起南斯拉夫联邦人民共和国，1963年改国名为南斯拉夫社会主义联邦共和国。1992年南斯拉夫解体，分裂为南联盟、克罗地亚、斯洛文尼亚、马其顿、波斯尼亚和黑塞哥维那。南联盟2003年重定新宪法改国名为塞尔维亚和黑山。2006年6月3日黑山独立，2008年科索沃"独立"。1998年，南联盟政府指责塞尔维亚境内科索沃自治省的阿尔巴尼亚族武装分子多次发动暴力袭击，造成大量平民和警察伤亡，派遣军队进入科索沃。美国及其盟国指责南联盟在科索沃杀害了大批阿族居民，制造了"人道主义灾难"，对南联盟制裁。1999年，以南联盟政府拒绝执行西方国家主导的和平协议为由，美国领导的北约对南联盟空袭78天，对南联盟的军事基地、医院、桥梁、民宅进行打击，其中在当年5月8日，北约空袭部队5枚导弹击中中国驻南联盟大使馆。6月，南联盟接受和平协议，联合国和北约接管科索沃。目前，前南斯拉夫的领土分成以下6个主权独立国家：斯洛文尼亚共和国、克罗地亚共和国、波斯尼亚和黑塞哥维那、塞尔维亚共和国、黑山共和国、马其顿共和国，科索沃想独立但没被承认。

出克罗地亚海关后进入斯洛文尼亚的海关就容易多了。

斯洛文尼亚国土面积为2.0273万平方千米，人口约205万，首都卢布尔雅那，也是最大城市。斯洛文尼亚是一个发达的资本主义国家，2004年3月加入北约，2004年5月1日加入欧盟。

一踏入斯洛文尼亚国土先直奔那个著名的溶洞——波斯托伊那溶洞。这个溶洞位于首都卢布尔雅那西南54千米的波斯托伊那市，是欧洲第二大溶洞，全长27千米，洞深115米，海拔562米。斯洛文尼亚是个很小的国家，领土面积只有两万多平方千米，但有人说上帝创造世界时对斯洛文尼亚的疆土特别慷慨，在地下又给它大量疆土，如测量一下会翻倍，因为斯洛文尼亚有三分之二的地区属石灰岩，千百万年来，积水溶解了碳酸钙，形成了壮观的地下隧道、通道和洞穴组成了地下迷宫，成了丰富的旅游资源。这种称为"喀斯特"地貌的石灰岩溶洞在中国有不少，我去过国内的不少溶洞，如广西桂林的、贵州的、辽宁本溪的一些溶洞，还有北京的上方山云水洞、京东大溶洞等，但波斯托伊那溶洞与众不同的是：这里有世界上唯一深入地下溶洞的双向行驶小火车。

我们先坐小火车向洞中行驶15分钟，洞内胜景甚多，蔚为奇观，洞内套洞，隧道相连，形成一条奇伟的山洞长廊。有一面积约3000平方米的大洞叫音乐厅，高大宽阔，形似一巍峨宫殿，洞内音响效果极好，经常在此举行岩洞音乐会。洞内高悬的钟乳和挺拔的石笋，有的像巨大的宝石花，冰晶玉洁；有的似圣诞老人，笑容可掬；有的似雄狮下山，有的如飞鸟展翅，千态百姿，叫人惊叹大自然的鬼斧神工。

　　火车在终点停下，游人还要步行1.7千米，洞内沿途供游览者行走的路没有一级台阶，全部是坡道，这与其他地区的溶洞不同，走起来安全而且比较省力。另外洞内没有像国内溶洞那样弄得五颜六色的，只有白色和黄色的灯光，让人感觉非常清爽和舒服，同时对保护溶洞也大有益处。步行的这段路也很新鲜刺激，步步有景、一步多景，令人目不暇接，有千亿年前即开始生长的石笋和钟乳石，也有刚生长不久的、算是小小的石笋嫩芽，但年龄也应该有几百年了。有的石笋和钟乳石马上就要对接了，但是，这个马上也许要等上百年。看到这个石笋、钟乳石的大家庭，在这个浩瀚年月形成的岩洞里，你才真正理解什么是历史长河了。在18世纪，来这里游览一次费用十分昂贵，因此，进入波斯托伊纳溶洞观光成为当时世界上最时髦和最有身份的一种象征。

　　在波斯托伊那溶洞的震撼中，我们坐小火车出了洞，乘旅行车来到斯洛文尼亚首都卢布尔雅那。这也是个迷人的小城，在城中城堡山顶有一座被森林环绕的城堡，登上这座城堡可瞭望整个城市的美景，幽静美丽、风光旖旎。但这还不是我们最兴奋的，随后的遭遇又叫大家意想不到。

　　我们于黄昏离开斯洛文尼亚的首都向东欧行的最后一站奥地利行进，这需要翻越阿尔卑斯山脉。这是欧洲最高的山脉，位于法国、意大利、瑞士、德国、奥地利和斯洛文尼亚6个国家的部分地区。暮色降临，我们的大巴在盘山路上行驶，山路盘绕，沟壑纵横，时而在车旁出现悬崖峭壁，大家见此停止了说笑，心里不免有些紧张。这是东欧行以来最难走的路，那个开车的胖胖的洋人司机也聚精会神驾驶，一点不敢马虎。大巴一个劲儿地往上爬，翻越一座座山峰，中途司机似乎走错了路，还往返一段山路两次。天已经漆黑了，只靠车灯照明前进。怎么还不到宾馆？大家在嘀咕。终于汽车在一处坡路处停下，导航指示继续爬坡，但上面路越来越窄，司机不敢走了。他找了一段宽阔地段掉转车头，往回开到一处有灯光的房子旁打电话给我们要下榻的宾馆，宾馆答复说原地等待他们派小车来接。一会儿，来了两辆小面包车，分批将我们和行李运到宾馆。其实宾馆离着也不远，就在上面山峰平缓处，是新建不久的，规模不大但干净整洁。外面一片漆黑，大家都很疲劳，吃罢饭很快就寝了。

　　第二天清晨，大家起来走出宾馆，蓦地，在我们前方山峦的下面出现了一望无际的云海与周围山峰环绕相接着。晨曦中，大团大团的洁白云朵奔腾舒卷，自由飞翔，沿着山峰、森林如浪涛般波起浪涌，惊涛拍岸，叫人感到天地的气魄，自然的伟大。我们太兴奋了！昨晚惊险的心情早飞逝了，还感到下榻在此真是幸运！飞云继续弥漫舒展，移步踏云的奇姿拥抱着阿尔卑斯山的群峰和森林，吸人眼球，瞬息万变。烟云飘动，山峰似乎也在移动，变幻无常的云海也叫人产生了联想，行云随山形多姿地运动，山形与行云丰富地变换，形成了我们美感的源泉。云海表现出来的这种美，大大丰富了阿尔卑斯山的神采，增添了无穷诱人的魅力。一片烟水迷离之景，是诗情，是画意，给人以无限的冥想和遐思，我们置身其中，神思飞越，浮想联翩，仿佛进入了梦幻世界。

这种神奇美景的幸遇写进了我们精彩的生命历程，把东欧行的感觉推向一个新的高潮。大自然是美妙的，我们的地球是美丽的！

阿尔卑斯山美景

斯洛文尼亚首都卢布尔雅那街景

五、茜茜公主的故乡

我们饱览了阿尔卑斯山美丽的风光后来到了盼望已久的奥地利首都维也纳，这也是我们东欧行的最后一站。

奥地利共和国简称奥地利，是一个位于欧洲中部的内陆国家，与多国接壤，东面是匈牙利和斯洛伐克，南面是意大利和斯洛文尼亚，西面是列支敦士登和瑞士，北面是德国和捷克，国土面积8.385万平方千米，人口800多万。

奥地利曾是欧洲列强之一，更是统治中欧650年哈布斯堡王朝的所在地。它那时称为奥匈帝国，奥匈帝国是1867年至1918年的一个中欧"二元君主国""共主邦联国家"。在这段时间里，匈牙利王国与奥地利帝国组成联盟，这个联盟的全称是"帝国议会所代表的王国和领地以及匈牙利圣史蒂芬的王冠领地"。这次来到奥地利旅游也使我们了解到：奥地利从中世纪开始到一战结束匈牙利国王与奥地利皇帝均是同一个人。匈牙利对内享有一定程度的立法、行政、司法、税收、海关等自治权，对外事务方面（外交和国防）则与奥地利一样，统一由帝国中央政府处理，其实就是奥地利帝国和他的殖民地匈牙利妥协的产物。奥匈帝国是当时仅次于俄罗斯帝国的欧洲大陆第二大国，人口次于俄罗斯帝国及德意志帝国，居第三位。第一次世界大战后奥匈帝国解体为奥地利、匈牙利、捷克和斯洛伐克4个完整国家，原匈牙利境内的特兰西瓦尼亚割让给罗马尼亚，奥匈东部领土如伦贝格等地割给波兰，波黑、斯洛沃尼亚等地并入南斯拉夫，原奥地利境内南蒂罗尔割让给意大利。

那么为什么要建立奥匈帝国呢？这出于多种原因，原来的奥地利帝国是一个中央集权的统一帝国（1804—1867），但19世纪中叶以后，这个帝国被削弱了许多：1859年的意大利独立战争使它在意大利的势力被削弱；1866年的普奥战争迫使它退出德意志联邦，同时匈牙利对维也纳的统治也非常不满。为了保障奥地利皇帝在匈牙利的地位，弗朗茨·约瑟夫皇帝与匈牙利的贵族举行谈判，寻求一个可以使他们支持他的折中方案。经过谈判，两国贵族接受了奥匈二元帝国的方式，这就是奥匈帝国的由来。世界历史是很有趣的，各国的政体、领土也是千变万化的，事物在矛盾中发展、进展、衰亡是不可抗拒的规律。奥地利现在是一个高度发达的资本主义国家，是当今世界上最富裕的国家之一。1995年加入欧盟，1999年接受欧元，在此国欧元通行无阻，比其他东欧国家使用方便得多。奥地利的首都既有"音乐之都"的美称也有"建筑之都"的美誉，这在我们游览这个国家后有了深刻的体会。

我们一到奥地利首都维也纳就先游览了一个叫"美泉宫"的地方。这是奥地利哈布斯堡的避暑皇宫，位于维也纳西南部。美泉宫得名于一眼泉水，这里原是一片开阔的绿地，一次，马蒂亚斯皇帝狩猎至此，饮一泉水，心神清爽，称此泉为"美丽泉"。1743年，玛丽姬·特蕾西亚女王下令在此建宫，这里便出现了气势磅礴的宫殿和巴洛克式花园，面积2.6万平方米，仅次于法国凡尔赛宫。

这座皇宫是一片米黄色的建筑，走进宫内，有1400个房间，从中央大厅进去，有

44间是洛可可式（18世纪欧洲流行的一种纤巧华美的建筑风格），优雅别致，但大多数是巴洛克式（17世纪欧洲流行的一种重视雕琢的建筑风格）。宫中专门有东方古典式建筑，如嵌镶紫檀、黑檀、象牙的中国式房间，用泥金和涂漆装饰的日本式房间，内部的装饰品也以东方风格统一协调，四壁和天花板上镶嵌着陶瓷器。在琳琅满目的陶瓷器摆设中，有中国青瓷、明朝万历彩瓷大盘和揩花花瓶等。

游览这座皇宫，不得不提一位世界著名的女性——茜茜公主。茜茜公主名为伊丽莎白，是一位非常美丽的女性，她的美貌在19世纪60年代举世闻名。1864年，茜茜参加弟弟卡尔·特奥多尔的婚礼，人们形容她"光彩照人"。她穿着带星星图案的白色克里诺林裙，编织的发辫上点缀着钻石星花的形象被当时著名的画家弗朗兹·克萨韦尔·温特哈尔特描绘在画布上，成为她最经典的形象，在100多年的历史中被无数人所模仿。

茜茜16岁时与弗朗茨·约瑟夫结婚之前一直在无拘无束的环境中成长。婚后，毫无准备的茜茜被强行推入了与其性格极其不相符的古板沉闷的哈布斯堡宫廷生活。后来儿子鲁道夫的诞生，茜茜在宫廷内的地位大大提高，她与匈牙利建立了深厚的感情，并在1867年促成了奥匈帝国的诞生。除了她对匈牙利的情感，她的美丽在其中起到很大作用。1898年，茜茜在瑞士的日内瓦遭到意大利的无政府主义者路易吉·卢切尼的暗杀，不幸去世。茜茜当了44年奥地利皇后，一位女性成为世界名人着实不易。

参观了美泉宫之后来到北面的宫殿花园，所有的游客都会被这里的壮观景象所倾倒。这座两平方千米花园是欧洲典型的法式园林，在碎石子铺成的地面上，是一片片格局优雅、精雕细琢的花坛和草坪。花园两边高大的树木，被剪成一面面绿墙。

美泉宫后面则是大片的草坪和喷泉，穿过草坪是海神喷泉，往上走到草坪的尽头，高高挺立在小山坡之上的是凯旋门。整个行宫的布局十分优雅闲适，淡金色的宫殿，气势雄伟，整齐而对称的建筑外观和雕刻的装饰线，使得宫殿显威严而庄重，周围大片的绿地和鲜花丛为宫殿平添了一分妩媚。建筑物顶部是体态健美的人物雕塑，表情姿态各异，充分展示了艺术家的才华。几百年前，女皇、国王、公主等达官贵族在这生活，如今人面不知何处去，无数庶民纷至沓来，历史实在是个大舞台！

美泉宫

离开"美泉宫",我们来到早已听说又急于见到的闻名于世的维也纳金色大厅。只是不凑巧,这天金色大厅不对外开放,我们只能在外面一览它的芳容。

维也纳金色大厅是维也纳最古老、最现代化的音乐厅,是每年举行维也纳新年音乐会的法定场所。1939年开始,每年1月1日在此举行维也纳新年音乐会,后因战争一度中断,1959年又重新恢复。金色大厅始建于1867年,1869年竣工,是意大利文艺复兴式建筑。外墙黄红两色相间,屋顶上竖立着许多音乐女神雕像,古雅别致。维也纳交响乐团每季度至少在此举办12场音乐会,1870年1月6日,音乐厅的金色大演奏厅举行了首场演出。几世纪以来音乐一直都离不开维也纳,所以它还被称为"音乐之都"。它孕育出音乐天才莫扎特、贝多芬、舒伯特和约翰·施特劳斯。维也纳悠久的音乐遗产延续至今。我们在这座金黄色的建筑前拍照留念,让它发出的优美旋律伴随我们的人生。

大家漫步维也纳街头,这是座美丽的城市,它是联合国4个官方驻地之一,也是石油输出国组织、欧洲安全与合作组织和国际原子能机构的总部所在地。2011年11月30日,维也纳以其华丽的建筑、公园与广阔的自行车网络登上全球最宜人居城市冠军。这座美丽的城市似乎到处流淌着美妙的音符,潺潺小溪,葱葱绿意,狭窄街巷,卵石道路,都像一道道的音符,远处阿尔卑斯山的英姿,近处多瑙河两岸风光,时刻陶醉着游人。

有意思的是1908年19岁的希特勒曾两次报考维也纳艺术学院,均未被录取,只能在维也纳靠做零活和出售临摹画糊口。他在维也纳受到了泛日耳曼民族党的影响,后来他对犹太人的种族灭绝政策,就是在此受到的影响,一个艺术青年后来竟成了人类恶魔真不可思议。

维也纳是我们东欧行的最后一站，但它与我们这次到过的其他几个东欧国家不太一样，它一直是资本主义制度的国家，经济一直比较发达，人们的生活在二战之后比较平安、富足，而那几个曾经是苏联式社会主义国家在各方面比它落后许多。

维也纳金色大厅

漫行俄罗斯

从小就知道了苏联,那时它是中国的老大哥。上小学时听说苏联成了苏修;"文革"时,苏修变成了社会帝国主义;后苏联解体,最大的一块有1700多万平方千米土地的国家称为俄罗斯,基本继承了苏联的衣钵,如今俄罗斯又是中国的好邻居了。

历史如此的风云变幻,苏联也几次多变,给我们带来了苏联情结,里面包含着苏联的故事、苏联的歌曲、苏联的转变,吸引着我一探究竟,俄罗斯之行成了多年的夙愿,2019年7月终于成行了。

一、新西伯利亚印象

飞机从首都机场起飞,经过5小时的飞行,降落在俄罗斯的新西伯利亚机场。走出机舱,映入眼帘的是不大的停机坪上停着的飞机,不是常见的银灰色,而是绿油油的颜色,真是别具特色。给我们惊喜的是从炎热的北京来到了凉风习习的新西伯利亚,很是心神气爽。

走出机场,一位中国女留学生,担任我们这次新西伯利亚的当地导游,她还带来了一位身着俄罗斯民族服装的俄罗斯姑娘,手捧着面包迎接着大家。倒是独出心裁,大家纷纷与俄罗斯姑娘合影,完后将面包掰成小块蘸盐吃。面包蘸盐是斯拉夫人(欧洲主要民族之一)迎接尊贵客人的礼节,一般多见于俄罗斯、白俄罗斯、保加利亚、波兰、捷克和斯洛伐克、芬兰和爱沙尼亚等国家。在古代俄罗斯,面包和盐象征着富足和健康,所以主人会身着盛装,摆放一桌盛宴,并将一两块面包和调味品献给客人。在斯拉夫文化中,面包被认为是一种圣物,家里没有面包意味着没有东西可吃,他们每顿饭都会吃面包,"面包是生命之杖",这句话可能是俄罗斯最著名的谚语了。如今,盐已经不再是稀缺物品,然而在古代和中世纪的俄罗斯,盐的价格相当昂贵,并不是每个人都能负担得起,这就是俄罗斯人在特殊场合会呈上盐的原因。在今天的俄罗斯,这种传统仍然很受欢迎,在官方接待场合以及招待外国游客的餐厅中都可以见到,传统的俄罗斯婚礼上也最常见这一仪式。这个中国留学生导游确实为迎接我们煞费苦心了。

乘上大巴,导游开始了讲解,介绍了俄罗斯特别是西伯利亚的一些情况:西伯利亚是北亚地区的一片广阔地带,西起乌拉尔山脉,东至杰日尼奥夫角,北临北冰洋,西南抵哈萨克斯坦中北部山地，南至蒙古、外兴安岭，面积约1322万平方千米，除西南端外，几乎全在俄罗斯境内。西伯利亚依据地形可分为三部分：西西伯利亚平原、中西伯利亚高原、东西伯利亚山地。俄罗斯领土面积为1700多万平方千米，而西伯利亚地区就占了1300多万平方千米，可以说是全俄罗斯土地的三分之二。我们来到的新西伯利亚市为新西伯利亚州的首府，人口在俄罗斯国内仅次于莫斯科与圣彼得堡。新西伯利亚州是俄罗斯的一级行政单位，位于西西伯利亚平原的东南部，鄂毕河上游，建于1893年，下辖30个行政区、14个城市。

大巴在飞快地行驶，望窗外，新西伯利亚城市建设不如中国的中等城市，居民住宅楼相当于北京20世纪八九十年代的建筑，市政设施比较陈旧。街道上行驶的汽车五花八门，新旧混杂，由于俄罗斯没有汽车报废一说，很旧的老爷车照样上路，而且左驾驶与右驾驶车混行，大白天开着车灯，说是为安全，导游说这对安全没多大作用。

导游继续讲着，第一次听到了俄罗斯还有十大怪，囊括了俄罗斯人的特点：第一怪：姑娘们身披破麻袋。俄罗斯的姑娘都爱披漂亮的披肩，有些中国人调侃把漂亮的披肩说成破麻袋。实际上这是斯拉夫民族风情和风采。第二怪：帅哥们头顶大锅盖。俄罗斯正规军、内卫部队、警察以及其他强力部门的军官都戴大檐帽。在世界各国军队中，俄军的大檐帽是最大的，小个子军官戴在头上就像扣了个大锅盖似的。第三怪：俄罗斯青草白雪盖。俄罗斯的秋天非常短，冬天却来得非常快。10月份就开始下雪了，这时候青草还没有变枯。而盖上这层厚厚的白雪棉被以后，整个冬天草依然是绿油油的。直到来年5月雪全部化光，又能见到白雪被子下面的青草。第四怪：干活的全是老太太。在俄罗斯地铁站、火车站、汽车站的清洁工是老太太，在商店、公园、饭店扫地的是老太太，在博物馆、图书馆看门及值班的仍然是老太太，就连乡村路边出售自家土特产的还是老太太。俄罗斯老太太忙着发挥余热，主要是为了养家糊口。她们养老金太少，丈夫和儿子可能正忙着酗酒，所以俄罗斯的"打工族"老太太就特别多。第五怪：十二三岁的孩子谈恋爱。俄罗斯是个人口严重缺乏的国家，目前只有1.43亿居民，且新生儿出生率连年下降，人口总数每年递减，若再不采取紧急措施，到2050年，这个泱泱大国就只剩下8000万人口，恐怕连保证最基本的劳动力都成问题。为增加人口，俄罗斯国家杜马新通过的婚姻法规定，俄罗斯公民14岁就可结婚，并且结婚手续相当简单，无须经过双方家长的同意。法律一经颁布，立刻引起了俄罗斯社会各界的强烈反响，各式各样的说法都有。俄罗斯少年才不管那么多呢，既然14岁就可以入洞房了，十二三岁谈恋爱还早吗；第六怪。30多岁当奶奶。14岁结婚，15岁生孩子，14年后子女14岁结婚，15岁生孙子（女）。看来30岁当奶奶是行得通的。第七怪：姑娘大腿露在外。俄罗斯有三宝：伏特加、巧克力、美女。不管多冷的天，俄罗斯姑娘都喜欢穿裙子。有些耐寒美女裙子的长短和温度的高低成反比。我们冬天都是裹着大衣,见了这些露大腿的美女会大吃一惊,感叹不已。第八怪:人高马大床很窄。别看俄罗斯人普遍长得比较高大,但他们睡觉的床却特别窄。据说,彼得大帝身高二米多,睡的也是一张小床。原来俄罗斯人喜欢趴着睡觉,人高马大的问题就解决了。只要上床后不乱折腾就不会出问题。但外国人不习惯,许多人都有过夜里掉下床的经历。第九怪:拉达跑得比奔驰快。俄罗斯人常常埋怨国内的道路坏,但他们一坐到方向盘后,一脚油门下去,就是90迈以上。目前,新型拉达车在俄罗斯只卖7000美元,而且普京还做了代言人,可有些俄罗斯人买不起,只能"坚持"用旧型号的,而新俄罗斯人又觉得开这种车寒碜,只买奔驰、奥迪等进口车。所以街头常常可以看到一副"贫富分化"严重的汽车追逐赛。第十怪:路上要烟不见外。在大街上,不管认识不认识,只要口袋里没带烟,俄罗斯人就会很自然地向路上行人要烟抽。十怪总结得不错,在10几天的俄罗斯旅游中,除十二三岁谈恋爱、30多岁当奶奶、路上要烟不见外等怪没见到外,其他基本都存在,感觉最深的是宾馆的床都较窄。

我们在新西伯利亚游览的第一个景点就是位于红色大街上的列宁广场。我们的大巴车停在列宁广场附近,俄罗斯姑娘带大家穿过地下通道,通道有出售小商品的商铺,墙上挂着二战期间的英雄照片。红色大街是整个城市的中心,列宁广场是此街的中心。一座高大的列宁塑像高高耸立,两旁有工农和士兵的塑像。仰望着列宁塑像,不由想起他创立的布尔什维克、苏维埃政权和十月革命,这些在中国早已家喻户晓。列宁把马克思主义实践到俄国,用无产阶级革命建立了世界第一个社会主义国家,并影响到中国。我曾读过列宁的著作《国家与革命》,它的无产阶级专政的理论和暴力革命手段夺取国家政权的论述至今印象深刻。如今他创立的第一个社会主义国家发生了巨大变化,但他的精神仍留存在世人心中,他仍然被称为世界上的伟大和杰出人物。历史是不会被抹杀的,不管今后世界发展到何种模样,但推动历史发展的人物会永远记入史册的。再看列宁塑像两旁的工农兵塑像正是列宁当初为底层百姓建立政权的拥护者。新西伯利亚至今保存着这些塑像,说明了这个城市尊重历史的客观做法,值得我们尊敬。列宁广场周围还有歌剧、芭蕾剧院、历史和自然博物馆。大剧院拥有引人注目的巨大穹顶,看上去既像罗马的万神殿,又仿佛是一个天文台,很是雄伟壮观。

接着我们光顾圣亚历山大·涅夫斯基大教堂,它建于1896—1899年,是一座拜占庭风格的红砖建筑。它通身都是暗红色,有着镀金圆顶和彩色壁画,是这座城市最早的石头建筑之一,为俄罗斯建筑19世纪末的杰出代表。该教堂在苏联时期曾遭受破坏,为庆祝新西伯利亚市建立100周年,1992年被重新修复。

中午我们在一家餐馆用了来俄罗斯的第一顿午餐,是俄式西餐,有面包、沙拉、鸡腿、小饺子和一碗汤，说不上精致，但能填饱肚子。

最后来到了鄂毕河畔广场。一条宽阔的大河泛着波涛静静地流淌，它称鄂毕河，发源于我国的新疆阿尔泰山脉，流入北冰洋，是俄罗斯第三大河。一座宏大的铁路桥凌跨河面，而一旁不远处还架着一段伸向河面的"断桥"。广场上高耸着沙皇亚历山大雕像，威武雄壮，充满霸气。这座铁桥与这座城市就是沙皇尼古拉三世缔造的，俄罗斯人为了纪念这座城市的创始人，矗立了他的雕像。

河面的原铁路桥建于1891年，它是新西伯利亚铁路干线的重要通道，因年代已久，又建了新桥，而把原来的铁桥拆除部分成为断桥移至一旁留作纪念。走近断桥，看到上面挂着红红绿绿的铁锁，这是"爱情锁"。看，那面来了一群人簇拥着一对新人在照婚纱照，鄂毕河与断桥成了新人爱情和婚姻的证明。

新西伯利亚市给我们留下了俄罗斯的初步印象。

新西伯利亚大剧院

二、圣彼得堡观光

离开了新西伯利亚，我们继续飞行了4小时到达了俄罗斯第二大城市圣彼得堡。

圣彼得堡始建于1703年，至今已有300多年的历史，市名源自耶稣的弟子圣徒彼得，它的面积1439平方千米。1712年彼得大帝迁都到彼得堡，一直到1918年的200多年的时间里这里都是俄罗斯文化、政治、经济的中心。

1917年，圣彼得堡涅瓦河上的阿芙乐尔号巡洋舰的一声炮响，列宁领导的十月革命在这里获得成功，从此开创了一个全新的苏联时代。1924年列宁逝世后，为了纪念列宁，城市改名为列宁格勒，"格勒"在俄语中为城市的意思，1991年又恢复原名为圣彼得堡。

圣彼得堡市在俄罗斯经济中占有重要地位，是一座大型综合性工业城市，被称为俄罗斯最西方化的城市，为俄罗斯通往欧洲的窗口，许多外国领事馆、跨国公司、银行和其他业务据点均在圣彼得堡,也是一座科学技术和工业高度发展的国际化城市。

在第二次世界大战期间,这里上演了一段悲壮的历史。德国法西斯军队将这座城市围困了872天(从1941年9月8日到1944年1月27日),是二战时期持续时间最长的围困与反围困作战。苏联军民开始了艰难的列宁格勒保卫战,最终取得了胜利,但是也付出了惨痛的代价。据统计,列宁格勒城内共有64.2万人死于饥饿与严寒,两万多人死于德军的空袭与炮击,3200幢建筑被摧毁,城市面目全非,街道变成了瓦砾堆,可谓是一座英雄的城市。战后人们将毁坏的文物一一修复,经过艺术家和工匠们的艰苦劳动,这座城市又再现昔日风采。1991年9月6日,俄罗斯联邦最高苏维埃颁布法令宣布列宁格勒恢复圣彼得堡旧名。1992年1月,圣彼得堡市举行了一次全民投票,大多数人赞同改回圣彼得堡老名。这样做,一是为了纪念彼得大帝,同时,也标志着苏联时代的结束。俄罗斯常被称为是战斗的民族,的确,历史上俄罗斯战火不止,而且很悲壮,二战时期的列宁格勒保卫战、莫斯科保卫战、斯大林格勒保卫战等都非常壮烈,就如同中国的二万五千里长征般世界闻名。

巴园与叶宫

我们来到圣彼得堡的第一天游览了巴普洛夫斯基公园和叶卡捷琳娜宫。当地的导游是一位来俄罗斯的中国东北女士,但她不是留学生,据她说她没完成学业,转为做生意了。

巴普洛夫斯基公园位于斯拉维扬卡河两岸,占地近万亩,曾是沙皇时期的皇室狩猎场。1774年女皇叶卡捷琳娜二世为庆祝保罗皇子喜得长子(即后来的亚历山大一世),便将这一块土地赠送给他,并派了自己喜爱的苏格兰建筑师卡梅尼去主持设计。我们沿着一条林荫大道走向一座高大辉煌的黄色建筑,它呈弧形,前面是一个广场,竖立着一尊塑像,这就是巴甫洛夫斯克宫,18世纪的俄罗斯帝国皇帝保罗一世的住所。他去世后,这里成为他的遗孀玛丽亚·费奥多罗芙娜皇后的住所,那尊塑像就是保罗一世。我们漫步在这个风景如画的公园里,广阔的林荫道和蜿蜒曲折的小径伸向硕大的林区,清澈的斯拉维扬卡河上架起了人头兽身的奇异小桥,小桥下一群群野鸭在戏水畅游,绿茵如毯的河谷坡地建起了亭台楼阁,精美的青铜雕塑竖立在丛林各处。绿树、鲜花、碧草、流水、小桥、野鸭、塑像,每个角落都实现了自然与艺术的完美结合,美丽的田园风光陶醉了游人。这个皇家公园显示了皇室的尊严,叫我们也想起了中国皇家园林的景象,两国风格虽然不同,但有一点是相同的,都够气派。

巴甫洛夫斯克宫

  离开巴园，天开始阴沉起来，导游说圣彼得堡的天气是全年阴天比晴天多，变化无常，果然当我们来到叶卡捷琳娜宫时天开始下起了蒙蒙细雨。

  叶卡捷琳娜是继彼得大帝后的俄罗斯帝国皇帝。圣彼得堡有冬宫、夏宫、叶卡捷琳娜宫三个皇宫，叶卡捷琳娜宫是叶卡捷琳娜一世修建的。据说彼得大帝的皇后是皇室安排的婚姻，他并不喜欢，叶卡捷琳娜是彼得大帝的第二任皇后，后来继承皇位成为俄国第一任女皇。她原是瑞典一贵族家的女奴，彼得大帝去瑞典住在这贵族家时，叶卡捷琳娜负责洗脸倒水，她并不很漂亮，但彼得大帝就是喜欢她，可能是厌恶他当时的皇后吧，便偷偷娶了叶卡捷琳娜。彼得大帝脾气不好，当他发怒时，只有叶卡捷琳娜拥抱他，才能让他息怒。后来叶卡捷琳娜成了皇后，却郁郁寡欢，因为民众不喜欢她，说她不漂亮，出身低贱。彼得大帝忙于公务，陪她的时间少了，为了让她开心，赏给她一块很大的地，给她很多钱，让她在这块地上建宫殿，喜欢怎样建就怎样建，只要高兴就行。叶卡捷琳娜最初只修了一个渔村，后来她当皇帝后逐步扩大，到叶卡捷琳娜二世完成这庞大豪华的卡芙琳宫（后来称叶卡捷琳娜宫）。它的豪华程度不亚于冬宫，尤其是其中的琥珀宫，全由琥珀建成，世界上绝无仅有，被称为世界第八大奇迹。在彼得大帝去世后的75年内，俄国有4个女沙皇产生，所以那段时间又叫作女皇时代，分别是：叶卡捷琳娜一世、安娜一世、伊丽莎白一世、叶卡捷琳娜二世。叶宫，经过几代女沙皇们不断扩建和翻修，逐渐成了沙皇和皇亲们消夏胜地，也是日益强大的俄罗斯帝国灿烂文化的缩影，承载着俄罗斯帝国的荣耀和辉煌，它于1990年被列入联合国世界遗产名录。

  导游告知我们来叶宫参观的人众多，需要排队等待，最多的一次竟排队等了7个小时，这叫我们惊讶不已，看来此地魅力无穷，是游人必到之处。不过导游又讲，这次我们赶上了好时机，俄罗斯这几天进行军演，欧洲来的邮轮不能靠岸，游人会少很多，我们可能不会等很长时间。

冒着蒙蒙细雨，我们走进了叶宫花园，一看还是排着很长的队伍，足有几百米。人们打着雨伞静静地等待着，随着队伍缓慢地移动，分批进宫参观。

再望眼前的叶卡捷琳娜宫，确实高大辉煌。宫殿长达300多米，超过了俄罗斯巴洛克时期的所有建筑。天蓝色的外表耀眼夺目，洋溢着喜庆气氛，墙上造型丰富的雕塑和凹凸有致的结构使数百米长的建筑丝毫不显得单调呆板。皇宫教堂那5个圆葱头式尖顶在碧空下金光灿烂，从园内任何地方都远远体会到它的壮观。这时候想起了北京的故宫，同为皇宫却大不一样。故宫是庞大的建筑群，以红色基调为主，建筑为单独的群体组合，前宫的三大殿和后宫的三宫六院构成了皇族的庄严与威严。而叶宫的色彩艳丽，是一座长形连贯的建筑，一侧教堂的五座圆形顶也显示着皇族的尊严。

排队冒雨慢慢移动了近两小时，终于走进了叶宫的大门。穿上鞋套（目前北京故宫也开始穿鞋套了），迫不及待去浏览这举世闻名的地方。当步入第1个房间，看到一张椭圆形大餐桌，金色的灯饰，金色的座椅，金灿灿的房间，背墙上悬挂着窗页样式的大镜子，映照着窗外的园林风光，给人一种很通透的感觉。左侧有直立到屋顶的土耳其壁炉，像是陶瓷烧制而成，上面装饰着不同人物图案，古色古香，栩栩如生。门窗楣上的装饰、人物雕塑的雕工非常精细，金光闪闪十分耀眼，极尽奢华。继续行进，金碧辉煌的大厅一间接一间，组成了一条"金色的走廊"。各房间根据颜色的不同被命名为"红柱厅""绿柱厅"等。在宫内有数间精致的宴会厅，每间厅室都摆放着大量使用的银质餐具，天花板也装有精美壁画。据说当年的设计师不惜以红宝石及绿宝石装饰这里，由此不难想象这些白色宴会厅当年的华美。接待大厅（金銮殿）最为宽敞，展现出俄罗斯帝国雄厚的国力及至高无上的君权。最叫人震惊是一间叫作"琥珀厅"的大厅，内部装修采用的全部是琥珀，堪称世界一大奇观。这件价值连城的稀世珍宝是普鲁士国王弗里德里希·威廉一世送给彼得大帝的礼物。琥珀是松树的树脂经过千万年的凝固形成的一种透明的物质，与中国人认为玉器是保平安一样，俄罗斯人喜欢拿琥珀做装饰品，认为是富有的象征。

"琥珀宫"面积约55平方米，共有12块护壁镶板和12个柱脚，全都由当时比黄金还贵12倍的琥珀制成。"琥珀宫"同时还饰以钻石、宝石、黄金和银箔，这些琥珀、黄金和宝石的总数量高达10万片，总重量超过6吨，建成后的"琥珀宫"被誉为是"世界第八大奇迹"。1941年，纳粹德国入侵苏联，当时宫中的工作人员试图用薄纱和假墙纸将"琥珀宫"遮盖起来，但纳粹士兵很快就发现了破绽，他们将"琥珀宫"拆卸下来，装满27个箱子运回了德国的柯尼斯堡。二战末期，此处藏"琥珀宫"的地方被炮火夷为平地,从此拆下来的"琥珀宫"销声匿迹,但有人说它藏在一个地堡里,还有的说藏在奥地利的一个湖底,但至今不知所踪。这挺像我国周口店的中国猿人头盖骨失踪的情况,都是在二战中神秘失踪,至今下落不明。幸运的是苏联档案馆曾记录下相当数量的内部空间资料,在圣彼得堡建城300年(2003年)纪念的时候,由俄国巧匠使用同样的材料,重新复原出了当年琥珀宫的面貌。这一复原工程历时25年,耗资1100万美元,我们现在看到的琥珀宫是复制品。

走出了叶卡捷琳娜宫,细雨淅淅,天色已晚,园内还有诸多景色,但我们无暇顾及了,即使这样也被宫殿建筑的精巧奢华、清新柔和所震撼。这里弥漫着女性的柔美、娇媚的风韵,可以说园中到处是诗,到处是画,无处不飘动着令人心醉的旋律,女皇生前声色犬马、骄奢淫靡的气息依然浸淫着整座园林。

叶卡捷琳娜宫

冬宫的思索

俄罗斯有四宫是必去的地方:叶宫、冬宫、夏宫和克林姆林宫。其中叶宫、冬宫、夏宫都在圣彼得堡,克林姆林宫在莫斯科。我们感受了叶宫后,自然冬宫、夏宫也必须体验。

以前对冬宫的印象是从电影《列宁在十月》中得到的,当年看电影时年龄还小,看到布尔什维克的武装冲进冬宫感到兴奋;见到一晃而过的宫里半裸体女人的塑像感到吃惊,中国电影里绝不会出现这样的镜头;还有那个布尔什维克的领导人没收了资产阶级议员的证件至今还记忆犹新。总之,一直以来对冬宫的印象是政治方面的,殊不知冬宫真正闪亮点是它的深厚文化底蕴。

当我们下车一到冬宫前的宫殿广场，它的气魄和规模令大家吃惊。冬宫广场被沙俄时代的豪华建筑群包围，所有建筑物是在不同时代、不同建筑师用不同风格建造的，却如此的整体和谐。为纪念战胜拿破仑，在广场中央竖立了一根亚历山大纪念柱，直冲云天，高 47.5 米，直径 4 米，重 600 吨，用整块花岗石制成，不用任何支撑，只靠自身重量屹立在基石上。它的顶尖上是手持十字架的天使，天使双脚踩着一条蛇，这是战胜敌人的象征。纪念柱前的半圆形建筑是建筑家罗西于 1829 年设计建成的旧参谋总部大楼，顶部的人马雕塑在苍空下威武壮观，乍一看还有些像中国《西游记》中唐僧师徒几人牵马西天取经。纪念柱背后是冬宫的正门，当年布尔什维克起义武装人员就是从这里冲进冬宫的。广场上人流如织，一些观光马车在招呼着游人，这些马车很像童话世界里的公主南瓜马车。

再看冬宫，这座俄罗斯著名的皇宫，同时也是世界上最大、最古老的博物馆之一，四周圆柱林立，房顶矗立着 100 多尊雕像和花瓶。宫殿长 200 米，宽 160 米，高 22 米，它的淡绿色墙壁、白色圆柱和金色雕塑群，为冬宫广场添加了一层绚丽的色彩。

冬宫由著名的建筑师拉斯特雷利设计，正如人类历史上其他著名的宫殿一样，该宫殿自从建成以来一直备受劫难。它初建于 1754 至 1762 年，1837 年被大火焚毁，1838 至 1839 年重建，第二次世界大战期间再次遭到破坏，战后被精心修复。宫殿共有 3 层，成封闭式长方形，占地 9 万平方米。它的四面各具特色，但内部设计和装饰风格则严格统一，四角形的建筑宫殿里面有内院，3 个方向分别朝向广场、海军指挥部、涅瓦河，第四面连接小埃尔米塔日宫殿。面向冬宫广场的一面有 3 道拱形铁门，入口处有阿特拉斯巨石神像群。冬宫与巴黎卢浮宫、伦敦大英博物馆、纽约大都会艺术博物馆齐名。

冬宫先是彼得大帝的冬季官邸，始建于 1711 年，当时只是一座二层小楼，因彼得喜欢小巧玲珑的卧室而将该建筑物的楼层建得很低，但没有保存下来。1754—1762 年，由彼得大帝女儿伊丽莎白女皇下令在原址重建了一座冬宫。1837 年的火灾，使冬宫的内部装饰遭到了毁灭性的破坏，6000 名工匠用了 15 个月恢复了冬宫内部的原貌，后又经过历年的修饰和完善，形成了今天看到的样子。1917 年 2 月被资产阶级临时政府所占据，1917 年 11 月 7 日（俄历 10 月 25 日）起义群众攻下了冬宫。十月革命后，将原来官廷房舍和整个冬宫拨给艾尔米塔日，1922 年成立艾尔米塔日博物馆，冬宫成为博物馆的一部分。

我们迫不及待进入冬宫。进入展厅前要穿上鞋套，同时每人发放耳机，由一工作人员带领按序参观。每走一处，耳机就会自动讲解，由于事先根据国籍发的耳机，我们听到的讲解是标准的汉语普通话。

步入冬宫的前厅，只见一个巨大的富丽堂皇的楼梯蜿蜒上去，左右分开，又在二楼交会。台阶、栏杆、扶手和方柱，全部是用白色大理石雕凿而成，光滑圆润，线条流畅明快；窗户、廊柱和灯具镶着金色的花饰，一副皇家气派，这就是著名的"约旦阶梯"。抬头看去，高高的顶部则是巨大的宗教题材的油画，四周则是许多姿态各异的人物雕塑，完全是典型的巴洛克风格。

一间间金光灿烂的房间根据不同的用途摆放着华美的家具、精致的餐具、五彩的油画、珍贵的艺术品，拼花地板光亮鉴人，艺术家具精致耐用，各种宝石花瓶、镶有宝石的落地灯和桌子琳琅满目，令人目不暇接。叫人震惊的是很多房间无比精致的拼花木地板，是用紫檀、红木、乌木等9种俄罗斯珍贵木材做成的，全部是木材的原色，没有一点染色加工的图案，看不出拼接的痕迹，代表了当时欧洲地板制作的最高技艺。同样展现了超高工艺水平的还有马赛克拼出的圆桌，非常细小的马赛克组成的一幅幅精美的图画。

在一间展厅展览着乌东创作的大理石雕像《伏尔泰坐像》，被誉为雕塑史上最杰出的肖像雕刻。这座雕像真实地记录了这位80岁高龄的哲学家生前形象，同时对他的性格特征进行了深刻、细腻的表现。特别是眼部的雕刻，妙不可言地表现了眼睛的透明晶亮和由此流露出人物内心的无穷奥秘。还有镇馆之宝金孔雀钟，吸引了众多人驻足观看。这个钟是动态的，所有的动物在整点报时的时候会动起来，非常精巧。此钟由黄金打造，宝石镶嵌，机械装置复杂精巧，整点报时，十分热闹：孔雀开屏，公鸡鸣叫，松鼠跳跃，猫头鹰晃脑。钟内动物有象征意义，孔雀开合象征事物的诞生和消亡，公鸡象征着白天、光明、生命，猫头鹰象征着夜晚、宁静与智慧。可惜的是我们没赶上整点报时，引导人催着离开，没能看到动态的情景。另外沙皇御座厅方形的欧式华盖，十分华丽，金红相间的台阶，托起宝座，宝座后面有一幅4.5万颗彩石镶嵌的地图。

冬宫博物馆包括5座建筑，分8个部分：原始文化部、古希腊罗马部、东方民族文化部、俄罗斯文化史部、古钱币部、西欧艺术部、从事导游工作的科学教育部和作品修复部。8个部共有藏品270余万件，包括史前文化和埃及艺术收藏品以及大量意大利、西班牙、德国、英国、俄国、比利时、荷兰和法国的油画及雕刻，分别陈列在350多个展厅中。珍藏数量如此浩瀚，要看完这么多藏品，行程约22千米长，得花费27年的时间。

冬宫也曾是叶卡捷琳娜二世女皇的私人博物馆。叶卡捷琳娜二世统治俄罗斯长达34年。她酷爱欧洲艺术，1764年，她从柏林购进伦勃朗、鲁本斯等人的250幅绘画存放在冬宫的艾尔米塔日（法语，意为"隐宫"）。后来又陆续购进其他珍宝，苦于当时的俄罗斯人对绘画艺术知之甚少，女皇哀叹这些艺术品会永远被埋藏在这里，开明的她决定敞开大门，欢迎俄罗斯人前来欣赏这些名作，培养他们的艺术嗅觉，凡是前来赏画的都可以得到一杯伏特加酒。也许正是从那时起俄罗斯人的艺术天赋被大大激发吧，直至现在俄罗斯的绘画及雕刻艺术也是一流的。

另外叶卡捷琳娜二世还提倡向西欧文化发达国家学习，对后来俄罗斯的文化发展有很大的促进作用。当时俄罗斯贵族阶层都有去西欧各国或者地中海沿岸国家躲避寒冷冬天的习惯，常常是几家贵族联合组织一个车队去度假，一走就是几个月。当时女皇要求这些贵族回程时不能空车返回，必须捎带绘画、雕塑、工艺品回来。这些贵族通过各国关卡时，要出示沙俄政府的通行文书，回到国内向沙俄政府报到时都要以贡献大批艺术品为荣。这样冬宫经过许多年，积累了几十万件艺术品。其中不乏有达·芬奇、毕加索等大师的真迹，荷兰伟大画家伦勃朗的一批精彩原作还特意开辟一个大厅专题陈列。

当然我也没有忘记寻找当年十月革命的遗迹，毕竟这是一段历史往事。在一个楼梯旁，导游告诉这就是当年布尔什维克武装人员冲进冬宫时走的楼梯，几乎没有人注意到这里，人们都忙着去欣赏各种艺术品，这段有历史意义的楼梯被人忘却了。我驻足于此，似乎看到当年武装起义的人们举着枪大声呼喊的情景。

走出冬宫，深深思索：这座不愧为人类瑰宝的博物馆经历了风风雨雨，以前所听到的东西掩盖了它辉煌灿烂的文化底蕴，旅游才使我了解了真实情况，开阔了视野，增加了知识，真为人生一大乐趣啊！

圣彼得堡街道

夏宫的辉煌

冬宫是俄国沙皇冬天的官邸，对应的还有夏宫，也就是休闲度夏的地方。体验完冬宫，我们将要到夏宫。

彼得大帝夏宫位于芬兰湾南岸的森林中，距圣彼得堡市约30千米，占地近千公顷，是历代俄国沙皇的郊外离宫。夏宫是圣彼得堡的早期建筑，始建于1710年至1714年，比冬宫还要早40年。建造这座宫殿，集中了当时法国、意大利为代表的全世界优秀建筑师、工匠。彼得大帝也亲自积极地参加到工程筹划之中，并做了一些指示，今天保留下来的由他亲自设计的规划图纸达10几幅之多。当时的许多大型舞会、宫廷庆典等活动都在这里举行，彼得大帝生前每年必来此度夏。第二次世界大战中，它遭到德国军队的破坏，希特勒打算在这里举行新年胜利庆祝会。此举激怒了苏联当局，1941年12月至1942年1月，斯大林下令炸毁这座宫殿，以阻止德国人的庆祝活动，二战后修复，被联合国教科文组织列入《世界遗产名录》。1934年以后，夏宫辟为民俗史博物馆，被人们誉为"俄罗斯的凡尔赛"。

夏宫分为上花园、宫殿和下花园。地势由高到低，直达芬兰湾的大海边。进宫殿也是需要排一会儿队，但比进叶宫用时少多了。到了宫殿门前往下看，立时震惊了，眼下是一片金光闪闪的雕塑，上午11点雕塑中的喷泉一齐开启，霎时蓝天下云天雾罩，金色的雕塑被水珠沐浴，显得更加精神抖擞，跃跃欲试，叫人们也随着亢奋不已，只是这时先要进宫参观，只好等出来再详细欣赏这壮丽的美景了。

进入了宫殿大门，还是穿上鞋套，戴上观光耳机，在宫内引导人员引导下按序参观。这是一座双层楼的宫殿，当年彼得大帝住在一楼，他的妻子叶卡捷琳娜一世（彼得大帝的第二个妻子）住在二楼，宫内装饰极其华丽。我们逐步进入宫内金碧辉煌的舞厅、宴会厅、会议厅等。舞厅的圆柱之间，都以威尼斯的镜子作装饰，宫内30间厅室，藏了彼得大帝的用品、油画以及诸多珍品。其中宴会大厅最为出名，大理石铺就的地板大气厚重，艺术彩绘的天花板美轮美奂，鎏金装饰的墙面奢华无比，精美的餐具也全部是从英国定制的。这样一个极致华丽精致的宫殿，以前是俄罗斯上层社会的活动中心，舞会，派对，庆典活动……见证了那个时代俄国的辉煌。有一个叫切斯马厅是为了纪念在爱琴海的切斯马战役俄国海军与土耳其交战的胜利而设，厅内有幅画面燃烧情景的油画，描写了海战的全景。叶卡捷琳娜二世开始让德国画家喀–凯勒特（歌德的好朋友）绘制战时的油画，但画家表示没打过仗，不知如何绘制。为了给画家创造战场的情景，女皇命令在意大利南部用炸药炸毁了一艘旧的巡洋舰，以启发画家的灵感，最后才绘制成了这幅油画，引起了参观者极大的兴趣。

从1705年到1917年，罗曼诺夫王朝有14位君主在彼得夏宫留下了不可磨灭的印记。这里简要说明一下罗曼诺夫王朝，它是统治俄罗斯的第二个以及最后一个王朝，也是俄罗斯历史上最强盛的王朝。由于彼得一世的革新，俄罗斯迅速发展成为东欧的强国，并在大北方战争中一举打败俄罗斯的劲敌和北方强国瑞典，夺取了芬兰大公国和波罗的海的出海口，还打败奥斯曼土耳其帝国，俄罗斯正式成为俄罗斯帝国，由东欧一个闭塞的小国扩展为欧洲乃至世界范围的强国之一，并于18世纪中后期叶卡捷琳娜二世统治时达到鼎盛。看来俄罗斯的疆土全是武力打下来的，称它为强悍战斗的民族也恰如其分。

参观完宫殿，大家迫不及待奔向下花园看金雕塑，本来还有上花园，但刚才从宫殿窗户看到上花园挺小，也没有特殊的景观，况且在夏宫游览时间有限，还是赶紧到下花园，放弃了上花园的观景。

下花园是夏宫的精华，它在宫殿前呈扇形向芬兰湾展开。这里有大片幽静的森林，一座座郁郁葱葱的花园和喷珠吐玉的喷泉。每天上午11点，在雄壮的交响乐曲声中，所有的喷泉一起开放，因此夏宫有"喷泉之都""喷泉王国"的美称。它有百余座雕像，150座喷泉，2000多个喷柱及两座梯形瀑布。较著名的有金字塔喷泉、太阳喷泉、橡树喷泉、亚当喷泉、夏娃喷泉等。梯形瀑布分左右两边，从7层台阶上奔流下来，喷珠飞溅，争奇斗巧，震撼人心，目不暇接。每个喷泉各有风采，有人物、有动物，个个造型惟妙惟肖，生动可爱，引人遐想。瀑布前的半圆形池中央是"掰开雄狮大嘴参孙"的雕像，参孙是《圣经》士师记中的一位犹太人士师，生于公元前11世纪的以色列，他在上帝的应许中出生，并在他的眷顾下成长，成人后拥有了上帝所赐的超人力气。曾有一次，他用一块未乾的驴腮骨，击杀1000个敌人，以徒手击杀雄狮并只身与以色列的外敌非利士人争战周旋而著名。此处雕塑中只见参孙双手把狮子的上下颚撑开，大股水柱从狮子口中冲天而出，水柱高达22米，是全宫最大的喷泉水柱。参孙身后的阶梯瀑布上，站立着60多个神态各异的金人塑像，都是用真金金箔贴上去的，在水中金光闪闪，蔚为壮观，周围是一圈圈弧形喷泉，高低相间，层次分明，看得人眼花缭乱。这些喷泉的水再沿着水渠流向芬兰湾，然后流往波罗的海，水渠上三座桥连通两岸，32个大理石石杯排在两岸，喷泉从杯中飞溅，美不胜收。

最不可思议的是，200多年前，俄罗斯的能工巧匠们就为夏宫设计了一套周密的循环系统。夏宫喷泉的水是从邻近的芬兰湾引进的海水，在夏宫花园喷放后，又流入大海，完全靠自然的力量，利用高度的水压落差喷射出来，而且能保证喷泉源源不断，永不枯竭。将近2000个喷头基本上没有安装机械设置，可以不依靠任何外力达到这种难以想象的喷泉高度，不得不佩服修建者的智慧。

下花园内树木浓密，空气清新，林间的小径用碎砂石铺就，除了小径，所有的地面都被绿莹莹的草坪覆盖，见不到裸露的土地。树干上的青苔告诉人们，这里风调雨顺，气候潮湿，是一个天然的大氧吧。林间分布着几个喷泉，给幽静的林区带来了几分灵气。

顺着水渠来到芬兰湾，只见海天一色，风光迷人，近处青草萋萋，岸边的细碎浪花储存着夏季阳光的暖意，远处海鸟飞翔嬉戏，时而拍打水面，时而冲击蓝天，迷雾轻笼人们岸边伫立，面对温柔沉默的海洋，静静欣赏平静清澈的海水，将往日嘈杂、焦虑、琐碎之念冲刷干净，立时倍觉心旷神怡。

整个夏宫的建筑构思巧妙，制作精美，充分把俄罗斯的传统文化理念和欧洲文化豪放的激情完美地结合在一起。如果说冬宫是一座收藏艺术珍品的宫殿，夏宫就是一座展示雕塑、喷泉和园林艺术的露天博物馆。在夏宫里游览，仿佛走在一幅世界名画之中，蓝天、大海、森林、草地、宫殿、雕塑、瀑布、喷泉，大自然的美妙景观和艺术大师的精美作品巧妙地融为一体，给人莫大的惊喜和享受。

夏宫的喷泉

涅瓦河—阿芙乐尔—彼得要塞

水是生命之源，人类临泽而居为了生存，世界上的大城市大都有一条大河在其中穿流而过，圣彼得堡也是如此。

圣彼得堡是一座水上城市，由几十个大小岛屿和几百座桥组成，被称为"北方威尼斯"。涅瓦河是贯穿圣彼得堡的一条主要河流，它源自拉多加湖，注入波罗的海芬兰湾，全长74千米，有32千米位于圣彼得堡的范围内。涅瓦河及其大大小小的支流，形成了圣彼得堡的"大街"和"小巷"，使得这座城市更具神韵。河面最宽的地方有上千米，最窄也有上百米。河水浩浩汤汤向波罗的海的芬兰湾涌去，斗转星移，日夜不息，由此彼得大帝在这里建立了他的帝国舰队——波罗的海舰队，威慑着北方的欧洲列国，使原来弱小的俄国逐渐成为欧洲强国。

圣彼得堡最好的景点，如美丽古典的宫殿、教堂、学院均分布在涅瓦河两岸，而在涅瓦河上观赏是最好的角度，所以我们乘游船游览涅瓦河是不可遗漏的项目。

在上游船途中，看到了两座灯塔，它是瓦西里岛港口灯塔，圆柱形，高32米。两座灯塔分别雕塑有 4 尊神像，两男两女，分别代表俄罗斯的 4 条主要河流：伏尔加河、沃尔霍夫河、第涅伯河、涅瓦河。灯塔在维修，神像被围起来看不见了。据说，这两座灯塔顶部是油灯，当夜幕降临油灯被点燃时，熊熊燃烧的火焰可达数米高。每年的 5 月 27 日是圣彼得堡城市纪念日，这一天两座灯塔都会被点亮。

在游船码头，我们登上了一艘二层的游船，上层是观赏平台，下层为船舱，船舱小桌上放着伏特加、香槟、鱼子酱、面包和水果等。开船了，我们先到上层观赏风光。涅瓦河的河面很宽，波涛滚滚，游船逐步经过"彼得保罗要塞"，穿过著名的"特罗伊茨基桥"、美丽的夏宫、海军司令部、圣伊萨基耶夫大教堂……它们犹如颗颗珍珠镶嵌在涅瓦河岸上，建筑一个比一个漂亮。圣伊萨基耶夫大教堂金色的圆顶、彼得保罗教堂的金身、雄伟壮丽的冬宫北面等美景尽收眼底。沿岸的宫殿、教堂、学院、博物馆、古建筑等，一切看起来都是那么美。伟大诗人普希金就曾迷醉在这样的风光里，写下著名诗篇《我站在涅瓦河上》。其中写道："我站在涅瓦河上，遥望着，巨人一般的以撒大教堂；在寒雾的薄薄的幽暗中，它高耸的圆顶闪着金光。白云缓缓地升上夜空，好像对冬寒也有些畏缩；夜是凄清的，死一般静，冻结的河面泛着白色。我默默地、沉郁地想到，在远方，在热那亚的海湾，这时太阳该是怎样燃烧，那景色是多么迷人、绚烂……"

涅瓦河上几百座千姿百态的桥梁是圣彼得堡具有独特的景观，开桥更是景观中的奇观。河上的大桥设计可以从中间打开，每年 4—11 月，为了方便大型船只通航，每天凌晨 1 点至 5 点涅瓦河上的桥按照上下游依次开启，让那些来往于涅瓦河上的较大的船只在夜间进入市内，而让迎面而来的商船驶向芬兰湾。最具观赏性的是冬宫桥在夜间缓缓"绽放"的奇观，从正中间打开桥面的 1/2，大船通过后很快闭合，接下来沿河的各个大桥依次打开，每个大桥间隔 20—30 分钟时间。我们是白天游览涅瓦河，无法观赏到这一奇观，但想象到那个景象一定是很迷人的。

观赏完美景，我们进入船舱，按指定座位入位开始享用俄罗斯的伏特加、香槟、点心和水果。这时候手风琴响起，几个俄罗斯青年男女开始表演歌舞。开场舞蹈非常火爆，帅小伙子跳得刚劲有力，婀娜多姿的姑娘舞技娴熟，配乐热情欢快，一下子把大家心情调动起来。中国人熟悉的歌曲《莫斯科郊外的晚上》《喀秋莎》《三套车》引起了大家苏联情结，《月亮代表我的心》又把我们拉入了祖国故乡。随后俄罗斯姑娘小伙拉游客共舞，边唱边跳，高昂的乐曲声充满了船舱，欢歌笑语飞向了涅瓦河畔。1 个多小时的河上游览不知不觉地结束了，大家还沉浸在欢乐之中，恋恋不舍离船上了岸。

游船的兴奋还没过去，接着又来了一个新高潮，停泊在涅瓦河畔的阿芙乐尔巡洋舰吸引我们快步奔去。阿芙乐尔巡洋舰在中国的影响非同小可，那句"十月革命的一声炮响，给我们送来了马克思主义"至今仍在国人中传颂，而这炮响已是 100 多年前的事情了，就发生在这艘军舰上，这声炮响影响中国发生了震撼世界的翻天覆地的变化。

"阿芙乐尔"意为"黎明"或"曙光"，在罗马神话中，"阿芙乐尔"是司晨女神，她唤醒人们，送来曙光。这艘巡洋舰原为沙皇俄国波罗的海舰队的军舰，舰长124米，宽16.8米，1903年起服役，有152毫米口径大炮14门，76.2毫米口径高射炮6门，还有3个鱼雷发射管，载有官兵500多人。这艘传奇的巡洋舰经历了3次革命和4场战争，最终因参加十月革命而扬名世界。1923年，该舰改为练习舰。法西斯德国进攻列宁格勒时舰上的9门主炮被拆卸下来，部署在城市外围，扼守防地，第10门主炮、指挥员和炮兵班，留在舰上迎敌。危急关头，阿芙乐尔号巡洋舰自沉于港湾中，战争后期被打捞起来并修复。从1948年11月起，它作为十月革命的纪念物和中央军事博物馆分馆，永久性地停泊在涅瓦河畔，供人们参观、瞻仰。我们跑到离此舰最近的岸边，仔细观看阿芙乐尔那巨大的舰身。它漆着灰白的颜色，阳光下掩饰不了它古老的面容，高高矗立于舰桥上的3个大烟囱，是它苍老的最明显特征，而前后那些现已很少见的桅杆，更给人一个十足古老军舰的印象。建造于19世纪80年代的阿芙乐尔，舰龄已有100多年，跨越了3个世纪。十月革命打出的炮弹是没有弹头的，炮声只是作为起义行动的信号。炮声响后，阿芙乐尔的水兵和起义的队伍冲入冬宫，逮捕克伦斯基临时政府的要员们。十月革命后，该舰成为苏联红军的主力，输送了大批优秀人才。因舰龄老和特有的历史地位，在卫国战争前一直作为苏联海军的训练舰，经该舰训练输送的大批官兵中，有200多人在卫国战争中牺牲。

我久久凝视着阿芙乐尔，仿佛看到100多年前俄国动荡的年月：1917年3月第一次世界大战正酣，俄罗斯爆发了二月革命。二月革命前的俄国，是经济上落后、政治上反动的军事封建帝国主义国家，国内充满尖锐复杂的矛盾，处于饥寒交迫之中的人民无法忍受沉重的压迫，群众斗争此起彼伏。沙皇尼古拉二世虽然平庸无能，却是镇压革命的老手，人民称他为"血腥的沙皇"，1905—1907年的俄国第一次民主革命就是被他扼杀的。为了转移人民斗争的视线，也为了对外掠夺，尼古拉二世把俄国拖入了第一次世界大战，结果俄国军队屡遭失败，战争的灾难引起了广大人民的强烈不满。1917年1月，俄国各地爆发了大规模罢工示威，成为二月革命的前奏。革命风暴吓坏了沙皇尼古拉二世，他下令不惜采取任何措施，迅速恢复首都秩序。布尔什维克彼得格勒委员会的各领导人和其他100多名革命积极分子被逮捕，激起了群众的极大愤怒，他们上街游行，抗议政府暴行，但遭到更野蛮的镇压。于是领导罢工的维堡区党委决定将总罢工转变为武装起义，推翻沙俄政府。工人们立即行动起来，攻占军火库，夺取枪支弹药，筑起街垒，与反动军警展开战斗。同时工人们还积极开展争取军队的工作，数万名士兵公开站到革命的一边，他们同起义工人一起，占领了沙皇的巢穴冬宫和政府各部，逮捕了沙皇的大臣和将军。尼古拉二世不甘心自己的失败，立即从前线调军队企图夺回首都，但沙皇军队在革命影响下也发生了兵变。尼古拉二世见大势已去，被迫于1917年3月15日引退，让位给其弟米哈依尔，第二天米哈依尔也宣布退位，这样，统治俄罗斯长达304年的罗曼诺夫王朝被二月革命冲垮了，俄国民主革命获得了胜利。二月革命后，俄国出现了历史上罕见的两个政权并存的局面：一个是临时政府，一个是工农兵代表苏维埃。为此，列宁又领导布尔什维克和人民，进行了十月社会主义革命，临时政府被推翻，世界上第一个无产阶级专政的国家成立了。

阿芙乐尔让大家回顾了历史，涅瓦河边还有一对几千年的东西，就是狮身人面像，据说是埃及国王送给圣彼得堡的礼物。这对狮身人面像是阿门霍特布三世法老的面容，为公元前1455—1419年雕刻的，1832年从尼罗河运到圣彼得堡，距今有几千年历史了。狮身人面像底座前是铜铸神兽，每天无数游客都来与它合影。

离开阿芙乐尔巡洋舰，又来到有历史意义的斯莫尔尼宫，这是外观典雅的3层建筑，建于1806年，原为贵族女子学院。1917年"十月革命"期间，布尔什维克军事革命委员会设在这里，为十月革命司令部。1917年11月7日，列宁在斯莫尔尼会议大厅发表对俄国公民的号召书，宣布一切政权归苏维埃。1917年11月中旬至1918年3月列宁曾在这里办公和居住。我们熟悉的电影《列宁在十月》《列宁在一九一八》的许多镜头在此拍摄，现为圣彼得堡市政府。

圣彼得堡是座富有传奇色彩的城市，它的建城历史只有300多年，却有200多年曾是俄罗斯的首都。圣彼得堡的建城，伊始于在涅瓦河北岸兔子岛上彼得要塞的创建，可以说彼得要塞就是圣彼得堡这座城市的发祥地。17世纪，圣彼得堡是被当时的海上强国瑞典占领着，瑞典人在那里修建了"尼恩上茨要塞"。为了跻身欧洲列强，俄罗斯与瑞典展开了一场长达20年的大战，彼得大帝从瑞典人那里夺得了"尼恩上茨要塞"，为俄罗斯抢占了一个波罗的海的出海口，即如今的圣彼得堡。随即，彼得大帝决定在涅瓦河北岸的兔子岛上争分夺秒地建立一座能守卫圣彼得堡的"门"——彼得要塞，尽管那时圣彼得堡市还仅是一张图纸。彼得大帝之所以选择兔子岛，是因为该岛的位置恰好处于扼守着圣彼得堡的出海口。

要塞是建在沼泽地上，工程极其困难，但俄罗斯人最终还是赶在当年的冬天来到之前竣工了。3年后，俄罗斯又请瑞士的建筑师将所有木制建筑改为了石造结构。高大、宽厚的城墙里筑有许多明、暗炮台。说来也很奇怪，创建彼得要塞本来的目的是防御外敌的入侵，可在建成后不久就失去了创建时的军事意义，改建成了监狱。其实，彼得大帝建立彼得要塞时仅是将它作为第二道防线，第一道防线在距圣彼得堡以西约30千米处、芬兰湾中的一座海岛上，即"喀琅施塔得要塞"。该要塞几乎与彼得要塞同时建成，并且那时俄罗斯已经拥有了自己强大的海军——波罗的海舰队。

我们饶有兴趣进彼得要塞参观。要塞大门上装饰着圣徒彼得的塑像，门拱上方为取自《圣经》故事的木雕刻、浮雕以及重达1069千克的俄国国徽双头鹰。门两侧壁龛内各装饰着一尊女神雕像，分别象征着国家的智慧和彼得大帝的英明。走进大门，依次观赏彼得保罗大教堂、彼得大帝的铜座像、船屋、兵工厂、炮楼、十二月党人纪念碑等建筑物。一座不起眼的建筑是原来印制钞票的工厂，曾在这里为我国印制了第一套人民币。

最特殊的景点是彼得大帝铜坐像，导游介绍说是一位俄裔的美国雕塑家1991年送给圣彼得堡的礼物。雕塑家把他的头部做的较小，似乎不成比例。俄罗斯人对彼得大帝非常崇拜，认为摸摸彼得大帝的手会带来好运，于是游客争先恐后去摸他的手，手已被摸得锃亮。

要塞中最著名的当属彼得保罗大教堂，建于1730年。这里埋葬着从彼得大帝到尼古拉二世几乎所有沙皇和皇后的遗骸，说它是"皇陵"更准确。彼得保罗大教堂的钟楼高122米，金光闪闪的金针直插云霄，它的钟楼为匀称的多层结构，每层用涡卷饰物连接，平稳地过渡到尖顶。尖顶顶端连着一尊飞翔的天使，手拥十字架向城市祝福，原为木制十字架，因几次被雷击烧毁，后改为金属制。

彼得大帝死后，俄国皇权频繁更迭，在宫廷政变中的失败者均被关进要塞，然后被流放。从18世纪末到1917年十月革命的100多年里，要塞成为镇压俄国进步力量的政治监狱。在这座被称为"俄国巴士底狱"的监牢中曾关押过俄国三代革命者：十二月党人、平民知识分子和无产阶级革命家，可以找到许多名人的名字：拉吉舍夫、车尔尼雪夫斯基、高尔基等。1887年，列宁的哥哥亚·乌里扬诺夫试图谋杀沙皇亚历山大三世，在要塞中被杀害，年仅21岁。

要塞门外，厚厚的围墙与涅瓦河亲密地簇拥，绿树婆娑，碧波荡漾，水鸟飞翔，船儿来往。承载过沉重历史的彼得要塞如今成了休闲娱乐的场所，和平是人类的理想，愿世界永远安详。

阿芙乐尔号巡洋舰

教堂—彼得像—火车上

亚洲看佛殿，欧洲看教堂。印度、中国、泰国等亚洲国家，信佛的人多，佛的始祖为释迦牟尼。而在欧洲等西方国家，基督教是人们信仰的宗教，而基督教又分天主教、东正教、基督新教，它们的始祖是耶稣。

基督教三大教派之一的东正教在俄罗斯则是最大和最有影响的宗教。据统计，目前全世界约有东正教徒1.5亿人，仅苏联就有8000多万人，占苏联人口的30%以上。俄罗斯的教堂大部分是东正教堂，教堂文化也是了解俄罗斯历史的一个窗口，这次我们在圣彼得堡参观了3个教堂，各有千秋。

喀山大教堂是我们参观的第一个教堂，位于圣彼得堡的涅瓦大街，是圣彼得堡最大的教堂，始建于1801年，如今仍在使用。这座教堂是为了存放俄罗斯东正教圣物《喀山圣母像》而建的。教堂以古罗马圣彼得教堂为原本，历经10年建成，94根圆柱排列的半圆形回廊是其显著特征。之所以供奉《喀山圣母像》，是因为据说喀山圣母曾于俄法战争期间显灵，元帅库图佐夫在反攻前到喀山圣母前祈祷，圣母托梦给库图佐夫将出现从没有过的寒流，这次寒流使拿破仑·波拿巴军队不战而逃冻死过半，而且全无战斗力，使库图佐夫一战成功。

建筑师在设计这座教堂时遇到不少困难。根据东正教教规要求圣堂必须面向东方，因而必然造成教堂是侧面对着主要大街。建筑师们采取了把侧面设计得十分壮观的方法解决了这一难题。因为人们一看气度非凡的柱廊，就忘记了这不是教堂的正面。这种处理方法极其大胆，富有特色。高大的圆顶居中耸立在一排排圆柱上空，圆顶有70米高。大教堂正面的浮雕、北面柱廊上的雕刻、殿内装饰和油画均出自名家之手。

进入教堂，内部不太像一般的教堂，而更像一座宫殿。它明亮、轻快，以柱列分隔的长形主堂高大宽敞，中央穹顶辉煌华丽，仰视可见一幅圣母图，周边饰以圣经人物雕刻和水彩壁画。不远处的右侧就是库图佐夫将军墓，墓上部摆放着从法国军队手中夺得的战利品——几面军旗和钢盔。教堂的前方是一个玩乐的广场，有草坪、喷泉，人们在这里休闲散步，小鸟们也在横跨的电线上互相低语。乍看这里真不像教堂，倒挺像娱乐场所。

我们参观的另一处名为基督复活教堂，也称滴血大教堂。1881年3月1日，亚历山大二世乘着马车准备去签署法令，宣布改组国家委员会，启动俄罗斯君主立宪的政改进程。当他的马车经过格里博耶多夫运河河堤时，遭遇"民意党"极端分子的暗杀。一个无政府主义者投掷的第一枚炸弹炸伤了亚历山大二世的卫兵和车夫，亚历山大二世不顾左右劝阻，执意下车查看卫兵伤势，结果刺客投掷的第二枚炸弹在他脚下爆炸，亚历山大二世双腿被炸断，被送回到冬宫几小时后医治无效而死亡。1883年，亚历山大二世之子沙皇亚历山大三世为了纪念父皇，在其父遇刺地点修建这座教堂。1907年，教堂主体建造完成，以莫斯科红场上的圣瓦西里大教堂为蓝本，外观娇艳秀丽。二战时列宁格勒被德国军队围困，引发严重的饥荒，此教堂被用作蔬菜仓库，因此得到了绰号"马铃薯上的救主"。

滴血大教堂整整建造了24年，外观采用了众多装饰材料：砖、大理石、花岗岩、珐琅、铜镀金和马赛克。它有9个穹顶，代表天使的9个级别，其中间部位有一小四大5个穹顶，最顶尖的那个小穹顶高达81米。这9个穹顶共同创造了一组不雷同，不对称的集合群。西侧的1个大穹顶和东面的3个小穹顶为铜胎镀金的，中间5个主穹顶为铜胎珐琅质的。色彩斑斓的花穹顶有旋转的条状、凹凸的四角星状，均由蓝白黄绿四色组成。这9个穹顶，高低错落，建造之复杂与繁琐可见一斑了。

当大家来到滴血大教堂前，仰视它时，看到这些材质不同，大小不一，高低错落，花色斑斓的"洋葱头"，真是眼花缭乱了，从心底感叹这样的教堂是神迹的体现，感叹当年的俄罗斯设计师不怕麻烦，24年建造的滴血大教堂，至今100多年了，依然矗立着，美丽着。

我们参观的第三个教堂叫圣伊萨基耶夫大教堂，它是世界第三高的圆拱形建筑物，与梵蒂冈、伦敦和佛罗伦萨的大教堂并称为世界4大教堂。教堂规模宏大，高102米、长112米、宽100米，整个建筑可同时容纳1.2万人。教堂1818年开工，1858年完工，历时40年，用工44万人。建筑物上方装饰神话故事中的寓言人物雕像，四面各有16

根巨大的石柱，成双排托起雕花的山墙，每根石柱就重 120 吨。四面的柱廊建完后砌墙，再竖起上层的细石柱，最后覆盖上圆顶，气势宏大，构思精巧，美不胜收，蔚为壮观。大教堂外墙用灰色大理石贴面，内部装饰用了大理石、斑岩、玉石、天蓝石等材料，装饰用黄金就达 410 千克，仅穹顶外部镀金就用了 100 千克黄金，100 多年来没有重新镀金，但穹顶依然光彩夺目。我们看到教堂石柱上有二战时被流弹击中的痕迹，记录了它曾经历了战争的残酷考验。

圣伊萨基耶夫大教堂

对着圣伊萨基耶夫大教堂的前方是十二月党人广场，旧称议会广场。1925 年贵族革命 100 周年时，苏联政府改名为十二月党人广场。1992 年，又改回原来的名字了。1825 年 12 月 1 日，在南方塔甘罗格军港检阅军队的沙皇亚历山大一世突然病逝，消息传到圣彼得堡，宫廷内部出现了一片混乱。十二月党人决定利用这样一种特殊的形势，赶在皇位继承人尼古拉举行再宣誓继位的 12 月 14 日前发动军事行动，迫使新沙皇和枢密院宣布改制。然而尼古拉一世早有防备，他在 12 月 14 日凌晨就紧急召开国务会议宣布继位，又命令枢密院议员向他们举行效忠宣誓，然后又派出大量的军队将枢密院广场层层包围，这时原定担任起义军总指挥的特鲁别茨科依临阵脱逃不见踪影，起义军和周围的老百姓处于群龙无首的状态，因而延误了战机。尼古拉一世调兵来镇压，广场上响起了激烈的炮声、枪声、人喊和马嘶声，起义最终失败，被打死的起义军官兵和老百姓共计 1271 人。

起义失败后，沙皇政府成立了秘密审讯委员会，对参加起义的人进行审判。5 位首领被处死，100 多人被流放，因此被称为"十二月党人"。值得一提的是许多十二月党人的妻子自愿抛弃优越富足的贵族生活，离开大都市，跟随自己的丈夫过长期流放的生活。普希金为了纪念她们写了《波尔塔瓦》。列宁把十二月党人称为"贵族革命家"，并且把这一时期称为贵族革命时期。

我们走进广场，只见中央有一个圆形的大草坪，中央竖立着彼得大帝骑马雕像。铜像建于 1766 至 1782 年，高 5 米，重 20 吨，底座是一块重 400 吨的天然花岗石。此花岗岩当年在芬兰被发现,叶卡捷琳娜二世悬赏 7000 卢布,让数百名农奴费了九牛二虎之力把巨石拖出沼泽之后,再用几根底部挖有沟槽、装有铜球的大木梁进行运输。这块巨石沿着一条专修的道路滑行了整整 1 年才拉到了芬兰湾,最后用木排从水路运到了这个广场。这个雕塑是目前世界上纪念性雕塑艺术最完美的作品之一。抬头仰望,彼得大帝身披斗篷,骑着矫健的骏马飞驰,突然在峭壁的边缘戛然止步,前腿腾空,使彼得大帝的身影清晰地映在蓝天白云之中,显示了勇武向前、势不可当的凛凛威风。马象征着俄罗斯,而马蹄踏着的蛇,代表着当时阻止彼得大帝改革维新的力量。从任何方向欣赏这座塑像,都可以强烈地感受到它的艺术魅力。俄国诗人普希金自小就特别崇拜彼得大帝,当他在这里注视着彼得大帝的青铜雕像时,一种敬畏之感油然而生。由于不久前圣彼得堡涅瓦河暴发洪水,在沉重的心情下,诗人普希金创作了叙事长诗《青铜骑士》:"……高傲的骏马,你奔向何方?你将在哪里停蹄?啊!威武强悍的命运之王,你就如此在深渊之底,在高峰之巅,用铁索勒激起俄罗斯腾跃向上……"由于普希金的这首叙事长诗,彼得大帝雕像与十二月党人广场得以名声远扬,闻名世界。

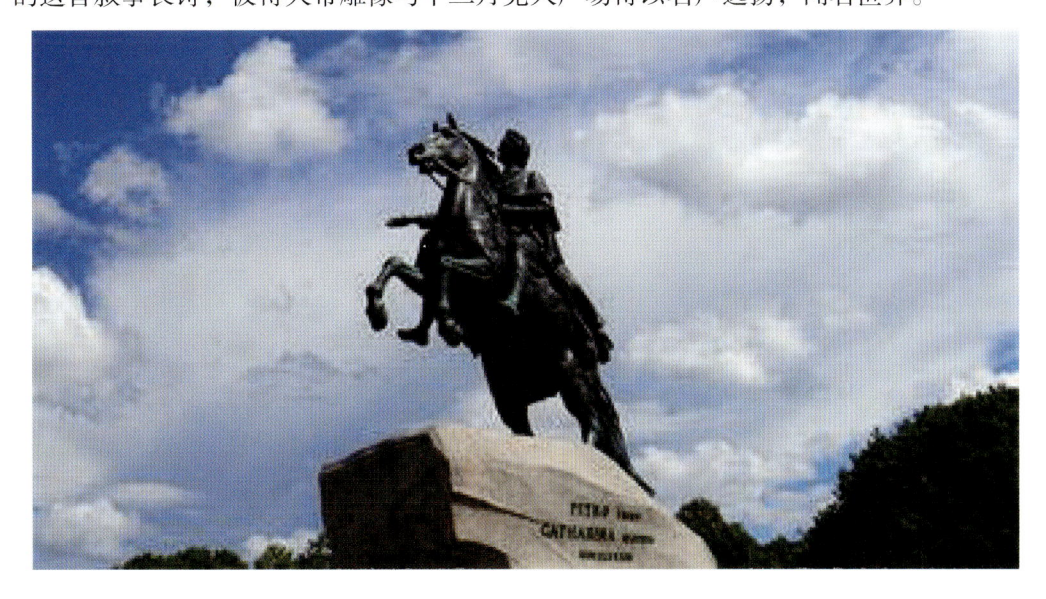

彼得大帝雕像

圣彼得堡的观光即将结束了,我们要乘火车赴莫斯科继续俄罗斯的旅行。近些年中国的铁路飞速发展,高铁已遍布华夏大地,给我们提供了舒适快捷的旅行方式。俄罗斯没有高铁,铁路运输如何呢?这次恰好体验一下。

我们从圣彼得堡乘火车去莫斯科,是夜车软卧,行程 8 小时。最初听着不错,睡一觉正好到达。但结果令我们有些失望,首先是 40 多人的团要分两批走,先后差两小时。我们 10 几个人被分到第二批,这还没什么,晚走晚到,全团还是一块行动,但分车厢时，4人一包厢，完全可以一家人分到一起，可不知怎么却拆散了，问导游怎么回事，答是车站票务分的。我分析是领队及地导不负责任，没有事先与车站票务沟通所致。这也没什么，反正睡一夜就到了，凑合一下吧。

我们提前多时到达圣彼得堡的莫斯科火车站，为什么在圣彼得堡却叫莫斯科火车站？原来俄罗斯火车站命名与其他国家不同，是按到达的终点站命名，圣彼得堡到莫斯科的车站就叫"莫斯科火车站"，而莫斯科到圣彼得堡的车站在莫斯科就称"列宁格勒火车站"。这样以便旅客找车站不至于找错路线。

圣彼得堡的莫斯科火车站设施一般，不如中国的中等城市的高铁火车站，国内的高铁站都很漂亮，且设备齐全。等待了几小时到站台上车，发现车厢的踏板与站台竟有几十厘米的间隔，沉重的行李箱需费力提起跨越，年纪大的老人很费劲，而俄罗斯的列车员熟视无睹，不去帮忙。

上车找到包厢，里面没有人，上下4铺大小宽窄与中国包厢差不多。原以为俄罗斯铁路是宽轨距，车厢应该宽一点，看来不是。正准备到上铺我的铺位休息，这时门推开，一位比较年轻的俄罗斯女士看我微笑一下走了。我不知怎么回事，一会儿，一位胖胖的女列车员与那位女士进来。我打量了一下列车员，这样胖的俄罗斯女人倒是见过不少。那位列车员看着我比画着叫我拿上东西，用生硬的汉语吐出一字："走！"估计她就会说这个字。我不会俄语，也无法交流，拿东西跟她走到另一包厢，叫另一中国女士拿东西到我原包厢，这位女士不是别人是我老婆。我们无法与列车员解释，我老婆不干了，凭什么换包厢，本身我们不在一包厢就算了，现在又换来换去的。后才知道我原在的包厢其他三位都是俄罗斯女士，而且是一家人，我一男士与她们一包厢确实不方便。与我老婆同一包厢的一块儿来的中国同事看到此况，主动说她换过去吧，可她的老公也是被拆散安排与另外三个俄罗斯女士一包厢，那三女士也要求换一位女士进去。真够乱乎的，列车员不懂汉语，我们不懂俄语，互相无法交流、解释。忽然灵机一动，拿出手机上面有翻译软件，与列车员交流，她又让此包厢再换出一位女士。我们生气了，坚持只换出一位，并说换完一位后的四位是两对夫妻。列车员表示怀疑，在手机上用俄语说我们在骗她，挺可笑的。不过最后我们包厢只换出一位，列车员又从其他车厢的包厢找了一中国女士换了，解决了两包厢俄罗斯女士们的要求。

解决了问题后一会儿胖女列车员又来了，这次是要乘客交小费，每人50卢布，合人民币6元多元。收小费后她有了笑模样，比画着告知卧铺设备如何折叠使用等。这又叫我不禁想起来俄罗斯几天来的一些事情。一踏上俄罗斯土地，导游就多次强调，俄罗斯酒鬼多别惹他们，还有不要与街头行为艺术人合影及不要拍照街头拿鸽子人及他们的鸽子。你不小心拍到行为艺术人或鸽子，他们开口就要你人民币500元。这不是小数目，如不给马上就有一群同伙与你纠缠，俄罗斯警察也是睁只眼闭只眼。我们确实也见过一个旅游团的人为拍照与俄罗斯人争执最后给了400元才了事。我有一次正走着，忽然一只漂亮的鸽子飞到跟前，我好奇马上用相机拍下来，后猛想到导游的嘱咐，抬头看见那边拿鸽子的人没看见，我尽快跑开，躲过一劫。那鸽子的形象留在了相机里，也算侥幸。

次日早8点多到达了莫斯科，挺像坐中国20世纪七八十年代火车的感觉，体验到了中俄两国铁路的差距。我们将继续俄罗斯的旅行，莫斯科一直是盼望旅行的城市，在这里要找到多年的苏联情结。

俄罗斯的火车站台

三、莫斯科印记

我们踏上了俄罗斯首都莫斯科的土地，这里是我们这代人童年、少年、青年时期顶礼膜拜的红色圣地，至今还深刻铭记着克林姆林宫的红星，那曾是共产主义的象征。历史烟云已飘散，现在我们置身这曾梦寐以求的地方了，便赶紧想一探究竟，了却多年心中的苏联情结。

先回顾一下莫斯科的历史：莫斯科是一座历史悠久的城市，1156年，尤里·多尔哥鲁基大公在莫斯科修筑泥木结构的克里姆林城堡。后来在克里姆林城堡及其周围逐渐形成若干商业、手工业和农业村落，13世纪初成为莫斯科公国的都城。14世纪俄国人以莫斯科为中心，集合周围力量进行反对蒙古贵族统治的斗争，从而统一了俄国，建立了一个中央集权的封建国家。

15世纪中期莫斯科已成为统一的俄罗斯国家的都城,一直到18世纪初。1712年彼得大帝迁都圣彼得堡,但莫斯科仍是俄罗斯最大的经济、政治和文化中心,发挥着俄国第二都城的作用。1812年拿破仑率领的法军占领莫斯科后,这个城市在大火中焚毁,但很快又重新建设起来。1813年成立莫斯科城市建设委员会,开始大规模城市改建,1851年通铁路。1917年十月社会主义革命期间,莫斯科紧随彼得格勒之后,也举行了武装起义,建立了苏维埃政权。苏维埃政府和共产党中央委员会于1918年3月从彼得格勒(后改名圣彼得堡)迁到莫斯科。1922年12月莫斯科正式成为苏联首都,1991年12月21日苏联解体,莫斯科成为俄罗斯联邦的首都。

东正教的中心——谢镇

我们先来到了谢尔盖耶夫镇,位于莫斯科市区东北71千米,以拥有圣三一教堂而著称。俄罗斯的历史,一半都跟东正教有关,谢尔盖耶夫镇是莫斯科郊区的"教堂城",是俄罗斯东正教中心,它在东正教中的地位就像是天主教中的梵蒂冈一样。在这个风光如画的小镇,有着俄罗斯最美的建筑群,是俄罗斯人找寻历史和精神家园的地方,1993年被列为世界文化遗产。

谢尔盖三圣大修道院是小镇最突出的建筑,为俄罗斯著名最古老的大修道院之一。1337年一个名叫谢尔盖·拉多涅日斯基的僧侣在莫斯科近郊谢尔盖耶夫的偏僻森林里建立一座三圣小教堂和小道房,为该修道院的前身。后来凡愿在此出家的人,必须自造小道房并自辟膳食用地,由此发展而成为东北俄罗斯最富有的大修道院,1744年获大修道院称号。

走进修道院的的大门,是两座长廊拱门,大门为"耶稣复活门",门楣绘着《圣母与圣子》圣像画,仪门长廊两侧是修道院创建者的圣迹图的壁画,画的是谢尔盖的故事:谢尔盖不仅是一位神父,也是那些投靠者的仆人。他为信徒们树立了谦卑与勤劳的榜样,不仅每天主持礼拜仪式,还亲自准备发酵面包,碾磨小麦和做生面团。他独自为其他修士们建了三到四个房间,为他们备食物、擦靴子和给每个修士房间的桶里灌满泉水。他成夜的祷告却只吃一点面包和清水,无时不刻不停地工作着。这些画首先叫人们了解一下谢尔盖的习性和为人,同时宣传了东正教的勤勉与谦善。

继续前行首先映入眼帘的是中央为金光闪闪的金顶、周边点缀着星月图案的4个蓝色"洋葱头"的圣母升天大教堂和高达88米的5层钟塔楼。修道院拥有几个世纪以来各朝代改建和扩建的各种形制的教堂和附属建筑群,包括三圣教堂、杜霍夫斯基降灵教堂、圣母升天教堂、教皇宫殿和斯摩棱斯克教堂以及斋房、钟楼、慈善医院等,还有一所神学院和历史艺术博物馆。整个建筑群色彩斑斓、美轮美奂，宛如进入美丽的童话世界，为俄罗斯东北部古典建筑群的代表。

最著名的三圣教堂建于1423—1442年，是俄罗斯早期白石建筑艺术的典范。我们随着人流进入此教堂，一幅巨大的亚当和夏娃的油画挂满一面墙，述说着人类的起源。里面人很多却异常肃静，因教堂中的一个殿是修道院创建人谢尔盖的陵墓。1392年9月25日，圣人谢尔盖神圣与纯洁的灵魂回到了上帝的怀抱，之后他的遗体被安放在神壁下的一个棺木中，据说尸身至今完好如初。男女老少的信徒们都默默点燃蜡烛，神情肃穆，缓缓上前虔诚祈祷，仿佛怕惊扰了里面安睡的灵魂。三个包着头巾的女信徒在教堂角落里轻轻地唱着圣歌，那美妙轻柔、圣洁空灵又极具穿透力的无伴奏合声回荡在幽暗、狭窄却高高的殿堂中。

谢尔盖从小就惯于独自通过祷告、禁食与劳动来寻求灵魂的拯救。1337年，23岁的他决定和哥哥一起在一块林中空地上修建他们的隐修院，这就是如今这座修道院的起源。后来，谢尔盖的哥哥因忍受不了严冬与食物短缺而离开，谢尔盖仍独自坚守在荒野的修道院，过着更加严苛的苦修生活。慢慢地，很多隐修士被谢尔盖感染，加入谢尔盖的苦修行列。他们在这里自辟膳食用地，逐渐发展成一座规模宏大的修道院，并拥有大片土地，存储大批粮草、武器、弹药，成为莫斯科北方的防御重镇。1608年，波兰军队围困谢尔盖耶夫，想从这里打通通往莫斯科的缺口，但竟在这里被顽强地阻击了16个月之久，修道院也因此成为俄罗斯坚强不屈精神的一面旗帜，谢尔盖开创的修道院及他留下的宝贵精神财富得到人们的怀念与尊敬。

走出三圣教堂，那座建于1741—1769年的88米高的5层钟楼格外醒目，它是修道院建筑整体中最宝贵的部分，内有挂钟42口。只见它高高耸立在蓝天白云下，给人以非凡的气势，它是俄罗斯最美丽的建筑物之一。钟楼附近，位于大修道院中央的圣母安息大教堂巍峨壮观，它是在伊凡四世于1585年命令下修建的，因为他非常崇拜谢尔盖。只见4个洋葱头形的蓝色圆顶中央，一个金色的大圆顶熠熠生辉，它是仿莫斯科的克里姆林宫的圣母安息大教堂而建的，教堂内有17世纪的壁画，基本与东正教有关。在钟楼和圣三一教堂的中间有一座黑色圆顶的小亭子为圣水亭，它有着华丽的半球状穹顶，罩在蓝白相间的圆柱之上。亭子里有一个碗状的水池，当中是一个十字形喷头，亭子下面是圣水的出水口，传说这显灵之圣水治愈了一位瞎眼的修道士使之重见光明，从此源源不断的朝圣者专门到这里打圣水带回家以保佑家人平安幸福。修道院里时而还有神职人员走过，他们身着黑袍头顶黑帽，大多蓄着长长的胡子，个个仪态轩昂挺有范儿的。

1920年，这个大修道院被列为国家历史博物馆保护区，存有12—19世纪的应用工艺品和18世纪的俄罗斯绘画，还藏有各种民间艺术品，如木、石、骨雕、壁画、纸彩画、刺绣等。看来它不但是个宗教圣地，还是俄罗斯历史文化的圣地，也是一个旅游的胜地。

在修道院外边的广场，立着谢尔盖的塑像，鸽子在欢蹦跳跃，人们悠闲地散步，近处有红色的建筑，远处有绿色的森林，头上有蓝色的天空，一片美丽祥和的景象。谁能想到这儿几百年前那些东正教信徒们的艰难创业，还发生过激烈的战争。历史就是如此的波澜壮阔，社会就是在曲折中前进，能一生在和平、宁静中生活是人们最大的幸福。

谢尔盖三圣大修道院

他们在这里安息

莫斯科城西南部的新圣女公墓始建于16世纪，到了19世纪才成为著名的知识分子和富商大亨的最后归宿。它占地总面积为7.5公顷，埋葬着2.6万多个灵魂，是闻名遐迩的欧洲三大公墓之一。20世纪30年代，苏联大肆毁坏教堂，原来安葬在教堂里的一些文化名人无处安息，便被迁移到了这里。

当我们来到新圣母公墓的大门口，惊讶这儿与中国墓葬群的不同色调：绿色的大门和红色的门柱。这里异常整洁、宁静，仿佛是担心惊扰了永远安息、已进入另一个世界的灵魂。再举目看那些形状各异，质地、色彩不同的墓碑与墓碑边千变万化的雕塑，恍惚间你会觉得，自己不是置身于一座墓园，而是到了高品位的大型雕塑公园。每座墓碑都是一件具有价值的艺术品，它们包围着你，熏染着你，让周围的一切都有了灵光，并不是一味的忧伤，而是让你感到墓碑的主人真正找到了最好的归宿，连你也会在内心深处为他们感到宽慰。

墓碑很多，我们时间有限，不能一一走到、看到，只能找重点的、我们熟知的名人墓地瞻仰。在此我根据参观过并当时摄影的墓碑回顾一下，但也不能都顾及，只能重点介绍。

在俄罗斯马戏史上，尤里·尼古林宛如一颗独立的星球，让无数人仰望，他是俄罗斯历史上最伟大的小丑明星，对苏联电影的影响力也是巨大的，《牛津大学电影百科全书》将他的名字列入"世界伟大的喜剧演员"名录。但是让人难以想象的是，这个被誉为喜剧天才的尼古林，在年轻的时候被莫斯科所有戏剧学校拒绝。每个老师都认为他毫无表演天赋！我们走近他的墓地，他的雕塑是坐在一片松林中石头上，歪带着礼帽，手里夹着一支香烟，衣服甩在一旁的石阶上，神态仿佛在休息。

邻近是一只翩翩起舞的小天鹅，定格在一块洁白的大理石上面，这是俄罗斯芭蕾舞王后乌兰诺娃的墓碑，浮雕表现了她富于抒情诗意，那微微闭合的羞涩目光令人难忘。她的舞蹈风格至今是中国舞蹈行业一盏指路明灯。

著名的男高音歌唱家索比诺夫，他的墓碑是一只卧在一座高起的石台上、侧着身躯、美丽长脖无力地低垂、张开翅膀垂死的天鹅。取材于他的成名曲《垂死的天鹅》。一具石雕把他一生表现得淋漓尽致。

歌唱家斐奥德·亚里夏宾墓碑雕像的姿态是靠坐在沙发里似乎在聚精会神地倾听音乐，取材于著名画家列宾为他画的肖像。他被称为世界的"低音歌王"，是流亡法国的男低音歌唱家，很伤心国家对他的态度，说我死了骨头也不会埋在苏联，但是他的骨头还是回到了俄罗斯。著名的《伏尔加船夫曲》就是他演唱的，曾让文学大师托尔斯泰感动得流下了热泪。

亚历山大·阿列克谢耶夫·伊万诺维奇，俄罗斯歌剧歌手，抒情男高音。墓碑顶部铭刻的乐句是柴可夫斯基作曲、普希金的著名歌剧《尤金·奥涅金》，这也是伊万诺维奇的成名曲。

走到俄罗斯大文豪尼古莱·瓦西里耶维奇·果戈理·亚诺夫斯基的墓前，是一块黑色巨石，上面立着金色十字架。果戈理代表作《死魂灵》和《钦差大臣》，许多中国人读过，也是中国人喜欢的作家。

果戈理去世于1852年，他临终前立下遗嘱，让亲朋找一块黑色石头放在他的墓地上，在上面再立一个十字架就可以了。1952年是果戈理去世100周年，苏联政府隆重纪念这个日子并认为果戈理原来的墓上雕不符合苏维埃意识形态。斯大林下令把原来墓上的石头和十字架拿掉，十字架销毁，把那块黑色圆石丢到新圣母公墓的仓库，又请著名雕塑家制作了白色大理石的果戈理胸像，配上基座立在果戈理墓地。2009年是果戈理诞辰 200 周年，俄罗斯文化部和纪念果戈理诞辰委员会在俄罗斯举行了一系列的大型纪念活动。还做出一项重大决定：恢复果戈理墓地的原貌。于是在 2009 年 12 月，搬走了墓地上的果戈理雕像，重新安放了黑色巨石和十字架。

还有一件不解之谜就是果戈理的头骨的丢失。1931 年 6 月 1 日，苏联当局把果戈理的遗骨重新安葬时发现遗骨里没有他的头骨，这令参与移墓的专家学者大吃一惊。这件事立即禀报了斯大林，斯大林是果戈理天才的崇拜者，闻讯后勃然大怒，令在场的见证人对这件事严守秘密，同时下令在极短的时间内查明果戈理头骨下落并严惩盗窃犯。经过调查弄清楚了是莫斯科收藏家阿列克谢·巴赫鲁申在 1909 年那次果戈理墓维修时用重金收买了掘墓人，把果戈理头骨偷给他收藏了。巴赫鲁申把果戈理头骨装藏在一个医用手提包内深藏起来，究竟藏在什么地方，谁都不知道。1929 年巴赫鲁申去世，他永远带走了果戈理头骨藏处的秘密，至今仍是个谜团。

来到世界级短篇小说巨匠安东·巴甫洛维奇·契诃夫的墓地，敬仰心情油然而生，他是俄国 19 世纪末期最后一位批判现实主义艺术大师，与法国作家莫泊桑和美国作家欧·亨利并称为"世界三大短篇小说家"。

契诃夫是莫斯科大学毕业的，原来的职业是医生。他在问诊时经常要与病人及家属接触和交谈，养成了细致观察的习惯。他的小说中人物刻画特别细腻，这与他当医生的职业习惯是分不开的。同时他还是一个有强烈幽默感的作家，他的小说紧凑精炼，言简意赅，给读者以独立思考的余地，其剧作对 19 世纪戏剧产生了很大的影响。

《钢铁是怎样炼成的》的作者奥斯特洛夫斯基，是我们这代人非常熟悉的苏联作家，也是小说中保尔·柯察金的人物原型。他的墓碑是块雕刻着画像的黑色大理石，还有战刀和军帽。奥斯特洛夫斯基 1904 年 9 月 22 日出身于工人家庭。因家境贫寒，11 岁便开始当童工，15 岁上战场，16 岁在战斗中不幸身受重伤，23 岁双目失明，25 岁身体瘫痪，1936 年 12 月 22 日去世，年仅 32 岁。他历时 3 载，克服难以想象的困难，创作了《钢铁是怎样炼成的》这部不朽的杰作。小说主人公保尔·柯察金在家乡烈士墓前的一段独白，成为千百万青年的座右铭："人最宝贵的是生命，生命属于每个人只有一次。人的一生应该是这样度过的：当他回首往事的时候，不会因为虚度年华而悔恨，也不因碌碌无为而羞愧。在临死的时候，他就能够说：'我的整个生命和全部精力都献给了世界上最壮丽的事业——为人类的解放而斗争。'"这段话至今还在耳边回响。

亚历山德罗维奇·法捷耶夫，苏联著名作家、无产阶级文学的主要倡导者和理论家。他的《青年近卫军》是我们最为熟知的作品，看到他的墓碑想起了他的小说。

影帝奥列格·巴希拉什维利，他主演过《两个人的车站》，拥有许多中国观众。普京总统自掏腰包 20 万卢布为他修了这座墓。

我们这代人大都知道卓娅与舒拉的故事，走到这尊黑色的大理石雕像的墓碑前不由肃然起敬，她就是卓娅。

卓娅于1923年出生在唐波夫州一个名叫"山杨小林"的村子里，两年后，弟弟舒拉出生。他们的父母都是教师。1941年6月，法西斯德国入侵苏联，卓娅跟一批热血青年于10月潜入敌后，11月底在莫斯科以西86千米的彼得里谢沃村焚烧德军马厩时不幸被捕，虽受尽折磨也不肯吐露半点秘密。11月29日临刑时，18岁的她对德国军人高喊："你们可以把我绞死，我不是一个人，我们有两万万人，他们会为我报仇的！德军士兵们，趁现在还不晚，赶快投降。胜利是属于我们的！"她对村民们说："永别了，同志们！别怕，同他们斗……为自己的人民而死，是幸福！"

卓娅在落入德国法西斯魔掌的时候，曾经受到过非人的折磨，但是她依然没有向敌人屈服。卓娅死后的尸体被悬挂在村里的广场上，一个多月不准村民前去收尸。后来，人们发现她的脸部已经完全被毁容，左侧的乳房也被残忍地割去。这件事引起全体苏联人民的极大愤慨。当时，卓娅英勇就义的事迹传到莫斯科以后，斯大林心情久久不能平静，他亲自给西方面军下了一道特别命令：遇到德军第197步兵师第332团任何官兵，就地枪毙，绝不接受他们的投降。在苏军全线反攻时，战场上最响亮的口号就是："为卓娅报仇！"

在卓娅墓地的对面，就是她弟弟舒拉的墓。舒拉曾经进入苏联坦克学校学习，毕业后以指挥员的身份参加了反法西斯的战斗，获得过卫国战争一级勋章和红旗勋章。在战争即将胜利的前夜，他不幸地倒在围攻德国柏林的前线战壕中。在卓娅和舒拉的墓地后面是他们母亲的墓地，这位伟大的母亲，生前养育了两位反法西斯的英雄儿女，他们一家人死后才在新圣女公墓实现了团聚的愿望，想到这点真的让人唏嘘不已！

眼前这个墓地的雕塑有点特别，左边是翅膀，右边是飞机，雕像的脸微微朝下，仿佛是从飞机驾驶舱的玻璃窗向下观望地面的情况。这是苏联乃至世界著名的飞机设计师、科学院院士、空军中将安德列·尼古拉耶维奇·图波列夫的墓，是图波列夫设计院的创始人，对世界航空业有着深远的影响。

这位先生墓碑的雕塑是他胸像前面有一个话筒，头顶是带五角星的无线电波，他的名字叫尤利·鲍里索维奇·列维坦，是苏联著名播音艺术家，人民演员。他于1931年11月进入国家广播电台从事播音工作，直到1983年8月逝世，在电台的话筒前面工作了50余年，形成了自己独特的播音风格。他的播音生涯与苏联人民的脉搏紧密相连，人民骄傲地称他的播音是"国家"的声音。二战期间，他负责播送苏联情报局战报、最高统帅部命令和其他重要新闻。其播音音色优美、富有激情和表现力，对于鼓舞人民斗志和宣传国家号令起了重要作用。人民一听到他的声音便受到鼓舞增添力量，敌人一听到他的声音便胆战心惊、恨之入骨。1941年冬，德军兵临莫斯科近郊时，拟定的13人黑名单中，第一名是斯大林，第二名便是列维坦。德国法西斯曾轰炸莫斯科电台，希特勒曾悬赏10万马克擒拿列维坦。但正义的声音是扼杀不了的，正是列维坦1945年5月9日在话筒前宣布了法西斯的彻底失败。

苏联坦克炮设计师拉夫里洛维奇的墓碑很有特点。由于他设计的穿甲炮弹，可以穿透100厘米厚的钢板，雕塑家就将他的墓碑设计成一块厚度为100厘米的弯曲钢板的形状，而墓碑上的3个弹孔，则形象地向后人炫耀着，这位武器专家研制的炮弹，威力是多么的巨大。

这个墓碑是个男士抱个婴儿，他是谢梅科维奇，俄罗斯最伟大的妇产科医生，社会主义劳动英雄。针对二战后俄罗斯人员伤亡惨重、人口急剧下降的现状，他提出了鼓励多生多育的国策，建议国家奖励"英雄母亲"，以大幅提高人口数量。他的接生医术高超，不管多可怕的难产，到他手里都迎刃而解，一生共接生了3万多个新生儿。

这是3个军人的墓碑，他们不算是名人，却比名人更有资格埋在这里。在苏联卫国战争期间，他们把自己的生命，毫无遗憾地献给了这片土地，他们是莫斯科保卫战三英雄：潘菲洛夫·伊万·瓦西里耶维奇少将、多瓦托尔少将、飞行员塔拉里欣中尉。

这个5人的墓碑是5个机组成员，在二战中的一架飞机上，为了机密文件，飞机坠毁前，宁愿一同坠毁，成了集体英雄。

葛罗米柯是苏联外交部长和苏联最高苏维埃主席团主席，他从来不明显地依随任何特定的政治路线或政治派别。墓碑上凹凸两面雕像，代表他作为外交家，需要常以两种面孔示人。

这具面模是斯大林第二任妻子娜杰的墓碑，雕刻在石头上的年轻女性。1919年不满18岁的她与39岁的斯大林结婚。娜杰知百姓疾苦，与列宁夫人克鲁普斯卡娅是好友，政治见解十分接近，与斯大林有不同见解，内心非常苦闷，1932年11月8日吞枪自尽，年仅31岁。苏联政府为她举行了隆重的葬礼，斯大林只参加了与遗体告别的仪式，没有护送遗体到墓地，以后也没有到墓地去凭吊和扫墓。

赖莎·戈尔巴乔娃，戈尔巴乔夫的夫人。俄国人对赖莎还是颇有好感的，她淑女般的雕像前常会有人去献花。赖莎的青铜雕像是按照她生前喜欢的一张18岁时照片雕刻的。赖莎是苏联首位走向公众的第一夫人，为苏联的妇女奠定了新一代典范。她是莫斯科大学的高材生，苏联解体后赖莎亦随同丈夫淡出。但当她被诊断出患上白血病后，再获得公众关注，她亦借助传媒的力量，筹款兴建儿童白血病医院。1999年在德国明斯特病逝，当时的俄罗斯总统叶利钦立派一架政府飞机接她的遗体返国，并举行公祭，其后灵柩移此下葬。赖莎的墓地边有一块绿草茵茵的空地，是为戈尔巴乔夫准备的。

走到著名的尼基塔·谢尔盖耶维奇·赫鲁晓夫墓地很有感触，他是中国人民非常熟悉的人物。墓上立着一块3米高、2米宽的墓碑，墓碑由黑白两色的花岗石几何交叉，赫鲁晓夫的头像就夹在黑白几何体的中间。雕塑家涅伊兹维斯内通过黑白两色交错的花岗石，表现了赫鲁晓夫鲜明个性和他的功过。赫鲁晓夫1971年9月11日去世。

直接用飘扬的俄罗斯国旗做墓碑是鲍里斯·尼古拉耶维奇·叶利钦的墓地。他从担任苏共莫斯科市委第一书记到苏联加盟共和国俄罗斯苏维埃主席直至1991年6月12日首任俄罗斯总统。他开始了休克式改革，幻想苏美蜜月，和中国也很友好。1999年12月31日，叶利钦向47岁的俄罗斯总理普京移交了总统管理权，从此开始了"普京时代"。

新圣女公墓安息的英灵很多，我不可能都介绍。墓地是人生的休止符，俄罗斯的墓地雕塑难能可贵的是固定了墓地主人一生中最精彩一瞬，以图像符号区别和提升墓主人特性可以让后人瞻仰和牢记他们的功绩。

新圣女公墓是各国游客最爱去的地方，许多曾经对俄罗斯历史发展进程中起过推动作用的名人都长眠于此。墓主的灵魂与墓碑的艺术巧妙结合，形成了特有的俄罗斯墓园文化。它陈列了俄罗斯的整个历史，每个墓碑都仿佛是历史的一页，而公墓的雕塑又各具特色，是整个俄罗斯雕塑艺术发展的缩影。名人生前都会找到自己最中意的雕塑家，为自己雕刻一尊最能体现本人历史价值的作品，现在许多富有的俄罗斯新贵，想通过捐助巨款，使自己也能埋在新圣女公墓。这种想法遭到了几乎全体国民的反对，俄罗斯人不允许金钱玷污这块圣地。

参观完新圣女公墓，大脑得到了一次新的洗礼。眼望着头顶的蓝天白云，回想着自己的人生经历，顿时觉得轻松不少。人的一生各有不同，有的惊天动地，有的默默无闻，有的曲折跌宕，有的风平浪静，但不管如何只要为社会做出贡献，人们就会怀念。不以物喜不以己悲，我们只要平安地度过人生就是最大的幸福与快乐。

卓娅墓碑

奥斯特洛夫斯基墓碑

美丽的红场

莫斯科、克里姆林宫、红场，从小就知道它们的名字，我们的苏联情结大部分是与它们相连的。历史风云变幻，几十年前的情况到如今发生了很大的变化，但想了解它们的心却始终没变，现在真来到了这里，不觉有些兴奋与好奇。

大巴车行驶在莫斯科的街道上，这个城市似乎没有像北京那样多的高楼大厦和立交桥，更多地保留着原汁原味的城市建筑。俄罗斯城市的绿化要比中国强很多，莫斯科也是如此，绿地树林包围着城市建筑，环境优美空气新鲜，我们的大巴驶上莫斯科河桥就看见克里姆林宫的围墙了。

过去一直以为克里姆林宫就是一个单独的宫殿，就如叶宫、夏宫、冬宫那样的建筑，这次来到莫斯科才知道克里姆林宫是位于莫斯科市中央行政区特维尔区的一个建筑群，它南临莫斯科河，西接亚历山大花园与无名烈士墓，东临红场。

克里姆林宫的红砖宫墙建于1485年至1495年，全长2235米，高5到19米，厚3.5至6.5米，四周矗立着外观各不相同的20座塔楼，有高的、矮的、圆的、方的、16角形的，可谓是形态多样。克里姆林宫最早在12世纪上叶1156年，由尤里·多尔戈鲁基大公修建，1237年被蒙古人毁灭，1339年重建，它既是政治中心，又是14—17世纪俄罗斯东正教的活动中心，享有"世界第八奇景"的美誉。它过去是统治俄罗斯帝国的多代君王的皇宫，就如北京的故宫，十月革命后是苏联最高权力机关和政府的所在地，今天又是俄罗斯的总统府。可以说，从13世纪起，克里姆林宫就与俄罗斯的所有重大政治事件有关，它见证了俄罗斯从一个莫斯科大公国发展至今日横跨欧亚大陆的强大国家的全部历史。

我们在克里姆林宫附近下车，准备进去参观。等待时刻，见眼前耸立着一高大的红色教堂建筑，但顶尖不是宗教的标志，却是一颗红星，忽然想起了上学时常听说的克里姆林宫的红星，特别是反修时期常比喻克里姆林宫的红星不再闪耀。这个红星是不是呢？询问我们的莫斯科地导，一个30来岁中国到俄罗斯留学的小伙子，他好像没听说过红星的事情，我说带红星的建筑好像就是这儿的标志性建筑，应该很出名的，他想了想说那个建筑好像是拆了。我听了大惑不解，很有名的克里姆林宫的红星怎么不存在了呢？我怀疑眼前教堂上的红星就是，后来又发现还有几个教堂顶尖也有红星，这个疑问等回来后查找资料才找到答案。原来克里姆林宫的红星就是那几个教堂上的红星，克里姆林宫城墙带五角星的塔楼有5座，原来它们塔尖顶是沙俄帝国皇权的双头鹰。十月革命后一直有人提议用红五星来取代标志着沙俄帝国皇权的双头鹰，但由于费用庞大，在经济十分艰难的苏联早期，此项计划一直没能付诸现实。1937年苏联政府决定将塔尖上的双头鹰换成红五星，其中一个塔尖的红五星用超过一吨的红宝石建造，还在底部加了轴承可以转动，但后来用红色玻璃替代了红宝石，而红宝石已经换取了坦克、大炮，为卫国战争作出了贡献。

经过了安检，进入了克里姆林宫。随着人流走，先经过一座军械库，门口摆放着一排排各式古代的大炮。继续走，一座方形的建筑呈现在眼前，上面有俄罗斯的双头鹰国徽，这就是克里姆林宫大礼堂。它处在呈三角形的克里姆林宫建筑群的中心位置，始建于1960年年初，1961年10月投入使用，总建筑面积60万平方米，是莫斯科乃至俄罗斯最壮观的大礼堂。这座白色乌拉尔大理石和玻璃结构的恢宏建筑，凝聚了现代建筑的特点和俄罗斯传统建筑风格。它是俄罗斯举行重要会议、节日庆典和颁奖授勋的地方，同时也是一座现代化的剧院。这里有6000个舒适的坐席，坐席以主席台为中心呈半圆形向外辐射。每个坐席配有电子投票和同声传译系统。主席台即舞台面积为450平方米，灯光、音响、布景等设施一应俱全，还有能容纳一个交响乐团的乐池。这里也是普通民众欣赏芭蕾舞、聆听音乐会和观看时装表演的场所。俄罗斯的表演团体在这里献艺，来自世界各地的著名艺术家也在这里演出。

再前行，蓦然见一门大炮，很威武立于路旁。这门大炮被称为炮王，造于1586年，重40吨，炮口的直径达0.92米，可容下3人同时爬进。炮前陈列有4个堆在一起的炮弹，每个重为两吨，但它从来没有打响过，只是为炫耀之用。有意思的是附近还有被叫作钟王的一口大钟，高高耸立，很是壮观，这钟王高5.87米，直径5.9米，重约200吨，于1735年11月20日铸成，号称世界第一大钟，钟壁上铸有精美的塑像和图饰，只是后遇大火，灭火时钟身上掉下来一块重11.5吨的钟片，《美国百科全书》称它为"世界上从未敲响的钟"。

欣赏了炮王和钟王，进入了克里姆林宫的教堂广场，这里有巍峨壮观的圣母升天大教堂，建于15世纪后期，其山字形拱门和金色圆塔，带有俄罗斯东北部的风格，一直是俄皇举行加冕大礼的地方；稍晚于圣母升天大教堂建成的报考教堂，造型美观，顶端有9个金色圆顶，是皇族子孙的洗礼与结婚之地；另一天使大教堂兴建于16世纪初叶，是彼得大帝以前历代帝王的墓地，历代莫斯科大公和沙皇死后都安息在这座教堂里，里面共有47口铜棺，安卧着52位大公和沙皇；还有81米高的伊凡大钟楼是克里姆林宫中的最高建筑物，建于16世纪初叶，原为3层，1600年增至5层，冠以金顶，从第3层往上逐渐变小，外貌呈八面棱体层叠状，每一棱面的拱形窗口置有自鸣钟。整个克里姆林宫墙内，林木葱郁，花草繁茂，教堂耸峙，殿宇轩昂，真不愧享有世界第八奇景的美誉。

当然这里还有俄罗斯总统府，也是现总统普京办公的地方，在离教堂广场的另一侧。那是一座黄色的建筑，游客与总统府无围墙隔开，只是在地上有若干白线提醒游客不可逾越。总统府上有俄罗斯的国旗飘扬，表示普京今天在里面办公，这与美国的白宫相似，美国总统如在白宫办公，上面就有国旗飘扬，反之旗杆上则没有国旗。

历史上克里姆林宫可经过了战火的考验。1812年，拿破仑下令用炸弹炸毁克里姆林宫，幸运的是降雨及时扑灭了火焰，建筑群大多被保留了下来。二战期间，斯大林一直在克里姆林宫内指挥着反击德国法西斯的卫国战争，在德军飞机的狂轰滥炸之下，克里姆林宫竟然未受大的损失，不能不说是个奇迹。卫国战争爆发一个月后，克里姆林宫突然从莫斯科神秘消失了，德国飞行员执行轰炸任务时，哪怕是在晴朗无云的日子，经常无法找到目标。原来，根据斯大林的授意，在战争开始后30天内，克里姆林宫大变魔术，进行了精心伪装。主要措施是借助颜料和粉末，消除宫内各教堂金顶的闪光，在宫内及附近广场上，布设各种各样的模拟物迷惑敌人。克里姆林宫内塔楼上的红星和教堂上的十字架被蒙上护套，塔楼整体和教堂圆顶都被漆成黑色，套上麻袋。红场上的列宁墓外形也变得无法辨认，左边和右边的讲台上都蒙上了巨大的红幅，上方直接搭建了一个巨大的3层楼房木制模型。1941年11月7日，在著名的大阅兵时，这个3层楼房模型被临时拆除。上午9点整，斯大林走上讲台，发表了5分钟的讲话，受阅红军官兵直接从红场开赴战场。由于阅兵准备行动严格保密，负责拍摄斯大林阅兵场景的新闻纪录片小组事先没有接到通知，结果错过了斯大林的讲话，只拍摄下了部队受阅场景。1周后，在克里姆林宫1号楼斯维尔德洛夫斯克大厅，搭建了列宁墓讲台木制模型，斯大林再次穿上军大衣，戴大檐军帽，对着镜头，重复了一次著名的阅兵演讲。后来，这一虚假镜头多次被搬上荧幕，但观众们不知道，这并不是斯大林红场阅兵时的正版原话。在当今高精武器和现代化空天侦察系统面前，卫国战争期间克里姆林宫的伪装术，会被视为小儿科，但在当时非常有效，使这个世界上独一无二的建筑得以保存下来。

从克里姆林宫出来进入了红场。红场代表了俄罗斯民族悠久的历史，它的面积不太大，长695米，宽130米，总面积9.035万平方米，比天安门广场小很多。这是莫斯科最古老的广场，虽历经改建，但仍然保持原样，路面还是过去的石块，已被磨得光滑而凹凸不平。红场与克里姆林宫并非同时建造，15世纪90年代的一场大火使这里变成了火烧场，空旷寂寥，直到17世纪中叶才有了"红场"之说，意即"美丽的广场"。红场上除了以克里姆林宫为主要建筑外，还有两个著名的建筑：一个是列宁墓，另一个是圣瓦西里大教堂。我们先急奔列宁墓，很想瞻仰一下列宁的遗容，这也是目前世界上保存遗体的极少数人物之一。列宁墓在红场的西侧，这是最受欢迎的景点，来自世界各地的人们，甘愿排很长的时间为一睹列宁的遗容。可惜我们去的时候，队排得太长，我们在此的时间有限，未能如愿，很是遗憾。1924年1月27日列宁遗体的水晶棺安置在这里，后不断修葺陵墓内部。如今的列宁墓，色调肃穆、凝重，外面镶嵌贵重的大理石、黑色灰色的拉长石、深红色的花岗石和云斑石。陵墓一半在地下，一半在地上，墓顶为平台，供俄领导人检阅游行队伍和军队之用。1994年，列宁墓被联合国教科文组织确认为"世界历史文化遗产"。列宁墓的维护在苏联时期是由国家拨款，苏联解体后，俄罗斯政府停止了这笔财政拨款，费用则由俄共等左派发起的民间慈善机构"列宁墓慈善基金会"募捐和共产党员的捐款等组成。过去列宁墓有士兵站岗，如今岗哨撤销了，我们看见只有工作人员随意站在门口，观望着来往游人。

圣瓦西里大教堂位于广场的南头，它可以说是俄罗斯最美的教堂，有"用石头描绘的童话"之称。它是伊凡四世时所建，由9座参差不齐的高塔组成，中间最高的方形塔高17米。虽然9座塔彼此的式样色彩均不相同，但十分和谐，它与克里姆林宫的大小宫殿、教堂搭配出一种特别的情调，据说此教堂落成时，伊凡四世在惊叹之余，为防止设计者设计出更好、更完美的建筑，竟下令挖掉他的眼睛。

漫步在红场，耳边响起起一首苏联歌曲《莫斯科郊外的晚上》，"深夜花园里四处静悄悄／只有树叶在沙沙响／夜色多么好／令人心神往／多么幽静的晚上……"优美的旋律叫我们心旷神怡，听说此歌的作者就是在红场边上的亚历山大花园找到灵感的，而且花园里还有无名烈士墓，马上又到了卫兵换岗的时间，我们便急忙赶过去。

亚历山大花园是克里姆林宫西北部红墙外的一个长方形公园，由上、中、下3个花园组成，长约900米，宽约150米，建于1821—1823年。原来宫墙外是涅格林纳亚河，后河被改成地下水管，原有的河床和两岸改建成花园，建成后以当时的沙皇亚历山大一世命名，称为"亚历山大花园"。当年是一座皇家花园，十月革命后这里成了公园，里面绿草如茵，绿树成荫，繁花似锦，装点着精致的流水、雕塑、喷泉，景色十分优美。人们在此游览休闲、谈情说爱，幽静神怡的情景便诞生了那首《莫斯科郊外的晚上》的著名歌曲。

亚历山大花园最令人崇敬的地方是无名烈士墓，按照俄国传统，会把英烈安葬在城堡脚下。1966年在花园克里姆林宫墙下开始建此烈士墓，1967年胜利日之前把一位无名烈士的遗骸迁移至此，作为苏联卫国战争中牺牲的2000多万军民的代表。陵墓的一角陈设着军旗和钢盔的青铜雕塑，陵墓前面有一个五角星的火炬，燃烧的火焰从建成起50多年了从未熄灭，在火光的映照下，镌刻的碑文激动胸怀："你的名字无人知晓，你的功绩与世长存。"两座玻璃岗亭置放于墓的两侧，亭前站着两名神情庄重的持枪哨兵，昼夜为烈士守灵，这便是俄罗斯妇孺皆知的"全国第一岗"，原来设在列宁墓前，后来挪到了这里。另外在烈士墓西侧还排列着12座长方体花岗岩标志物，逐一镌刻着卫国战争中12座英雄城市的名字。我们赶到这里时将近换岗时间了，许多游人聚集在此看换岗。换岗仪式比较简单，站岗和换岗的卫兵迈着正步上下，用不了多少时间，看过瑞典皇宫和中国台湾中正纪念堂的换岗，动作比这繁琐，像专门的表演。俄罗斯是个崇尚英雄的民族，新婚夫妇结婚时都要到无名烈士墓前献花，这种发自人民内心对先烈的崇敬和感恩延续着俄罗斯这个战斗民族的传统。

最后我们来到了位于红场东侧古姆国立百货商店。"古姆"在俄语里是"国立百货商店"的意思，1921年由列宁下令建造完成，现在的百货商店是在1893年建的工厂旧址的基础上于1953年改造而成。"古姆"内分为3条街，长长的3排游廊商场占地2.5万平方米，每条街都有3层，中间以拱桥相连，还有一些雕塑立于其间。天花板是有机玻璃的，玻璃屋顶使商场里光线明亮，叫人犹置于水晶宫之感。目前"古姆"内有1000多家专卖店，既有俄罗斯特色的瓷器、工艺品、服装、百货等精品，又荟萃了琳琅满目的进口商品，已成了世界知名的十家百货商店之一，既是世界各大名牌的汇聚地，也是集购物、餐饮、娱乐于一体的大型购物中心，与其说它是商店，不如说它更像宫殿。我们在里面游逛、拍照，除了购买当地特色的冰激凌外，没买其他东西，但充分享受了在此游览的乐趣。

结束了红场的参观游览，我们为它的美丽、古老、传统和故事所震撼，我们的苏联情结在此找到了答案。

俄罗斯总统府

莫斯科红场

地铁、庄园、大学

人们说：来了莫斯科不去地铁看看是非常可惜的。的确，参观完了莫斯科地铁才更有深刻的体会。

我们对莫斯科地铁有四点感触：首先是修建的年代早，从1932年起，数千名青年投入地铁建设中，其建设工程耗时3年，完成一期工程两条线。1935年5月15日，苏联政府出于军事方面的考虑，正式开通莫斯科地铁，按照了战时的防护要求，可供400余万居民掩蔽之用。据说在卫国战争最激烈、艰苦的时候，修建地铁的工程都没有停止。如今莫斯科地铁布局与地面的布局一致，呈辐射及环行线路。地铁总共有12条线，包括11条辐射线和1条环行线，全长312.9千米，有171个站台，4000列地铁列车在地铁线上运行；另外莫斯科地铁很深，最初为了战备而建，大部分线路都建在离地面50米以下，我们从地面乘滚梯到地铁站台要近10分钟；再有莫斯科地铁站很高大、壮观，每个车站都是一个个大厅，有的还是两层；最值得称赞的是莫斯科地铁被公认为是世界上最漂亮的地铁，每座地铁站都拥有其独特的建筑风格。来自乌拉尔山、阿尔泰、中亚、高加索及乌克兰等20多种不同产地的大理石及各种矿石，铺满了车站的大厅。精美的大理石艺术雕像、浮雕、典雅的吊灯、玻璃拼花以及站台顶部那些代表着建筑者精湛技艺的马赛克镶嵌画，使车站仿佛成了一座艺术博物馆。各个地铁站以民族特色、名人、历史事迹、政治事件为主题而建造，其中最突出的就是以爱国主义为主题的地铁站。例如革命广场站，雕塑的是以十月革命胜利和苏联红军反法西斯战争为主题。冲锋陷阵的苏联红军、站岗值勤的哨兵，一个个鲜活的面孔早已定格在激情澎湃的历史年代。有观光客必访的共青团车站，里面金碧辉煌如同沙皇宫殿。还有些是以著名文学家为主题，配上各种人物的雕塑和历史题材的浮雕画面，在明亮的灯光照耀下，既展示了历史画卷，又显得富丽堂皇，使人们既获得艺术上的享受，又从中获得精神上的教益。

参观完莫斯科地铁叫人感受到，它不仅仅是人们出行的交通工具，更是无数位建筑师与艺术家们呕心沥血的作品，独具匠心的装饰设计让步履匆匆的人们忍不住驻足欣赏。

在古俄罗斯，庄园是指公园和水体环绕的住宅和建筑物。根据所有者的社会地位分为：农民庄园、贵族庄园和沙皇庄园。很多老庄园现在已经成为博物馆保护区，让人既能够欣赏到美丽的自然风光，也能看到丰富的文化遗产。我们在莫斯科游览了两个沙皇庄园：卡洛明斯克庄园和察里津诺庄园。

走进卡洛明斯克庄园的大门，给人印象就是大，庄园占地面积达345公顷，建在莫斯科河边上的一个高坡上。这个莫斯科河畔的皇家庄园，风光秀丽，景色如画，斜坡上绿草如茵，路旁边白桦成林，朵朵鲜花点缀其间，一条河水潺潺流过，是俄罗斯最美的庄园之一。

这座庄园的历史资料最早出现在1336年，当时是大伊凡王子和俄国沙皇的避暑山庄。从16世纪起，历代沙皇都在此修建过别墅。我们走了一段距离，一栋白色的建筑映入眼帘，这便是耶稣升天大教堂。它是这座庄园最古老的建筑，教堂由意大利建筑师所建，石块建筑加锥形木顶，成为俄罗斯建筑史上一个重要的里程碑。洁白的耶稣升天大教堂在天空下显得异常圣洁、虔诚，它已被列入联合国文化遗产名录，成为卡洛明斯克庄园的一颗明珠。

在绿树丛中，还有一个彼得大帝住过的小木屋。我们来到了这里一看是一座很普通的木头房子，但值得一提的是，这是俄罗斯非常出名的彼得大帝亲手修建并居住过的。彼得大帝1672年生于莫斯科，是沙皇阿列克谢·米哈伊洛维奇和他的第二任妻子维塔利娅·纳利什基娜的独生子。由于4岁时其父亲去世，在王位继承的殊死斗争中受到先前的子女排挤，母亲带他在这里度过了童年时代。在这里他无忧无虑地享受着母亲的精心照顾，童年的他动手能力也极强，在庄园的一角，自己造了这小木屋。木屋的楼梯、窗户及漆料都特别精致。大部分的旅客一到庄园，便会奔来此处，观看大帝的手艺。在木屋的一旁，有彼得大帝的塑像。传言中的彼得大帝身高两米有余，体格健硕，也是头位称帝的人物，很难想象这样的一位名人，竟会有着如此细腻爱好。彼得大帝当上沙皇后，将首都迁往圣彼得堡，东征西战，逐步将俄罗斯变成一个世界强国，怪不得俄罗斯人那么纪念他。

游览过卡洛明斯克庄园后我们又来到另一处叫察里津诺庄园。察里津诺原来是18世纪俄国女皇叶卡捷琳娜二世一处没有完工即被废弃的行宫。1775年夏季叶卡捷琳娜二世到此巡游，被这里的如画美景所吸引，想在这里为自己建一座行宫，把任务交给了当时著名建筑师巴热诺夫。1785年夏，叶卡捷琳娜二世来到察里津诺巡视她未来的行宫，当时已56岁的女皇，性格素来古怪，某天她突然大发脾气，对原本按她的旨意修建的皇宫大为不满，一怒之下，下令将皇宫推倒重建。

1786年春，皇宫的殿堂全部被拆光，女皇下令让建筑师卡扎科夫负责修建新的皇宫。卡扎科夫受命后于1787—1793年进行了紧张的施工，工程还没有来得及进行内部装修，叶卡捷琳娜二世便于1796年去世，后来继位的保罗一世对该行宫失去了兴趣，下令完全停止了察里津诺的建设。于是，这里的一座座建筑物逐渐变成了废墟。从1860年开始，在这里建起了很多公园和别墅，许多著名作家，如：陀思妥耶夫斯基、丘特切夫、契诃夫、普列谢耶夫曾在这里度假休养，伟大诗人蒲宁在这里遇见了他的妻子。此外，还有柴可夫斯基、季米里亚泽夫以及其他著名的文化与科学的名人都曾在这里小住。

2004年开始，莫斯科市政当局积极复原察里津诺皇家庄园。现在，这里是一个大型公园，莫斯科及其周边的居民休闲散步的好去处。我们欣赏着这里秀丽优美的风光：路两旁是硕大的微波荡漾的湖泊，近处是碧绿的草坪，远处是连绵的、参天的树木覆盖的山峦，入口处不远还有音乐喷泉，整个公园很有气派。漫步在园中的小路上，呼吸着散发大自然味道的新鲜空气很是惬意。再继续走进一座石头的大门，可以见到许多漂亮的建筑物，它们与乡村气息和古老的山丘一脉相承，述说着历史源远流长的故事。一对新人在这里拍婚纱照，把爱的故事也融进了美景中。这两处皇家庄园的游览叫我们开了眼界，不但欣赏了美景，也了解了昔日俄罗斯沙皇的生活。

在莫斯科的行程里，我们还观看了莫斯科大学的外景。1755年由教育家M.B.罗蒙诺索夫倡议并创办，1755年1月25日俄罗斯女沙皇伊丽莎白·彼得罗芙娜下令建立莫斯科大学，同年4月26日该大学开始授课。

该校旧址在莫霍瓦街11号，1812年焚毁，1817—1819年重建。1953年9月，在莫斯科西南的列宁山上建成新校舍，我们看到的就是此处的校舍。高大雄伟的主楼32层，高240米，55米的尖顶顶端是五角星徽标，建筑的式样很像苏联援建的北京展览馆，两侧为18层的副楼，各装有直径9米的大钟。蓝天白云下，整个建筑气势轩昂。学校外面广场空旷美丽，道路宽阔整洁，排排的高大树木，片片绿草鲜花，静谧幽静的环境衬托出这个高等学府的高雅庄严。这座大学设 16 个系，50 多个专业，云集全国一流的科学院院士、教授和博士，学生 3 万名左右，包括来自 100 多个国家的留学生。它拥有 4 个天文台，3 个博物馆，1 个面积近 50 公顷的植物园，还有各种科研机构和实验室，以及广场、运动场、体育馆、剧场、大礼堂等，占地面积 320 公顷。

莫斯科大学

特列恰科夫美术博物馆

到俄罗斯旅游，除了去圣彼得堡的冬宫（又称"艾尔米塔什美术博物馆"）浏览西欧艺术品外，另一个值得艺术爱好者前往"膜拜"的圣地是莫斯科国立特列恰科夫美术博物馆。这个博物馆已经有 100 多年的历史了，它位于莫斯科河畔不远的一条小街里，是一座带有浓郁俄罗斯民族特色的建筑。博物馆目前有固定展厅 62 个，陈列着从 10 世纪至 20 世纪的艺术珍品，展品总数达 12 万件以上，每年来此参观人数能达到 150 万人次之多。

那么，如此规模的一个艺术博物馆，为什么要以一个私人收藏家的名字来命名呢？这还得从它的创建者特列恰科夫谈起。巴维尔·特列恰科夫（1832—1898）和其弟弟谢尔盖·特列恰科夫，出身于一个享有良好声誉的纺织品商人的家庭，自小受到艺术的熏陶，使兄弟俩在努力经商之余，把大量的金钱用于艺术品的收藏，不过哥哥的侧重点是俄罗斯画家的作品，而弟弟的目光则停留在西欧艺术品的收集上。

1860年，年仅28岁的巴维尔·特列恰科夫就曾经表达了这样的愿望："我要把我资产中的15万卢布，用于在莫斯科建一座艺术博物馆或对公众开放的画廊。"有了这个奋斗目标，他就逐步增加了自己的收藏力度，并渐渐明确了自己收藏的方向：以收藏俄罗斯画家的画作为主。当然，这样的收藏活动也引起一些人的不满和非议，甚至有家族成员还想将他告上法庭。

随着收集藏品的增加，巴维尔·特列恰科夫先是将一间濒临倒塌的小教堂买过来，成立了仅有7间展厅的画廊。同时在此基础上几经改造逐步扩大了规模。此时，这间画廊已经由于收藏苏里柯夫大型历史主题绘画和一些名人肖像而声名鹊起。

1892年，弟弟突然去世，遵其遗嘱，他的不多的但极有价值的收藏品被转到了哥哥名下，这又扩大了画廊的收藏。同年，巴维尔·特列恰科夫把30多年来积聚的所有收藏一起捐赠给了莫斯科市。在市杜马（议会）接收的清单中，包括俄罗斯艺术家的1805幅绘画（油画、素描、水彩等），9座雕塑及83幅国外（主要是法国与德国）画家的绘画作品，总价值为142万卢布。

由于对人类文化所做的巨大贡献，巴维尔·特列恰科夫被授予"莫斯科市荣誉市民"的称号。即便画廊已经交给了莫斯科市，巴维尔·特列恰科夫也一如既往地大把花钱，继续购买各类绘画作品，以丰富画廊的收藏，直到他的去世，又新增200余件作品。在他先后长达30多年的持续努力下，进入到20世纪初叶，这个画廊已经成为声名卓著的俄罗斯艺术宝库。

特列恰科夫画廊3大收藏特点是：1. 坚持以收藏俄罗斯本土艺术家的杰出作品为宗旨；2. 对刚刚兴起的"巡回展览画派"画家作品予以重点收藏；3. 收集了一大批俄罗斯著名文学艺术家、社会活动家的肖像，例如：普希金、果戈里、列夫·托尔斯泰、陀斯妥耶夫斯基、屠格涅夫等，而且许多名人肖像都出自俄罗斯著名绘画大师之手。

十月革命后，画廊收归国家所有。1918年6月3日，列宁签署《改莫斯科特列恰科夫画廊为国家博物馆》法令，又将几间私人博物馆的收藏并入该馆，使之成为俄国第一家民族艺术博物馆。20世纪30年代以后，博物馆又开辟了苏联艺术部，至此，几乎所有的俄罗斯近现代美术名家都有其代表作陈列在这里。

四、贝加尔湖的感叹

离开了莫斯科，我们飞行了6小时来到了俄罗斯的伊尔库茨克，这是我们俄罗斯旅程的最后一站。

清晨降落在伊尔库茨克机场，立即乘大巴来到了塔利茨民俗博物馆。这是一片坐落在贝加尔湖西岸的伊尔库茨克市郊区一片林中空地上的小木屋，是一组原汁原味纯木质的古建筑群。150 座典型的木屋在这里静静地述说着 17—20 世纪贝加尔湖沿岸人民的日常文化生活，古朴淳厚，沧桑凝重，是俄罗斯民族文化一个高度价值的遗产。

我们走进这些木屋，欣赏这古老原始的建筑。每所宅院都是木质结构，有埃文基人的兽皮、桦皮帐篷、布里亚特贫民的蒙古包、木制小屋以及草棚、粮仓、纺车、澡堂、鸡舍等。西伯利亚冬天长达近 7 个月，平均 –25℃，最冷零下四五十度。在如此寒冷的地方生活，铺的盖的以兽皮居多，取暖主要靠木材，这儿的原始森林资源丰富，覆盖率达 70%，即使现在也如此。往里走 150 千米就有熊、虎，普京打猎就在此地。这些建筑物和展品从前分布在伊尔库茨克各处，1969 年由于修建伊尔库茨克水库，分别整体搬迁于此。

我们漫步在其中，最有价值的建筑物是 1667 年的伊利姆斯基城堡，不太高但威严，广场中央还有一小巧的 1679 年修建的喀山小教堂，可见那时的东正教已深入山乡僻野。有的游人购买着货摊上当地木料制作的小工艺品，有的兴奋荡着木屋旁的秋千，一辆马车满载游客去看远处的美景。

我们徜徉到小镇尽头，视野豁然开阔，立刻被美丽的风光吸引。

这里是安加拉河的岸边，远处的森林布满山峦，在与蓝天媲美；近处的草地里开满了野花，五彩缤纷，在与绿草嬉戏；黄色的小路伸向远方，叫人遐想联翩……这一切组成了一幅唯美的画面，美丽异常，叫我们端详了许久，流连忘返……我们享受着这原始的田园风光，回味着俄罗斯山乡人们的生活。

塔里茨的山野风光接替了莫斯科都市的风情，叫我们耳目一新，接着又来到了贝加尔湖畔。岸边有座贝加尔湖博物馆，虽然不大，但内容丰富。博物馆是三层建筑，内容分三部分：第一部分介绍贝加尔湖的形成与演化历史，包括地理位置、构造、形态、水文、气候、自然资源等；第二部分介绍贝加尔湖的生态，包括物种，突出贝加尔湖生物；第三部分是科学考察、科学研究及其成果。

从这里我们知道了：贝加尔湖是当今世界最大的淡水湖，淡水含量占整个俄罗斯淡水总量的 80%，全球淡水湖总水量的 20%，面积为 3.15 万平方千米，水深为 1634 至 1741 米，湖长 636 千米，比整个北美洲五大湖或北欧波罗的海的水量还多；它的生物多种多样，有 1085 种植物、1550 种动物，其中 80% 为特有品种，有许多是世界仅有的淡水特种生物；此湖岛屿众多，有 22 个岛屿，其中奥利洪岛最大，如今已经开辟为旅游景点；贝加尔湖有个特点是源流众多复杂而出口单一简洁，它接纳了 330 多条大小河流，却只有一个安加拉河为出口。这条河从贝加尔湖流出，穿过伊尔库茨克市，一直向北流去；另外贝加尔湖有许多未解之谜，湖水不咸，与海洋不相通，却生活着海洋生物，有海豹、海螺、海鱼和龙虾，其原因谁也说不清楚。有一种说法是贝加尔湖海豹来自北冰洋，因为与那里血缘关系和外貌特征最为相似，它们冰河时期迁徙而来，后由于河床变浅难以返回，就滞留于此，直至成为世上独一无二的淡水海豹。

这是个透明清澈，是当今世界唯一没有被污染的硕大淡水湖，它纯净美丽，能见度达 40 米，可以直接饮用，够 50 亿人饮用半个世纪，1996 年被列为世界遗产名录。它形成于 2500 万年前，是世界上最古老的湖泊，但一点也不显得老态龙钟、步履蹒跚，而是充满了青春活力，清亮鲜活，号称"西伯利亚蓝眼睛"。中国文献典籍中最早记载贝加尔湖区域的是庄子《逍遥游》："北冥有鱼，其名为鲲。鲲之大，不知其几千里也。"有人指出这里的"北冥"就是贝加尔湖，"鲲"就是贝加尔湖特产——奥木尔鱼。还有著名的苏武牧羊也发生在此。

我们转遍了整个博物馆，听了讲解，观看了生物标本，还有间展室，提供一人一个显微镜，用它观察湖底的小虾米和细沙，据说它们是湖中整个生物链的基础。大家饶有兴趣地用显微镜观看，增加对贝加尔湖的深入了解。

参观完博物馆，登上岸边的游船，开始了贝加尔湖的遨游。

游船缓缓离岸，驶向贝加尔湖的深处，我们站在甲板上，深深地呼吸着湖里清新的空气，遥望着广阔无垠的湖面。眼前的贝加尔湖是绿色的，像一块无瑕的翡翠闪烁着美丽的光泽，那平静的、玻璃似的、碧绿的湖面，与其说是像水，倒不如说是像熔化了的翡翠，清澈、明亮、碧绿无暇、光芒璀璨。远处的山峰、蓝天、白云与湖水连成一线，展示着大自然博大的胸怀。看着船边划过的蓝色波纹，船头激起的白色浪花，我们的思绪随即飘到了远方，无论用多少华丽的词语也无法描述湖的美丽，只有亲身感受才能体验它的魅力、它的宁静、它的浩瀚……歌手李健唱的那首歌《贝加尔湖畔》似乎在回响：在我的怀里／在你的眼里／那里春风沉醉／那里绿草如茵／月光把爱恋／洒满了湖面……这是李健 2011 年到俄罗斯的伊尔茨克游玩，看到贝加尔湖壮丽景色而写下的，他被当地的美景所折服、感动。

我们在甲板上变换姿势拍照，好让贝加尔湖的美与我们融合在一起，地导还拿出了一瓶伏特加酒和一些零食，大家兴奋异常，就着美景举杯欢庆，贝加尔湖上飘荡着欢声笑语。

贝加尔湖另外两个故事叫我格外的震惊。贝加尔湖的湖底竟冰封 25 万具尸体，包含着一场人间惨剧。据说当年俄国发生一些大事件，100 多万人带着自己的家属和财产离开，而他们的路线是横穿 6000 多千米的西伯利亚。正是冬天，气温低到了 -60℃，一场百年不遇的冰冻严寒开始席卷这支庞大的逃亡队伍。他们缺少足够的粮食、保暖衣物及燃料，在途中就有 10 万多人被冻死，车马的残骸到处都是，而最后剩下的 25 万人终于极其艰难地来到了贝加尔湖。这时的气温又达到了恐怖的 -70℃，这些人在贝加尔湖湖面上全部冻成了坚冰而死亡，直到第二年的春天湖面化冰以后才沉入了湖底，大自然的力量是多么的恐怖！另一则是普京极其重视对贝加尔湖生态保护，专程访问过伊尔库茨克和贝加尔湖。为了减少贝加尔湖的污染，有消息说，2017年9月19日，俄罗斯紧急情况部西伯利亚地区中心新闻处官员向卫星通讯社表示，伊尔库茨克州对贝加尔湖实施大规模环境考察活动，进行了一年一度的大扫除打捞，救援人员从湖底打捞出近百辆汽车和一架飞机，打捞上来的东西应有尽有，沉船、摩托车、飞机……数量最多的是小汽车。

游罢贝加尔湖，我们在伊尔库茨克市作暂短停留。伊尔库茨克是俄罗斯伊尔库茨克州的首府，拥有300多年历史，也是西伯利亚最大的工业城市、交通和商贸枢纽，从贝加尔湖流出的安加拉河穿城而过。俄罗斯最大的伊尔库茨克飞机制造厂位于该市，生产了苏27、苏30战斗机及轰炸机、运输机等。1825年发动反对农奴制度和沙皇专制武装起义的俄国贵族革命家"十二月党人"当年就流放到此。

在这里我们游览了圣母升天大教堂，此大教堂建成于1892年，红墙蓝顶黄金十字顶架，在蓝天白云的映衬下无比神圣、美丽。它也是伊尔库茨克70多个东正教教堂中最漂亮的一个，在全俄罗斯教堂中漂亮度名列第三，排名第一的是莫斯科红场的瓦西里升天大教堂，第二是圣彼得堡的滴血大教堂，幸运的是这三个最美的教堂我们都光顾了。走进教堂，被华丽庄严的氛围所震撼，透过窗棂射入教堂的一道道光束，在圣母大教堂里显得格外神圣，摄人心魄，墙上的壁画、灯饰，富丽堂皇，精美庄严。

二战胜利纪念广场位于政府大楼北面、毗邻安加拉河。我们走进广场，中央燃烧着纪念二战胜利的长明火，已燃烧了70多年。永不熄灭的圣火象征着革命精神永存，周边有二战胜利纪念墙及无名烈士英雄墓碑。二战期间，战火并没有燃到西伯利亚地区，但21.1万伊尔库茨克人义无反顾地奔赴战场为祖国而战，其中有5万人献出了宝贵的生命。俄罗斯民族是个战斗的民族，他们崇尚英雄，在俄罗斯所有的城市中都建有无名英雄烈士墓和长明火，以纪念那些为争取和平而献出生命的人。伊尔库茨克的无名英雄烈士墓上刻写着"你的名字无人知晓，你的功勋永垂不朽"，教育和激励着后人。在它对面是爱情桥，寓意着人们现在的幸福生活是英雄烈士们用鲜血和生命换来的，不要忘记过去。

在伊尔库茨克我们用了俄罗斯旅程的最后一顿餐。餐馆在安加拉河岸边，我们顺便观看了这条大河，河面宽阔，水流湍急，两岸绿草青青，格外壮美，见一垂钓人抛出鱼线，很快被河水冲出老远，他一遍遍用线轴拉回，却无鱼上钩，大概只是享受乐趣吧。

在餐馆我们用的是俄罗斯西餐，还来了一当地乐队助兴。他们拉着手风琴，载歌载舞,献上中国游客熟悉的苏联歌曲,又邀大家共舞,热闹非凡,我们在欢歌笑语中结束了俄罗斯难忘的旅行。

美丽的贝加尔湖

精彩的美国之旅

一、纽约一日

美国，有生以来最先知道的国家。几十年来，世界风云变幻，美国在国人的心目中也变幻莫测，从"腐朽的帝国主义"变化成世界最先进的国家。这个国家到底如何？只有亲身经历才会有确切的感觉。2013 年 9 月，我进行了为期 16 天的美国之旅，感受多多。

那天从首都机场下午 1 点半起飞，两个多小时后到韩国首尔的仁川机场，晚上 7 点换机再飞往美国的纽约。飞机经过了 14 小时的长途飞行，从亚洲大陆飞越了太平洋，再穿越北美大陆，飞到了大西洋彼岸的纽约，降落在肯尼迪机场。这是美国东海岸当地时间晚 8 点 10 分，与北京时差 12 小时，也就是北京的次日早 8 点多。不过这样也好，下飞机出美国海关后当地导游带我们上了大巴，经过 1 个半小时的车程入住 somerset-bridgemaster 酒店，接着睡觉，在飞机上过了一个黑夜，在此再接着度过黑夜，正好补充飞机上睡的不足。

次日清晨，纽约天空湛蓝，时而白云飘浮，空气非常清爽，很多人是头次来美国，又远离了北京的雾霾，一时兴奋异常。大巴载着我们驶向纽约的曼哈顿。纽约，美国最大的城市，于 1624 年建城，它是美国的经济中心和人口最多也是最大的城市。纽约在商业和金融方面发挥了极为重要的全球影响力，左右着全球的媒体、经济、政治、教育、娱乐与时尚界，一举一动无时无刻不在影响着世界，联合国总部也位于该市。

大巴在奔驰，望着窗外行进有序的车辆，感受到这儿交通的发达，管理的有序和驾车的文明。各种车辆都严格排队行驶，虽然时而也堵车，但没有随便并线、超车的现象，大家都遵守规则，反而减少了耽误时间。我们先到了曼哈顿，这里是纽约的市中心，我们就停车在华尔街附近。下车仰望，四周摩天高楼鳞次栉比，置身这高楼群中，感到街道阴暗，人群变小。整个曼哈顿耸立着超过 5500 栋高楼，其中 35 栋超过了 200 米，是世界上最大的摩天大楼集中区，显示了这个帝国的实力。纽约标志性的帝国大厦、洛克菲勒中心、克莱斯勒大厦、大都会人寿保险大厦等建筑都在此争相比高低。站在华尔街口忽然想起小时曾听过一首诗中大意说：华尔街的老板们，压榨了穷人的血汗，喂肥了自己的私囊，显示了世界的不公。如今华尔街的老板们换了一茬又一茬，华尔街仍然繁忙行使着自己的职能，世界的贫富差别远没有消除，追逐金钱仍是大多数人的欲望。从外表看来，华尔街显得静谧而低调，没有明显的标牌和入口，仅仅是一条狭窄街道，但是著名的纽约证券交易所、纳斯达克和纽约期货交易所都坐落于此，有些藏龙卧虎之味道。一个挂有美国国旗很不显眼的小木头门，导游说就是著名纽约证券交易所原来的门脸，现还常见人们出入，真叫人想不到。现在华尔街以"美国的金融中心"闻名于世，是美国财富的象征、世界金融市场的晴雨表。美国和世界的财团大亨把这里看作了圣地，麋集在这里，做着暴富的美梦。

华尔街有个著名的标志就是铜牛，当我们来到它的跟前，只见牛体健硕，牛鼻发光，牛眼圆瞪，牛气哄哄的。人们围着它抚摸照相，大部分都是华人，几个美国警察维持着秩序，让人们排队按次序与铜牛合影。铜牛的设计者是一位来自意大利的艺术家，名叫阿图罗·迪·莫迪卡。莫迪卡来美国多年后，想做一件东西一鸣惊人，好出人头地。有一天他突然想到华尔街是世界金融的心脏，如果有自己的作品放在这里定会引人注意。于是，他开始创作一头铜牛，打算在1989年圣诞节的时候摆在华尔街证券交易所前面，祝福股市来年一牛冲天。经过近两年的运作，莫迪卡在1989年12月15日午夜，用一辆大卡车将他这头重达6300千克的铜牛偷偷运到华尔街纽约证券交易所门前那棵巨大的圣诞树下面，他盼望着第二天一早会发生奇迹。次日一大早他跑到证券交易所边上，只见他的铜牛已被记者和警察围得水泄不通。纽约市政府盛怒之下，要求莫迪卡赶紧把铜牛拉走。就在这时，百老汇大街南端的BORLINGGREEN公园的负责人找到莫迪卡，让他把铜牛放到他们的公园里。白给不行！莫迪卡坚持把这座雕像出售给开价最高的买主，但买主必须将公牛雕像留在原地，并捐赠给纽约市。几经周折铜牛还是留在了原地，成为纽约市的公共财产，不准任何人买卖，莫迪卡拥有肖像权。莫迪卡的祝福是真诚的，股民们的愿望也是美好的。然而，股市却仍然按照市场规律，跌宕起伏，不因他们的愿望而变得一牛冲天，一牛到底。铜牛的存在，没有避免经济危机的产生，没有抑制金融风暴的肆虐。世界上很多金融中心、股票交易市场却效仿之，雕塑了一尊尊铜牛，并且风情万种，有奔驰疾驶，有仰首冲天，有持高傲物，它们承载着主人的美梦，传达着人们的愿望。

我们漫步在华尔街及附近的几条道路上，看见一座新建的摩天大厦直冲云天，这就是自由大厦。它是在2001年9月11日恐怖袭击后原世贸大厦的废墟上建立起来的，高达500多米，比原来世贸大厦还高，导游讲要在原世贸大厦原址上建5座这样的摩天大厦。随后我们坐车路过世贸遗址，那儿耸立着高大的塔吊，建设工程在进行着。望着曼哈顿眼花缭乱的座座摩天高楼和繁华的市容很有感触：想不到恐怖分子根据曼哈顿高楼林立的特点竟动用飞机来袭击，一时无比强大的帝国却不堪一击，400多米高的大厦轰然倒下，几千人死于非命，可以想象当时这片异常繁华的地区是多么令人恐怖。

离开了曼哈顿，我们来到哈德逊河的游艇上。哈德逊河是通过纽约的一条大河，河面宽阔，河水清澈，给纽约市增加了不少灵气。游艇在广阔的水面上行驶，蓝天下河水静静地流淌，金色阳光让一切更加辉煌，两岸高楼起伏跌宕，时而有水鸟自由翱翔。忽然，人们激动起来了，原来自由女神在远方招手了。渐渐地，那座披着古罗马式绿袍、戴着七角皇冠，手持一柄火炬的女神像越来越大、越来越清晰了。她就是闻名世界的自由女神塑像，代表着被神化的美国，甚至被塑造成人类存亡的象征。1875年，法国筹资并委托著名雕塑家弗莱特立克·奥古斯都·巴托尔蒂设计一座雕塑，趁第二年费城世博会的机会，作为纪念美国独立100周年的礼物送给美国，这就是后来举世闻名的自由女神像。它连底座高93米，重225吨，1984年被列为世界文化遗产。选择自由女神，是当时一些法国思想家对法国内战的反思，以及前往美国考察的结果，既是法国人对美国民主制度的崇尚，也是他们自己追求的目标。1884年7月6日，自由女神像被正式赠送给美国，这尊雕塑历时10年完工。我在游艇距自由女神最近处仰望着她，这位美丽女子姿态优美，深邃的目光向着远方，金色的火炬直指青天，她的绿袍是因铜长期氧化由黄变绿的缘故，而火把的火焰是黄金的，所以还是金黄。自由女神的底座是美国移民博物馆，当初移民美国的人都要在这里接受审查，有的一审就多年，在自由女神下面却失去了人身自由，看来自由也是相对而言的。我在哈德逊河上望着女神，脑中沉思：她才诞生100多年，比中国一些几千年的文物古迹可谓小巫见大巫了，却深深影响了整个世界，宣扬的民主自由思想推动了人类的进步，看来一个主张得到人们的认可就有强大的生命力。

纽约游的最后一站是游览撩人眼目的时代广场和气度非凡的洛克菲勒中心广场，并顺便到了联合国总部大厦。时代广场令人眼花缭乱、霓光四射，多处巨大的屏幕昼夜不停地向众人展示着五彩缤纷的世界。这里有著名的百老汇艺术中心，衣着时尚的红男绿女在这里川流不息，世界各地的艺术家们以登上时代广场旁边的百老汇舞台为荣。不过在这世界顶级艺术中心附近街头，我也见到一些民间画手在街头作画或为人画像维持生计，一幅画作5美元，够便宜的了。世界顶级的艺术与民间原始艺术在这里交集，各走各道各取所需。

洛克菲勒中心是世界最大私人所有的建筑群，由一片19栋建筑组成。在商业界，美国洛克菲勒家族家喻户晓人人皆知，迄今已繁盛了6代。洛克菲勒广场是美国洛克菲勒财团投资建造的大型商业娱乐和办公建筑群，建筑群的中央是一个下凹的小广场，广场正面有一座金光闪闪的希腊神普罗米修斯飞翔着的雕像，小广场的周围有带状街心花园供人们小憩，并经常举办各种展览，中心的各个建筑物之间都有地下通道连接。每天在这里上班的总人数达 6.5 万人，餐厅、药店、理发店、银行、电影院、书店等设施样样齐备，俨然是一个浓缩的小社会，连美国政府也将此地定为"国家历史地标"。

在这里我们停留了几十分钟，体验到它的繁华。建筑群中央下凹的小广场有块很大的人造冰场，一些孩子们在上面飞快地滑冰，里面有白人孩子、黑人孩子，一个个如轻盈的小鸟，变换着溜冰花样，自由地驰骋，玩得不亦乐乎。看着这些肤色不同的孩子愉快地玩耍，感到他们的幸福、快乐。

联合国总部大厦是一座扁平玻璃幕墙的建筑，前面一排旗杆上飘扬着所有联合国会员国的国旗。联合国 1945 年成立在美国的旧金山，现在那里还保留着最早的联合国总部。1953 年才建成了纽约联合国总部大厦，如今这里也联系着世界的风云变幻。

纽约一日匆匆而过，游览只是走马观花，但感到这座城市的天空、河水、树木、花草的洁净，繁华中不失雅致，喧闹里保持着秩序。

二、普林斯顿—费城—巴尔的摩

在纽约住了两夜，游览了一天，我们离开继续前行，将去美国首都华盛顿，但途中经过的三个著名的景点很值得一提，就是普林斯顿、费城和巴尔的摩。

我们的大巴在高速公路上经过 1 小时的奔驰后拐弯驶进一条绿树成荫的道路，两旁逐渐出现了高低错落的楼房建筑，但都不是太高，这就是普林斯顿。它地处纽约和费城之间，是一座别具特色的乡村都市，位于新泽西州西南的特拉华平原，面积约为 7 平方千米。我们下车四周瞭望，这里景色幽雅、绿树成荫、花草丛丛、安静祥和。听说小城人口只有 3 万，大多市民生活富裕，而且交通方便，距离纽约和费城只需大约 1 小时车程，加上它恬静而又安详的生活，浓浓的文化氛围笼罩下的贵族气息，使它成为美国上层人士青睐的居住地。

当然普林斯顿之所以出名不只是它的优美的环境，最主要源于普林斯顿大学以及曾经在此居住过的若干宛如星辰般灿烂的大学者，爱因斯坦就是其中最闪亮的一颗星星。伟大的科学家爱因斯坦曾在这幽静的小城度过了晚年，并在普林斯顿大学任过教。他在普林斯顿住过的房子至今还在，不过已叫他人居住。这位大科学家一生不为名利，用百元美钞当书签，丢了也不去寻找，临终遗嘱让自己的住宅给他人居住，墓地不要墓碑，防止成为"朝圣地"。大凡为人类做出巨大贡献的人往往品质也是高尚的，不然也不会为他人贡献自己的一切。

普林斯顿大学是一座私立大学，也是全美第五历史悠久的高等学府（第一为哈佛大学，第二为威廉玛丽学院，第三为耶鲁大学，第四为宾夕法尼亚大学，这些都是美国的顶尖学府），它招生非常严格，毕业的学生质量也很高。大家迫不及待走进校园，这座大学没有围墙，也不见保安之类的巡守人员，人们可以自由地出入。这时候北美州正逢初秋，校园里树木参天，红、黄、绿色的树叶在阳光的照耀下镀上一层金辉。到处都有草坪，上面撒满了落叶，悄悄地躺在那里，人们踩在上面发出吱吱的声响，似乎欢迎人们的到来，也预示着秋天的来临。顺便说一句美国的草坪都是可以踩踏的，不像国内大部分草坪只是叫人们看的，还注明什么"小草在睡觉请别打扰"云云。校园里的建筑大都是后哥特式的，有点像教堂的式样，古色古香的。还有许多动物、人物的雕塑撒落校园各处，偌大的校园静悄悄的，不像大学，到挺像 18 世纪的大庄园。大家纷纷在教学楼、图书馆、雕塑前留影，体验莘莘学子们良好的学习环境。一处一位学子苦读的雕塑成了大家与其陪读的道具，留影若干，但时光不能倒转，我们已失去了来此读书的时光，只能寄托后几代人了。

恋恋不舍离开了普林斯顿，经过 1 个多小时的车程来到了著名的费城。费城是美国历史名城，1790—1800 年曾是美国首都。1775 年 4 月 19 日至 1784 年 1 月 14 日，爆发了美国的独立战争。当时美国是英国的殖民地，英属北美 13 个殖民地反抗英国殖民统治、争取民族独立取得了胜利。美国独立战争是世界史上第一次大规模的殖民地争取民族独立的战争，它的胜利，给大英帝国的殖民体系打开了一个缺口，为殖民地民族解放战争树立了范例。华盛顿当时是陆军总司令，成为美国第一任总统。美国在脱离英国独立后，其经济及军事迅速发展，很快便跃升为世界主要强国之一。当时的费城就是这次独立战争的大本营，1774—1775年两次大陆会议在此召开，通过独立宣言，1787年在此举行制宪会议，诞生了第一部联邦宪法。

我们下车浏览了这里当年的国会大厦，一个尖形的不太大建筑，当年北美的13个州反抗英国取得了独立，在这里宣布成立美利坚合众国。那时美国只有13个州，现在美国星条国旗的13横条就代表着这13州，后来美国国土不断扩大，现在已扩大到50个州，国旗上的50颗星星就代表着全国50个州。这老国会大厦前的广场很大，绿草如茵，四周是高大的树林，一旁还有独立宫、议会厅等建筑。一所玻璃房中陈列着一口钟，看起来很不起眼，它却是美国独立的象征。它在美国的知名度仅次于自由女神，曾参与了美国早期历史上许多最重要的事件：1776年7月4日为第一次宣读独立宣言而鸣响；1783年4月16日为宣告美国独立战争胜利而鸣响；1787年9月17日为合众国宪法通过而鸣响；1799年12月14日为美国首任总统华盛顿的逝世而鸣响。此后，每逢7月4日美国国庆日，都会敲响象征美国独立的钟声。1976年美国独立200周年时，该钟被移至此处国家独立历史公园的中心草坪上，并专门为其制作了玻璃屋，加以保存。自由钟的历史只有250多年，重量只有900多千克，由多种金属混合铸成，1751年由宾州州议会以100英镑的价格从英国订购，当年工艺水平显然有限，第二年大钟运到费城，试敲时就破裂了，1年后两个当地铸造工重新铸造，总算成功。1835年庆祝华盛顿生日时，又被几个孩子敲出了1尺长的裂痕，10年后在同样的活动中，被敲了几个小时，结果又出现了锯齿状裂缝。自由钟再也无法修复，除了每年的独立日，全美大小教堂钟声齐鸣，头一个敲响的是自由钟，它极少被使用。一口平平淡淡的钟具有了历史的魅力，让美国成为一个有凝聚力的国家。就像自由钟上那一行引自《旧约·利未记》的铭文所说的"宣告自由，遍及全国，家喻户晓"，这正是自由钟在过去200多年里经历的故事。

费城不大但非常干净整洁，国会大厦旁也有私人的旅游马车停在路旁招徕游客，赶车的人友好地向我们微笑招手，街道旁也有如北京街头的快餐或售物木板房子，兜售着快餐或小食品。这儿的公交车式样也挺奇特，车身很长通红颜色。这里的空气非常清新，蓝天白云令人心旷神怡，环保堪称一流，这个美国的老首都叫人流连忘返。

最后一站是离华盛顿不远的巴尔的摩市，我们将在这里结束全天的观光下榻酒店。巴尔的摩离美国首都华盛顿仅有60多千米，独立战争期间，在英国军队威胁费城时，这里曾一度是美国战时首都，而且是美国的国歌的诞生地。1812年英国军队分兵海陆两路进攻巴尔的摩，在巴尔的摩西南的北角与美国民兵发生交火，英国指挥官Ross将军被击毙。英国海军在对守卫巴尔的摩内港的Fort McHenry进行了通宵炮击后没有能够赶走守卫的美国军队，随后放弃了对巴尔的摩的进攻。美国人FrancisScottKey目睹了英国海军的炮击后写下了后来称为美国国歌的 *The Star-Spangled Banner*。

巴尔的摩是个海港城市，最吸引游人的是内港游览区。它本是以前的码头，经过修整翻新，改造为观光、娱乐和购物区。我们在此浏览了海港风光，水面停满了游艇、帆船和脚踏船。码头边有一栋顶部成玻璃金字塔状的新奇建筑，连接着水面，格外引人注目，这是巴市第一名胜——国家水族馆。大家在此停留照相，将蓝天、绿水、游艇、建筑收入镜头，作为了终生留念。夕阳西下，巴尔的摩在阳光的沐浴中显得婀娜多姿，在一喷泉处，有个美国儿童在喷泉中奔跑，全然不顾衣服被淋湿，他的家长站在一旁呵呵地笑着，很欢乐的画面。

在普林斯顿大学

在巴尔的摩

三、幽静的华盛顿

一个国家的首都代表着这个国家的面貌，美国首都华盛顿是什么样子的？我们这些来自中国首都北京的人们都盼望早点见到。

清早，大巴载着我们很快就来到了华盛顿市内，首先看到的是这个地方完全没有北京的那种拥挤、喧嚣。静静的街道，不多的行人，通畅的车辆，虽然上午是阴天，却见不到霾，空气仍觉清新。由于这天正逢美国的民主党和共和党为财政问题纠缠不休，政府机关还在"关门"，原计划要参观国家管理的植物园、博物馆不开放，需要调整游览计划，但重要的景点如国会山、白宫等都是在外面观看不受影响。

美国首都华盛顿，全称"华盛顿哥伦比亚特区"（Washington D.C.），是为纪念美国开国元勋乔治·华盛顿和发现美洲新大陆的哥伦布而命名的。华盛顿在行政上由联邦政府直辖，不属于任何一个州。华盛顿原是一片灌木丛生之地，只有一些村舍散落其间。1789年，美国联邦政府正式成立，乔治·华盛顿当选为首任总统。当国会在纽约召开第一次会议时，建都选址问题引起激烈争吵，南北两方的议员都想把首都设在本方境内。国会最后达成妥协，由总统华盛顿选定南北方的天然分界线——波托马克河畔长宽各为16千米的地区作为首都地址，并请法国工程师皮埃尔·夏尔·朗方主持首都的总体规划和设计。新都尚未建成，华盛顿便于1799年去世。为了纪念他，这座新都在翌年建成时被命名为华盛顿。华盛顿是美国的政治中心，白宫、国会、美国最高法院以及绝大多数政府机构均设在这里。

我们首先来到"国会山"，就是国会大厦，它建在全城最高点上，所以被称为"山"，它是华盛顿的象征。这是座乳白色的建筑，有一个圆顶主楼和相互连接的东、西两翼大楼，美国国会参、众两院都在这里办公。有人常把这里与白宫混淆，因为都是白色建筑，又是最高阶层的办公地点，但白宫是总统办公地，离此还有一段距离。国会山在高处，顺势往下还有一些雕塑，有横空立马的军人，有奋勇冲锋的士兵，展示着美国人的奋斗史。这时候来了成队的美国小学生，参观了国会山后，老师们正安排他们照集体相，看来他们也进行爱国主义教育，这也是任何国家对下一代教育的必修课。在往下是一大圆形水池，水面开阔，碧水粼粼，时而有水鸟在池水中嬉戏，还有成排的水鸟立于池边，即使旁边坐着人它们也悠闲自得，可见这儿的鸟儿不怕人，也知道人们不会伤害它们，人与动物已充分和谐相处了。国会山旁的道路上停着卫星转播车，大家猜想这天是美国政府关门的最后期限，如两大党在财政问题上再达不成协议就会出现极坏的后果。估计两大党正在里面紧急磋商，卫星转播车随时转播实况。果然这天终于达成了妥协，第二天政府终于开门办公了，但我们当天的原计划行程还是受到影响，调换了景点。

白宫离国会山不远，紧接着我们到了这里。白宫是一座白色大理石圆形建筑，是华盛顿之后美国历届总统办公和居住的地方。椭圆形的美国总统办公室设在白宫西厢房内，南窗外边是著名的"玫瑰园"。白宫正楼南面的南草坪是"总统花园"，美国总统常在这里举行欢迎贵宾的仪式。1792年6月，一位名叫詹姆斯·赫本的年轻人到费城拜见美国第一任总统乔治·华盛顿，希望能参与总统官邸的设计工作。20天后，赫本拿出了设计草图。10月，总统官邸动工修建，1800年交付使用。但在当时，这座建筑并不叫"白宫"。1812年英国和美国发生战争，英国军队占领了华盛顿城后，放火烧了包括美国国会大厦和总统府之类的建筑物。过后，为了掩盖被大火烧过的痕迹，1814年总统住宅棕红色的石头墙涂上了白色，从此，人们就称它为"白宫"。

　　白宫确实很白，这时候天放晴了，白宫在阳光照耀下白得刺眼，屋顶飘扬着美国国旗，这告诉人们奥巴马总统今天在白宫办公，如果没有国旗就说明总统这天不在白宫。白宫以前可以进去参观的，可"9·11"事件后不能进去了，而且安装了铁栅栏，人们只能隔着铁栅栏远望白宫了。我将照相机镜头伸进栅栏拍摄了白宫，但拍人物只能与栅栏拍在一起了。白宫外面是巨大的草坪，一块块相连着，碧绿碧绿的煞是可爱。草坪里飞鸟悠闲散步，小松鼠跳跃奔跑，这里幽静、祥和如清新的原野，可不像北京天安门广场游人如织，熙熙攘攘的。在白宫草坪的道路上撒满落叶，野鸟在人们的步履间觅食。还有如国内的地摊车停在人行道一侧，上面挂满要出售的服装、鞋帽，几个老美挺着大肚子在一旁闲聊，他们就是这些商车的主人。虽然美国两大党为一些问题纠缠不休，政府还关着门，似乎对人们生活影响不大，整个城市运转照常，秩序井然。

　　由于政府关门，我们的景点做了调整，原定的植物园、博物馆换成了二战、韩战、越战纪念碑。不过这样一换倒也有收获。二战纪念碑是一个下沉的椭圆形广场，广场中间是一个圆形的湖，左右两旁56根花岗岩柱子，每一根代表着在二战期间美国的一个州或者一个海外领土。纪念碑的两个方向都建有一个拱形塔楼，塔楼里面各有3只巨大的铜质美国雄鹰举起了象征胜利的花冠。在弯曲的"自由墙"上刻有4000颗金星，每一颗星都代表着在二战中牺牲的100位美国人。第二次世界大战，是反法西斯的战争，美国军人为此也做出了巨大的牺牲，二战纪念碑就是为纪念他们修建的。一些参加过二战的老兵，现在已是耄耋老人坐轮椅来参观，回顾着那难忘的岁月。离这儿附近还有林肯纪念堂，为纪念美国总统林肯设立的，1922年5月30日竣工。乍一看林肯纪念堂与北京的毛主席纪念堂很相似，也是方形带立柱的外形，有人说毛主席纪念堂就是参考林肯纪念堂设计的，也许有根据吧。

　　要说参观二战纪念碑还无可非议，那接着参观韩战、越战纪念碑可能就有他议了。韩战就是1950年的朝鲜战争，我国当时称抗美援朝，越战是发生在20世纪60年代美国在越南的战争，当时我国支持越南打击美国，也叫抗美援越。韩战纪念碑，准确地说是一个小小的纪念园区，由3部分组成，一部分是19个与真人尺度相仿的美国军人雕塑群。这些雕塑头戴钢盔，持枪驱前，表情复杂，被拉成散兵线，撒开在一片长满青草的开阔地上"搜索前进"。这是一群普通士兵，是朝鲜战场上无数美国大兵的缩影，展示了美军士兵面对血与火、生与死，杀戮与遭杀时那惊恐复杂的心态和行为。第二部分是雕像一侧有一座黑色的光滑的大理石纪念墙，墙上隐现着浅浅蚀刻的许多士兵的头脸，听说所有这些脸孔，都是根据韩战新闻中美军各兵种的无名士兵的真实照片临摹蚀刻的。镜面似的大理石纪念墙，把19个塑像映射在墙上，与墙上刻的人脸互为流动，融合在一起，使人们心情压抑。整个纪念园弥漫着战争残酷的气氛。这场战争我们被告之是"抗美援朝、保家卫国"，要"打倒美国野心狼"，我们的志愿军也伤亡无数。第三部分是一组置于地面的小方座，上面刻有方字。其中一块置于雕塑群的正前方，上面用英文写着一段碑文，中文意为："我们的国家以它的儿女为荣，他们响应召唤，去保卫一个他们从未见过的国家，去保卫他们素不相识的人民。"墙的尽头是整个纪念园的点睛之笔，上书"FREEDOM IS NOT FREE"，译为"自由是要付出代价的"。这就可以看出美国与中国对朝鲜战争的不同解释。越战纪念碑不是拔地而起的纪念碑，而是一座嵌在一段缓缓下坡的大草坪中，抛光的黑色花岗岩三角形墙体，平面如一个平放的V字，随着天然的地形从高到低，又从低到高，58 191名越战牺牲将士的名字，以他们牺牲的日期为序，密密麻麻地刻在黑亮的花岗岩上，这5万多逝去的生命幽幽地默立在花岗岩的黑暗中。纪念墙设计者是当年就读耶鲁大学建筑系、年仅21岁的华裔女生林璎，林徽音的侄女。在此纪念墙上方也有3个美国士兵的塑像，本应该放在墙中心的，但设计者林璎坚决不同意，认为放在那里破坏了原设计的氛围，只得放在上面了。有悼念者把花圈放在上述两处雕塑旁来吊念战争死去的人们，尽管人们对这两场战争的认识各有不同，却并不妨碍他们以不同方式，共同纪念战争中逝去的生命。人类已为战争付出了惨重的代价，今天，我们纪念战争，反省战争，但愿这一个个战死的灵魂对后人有一个警醒：我们反对战争，人民需要和平，让礼炮声取代枪声、炮声、爆炸声吧！

回去的路上，我们在大巴上瞭望了五角大楼，这是美国国防部及陆、海、空部队领导机关所在地。楼高5层，呈五边形，最大的特点就是巨大。偌大一片不高但平面很大的五边办公楼匍匐在地面，占地326万平方米，办公面积61万平方米，停车场就有8770个，有3万来人在里面办公。按说把所有军事机构都集中在一处办公，正是给敌人提供攻击的最好目标，冷战期间苏联的核弹头一直瞄准这里，但美国总统罗斯福非常相信美国的实力，认为没有别的力量能摧毁它。不过2001年9月11日这里还是受到攻击，恐怖分子驾机撞入大楼西北侧，造成184人死亡，10万平方米建筑被毁。好在这部分刚搞完内部装修，在回迁之中，否则死亡人数怕要增加 10 倍了。

　　游完华盛顿，感觉这是一座幽静、祥和的城市，没有堵塞的交通，街道上没有北京那样高高低低的立交桥，但车辆通行顺畅；没有北京那样拥挤的人群，人们悠闲地漫步在街头；没有北京那样的雾霾空气，野生动物活跃在街头草坪；没有北京那样的繁华，广告不多，与纽约浓厚的商业气息比较，这里更体现了政治、文化中心的氛围。这时候我们想：北京是否改一下定位，摒弃经济中心，只做政治、文化、科技中心，这样大批涌入北京的人流就会减少，交通、空气等就会改善许多，现在国家已经在积极采取措施了。首都嘛就应该干净、整洁、肃静，成为国家的窗口。

白宫

华盛顿国会山

四、北美风光

　　离开华盛顿，我们开始北上，奔赴美加边境城市布法罗，到那儿将过境去加拿大的多伦多市，主要目标是观看世界七大奇观之一的尼亚拉加大瀑布。

大巴向北，行程较长，路面平坦，车行也稳，沿途北美风光，一片秋色尽收眼底。天蓝蓝的，被柔软洁白形状各异的云朵点缀着，好似与我们赛跑；红黄绿相间的山峦跟随着我们时而起伏，时而舒展；散落的乡间房屋时隐时现在广袤的原野，装点在大地的秋色中。看不到国内常见的庄稼地，只见树木草丛，北美洲的秋天是幅美丽的画卷。万圣节快到了，这在西方国家也算比较重要的节日，一处路旁摆满了一大片南瓜，还没见过如此壮观的南瓜阵。这是用来在万圣节制作南瓜灯的，南瓜个头不一，主要是橙色的，据说长得难看才值钱。

在南瓜阵附近有个叫好时镇的小镇子，这是个甜蜜的小镇，世界著名的好时巧克力就出自此。生产好时巧克力的公司叫好时公司，是具有105年历史的老字号。好时巧克力的创始人米尔顿·好时先生，1903年在这里初创巧克力制造业时，这儿还是一片少有人烟的牧场，他以智慧和长远眼光设计了这里的一切。20世纪上半叶，在这里铺筑了道路，修建了医院，建筑了体育馆、剧场、游乐场、巧克力温泉等公共设施，并带头把好时镇建成美国小城镇绿化建设的模范。好时镇拥有3家现代化的巧克力工厂，是世界上最大的巧克力产地，每天生产的巧克力仅KISSES一个品种就多达3300万颗，镇上的居民几乎全是好时公司的员工。我们饶有兴趣地参观了好时巧克力加工的过程，一列敞篷的轨道车把我们带进一条黑暗的隧道，两边的玻璃墙里展示加工巧克力的生产线，述说着从巧克力豆粉碎、磨制到成品的全过程，都是自动化。轨道车在音乐和解说的伴随下行进，时而头上方还出现一些卡通动物人物的模型向我们招呼问好，好时公司把巧克力宣传与娱乐旅游有机结合在一起，设计得惟妙惟肖，叫我们眼界大开。参观完后大家可进入售货大厅选购好时巧克力的各品种。顺便说一句，10月1日起实施旅游法，规定旅游中不得强行购物或安排自费项目。我们旅美期间正好赶上，美国的当地旅游公司严格执法，他们视法为最高准则，严格规定导游不得介绍购物等。虽然导游们对此颇有微词，但严格执行，对游客不透露一点购物信息。本来很多人都想买些纪念品回国，无奈导游不介绍，好时巧克力工厂参观及下步在美国西部的巴斯通世界名牌直销中心都是以参观游览的名义去的。傍晚，经过一天的行程，我们来到了美加边界的布法罗市，入住sleepairport酒店，第二天将要过境到加拿大游览多伦多市，观看世界奇景尼亚拉加大瀑布。

次日清晨，我们感到这儿天气冷多了，相当于中国东北的气候，大家换上厚衣出发了。

尼亚加拉瀑布位于加拿大和美国交界的尼亚加拉河中段，一部分属于美国，一部分属于加拿大。瀑布虽然分属两国，可是两个瀑布都是面向加拿大，如果要一睹瀑布的真面目，都要到加拿大这一边。历史上，为了争夺这块宝地，美、加（当时属英国）

两国曾于1812年至1814年进行过激烈的战争，战争结束后，两国签订了"根特协定"，规定尼亚加拉河为两国共有，这样瀑布也分别属两国。尼亚加拉河水经过河床绝壁上宽350米的山羊岛分成两部分，形成3个瀑布，美国一边较大的瀑布称为美利坚瀑布，高达50米，瀑布的岸长度305米，在它旁边有一个月亮岛，水流又被其一分为二，分出了一条宽80米，落差50米的小瀑布，因其水流较小，飞落化雾如同一位带着面纱的新娘，故称"新娘面纱瀑布"。在美国境内看到的只是瀑布的侧面，瀑布的正面在加拿大一侧，称为加拿大瀑布或马蹄瀑布。我们先来到布法罗这边的美国瀑布，车停在离瀑布有一段距离的地方，老远就听到巨大的水流声响，往前走开始有水汽喷来，随着前行越来越大，距瀑布很近的地方，水汽成为水滴由上喷淋，打湿了衣裳，照相机、摄像机的镜头。只见河水汹涌而来，咆哮着，翻滚着，向悬崖泻去，激起了巨大的浪花产生了漫天的水汽，在阳光的照耀下形成了巨大美丽的彩虹，悬挂在天际，笼罩着远方的高楼大厦，更加恢宏壮观。大家立时被此景激发得兴奋无比，顾不上水淋，纷纷拍照，留下这壮美的美景。要不是导游多次催促，大家还想与瀑布亲近，好在一会儿到加拿大多伦多还会一览它的芳容。

我们继续前行，很快到了美加边境，我们持着美国批准的护照，暂时属于美国人，进入加拿大自然要经过海关审查。好在并不复杂，很快通关，来到了加拿大的多伦多市。

多伦多是加拿大安大略省的省会，是加拿大第一大城市。这是一座充满艺术、文化表现力和创造力的城市，丰富的文化令这里处处充满活力。漫步在多伦多的街头，就如欣赏一幅徐徐展开的画卷。

首先映入眼帘的是多伦多电视塔，这是由加拿大国营铁路及太平洋铁路合资兴建的，1973年动工，1976年落成，总高553米，其上安装的102米高的发射天线钢塔，是用巨型直升飞机吊上去的。整个电视塔用钢量5600吨，混凝土4万立方米，总重13万吨，真是庞然大物，人们称它为"加拿大的巨象"，它是世界最高的独体建筑物。电视塔周围是草坪树林，正值秋季，是树叶转色的季节，到处都是红、橙、黄、绿的浓烈色彩。枫树是加拿大的国树，枫叶都上了它们的国旗，只见树上枫叶火红，落叶撒满草坪，燃烧着人们的激情。

随后来到多伦多市政厅广场，这是多伦多市中心，是多伦多市政府总部所在地，同时也是该市的主要地标之一。多伦多市政厅由3部分组成，东西两座敦实的大楼呈弯曲的弧度，包裹着中间的议会大楼，宛如含珠微开的海蚌，设计新颖而独特。从天空俯瞰，整个市政厅就像一只眼睛，因此，人们称它为"天眼"。多伦多新市政厅紧邻着老市政厅，老市政厅退休成为法院，它那古朴的理查森罗马式的石造建筑风格却依然吸引不少眼球。如今，新老两栋市政厅和谐地挨在一起，代表着多伦多的成长史，象征了多伦多的过去和未来。在广场上还有几千辆自行车构成的造型,独特新奇,这是为纪念自行车赛建造的,估计也是临时的,但一睹它的风姿也倍觉有趣。

接着我们来到多伦多大学,它始建于1827年,在各学科领域中成就卓著,在世界范围内享有盛誉。它既是加拿大高等教育的翘楚,也是世界最著名的研究性大学之一。我们漫步于枝繁叶茂的校园,穿行于历经百年的古典建筑间,被它的古朴庄重而吸引。走进大学里的一个图书馆,里面人们都在忙碌着,整理、阅读图书的人聚精会神。加拿大各大学对图书馆在学校的地位和作用都极为重视,将其作为学校综合实力的重要组成部分来对待。多伦多大学有33个图书馆,总图书量1397.4万册,图书馆中最大的是罗伯茨图书馆,也是加拿大最大的图书馆,藏书近千万册,居加拿大各图书馆之首,其馆舍是多大校园内最雄伟的三棱形现代建筑。多大的校园也是开放式的,找不到围墙,与外面的街道自然融合在一起,如果不深入了解还真不知这就是大学。

下午黄昏时分,我们在多伦多最后一站是加拿大一侧的尼亚拉加大瀑布。这又是激动人心的时刻,在加拿大这边看瀑布又比美国那边看壮观很多。在此看到了尼亚拉加大瀑布正面,被分成三段,巨大的水流激起白色的浪花飞速泻下,以宏伟的气势,丰沛充足的水汽,吸引了无数游客的目光。有人说:"尼亚加拉大瀑布是从上帝花园中不小心陨落的一处风景。"事实上,尼亚加拉大瀑布是尼亚加拉河坠落河谷的产物。滚滚而来的尼亚加拉河水流经此地,骤然坠落51米,巨大而湍急的水流以银河倾倒之势冲下断崖,声震如雷,雄伟壮阔,震人心魄。唐朝大诗人李白描述庐山瀑布为:日照香炉生紫烟,遥看瀑布挂前川。飞流直下三千尺,疑是银河落九天。但庐山瀑布与此相比可谓小巫见大巫了,此处可描述为:碧空之下升白烟,乍看瀑布挂崖边。霎时跌落泣天地,惊是银河落人间。我们站在大瀑布旁,看着这鬼斧神工的自然气势,不觉心惊胆战,想入非非。作为世界三大瀑布之一的尼亚加拉大瀑布,也被称作世界七大奇景之一,永远留在了我们镜头,更永远留存在心间。在大瀑布周围是美丽的花园和街道,旅游马车悠闲地踱步,五颜六色的花草树木在黄昏秋色辉映下回味无穷。高大的枫树独树一帜,在蓝天与绿草陪衬下更加火红,我们欢腾跳跃尽情享受着异国风光的美景。

夜幕降临,我们又回到美国境内,至此结束了美国东海岸的行程,次日将飞往美国西海岸的拉斯维加斯,美好的旅程在迎接着我们。

尼亚拉加大瀑布

在多伦多大学校园

五、美哉，拉斯维加斯　壮哉，科罗拉多大峡谷

在布法罗机场，我们登上了美国联合航空公司的内陆飞机，随着飞机的轰鸣直上云霄。我们要先飞到芝加哥，在那儿再直接转机飞拉斯维加斯，全天要飞行5个多小时，而且美国西部与东部时差3小时，也就是说西部与北京时差15小时，到那儿还要把表回拨3小时。飞机是美国交通工具的首选，其次是汽车，至于火车在美国只是以货运为主，

人们出行不常使用，听说票价也很贵，不如飞机实惠。

飞机在1万多米的高空平稳地飞行着，天气不错，舷窗外，一片片美丽的云海在阳光的照耀下绚丽多姿，有如疾驰奔腾的骏马；有如连绵起伏的山峦；有如洁白盛开的花朵；有如自由翱翔的飞燕。乘过多少次飞机，也曾在各种地形中拍过云海，但还没见过如此令人惊叹的空中云的风姿。

在芝加哥换机飞拉斯维加斯，4小时后夜幕降临，这时候按东部时间应该是夜里11点多了，我把表回拨3小时，也就是西部晚8点多，无形中又多出3小时。飞临拉斯维加斯上空时，从飞机舷窗望去，下面一片灯火辉煌，拉斯维加斯是个不夜城，这里是有名的旅游城市，夜里更加喧闹，似乎全城永远没有睡觉的时候。

我们下了飞机，立即吃晚饭，然后还要接着游览拉斯维加斯的著名酒店。拉斯维加斯是美国内华达州的最大城市，以赌博业为中心的庞大的旅游、购物、度假产业而著名。世界上10家最大的度假酒店就有9家在这里，是世界知名的度假胜地之一，拥有"世界娱乐之都"和"结婚之都"的美称。拉斯维加斯位于沙漠的腹地，19世纪中叶，这里还是荒凉干旱的不毛之地，被命名为"牧草地"。一名拜访过拉斯维加斯的陆军中尉曾经绝望地认为，从此往后，再不会有人涉足这片沙漠。可百年之后，这里从一个荒凉的沙漠腹地，摇身一变成为国际著名景点，汇聚全世界最有名的酒店、餐厅、商店，还有独一无二的表演节目，每年到访的游客超过4000万人次，75%是回头客。一个金碧辉煌的不夜城出现在地平线上，这就是拉斯维加斯，一个在沙漠上崛起的不可思议的城市！

我们来到名叫BELLAGIO的酒店，中文意思叫"小丑酒店"，名字挺难听的，到此一看却大吃一惊，与它的名称大相径庭。高大的酒店用恢宏形容不过分，最著名的是前面的音乐喷泉，美丽得简直叫人不可思议。喷泉被称为水上芭蕾，每隔15分钟一次表演，我们驻足引颈翘首静静等待观看。突然，音乐声起，水柱随优美乐曲翩翩起舞，伴着节奏变换着造型，时而摇头摆尾弯曲缭绕，时而高低错落你追我赶，时而浪漫舒缓步履轻盈，收尾时达到了高潮激扬奋进直冲云天。看过多少个喷泉，没见过如此喷射得眼花缭乱令人兴奋的景象，被称为水上芭蕾恰如其分。很多人看完后觉得不过瘾，又等待下一次喷射。

走进小丑酒店的大堂，再一次叫人惊异。金碧辉煌的大厅里，装饰着巨大的树木、瓜果甚至鬼怪的模型，在五颜六色的灯光照耀下，光怪离奇，令人惊讶不已，目不暇接。在一处大玻璃框前有许多人观赏，只见玻璃框里有一层层隔层，一股股棕色的浓汁自上而下飞快流淌，这称为巧克力瀑布，原来那些浓汁就是巧克力的原料，流到一定地方将成为巧克力制品，这也很新奇有趣。小丑酒店大厅一侧有专门的赌博厅，里面安满了老虎机,许多游客夜以继日地赌博玩耍。拉斯维加斯号称赌城,从机场到酒店到处都有赌博用的老虎机,人们闲暇之余就以此消闲。

离开小丑酒店我们又来到威尼斯人酒店,这儿有另一番景象。这个酒店特点是大,6999间房间,可谓世界最大的酒店了。宽敞的走廊像大厅,七拐八绕路线复杂,让人惊奇的是室内天空,也就是酒店高高的屋顶不是天花板的,而是如蓝天白云的天空,制作得惟妙惟肖,与天然的天空无异,这要耗费巨大的财力、人力。除此之外,酒店里还有河流、小桥,河里还有小船行驶,叫室内运河。威尼斯人酒店可以说创造了酒店建筑史上的奇迹,水的巨大压力对建筑的防渗防漏技术可是一个巨大的考验,这就可以看出拉斯维加斯酒店业的发达。

回到下榻酒店,这里的大堂也布满了老虎机供赌博用,既然来到赌城,不妨小试牛刀找点感觉。于是找到一个一次放一美元,一美分起价的老虎机,当然也有起价几十美分的,那都是真正赌博人玩的。放进了一美元纸钞,再按一下按钮,随着数字跳动,一会就显示出赢还是输,有时减少几美分,也有时却增加十几美分,总之老虎机不是只吃你的钱,时常会给你些好处,就这样一美元来来去去的用了40分钟才输光,当然便罢手不再玩了,感觉一下就行,又不真赌。

从清早布法罗出发已连续16小时没休息,到酒店也只能睡3小时再出发,时差和活动安排非常紧张,虽然得不到很好的休息,但由于拉斯维加斯酒店及夜景游览的震撼,似乎大家还不疲倦,沉浸在兴奋之中。

次日,我们乘大巴奔赴世界著名的科罗拉多大峡谷,也是比较累的一天,来回车程10小时,在大峡谷还要停留一段时间,所以来回需要12个小时。本来昨夜就没睡几小时,大家都打算在车上睡觉。

大巴在奔驰,两旁基本是戈壁沙漠,但美国的沙漠治理得不错,沙漠植物将沙牢牢固定,风刮起来少有漫天扬沙的情景。我曾经到过内蒙古的巴丹吉林沙漠、新疆的塔克拉玛干沙漠,那儿的沙漠要比这里的大多了,但治理得也差多了。

科罗拉多大峡谷位于美国亚利桑那州西北部,是科罗拉多河经过数百万年以上的冲蚀而形成,1979年大峡谷被列入世界遗产。它全长446千米,平均宽度16千米,最大深度1740米,平均谷深1600米。我们到的是东峡,当我们来到它的跟前,立时被壮观的景象所震惊。大峡谷蜿蜒曲折奔向远方,像一条桀骜不驯的巨蟒,匍匐于高原之上,全身基本是褚红色,从上往下望去,深深的谷底变得那样渺小,从下往上的层层的岩层又色彩斑斓,有时巨石突兀,巉石交叠,悬崖耸立,如刀劈形成万丈深渊令人心惊胆战。大峡谷之如此之深,其岩层(大部分在海平面以下形成)如此高耸,要归功于大约6500万年前科罗拉多高原将近1500至3000米的抬高。这一抬高使科罗拉多河及其支流的倾斜度大大增加，从而加快了其流速，增强了其下切岩石的能力，大峡谷是科罗拉多河的杰作。1903年美国总统西奥多·罗斯福来此游览时，曾感叹地说："大峡谷使我充满了敬畏，它无可比拟，无法形容，在这辽阔的世界上，绝无仅有。"壮观，科罗拉多大峡谷，这个被许多媒体称为世界七大奇观的地方震撼着来此的每一个游客的心灵。

科罗拉多大峡谷

从科罗拉多大峡谷回到我们住宿的酒店，已经是夜幕降临了。尽管白天乘坐长途大巴近9个小时，已经很疲劳了，但是一提起晚上再去逛一下拉斯维加斯夜景，大家仍是兴致勃勃，因为昨天晚上下飞机后虽然也看了拉斯维加斯的夜景，但总觉得还是不太过瘾。

我们的酒店在郊区，前台服务生帮助我们叫来一辆出租车，向几千米外的闹市疾驰而去。一路上看着车窗外逐渐繁华热闹了起来，但内心里仍旧还是有些忐忑不安，因为我们几个人是私自离队外出，并未与领队、导游打招呼。大家都知道美国社会治安不太好，枪击事件时有发生。即便今晚我们碰上劫匪，只是被劫钱财而人没什么事，恐怕今后也会后悔一辈子的。

大约过了10分钟，到了目的地"金银岛大酒店"。在国内出发前，就听说这家酒店每晚都有免费的露天"真人秀"表演，名叫《美女与海盗》。这次私下离队外出，就是想目睹一下这台美国驰名娱乐节目的风采。

这家酒店的英文名字是Treasure Island，取自19世纪英国著名探险小说《金银岛》，这部小说以机智少年勇斗大海盗取财富而闻名全球。酒店原为永利集团所建，现被好莱坞美高梅集团收购了，是一家拥有近3000间客房的豪华赌场酒店。

一进酒店，碰到一位年轻的华人女服务员，她告诉我们第一场真人秀表演9点钟已经结束了，第二场要等到11点才开始。一看表，离第二场开始还有近1个小时，就决定先逛夜景再回来看表演。此时，拉斯维加斯大道上灯光如织，各个高大的酒店等建筑物更是披上色彩斑斓的灯光装饰，显得壮丽、挺拔。大街上来自世界各地的游客熙熙攘攘、川流不息，好不热闹！人们操着不同的方言，相互友好地打着招呼，大家手持照相机和手机，在美丽的夜景中拍照留念。除了偶然看见个把警察在指挥交通外，并没有看到什么其他的保安人员，完全没有不安全之感，这时心里也平静了许多。

　　11点之前，回到了酒店真人秀表演现场，已经有不少慕名而来的游客在等待开场了。表演场地是紧临酒店的一个大池塘，中间由一座大桥分成左右两个表演区域，左边停靠的是一条"美女船"，在蓝色灯光笼罩下显得十分神秘；右边的远处停泊着一艘"海盗船"，感觉更是威风凛凛。观众们可以站在桥面上，从左右两个方向观看演出。

　　随着音乐响起，一群身着比基尼泳装的美女出现在大帆船的甲板上，她们个个身体健硕、能歌善舞，给人一种和平、安详的感觉。突然，一个海盗头目派来的"探子"混上了美女船，一番打斗之后，美女们将其拿下，并吊在主桅杆上示众。正当她们陶醉在初战告捷的喜悦之中的时候，这个海盗探子却不服气地表示：你们不要高兴得太早，我们的头目早就盯着你们的一举一动，你们即将大祸临头了！

　　果然，几声炮响之后，大桥右边的水面上，一艘挂着骷髅旗的海盗船正缓缓驶来，只见高高的船帆上还站着两个海盗正在瞭望。手持尖刀的海盗头目在叫嚷，众海盗也齐声呐喊表示呼应。

　　此时，左边水面上，美女们根本不把这群海盗放在眼里，她们仍旧我行我素地彰显自己的英勇无畏。这时，那个探子挣脱了束缚刚想悄悄溜走，又被美女们抓了回来。这下，海盗头目确实被激怒了，他下令向美女船开炮！只听见"砰、砰"几声炮响，美女船这边立刻中弹着火，熊熊烈火冲天而起，引起大桥上观战的游客们一阵躁动。美女们趁机躲了起来，等船上烈火熄灭后，又开始劲舞了起来，根本不把海盗当回事。

　　突然，海盗们不小心将自己船上的炸药引爆了，刹那间甲板上一片火海，海盗们纷纷跳海求生。美女们看到这一情景，舒了一口气，正当她们准备休息之时，海盗们却纷纷游过观众脚下的桥洞，湿淋淋地开始向美女船的船边上攀爬，一瞬间就占领了整个美女船。

　　正当海盗们得意忘形、手舞足蹈之时，美女们开始组织力量进行反攻了，双方在甲板上、桅杆上你来我往、拼来斗去，呈现在观众面前的虽是"花拳绣腿"的表演功夫，但桥面上的观众也看得津津有味。

　　最终的结局却让人出乎意料：几番打斗之后，台上灯光突然从蓝色转为玫瑰色，音乐也从激荡转为浪漫，刚才还是刀剑相见的海盗们和美女们，居然开始相互欣赏、相互爱慕起来，只见一对对男男女女竟然相拥、相吻，结果是海盗们个个抱得美人归。最终，这场真人秀以携手言和的"大团圆"收场。

散场之后，我们依旧游兴尚浓，沿着灯红酒绿的拉斯维加斯大道四处观光，虽是半夜时分，但各个豪华赌场、俱乐部、游艺场、音乐酒吧仍然人声鼎沸、热闹非凡，我们不禁感叹道：这才是名副其实的"不夜城"。

打车回到我们的酒店，一看手表已经是半夜两点多钟了。这时我们才记起：得抓紧时间睡个好觉，再过几个小时，又要踏上去洛杉矶的行程了。

拉斯维加斯和科罗拉多大峡谷是我们游览美国西部的开始，这与美国东部的风格不一样。东部是建筑、历史、人文，西部突出了自然风光，有了新的内容，这叫我们耳目一新，更加兴奋了。

拉斯维加斯夜景

六、影城洛杉矶

上午9点，我们离开了拉斯维加斯，大巴载着我们奔向洛杉矶。

两旁仍是戈壁沙漠，感觉到了美国西部与东部的差别。想起从华盛顿到布法罗沿途的北美秋色是五颜六色的植被，那是东部的特色，而西部要荒凉许多，但也天然有趣。

车行至中午，来到叫巴斯通的地点，这也是大家盼望的地方，因为这里是世界名牌产品厂家直销中心。来美国总得买点东西带回，可旅游法规定不准强行购物，好是好，可该买的还是要买，所以几天来大家都盼望来到此地。巴斯通有很多售货大厅，里面汇集了很多美国本土品牌和一些世界大牌商品，价格低廉到你想不到，而且绝对没假货。一个COACH钱包国内要卖2400多元，在这里只要500元，名牌新秀丽旅行箱200美元，合人民币1200元左右，而国内要4000元。疯狂购物的大部分都是中国人，我在此买了3双耐克鞋合人民币200多元一双，要是在国内一双可能要近千元。由于以后旅程还远，还要乘飞机，而飞机携带的物品大小重量都有规定，不好多买。巴斯通的购物着实给大家一个兴奋。傍晚才到洛杉矶，下榻Ramada酒店，要在此住3晚，将要有更精彩的观光。

洛杉矶位于美国西岸，是全世界的文化、科学、技术、国际贸易和高等教育中心之一，还拥有世界知名的各种专业与文化领域的机构。按照人口排名洛杉矶是美国的第二大城，仅次于纽约市，它以影城和广播、电视业而著名，世界闻名的好莱坞1911年就在这里建成第一个制片厂。

次日早8点，从宾馆出发，先来到洛杉矶的一个老人活动站，里面都是华人，他们在打麻将、下象棋、玩扑克、读报纸。这是美国的福利，凡是存款2000美元以下，可享受政府救济。取得绿卡的华人，也包括美国人，只要符合条件都可享受。活动站的这些中国人每天在这里享受免费三餐，定期可领取很多生活日用品。管理此站的是一位中国的原知青，她说美国的福利很高，穷人得到政府的救济可以养活自己，他们加州还有一个知青沙龙，每周都有活动。这时我想起了在网上看到过的美国加州知青网站，是中国移民到美国的中国知青办的。再打听这些中国老人基本都是孩子移民到美国，他们跟过来的，已取得了绿卡。当然他们子女有钱，但这些老人的存款不会超过2000美元，来活动站也是为了互相交流，充实生活。看了他们读的中文报纸，上面刊登的中国国内消息也是不知真假，只能作参考。

离开老年活动站，我们来到一个叫星光大道的街道。这里就开始体现了洛杉矶的影视气息了。这条街的步行道上由光滑的大理石铺就，上面刻着五角星，五角星里刻着电影、电视、音乐、戏剧等大牌明星的名字，根据明星的行业还分别刻上摄影机、电视机、唱盘、面罩等图形。人们可任意在星光大道上行走，可以踩踏明星们的名字，这在中国怕是不行的。不过能把名字留在星光大道上可谓人生的荣耀，叫人们记住流芳百世就不会怕人们踩在上面走了。

星光大道上的杜比剧院是著名的电影奥斯卡奖颁奖地。这剧院开始由柯达公司赞助7500万美元建成，并获得命名权。剧院于2001年11月开幕，2002年首次举办奥斯卡颁奖典礼。后柯达公司破产，2012年2月26日，柯达公司获准终止柯达剧院冠名，2012年5月1日起，正式更名为"杜比剧院"。美国的音像杜比实验室与"杜比剧院"

的所有者 CIM 公司签订了一份长达 20 年的冠名权合同，合同上注明奥斯卡颁奖典礼在 2033 年以前都将在该剧院举行。我们参观了杜比剧院，建得挺有特色，西方欧式建筑风格，大象雕塑屹立一旁。登上杜比剧院的高处，可望见远远的好莱坞山，上面刻着好莱坞白色英文大字，人们说那就是好莱坞地标。

星光大道上还有一处叫中国大剧院的建筑，首先映入人们眼帘的是两根巨大的珊瑚制成的红柱，上面各镶嵌着一个熟铁面具，两个红柱支撑着上面的铜制屋顶，在两根红柱子之间，是一个 9 米高的石雕，上面雕刻着中国龙，两个最初从中国运来的石制大天狗把守着剧院的入口，建筑风格不像中国的，龙与天狗还有中国的特色。中国大剧院前庭上明星的手足印却吸引着人们，20 世纪 20 年代，当时公演《万王之王》，演员 Norman Talmadge 不小心踏入了还未干的水泥地，留下了他的脚印，此后好莱坞的大明星们都在这里留下自己的手足印，以展示给人们。美国有个著名的女演员叫玛丽·莲梦露的，是美国 20 世纪最著名的电影女演员之一，她动人的表演风格和正值盛年的殒落，成为影迷心中永远的性感女神符号和流行文化的代表性人物。1999 年，玛丽·莲梦露获美国电影学会百年来最伟大的女演员第六名，1962 年 8 月 5 日，她在洛杉矶布莱登木寓所的卧室内去世，终年 36 岁，死因至今众说纷纭。据说当时她把一颗钻戒嵌镶在尚未凝固的手足印水泥板上，但第二天不翼而飞了，只留下一个小圆坑，至今还能看见，挺有趣的。

好莱坞环球影城是好莱坞最吸引人的去处，下午我们来到了此地。大门前环球影视公司金色的地球标在阳光下闪着金光，进了大门一片熙熙攘攘，摩肩接踵的热闹景象。来此的人真多，不光是中国人，各种肤色的人更多，穿着卡通服装的模特游荡在人群中，与游人合影。建筑也是千奇百怪，形态繁多，大的影视剧照立在各处。这个大影城怕是玩一天都玩不过来，但我们在此的时间只有 4 个小时，只好拣主要的游览。

先进行电影车之旅，在电影车的起点已站满了人，白皮肤的、黑皮肤的、黄皮肤的，蓝眼睛的、黑眼睛的，高个子的、矮个子的，都排着队。一会儿一个工作人员让持有中国护照的单独一排，我们不由嘀咕：是不是歧视中国人哪。这时 4 辆连接有顶两边开放的电车厢驶来，上车前每人发一个立体眼镜，中国人都上了车，开动后车上解说开始讲解了。这时候我们才知道为什么让中国人单独在一起，原来车上安排了专门为中国人的汉语讲解，如果我们与其他国的人一起，绝大部分人听不懂英语，那玩的就大打折扣了，才明白绝不是歧视中国人，而是给我们带来方便，安排得很周到。车上解说员以生动活泼的方式带领游客进入电影世界，随着电车的前行，两旁出现了高大的仓房，这些是存放摄影器具的地方。环球影视公司每年要制作大量的影视节目，使用的设备很多，看到这些大的仓库就知道他们的规模。接着又出现了各种式样的建筑物，有各大洲风格的房屋，这些是拍摄外景用的，那些别致的小花园别墅是演员的化妆室。这些建筑里有《回到未来》影片中的时钟广场、《飞越杜鹃窝》中的房子、汽车旅馆、纽约的百老汇、墨西哥街道。前面就要进入隧道了，解说让大家带上立体眼镜。隧道里黑黑的，随着车的行进突然间出现了一片热带雨林，林子里大小恐龙摇头摆尾，一条大恐龙发现了电车的人们张着大嘴吼叫着直扑而来，很快就到了我们头顶还喷着水，大家吓得赶紧低下头，水洒在头发上。其实这是立体眼睛的效果，但水确实是两旁的喷头喷出，不过水量很少，只是叫人们感觉一下，非常有趣。出了隧道前行至一火车站，电车停下让人们欣赏一下车站景象。突然，大地震动了，我们的电车也剧烈左右晃动，大家紧紧抓住扶手，只见车站顶棚倒塌，列车颠覆，站台撕裂，大地震来临了，没经过地震的人们这次找到了地震感觉。这是恐怖灾难片《大地震》《金刚》《大白鲨》的场景，那种紧张真实的压力，着实叫我们有劫后余生的感受。当然这只是模拟，一会儿风平浪静，一切都恢复了原样，我们的车继续前行。当拐过一处山地，前面出现了村庄、房屋、小桥、农具静静待在山边，一片田园风光。我们的车又停下来，这时候雨水从上淋下，当然是人工制作的，正当大家莫名其妙之时，突然一大股洪水从远处直冲而下，立时冲倒了房屋，冲走了农具，淹没了小桥，遭受洪水袭击景象紧张而刺激，这也是模拟电影里山洪暴发的情景。这还没算完，电车前行又经过了着火的场景，在一个小湖旁，大火在湖面突然燃烧，我们在车里都感觉到热浪扑来。随后又通过了满是飞机残骸的地方，还见到一个"死尸"（当然是胶皮做的）挂在上面，一些拍摄用的各时代汽车也摆在电车通过的路边供欣赏。这40分钟的电影车之旅让我们眼界大开，精神振奋，感受了恐龙、地震、洪水、火灾的情景，觉得这个观光项目新颖独特。

  在环球影城里还可体验电影的拍摄过程。一个大厅里，坐满了观众，工作人员讲解一些电影镜头如何拍摄。只见一个人拿着长刀向一位女士的胳膊砍去，刀刃切进了胳膊，鲜血立时流淌，看了叫人心惊肉跳。随后刀拿起，胳膊没事，咦，怎么回事，看着刀确实砍进胳膊里啊。经讲解才恍然大悟，原来是刀的材料上做了手脚，那刀刃的材料可以变化，砍下去后立时沿着胳膊缩进去，同时里面的红色液体流出来，猛一看就如刀刃进去鲜血流出，非常逼真，真是惟妙惟肖生动有趣。这之后又模拟了宇航员的空中飘浮、大海行船等，叫人了解了许多影视拍摄的特技，受益匪浅。

  环球影城里还有许多娱乐节目，如变形金刚、魔鬼屋等都非常刺激，不过有心脏病、高血压的人还是不去为好。在一个大型广场演出了一个大型表演，表述了海盗的生活，里面的格斗、放火、开炮、厮杀等也是惊心动魄。路旁还有与人们免费照相的玛丽·莲梦露女模特大受欢迎，游人与其合影排起长队，我有幸也与她合影留念。

  集合时间到了，但玩兴未艾，真想今生今世再来此一游。

与玛丽·莲梦露留影

七、圣地亚哥的故事，蒂华纳发生的事情

影城洛杉矶的精彩游振奋着人心，但还不是结尾，接着我们还要去距洛杉矶不算太远的圣地亚哥，并且还要暂时离开美国到墨西哥的蒂华纳。

清晨我们离开宾馆出发了，直奔圣地亚哥，这是美国加利福尼亚州的一个太平洋沿岸城市，也是一个港口城市，美国太平洋舰队司令部就驻扎在此，也是美国航空母舰基地之一。

先到了圣地亚哥老城镇，它坐落在圣地亚哥市中心，是一个美丽而充满乐趣的历史古城。美国至今建国200多年，与中国几千年的历史不可比，超过100年以上的就算老的了。

这个老城还是加州的诞生地，原是西班牙早期殖民地，同时也是第一批欧洲人定居所。这里有150多个商店、17个博物馆和一些历史遗迹，还有免费现场表演，那些专业剧场、工匠、画廊和商店都在步行距离之内。它不仅是圣地亚哥的发源地，同样也是个充满墨西哥风情的小镇。作为西班牙在加州的第一个殖民地区，老城保留着19世纪的古朴建筑和宁静生活，给人很田园，很农庄，很惬意的气息。1542年西班牙的探险船队第一次到达圣地亚哥，宣布这里成为西班牙帝国的领土。1602年西班牙人来这里勘测并绘制地图，开垦殖民区，并逐步在今日老城所在地区开始建设，1769年建成加州地区的第一座城市。1821年，墨西哥战胜了西班牙后，这里为墨西哥所有。1848年美墨战争后，这里连同整个加州＋亚利桑那州＋内华达州＋犹他州＋德州＋科罗拉多的一部分，被美国以1800万现金加80万美元债务的代价收购，成为美国的一部分。圣地亚哥就是这样的来历，它比美国历史还要古老，由此成为旅游胜地。我们漫步在这个小城镇的街道上，掩映在葱郁树木与奇花异草间造型独特的房屋，小巧而别致，玲珑又独特。高大沧桑的树木、博物馆里陈列的20世纪马车、用品吸引着游人的眼球。街头小花园里装饰鬼怪的模型，迎接着万圣节的到来，摊贩们兜售的旅游小物件琳琅满目、奇形怪状、充满趣味。

距小镇20千米就是海滨码头，它面临着广阔的太平洋。我们来到这里，一眼望去看见了几艘军舰停泊在远处，这是美国太平洋舰队的军舰。天有些阴，海水成灰色，军舰也是灰色，有些蒙眬不清，但靠近岸边有一艘巨大的航空母舰，美国国旗猎猎飘扬，上面还停着几架飞机。这艘航空母舰叫"中途岛号"，1943年开始建造，1945年下水，并于日本投降后一个月服役，无缘参与第二次世界大战。后来中途岛号一直在大西洋及地中海执勤，并在朝鲜战争期间重编为攻击航母。朝鲜战争结束后不久，它转到太平洋舰队服役，并在途中参与了大陈岛撤退，还在老挝危机期间到南中国海警备。1965年后，中途岛号多次前往西太平洋参与越战，越战后它主要在西太平洋、印度洋及阿拉伯海三地执勤，还参与了海湾战争，空袭了入侵科威特的伊拉克部队。中途岛号在1992年退役，2003年海军将它捐赠给民间组织，改装为博物馆舰，在圣地亚哥展览。

在"中途岛号"航母附近有二战士兵的雕塑，一个高大的男女拥吻的雕塑，是著名的"世纪之吻"，取材于美国《时代》杂志摄影师阿尔弗雷德·艾森施泰特1945年8月15日（美国时间14日）拍摄的照片。那天，日本宣布投降的消息传到纽约，时代广场上一名美国水兵情不自禁抱住身边一名素不相识的女护士，热烈亲吻。这幅照片后来成了"二战"经典照片，流传了60多年，其中的男、女主角的身份一直是谜。后来在洛杉矶居住的近90岁老妇伊迪丝·沙因在纽约现身，声称她就是照片中的女护士。伊迪丝说，她不认识和她接吻的水兵，也无法认出他的样貌。他吻完她之后，便去了别处。她说："我一点也不介意，因为他为我打仗。"这幅经典照片因巧妙诠释二战结束后人们的狂喜心情而闻名于世，照片中水兵对女护士的深情一吻被誉为"世纪之吻"。

离开了圣地亚哥，我们要去不远的墨西哥边境城市蒂华纳。墨西哥的蒂华纳在1862年还是一大牧场的村落，以后成为边境娱乐地。1900年这儿只有242人，第二次世界大战中发展为新兴的旅游城市，以美国游客为多。从美国到这个地方不需要签证，在一个有MOXICO的大铁门里进去就到了墨西哥的领土。走过一座很长的过街天桥式长铁桥，导游租了当地一辆大巴将我们送到了市中心。这个边境城市比起加拿大边境城市多伦多来就有很大的差距了，在城市建设上显得陈旧落后，这也说明了墨西哥这个第三世界国家的现状。在一条主要街道上，我们停下来走进一家酒馆，导游说今天是他的生日自掏腰包请大家喝啤酒。每人一瓶世界名牌啤酒，又请了一个几人的乐队在酒馆外演奏，大家拿着啤酒瓶随着乐器奏出的节奏蹦蹦跳跳，倒也快乐有趣。这条街上都是店铺，就是杂货铺，卖一些旅游纪念品，店主一见中国人就说汉语"马马虎虎"

或"糊里糊涂"。听导游说这是过去一些中国游客教会他们的，骗他们说这就是中国话"你好"的意思，是不是这么回事也没深入考证。到蒂华纳远不如到多伦多好玩，不过体会一下一个不发达国家的感觉也有收获。

我们在洛杉矶住了3夜，旅行了两天，经历了意想不到的事情，又有新的收获。下一站将奔赴旧金山。

世纪之吻

八、美丽的旧金山

上午9点半，我们在洛杉矶机场乘飞机经过近一个半小时的飞行到达了旧金山。

旧金山（San Francisco），又译"圣弗朗西斯科""三藩市"。旧金山是美国加利福尼亚州太平洋沿岸港口城市，在加州仅次于洛杉矶的第二大城市，是美国西部最大的金融中心和重要的高新技术研发和制造基地。它始初由西班牙建于1776年，1821年属墨西哥，1848年由美国强行购得。19世纪中叶旧金山在采金热中迅速发展，华侨称为"金山"，后为区别于澳大利亚的墨尔本，改称"旧金山"，华人称呼的"三藩市"是根据英文San Francisco音译而成。

下了飞机，一个年轻男导游自我介绍姓张，接我们到旅游大巴上。顺便说一下一路上的导游和大巴司机，我们从北京出发跟着一个领队全程陪同，到纽约一个女导游接了我们，她是当地旅游公司派出的，同时派出了旅游大巴车。这位女导游陪同我们进行了美国东海岸的旅程，也就是从纽约开始到加拿大多伦多，上了飞拉斯维加斯的飞机后结束。这位导游大家对她意见很大，主要是知识浅薄，景点的知识有的还不如游客知道的多，而且不太敬业，责任心不够，所以大家投诉了她，当地旅行社答复说已经停止她再接团，并承诺在西海岸旅游派个好导游。从拉斯维加斯开始到洛杉矶结束换了新的男导游，比女导游强些。到了旧金山又换了这个年轻的张导游，但这个张导游在旧金山最后一个景点发生了事故，待下文再表。当然这些导游都为移民美国的中国人，属于美国当地的旅游公司管理。旅游大巴车的司机也都是移民到美国的中国人，待人挺和气。在国外见到本国人确实感到很亲切。

一踏上旧金山的街道，立刻就有一个感觉：这儿是地无三尺平，出门就爬坡。街道都是坡路，有的甚至是30度至40度的斜坡，汽车上坡都喘着气鼓着劲儿，人走就更别说了。这是因为旧金山由40多个小丘陵组成，在山丘上建城，自然就高低不平，可也构成了其独特的风格，迷人的风光很快就使人们忘记了在街道上行走的费力。

旧金山市政府办公的市政大厅堪称艺术品，它是由小约翰·贝克韦尔和小阿瑟·布朗于1915年设计的。这栋巴黎文艺复兴时期巴洛克式的大拱顶建筑，使其成为美国西部地区欧式建筑的代表，高度超过美国国会大楼，是公认美国最美丽的公共建筑物之一。屋顶黄闪闪的巨大圆顶是一吨重的黄金，市政厅前面的大广场有两排法国梧桐，被修剪整整齐齐的绿叶焕发着勃勃生机，使游人不由自主的驻足观赏。作为旧金山市政府的日常办公地点，包括市长办公室在内的主要部门是对外开放的。我们自由地走进市政厅，首先呈现眼前的是高大宏伟的拱形大厅，里面竖立着法国艺术家的雕塑作品，精美的浮雕，别致的立柱叫人赞叹不已。来访者可以到处参观、拍照，包括二楼的市长办公室。在大厅的楼梯上一对对情侣在拍婚纱照，真叫人想不到市政府办公地点也是旅游景点。这时想起中国国内大小政府机关都是保安或武警把门，办事情要经登记盘问才可进入，遇到上访的更如临大敌。

下一个景点叫九曲花街，这是世界上最弯曲的街道。我们到此先向上攀登，平平的道路却是40度坡度。攀到上面往下看，才知道为何叫九曲花街了。这里从上往下是一个大下坡，在19世纪20年代时，为防止交通事故，在这条盘桓九曲的路上特意修筑花坛，车行至此，只能盘旋而下，时速不得超过5英里，因此有"世界上最弯曲的街道"之称，如今成为旧金山最吸引人的地方。虽然行人和车辆在这里都比较费力，但行走在花街上不会感到寂寞，弯曲的车道两旁修筑了许多花坛，让车辆绕着花坛盘旋行驶，鲜花精心修剪，高低疏密，色彩搭配，四季轮替，日日有景，步步有别，可谓是一路弯曲一路花，我们攀上再快下，兴奋驱散了劳累。

离开九曲花街，便来到了旧金山艺术宫，它原建于1915年，本是为了巴拿马"太平洋万国博览会"所建，我国的茅台酒就是在此被评为金奖。这座仿古罗马废墟的建筑，是由美国建筑师梅贝克所设计的,主要是向世人展现一个视觉上的美感。它的构成是一个圆顶的大厅,配上拱门和石柱。在建筑艺术宫时,因考虑到这只是为了举办博览会而建的临时建筑,所以开始工程以一些简单的建材来搭建。后来支持保存艺术宫的人士收集了3.3万个签名并且筹集了35万美元的经费来重建艺术宫并使用永久性的建材,原本应该拆除的艺术宫在旧金山居民的反对下得以保存。如今这座恢宏壮丽的艺术宫,在一泓绿水的拥抱下,屹立在花草林木中,衬着蓝天白云熠熠生辉。徜徉在它的精美的雕刻、宏伟的拱门立柱、栩栩如生的浮雕中不由想起了北京圆明园的废墟,与此是多么的相像,可惜毁于强盗们的肆虐中,国家的强大是何等重要啊。

  旧金山面临大海,有个著名的海边景点叫渔人码头。渔人码头过去曾是意大利渔夫的停泊码头,如今已是旧金山最热门的去处,终年热闹非凡。来到这里,大海的广阔,蓝天的无垠,立刻给人以深远的感觉。海鸟在翱翔,有时落在海边的护栏上与人逗趣,有时成群聚集在人们周围觅食,一点不怕人。海上的游艇、岸边小憩的游人,还有悠闲弹拉着乐器的生意人,形成一幅挺美的画面。渔人码头的标志是一个画有大螃蟹的圆形广告牌,是品尝海鲜的首选地点,附近沿海盛产鲜美的螃蟹、虾、鲍鱼、枪乌贼、海胆、鲑鱼、鲭鱼和鳕鱼等海产,可惜我们没有口福,导游不介绍,而且时间也不够。

  旧金山最著名的就是金门大桥,是旧金山的地标。金门大桥建于1937年,耗资3550万美元,是世界上最大的单孔吊桥之一,长达2780米,从海面到桥中心部的高度约为67米,桥两端有两座高达227米的塔。我们黄昏时来到这里,见到这座浑身都是钢铁的橘色大桥凌驾在金门海湾上,与大海浑然一体,气势磅礴,蔚为壮观,在夕阳的照耀下朴实无华但又动人心弦。桥身的橘黄色叫国际橘,因建筑师艾尔文·莫罗认为此色既和周边环境协调,又可使大桥在金门海峡常见的大雾中显得更醒目。这座大桥新颖的结构和超凡脱俗的外观,被国际桥梁工程界认为是美的典范,更被美国建筑工程师协会评为现代的世界奇迹之一。导致这座大桥闻名遐迩的另一个原因则是它"自杀圣地"的称号。据统计,自大桥建成以来,共有1200多人从桥上一跃而下,诀别人生。当地桥梁管理部门于2008年10月10日投票决定在大桥上安装不锈钢网,这样整座大桥都被网"兜"起来,自杀者就不会直接坠落到海面了。不管如何,望着这座世界闻名的跨海湾雄伟大桥,觉得人类的伟大,在征服自然的进程中的巨大创造力。

  夕阳西下,我们将结束旧金山最后的金门大桥景点去进晚餐再到宾馆下榻,但这时又发生了意想不到的事件,在一个没有信号灯的人行横道上,导游小张被一辆汽车撞倒。在此说一下,我们来美国已10几天了,专门观察了美国交通,在这里人们非常遵守交通规则,有信号灯的人行道,行人绝不抢行,没信号灯的人行道都是车让人,车见行人过人行道便马上提前停下来,有时我们不好意思挥手让车先走,但车绝不先走,这就是美国的规矩，汽车在行驶中也见不到随便并线超车的现象。美国是个汽车王国，家家都有几辆车，但交通秩序是很好的。这次小张被撞真是意外，本来司机已经停车，可小张过道时，那车不知怎么又突然前行，将他撞出两三米倒在地上。司机不是美国人，长相挺像中东国家的人。旁边一商贩老板报了警，一黑人警察很快过来了，路旁一高个子黄头发的美国白人小伙子主动跑到小张跟前，抱住他的头，等待救护车的到来。一会儿来了红色消防车，下来了警察，接着白色救护车也来了。原来美国处理事故必须有警察、消防车、救护车全到场才行。救护车的医护人员拿担架将小张抬上救护车，美国小伙才离开，在中国这算雷锋精神吧。这事情出得挺蹊跷，肇事车为什么停下又起动，事后我们大巴车司机分析可能是那司机一时疏忽错把油门当刹车了。小张到医院检查后幸亏没大碍，他找了律师准备起诉肇事司机要求索赔。

导游发生了意外，但旧金山行程还没有完，晚餐、入住宾馆都需要导游，当地旅行社马上又派了另一导游带我们进晚餐、下榻宾馆，直到送上次日去夏威夷的飞机。

旧金山一天的行程，虽是走马观花但也觉丰富，美丽的风光叫我们着迷，又遇上交通事故，本都是坏事，但也叫我们经历到美国处理事情的过程，长了额外的见识。

旧金山市政厅前

旧金山金门大桥

九、旖旎的夏威夷

我们又开始了飞行，上午 10 点从旧金山奥特兰机场起飞，飞向太平洋的夏威夷。夏威夷的时差与美国西海岸相差 3 小时，这样就与北京时间相差 18 小时了。夏威夷在赤道附近，终年炎热，在那儿又要度夏了，不过来时我们都准备了夏季穿的衣服。

经过 5 个多小时的飞行，落地檀香山机场，为当地时间 12 点多，相当于美国西部时间 15 点多，把表回拨了 3 小时，同时更换了夏装。

浩瀚的太平洋中北部，浮着一串岛屿，这就是美国的夏威夷州。群岛是由火山爆发形成的，包括 8 个大岛和 124 个小岛，绵延 2450 千米。这里最早的居民是波利尼西亚人，1778 年后欧、亚移民陆续移来，1795 年建夏威夷王国，1898 年被美国吞并，1900 年归属美国，1959 年成为美国的第 50 个州，首府檀香山。夏威夷州是距今最近加入美国的州，与美国其他各州有着明显的区别。它除了是美国最南方的州外，也是美国唯一一个全部位于热带的州，它与阿拉斯加州是美国各州中仅有的两个不与其他各州相连的州份，也是美国唯一一个没有任何土地在美洲大陆的州。

下了飞机，用罢午餐，我们直奔珍珠港，这是夏威夷最著名的景点。檀香山附近的珍珠港是驰名世界的港湾，1941 年 12 月 7 日清晨，日本出动飞机和潜艇偷袭珍珠港美国海军基地，发动了太平洋战争。这次偷袭使美国海军遭受惨重损失，制造了震惊世界的"珍珠港事件"。当日清晨7时许，183架日本飞机组成的首批攻击机群猛烈攻击港内的美国舰队，1小时后，日军又出动191架飞机编队，实施第二轮攻击，共击沉美战列舰5艘，伤3艘，毁伤其他舰艇10余艘，击毁飞机188架，伤291架，美军官兵死2408人，伤2000余人，仅"亚利桑那号"战列舰爆炸沉没时就有1177人死亡。美军太平洋舰队遭受重创，而日军仅仅付出了5艘微型潜艇，29架飞机，战死不到百人的代价，这不啻是对美国一个巨大的震慑。攻击过后，日本正式向美国宣战。次日，美国总统罗斯福发表了著名的"国耻"演讲，签署了对日本帝国的正式宣战声明。战后，在这里保存了部分现场实物，在被炸沉的"亚利桑那号"残骸上修建了一座浮台型白色纪念馆，馆内的白色大理石墙上刻着舰上阵亡者的姓名，还展出各种资料和图片。我们乘游艇从港口来到这里，纪念馆呈拱桥形，两面基本是开放式的，远处檀香山的高楼大厦静静耸立在蓝天白云下，一座大桥威武地跨越在海面，高大的椰子树迎着灿烂的阳光招呼着人们，一片美丽的热带风光。但在纪念馆旁有一露出海面圆圆的军舰顶部残骸，这就是当年被日军炸沉的"亚利桑那号"舰顶部，它巨大的舰身在纪念馆下面的海水里，1177条年轻的英灵也随它而去。在纪念馆周围还有一处处露出海面的平台，下面也是当年被炸沉的军舰残骸。

离"亚利桑那号"残骸纪念馆不远的海面还停着一艘军舰，这就是"密苏里号"战舰。1945年9月2日，在"密苏里号"战舰的甲板上，麦克阿瑟将军接受了日本的无条件投降，结束了第二次世界大战，当时是在东京湾。1999年，"密苏里号"从美国西海岸移动到珍珠港，准备停泊在"亚利桑那号"纪念馆的旁边。这两艘战列舰对美国来说标志着二战的开始与结束，以及战争最屈辱的岁月和最荣光的结束。为防止"密苏里号"与"亚利桑那号"并排可能会带来感官上矮化"亚利桑那纪念馆"，最后将"密苏里号"和"亚利桑那号"的残骸放在同一与福克岛平行的直线上，表示"密苏里号"仍然"守卫"着"亚利桑纳那号"的遗骸以及"守卫""亚利桑那号"中葬身的战士遗骸。从纪念馆又乘游艇返回港口岸边，我们漫步在绿草椰林中，远处美国第七舰队的基地和雷达历历在目，四周竖立或平放着导弹及炸弹的模型，显示珍珠港好像还在严阵以待着，惦记着二战时的惨痛教训。

离开了珍珠港，我们接着参观了檀香山的市容。檀香山是个现代化的美丽城市，高楼大厦林立，绿树花草丛丛，繁花盛开锦绣，空气格外清新。檀香山还是中国革命的先行者孙中山先生青年时代求学和从事革命活动的地方。1879年孙中山随母亲远涉重洋来到这里，就读于市中心的约拉尼学校，1894年孙中山在这里建立兴中会，进行革命活动。著名的张学良将军、赵四小姐夫妇晚年也生活并安葬在这里。夏威夷是世界上旅游业最发达的地方之一,所以作为首府的檀香山酒店非常发达,高楼大厦几乎都是酒店,当然不会像拉斯维加斯酒店那样豪华,它们都是用于游客来此度假的。不过吸引游客的并非名胜古迹,而是夏威夷天独厚的美丽环境,明媚的风光,迷人的海滩,高大的椰林,欢歌的夜晚,这里确是一个度假的天堂。

次日上午,我们进行了简单的游览,主要是游览夏威夷岛的几个景点。夏威夷岛屿很多,能玩的地方不少,但在此两天时间远远不够,只能以后重游。

我们先来到卡美哈美哈一世的镀金铜像前,他全身通黑,身披象征王权的羽毛披肩和头戴,左手持着长矛,右手伸展做着欢迎状。卡美哈美哈的故乡是夏威夷大岛,他出生于16世纪50年代,死于1819年。他成为酋长后,热心做世界贸易,用夏威夷的土特产向外面的世界交换洋枪洋炮,然后再用洋枪洋炮统一周边的各个岛屿,创立了卡美哈美哈王朝,成了夏威夷王国的第一任国王。夏威夷原来檀香木很多,檀香山的名字就由此产生,但就在他统治的时代被滥伐滥砍几近绝种,至今,檀香山已经没有什么檀香木了。在美国五十个州里,只有夏威夷州有过国王的统治,所以,卡美哈美哈国王铜像就成为来夏威夷的游客们必去的景点。在铜像对面有一座皇宫叫艾奥拉尼皇宫,是美国领土上唯一的皇宫,是夏威夷王朝的故宫。该王宫建于1882年,安装了夏威夷第一个电灯系统、抽水马桶和室内电话,皇宫院内有宽大的草坪和高大的树木,当年夏威夷王国最后两任国王居住在这里,结束了他们统治夏威夷的生涯。1894年,当地的美国人发动政变,软禁了当时的夏威夷女王,成立夏威夷共和国。1898年,美国政府宣布夏威夷并入美国,1959年正式把夏威夷列为美国的第五十个州,美国的国土就是这样逐步扩大的。

卡美哈美哈一世的铜像和艾奥拉尼皇宫虽然年代都不很长但也算是夏威夷的古迹了,我们在此停留片刻后奔向其他景点。在一个弯曲的海湾高处,呈现出一个风景迷人的海湾,它几乎形成了圆形,远看像是一只正趴着熟睡的恐龙,因而被称作"恐龙湾"。这是夏威夷群岛形成初期,火山爆发时将岩石高高抛入天空,落下时砸出一个完整的圆形,然后慢慢被大海侵蚀,形成现今的模样。从高处俯视,湛蓝的大海连接着蔚蓝的天空,水天一色,展示着天空与大海博大的胸怀。岸边的海水中,冲浪的人们在与海浪搏斗着,但与广阔的天空大海相比又显得那么渺小,可也展示着人们的奋勇精神。

离开恐龙湾来到另一海滩,却有另一风格。这也是火山熔岩留下的天然奇景,由于海岸长期被侵蚀,造成岩石隙缝,海浪一来海水被强力挤压,海浪从熔岩的气孔冲出,形成了类似于间歇泉的水柱。游客是先闻浪声后看奇景,可以看到强力的海水透过火山熔岩暗礁上的洞穴向空中喷出水柱。一片白白水汽向上激射,最高可达二十多英尺,此景叫作喷泉口，蛮有趣味的。

　　巴里大风口也是夏威夷著名的风景点，它是古火山残骸，连绵不绝的山峰在这里出现了一个缺口。从这儿登高而望，岛东北平原的风景一览无余，山峦葱翠，绿林修竹，房舍点点，海阔天低，景色迷人。这里拥有美景之外还拥有不凡的历史：1795年，卡美哈美哈一世带着来自夏威夷大岛和另一叫茂宜岛的勇士们在这里与欧胡岛的酋长们发生了夏威夷统一的最后一战。战斗异常血腥，最后欧胡岛残余的士兵被纷纷逼下大风口千余英尺的悬崖，摔得粉身碎骨，无一幸存。当年日本为了摧毁美国在太平洋上的海空军事基地，在夏威夷周边海域做了长达两年多的秘密侦察。由于珍珠港处于与日本背向的南面，日本人发现飞机穿过大风口突袭是最理想的线路，可避开美国雷达的探测，不仅路程最短还可以从低空突袭。1941年12月7日早7点，日本几百架飞机就是通过这个山口，避开了美国的雷达，直插珍珠港上空，发动了震惊世界的偷袭珍珠港事件。俯视山下那恬静与悠闲的绿洲，很难想象这是当年血腥的战场。时光的流逝，把一切痕迹都抹掉了，留在世间的，只是碑石上记载的供后人凭吊的历史。

　　再说一下我们下榻酒店附近的国王大道，这是条商业街。街道上的照明世界少有，颇有特色，它们的照明路灯、霓虹灯是与喷着熊熊火焰的火炬灯组合。照明路灯、霓虹灯是用电的，而火炬灯却燃烧着火焰，估计是连接着天然气。放眼望去，沙滩边、街道边、商店、酒店的门面上方，一支一支的火炬喷射着熊熊火焰，构成了夏威夷夜晚的奇特景象。走在国王大道上有各种各样的民间街头表演及土著舞蹈、乐队演奏，还有画肖像的、占卜问卦的、扮成卡通拉人合影的街头摊点。这条街道具备了世界顶级繁华大街必需的元素，除时尚名牌专卖店外，还有免税店和大大小小的各种特色的商店、饭店、酒吧、咖啡馆，以及娱乐场所，就连平价连锁店ABC在这条大街上也不止一家，还看到有类似中国小商品市场那样的货摊。在国王大道散步、购物也是一种享受。

　　夏威夷的旅程就要结束了，这也是我们美国之旅最后一站，明天就要飞回祖国。精彩的美国之旅终生难忘，留下了感慨体会多多，除了游记描述的风光、历史外，还有一些人文方面的收获：美国是个资本主义国家，但人们的素质较高，耳闻目睹感到他们待人真挚热情，遵纪守法意识很强，前面说过的交通方面的事情就是例子。同时全美国的各项服务周到完善，我们所到的大小酒店、饭馆、自助餐厅的洗手间、洗手处都备有卫生纸、擦手纸，还有冷热水，用起来十分方便。人，在美国得到了应有的尊重，服务在这里得到了较好的体现，我们国内在这方面还存在着较大的差距。资本主义国家能办到的事情，我们社会主义国家应更能办到。中国有几千年的文明史，美国才建国两百多年，实现中国梦要在各方面达到世界先进标准，不论在经济方面、人的素质，还有社会服务、社会风气等都要有质的飞跃，我们盼望这一天早日到来。

精彩的美国之旅，为我们人生留下了精彩的回忆。

夏威夷风光

后记

三十几万字的《足迹》在2022年新年伊始整理完成了，这是我继去年写的第一本书《人生》后的又一文字作品。如果说《人生》是生活的记载，那么《足迹》就是人生的升华。

移提时代最高兴的一句话是："出去！"这里的出去只是走出家门，到田园，到街上，最远到郊外，看外面的热闹和风景。后来旅游随国家发展而发展，人们不单走出家门，还走遍全国，走向世界，坐火车、乘飞机成了家常便饭。昔日王谢堂前燕飞入寻常百姓家，不管哪个阶层、何种年龄的人，旅游都成了生活的需要和快乐的事情。

《足迹》以山西介休市的景色开篇，因为几十年前我曾从北京插队到山西，后在介休取了妻回京的老伴共生活、工作了近20年，那是我的第二故乡，念念不忘着它。

从上世纪八十年代至今，我已走遍了全国，足迹遍及中国的所有省、自治区、直辖市，包括了各种形式的旅游形式，这些在《足迹》中都有反映。

本书书名及后记采用作者本人的手书，意在与读者亲密地对话及向任何人，学生与老来共勉，并请提出宝贵意见。

代书手书 2022年2月